SCOTT HAWKINS

A BIBLIOTECA DO MONTE CHAR

SCOTT HAWKINS

A BIBLIOTECA DO MONTE CHAR

Tradução
Fábio Fernandes

MORROBRANCO
EDITORA

A Biblioteca do Monte Char

MORRO BRANCO e uma editora do Grupo Editorial Alta Books (Starlin Alta Editora e Consultoria Ltda.)

ISBN: 978-65-6099-022-7

Impresso no Brasil – 1ª Edição, 2025 – Edição revisada conforme o Acordo Ortográfico da Língua Portuguesa de 2009.

Dados Internacionais de Catalogação na Publicação (CIP)
(BENITEZ Catalogação Ass. Editorial, MS, Brasil)

H689b
1.ed. Hawkins, Scott
A biblioteca do Monte Char / Scott Hawkins ; tradução Fábio Fernandes. – 1.ed. – Rio de Janeiro : Morro Branco, 2025

Título original: The library at mount char.
ISBN 978-65-6099-022-7

1. Ficção norte-americana. I. Fernandes, Fábio. II. Título.

09-2024/07 CDD 813

Índice para catálogo sistemático:
1. Ficção : Literatura norte-americana 813
Aline Graziele Benitez – Bibliotecária – CRB-1/3129

Produção Editorial: Grupo Editorial Alta Books
Diretor Editorial: Anderson Vieira
Vendas Governamentais: Cristiane Mutüs
Gerência Comercial: Claudio Lima

Coordenadora Editorial: Illysabelle Trajano
Produtora Editorial: Luana Maura
Tradução: Fábio Fernandes
Copidesque: Nestor Turano Jr.
Revisão: Denise Himpel
Diagramação: Natalia Curupana
Capa: Karma Brandão

ALTA BOOKS
GRUPO EDITORIAL

Rua Viúva Cláudio, 291 – Bairro Industrial do Jacaré
CEP: 20.970-031 – Rio de Janeiro (RJ)
Tels.: (21) 3278-8069 / 3278-8419
www.altabooks.com.br – altabooks@altabooks.com.br
Ouvidoria: ouvidoria@altabooks.com.br

Editora
afiliada à:

ASSOCIADO

Para minha doce e extremamente paciente esposa,
Heather, com muito amor e muita gratidão

PARTE I

A BIBLIOTECA DE GARRISON OAKS

CAPÍTULO 1

AURORA

I

Carolyn, encharcada de sangue e descalça, desceu sozinha a extensão de asfalto de mão dupla que os americanos chamavam de Rodovia 78. A maioria dos bibliotecários, inclusive Carolyn, passou a pensar nessa estrada como o Caminho dos Tacos, assim chamado em homenagem a uma biboca mexicana para onde eles escapavam às vezes. *O guacamole*, ela lembrou, *é muito bom*. Seu estômago roncou. Folhas de carvalho, laranja-avermelhadas e deliciosamente crocantes, estalavam sob seus pés enquanto ela caminhava. Sua respiração saía em baforadas brancas no ar antes do amanhecer. A faca de obsidiana que ela usara para assassinar o detetive Miner estava aninhada em suas costas, afiada e escondida.

Ela estava sorrindo.

Os carros eram poucos, mas não desconhecidos naquela estrada. Ao longo de sua caminhada noturna, ela tinha visto cinco deles. O que estava parando agora, um velho Ford F-250, foi o terceiro que parou para olhar mais de perto. O motorista encostou no acostamento oposto, o cascalho estalando, e ficou ali parado. Quando a janela desceu, ela sentiu cheiro de tabaco de mascar, graxa rançosa e feno. Um homem de cabelos brancos estava sentado atrás do volante. Ao seu lado, um pastor alemão a olhava com desconfiança do banco do carona.

Ahhh, merda. Ela não queria machucá-los.

— Jesus — disse ele. — Houve algum acidente? — Sua voz era calorosa e preocupada, de verdade, não o tom falso de predador que o último homem tinha tentado. Ela ouviu isso e soube que o velho a estava vendo como um pai veria sua filha. Relaxou um pouco.

— Não — disse ela, olhando de banda para o cachorro. — Não foi nada disso. Só uma confusão no celeiro. Um dos cavalos. — Nem celeiro nem cavalo havia. Mas ela sabia pelo cheiro do homem que ele simpatizava com os animais, e entenderia que esse tipo de situação com eles poderia ser sangrento. — Parto difícil, pra mim e pra ela. — Ela lançou um sorriso triste e estendeu as mãos para emoldurar seu torso, a seda verde, agora preta e dura com o sangue do detetive Miner. — Estraguei meu vestido.

— Experimente um pouquinho de club soda — o homem disse com secura. O cachorro rosnou um pouco. — Quietinho, Buddy.

Ela não sabia bem o que era "club soda", mas percebeu pelo seu tom que era uma piada. *Não do tipo de provocar gargalhadas, mas do tipo compassivo.* Bufou.

— Vou fazer isso.

— O cavalo está bem? — Preocupação real novamente.

— Sim, ela está bem. O potro também. Mas a noite foi longa. Só estou dando um passeio pra clarear a cabeça.

— Descalça?

Ela deu de ombros.

— Aqui os pés são cascudos mesmo. — Essa parte era verdade.

— Quer uma carona?

— Não. Mas obrigada. A casa de meu pai é logo ali, não é muito longe. — Isso também era verdade.

— O quê, perto dos correios?

— Fica em Garrison Oaks.

Os olhos do velho ficaram distantes por um momento, tentando se lembrar de onde é que ele conhecia aquele nome. Pensou nisso por um tempo, então desistiu. Carolyn podia ter dito que ele poderia passar com seu carro por Garrison Oaks quatro vezes por dia todos os dias durante mil anos e ainda assim ele não se lembraria, mas não disse.

— Ahhhh... — disse o velho vagamente. — Está certo. — Olhou para as pernas dela de um jeito que não foi particularmente paternal. — Tem certeza de que não quer uma carona? O Buddy não se importa, não é? — Ele deu uma palmadinha no cachorro gordo no assento ao lado. Buddy apenas observou, seus olhos castanhos ferozes e desconfiados.

— Estou bem. Ainda limpando minha cabeça. Mas obrigada. — Ela esticou o rosto em algo que parecia um sorriso.

— Claro.

O velho engatou a marcha e seguiu em frente, banhando-a com uma nuvem quente de fumaça de diesel.

Ela ficou olhando até que as lanternas traseiras desaparecessem após uma curva. *Isso é socialização suficiente por uma noite, eu acho.* Ela escalou o penhasco e deslizou para a floresta. A lua ainda estava alta, ainda cheia. Americanos chamavam essa época do ano de "outubro" ou às vezes de "outono", mas os bibliotecários calculavam o tempo pelos céus. Aquela noite era a sétima lua, que é a lua do lamento preto. Sob sua luz as sombras dos galhos sem folhas iluminaram brevemente suas cicatrizes.

Mais ou menos dois quilômetros depois, ela chegou à árvore oca onde tinha escondido seu manto. Sacudiu as cascas de árvore e o limpou da melhor maneira que pôde. Guardou um pedaço do vestido ensanguentado para David e jogou o resto fora, então se enrolou no manto, puxando o capuz sobre a cabeça. Ela gostava do vestido — seda lhe caía bem — mas o algodão áspero do manto a confortava. Era familiar, e isso era tudo o que ela queria saber a respeito de roupas.

Entrou mais fundo na floresta. As pedras sob as folhas e palha de pinheiro provocavam uma sensação boa contra as solas de seus pés, satisfazendo uma necessidade que ela não sabia que sentia. *É logo depois da próxima crista*, ela pensou. *Garrison Oaks*. Ela queria reduzir todo o lugar a cinzas, mas, ao mesmo tempo, até que seria bom para vê-lo outra vez.

Lar.

II

Carolyn e o resto não nasceram bibliotecários. Antes — e parecia ter sido muito tempo atrás — eles eram realmente muito americanos. Ela se lembrava um pouco disso — tinha uma coisa chamada *A mulher biônica* e outra chamada Reese's Peanut Butter Cups. Mas num dia de verão, quando Carolyn tinha cerca de oito anos, os inimigos do Pai avançaram contra ele. Ele sobreviveu, assim como Carolyn e um punhado de outras crianças. Os pais delas não.

Ela se lembrava de como a voz do Pai chegava através da fumaça escura que cheirava a asfalto derretido, de como a cratera profunda, onde as casas estiveram, brilhava num tom laranja fosco atrás dele enquanto falava.

— Agora vocês são pelapi — disse o Pai. — É uma palavra antiga. Significa algo como "bibliotecário" e algo como "pupilo". Vou levar vocês para minha casa. Vou criá-los da maneira antiga, como eu mesmo fui criado. Vou ensinar as coisas que aprendi.

Ele não perguntou o que eles queriam.

Carolyn, que não era ingrata, deu o melhor de si no começo. Sua mãe e seu pai estavam mortos, mortos. Isso ela entendeu. O Pai era tudo o que tinha agora e, a princípio, parecia que ele não pedia tanto. Mas a casa do Pai era diferente. Em vez de doces e televisão, tinha sombras e livros antigos, escritos à mão em pergaminho grosso. Eles acabaram por descobrir que o Pai estava vivo havia muito tempo. E mais: ao longo de sua longa vida, ele dominara a criação de maravilhas. Podia invocar um raio ou parar o tempo. As pedras falavam com ele pelo nome. A teoria e a prática desses ofícios foram organizadas em doze catálogos: um para cada criança, por acaso. Tudo o que ele pedia era que fossem diligentes nos estudos.

A primeira pista de Carolyn sobre o que isso de fato significava veio algumas semanas depois. Ela estava estudando em um dos quiosques iluminados espalhados aqui e ali pelo piso de jade da Biblioteca. Margaret, então com cerca de nove anos, saiu correndo das prateleiras altas e sombrias do catálogo cinza. Ela estava gritando. Cega de terror, tropeçou numa mesinha e derrapou até parar quase aos pés de Carolyn. Carolyn fez sinal para que ela se escondesse embaixo da mesa.

Margaret ficou tremendo nas sombras por cerca de dez minutos. Carolyn sibilou perguntas à outra, mas ela não quis falar, talvez não conseguisse. Mas as lágrimas de Margaret estavam manchadas de sangue e, quando o Pai a puxou de volta para as estantes, ela se molhou. Isso foi resposta suficiente. Carolyn às vezes pensava em como a amônia quente da urina de Margaret se misturava com o cheiro empoeirado de livros velhos, como seus gritos ecoavam pelas estantes. Foi nesse momento que ela começou a entender.

O próprio catálogo de Carolyn era mais chato que assustador. O Pai a designou para o estudo de idiomas e, por quase um ano, ela estudou fielmente as cartilhas. Mas a rotina a entediava. No primeiro verão de seu treinamento, quando ela tinha nove anos, foi até o Pai e bateu o pé.

— Chega! — gritou ela. — Já li livros suficientes. Eu sei palavras suficientes. Eu quero ir lá pra fora.

As outras crianças se encolheram com a expressão no rosto do Pai. Como prometido, estava criando-as como ele próprio fora criado. A maioria delas — inclusive Carolyn — já tinha algumas cicatrizes.

Mas, muito embora seu rosto tenha nublado, desta vez ele não bateu nela. Em vez disso, depois de um momento, respondeu:

— É mesmo? Muito bem.

O Pai destrancou a porta da frente da Biblioteca e a levou para o sol e o céu azul pela primeira vez em meses. Carolyn ficou encantada, ainda mais quando o Pai saiu da vizinhança e desceu até a floresta. No caminho, ela viu David, cujo catálogo era assassinato e guerra, balançando uma faca no campo no final da estrada. Michael, que treinava para ser o embaixador do Pai para as feras, estava empoleirado no galho de uma árvore próxima, conversando com uma família de esquilos. Carolyn acenou para os dois. O Pai parou na margem do pequeno lago atrás do bairro. Carolyn, tremendo de prazer, chapinhou descalça nas águas rasas e começou a pegar girinos.

Da margem, o Pai chamou a corça Isha, que tinha dado à luz há pouco temp. Isha e seu filhote, chamado Asha, vieram como ordenado, é claro. Eles começaram sua audiência jurando lealdade ao Pai com grande sinceridade e por algum tempo. Carolyn ignorou essa parte. A essa altura, ela estava totalmente entediada com as pessoas que se humilhavam diante do Pai. De qualquer forma, a língua dos veados era difícil.

Quando as formalidades terminaram, o Pai ordenou a Isha que instruísse Carolyn ao lado de seu próprio filhote. Ele teve o cuidado de usar palavras curtas para que Carolyn entendesse.

No começo, Isha relutou. Veados vermelhos têm uma dúzia de sinônimos para graciosidade, e nenhuma delas se aplicava aos pés humanos de Carolyn, tão grandes e desajeitados quando vistos ao lado dos cascos delicados de Asha e dos outros filhotes. Mas Isha era leal a Nobununga, o Imperador dessas florestas e, portanto, leal ao Pai. Além disso, ela não era burra. Não expressou nenhuma objeção.

Durante todo aquele verão, Carolyn estudou com os veados vermelhos do vale. Foi o último momento tranquilo de sua vida, e talvez o mais feliz também. Sob as instruções de Isha, ela correu com habilidade cada vez maior pelas trilhas da floresta mais baixa, saltou sobre o carvalho de musgo caído, se ajoelhou para mordiscar trevo doce e beber o orvalho da manhã. Àquela altura, a própria mãe de Carolyn estava morta já fazia um ano. Sua única amiga fora banida. O Pai era muitas coisas, nenhuma delas gentil. Então, quando, na primeira noite gelada do ano, Isha chamou Carolyn para se deitar com ela e seu filho para se aquecer, algo se partiu em seu interior. Ela não chorou nem demonstrou fraqueza — não era de sua natureza — mas aceitou Isha em seu coração total e completamente.

Não muito tempo depois, o inverno se anunciou com uma terrível tempestade. Carolyn não tinha medo dessas coisas, mas a cada relâmpago Isha e Asha tremiam. Os três eram uma família agora. Elas se abrigaram juntas sob um bosque de faias, onde Carolyn e Isha seguraram Asha entre elas, abraçadas para mantê-la aquecida. Ficaram ali juntas, deitadas, a noite toda. Carolyn sentiu seus corpos esguios tremerem, sentiu-os estremecer a cada trovão. Ela tentou confortá-los com carícias, mas eles se encolheram ao seu toque. À medida que a noite avançava, ela procurou na memória das aulas do Pai palavras que pudessem confortá-las — "não se preocupe" seria o suficiente, ou "já vai passar" ou "haverá trevo de manhã".

Mas Carolyn tinha sido uma aluna ruim. Por mais que tentasse, não conseguia encontrar palavras.

Pouco antes do amanhecer, Carolyn sentiu Isha estremecer e bater com os cascos na terra, chutando as folhas caídas para expor a lama escura abaixo. Um momento depois, a chuva que escorria sobre o corpo de Carolyn estava quente, e o gosto em sua boca era salgado.

O relâmpago estalou então, e Carolyn viu David. Ele estava acima dela, parado em um galho a cerca de dez metros de distância, sorrindo de orelha a orelha. De sua mão esquerda pendia a ponta pesada de uma fina corrente de prata. Sem ter a intenção, Carolyn usou a última luz da lua para traçar o comprimento daquela corrente. Quando um raio brilhou outra vez, Carolyn olhou para o olho sem vida de Isha, atravessada junto com seu cervo pela ponta da lança de David. Carolyn estendeu a mão para tocar o cabo de bronze que se projetava do torso do cervo. O metal estava quente. Ele tremeu ligeiramente sob a ponta dos dedos, ampliando as vibrações fracas e cada vez mais leves do coração gentil de Isha.

— O Pai disse para observar e ouvir — disse David. — Se você tivesse encontrado as palavras, eu deveria deixá-las viver. — Então ele puxou a corrente de volta para si mesmo, soltando-os. — O Pai diz que está na hora de voltar para casa — disse ele, enrolando a corrente com movimentos hábeis e praticados. — Está na hora de seus estudos de verdade começarem. — Ele voltou a desaparecer na tempestade.

Carolyn se levantou e ficou sozinha no escuro, tanto naquele momento quanto para sempre depois.

III

Agora, um quarto de século depois, Carolyn estava de quatro ajoelhada atrás da base de um pinheiro caído, espiando através de um arbusto espesso de azevinho. Se ela inclinasse a cabeça só um pouquinho, teria uma visão desobstruída da colina até a clareira do touro. Tinha cerca de vinte metros de largura e estava quase vazio. As únicas características dignas de nota eram o próprio touro e o monte de pedras de granito do túmulo de Margaret. O touro, um bronze oco ligeiramente maior que o natural, estava bem no centro da clareira. Ele emanava um brilho suave e dourado sob o sol de verão.

A clareira era delimitada no lado mais próximo pelo bosque de cedros silvestres no qual Carolyn agora se escondia. Do outro lado, David e Michael estavam à beira de um declive acentuado na colina para abrir um pouco mais de espaço para a Rodovia 78. Do outro lado da estrada, cerca de seis metros abaixo, a placa de madeira desgastada marcando a entrada para Garrison Oaks pendia de uma corrente enferrujada. Quando a brisa soprava direito, era possível ouvir o rangido até ali em cima.

Carolyn tinha se esgueirado para muito perto, de fato, perto o suficiente para contar as tranças desgrenhadas e entrelaçadas dos dreads loiros de Michael, perto o suficiente para ouvir o zumbido das moscas ao redor da cabeça de David. David estava se divertindo fazendo perguntas a Michael sobre suas viagens. Vendo isso, Carolyn estremeceu. O catálogo de Michael era sobre animais, e talvez o tivesse aprendido bem demais. A fala humana era difícil para ele agora, até mesmo dolorosa, sobretudo quando ele tinha acabado de sair da floresta. Pior, ele não tinha astúcia.

Emily tinha visitado os sonhos dos bibliotecários na noite anterior, dizendo que David exigia que eles se reunissem no touro "antes do pôr do sol". Isso era diferente de "o mais rápido possível", uma distinção que ninguém, exceto Michael, ignoraria. Ainda assim, isso podia ter sido a melhor coisa. Jennifer tinha ficado presa sozinha com David por semanas, os dois esperando notícias do Pai. Agora, enquanto David atormentava Michael, Jennifer — a menor e mais leve das bibliotecárias — trabalhava para derrubar o túmulo de Margaret. Ela ia de um lado para o outro na clareira, curvada por causa do peso de blocos de granito do tamanho de uma cabeça, seu cabelo loiro-avermelhado encharcado de suor. Mesmo assim, depois de semanas a sós com David, carregar granito sob o sol quente talvez fosse um alívio.

Mentalmente, Carolyn suspirou. *Acho que eu devia descer até lá e ajudá-los.* No mínimo, isso encorajaria David a dividir suas atenções entre três vítimas em vez de duas.

Mas astúcia era algo que Carolyn tinha de sobra. Antes, ela ouviria.

David e Michael encaravam Garrison Oaks. Michael, como seus pumas ao seu redor, estava nu. David usava um colete à prova de balas do exército israelense e um tutu lilás, coberto de crostas de sangue. A jaqueta era dele. O tutu era do armário do filho da sra. McGillicutty. Isso foi, pelo menos em parte, culpa de Carolyn.

Quando ficou claro que eles não poderiam voltar para a Biblioteca, pelo menos não no curto prazo, Carolyn explicou aos outros que precisariam usar roupas americanas para se misturar. Eles assentiram, sem de fato entender, e começaram a vasculhar os armários da sra. McGillicutty. David escolheu o tutu porque era a coisa mais próxima que ele poderia encontrar de sua tanga habitual. Carolyn pensou em explicar por que isso não significava "se misturar" e então desistiu. Ela aprendera a aproveitar bem suas risadas da forma que pudesse.

Seu nariz enrugou. O vento cheirava a podridão. *Margaret também está de volta?* Mas não, ela percebeu, a podridão era David. Depois de um tempo não se notava tanto, mas ela tinha ido embora. Moscas zumbiam em torno de sua cabeça formando uma nuvem.

Um ou dois anos atrás, David começou o hábito de espremer o sangue do coração de suas vítimas em seus cabelos. Ele era um homem peludo e um coraçãozinho qualquer rendia apenas algumas colheres de sopa, mas é claro que elas se somaram rapidamente. Com o tempo, a combinação de cabelo e sangue endureceu em algo parecido com um capacete. Um dia, curiosa, ela perguntou a Peter o quão forte isso seria. Peter, cujo catálogo incluía matemática e engenharia, olhou para o teto por um momento, pensando.

— Muito forte — disse ele, meditativo. — O sangue coagulado é mais duro do que você pensa, mas é quebradiço. Os fios de cabelo tenderiam a aliviar isso. É o mesmo princípio do vergalhão em concreto. Hum. — Ele se curvou sobre seu bloco e rabiscou números por um momento, depois assentiu. — Sim. Bastante forte. Provavelmente pararia uma vinte e dois. Talvez até uma nove milímetros. — Por um tempo, David também havia pingado na barba, mas o Pai o fez esculpi-la fora quando ficou difícil virar a cabeça. Tudo o que restou foi um bigode comprido tipo o Fu Manchu.

— Onde você estava? — exigiu saber David, sacudindo Michael pelos ombros. Ele falava em pelapi, que não tinha nenhuma semelhança com o português ou qualquer outra língua moderna. — Você tem brincado na floresta, não é? Você terminou semanas atrás! Não minta pra mim!

Michael estava à beira do pânico — seus olhos reviraram descontrolados e ele saiu falando aos trancos e barrancos, conjurando as palavras com grande esforço.

— Eu estava... lan... jii.

— Lan-jii? Você quer dizer *longe*? Pra onde?

— Eu estava com... com... as coisinhas. O Pai que *falou*. O Pai falou pra estudar os caminhos dos humildes e dos pequenos.

— O Pai queria que ele aprendesse sobre camundongos — traduziu Jennifer, gritando por cima do ombro, grunhindo com o peso de sua pedra. — Como eles se movem. Com se escondem e coisas do gênero.

— De volta ao trabalho! — David gritou com ela. — Você está desperdiçando a luz do dia!

Jennifer voltou para a pilha e içou outra pedra, gemendo sob a carga. David, um metro e noventa e cinco de altura e muito musculoso, acompanhou isso com os olhos. Carolyn achou que ele deu um leve sorriso. Então, voltando-se para Michael:

— Gah. Ainda por cima camundongos. — Ele balançou a cabeça. — Sabe, eu não teria pensado que isso fosse possível, mas você pode ser ainda mais inútil do que Carolyn.

Carolyn, segura em seu esconderijo, fez um gesto grosseiro.

Jennifer deixou cair outra pedra no mato com um estrondo seco. Ela se endireitou, ofegante, e enxugou a testa com a mão trêmula.

— Carolyn? O quê? Eu… não sei… Eu…

— Pare de falar — disse David. — Então, deixe-me ver se entendi: enquanto o resto de nós tem se matado tentando encontrar o Pai, você estava brincando com um bando de *camundongos*?

— Camundongos… sim. Eu pensei…

Um estalo seco soou na clareira. Carolyn, que tinha uma longa experiência com os tapas de David, estremeceu outra vez. *Ele se inclinou para dar aquele.*

— Eu não perguntei o que você *pensou* — disse David. — Animais não *pensam*. Não é isso que você quer ser, Michael? Um animal? Vamos lá, não é o que você realmente é?

— É como você diz — disse Michael com suavidade.

David estava de costas para ela, mas Carolyn conseguia visualizar seu rosto com clareza. Ele estaria sorrindo, pelo menos um pouco. *Se o tapa tirou sangue, talvez ele também nos dê uma vista de suas covinhas.*

— Apenas… cale a boca. Você está me dando dor de cabeça. Vá ajudar Jennifer ou algo assim.

Um dos pumas de Michael rugiu. Michael o interrompeu com um uivo baixo, e o bicho ficou em silêncio.

Os olhos de Carolyn se estreitaram. Atrás de David, ela viu da grama na borda oeste do vale que o vento estava mudando. Em um momento, o vento iria *dela* para os três, e não o contrário. Enquanto esteve entre os americanos, Carolyn se acostumou a tal ponto que os cheiros deles — Marlboro, Chanel, Vidal Sassoon — não faziam mais seus olhos lacrimejarem, mas Michael e David não. Com o vento vindo do oeste, ela não ficaria escondida por muito tempo.

Ela correu o risco de olhar diretamente nos olhos deles — Isha lhe ensinara que fazer isso era chamar a atenção, mas às vezes era inevitável. Agora ela esperava que eles fossem distraídos por algo ao norte dela. E, claro, depois de um momento, o olhar de Michael foi atraído para uma mariposa voando para pousar no monte de pedras. David e os pumas seguiram seu olhar, como fazem os predadores. Carolyn aproveitou o momento para voltar ao mato.

Ela desceu a colina dando a volta na direção sudeste. Ao chegar a quinhentos metros de distância, deu meia-volta, desta vez caminhando sem nenhum cuidado especial, e anunciou sua chegada quebrando um galho seco sob os pés de propósito.

— Ah — disse David. — Carolyn. Você está mais barulhenta e desajeitada do que nunca. Em breve você será uma americana de verdade. Eu ouvi você subindo desajeitada desde o sopé da colina. Venha cá.

Carolyn fez o que lhe foi dito.

David olhou bem fundo em seus olhos, acariciou sua bochecha suavemente. Seus dedos estavam pretos de sangue coagulado.

— Na ausência do Pai, cada um de nós deve estar atento à segurança. O ônus da cautela recai sobre todos nós. Você entendeu?

— Claro...

Ainda acariciando sua bochecha, ele a socou no plexo solar com a outra mão. Ela estava esperando por isso — bem, isso ou algo parecido — mas ainda assim o ar saiu de seus pulmões num jato. Porém, ela não caiu de joelhos. *Pelo menos isso*, ela pensou, saboreando o gosto acobreado de seu ódio.

David a estudou por um momento com seus olhos de assassino. Sem perceber qualquer sinal de rebelião, ele assentiu e se virou.

— Vá ajudá-los com o monte de pedras.

Ela se forçou a respirar fundo. Um momento depois, a névoa nos cantos de sua visão se dissipou. Ela caminhou até o monte de pedras de Margaret. A grama seca de outono roçava suas pernas nuas. Um caminhão passou rugindo na Rodovia 78, o som abafado pelas árvores.

— Oi, Jen — disse ela. — Oi, Michael. Faz quanto tempo que ela morreu?

Michael não falou, mas, ao se aproximar, deu uma cheirada afetuosa em seu pescoço. Ela fungou de volta, porque era sinal de boa educação.

— Oi, Carolyn — disse Jennifer.

Jennifer largou a pedra que tinha carregado até o mato e enxugou o suor da testa.

— Ela está caída desde a última lua cheia. — Seus olhos estavam muito vermelhos. — Então, isso é o quê? Umas duas semanas.

Na verdade, estava mais para quatro semanas. *Ela está chapada de novo*, pensou Carolyn, franzindo um pouco a testa. Então, com mais caridade, *Mas quem poderia culpá-la? Ela estava sozinha com David.* Tudo o que ela disse foi:

— Uau. É um pouco mais de tempo que o normal. O que ela está fazendo?

Jennifer lhe deu um olhar estranho.

— Procurando o Pai, é claro. O que você acha?

Carolyn deu de ombros.

— Nunca se sabe. — Assim como Michael passava a maior parte do tempo com os animais, Margaret se sentia mais à vontade com os mortos. — Alguma sorte?

— Vamos ver em breve — disse Jennifer, e olhou de maneira incisiva para a pilha de pedras.

Carolyn, entendendo a dica, caminhou até a pilha e ergueu uma pedra de tamanho médio. Elas trabalharam em silêncio com eficiência rápida e prática. Com os três nisso, não demorou muito para que a pilha desaparecesse, espalhada por toda a vegetação rasteira ao redor. O chão abaixo dela tinha afundado apenas um pouco desde o enterro. Ainda estava relativamente macio. Eles se ajoelharam e começaram a cavar com as mãos. Quinze centímetros abaixo, o cheiro do corpo de Margaret era forte. Carolyn, que não fazia isso há algum tempo, suprimiu a vontade de vomitar. Teve o cuidado de garantir que David não visse. Quando o buraco já estava com cerca de meio metro de profundidade, ela tocou em algo mole.

— Achei ela — disse.

Michael ajudou a limpar a sujeira. Margaret estava inchada, roxa, apodrecendo. As órbitas de seus olhos fervilhavam de larvas. Jennifer saiu da sepultura e foi pegar suas coisas. Assim que o rosto e as mãos de Margaret foram descobertos, Carolyn e Michael não perderam tempo em sair do buraco.

Jennifer tirou um cachimbo de prata da bolsa, acendeu-o com um fósforo e deu uma longa tragada. Então, com um suspiro, desceu e começou seu trabalho. Chapada ou não, era muito talentosa. Um ano antes, o Pai havia prestado a ela o maior elogio, entregando-lhe a faixa branca da cura. Ela, não o Pai, era agora a senhora de seu catálogo. Ela foi a única entre eles a quem ele honrou dessa maneira.

Desta vez, o ferimento do assassinato foi uma trincheira vertical no coração de Margaret, da exata largura e profundidade da faca de David. Jennifer montou sobre o cadáver e colocou a mão sobre a ferida. Ela a deixou ali por três respirações. Carolyn observou isso com interesse, observando os estágios em que Jennifer dizia *mente*, *corpo* e *espírito* baixinho. Carolyn teve o cuidado de não dar nenhum sinal externo do que estava fazendo. Estudar fora do seu catálogo era... bem, não era algo em que você gostaria de ser apanhada.

Michael passou para o outro lado da clareira, longe do cheiro, e ficou brincando com seus pumas, sorrindo. Parou de prestar atenção no resto deles. Carolyn sentou-se com as costas contra uma das pernas de bronze do touro, perto o suficiente para observar enquanto Jennifer trabalhava. Quando Jennifer retirou a mão, a ferida no peito de Margaret desaparecera.

Jennifer se levantou na sepultura. Carolyn imaginou que era para tomar um pouco de ar fresco, e não para qualquer finalidade clínica. O fedor já era ruim o suficiente onde Carolyn estava, mas no fosso seria insuportável. Jennifer respirou fundo e tornou a se ajoelhar. Ela franziu a testa, afastou com a mão a maioria dos insetos, então se ajoelhou e colocou sua boca quente sobre a fria de Margaret. Ela segurou o abraço por três respirações, então recuou, engasgando, e começou a esfregar várias loções na pele de Margaret. Curiosamente, ela aplicou a loção em padrões, os glifos da escrita pelapi — primeiro *ambição*, depois *percepção* e, enfim, *arrependimento*.

Ao terminar, Jennifer se levantou e saiu rápido da sepultura. Começou a ir na direção de Carolyn e Michael, mas depois de dois passos seus olhos se arregalaram. Ela colocou a mão em concha sobre a boca, disparou para o mato e vomitou. Quando o estômago esvaziou, ela caminhou para se juntar a Carolyn. Seus passos eram mais lentos e trêmulos do que antes. Uma fina camada de suor brilhava em sua testa.

— Ruim? — perguntou Carolyn.

Como resposta, Jennifer virou a cabeça e cuspiu. Ela se sentou perto e deitou a cabeça no ombro de Carolyn por um momento. Então sacou seu pequeno cachimbo de prata — americano, um presente de Carolyn — e o acendeu outra vez. A fumaça da maconha, espessa e doce, encheu a clareira. Ela o ofereceu a Carolyn.

— Não, obrigada.

Jennifer deu de ombros e deu uma segunda tragada mais profunda. A brasa do cachimbo queimou no bronze polido da barriga do touro.

— Às vezes eu me pergunto…

— Se pergunta o quê?

— Se devemos nos preocupar. Em procurar o Pai, quero dizer.

Carolyn recuou.

— Você está falando sério?

— Sim, eu… — Jennifer suspirou. — Não. Talvez. Não sei. É apenas… Eu me pergunto. Seria realmente muito pior? Se nós apenas… deixássemos pra lá? Deixássemos o Duque, ou quem quer que seja, assumir?

— Se o Duque se consertar a ponto de poder começar a se alimentar de novo, a vida complexa acaba. Também não demoraria muito. Cinco anos, provavelmente. Talvez dez.

— Sim, eu sei. — Jennifer acendeu o cachimbo outra vez. — Então, em vez disso, temos o Pai. O Duque... bem, pelo menos o jeito dele seria indolor. Até mesmo tranquilo.

Carolyn fez uma cara azeda, depois sorriu.

— Você teve umas semanas difíceis com David, não foi?

— Não, não é... — disse Jennifer. — Bem, talvez. Na verdade, foram *mesmo* duas semanas muito difíceis, agora que você mencionou. E onde você estava, afinal? Você poderia ter me ajudado.

Carolyn deu um tapinha em seu ombro.

— Desculpe. Aqui, me dê isso. — Jennifer passou o cachimbo. Ela deu uma pequena baforada.

— Ainda assim — disse Jennifer. — Isso nunca te afeta? Pergunta séria.

— O quê?

Jennifer acenou com o braço, um gesto que abrangia a sepultura, Garrison Oaks, o touro.

— Tudo isso.

Carolyn pensou nisso por um minuto.

— Não. Não chega a afetar. Não mais. — Ela olhou para o cabelo de Jennifer e apanhou uma larva do meio de suas mechas. Ela se contorceu na ponta de seu dedo. — Costumava me afetar, mas me adaptei. — Carolyn esmagou a larva. — Você pode se ajustar a quase tudo.

— Talvez você possa. — Ela pegou o cachimbo de volta. — Às vezes penso que nós duas somos as únicas que ainda estão sãs.

Passou pela cabeça de Carolyn dar um tapinha no ombro de Jennifer ou abraçá-la ou algo assim, mas ela decidiu não fazer isso. A conversa já era mais delicada do que aquilo com o qual estava realmente confortável. Em vez disso, para mudar de assunto, acenou com a cabeça na direção do túmulo.

— Quanto tempo vai levar até que...?

— Não tenho certeza — disse Jennifer. — Provavelmente um tempo. Ela nunca esteve tanto tempo assim antes. — Fez uma careta e cuspiu de novo. — Blech.

— Aqui — disse Carolyn. — Eu trouxe algo pra você. — Ela remexeu em sua sacola plástica de compras e tirou uma garrafa meio vazia de Listerine.

Jennifer pegou a garrafa.

— O que é isso?

— Coloque um pouco na boca e bocheche. Não engula. Depois de alguns segundos, cuspa.

Jennifer olhou para a garrafa, duvidosa, tentando decidir se a outra estava tirando onda com sua cara.

— Confie em mim — disse Carolyn.

Jennifer hesitou por um momento, depois tomou um gole. Seus olhos se arregalaram.

— Bocheche bem — Carolyn disse e demonstrou estufando primeiro a bochecha esquerda, depois a direita. Jennifer a imitou. — Agora cuspa. — Jennifer cuspiu. — Melhorou?

— Uau! — disse Jennifer. — Isso é… — Ela olhou por cima do ombro para David. Ele não estava olhando, mas ela baixou a voz mesmo assim. — Isso é incrível. Geralmente levo horas para tirar o gosto da boca!

— Eu sei — disse Carolyn. — É uma coisa americana. Chama-se enxaguante bucal.

Jennifer passou os dedos pelo rótulo por um momento, com uma expressão de espanto infantil no rosto. Então, com óbvia relutância, ela estendeu a garrafa para Carolyn.

— Não — disse Carolyn. — Fique com ele. Comprei pra você.

Jennifer não disse nada, mas sorriu.

— Você terminou?

Jennifer assentiu.

— Acho que sim. Margaret está pronta, de qualquer forma. Ela ouviu o chamado. — Levantou a voz. — David? Mais alguma coisa?

David estava de costas para eles. Ele estava parado na beira do penhasco, olhando para a Rodovia 78 até a entrada de Garrison Oaks. Ele acenou com a mão, distraído.

Jennifer deu de ombros.

— Acho que isso significa que eu terminei. — Ela se virou para Carolyn. — Então, o que acha?

— Não tenho certeza — disse Carolyn. — Se o Pai está entre os americanos, não consigo encontrá-lo. Você aprendeu alguma coisa?

— Michael diz que não está entre as feras, vivas ou mortas.

— E os outros?

Jennifer deu de ombros.

— Até agora somos só nós três. Eles já estão vindo. — Ela se deitou na grama e descansou a cabeça no colo de Carolyn. — Obrigada pelo... como você chamou isso?

— Listerine.

— Lis-te-ri-ne — disse Jennifer. — Obrigada. — Ela fechou os olhos.

Durante toda aquela tarde, os outros bibliotecários foram chegando, sozinhos ou em duplas. Alguns carregavam fardos. Alicia segurava a vela preta, ainda acesa como na ruína dourada no fim dos tempos. Rachel e seus filhos fantasmas sussurravam entre si sobre os futuros que nunca existiriam. Os gêmeos, Peter e Richard, observaram com atenção enquanto os bibliotecários preenchiam os doze pontos do círculo abreviado, estudando alguma ordem profunda para a qual todos os outros estavam cegos. O suor na pele de ébano de cada um deles brilhava à luz do fogo.

Enfim, pouco antes do pôr do sol, Margaret estendeu a mão pálida e trêmula para a luz.

— Ela está de volta — falou Jennifer a ninguém em particular.

David caminhou até o túmulo, sorrindo. Ele se abaixou e pegou a mão de Margaret. Com sua ajuda, ela se levantou com as pernas trêmulas, a sujeira caindo ao seu redor em cascatas. David a tirou da sepultura.

— Olá, meu amor!

Ela ficou diante dele, não mais alta que seu peito, e inclinou a cabeça para trás, sorridente. David espanou o pior da sujeira, então a ergueu pelos quadris e a beijou, longa e profundamente. Seus pezinhos balançavam flácidos quinze centímetros acima da terra escura. Ocorreu a Carolyn que ela não conseguia imaginar qual a cor da vestimenta com a qual Margaret foi enterrada. Podia ter sido cinza, ou ter os tons de carne desbotada de uma boneca de criança deixada muito tempo ao sol. Fosse qual fosse sua cor original, combinava bem com a própria Margaret. *Ela quase não está mais aqui. Tudo o que realmente resta dela é o cheiro.*

Margaret cambaleou por um momento, depois se sentou na pilha de terra ao lado do túmulo. David lhe deu uma piscadela e passou a língua pelos dentes. Margaret deu uma risadinha. Jennifer engasgou outra vez.

David se agachou ao lado de Margaret e bagunçou seu cabelo preto empoeirado.

— E aí? — gritou para Richard, Peter e o resto — O que vocês estão esperando? Todos estão aqui agora. Tomem seus lugares.

Eles estavam reunidos em um círculo aproximado. Carolyn observou David. Ele olhou para o touro, inquieto, e no final ficou de costas para ele. *Mesmo agora, ele não gosta de olhar para isso.* Não que ela o culpasse.

— Muito bem — disse ele. — Vocês todos tiveram seu mês. Quem tem respostas para mim?

Ninguém falou.

— Margaret? Cadê o Pai?

— Eu não sei — disse ela. — Ele não está nas terras esquecidas. Ele não vagueia pelas trevas exteriores.

— Então, ele não está morto.

— Talvez não.

— *Talvez?* O que isso significa?

Margaret ficou em silêncio por um longo momento.

— Se ele morreu na Biblioteca, seria diferente.

— Diferente como? Ele não iria para as terras esquecidas?

— Não.

— Pra onde, então?

Margaret parecia esquiva.

— Eu não deveria dizer.

David esfregou as têmporas.

— Olha, não estou pedindo para você falar sobre o seu catálogo, mas... ele foi embora há muito tempo. Temos que considerar todas as possibilidades. Em termos gerais, o que aconteceria se ele *tivesse* morrido dentro da Biblioteca? Será que ele...

— Não seja *ridículo* — disse Carolyn, sem exatamente gritar. Seu rosto estava vermelho. — O Pai não pode estar *morto*... nem na Biblioteca, e nem em qualquer outro lugar! — Os outros murmuraram concordando. — Ele é... ele é o *Pai*.

O rosto de David se anuviou, mas ele deixou passar.

— Margaret? O que você acha?

Margaret deu de ombros, não muito interessada.

— É provável que Carolyn tenha razão.

— Hmm. — Ele não parecia convencido. — Rachel? Cadê o Pai?

— Não sabemos — respondeu ela, estendendo as mãos para indicar as fileiras silenciosas de crianças fantasmas dispostas atrás dela. — Ele não está em nenhum futuro possível que possamos ver.

— Alicia? E quanto ao futuro real? Ele está lá?

— Não. — Ela passou os dedos pelos cabelos loiros-acinzentados, nervosa. — Eu verifiquei todo o caminho até a morte térmica do espaço normal. Nada.

— Ele não está em nenhum futuro e não está morto. Como isso é possível?

Alicia e Rachel se entreolharam e deram de ombros.

— É realmente um enigma — disse Rachel. — Não sei explicar isso.

— Isso não é bem uma resposta.

— Talvez você esteja fazendo as perguntas erradas.

— Eu? — David caminhou até ela, sorrindo de maneira perigosa, os músculos do maxilar saltando. — Eu, *sério*?

Rachel ficou pálida.

— Eu não quis dizer...

David a deixou se humilhar por um momento, então tocou seus lábios com um dedo.

— Mais tarde. — Ela caiu no chão, tremendo visivelmente ao luar.

— Peter, você deve ser bom com toda essa porcaria abstrata. Números e assim por diante. O que acha?

Peter hesitou.

— Existem aspectos do trabalho do Pai que nunca me permitiram ver...

— O Pai escondeu coisas de todos nós. Responda a minha pergunta.

— Quando ele desapareceu, estava trabalhando em algo chamado completude da regressão — disse Peter. — É a noção de que o universo é estruturado de tal forma que não importa quantos mistérios você resolva, existe sempre um mistério mais profundo por trás disso. O Pai parecia muito...

— Ah, pelo amor de Deus. Você sabe onde o Pai está ou não?

— Não exatamente, mas se você seguir essa linha de pensamento, poderia explicar...

— Deixa pra lá.

— Mas...

— *Pare de falar.* Carolyn, fale com Peter mais tarde e traduza tudo o que ele diz em algo que as pessoas normais podem entender.

— Claro — disse ela.

— Michael, e quanto à Colina Distante? Havia algum sinal lá?

A Colina Distante era o paraíso do Deus da Floresta, onde todos os bichinhos inteligentes iam quando morriam — ou algo assim, pelo menos. Carolyn não sabia que ela era real. Aliás, ela não tinha certeza de que o Deus da Floresta era real até agora.

— Não. Não está lá. — A fala dele estava melhor agora.

— E o Deus da Floresta? Será que ele...

— O Deus da Floresta está dormindo. Ele não reuniu nenhum exército contra nós. Em sua matilha havia as intrigas de sempre, mas nada que nos preocupasse diretamente. Não vejo razão pra pensar...

— Pensar? Você? Isso é quase engraçado. — Ele se virou. — Emily, que tal...

— Tem mais uma coisa — disse Michael. — Temos uma visita.

David olhou para ele, fuzilando.

— Uma visita? Por que você não me contou antes?

— Você me acertou na boca — disse Michael. — Você me mandou ficar quieto.

Os músculos do maxilar de David saltaram de novo.

— Agora eu estou dizendo para não ficar quieto — disse ele. — Quem está vindo?

— Nobununga.

— O quê? *Aqui?*

— Ele está preocupado com a segurança do Pai — falou Michael. — Ele deseja investigar.

— Ah, *caralho* — exclamou Carolyn. Ela disse isso no susto: não tinha esperado Nobununga tão cedo. Mas teve a presença de espírito para falar baixinho, e em português. Ninguém notou.

— Quando ele vai chegar?

A testa de Michael franziu.

— Ele... ele vai chegar, hum... quando chegar aqui?

David trincou os dentes.

— Temos alguma ideia de quando isso pode acontecer?

— Vai ser mais tarde.

— Tipo, quando, exatamente? — Sua mão se fechou em um punho.

— Ele não entende, David — Jennifer disse com delicadeza. — Ele não vê o tempo do jeito que as pessoas veem. Não mais. Bater nele não vai mudar isso.

Michael, agora em pânico, desviou os olhos de Jennifer para David.

— Os camundongos viram ele! Ele se aproxima!

David abriu o punho. Esfregou as têmporas.

— Não importa — disse ele. — Não importa. Ele tem razão mesmo. Nobununga vai chegar quando chegar. Tudo o que podemos fazer é dar-lhe as boas-vindas. Peter, Richard: reúnam os totens. — Os gêmeos pularam, correndo para obedecer.

— Carolyn... eu preciso que você volte para a América. Precisamos de um coração inocente. Vamos oferecê-lo a Nobununga quando ele chegar. Acha que pode dar conta disso?

— Um coração inocente? Na América? — Ela hesitou. — É possível.

Sem entender ao certo, ele disse:

— É fácil. Basta cortar através das costelas. — Ele cruzou os dedos no ar. — Tipo assim. Se não conseguir tirá-lo sozinha, mande me chamar.

— Sim, David.

— Isso é tudo por esta noite. Carolyn, você pode ir quando estiver pronta. O resto de vocês fica por perto. — Olhou para o touro, inquieto. — Richard, Peter, sejam rápidos. Eu quero, hum, voltar para a casa da sra. McGillicutty — disse ele, piscando para Margaret. — O jantar estará pronto em breve.

Rachel se sentou no chão. Seus filhos se amontoaram ao seu redor. Num instante ela estava escondida atrás deles por completo. Carolyn queria falar com Michael, mas ele e seus pumas desapareceram na floresta. Jennifer desenrolou suas peles adormecidas e deitou-se sobre elas com um gemido. Margaret entrou na órbita de David.

David remexeu em sua mochila por um momento.

— Aqui, Margaret — disse ele. — Eu te trouxe um presente. — Ele puxou a cabeça decepada de um velho, erguendo-o por sua barba comprida e desfiada. Ele balançou a cabeça para a frente e para trás algumas vezes, e então a jogou para ela.

Margaret a pegou com as duas mãos, grunhindo um pouco com o peso. Ela sorriu, encantada. Seus dentes estavam pretos.

— Obrigada.

David se sentou ao seu lado e afastou-lhe o cabelo dos olhos.

— Quanto tempo vai levar?! — gritou ele por cima do ombro.

— Uma hora — respondeu Richard, passando os dedos pela tigela de totens: o cabelo do Deus da Floresta de Michael, a vela preta, o pedaço do vestido de Carolyn, duro de sangue, uma gota de cera da vela preta. Tudo isso seria usado como nós de uma ferramenta de rastreamento n-dimensional que eles tinham certeza, bem... razoável certeza, pelo menos, que lhes apontaria o Pai. Bem... talvez. Carolyn tinha suas dúvidas.

— Não mais que isso — Peter concordou.

Margaret colocou a cabeça no colo e começou a mexer nela — acariciando suas bochechas, arrulhando para ela, alisando suas sobrancelhas espessas. Depois de um momento de sua atenção, as pálpebras do morto estremeceram e depois se abriram.

— Olhos azuis! — exclamou Margaret. — Ah, David, obrigada!

David deu de ombros.

Carolyn deu uma espiada. Talvez os olhos do homem tivessem sido azuis um dia, mas agora, sobretudo, eles estavam afundados e cobertos por uma película. Mas ela o reconheceu. Ele tinha sido um cortesão menor em um dos gabinetes do Pai e, um dia, o primeiro-ministro do Japão. Normalmente tal homem estaria protegido. *David deve estar se sentindo ousado.* A cabeça piscou outra vez e fixou os olhos em Margaret. Sua língua se mexeu e seus lábios começaram a se mover, embora, é claro, sem pulmões ele não pudesse emitir nenhum som.

— O que ele está dizendo? — perguntou David. Após seis semanas de exílio, a maioria deles tinha aprendido pelo menos um pouco de americano, mas Carolyn era a única que falava japonês.

Carolyn se inclinou para perto, franzindo o nariz com o cheiro. Ela inclinou a cabeça e tocou as bochechas do homem.

— *Moo ichido itte kudasai, Yamada-san.* — O morto tentou mais uma vez, implorando a ela com olhos cegos.

Carolyn recostou-se e colocou as mãos no colo de forma recatada, da esquerda para a direita, de tal forma que a palma de cada mão ocultava os dedos da outra. Sua expressão era pacífica, até agradável. Ela sabia que Emily podia ler seus pensamentos com facilidade. David também podia sentir pensamentos, pelo menos o sabor básico. Ele sabia quando alguém lhe desejava o mal. Na batalha, ele podia perscrutar a mente de seus inimigos e ver suas estratégias, ver as armas que poderiam ser levantadas contra ele. Carolyn suspeitava que ele poderia olhar mais profundamente se houvesse necessidade. Mas isso não importava. Se Emily ou David decidissem examinar os pensamentos de Carolyn, encontrariam apenas o desejo de ajudar.

Claro, a emoção *genuína* é a própria essência do eu. Ela nunca pode deixar de ser sentida, não pode ser ignorada, nem pode ser recanalizada por muito tempo.

Mas com prática e cuidado, pode ser escondida.

— Ele está perguntando sobre Chieko e Kiko-chan — disse Carolyn. — Acho que são filhas dele. Ele quer saber se elas estão seguras.

— Ah — disse David. — Diga a ele que eu as estripei só pela prática. A mãe deles também.

— É verdade?

David deu de ombros.

— *Sorera wa anzen desu, Yamada-san. Ima yasumu desu nee* — disse Carolyn, dizendo-lhe que elas estavam seguras, dizendo-lhe que ele poderia descansar agora.

O morto permitiu que seus olhos caíssem. Uma única lágrima tremeu na borda de sua pálpebra esquerda. Margaret a estudou com olhos brilhantes e ávidos. Quando ela se soltou e desceu pela bochecha de Yamada, ela abaixou a cabeça, como um pássaro, e a lambeu com um único movimento hábil de sua língua.

O morto inflou as bochechas e as soprou, o som mais suave e triste que Carolyn já ouvira. David e Margaret riram juntos.

O sorriso de Carolyn foi forçado na medida certa. Talvez ela tivesse sentido pena do pobre homem? Ou talvez fosse o cheiro. Mais uma vez, qualquer um que se preocupasse em espiar seus pensamentos encontraria apenas preocupação com o Pai e um desejo sincero — embora um pouco nervoso — de agradar a David. Mas a ponta de seus dedos tremia com a lembrança de vibrações fracas e esmaecidas carregadas pela haste de uma lança de bronze, e em seu coração o ódio por elas brilhava como um sol negro.

CAPÍTULO 2

BUDISMO PARA BABACAS

I

Então — disse ela — você quer invadir uma casa?

Steve congelou por um longo momento, a boca aberta. Perto do bar, ele ouviu uma série de cliques nas entranhas do jukebox de Instrumentos Musicais Automatizados. Alguém tinha deixado cair uma moeda. Ele colocou sua Coors de volta na mesa sem tomar um gole. *Qual é o nome dela mesmo? Christy? Cathy?*

— Perdão? — disse, enfim. Então ele se lembrou: *Carolyn*. — Você tá brincando, né?

Ela deu uma tragada no cigarro. O carvão queimou, lançando um brilho alaranjado sobre meia dúzia de copos gordurosos e uma pequena pilha de ossos de galinha.

— Não. Estou falando totalmente sério.

A jukebox AMI zuniu. Um momento depois, o trovão inicial de "Sing, Sing, Sing", de Benny Goodman, ressoou pelo bar como os tambores de guerra de alguma tribo selvagem perdida. De repente, o coração de Steve estava batendo forte em seu peito.

— Ok. Ótimo. Você não está brincando. Então, o que você está falando é um crime muito sério.

Ela não disse nada. Apenas olhou para ele.

Ele lutou por algo inteligente para dizer. Mas o que saiu foi:

— Eu sou encanador.

— Você nem sempre foi.

Steve a encarou. Isso *era* verdade, mas não havia no mundo maneira pela qual ela pudesse saber disso. Ele tinha pesadelos sobre esse tipo de conversa. Tentando camuflar seu horror, ele pegou a última asa do prato e a mergulhou em queijo bleu, mas não chegou a comê-la. As asas ali não eram de brincadeira. O cheiro de vinagre e pimenta chegou até ele como um aviso.

— Não posso — disse ele. — Tenho que ir pra casa e alimentar Petey.

— Quem?

— Meu cachorro. Petey. É um cocker spa...

Ela balançou a cabeça.

— Isso pode esperar.

Mude de assunto.

— Você gosta deste lugar? — perguntou, sorrindo e desesperado.

— Bastante, na verdade — respondeu ela, passando os dedos pela revista que Steve estava lendo. — Como é mesmo o nome?

— Warwick Hall. Costumava ser um bar clandestino de verdade, nos anos 1920. Cath, a senhora que administra o lugar, herdou de seu avô, junto com algumas fotos antigas de como costumava ser. Ela é uma grande fã de jazz, então, quando se aposentou, ela o restaurou e abriu como um clube privado.

— Certo. — Carolyn tomou um gole de cerveja, depois olhou em volta para os pôsteres emoldurados. — Lonnie Johnson, Roy Eldridge segurando seu trompete, um anúncio de uma Festa do Vôngole em 3 e 4 de outubro de 1920 e poucos. — É diferente.

— É mesmo. — Steve retirou um cigarro e ofereceu o maço a ela. Enquanto ela o pegava, ele notou que, embora as unhas da mão direita dela não estivessem pintadas e estivessem roídas quase até o sabugo, as da esquerda eram longas e bem cuidadas, pintadas de vermelho. *Esquisito.* Ele acendeu seus cigarros com um único fósforo. — Comecei a vir aqui porque era o único bar em que você ainda pode fumar, mas acabei gostando.

— Por que não lhe dou um minuto para refletir sobre a ideia? — disse Carolyn. — Eu sei que joguei isso no seu colo do nada. Onde fica o banheiro feminino?

— Não há necessidade de pensar sobre isso. A resposta é não. O das mulheres é ali atrás. — Ele apontou com o polegar por cima do ombro. — Nunca entrei lá, mas nos mictórios do banheiro masculino é preciso puxar uma corrente de latão para dar descarga. Levei um minuto para descobrir isso. — Ele fez uma pausa. — Quem é você, exatamente?

— Eu te disse — falou Carolyn. — Sou uma bibliotecária.

— Ok.

A princípio, a aparência da mulher — suéter de Natal completo com renas, sobre shorts de bicicleta de spandex, galochas de borracha vermelha com polainas dos anos 1980 — o fez pensar que ela era esquizofrênica. Agora ele duvidava que fosse isso.

Ok, pensou, *esquizofrênica não. O que, então?* Carolyn não era excessivamente sobrecarregada com boa aparência, mas também não era feia. Ele teve a impressão de que ela também era muito esperta. Cerca de uma hora e meia antes, ela apareceu com duas cervejas, se apresentou e perguntou se poderia se sentar. Steve, um solteirão sem apegos além de seu cachorro, disse que sim. Eles conversaram por um tempo. Ela o encheu de perguntas e respondeu com vagar às perguntas dele. O tempo todo ela o estudou com olhos castanho-escuros.

Steve meio que teve a impressão de que ela trabalhava na universidade, talvez como algum tipo de linguista? Ela falou em francês com Cath e surpreendeu outro frequentador assíduo, Eddie Hu, por ser fluente em chinês. *Mas bibliotecária meio que também se encaixa.* Ele a imaginou, de cabelos frisados, cercada por pilhas oscilantes de livros, resmungando em uma caneca manchada de café da sala dos funcionários enquanto planejava o roubo. Ele sorriu e balançou a cabeça. *Sem chance.* Ele pediu outra jarra.

A cerveja chegou à mesa uns bons dois minutos antes de Carolyn. Steve serviu-se de outro copo. Enquanto bebia, decidiu mudar seu diagnóstico de esquizofrênica para "está cagando para roupas". Muita gente *dizia* cagar para roupas, mas eram raros os que de fato não ligavam. *Mas isso também não é inédito por completo.*

Um cara com quem Steve cursara o ensino médio, Bob alguma coisa, passou dois anos em uma ilha do Pacífico Sul como parte de um esquema de tráfico de drogas estranhamente bem-sucedido. Quando voltou, estava rico pra caralho — *duas* Ferraris, pelo amor de Deus — mas vestia qualquer coisa velha. Bob, ele lembrou, tinha uma vez…

— Estou de volta — disse ela. — Desculpe. — Ela tinha um sorriso bonito.

— Espero que você esteja pronta para outra rodada — disse ele, acenando com a cabeça para a jarra.

— Claro.

Ele lhe serviu a cerveja.

— Se você não se importa que eu diga isso, é estranho.

— Como assim?

— Os bibliotecários que conheço gostam de, tipo, não sei, chá e mistérios aconchegantes, não de arrombamento e invasão.

— Sim, bem. É um tipo diferente de biblioteca.

— Receio que vou precisar de uma explicação um pouco melhor. — Assim que a pergunta saiu de sua boca, ele se arrependeu. *Você não está realmente considerando isso, está?* Ele fez um rápido inventário espiritual. *Não, não estou*. Mas ele estava *mesmo* curioso.

— Estou com um problema — disse Carolyn. — Minha irmã disse que você pode ter o tipo de experiência necessária para resolvê-lo.

— Mas de que tipo de experiência estamos falando?

— Fechaduras residenciais, nada de especial, e um alarme Lorex.

— É isso? — Sua mente foi para a caixa de ferramentas na parte de trás de sua caminhonete.

Ele tinha suas ferramentas de encanamento, claro — tocha, solda, cortador de canos, chave inglesa —, mas tinha outras coisas também. Cortadores de arame, pé de cabra, um multímetro, uma pequena régua de metal que ele poderia usar para… *Não*. Ele reprimiu o pensamento, mas era tarde demais. Algo dentro dele acordou e começou a se mexer.

— É isso — disse ela. — Molinho, molinho.

— Quem é sua irmã?

— O nome dela é Rachel. Você não a reconheceria.

Ele parou para pensar.

— Você tem razão. Não me lembro de ter conhecido ninguém com esse nome. — Ela com certeza não fazia parte do pequeno, *muito* pequeno, círculo de pessoas que sabiam sobre sua carreira anterior. — Então, como essa tal de Rachel sabe tanto sobre mim?

— Na verdade, não sei direito. Mas ela é muito boa em descobrir coisas.

— E o que, exatamente, ela descobriu sobre mim?

Carolyn acendeu outro cigarro e soltou duas colunas de fumaça gêmeas pelas narinas.

— Ela disse que você tem jeito para coisas mecânicas e uma veia fora da lei. E que você cometeu mais de cem roubos. Cento e doze, acho que ela disse.

Isso era verdade, embora quase dez anos desatualizado. De repente, seu estômago ficou cheio de nós. As coisas que ele tinha feito e, pior, as coisas que *não tinha* feito naquela época estavam sempre circulando, nunca longe de seus pensamentos. Com as palavras dela, eles pousaram e o rasgaram.

— Eu gostaria que você fosse embora agora — disse ele com calma. — Por favor.

Ele queria ler a *Sports Illustrated*. Ele queria pensar na linha ofensiva dos Colts, não em como poderia atravessar um Kwikset residencial em trinta segundos, mesmo *sem* as ferramentas adequadas. Ele queria...

— Relaxe. Isso pode ser muito bom para você. — Ela deslizou algo pelo chão para ele. Ele espiou embaixo da mesa e viu uma mochila azul. — Olhe dentro.

Ele pegou a sacola pela alça. Já meio que suspeitando do que poderia encontrar, ele abriu o zíper e espiou dentro. Dinheiro. Muito dinheiro. Em especial notas de cinquenta e cem.

Steve colocou a sacola no chão e a empurrou de volta para o chão.

— Quanto tem aí?

— Trezentos e vinte e sete mil dólares. — Ela apagou o cigarro. — Mais ou menos isso.

— É uma quantia estranha.

— Eu sou uma pessoa estranha.

Steve suspirou.

— Você tem minha atenção.

— Então você vai fazer isso?

— Não. Absolutamente não. — *O budista se abstém de tomar o que não lhe é dado.* Ele fez uma pausa, fez uma careta. No ano anterior, ele havia declarado 58 mil dólares em seus impostos. Sua dívida de cartão de crédito era apenas um pouco menor do que isso. — Talvez. — Acendeu outro cigarro. — É muito dinheiro.

— É mesmo? Suponho que sim.

— Para mim é, de qualquer maneira. Você é rica?

Ela deu de ombros.

— Meu Pai.

— Ah. — *Papai rico*. Isso explicava um pouco da situação, de qualquer maneira. — Como você chegou a... quanto você disse que era?

— Trezentos e vinte e sete mil dólares. Eu fui ao banco. Dinheiro realmente não é um problema pra mim. Isso será suficiente? Posso conseguir mais.

— Deve cobrir — disse ele. — Eu conhecia pessoas, pessoas qualificadas, que fariam um trabalho como este por *trezentos dólares*. — Ele esperou, não sem esperança, que ela rescindisse a oferta, ou que talvez pedisse para ser apresentada às pessoas qualificadas. Em vez disso, eles se encararam por um tempo.

— Você é a pessoa que eu quero — disse ela. — Se não é o dinheiro, então o que está impedindo você?

Ele pensou em explicar a ela como estava tentando ser melhor. Poderia dizer: *Às vezes me sinto como uma nova planta, como se tivesse acabado de brotar da terra, como se estivesse tentando me esticar até o sol.* Em vez disso, o que disse foi:

— Estou tentando descobrir o que você ganha com isso. É algum tipo de esporte radical para crianças ricas? Você está entediada?

Ela soltou uma risada.

— Não. Sou exatamente o oposto de entediada.

— O que é então?

— Algo foi tirado de mim há alguns anos. Algo precioso. — Ela lhe deu um sorriso duro. — Eu quero isso de volta.

— Vou precisar de um pouco mais de detalhes. Sobre o que estamos conversando? Diamantes? Joias? — Ele hesitou. — Drogas?

— Não é nada disso. É mais como algo de valor sentimental. É tudo o que posso dizer.

— E por que eu?

— Você foi muito recomendado.

Steve parou para pensar. Por cima do ombro de Carolyn, na pista de dança, Eddie Hu e Cath praticavam o Charleston. *Eles estão ficando muito bons também.* Steve se lembrou de como era ser bom em alguma coisa. Por um tempo, em alguns círculos, ele foi um pouco conhecido. *Talvez alguém se lembrasse.*

— Tudo bem — disse ele afinal. — Acho que posso aceitar isso. Mas tenho mais umas perguntas.

— Manda.

— Você tem certeza de que, seja o que for, estaremos lidando apenas com alarmes residenciais básicos? Sem cofres, sem fechaduras exóticas, nada disso?

— Tenho certeza.

— Como você sabe?

— Minha irmã de novo.

Steve abriu a boca para se perguntar sobre a qualidade daquela informação. Então lhe ocorreu que ele não poderia dizer exatamente quantos trabalhos fizera mesmo que você colocasse uma arma na cabeça dele. *Mas cento e doze parece certo.* Então, em vez disso, ele disse:

— Última pergunta. E se o que quer que você esteja procurando não estiver lá?

— Você recebe o dinheiro de qualquer maneira. — Ela deu um leve sorriso e se inclinou para um pouco mais perto. — Talvez até um bônus. — Ela levantou uma sobrancelha, sorriu apenas um pouco sedutora.

Steve considerou isso. Antes que ela soltasse a bomba do roubo, ele tinha esperado que a conversa pudesse ir para a terra do flerte. Mas agora...

— Vamos simplificar — disse ele. — O dinheiro já vai me bastar muito bem. Quando você quer ir?

— Você vai fazer isso então? — As pernas dela eram fortes e bronzeadas. Quando ela se movia, dava para ver os músculos trabalhando sob sua pele.

— Sim — disse ele, já sabendo em seu coração que ideia terrível era. — Eu acho.

— O melhor momento é agora.

II

Uma das coisas que Steve gostava em Warwick Hall era como era limpo. Tudo era madeira polida, latão brilhante, assentos de couro bem macios em forma de um convite amigável para sua bunda, ladrilhos pretos e brancos dispostos no chão de uma maneira que teria agradado muito a Euclides.

Mas essa atmosfera se quebrava assim que você saía pela porta da frente. Para voltar ao mundo moderno, você tinha que subir alguns lances de degraus de concreto gorduroso até a rua. A escadaria era preta de sujeira antiga, o tipo de lugar onde gatos vadios vão para morrer. Montes de McMerda se acumulavam nos cantos — bitucas de cigarro, sacolas de fast food, uma garrafa de água Dasani cheia até a metade de saliva de tabaco. Esta noite estava frio, o que mantinha o cheiro fraco, mas no verão ele prendia a respiração ao subir.

Carolyn também não gostou. Ela tinha tirado as botas de borracha no bar, mas voltou a calçá-las na soleira e voltou a descalçá-las no alto da escada. Suas polainas eram listradas como doces nas muitas cores do arco-íris fora de moda. *Que diabo, eu preciso perguntar.*

— Onde você conseguiu essas coisas, afinal?

— Hein?

Ele apontou para as galochas.

— Estou ficando na casa de uma senhora. Ela tinha isso aqui no armário. — Sem as botas de chuva, seus pés estavam descalços. O estacionamento era de cascalho esmagado. Andar sobre ele não parecia incomodá-la.

— Minha caminhonete é aquela ali. — Era um caminhão de trabalho branco, com uns dois anos de idade, ENCANAMENTO HODGSON estampado em estêncil vermelho na porta. As fechaduras de seus estojos de equipamento eram da Medeco, as melhores. — As garotas adoram, eu sei. Tente se conter. — Ficou frio depois que o sol se foi. Sua respiração saía em vapores brancos conforme ele falava.

Ela inclinou a cabeça para ele, uma expressão interrogativa no rosto.

— Não tem graça. Deixa pra lá. — Ele entrou no lado do motorista. Ela se atrapalhou com a maçaneta da porta.

— Está emperrada?

Ela deu um sorrisinho nervoso e se pelejou com mais força. Ele estendeu a mão do outro lado do assento e abriu a porta por dentro.

— Obrigada. — Jogou as galochas e a sacola com os 327 mil dólares no chão, para descansar ali entre as garrafas de Mountain Dew e sacos vazios de carne-seca. Ela se encolheu no banco, as pernas dobradas embaixo de si, flexível como uma criança de oito anos.

— Eu tenho uma jaqueta sobressalente nas costas. Quer pegar emprestada? Está frio lá fora.

Ela balançou a cabeça.

— Não, obrigada. Estou bem.

Steve deu a partida no caminhão. Ele ganhou vida. O ar frio começou a entrar pela ventilação. *Última chance*, ele pensou. *Última chance de desistir disso.* Olhou para o assoalho. No brilho amarelo catarrento do poste de luz podia ver um maço de dinheiro recortado contra a lona da bolsa. Ele fez uma careta do jeito que você faz quando engole remédio. — Você tem o endereço desse lugar?

— Não.

— Então como é que eu vou...

— Vire à esquerda no estacionamento. Ande três quilômetros e...

Ele ergueu a mão.

— Ainda não.

— Eu pensei que iríamos fazer isso hoje à noite, não?

— Vamos. Mas primeiro temos que conversar.

— Ah. Ok.

— Você já fez isso antes?

— Não exatamente. Não.

— Você é do tipo tenso? Nervoso?

Ela deu um pequeno e irônico sorriso.

— Sabe, honestamente não tenho certeza. Se estou, tenho tudo sob controle.

— Ah, isso é bom. Não sei o que você está esperando, mas isso não vai ser igual a pular de bungee jump. Como iniciante, você pode estar um pouco tensa. É normal. Mas depois das primeiras vezes, é até muito chato, mais como ajudar um amigo a se mudar para um novo apartamento do que qualquer coisa que você veria nos filmes.

Ela estava concordando.

— Entendi. Eu…

Ele ergueu a mão.

— No entanto. Há algumas coisas para se ter em mente. Você tem celular?

Ela pareceu confusa por um momento, então balançou a cabeça.

— Sério?

— Sério. Eu não tenho nenhum tipo de telefone. Isso é um problema?

— Não. Eu ia fazer você se livrar dele. Podem ser rastreados. É que todo mundo parece tê-los hoje em dia. Você tem luvas?

— Não.

— Eu tenho um par que você pode usar. Você também vai precisar calçar as galochas de novo: pegadas. Eles talvez não deem o tratamento completo de cabelo e fibra *csi*, não para um simples roubo, mas podem tirar o pó em busca de impressões digitais. Fora isso, basta seguir meu exemplo e tente não tocar em nada que não precise. Você não tem nenhuma arma, certo?

— Não.

— Ok, ótimo. Armas não são legais. — Além de não querer machucar ninguém, Steve era um criminoso condenado. Se fosse pego em posse de uma arma, encararia uns cinco anos, no mínimo.

— Deixe-me pegar algumas coisas. — Steve tirou seu próprio celular do bolso e removeu o cartão SIM. Ele sabia que os policiais podiam montar um mapa bastante preciso de onde uma pessoa esteve pelas torres de celular às quais seu telefone se conectava enquanto se moviam. *Se eu remover o cartão, isso deve tornar a coisa impossível, certo?* Ele não tinha certeza. Na época em que fazia isso, não existiam telefones celulares. Ainda pensou em colocar o telefone num dos armários de equipamentos na parte de trás do caminhão. Imaginou que funcionaria como um elevador em termos de isolamento do sinal. *Mas nunca se sabe. Ah, que se foda*, pensou. *Vou apenas quebrar o troço.* Provavelmente seria um exagero, mas se ele ia fazer isso, faria direito.

Estava parado no canto de trás do estacionamento — sob um poste de luz, mas longe de todos os outros, e, sobretudo, fora da vista. *Velhos hábitos custam a morrer.* Ele sorriu um pouco. O armário de metal sobre a roda se abriu em dobradiças bem lubrificadas.

Começou a tirar as ferramentas. Uma furadeira makita sem fio, duas chaves de fenda, um pequeno pé-de-cabra, um martelo de dois quilos e uma haste fina que ele mesmo fizera com chapa de aço da Ace Hardware. Só, você sabe, para praticar. Steve enrolou o celular em uma toalha e o destruiu com duas pancadas do martelo. Colocou o resto das coisas em seu cinto de ferramentas, junto com um par de luvas de trabalho de couro, e depois enfiou o cinto de ferramentas em uma mochila. *Faz muito tempo que não monto um kit.* Sentiu uma explosão de algo como nostalgia e abafou esse sentimento com força. Ele *odiava* como sentia tanta falta disso. Queria ser melhor e, em grande parte, conseguia. Mesmo depois de dez anos, o tapa que encerrou sua carreira de ladrão e o veredicto que o acompanhava — *Seu babaca* — nunca estavam longe de seus pensamentos.

Mas... 300 mil. Ele disse, num suspiro:

— Fica muito longe?

— Cerca de vinte minutos.

— Que tipo de lugar é? Casa? Apartamento?

— É uma casa.

— Um andar só? Não é um duplex ou algo assim?

— Sim, um andar. Fica num loteamento, mas o bairro está quase vazio. O proprietário trabalha no turno da noite, então devemos ter todo o tempo de que precisamos.

— Tudo bem. A primeira coisa é: preciso de outro carro para nós.

— Por quê?

— Bem, entre outras coisas, este tem meu nome na porta.

— Ah. Ok.

A dupla se dirigiu ao aeroporto. Ele parou no estacionamento de curta permanência, depois pendurou a mochila no ombro. Entraram no terminal e saíram pelo outro lado, e então pegaram um ônibus para um estacionamento de longa permanência. Ele caminhou pelas fileiras até encontrar um carro com o canhoto à vista. Era um Toyota Camry azul-escuro, o carro mais sem graça da estrada. O proprietário o deixara no dia anterior. *Perfeito.*

— Fique aí, sim? — pediu ele.

Carolyn ocupou seu lugar na lateral do carro próximo à roda da frente do veículo. Ele pendurou o pé de cabra na presilha do cinto e guardou o alicate no bolso de trás. Então puxou a longa tira de chapa de aço da mochila, enfiou-a entre a borracha e a janela e abriu a fechadura. Estava preparado para o alarme do carro disparar, mas isso não aconteceu. Abriu o porta-malas por dentro do carro e jogou a mochila lá.

— Você vem?

Ela deu a volta e entrou no lado do passageiro.

— Isso foi rápido — disse ela. — Minha irmã estava certa a seu respeito.

— É por isso que eles me pagam muito dinheiro.

Ele abriu a tampa da coluna de direção com o pé de cabra e usou a chave de fenda para abrir o parafuso de bloqueio da ignição. O Toyota deu partida na primeira tentativa. Algumas das saídas do estacionamento eram automatizadas, mas o rastro eletrônico que seu cartão de crédito deixaria se ele o passasse seria uma prova mais ou menos conclusiva do grande furto do Camry. Então, em vez disso, recolocou a tampa de metal na coluna de direção e tinha dinheiro vivo pronto quando chegou à janela. Ele não precisava ter se incomodado. O atendente do estacionamento, um negro de cara entediada na casa dos cinquenta anos, estava assistindo à TV. Ele nem olhou para cima.

Escaparam noite adentro.

III

Nos seus sonhos mais secretos, Steve se achava um budista.

Alguns anos atrás, seguindo um capricho, ele comprou um exemplar de *Budismo para leigos* na livraria. Ele o guardava debaixo da cama. Agora estava com as páginas todas dobradas no canto, manchadas com gordura de pizza e Coca-Cola derramada de leituras repetidas. Às vezes, quando não conseguia dormir, ele fantasiava em desistir de todos os seus pertences mundanos e se mudar para o Tibete. Entraria para um mosteiro, de preferência um no meio de uma montanha. Rasparia a cabeça. Haveria bambu, pandas e chá. Ele usaria uma túnica laranja. Com certeza à tarde haveria cânticos.

O budismo, pensou, *é uma religião limpa.* Você nunca ouviu falar sobre como oito pessoas — duas delas crianças — acabaram de explodir como parte do conflito de longa data entre budistas e quem quer que seja. Os budistas nunca batiam à sua porta quando o jogo estava ficando bom para lhe entregar um folheto sobre como o príncipe Siddhartha era um cara legal. Talvez fosse apenas o fato de que ele não conhecia nenhum budista na vida real, mas ele se apegava à esperança de que eles de fato fossem diferentes.

Bem provável que isso era besteira. Provavelmente, se você fosse a um culto budista, descobriria que eles são tão mesquinhos e fodidos da cabeça quanto todo mundo. Talvez entre os cânticos falassem sobre como fulano estava vestindo o manto da última estação, ou como o incenso que o pequeno Zhang Wei queimou outro dia era uma merda, coisa barata porque sua família era muito pobre, hahaha. Mas ali era a Virgínia e ele era encanador. Por que não fingir?

Ele nunca chegou a fantasiar em comprar uma passagem de avião, é claro. Não era nenhum imbecil. Fingia, para fins de argumentação, que sua visão do ideal budista tinha base na realidade. O fato de que ele mesmo ainda era apenas um merda de cabeça raspada e túnica laranja se sobressairia mais cedo ou mais tarde.

Provavelmente mais cedo, ele pensou. Buda foi bastante claro sobre a questão de roubar. "Se você matar, mentir ou roubar... você desenterra suas próprias raízes. E se você não consegue dominar a si mesmo, o mal que você faz se volta contra você Gravemente." O *g* de "Gravemente" era maiúsculo.

E, no entanto, pensou, com o equivalente mental de um suspiro, *cá estou eu.*

— ... esquerda lá em cima — disse Carolyn.

— Repete, por favor?

— Eu disse pra virar à esquerda lá em cima, perto do carro vermelho.

Eles estavam dirigindo há cerca de vinte minutos, Carolyn dando as direções.

— Esquerda aqui. Bem na estrada grande. Opa, desculpe, dê meia-volta. — Sua voz era baixa e gutural. Era hipnótica. Além disso, o senso de direção de Steve era péssimo. A cinco minutos do aeroporto ele já estava totalmente perdido. Eles poderiam muito bem estar em Fiji. Em Nagoia. Na lua. — Tem certeza de que sabe para onde está indo?

— Ah, sim.

— Estamos chegando perto?

— Mais alguns minutos. Daqui a pouco.

Ela estava sentada enrolada no banco do passageiro, de costas para a porta. Sua postura, aliada à bermuda de ciclismo justa, mostrava boa parte da perna. Ele estava tendo problemas para não olhar para aquela perna. Toda vez que passavam por um outdoor ou placa de trânsito do lado de Carolyn, ele dava uma espiada. Ela não parecia se importar ou, de fato, sequer notar.

— Vire ali — disse ela.

— Aqui?

— Não, na próxima lá embaixo. Onde aquele… isso. — Ela sorriu para ele, seus olhos ferozes ao luar. — Estamos perto agora.

A estrada à frente estava escura. Eles estavam bem fora da cidade, avançando para a área rural. Chegaram a um loteamento quase vazio. Era grande, ou projetada para ser grande — tinha área suficiente para talvez uma centena de casas com pátios do tamanho de selos postais. Havia uma ou outra finalizada, mais alguns alicerces de concreto armado com ervas daninhas brotando das rachaduras. Mas, em sua maioria, os lotes estavam vazios.

— Perfeito — murmurou Steve.

— Lá. — Ela apontou. — Aquela.

Steve seguiu o dedo dela até uma pequena casa de fazenda pintada em um tom pálido de verde, terrível mesmo no escuro. A entrada estava vazia. A única fonte de luz era um poste de luz solitário na esquina.

Ele rolou pelo quintal devagar, o que o lembrou de alguma forma inespecífica de um vídeo de rap, que o fez se sentir ridículo. Cem metros adiante, a estrada fazia uma curva fechada o bastante para que a casa desaparecesse de vista atrás de um grupo de árvores. Ele estacionou ali e se virou para olhar para Carolyn.

— Última chance — disse ele. — Tem certeza de que quer fazer isso? Se me disser o que procura, posso…

Os olhos dela se incendiaram ao luar.

— Não. Eu tenho que ir com você.

— Belezinha, então. — Ele deu outra espiada discreta nas pernas da garota, então saiu. O baque suave da porta fechando soou dissimulado o suficiente. Ele deu a volta por trás do carro e pegou a mochila. — Você por acaso...

Ela acariciou a nuca de Steve com a ponta dos dedos. Ele estremeceu, os pelinhos em pé. Ele se virou para encontrá-la muito perto, perto o suficiente para que ele pudesse sentir seu cheiro. Ela cheirava um pouco como se não tivesse tomado banho... bem, há um tempo — mas era um tipo *bom* de não tomar banho há um tempo — almiscarado, feminino. Suas narinas dilataram.

— Vamos — disse ela. Tinha colocado as galochas de volta sobre as polainas.

Quando chegaram à casa, Steve verificou dentro da caixa de correio. Estava cheia, facilmente uma semana de lixo. *O dono não aparece em casa há algum tempo*, pensou. Perfeito. Pegou uma revista e a posicionou sob a luz da lua até conseguir ler a capa. Dizia *Police Chief Magazine* em letras garrafais azuis e era endereçada a... "Detetive Marvin Miner." Ele olhou para Carolyn.

— Esse sujeito é policial?

— É o que parece.

— O que ele fez com você?

— Estragou meu vestido de seda.

— Como ele fez isso?

— Manchou de sangue.

— Hmm. Você tentou enxaguá-lo com club sod...

— Sim, mas não deu pra recuperar. Você está dentro ou não?

— Bem... Acho que não faz muita diferença, se fizermos direito. De qualquer forma, não parece que o detetive Miner esteja em casa.

— Hmm.

Steve hesitou, então pisou na entrada da garagem. Caminhou até a porta da frente e tocou a campainha. Nenhuma resposta de dentro da casa.

— Por que você fez isso?

— Eu não esperava ninguém, mas se houver um rottweiler ou algo assim, seria bom saber disso agora.

— Ah. Bem pensado. — Sua voz gotejava desdém.

— Você não gosta de cachorros?

Ela balançou a cabeça.

— Eles são perigosos.

Steve deu-lhe um olhar interrogativo. Na maioria das noites, quando ele chegava em casa, seu cocker spaniel, Petey, abanava o rabo com tanta força que toda a bunda mexia. *Talvez, quando eu acabar isto aqui, eu e Petey possamos ir para o Tibete.* Ele se imaginou subindo a colina até o mosteiro em um dia claro de primavera, Petey quicando ao seu lado, a Paz Interior esperando por eles no topo da colina.

Mas antes, negócios. Steve pegou o capacho, procurando uma chave. Nada. Deslizou o dedo pela parte superior da moldura. Carolyn olhou para ele com curiosidade. — Muitas vezes as pessoas deixam as chaves sobressalentes de fora. — As pontas de suas luvas ficaram empoeiradas. Não havia chave.

— Ah, droga — disse ele. — Tenho que fazer isso da maneira mais difícil.

Eles caminharam até os fundos. Steve pegou o pé de cabra e o enfiou entre a porta e o batente na altura do ferrolho.

Enfiou uma Phillips e uma chave de fenda comum no bolso, junto com um alicate.

— Se o alarme estiver ativado, em geral você tem um minuto inteiro para desarmá-lo — explicou. — Isso deve nos dar bastante tempo. Mas você espera aqui. Não quero tropeçar em você.

Ela assentiu.

Steve puxou o pé de cabra e grunhiu. O batente da porta abriu menos de cinco centímetros, o suficiente para que o ferrolho se soltasse de seu alojamento. A porta se abriu na escuridão com um estalo. Uma lufada de ar quente saiu de dentro. Ele esperou, mas nada apitou.

— Acho que conseguimos uma brecha. O alarme não foi configurado.

Lá dentro estava muito escuro. Todas as janelas tinham cortinas — coisas grossas e pesadas que a luz da lua e aquele poste de luz solitário não conseguiam penetrar. A única luz na sala vinha de um enorme rack estéreo, tão alto quanto o próprio Steve. Os leds azul-claros do receptor brilhavam sobre uma poltrona reclinável da La-Z-Boy erguendo-se de um mar de latas amassadas de Busch.

— O que você está esperando? — Carolyn perguntou. O som de sua voz veio na frente dele. Steve não chegou a pular, mas se assustou. Ele não tinha ouvido seu movimento.

— Apenas dando uma chance para meus olhos se ajustarem — respondeu. Ele olhou ao redor. O micro-ondas da cozinha piscava incontáveis vezes uma meia-noite esverdeada sobre uma caixa de pizza gordurosa e uma pequena montanha de toalhas de papel amassadas. — Hum.

Foi até a cozinha e abriu a geladeira, fechando um olho para não se cegar outra vez. A luz branca da geladeira era surpreendente no escuro. Estava quase vazia de comida — apenas um vidro de tempero meio vazio e uma garrafa plástica de mostarda francesa na porta — mas tinha uma caixa de cerveja atrás. Steve, com sede, considerou a questão por um momento, então fechou a porta e bebeu água em um copo plástico da pia.

— Carolyn? Está com sede?

Ela não respondeu.

Ele enfiou a cabeça para fora da cozinha.

— Carolyn?

— Sim? — Ela se moverao novamente. Agora sua voz vinha de trás de Steve. Desta vez ele deu um pulo. Ele se virou para olhar para ela. Ela estava muito perto.

— Você quer… — Sua voz falhou.

Ela se moveu para mais perto, correu os dedos pelo peito dele.

— Quer o quê?

— Hmm?

— Você me perguntou o que eu *queria*. — Ênfase fraca na última palavra.

— Ah. Certo. Desculpe. Perdi minha linha de pensamento. Ele fez uma pausa. — Você quer que eu te ajude a procurar… o que quer que seja?

Ela disse algo que ele não entendeu.

— Como?

— Chinês. Desculpe. Tantas línguas. Às vezes, quando fico animada, as palavras se misturam.

O toque dela deu um choque elétrico em seu peito. Ele se afastou. Seus olhos se ajustaram à escuridão. Onde antes havia apenas formas vagas, ele agora via sofá e televisão, cadeira e mesa. Ele caminhou até um armário ao lado da televisão e o abriu.

— Nada mau — disse ele. O receptor era de marca alemã, muito mais bonito do que a casa garantia. — Você quer um aparelho de som?

— Não.

O aparelho de som de Steve, que nunca fora particularmente de ponta, dera algum tipo de curto. Ele estendeu a mão para este... *Ei, é um roubo, certo?* Sua mão pairou sobre o cabo de alimentação por um momento... e então ele se afastou, ocorrendo-lhe um pensamento de chutar a própria bunda. *Se você matar, mentir ou roubar... você desenterra suas próprias raízes.* Quando ergueu os olhos, Carolyn sumira.

— Ei — disse ele. — Onde você foi?

— Está aqui — disse ela. — Eu encontrei.

A voz de Carolyn veio de uma sala diferente e contígua. Steve se encolheu outra vez. *Encontrou o quê?* Ele seguiu o som. Ela estava na sala de jantar. Estava sentada em uma mesa longa e formal, os pés balançando, sua silhueta contra a luz pálida do poste. O armário de porcelana assomava atrás dela como um trono preto.

— Carolyn?

— Venha cá — disse ela. Suas pernas estavam ligeiramente separadas. Ele ficou diante dela.

— Cadê?

— Aqui — respondeu. Ela estendeu a mão para ele, deslizou a mão ao redor de seu pescoço, puxou-o para perto.

— Espere — disse Steve, não resistindo muito. — O que é isso?

Ela inclinou um pouco a cabeça, inclinou-se para a frente e o beijou. Seus lábios eram cheios, macios. Ela tinha gosto de sal e cobre. Por um momento, ele se deixou levar, afundou no beijo. Mas era de sua natureza não fechar os olhos.

Atrás dela, refletido na placa de vidro da cristaleira, algo se moveu.

Steve se afastou e se virou. Nas sombras no canto da sala estava um homem. Ele segurava uma arma longa.

— Epa — disse Steve, levantando as mãos. — Espere um minuto...

— Desculpe, Steve — disse Carolyn. De alguma forma, ela conseguiu escapar da mesa e ir para o outro lado da sala.

— Você está preso — disse o homem, apontando a arma para Steve.

— Certo — respondeu Steve. Ele levantou as mãos devagar. — Ok. Sem problemas.

O homem avançou para a luz pálida do poste. Seu cabelo ficou em pé. Seus olhos rolaram loucamente nas órbitas. *O que diabos há de errado com ele? Torazina? Dano cerebral?*

— Você está preso — disse o homem novamente, levando a arma ao ombro.

— Certo — disse Steve. — Ok. Devo me virar agora, ou...?

— Pare ou atiro — disse o homem. Um filete de baba escorria pelo canto de sua boca.

— *Espere! Espere, eu vou...*

— Atire — disse Carolyn.

O homem atirou. O clarão do cano foi enorme e brilhante na pequena sala, mas Steve parecia não ter ouvido o tiro. Quando sua visão clareou ele estava de costas, olhando para cima. Atrás dele, ouviu um pequeno som de tilintar. Ele revirou os olhos em direção a ela, viu um pedaço de vidro cair da cristaleira. Fez um som bonito. *O que é aquilo nos pratos?*, ele se perguntou. *Está tudo escuro e gotejante.*

Carolyn se inclinou para dentro de seu campo de visão.

— Sinto muito — falou ela de novo.

— Eu... socorro... eu tenho que chegar em casa... tenho que alimentar Petey... tenho que... tenho...

Ela estendeu a mão, tocou sua bochecha.

Escuridão.

IV

Quando Steve morreu, Carolyn levou um momento para se controlar. Ela fechou os olhos com força e soltou um longo suspiro.

— Você está preso — disse o detetive Miner outra vez.

Ele voltou a cambalear. Agora estava no canto, de costas para Carolyn. Deu um passo à frente e se chocou contra a parede. Ela caminhou até ele, virou-o com delicadeza, pegou sua espingarda. Entregou-a sem protestar.

Carolyn deu uma boa carregada, colocando outra rodada na câmara, então a colocou na mesa da sala de jantar. Ela teve o cuidado de não olhar para o corpo de Steve. Então pegou o detetive Miner pelos ombros e o conduziu até o arco entre a sala de jantar e a cozinha.

— Fique parado aqui — pediu.

Ele se concentrou nela por um momento, então revirou os olhos novamente.

— Você está presa — disse ele. Mas não se mexeu.

Carolyn caminhou até o lado direito de Steve. Pegou a espingarda e envolveu os dedos mortos da mão esquerda dele ao redor da bomba, segurando-a no lugar com os seus. Ela colocou o dedo indicador direito dele no gatilho. Apontou a arma para o detetive Miner.

Miner observou sem muito interesse.

— Pare ou eu atiro.

Ela puxou o gatilho. A explosão atingiu Miner no peito, destruindo seu coração e pulmões e enviando um bom pedaço de tecido para um buraco do tamanho de um punho em suas costas. Ele caiu no chão.

Ela largou a arma e caminhou até o interruptor. Lá ela tirou a luva direita e rolou o polegar pela placa de latão ao redor do interruptor, com cuidado para não o manchar. Quando terminou, colocou a luva de volta.

Ao terminar, afastou as mãos, deixando a arma na mão de Steve. Ela se virou e o encarou. Mesmo agora ela não se permitia chorar. Em vez disso, com infinita gentileza, abaixou-se e fechou os olhos dele.

— *Dui bu chi* — disse ela, tocando a pele de sua bochecha. — *U kamakutu nu* — disse ela. — *Je suis désolée* — e — *Ek het jou lief* — e — *Lo siento, Mainū māfa kara dēvō, Het spijt me* — e — *Je mi líto, Ik hald fan di* — e — *Ben bunu çözecektir* — e — *A tahn nagara* — e assim por diante.

Ela se sentou ao lado do corpo de Steve, balançando um pouco para a frente e para trás, abraçando a si mesma. Colocou a cabeça dele no colo. O luar prateado iluminou a sala cheia de coisas quebradas. Sozinha, dispensou as mentiras. Por toda aquela noite ela o segurou, acariciando-lhe o cabelo com a ponta dos dedos, falando baixinho, dizendo "desculpe", dizendo "me perdoe", dizendo "vou melhorar" e "prometo que vai ficar tudo bem", repetidas vezes em todos os idiomas que já existiram.

INTERLÚDIO I

DO LESTE, O TROVÃO

Depois que Isha e Asha foram mortas, David levou as duas carcaças de veado com ele para a Biblioteca, uma em cada ombro. Na manhã seguinte, ele as esfolou no que fora a entrada da casa dos pais de Lisa. O Pai insistiu para que Carolyn ajudasse. Ela fez isso sem reclamar, entregando as peles ensanguentadas e emborrachadas de seus amigos a Lisa em troca de couro, e os intestinos para Richard fazer cordas de arco. O próprio Pai pegou as carcaças. Naquela tarde, ele as enfiou em espetos, passou açúcar e cominho e as assou em seu touro de bronze.

Carolyn pediu ao Pai que não desse muita importância ao seu retorno, mas ele insistiu. Todo mundo que era alguém na corte do Pai compareceu. O embaixador das terras esquecidas veio trazendo os pesares de sua amante. Usava uma túnica preta, fumegante contra o frio do mundo dos vivos. O último Monstruwaken também apareceu, o que foi uma grande honra. Ele vivia numa barricada na coroa da pirâmide preta no fim dos tempos e raramente se manifestava no mundo anterior. Alguns diziam que ele era apenas uma encarnação mais velha do próprio Pai. Carolyn observou atentamente os sinais disso de qualquer maneira, mas não viu nada. Havia outros também, duas dúzias ao todo — o Duque, Liesel, e outros que ela ainda não conhecia. Os nobres convidados riam e brincavam entre si enquanto comiam. À luz do fogo, a gordura de veado brilhava em suas bochechas.

Carolyn não comeu. Mesmo antes de todos os convidados chegarem, ela pediu licença para ir à sua cela. Ela desejava, disse, retomar seus estudos. O Pai olhou-a por um momento, e então assentiu. Mais ou menos uma semana depois, ele a testou, interrogando-a sobre os eventos do verão, primeiro em mandarim e depois no jargão dos dragões inferiores. O Pai disse que estava satisfeito com o progresso dela. Carolyn sorriu e agradeceu.

A vida continuou assim por algum tempo.

O dia em que Michael bateu em sua porta foi talvez um ano depois do banquete. Ela teria cerca de dez anos de idade, então. O quarto de Carolyn sob o piso de jade da Biblioteca era fresco e escuro, mas em Garrison Oaks o solstício de verão se aproximava. Eles tinham permissão para sair à noite, mas depois do que acontecera na semana anterior, ela não queria. Ela estremeceu. *Não depois de Rachel.*

O catálogo de Rachel se preocupava com a previsão e manipulação de futuros possíveis. Às vezes, isso era realizado por meio de cálculos matemáticos. Outras vezes ela lia presságios nas nuvens, nas ondas. Mas, na maioria das vezes, Rachel aprendia sobre o futuro enviando agentes. Os agentes eram seus filhos, ou melhor, seus fantasmas. A fim de torná-los agentes, o Pai exigia que Rachel os estrangulasse em seus berços, geralmente por volta dos nove meses de idade. Era importante, disse o Pai, que ela mesma fizesse isso.

Rachel começou a entender isso em seu décimo segundo aniversário, três semanas antes. Duas semanas depois, ela tentou escapar. Uma noite, quando o Pai estava fora, ela correu para lá, disparando pelas longas sombras do crepúsculo de verão, pés descalços pisando em gramados amarelados e quebradiços com a seca. Thane a viu, é claro. Ele e as outras sentinelas a derrubaram pouco antes da placa de loteamento. Eles a rasgaram em pedaços enquanto as crianças assistiam.

A mão direita de Rachel, ensanguentada, despontou da massa de corpos peludos. Dois dedos se foram. Ela tentou segurar...

Houve um som na porta de Carolyn, muito suave, como o roçar de uma pata na madeira. Por um momento, considerou ignorá-lo. O Pai estava ausente em alguma missão. David começou a olhar para ela de uma maneira que a deixava desconfortável. As portas da cela trancavam por dentro e por fora, e se ela...

— Carolyn? — Era Michael.

Carolyn sorriu. Ela abriu os ferrolhos que trancavam a porta do seu lado e abriu uma fresta na porta. Michael estava no corredor, nu e queimado de sol. Em seus ombros, ela viu uma fina crosta branca. *Sal?* Ele estava segurando um pedaço de papel. Acenou para ele entrar, depois fechou a porta atrás dele e trancou-a novamente.

Sua cela tinha cerca de quatro passos de lado, forrada com estantes de livros em todas as paredes. As prateleiras estavam cheias de textos do Pai e anotações de Carolyn sobre eles. Não tinha janelas, é claro. Ela podia tê-lo decorado — não era proibido, e a maioria dos outros tinha uma ou duas pinturas — mas não o fez. Sua escrivaninha era a única mobília digna de menção. A escrivaninha também se destacava por ser um nível ou dois acima do estritamente utilitário — madeira de cerejeira, tampo de couro e alguns arabescos. Seu colchonete era apenas confortável. Mas as prateleiras das paredes estavam lotadas de livros, e pilhas até os joelhos balançavam aqui e ali pelo chão.

— Michael! — Ela o abraçou, sem se importar com sua nudez. — Faz séculos! Onde você esteve?

— Na... — Sua boca abriu e fechou algumas vezes. Nenhum som saiu. Após alguns segundos disso, ele acenou com a mão vagamente atrás de si.

— Na floresta? — sugeriu ela.

— Não. Floresta não. — Ele fez mímica de nadar.

— No mar?

— Sim. Isso. — Michael sorriu, grato pela ajuda. — Eu aprendo com, *estudo* com, Olho de Mergulhadora. — Olho de Mergulhadora, uma tartaruga marinha macho, era um dos ministros do Pai. Leal e antigo, ele era o único encarregado do Oceano Pacífico e o único responsável pela proteção contra as coisas no mar de Okhotsk. Michael tocou a bochecha de Carolyn com a mão salgada. — Senti sua falta.

— Também senti a sua. Como estava o mundo lá fora? — Carolyn passava quase todo o tempo dentro da própria Biblioteca, com uma ou outra viagem de campo ocasional para testar sua fluência em um novo idioma.

O rosto de Michael estava preocupado.

— Diferente. Não como aqui. O oceano é muito profundo.

Carolyn pensou nisso por um momento. Não parecia haver nada a dizer sobre isso.

— Sim. É sim.

— Como é aqui?

— Perdão?

— Como... como *tem*... estado aqui?

— Ah! Bom, quase a mesma coisa. Talvez um pouco pior ultimamente. Margaret continua acordando todo mundo com seus gritos. Sendo sincera, acho que ela está enlouquecendo. Devem ser todos aqueles livros horríveis sobre teias de aranha que o Pai a faz ler. Ultimamente ela está convencida de que o Pai vai matá-la em breve. — Carolyn revirou os olhos. — Ela é tão melodramática.

— Ah. Que triste. E David? — Michael e David eram bons amigos, quando foram americanos. Eles ainda tocavam juntos quando podiam.

— Ah, você conhece o David. Apenas um grande idiota, ele *aaaama* todo mundo. — Carolyn revirou os olhos. — Ele é legalzinho, mas está sempre tão alegre. Fica chato.

— Sim. Os lobos têm um ditado... — Aqui Michael fez ruídos de lobo.

— Hmm. Sim.

— Significa, hmm, "coração grande demais para a caça". David é, talvez, muito amigável? Gentil demais para ser uma luta?

— Acho que o termo é "*um lutador*" — disse ela gentilmente. — Mas talvez você tenha razão. O Pai disse algo muito parecido algumas semanas atrás.

— E você?

— Poderia ser pior. — Isso era verdade, mas ela ainda não sabia disso. Achou que estava mentindo. Então, para mudar de assunto: — O que você tem aí? — Apontou para um pedaço de papel que ele estava segurando.

Michael o ergueu e olhou para ele. Sua testa enrugou. O papel estava coberto de escrita cuneiforme, ela viu. Não era pelapi.

— O Pai diz... — Acenou com a mão para cima e para baixo no papel, então entregou a ela.

— Claro. — Era bastante comum o Pai enviar um filho ou outro até ela para traduções, e Michael mal conseguia se lembrar das palavras em *pelapi*. A maior parte de sua educação vinha da floresta e de suas criaturas, não dos livros. Ela pegou o papel e o examinou por um momento. — Devo ler tudo pra você?

Michael parecia aflito.

— Você poderia... — Ele fez um gesto de esmagar com as mãos e olhou para ela sem esperança. — Eu não... palavras são difíceis, agora. Para mim.

— Eu sei. — Seu tom era suave. — Vou resumir pra você. — Ele a encarou sem entender. — Menos palavras. Me dê um minuto. — Ela folheou o documento com um olhar experiente. — Isto é antigo — disse. — Bem, é uma cópia. Mas está falando de uma batalha que aconteceu no segundo século, talvez 65 mil anos atrás. — Também não entendeu isso. Ela tentou outra vez. — Há muito, muito tempo. Muitos invernos, muitas vidas.

— Ah — disse ele. — Sim.

— É sobre um… hmmm. Me dê um segundo. — Ela foi até a parede dos fundos e pegou um pergaminho antigo e empoeirado. Carolyn o examinou rapidamente, procurando algo. Ela assentiu. — É sobre o Pai, mais ou menos.

— Pai?

— Bem, tipo isso. Diz aqui que, hmm, originalmente o amanhecer não saiu como planejado. — "O amanhecer" era como todos chamavam a batalha que marcava o fim da terceira era. Tudo depois disso foi considerado parte da quarta era, a atual, a era do reinado do Pai. — O primeiro nascer do sol funcionou bem, e os Silenciosos, acho que são os Silenciosos?, foram levados para a sombra. Mas quando o Pai executou o ataque final contra o Imperador… uau! Diz aqui que o Pai foi "abatido e quebrado". — Ela olhou para Michael, as sobrancelhas levantadas.

Ele lhe lançou um olhar vazio.

— Eu não… Eu não *mesmo*…

— Significa que o Pai estava levando uma surra.

— *Pai?* — Ele parecia chocado.

Ela deu de ombros.

— É o que diz aqui. De qualquer forma, então o Pai estava apanhando desse tal Imperador. — Carolyn já tinha ouvido falar do Imperador antes, mas além do fato de que ele existiu e de ter governado a terceira era, não se sabia muito. *Mas ele deve ter sido um personagem e tanto para sair por aí derrubando o Pai.* — Blá, blá… tumulto e pancadaria… parecendo muito ruim para o Pai… e então… — Carolyn parou.

— O que foi?

Ela olhou para cima.

— Desculpe. — Ela leu em voz alta: — "E então, do leste, o trovão. E ao som deste Ablakha", isso é algo pelo qual costumavam chamar o Pai, "Ablakha se levantou. E, olhando para o leste, Ablakha viu que o trovão era a voz de um homem, e que este homem era conhecido por ele. Esse homem tinha sido o…", hmm, não sei o que essa palavra significa. "Este homem tinha sido uma coisa ou outra do Imperador, e seu fiel confidente. Mas agora ele tinha visto a sabedoria, e decidiu juntar seu destino ao de Ablakha. E vendo isso, a… de Ablakha…" hmm, fúria? Não, fúria não. Seu coração guerreiro. "Ao ver isso, o coração guerreiro de Ablakha se rejubilou, e ele se levantou. Da mesma forma, os exércitos de Ablakha que foram dilacerados", mortos, talvez?, "se levantaram novamente". Blá, blá... tiro, porrada e bomba... "e assim amanheceu a quarta era do mundo, que é a era de Ablakha". — Ela devolveu o papel a Michael. — Isso fez sentido?

Ele assentiu.

— Ok, ótimo. Então, pra que tudo isso, afinal?

Michael deu de ombros.

— Eu devo encontrar esse homem amanhã... começar meu aprendendo com ele.

— Ah. — O coração dela afundou. Michael era a coisa mais próxima que ela tinha de um amigo. Pensou em perguntar quanto tempo ele ficaria fora, mas ele não sabia dizer. *Bem*, ela pensou, *pelo menos temos esta noite*. Na Biblioteca você aceitava os bons momentos que pudesse ter.

— Nome — diz Michael. — Qual era o nome dele?

— Do Pai?

— Não. O trovão do leste. Ele.

Carolyn semicerrou os olhos para o manuscrito em suas pequenas mãos, já seco e permanentemente manchado com tinta.

— Nobununga — respondeu. — O nome dele era Nobununga.

CAPÍTULO 3

A NEGAÇÃO QUE DESTRÓI

I

Na manhã após assassinar o detetive Miner pela segunda vez, Carolyn acordou no chão da sala de estar da sra. McGillicutty. Foi pouco depois do amanhecer. Como era de hábito, ficou muito quieta a princípio, de olhos fechados, tomando cuidado para não dar nenhum sinal de que estava consciente. As manhãs eram sempre mais difíceis. Tanto quanto ela sabia, ninguém — nem o Pai, nem David, nem mesmo Emily — podia ver sua mente adormecida, então era apenas lá que ela fazia seu *verdadeiro* planejamento. Mas quando acabava de acordar, era difícil impedir que a verdade de seu coração se enredasse nas mentiras de sua mente consciente, e a ponta de seus dedos tremia com frequência.

Ela farejou o ar na sala, aprendendo o que podia dessa maneira. Michael havia partido. Como combinaram, ele foi embora antes do nascer do sol. Eles se encontrariam mais tarde no touro de bronze.

A maioria dos outros ainda estava lá, ainda dormindo. Vagamente, do quarto dos fundos, ela sentiu o cheiro de suor azedo e sangue fresco — David. Misturado a isso, o cheiro de terra marrom e carne podre — Margaret. Alicia estava mais perto, recém-chegada do futuro distante e ainda cheirando a metano. A sra. McGillicutty estava preparando comida na cozinha — café, batatas fritas no alho, algum tipo de molho.

Carolyn abriu os olhos o mínimo que pôde. Aquele quarto americano ainda parecia estranho para ela, como um sonho meio esquecido. Em anos de calendário, Carolyn tinha algo como trinta anos, mas os anos de calendário eram apenas parte disso. No momento em que ocorreu a ela se perguntar qual era sua verdadeira idade, ela só tinha um palpite aproximado. Compreendia todas as línguas — do passado e do presente, humanas e das feras, reais e imaginárias. Sabia falar a maioria delas também, embora algumas exigissem equipamento especial. Quantas ao todo? Dezenas de milhares? Centenas de milhares? E quanto tempo para aprendê-las? Mesmo nos dias de hoje, ainda levava quase uma semana para dominar uma nova. Mas quando olhava no espelho, via uma jovem. O Pai dera a ela coisas para melhorar sua memória, para ajudar sua mente a trabalhar mais rápido. Mas também era verdade que o tempo funcionava de maneira diferente na Biblioteca. E Carolyn, mais do que qualquer um deles, tinha passado sua vida ali.

Assim, a América que um dia fora sua casa agora parecia exótica. A coisa chamada "sofá", embora bastante confortável, era muito alta, muito mais alta do que os travesseiros aos quais ela estava acostumada. No canto tinha uma caixa chamada "televisão" ou "tevê" que podia mostrar imagens em movimento, mas você não podia entrar nela ou tocar nas coisas. Não tinha velas, nem lamparinas a óleo. E assim por diante.

A sra. McGillicutty era uma mulher viva, uma americana, que os aceitara em sua casa por vontade própria. *Bem... mais ou menos.* Lisa teve uma conversa com ela, mas os efeitos disso foram apenas temporários. Além disso, Jennifer deu a ela um pó azul que a deixara menos curiosa a respeito das excentricidades deles. Mas também era verdade que a sra. McGillicutty, uma viúva que vivia sozinha, gostava de ter companhia.

Eles estavam lá há cerca de seis semanas. Na segunda noite de seu banimento de Garrison Oaks e da Biblioteca, ficou claro que o que quer que os estivesse mantendo fora de Garrison Oaks não iria embora. Peter e alguns outros estavam reclamando sobre dormir ao relento. Todo mundo estava com fome. Eles podiam ter ido a um dos cortesãos do Pai, mas David achou que não era sensato.

— Até que saibamos quem está por trás disso, vamos manter isso entre nós.

No horizonte, as luzes da América brilhavam.

Então eles partiram em massa, caminhando para o leste pela pista oeste da Rodovia 78. Cerca de um quilômetro e meio fora de seu vale, subiram uma colina, viraram no primeiro bairro que encontraram e bateram em uma porta ao acaso. Era pouco antes da meia-noite. Carolyn ficou na frente. David ergueu-se atrás dela, lança na mão.

A sra. McGillicutty, uma viúva cujo único filho nunca telefonava, veio até a porta em seu roupão.

— Oi! — disse Carolyn, animada. — Somos estudantes de intercâmbio! Houve algum tipo de confusão com o programa e não temos onde ficar! Estávamos pensando se você poderia nos hospedar para passar a noite.

Carolyn usava sua túnica de estudante, uma coisa de algodão verde-acinzentado nas linhas de um quimono com capuz, amarrada na cintura com uma faixa. Os outros estavam vestidos de forma semelhante. Não pareciam estudantes de intercâmbio.

— Sorria — disse Carolyn baixinho, em pelapi. Todos sorriram. A sra. McGillicutty não ficou tranquila.

Pois é, pensou Carolyn. *Valeu a pena tentar.* Muitas culturas tinham uma tradição de abrigar estranhos. *Mas evidentemente não a América.*

— Ahn... Acho que tem um Holiday Inn logo ali descendo a rua — disse a sra. McGillicutty. — À esquerda.

— É — disse Carolyn. — Isso provavelmente não vai funcionar. — Então, em pelapi: — Lisa, você poderia...?

Lisa deu um passo à frente e tocou a bochecha da sra. McGillicutty. A mulher mais velha se encolheu a princípio, mas quando Lisa falou, seu rosto suavizou. Os sons que Lisa emitiu não estavam em nenhum idioma que Carolyn conhecesse, e se tinha algum tipo de gramática ou mesmo um padrão neles, ela nunca havia notado. Fosse o que fosse, estava fora de seu catálogo. Mas funcionou com a velha, assim como funcionava com todos os americanos. Depois de um momento, ela disse:

— Claro, querida. Vocês não querem entrar, por favor?

Eles entraram.

Mesmo sob os efeitos do que quer que fosse de Lisa, a sra. McGillicutty foi fria com eles no início. Carolyn percebeu que ela estava com medo. Ela fazia muitas perguntas e não parecia satisfeita com as respostas de Carolyn. Então surgiu o assunto da alimentação.

— Vocês estão com fome? — perguntou a sra. McGillicutty. — Sério?

— Sim. Se não for muito incômodo, qualquer coisa que você tiver seria...

— Vou fazer uma lasanha! — Ela sorriu, talvez pela primeira vez em anos. — Não, duas lasanhas! Meninos crescendo! Não vai demorar nem um minuto!

Na verdade, foram algumas horas, mas ela também juntou algumas coisas que chamou de amuse-bouche, que significa "diversão para a boca", um termo de que Carolyn gostou bastante. Eram salgadinhos de queijo, azeitonas, salame, pão frito em azeite e alho, coisas assim. Ela tinha vinho também. O cachimbo de prata de Jennifer deu algumas voltas. Lá pelas três da manhã, quando a lasanha chegou, todos estavam agradavelmente chapados e rindo, despreocupados por um tempo.

Houve apenas um momento ruim. David, farto das azeitonas, foi à mesa buscar mais vinho. Ele mergulhou o dedo na mistura de queijo e chupou um pouco daquela gosma. A sra. McGillicutty deu um tapa em sua mão.

Todos congelaram.

Ah, merda, pensou Carolyn. *Estava tudo indo tão bem.*

O rosto de David se anuviou. Ele cresceu para cima da velha. Ela inclinou a cabeça para trás e olhou em seus olhos. A essa altura ela entendia que eles não falavam português, pelo menos não bem. Ela balançou o dedo na cara de David. Seus olhos se arregalaram.

Carolyn desviou o olhar e se preparou para o sangue.

A sra. McGillicutty apontou para a pia. David parecia confuso. Na verdade, todo mundo estava confuso... mas pelo menos a velha ainda estava viva.

— Hmm... David? — disse Richard depois de um momento.

David olhou para ele, o olhar fixo.

— Acho que ela quer que você abra as torneiras? Pra lavar as mãos? — Ele fez a mímica desse gesto.

David pensou nisso por um momento, então assentiu. Ele se aproximou da pia e abriu a água. *Ah, não*, pensou Carolyn, desesperada. *Ele vai afogá-la. Fervê-la. Alguma coisa.*

Mas não o fez. Em vez disso, David lavou as mãos, primeiro deixando a água clara enxaguar a sujeira endurecida e o sangue coagulado, depois fazendo uma boa espuma com algo chamado Palmolive. Quando terminou, suas mãos estavam brilhantes e limpas até quase a altura dos cotovelos. Ele as mostrou à sra. McGillicutty.

— Você é um bom garoto — disse ela em português. — Qual é o nome dele, querida?

— David — disse Carolyn. Seus lábios estavam dormentes. — O nome dele é David.

— Você é um bom garoto, David.

David sorriu para ela. Então, talvez a coisa mais incrível que Carolyn já testemunhara aconteceu. David explorou as profundezas paleolíticas de sua memória e voltou com uma frase em português:

— Bigado... vó.

A sra. McGillicutty sorriu.

David sorriu.

A sra. McGillicutty mostrou a bochecha.

David, curvando-se quase à altura da cintura, beijou-a.

Jennifer olhou para seu cachimbo, piscou e ergueu os olhos.

— Vocês estão vendo isso?

— *Vendo*, sim — disse Peter.

A sra. McGillicutty pegou uma colher limpa e retirou um pouco da mistura de ovo e queijo. Ela deu para David, então usou a colher para limpar um pouco de baba do queixo dele. Ele esfregou a barriga e fez ruídos de "nham-nham".

Carolyn olhou em volta da mesa da cozinha da sra. McGillicutty. Tudo o que viu foram olhos arregalados e mandíbulas frouxas.

David encheu sua taça de vinho e voltou para a mesa.

— O que foi? — perguntou ele, olhando para eles. — Ah, o que é que há. Vocês sempre agem como se eu fosse algum tipo de ogro.

II

Agora, pouco mais de um mês depois, Carolyn levantou-se e caminhou na ponta dos pés entre os corpos adormecidos até o *sanctum sanctorum* da sra. McGillicutty. Um pouco de molho amarelo borbulhava suavemente no fogão ao lado dos ingredientes — creme, ovos, manteiga. A sra. McGillicutty estava diante de sua enciclopédica prateleira de temperos, batendo na bochecha com um dedo, considerando.

— Estou sem os frescos — disse ela se desculpando, balançando um pouco de limão de plástico.

Carolyn sorriu. A sra. McGillicutty era uma alma gentil. Tudo o que ela, de fato, queria da vida era alimentar alguém. *E ela é* muito *boa nisso também*. O café da manhã acabou sendo algo chamado Ovos

Benedict. Carolyn, normalmente indiferente à comida, comeu duas porções. Quando não conseguiu mais comer, saiu gingando para se limpar.

Saindo do banheiro, ela viu que os olhos de Peter estavam abertos, observando-a. Em silêncio, ela levantou um dedo em um determinado ângulo com relação ao próprio peito. Esse ângulo correspondia à altura que o sol estaria no céu por volta das dez da manhã.

Era quando Peter encontraria Michael e ela no touro.

De acordo com os filhos fantasmas de Rachel, Nobununga chegaria hoje. Ele se encontraria com todos eles no fim das contas, mas Carolyn tinha combinado que ela, Michael, Peter e Alicia teriam uma conversa particular primeiro. Peter assentiu em silêncio, compreendendo. Alicia ainda não estava acordada, mas Peter passaria a notícia adiante.

Quando ela voltou para a cozinha, Jennifer estava à mesa. À sua frente tinha uma caneca fumegante de café preto.

— Bom dia — disse Jennifer em pelapi.

— Bom dia. Dormiu bem? — Seu sorriso era caloroso e genuíno, mas, embora tivessem sua privacidade, ela não mostrou a Jennifer o sinal que tinha trocado com Peter. Ela gostava bastante de Jennifer, mas no encontro com Nobununga eles discutiriam questões de vida e morte. Na opinião de Carolyn, Jennifer se afogara em sua fumaça e em seu medo há muito tempo. *Ela não serve para nada.*

A sra. McGillicutty olhou por cima do ombro para Carolyn.

— Você poderia perguntar à sua amiga se ela está com fome?

— Ela vai querer um pouco. — Então, para Jennifer: — Espero que esteja com fome.

Jennifer gemeu.

— Ainda estou me recuperando do jantar. É *realmente* bom?

Carolyn deu a ela um aceno sério de cabeça.

— É ridículo. Não sei como ela faz isso.

Com verdadeira alegria, a sra. McGillicutty mexeu uma panela de água fervente e quebrou um ovo no vórtice.

Jennifer suspirou.

— Ok. — Ela abriu a bolsinha de couro na qual guardava as drogas e suspirou. Estava quase vazia. — Acho que você não pensou em…

— É — disse Carolyn. — Na verdade, pensei, sim.

Jennifer sorriu.

— Minha heroína!

Carolyn foi até sua bolsa e tirou um tijolo embrulhado em papel--alumínio do tamanho aproximado de um livro de bolso. Ela o jogou para Jennifer.

— Pronto, Fumacinha.

Jennifer virou o tijolo nas mãos, olhando-o em dúvida.

— O que é isso?

— Chama-se haxixe — respondeu Carolyn. — Acho que você vai gostar. É a mesma coisa que você normalmente usa, só que mais concentrada ou algo assim.

Jennifer desembrulhou o tijolo, cheirou-o e pegou um pedaço. Ela o esfarelou no cachimbo e acendeu. Um momento depois:

— Uau!

— Gostou?

Ela assentiu. Fumaça escorria de suas narinas. Ela tossiu um pouco, depois soltou a fumaça com um suspiro satisfeito.

— Minha heroína — disse ela outra vez. Deu outra baforada e ofereceu o cachimbo a Carolyn.

— Não, obrigada — disse ela. — Um pouco cedo pra mim.

— Você é que sabe. — Ela deu uma última tragada e guardou o equipamento na bolsa. Elas ficaram sentadas em silêncio por um tempo, observando a sra. McGillicutty cozinhar.

— Coitada — disse Jennifer em pelapi. Ela estava balançando a cabeça.

— Como assim?

— Ela tem um carvão do coração. É muito distinto.

— Ela tem o quê?

Jennifer lhe deu um olhar interrogativo.

— Pensei que você falasse todas as línguas.

— Sim e não — disse Carolyn. — Quero dizer, eu entendo as palavras que você usou, mas elas não significam muito para mim. Eu estou supondo que é um termo técnico? Algo… — Então, de modo apressado: — Não estou pedindo que você explique!

Falar sobre o seu catálogo era a única coisa verdadeiramente e entusiasticamente proibida para eles. O Pai nunca disse por que, de maneira exata, mas levava isso *muito* a sério. O pensamento geral era que ele não queria que nenhum deles ficasse muito poderoso, mas depois do que aconteceu com David, ninguém sequer ousava perguntar.

— Está tudo bem — disse Jennifer. — As regras são um pouco diferentes para mim. Posso falar sobre condições médicas, sobre seus sintomas, diagnósticos, resultados prováveis, qualquer coisa em que um paciente possa ter um interesse legítimo. Só não posso entrar em nenhum tipo de detalhe técnico sobre tratamentos.

— Ah, é? Eu não sabia disso. — Ela e Jennifer não conversavam muito há anos. — Então isso é… o quê? Uma válvula ruim ou algo assim?

— Não, não. Nada físico. — "Carvão do coração" é apenas um termo para a síndrome.

— Terrivelmente rebuscado.

Jennifer deu de ombros.

— O Pai tem uma veia poética.

Carolyn a encarou.

— Se você diz. Então, o que há de errado com ela?

Jennifer franziu os lábios, procurando as palavras certas.

— Ela faz brá-nis.

— "Brá-nis?" Você quer dizer brownies?

— Isso! — assentiu Jennifer. — Isso mesmo! Você *entende*.

— Ahn… não, Jennifer. Desculpe. Eu não estou entendendo nada.

O rosto de Jennifer murchou.

— Ela faz brownies — disse ela. — Ela mesma não come, mas os faz mesmo assim. Ela faz isso a cada poucos dias.

— Mas eu ainda não enten…

— Às vezes ela canta quando faz — disse Jennifer. — É assim que eu sei. Não precisam ser palavras. Ouvir alguém cantar ou apenas cantarolar pode me dizer tudo.

— Sobre o quê? — perguntou Carolyn, totalmente perdida.

— A patologia dela — disse Jennifer. — Os brownies não são para ela. São para alguém que ela perdeu há muito tempo.

— O marido dela? — O marido da sra. McGillicutty estava morto fazia dois anos.

— Não — respondeu Jennifer. — Ele não. Ele passou a maior parte do casamento no trabalho. Isso era o que o definia. E ele tinha outras esposas. Uma vez ela tentou falar com ele sobre isso e ele a espancou.

— Que adorável.

A sra. McGillicutty agitou-se na cozinha, com os olhos distantes.

— Mas existiu uma criança, um dia. Ela nem mesmo sabe, mas os brownies são para ele.

— O que aconteceu?

— O menino gostava de ser fodido na bunda — disse Jennifer. — Isso fez o pai dele ficar muito zangado. Um dia, os dois chegaram em casa e o encontraram fazendo sexo no sofá. Era um homem mais velho, um dos amigos de seu pai. Ela não teria se importado, não muito, mas isso deixou o pai do menino louco. Ele bateu bastante na criança, quebrou a tíbia esquerda e a mandíbula em dois lugares. Ficou no hospital por muito tempo, mas os ossos acabaram se curando. Só que o dano ao seu espírito foi catastrófico. O menino e seu pai eram próximos quando ele era mais novo. A surra o destruiu. Começou a usar drogas, anfetaminas, sobretudo, mas qualquer coisa em que pudesse colocar as mãos. Ele se afastou. Ficava longe por dias seguidos. Então um dia ele não voltou para casa. Falaram com ele uma ou duas vezes com aquele... — Jennifer apontou para uma coisa na parede.

— Chama-se telefone — disse Carolyn. Ela conseguiu que Miner explicasse sobre telefones antes de matá-lo pela primeira vez.

— Certo. Isso. Eles falaram duas vezes no te-lo-fone, e um dia chegou um bilhete. Ele estava em um lugar chamado Denver, depois em outro chamado Miami. Então eles não receberam mais ligações. Isso foi há dez anos.

— Onde ele está?

Jennifer balançou a cabeça.

— Morto, talvez. Na verdade, ninguém sabe. No começo, era uma agonia para ela. Cada telefonema, cada batida na porta abria a ferida. Ela ficou acordada todas as noites durante anos. Seu marido se recuperou... seguiu em frente, esqueceu. Ele era um homem que nunca sentiu nada muito profundamente, assim como o próprio pai da sra. McGillicutty. Mas Eunice não consegue seguir em frente. Ela está deitada sozinha no escuro e espera que seu filhinho volte para casa. A espera é tudo o que ela tem agora.

Carolyn olhou para a mulher triste que se movimentava pela cozinha e sentiu algo se mexer dentro de si. Era compaixão, embora ela não a reconhecesse como tal. Não era algo que ela sentia com frequência.

— Ah — disse ela com suavidade —, entendi.

— Ela acha que se o filho voltasse para casa agora, seria como acordar de um sonho. Ela poderia sentir outra vez. Mas o menino não voltará para casa e, embora não se permita saber disso, ela sabe de qualquer maneira. E então ela faz brownies para a memória de seu bebê. Não consegue evitar... um leve consolo é melhor que nenhum consolo, entende? O mundo dela é muito frio, e é com isso que se aquece.

Jennifer olhou para a velha cozinhando ovos na cozinha e lançou um sorriso triste.

— É um carvão do coração.

— Devíamos fazer alguma coisa — sugeriu Carolyn. Seu dedo indicador direito tremeu, só um pouquinho. — Rachel poderia encontrar seu filho. Mesmo que ele esteja morto, você poderia...

Jennifer olhou para ela, surpresa.

— Que gentil da sua parte, Carolyn. — Ela balançou a cabeça. — Mas não ajudaria. Nunca funciona do jeito que você pensaria. O problema com um carvão do coração é que a memória *sempre* diverge da coisa real. Ela se lembra de uma versão idealizada de seu filho. Ela esqueceu que ele era egoísta, que gostava de desferir pequenas ofensas. Não foi de fato um acidente que eles viram ele e o outro homem fodendo no sofá. Se ele voltasse agora, não ajudaria. Ele partiria outra vez em breve, só que desta vez ela não teria mais o conforto da ilusão. Provavelmente isso a destruiria. Ela não é muito forte.

— E então? Há algo que possa ser feito?

Jennifer balançou a cabeça.

— Não. Não para isso. Ou ela encontrará uma maneira de deixar o menino ir ou morrerá pela lembrança.

— Entendi. — Depois disso, elas ficaram ali sentadas em silêncio. Jennifer tomou seu café e pediu repetição. Carolyn tomava um refrigerante de limão.

Os outros estavam acordando, entrando. Carolyn traduzia os pedidos do café da manhã entre eles e a sra. McGillicutty, retransmitia agradecimentos, ajudava a lavar as coisas quando parecia apropriado. Então ela anunciou que ia dar um passeio e se esgueirou para a floresta rumo ao oeste, em direção ao touro.

Enquanto caminhava, Carolyn sentiu o carvão de seu próprio coração com bastante intensidade. Ela se perguntou se já cantarolara ou cantara perto de Jennifer. Com certeza ela não teria feito isso nos últimos dez anos, não desde que o plano começou a se concretizar, mas antes disso ela apenas não conseguia se lembrar. *Se Jennifer sabia, não deu nenhum sinal, mas...* Ela ficou pensando nisso por um tempo, então deixou a pergunta de lado. Jennifer poderia saber, ou suspeitar. Ou não. Não importava.

Era tarde demais para voltar atrás agora.

III

Uma hora depois, ela estava no cume da clareira, com vista para a Rodovia 78. Do outro lado da estrada, lá embaixo, a placa de madeira desgastada de Garrison Oaks rangia ao vento. Ela era ostensiva, à maneira de placas de imóveis, mas agora as letras de madeira em relevo eram prateadas e rachadas pelo tempo. *Perfeito mesmo*. Entre suas outras habilidades, o Pai era muito bom em camuflagem.

Estava um pouco adiantada, então parou ali para organizar seus pensamentos. O touro de bronze surgiu às suas costas, reluzente de tão limpo e horrível, não totalmente fora de vista por trás das árvores. Era onde eles deveriam se encontrar, mas ela não queria ficar perto dele por mais tempo do que o necessário.

Pensava em Nobununga. Era crucial que esse encontro informal corresse bem, e ela estava tentando pensar em coisas que poderia fazer para cair nas boas graças de seu nobre convidado. Idealmente, ela gostaria de ter trazido o coração de Steve — no momento marinando em um saco Ziploc na gaveta de legumes da sra. McGillicutty —, mas é claro que isso alertaria David de que tinha coisas acontecendo pelas suas costas.

Além disso, ela não conseguia pensar muito. Carolyn e Nobununga nunca se conheceram e ela não sabia muito sobre ele além do que ouvira de Michael. Ao que tudo indica, ele tinha apetite por carne crua, assim como muitos dos ministros do Pai. Havia aquela parte sobre "trovão do leste", é claro, mas isso foi há muito tempo. Muito, muito tempo, na verdade. Ao contrário da maioria dos primeiros aliados do Pai, Nobununga nunca caíra em desgraça, nunca fora destituído de sua posição. *Ele será leal, então. Inabalavelmente leal*. Claro, havia mais do que isso. Acreditava-se que ele e o pai também eram amigos, o que era estranho de se pensar. Mas Michael o amava sem reservas, então talvez ele fosse um tipo decente. E ele tinha fama de ser inteligente. *Então talvez nós possivelmente...*

Muito atrás dela, do fundo da floresta, veio o som de madeira quebrando.

Carolyn inclinou a cabeça, num súbito estado de alerta. *Parece um barulho de coisa grande*. Ela se lembrava o suficiente de seu tempo com Isha e Asha para ter certeza de que não era uma árvore caindo. *Não. Aquilo foi um galho quebrando*. Rachando sob o pé de algo muito grande mesmo, pelo som. *Barry O'Shea, talvez? Com certeza é muito cedo para...*

Ela girou na rocha para obter um ângulo melhor, então deixou seus olhos desfocarem. Colocou tudo de si no ato de ouvir. Na estrada abaixo um carro passou, agradavelmente distante. Não muito longe, um curiango gritou algo que ela não conseguiu entender no momento. Parecia urgente. *Michael saberia.*

Crec.

Desta vez foi mais perto.

Ela pulou da pedra, de repente cautelosa. Isha e Asha viviam com medo de ursos. Nunca tinha visto um, mas Michael concordou que tinha alguns por ali, e algumas criaturas que não eram naturais também — pneumóvoros e similares. *Eles não constituíam nenhum perigo quando o Pai estava por perto, mas agora... hora de ir embora, eu acho.*

Mesmo assim, ela não estava muito preocupada. Qualquer coisa não natural sentiria o cheiro da Biblioteca nela e ficaria com medo. A pior possibilidade era um urso faminto, e depois da semana que teve, ela mal conseguia ter medo de algo assim.

Outro ruído de galho quebrando.

O curiango gritou de novo. Um coelho disparou para fora do mato, em pânico, dirigindo-se para o penhasco.

Seja o que for, definitivamente está vindo em minha direção.

Carolyn suspirou e partiu em direção ao touro num trote acelerado. Ela se movia com toda a habilidade que Isha lhe ensinara, e ainda mais — o que aprendera sozinha. Ela era muito rápida e não fazia nenhum som sequer. Ainda não estava particularmente preocupada. O touro tinha presença em vários planos além do físico. Os animais sentiam mais do que os humanos, e isso os deixava desconfortáveis. Nenhum animal natural se aproximaria dele. Se ela o alcançasse, estaria segura.

Ao seu lado, ela ouviu um farfalhar, leve, mas inconfundível. *Será que ele... está me* perseguindo?

Com certeza não.

Então, a cem metros de distância, meio escondida atrás de uma moita de açafrão, ela viu o que a perseguia.

Um tigre*? Sério? Na Virgínia?*

Seus olhos se encontraram. O tigre empurrou para o lado as folhas pontiagudas de um caule de datura que rompera as linhas de seu rosto. Ele permitiu que ela desse uma olhada rápida em todo o seu corpo — pelo laranja, listras pretas, barriga branca — e então partiu em sua direção. Ele trotava de um jeito hipnótico e gracioso, olhos verdes faiscando aqui e ali. Suas narinas dilataram. Um metro e meio de cauda balançou de modo suave em seu rastro.

Seu instinto foi frear e sair correndo para o outro lado o mais rápido possível. Em vez disso, ela se virou *para* ele e acelerou um pouco, involuntariamente, quando a adrenalina bateu. Puxou a faca de obsidiana de sua bainha na parte inferior de suas costas. Agora ela gritou, mas foi um grito de guerra, não de pânico, um som humano baixo e brutal.

Os olhos do tigre se arregalaram de leve.

Então, de repente, ela sumiu da vista dele. Com um único salto, partiu para a esquerda, escondida atrás de um pinheiro grosso. Quando ela não podia mais vê-lo — e, mais importante, *ele* não podia *vê-la* — ela se lançou em um segundo pinheiro menor. Carolyn o atingiu a uns bons dois metros do chão, envolveu as pernas ao redor da fera, e depois os braços. Ela começou a corcovear para cima. A casca era áspera contra seu peito, sua barriga, suas coxas. Ele se desfez em seus olhos enquanto ela subia.

Alguns segundos depois, ela olhou para baixo e ficou surpresa ao ver que estava a quase dez metros de altura. O chão abaixo dela estava vazio. Por um momento, ela pensou que tinha imaginado a coisa toda, que era...

Não, ela pensou, *aquilo é um tigre, com certeza.*

Ele saiu detrás do pinheiro grosso, lânguido. Mesmo apurando o ouvido com atenção, ela não conseguia ouvir nenhum som. *Ele devia estar brincando comigo antes*, ela pensou. *Fazendo pequenos sons, quebrando galhos, para ver o que eu faria. Deve ter sido...*

O tigre olhou para ela e rugiu. Carolyn lutou contra a vontade de se urinar. Subiu mais meio metro na árvore, o mais alto que sua ousadia permitia. O tronco foi ficando mais fino ali, e ela estava preocupada que seu peso pudesse...

O tigre sentou-se de cócoras. Ergueu uma pata enorme, inspecionou-a, deu-lhe uma lambida.

Um momento depois, Michael apareceu.

— Carolyn? — perguntou. Sua fala era forçada, hesitante, como quando conversava com animais. — Por que você está na árvore?

Ela fechou os olhos com força, cerrou os dentes.

— Olá, Michael — saudou ela. — Só saí para tomar um pouco de ar fresco e me exercitar. Achei que seria divertido subir em uma árvore. Como você está hoje?

— Estou bem — disse Michael, claramente confuso com a raiva na voz dela. — Você deveria descer, Carolyn. Você parece boba.

— Sim. Sim, não duvido que pareça. — Ela começou a descer a árvore devagar.

Quando seus pés tocaram a terra, Michael e o tigre a observaram por um momento. Michael acenou com a cabeça para o chão. Ela olhou fixo para ele, sem entender. Ele apontou para o chão outra vez, então deu um tapinha na barriga dele.

Ah, pensou Carolyn. *Certo*. Ela deitou de costas e mostrou a barriga para o tigre. Ele a aninhou, cheirando aqui e ali. Feito isso, Carolyn se levantou.

— Nosso Senhor Nobununga nos honra com sua visita — disse ela.

Michael traduziu, estrondos surpreendentemente profundos brotando de seu pequeno peito.

Então, como um aparte para Michael:

— Você poderia ter me dito que ele era a porra de um tigre, Michael.

Michael olhou para ela e piscou sem entender. Sua expressão era vazia, inocente. Naquele momento ela poderia tê-lo estrangulado e até sorrido ao fazê-lo.

— Você não sabia? Achei que todo mundo soubesse.

IV

Com a bênção de Nobununga, Carolyn recuou um pouco para conhecer Peter e Alicia. Ela queria lhes dar um pequeno aviso sobre Nobununga, poupá-los do tipo de susto que ela teve. Todo mundo já estava no limite. Ela os interceptou no penhasco, cerca de um quilômetro atrás, caminhando juntos. Isso foi uma surpresa.

— O que você disse a David? — perguntou ela.

O catálogo de Peter era Matemática. Alicia explorava as permutações do futuro. Ela não conseguia pensar em nenhum negócio que pudesse, de maneira plausível, exigir que os dois saíssem juntos.

Eles trocaram um olhar.

— Nós, ah… — começou Peter, depois parou. Ele estava corando.

Alicia pegou a mão dele e entrelaçou os dedos nos dele.

— Nós temos dado pequenos passeios juntos de vez em quando, Carolyn — disse ela com secura. — Ninguém achou isso nada demais hoje. Eu meio que presumi que você sabia, não?

— Por que vocês têm dado... ah! Eu, ah... ah. Entendi. — Carolyn esfregou a testa. — Desculpe. Estão aumentando as provas de que preciso ser um pouco mais observadora. Mas não importa. Nobununga está aqui.

— Está? Onde?

Carolyn apontou para a Rodovia 78. Nobununga estava descendo na direção leste. Um carro passou zunindo na outra direção. O motorista, Carolyn percebeu, estava bocejando. O Pai tinha feito alguma coisa para garantir que o bairro nunca parecesse muito interessante para os americanos, mas ninguém sabia ao certo o quê.

— É *ele*? — perguntou Alicia.

— Ele é um *tigre*?

— Ah, desculpe, pessoal — pediu Carolyn, alegre. — Eu meio que presumi que vocês sabiam! Sim, é ele. Um espécime e tanto, não é?

— Acho que nunca vi um tigre de perto antes — disse Peter.

— Já viu, sim — disse Carolyn. — Eu também, na verdade. Tinha um no banquete quando voltei de... do meu verão fora. — Seu verão com Isha e Asha. — Isso quase tinha que ter sido ele. Mas eu saí cedo. Se fomos apresentados, não me lembro.

— Ah, certo — disse Peter. — Agora eu lembro.

— *Isso* é com o que, com quem, Michael tem trabalhado de aprendiz? — perguntou Alicia. — Achei que Nobununga fosse, você sabe... um cara. — Ela o observou andar por um momento. — Uau. Simplesmente... uau.

— Não *só* Nobununga, eu acho — disse Carolyn. — Toda vez que falo com Michael, ele volta de algum lugar diferente, África, China, Austrália, mas é sempre Nobununga quem faz as apresentações. Ele é bem considerado.

— Sujeito de aparência feroz, não é?

Carolyn assentiu.

— Sim. Sério, vocês não fazem ideia. — Ela fez uma pausa. Então, quase de maneira despreocupada: — Eu me pergunto se poderia ter sido ele.

— O que você quer dizer?

Carolyn esfregou as têmporas.

— Eu odeio admitir isso, mas David tem razão. O Pai nunca ficou tanto tempo longe. — Ela lhes deu um olhar longo e sério. — É de se conceber que algo tenha acontecido com ele. Algo ruim. Fatal, até.

— Você não está pensando sério...

— Eu apenas disse "talvez". — A ponta dos dedos dela estava tremendo de novo. Ela as pressionou na palma da mão. — Mas... Acho que você concorda que o grupo de criaturas que podem cometer violência com o Pai é relativamente pequeno. De cabeça, consigo pensar em apenas três: David, o Duque e Nobununga.

— Pode haver outros — disse Alicia. — Alguns dos que não vemos muito. Q-33 Norte, talvez? — Mas ela estava olhando para Nobununga, pensativa.

— É aquele dos tentáculos?

— Não, esse é Barry O'Shea. Q-33 Norte é aquele tipo iceberg com pernas, lembra? Lá da Noruega.

— Ah, certo.

— Eu ainda acho que tinha que ser David — falou Peter. — Você se lembra do que...

— Eu lembro — cortou Carolyn. — No geral, acho que concordo com você. *Quase tinha* que ser David. É por isso que sugeri que nos encontrássemos... se David fez um movimento contra o Pai, deve ter algum tipo de plano para lidar com Nobununga também. Nobununga precisa estar ciente disso. Ele pode estar caindo em uma armadilha.

— Nobununga é velho — disse Alicia. — Alguns dizem 60 mil anos. Outros dizem que é muito mais. Eu mesma ainda não cheguei aos trinta, Carolyn. Aos olhos dele, mal somos crianças. Tem certeza de que ele precisa de um conselho nosso?

— O Pai também era velho — disse Carolyn. — Onde ele está agora? — Ela esperou, mas ninguém tinha uma resposta para isso. — Vamos — disse ela, enfim. — Não queremos nos atrasar.

Eles partiram em direção ao touro, seguindo ao longo da borda do penhasco. Todos os três ficaram olhando para Nobununga enquanto caminhavam, fascinados. Ele tinha descido os degraus e atravessado a rua. Estava parado na frente da placa de Garrison Oaks. Uma caminhonete passou pela Rodovia 78. O cachorro atrás deu alguns latidos confusos, mas o motorista não pareceu notar.

Nobununga andou de um lado para o outro na frente da placa — uma, duas, três vezes. Peter ficou encantado com sua visão. Alicia teve que puxá-lo para impedir que ele caísse da beira do penhasco.

Quando eles estavam a cerca de duzentos metros de distância, Nobununga rugiu, chamando por Michael, que desceu correndo os degraus e atravessou a rua para atender seu mestre. Falaram um com o outro por um tempo, rosnados profundos que Carolyn não conseguia ouvir, e gesticulando. Então Nobununga esfregou o ombro no peito de Michael.

Michael se debateu, selvagem, obviamente chateado. O tigre o deixou continuar por um momento, então rugiu. Michael ficou em silêncio. Ele atravessou a rua e se agachou no degrau mais baixo até o touro, a cabeça entre as mãos, abatido.

O que será que foi aquilo?

Nobununga virou as costas para a estrada. Ele encarou Garrison Oaks e colocou uma pata enorme na estrada que levava à Biblioteca.

Lenta e deliberadamente, começou a avançar.

— Espere... o que ele está fazendo?

— Com o que isso parece? — perguntou Alicia. — Ele vai procurar o Pai.

— Mas — começou Peter — se o... o que quer que seja...

— Sim — disse Carolyn. — Tem *isso.* — Ela chamou Michael. — Michael, você contou a ele sobre...

— Fique *quieta*, Carolyn! — Michael gritou. Carolyn ficou um pouco alarmada ao ver que ele estava chorando. — *Quieta*! Ele tem que se *concentrar*!

Carolyn assentiu, desta vez com mais seriedade.

— Ele está. Ele está fazendo isso. Vai procurar o Pai.

A placa na entrada do loteamento marcava o limite da barreira que os mantinha longe da Biblioteca. Um ou dois passos além da placa e você começaria a sentir os efeitos — dor de cabeça, dormência, falta de ar, suor, o que fosse. Era diferente para todos — pelo menos todos afetados por isso. Nem todo mundo estava. Os outros prenderam a respiração juntos, esperando para ver se Nobununga seria imune. Carolyn, com a ponta dos dedos tremendo sob o peso de suas mentiras, fingiu acreditar nas dela também.

Nobununga passou pela placa devagar, sem nenhum sintoma óbvio de angústia.

— Ele está realmente fazendo isso — disse Alicia, impressionada. Quando ela tentou, deu dois passos para além da placa. Ali, seus globos oculares começaram a sangrar. Ela voltou depois disso e, embora Jennifer tivesse parado o sangramento, ficou sem enxergar muito bem por dias.

David foi o que andou mais longe — oito passos. Então ele se virou, sangue escorrendo de suas orelhas, olhos, nariz. Ele não tinha gritado — era preciso muito para fazer David gritar — mas no ponto mais distante, pouco antes de se virar, ele soltou um pequeno gemido, um ruído de animal sofredor.

Com quatro passos largos, Nobununga ultrapassou o ponto que detera David.

— Não parece estar afetando ele — observou Peter.

— Talvez não — disse Carolyn.

Eram cerca de três quarteirões do portão até a entrada da Biblioteca. Nobununga desceu o primeiro quarteirão sem mostrar nenhum sinal de angústia. Ele parou no primeiro cruzamento e olhou por cima do ombro para Michael.

— Aqui é *reissak ayrial*! — gritou o tigre. Ele não falava na língua dos tigres, mas na língua comum deles, o pelapi. Sua voz era um pouco rosnada, mas perfeitamente compreensível. — Eu entendo isso agora. É a vontade de Ablakha que eu cace o símbolo… e o destrua, se puder.

— Ele sabe falar? — perguntou Peter.

— O que é *reissak ayrial*? — indagou Alicia.

— Significa "a negação que destrói" — explicou Carolyn. — Shh! Eu quero ver.

Nobununga deu outro passo.

— Ele *é* imune — disse Alicia, a esperança crescendo em sua voz. — Eu sabia. Parece que vamos para casa depois…

— Olhe — disse Carolyn.

Três passos após o sinal de parada marcando o primeiro cruzamento, Nobununga fez uma pausa. Levantou uma pata enorme. Carolyn, cuja visão era muito boa, viu que ele estava tremendo.

Nobununga voltou-se outra vez para Michael. Agora lágrimas de sangue pingavam de seus olhos verdes, e escorriam por seu focinho.

— Não! — gritou Michael, depois disse algo na linguagem dos tigres. Disparou a correr.

— Michael! — berrou Carolyn por sua vez. — Não! — Observou, transida de pavor, enquanto Michael corria em direção a Garrison Oaks. Ela pensou que estava pronta para o que viria a seguir, as coisas que tinha que fazer, mas…

Não, Michael. Ainda não.

Ela partiu atrás dele. Foi rápida — Carolyn foi mais rápida do que qualquer um deles, exceto David — mas Michael estava muito à frente. Ela desceu o penhasco íngreme, quase caindo. Porém quando chegou ao asfalto, Michael estava do outro lado da rua.

— Não!

Michael percorreu os seis metros entre a estrada e a placa de Garrison Oaks rápido demais para Carolyn interceptar. O impulso o carregou mais dois metros e meio ou mais além disso.

— *Não!*

Então ele caiu como se tivesse levado um tiro no cérebro. E ficou imóvel.

— Michael! — Carolyn gritou de novo, com verdadeira angústia em sua voz.

Ela relembrou o dia em que ele voltou do oceano para visitá-la, seus braços magros bronzeados, o cheiro salgado de sua pele. Uma BMW dourada se aproximou dela, vindo rápido, buzinando. Ela gritou de volta, os dentes à mostra, como um macaco. O motorista desviou para o acostamento, sem perder o controle, então disparou acelerando com um borrifo de cascalho. Percorreu os trinta metros entre ela e Michael em questão de segundos, passou correndo pelo limite e, do mesmo modo como Michael havia feito — ela esperava, pelo menos —, caiu de cara no concreto.

Mas onde Michael apenas ficou imóvel, Carolyn se levantou.

Ela se ergueu sobre os cotovelos e os joelhos. Seu nariz estava quebrado. O sangue escorria por seu rosto devido aos cortes no nariz e na bochecha. Rastejou um passo à frente, depois outro. Seu movimento era espasmódico, hesitante, como se seus nervos não estivessem mais disparando adequadamente. Ela achou que foi um bom desempenho. Seus espasmos eram indistinguíveis da coisa real e tinham o benefício colateral de camuflar o tremor genuíno na ponta dos dedos.

Um terceiro passo. Mais dois e o tornozelo de Michael estava ao alcance.

Ela o agarrou pelo tornozelo e vomitou uma torrente de refrigerante de limão e ovo. Quando conseguiu segurar bem, se virou e começou a se mover de volta para a estrada principal, arrastando Michael atrás de si.

Centímetro por centímetro, ela foi levando os dois até um ponto seguro. Do lado de fora do portão de ferro, exatamente onde os efeitos pararam, ela caiu de bruços, exausta. Um momento depois, Peter e Alicia se aproximaram, lentos e cautelosos.

— Você está bem? — perguntou Alicia.

Carolyn rolou de barriga para baixo e vomitou algumas vezes. Seu rosto estava coberto de sangue.

— Vou ficar, acho — respondeu. — Michael...?

Michael tossiu, engasgado.

— Vire ele... vire de lado. Assim ele não engasga. — Eles o viraram. Michael tossiu um pouco mais, cuspiu sangue.

— Precisamos levá-lo até Jennifer — disse Carolyn. Ela limpou o sangue dos olhos dele com um dedo trêmulo. — E quanto a Nobununga? Onde ele...

Peter, olhando para longe, balançava a cabeça.

— Ele andou cerca de um quarteirão e meio antes de cair. Está deitado de lado. Por um tempo o peito dele ficou arfando, mas... — ele olhou para Carolyn — agora não está mais.

Carolyn fechou os olhos com força.

— *Ebn el sharmoota!* — gritou ela em árabe. Depois: — Caralho! *Neik! Merda!* Que bosta, que cocô! — Rolou de lado e se forçou a ficar sentada. Olhou o quarteirão abaixo e viu que Peter estava certo. *Nem sequer um tremor.* Ela reprimiu um sorrisinho frio. — Mesmo que eu pudesse ir tão fundo, o que acho que não consigo, ele é muito pesado para mim — disse. — Não conseguiria movê-lo. Não sozinha.

Peter olhava para ela com algo entre admiração e horror.

— Existe uma palavra que signifique "corajosa" e "estúpida" ao mesmo tempo?

— Existe — disse ela — existem muitas. — Um pouco irritada com a cutucada implícita de Peter, ela pensou em explicar como a palavra americana "wussy", covarde, poderia ser aplicada a *ele*. Mas não fez isso. Teria sido contraproducente. Em vez disso, se arrastou até Michael e verificou seu pulso com a ponta dos dedos. Ao seu toque, as pálpebras dele estremeceram.

— Carolyn? Carolyn, cadê...

Ele leu a resposta em seus olhos, então gemeu. A boca funcionou, mas nada saiu. Sua dor era profunda demais para palavras.

— Shhh — disse ela, acariciando seu cabelo. — Shhh, Michael. Shhhh. Era só o que ela conseguia pensar em dizer.

V

Mais ou menos uma hora depois, ficou claro que Michael ficaria bem — pelo menos fisicamente. Seu coração estava partido. Ele derramou lágrimas inocentes e não afetadas de uma criança pequena. Carolyn queria chegar a algum lugar um pouco menos exposto — ficar perto da estrada a deixava nervosa — então, juntos, ajudaram Michael a subir os degraus que levavam à clareira do touro. Mas, em vez de irem para o próprio touro, eles foram para a floresta. Aquele era o verdadeiro lar de Michael.

Não muito longe, um riacho corria sobre um pequeno penhasco, borbulhando de maneira agradável. Carolyn se lembrou do local de seu verão com Isha e Asha. Melhor ainda, não dava para ver a vizinhança dali, não dava para ver o corpo de Nobununga. Os três ajudaram Michael a chegar até lá — ele não conseguia andar sozinho. Lá eles o deitaram perto do riacho para descansar.

Talvez por não entender corretamente, Peter e Alicia deixaram os dois sozinhos.

Carolyn e Michael não eram amantes. Eles tentaram ser, uma vez, quando tinham — o quê? — seus vinte e poucos anos? Isso foi há cerca de uma década, apesar de parecer mais. Ela pensou que aquela noite devia ter sido sua ideia, embora não pudesse imaginar o que poderia estar pensando. Ela nunca teve nenhum interesse real em sexo que pudesse se lembrar, com certeza não depois da coisa com David. Teria aquela noite sido algum sintoma de seu desespero, ou talvez simples solidão? Ela não sabia.

Uma noite, quando os outros estavam fora, ela o seduziu, mais ou menos. Ou pelo menos tentou. Acabou mal. Por razões que ela nunca entendeu completamente, Michael foi incapaz de atuar. Ele queria, ela podia dizer isso pelo jeito que ele a beijou, o jeito faminto como ele a apalpou assim que entendeu o que ela queria. Mas não importava o que ela fizesse, o pênis dele permanecia mole em suas mãos e até mesmo em sua boca. Depois de um longo e desajeitado tempo tentando, Michael a empurrou, com bastante gentileza. Naquela noite eles dormiram perto do mesmo fogo, mas não se tocaram. Ela acordou no meio da noite e ouviu-o chorar durante o sono. Ele partiu antes do amanhecer do dia seguinte. Depois disso, ela o via cada vez menos.

Eles ainda eram amigáveis, embora não realmente próximos. Não guardavam rancor um do outro e se protegiam quando podiam. Entre os pelapi isso contava muito. Carolyn segurou-o no colo durante toda aquela tarde de outono, dizendo coisas como "Sinto muito" e "Sei que vocês dois eram amigos". As palavras pareciam cinzas em sua boca. Ela sabia cada palavra que já fora dita, mas não conseguia pensar em nada para dizer que pudesse aliviar a dor dele. Tudo o que pôde fazer foi enxugar-lhe as lágrimas com a ponta dos dedos.

Pouco antes do pôr do sol, Michael se levantou. Ele lavou o rosto no riacho, permaneceu ali, chamou Peter e Alicia. Eles chegaram alguns minutos depois. Ambos estavam corados, e o roupão de Alicia estava do avesso.

— Nobununga disse uma coisa, antes de sair. — Michael às vezes era infantil, mas não era fraco. Sua voz estava calma, controlada, apesar de sua dor. — Todos vocês precisam ouvir isso.

— Sentimos muito, Michael — começou Alicia, estendendo a mão para ele.

Ele acenou para ela se afastar.

— Todos vocês sabem que Nobununga é... era... mais do que parece, certo? Ele é antigo. É sábio. Ele me disse que entendia o que estava acontecendo aqui. Falou que o Pai não permitiria que nenhum mal lhe acontecesse. Parece agora que ele estava errado sobre essa parte — disse, gesticulando de volta para a vizinhança —, mas, mesmo assim, seríamos tolos em descartar seus outros pensamentos.

— O que ele disse?

— Ele sabia o que era — disse Michael. — A coisa que nos mantém fora. Ele já viu isso antes. Eles foram usados na terceira era. Eles são chamados de *reissak ayrial*.

— Sim, nós o ouvimos dizer isso. O que é?

— Significa "a negação que destrói" — disse Carolyn.

— Sim, Carolyn — disse Peter. — Mas o que *é* isso?

Carolyn deu de ombros, pensando em "carvões do coração".

— Licença poética?

— Eu sei — disse Alicia.

— Você sabe?

— Sim. Eu não ia dizer nada. Faz parte do meu catálogo. — O catálogo de Alicia era o futuro distante.

— Bem, então não… — começou Peter.

Ela pôs a mão no braço dele.

— Tudo bem. Sério. Este *reissak* está acontecendo *hoje*.

— O que você sabe a respeito disso? — perguntou Carolyn. — Que possa nos contar, quero dizer.

— Bem… — Alicia pensou. — Não muito em termos de detalhes técnicos. Eu não consegui criar um. Mas sei que é uma espécie de mecanismo de defesa de perímetro. Basicamente, é uma esfera ancorada no plano do arrependimento. Há algum tipo de símbolo associado a ele…

— Símbolo? — repetiu Peter. — Como o quê?

— Pode ser qualquer coisa. O símbolo precisa ser um objeto físico real, mas tudo o que ele é na verdade é uma âncora. Quanto mais perto você chegar do símbolo, mais poderosos serão os efeitos.

— Faz sentido — disse Carolyn. Sua voz era meditativa.

— Espere. Fica melhor. Há também um gatilho.

— Não entendi.

— É algo sobre uma pessoa que faz o *reissak ayrial* ficar em foco.

— Como o quê?

— O gatilho seria algo interno, uma emoção, uma experiência, uma memória… — Alicia deu de ombros. — Algo parecido. As pessoas que o compartilham sentem os efeitos do *reissak ayrial*. Para todos os outros, é como se ele não existisse.

Peter levou isso em conta.

— Também faz sentido — disse ele.

— Quem de nós saberia fazer uma coisa dessas? — perguntou Carolyn. — David?

— Nããão… não. David não. O *reissak* tem aplicações de defesa, obviamente, mas não é como uma lança ou algo assim. É bem complexo.

Carolyn lhe deu um olhar desconfiado.

— Você diz que no futuro essas coisas são bastante comuns. Eles estão talvez à venda ou… algo? Se você quisesse um, quão difícil teria sido…

— Não fui *eu*! — exclamou Alicia. — E não. Você tem que alterar a forma do espaço-tempo localmente… espaço *e* tempo. É muito personalizado. Você não pode simplesmente pegar um no mercado, mesmo no futuro.

Carolyn continuou a olhar para ela.

— Qual é, Carolyn — disse Peter. — Sabemos que não é…

— Sim, ok — disse Carolyn. — Acho que estou inclinado a acreditar em você. Quando a barreira, o *reissak ayrial*, apareceu pela primeira vez, todos eles se testaram contra ela. Alicia saiu com hemorragia interna maciça. Não foi óbvio de imediato, mas um dia ou dois depois ela toda era um grande hematoma. Ficou assim por semanas. Fosse qual fosse o gatilho, com ela funcionou.

— Se não David, quem, então? — perguntou Peter.

Alicia lhe deu um olhar compreensivo.

— Eu odeio dizer isso, querido, mas o candidato mais provável é, bem… você?

— *Eu?* Alicia, qual é, você sabe que…

Alicia levantou a mão.

— *Eu* sei. Pode ser que Carolyn e Michael não saibam. — Ela se virou para eles. — O *reissak* é, sobretudo, uma construção matemática. — Como tal, faria parte do catálogo de Peter. — Desculpe, querido.

— Gente, eu nunca ouvi falar disso — disse Peter. — Vocês podem acreditar em mim ou não, mas…

— Está tudo bem — tranquilizou Carolyn, erguendo a mão. — Eu lembro. Eu acredito em você. — No dia em que o *reissak* foi colocado pela primeira vez, o dia em que o Pai desapareceu, Peter deu dois passos além da placa e começou a fumegar. Quando voltou, sua pele já estava com bolhas.

— Quem então? — perguntou Peter.

— Não tenho certeza — disse Carolyn —, mas tenho uma ideia. Esse gatilho de que você estava falando, há alguma maneira de saber o que é?

— Nenhuma que eu saiba. Por quê?

— Bem — disse Carolyn —, me ocorre que os mortos ainda recebem encomendas na maioria dos dias. Além disso, sempre tem alguém passando para entregar aqueles pães de queijo grandes e redondos que o David adora.

— Pizza? — perguntou Peter. — Eu gosto disso também. É um bom ponto. Se o *reissak* funcionasse nos americanos, já haveria pilhas deles mortos na rua.

— É — disse Carolyn. — Isso também passou pela minha cabeça. Você disse que o símbolo pode ser qualquer coisa, mas o campo de efeito é uma esfera. Se for esse o caso, podemos apenas mapear o contorno dos efeitos e saberemos muito bem onde está o símbolo. Certo?

Peter estava sorrindo.

— E se soubermos onde está...

— Podemos encontrar alguém para *movê-lo* — Alicia terminou. Ela estava sorrindo. — Carolyn, você é um gênio! Biblioteca, aqui vamos nós.

— Sim, bem, é um pouco cedo para começar a comemorar. Entre outras coisas, ainda precisamos de um americano. Vocês conhecem alguém?

Eles balançaram a cabeça em uníssono.

— Isso vai ter que ser com você, Carolyn. Nenhum de nós sequer fala a língua.

— Sim — disse ela. — Ok. Justo. Eu vou pensar em alguma coisa. Também há as sentinelas para se pensar.

Eles conspiraram juntos até bem depois do anoitecer. Carolyn fingiu resistir no começo, ela desistiu, mas acabou deixando que eles a convencessem de que David também teria de se envolver.

INTERLÚDIO II

UZAN-IYA

I

No terceiro ano de seu aprendizado, Carolyn tinha praticamente esquecido o mundo exterior. A maioria dos outros complementava seus estudos com passeios, ou pelo menos férias. Michael ia para a floresta ou para o oceano. David matava dezenas de homens em todos os continentes. Margaret os seguia até as terras esquecidas. Jennifer chamava alguns de volta.

Os estudos de Carolyn não exigiam viagens. Falantes nativos eram trazidos até ela quando ela precisava praticar, e depois do verão com Isha e Asha ela não se interessou mais em tirar férias. Então seu mundo era apenas a Biblioteca, e seus estudos, a única fuga. Ela passou a infância em um círculo de luz dourada, cercada por todos os lados por pilhas oscilantes de livros; fólios; pergaminhos empoeirados e esfarelados. Um dia, quando tinha cerca de onze anos — pelo menos em termos de calendário — ocorreu-lhe que ela não se lembrava mais de como eram seus pais verdadeiros. O tempo era diferente na Biblioteca.

Perdeu a conta exata de idiomas em que era fluente por volta dos cinquenta — troféus nunca foram de seu interesse — mas achou que, qualquer que fosse a contagem, provável que seria bem alta. Uma das mais desafiadoras era a língua dos Atul, uma tribo da estepe do Himalaia que desaparecera há cerca de 6 mil anos. Os Atul foram linguisticamente isolados. Sua gramática era quase impenetrável e eles tinham algumas normas culturais exóticas. Uma delas era a noção de *uzan-iya*, que era como eles chamavam o momento em que um coração inocente contemplava pela primeira vez o ato de assassinato. Para os Atul, o crime em si era secundário a essa corrupção inicial. Carolyn achou essa ideia — e suas implicações — fascinante. Ela estava pensando nisso em uma tarde seca de verão quando percebeu, com um pouco de irritação, que seu estômago estava roncando. Quando ela tinha comido pela última vez? No dia anterior? Um dia antes disso?

Ela desceu até a despensa, mas estava vazia. Chamou por Peter, cujo catálogo incluía a preparação de comida. Nenhuma resposta. Ela caminhou até a porta da frente e saiu para Garrison Oaks.

Jennifer estava sentada na varanda, estudando.

— Ei, Carolyn! É bom ver você aqui fora pra variar.

— Tem alguma comida?

Jennifer riu.

— A fome te pôs pra fora? Eu devia saber. Sim, acho que alguns dos mortos tinham feito compras na semana passada.

— Quais?

— Terceira casa abaixo.

— Obrigada. Quer que eu pegue alguma coisa para você?

— Nah, eu estou bem. Mas… — Jennifer olhou furtivamente para os dois lados da rua — … talvez você queira passar no meu quarto hoje à noite.

— Por que, o que está rolando?

— Michael trouxe isto de volta de sua última viagem. — Ela levantou um saquinho cheio de folhas verdes.

— O que é isso?

— Chama-se maconha. Acredita-se que, se você fuma isso, vai se sentir bem. Vamos tentar hoje à noite.

Carolyn pensou.

— Não posso. Tenho um teste amanhã. — A última vez que ela errou uma pergunta, o Pai lhe deu dez chicotadas.

— Ah, ok. Da próxima?

— Adoraria. — Carolyn fez uma pausa. — Mas você podia chamar Margaret. Acho que seria bom se ela se divertisse um pouco. — Margaret não estava mais gritando acordada todas as noites, o que era um alívio, mas ela desenvolveu uma risadinha nervosa que era pelo menos tão ruim quanto.

Jennifer fez uma cara azeda.

— Vou chamar. — Ela não parecia feliz com isso.

— Qual é o problema? Vocês duas costumavam ser amigas.

— A Margaret *fede*, Carolyn. E ela e eu não saímos juntas há anos. Você com certeza precisa sair mais do seu quarto.

— Ah. — Pensando bem, Margaret na verdade cheirava *realmente* muito mal nas últimas vezes em que Carolyn a vira. — Bem… na verdade não é culpa dela.

— Não. Não é. Mas ainda assim ela fede.

O estômago de Carolyn roncou, audível para ambas.

— Preciso ir buscar algo para comer — disse ela se desculpando. — Te vejo mais tarde.

Ela saiu correndo pela rua. As casas de Garrison Oaks agora pertenciam ao Pai, assim como as coisas que viviam nelas. A maioria das casas tinha mortos dentro como camuflagem. Eram os que restaram dos verdadeiros pais das crianças e alguns outros vizinhos que não foram vaporizados no Dia da Adoção. Carolyn não tinha certeza de como eles tinham sido transformados em mortos, mas tinha um palpite.

Por mais ou menos um ano, o Pai vinha assassinando Margaret duas ou três vezes por semana. Ele fez isso de várias maneiras. Na primeira vez, ele se esgueirou atrás dela com um machado durante o jantar, assustando a todos, inclusive a própria Margaret. Depois disso foram tiros, veneno, enforcamento, de tudo um pouco. Às vezes era uma surpresa, às vezes não. Em outra vez, o Pai perfurou seu coração com um estilete, mas só depois de lhe dizer o que faria, colocando a faca diante dela em uma bandeja de prata e deixando-a contemplá-la por três dias e três noites inteiras. Carolyn teria suposto que o machado seria o pior dos dois, mas Margaret parecia levar isso na esportiva. Depois de um ou dois dias olhando para a faca, porém, ela começou a dar aquela sua risadinha. *E depois disso, ela nunca mais parou.* Carolyn suspirou. *Pobre Margaret.*

Mas Margaret não era realmente a questão. Quando estava morta, em geral passava um ou dois dias nas terras esquecidas praticando qualquer lição que viesse a seguir em seu catálogo. Então o Pai a ressuscitava. A essa altura, Carolyn já tinha visto o suficiente das ressurreições para concluir que elas eram um processo de dois estágios.

Primeiro, o Pai — ou, em último caso, Jennifer — curaria qualquer ferida que a tivesse matado em primeiro lugar. Então ele a chamaria de volta para seu corpo. Uma vez, porém, ele fez uma pausa no meio de tudo isso para ir ao banheiro. Daquela vez, o corpo curado de Margaret se levantou e vagou pela sala, pegando objetos aleatórios e dizendo "Oh, não" repetidas vezes. Ela parecia não estar toda lá.

Carolyn suspeitava que era de onde vinham os mortos. Eles tinham sido *reanimados*, mas não *ressuscitados*. Pareciam bastante normais, pelo menos a distância. Vagavam pelos gramados verdes e mercearias de forma bastante convincente, mas de todas as maneiras que de fato importavam, eles ainda estavam nas terras esquecidas. Podiam interagir uns com os outros e até com americanos — trocavam pratos de comida, atendiam carros, pediam pizza, pintavam a casa. Faziam essas coisas automaticamente. Era útil e, ela supôs, mais fácil que contratar um serviço de jardinagem. Eles também podiam seguir ordens se fosse algo que já soubessem fazer, o que também poderia ser útil. Mas não podiam receber instrução, não podiam aprender coisas novas.

Talvez o mais importante, eles serviam como um sistema de segurança. De vez em quando, um estranho tropeçava em Garrison Oaks e batia de porta em porta — vendedores, motoristas perdidos da FedEx, missionários. Na maior parte, esses forasteiros não notavam nada muito fora do comum. Um dia, porém, um ladrão, com efeito, conseguiu entrar em uma das casas. Depois que ele viu o que estava dentro, não poderia retornar ao mundo exterior. Quando tentou escapar pela janela, os mortos estavam esperando. Eles caíram sobre ele e o despedaçaram. O Pai fez com ele tudo o que fizera com os outros e o antigo ladrão ocupou seu lugar em uma das casas como o primo de alguém, Ed. Ou quem quer que fosse.

Mas Carolyn e os outros bibliotecários podiam entrar e sair quando quisessem. Faminta, ela abriu a porta da casa que Jennifer havia apontado e entrou. Havia três deles lá dentro: uma garotinha de uns oito anos, um adolescente e uma mulher adulta.

— Faça-me algo para comer — disse à mulher.

Nos últimos tempos ela vinha se concentrando em línguas míticas. O português parecia estranho em sua língua. Evidentemente, soava tão ruim quanto parecia. Teve que repetir duas vezes antes que o que restava da mulher a entendesse. Então ela assentiu e começou a puxar coisas daqui e dali — uma lata de peixe, uma coisa branca de um vidro, uma espécie de gosma verde que cheirava a vinagre.

Carolyn sentou-se à mesa ao lado da garotinha. Ela estava desenhando uma família: mãe, pai, duas filhas, um cachorro. A família estava em um parque. Algo que poderia ser o sol, mas não estava brilhando sobre eles, enorme tanto no céu quanto no que passava pela memória da garotinha. Estava muito quente, muito perto. Enquanto Carolyn observava, a garotinha pegou um giz de cera amarelo e acrescentou algumas chamas nas costas do pai. O *O* vermelho da boca dele, ela percebeu de repente, era um grito.

Carolyn se levantou rapidamente, a cadeira de madeira raspando no linóleo. Ela não queria mais estar lá. Fugiu correndo para a sala da família. Lá, um adolescente estava sentado de queixo caído na frente de uma caixa iluminada. *Eles ainda crescem ou ele será assim para sempre?* Ela não conseguia descobrir o que ele estava fazendo no começo, então veio para ela. *Televisão.* Ela sorriu um pouco. *Eu me lembro da televisão.* Ela se sentou no sofá ao lado do menino morto. Ele não pareceu notar. Ela acenou com a mão para cima e para baixo em seu campo de visão.

Ele virou a cabeça, olhou para ela sem muito interesse e apontou para a televisão.

— Está na hora dos *Transformers.* — Um filete de baba escorria pela lateral da boca.

Na tela, robôs gigantes atiravam raios uns nos outros.

Alguns minutos depois, a mulher entrou e lhe entregou um prato de comida e uma lata vermelha que dizia Coca-Cola. Carolyn caiu sobre eles, faminta. O refrigerante era doce, delicioso. Ela bebeu muito rápido e o líquido queimou em sua garganta. Tinha se esquecido da Coca-Cola. A mulher a observou comer, um lampejo de inquietação cruzando seu rosto.

— Olá — disse ela. — Você deve ser... — Ela, aquilo, parou. — Você é amiga de Dennis? Dennis, é isso... — disse ela ao menino. Ela se interrompeu. — Você não é Dennis — ela, aquilo, disse para o menino. — Onde está o Dennis?

Carolyn sabia o que isso significava. Quando o Pai reanimou os vizinhos, ele os designou para casas mais ou menos ao acaso. O menino no sofá não era realmente o filho da mulher. Talvez a garota não fosse sua filha. O homem com quem ela se deitava à noite não seria...

— Dennis?

Carolyn se levantou, pegou o sanduíche e devolveu o prato à mulher.

— Obrigada.

— De nada, querida — disse ela, distraída. — Dennis?

Na televisão, um robô gritou. Carolyn voltou para a porta da frente e saiu para a luz do sol de verão, batendo a porta atrás de si. Eles se ajeitariam assim que ela se fosse.

Mas quando viu o que a esperava, desejou ter ficado entre os mortos. Na metade do caminho de volta para a Biblioteca, nuvens escuras cobriam a face do sol. A pressão caiu o suficiente para fazer seus ouvidos estourarem. As pontas das árvores dobraram-se quase ao meio com o vento repentino. Aqui e ali ela ouviu estalos secos de madeira quando os galhos mais fracos cederam.

O Pai estava em casa.

II

Todos eles sabiam graças ao trovão que ele havia retornado. Esperava-se que o encontrassem na Biblioteca. Eles entraram e se reuniram no gramado — Michael da floresta, Jennifer do prado e assim por diante — todos menos Margaret. Ela já estava com ele.

— Vejam — disse o Pai. Todos viram. O braço esquerdo de Margaret estava gravemente quebrado. Pendurado flácido, um esporão de osso saindo de sua pele. Jennifer se moveu para ajudá-la, mas o Pai acenou para que ela se afastasse. — Por que ela não grita? — perguntou ele, sua voz suave , como se estivesse falando apenas com a brisa.

Ninguém respondeu.

— Por que ela não grita? — perguntou outra vez. Desta vez, seu tom era mais ameaçador. — Ninguém vai me responder? Com certeza algum de vocês deve saber.

David murmurou alguma coisa.

— O quê? Não consigo ouvir você.

— Eu disse "*gahn ayrial*".

A mente de Carolyn girou. As palavras "*gahn ayrial*" significavam literalmente a negação do sofrimento. A frase em si era meio sem sentido — o sofrimento existia, bastava olhar ao seu redor — mas a maneira como ele pronunciava as palavras sugeria que era o nome de um conjunto de habilidades. *Algum tipo de autoanestesia?* Carolyn sabia que o Pai sabia todo tipo de coisa sobre isso e sobre como curar suas próprias feridas. *Mas ele só ensina esse tipo de coisa para David.* Com uma espécie de horror fervendo lentamente, ela percebeu do que se tratava. *Se Margaret sabe sobre* gahn ayrial, *então...*

— Alguém andou lendo fora de seu catálogo.

Os jovens bibliotecários fizeram um som como o farfalhar de folhas mortas.

— Na verdade, não culpo Margaret — disse o Pai, pensativo. — Seus estudos costumam ser dolorosos. Quem poderia culpá-la por querer aliviar isso? Não. Margaret não. Ele batia nos dentes com a unha. — Quem então?

— Eu — sussurrou David. — Fui eu.

— Você? — falou o Pai com uma falsa surpresa. — Você? Realmente. Interessante. Diga-me, David, por que você acha que não fui eu mesmo que ensinei *gahn ayrial* a Margaret?

— Eu… não sei.

— *Porque eu não queria que ela aprendesse!* — trovejou o Pai. Todos eles se encolheram com isso, todos menos David. Ele era o favorito do Pai e sabia disso. — Ainda assim… se você escolheu ensinar o ofício de *gahn ayrial*, com certeza o dominou. Não fazia ideia de que você estava tão adiantado em seus estudos. Admito que estou impressionado. — Ele sacudiu o braço, acenando. — Venha comigo.

Todos eles foram atrás, com medo de não ir. Juntos, seguiram o Pai e David pela rua principal do bairro, passando pelas casas dos mortos e, ah, como Carolyn desejou ter morrido com eles. Ela nunca tinha visto o Pai tão zangado. O que quer que viesse a seguir com certeza seria muito ruim. Eles o seguiram atravessando a estrada e subiram os degraus ásperos cortados na terra.

Lá, na clareira no alto do morro, encontraram a churrasqueira do Pai. Carolyn lembrava que aquele troço existia, mas nunca pensara muito naquilo. Era um bronze oco fundido na forma de uma vaca, ou melhor, de um touro. Era um pouco maior que o tamanho natural, feito de metal amarelado com cerca de treze milímetros de espessura. Quando o Pai fingia ser americano, ele o guardava no quintal. Às vezes, em piqueniques na vizinhança ou qualquer outra coisa, ele cozinhava "hambúrgueres" ou, às vezes, carne de porco. *Ele parecia bastante normal naquela época.* Ela se lembrava de modo vago de pessoas — talvez até de seus pais? — comentando sobre a grelha incomum, mas não era nada demais.

Não muito tempo depois que o Pai os acolheu, ele mudou a grelha para a clareira. Ela nunca descobriu o porquê, mas deve ter havido algum tipo de razão. A grelha era fenomenalmente pesada. Os mortos se reuniram em torno dele e arfaram como um só, suando e se esforçando sob o sol de verão. Ela cedia alguns centímetros lentos e dolorosos de cada vez, seus cascos abrindo trincheiras na grama enquanto se movia. Movimentá-la levou dias e pelo menos algumas reanimações.

Olhando para ele pela primeira vez em anos, de repente o único pensamento real de Carolyn foi *Ah, certo. Aquele troço.* Ela o associava sobretudo às festas de sua infância, hambúrgueres e churrasco. *Os sanduíches de carne de porco*, ela lembrou, *eram especialmente bons.*

Então uma memória mais sombria veio à tona. *Na verdade*, ela pensou, *a última vez que o vi foi no meu banquete de boas-vindas*. Ela se lembrava de ter visto a escotilha na lateral da grelha aberta, como a espessa fumaça de nogueira se derramava. Lembrou-se de conter o grito quando a fumaça se dissipou e ela viu a carne ali, reconheceu a delicada curva do traseiro de Asha, viu a cabeça decepada de Isha olhando para ela, esfolada e cega. Ocorreu a ela que aquele momento talvez tenha sido sua própria *uzan-iya*. *Sim*, ela pensou, *provavelmente foi isso. Até então eu ainda estava em choque.*

Também lhe ocorreu que o touro poderia ser usado para cozinhar outras coisas além da carne de porco. Ela olhou para David. O mesmo pensamento deve ter ocorrido a ele, pois estava fitando o touro com olhos arregalados e horrorizados.

Mas David foi corajoso. Ele se controlou e sorriu para o Pai.

— O que é que há?! — disse ele. — Desculpe. Não vou fazer isso de novo. Eu não queria nada com isso. — Ele ficou brincando de se esquivar, como eles faziam às vezes.

O Pai caminhou até o touro e abriu a escotilha lateral. O exterior era bronze polido — os mortos o mantinham reluzente — mas por dentro era preto, preto. David, um menino de no máximo treze anos, ergueu as mãos em sinal de rendição. O Pai apontou para dentro. David não se ajoelhou, mas tremeu.

— Ah. Ah, não.

O Pai ergueu as sobrancelhas, esperando por mais, mas David ficou em silêncio.

O ódio de Carolyn por David perdia apenas para seu ódio pelo Pai, mas naquele momento ela quase conseguiu sentir pena dele. A expressão em seus olhos enquanto ele subia no touro trouxe à mente outra frase Atul, "*wazin nyata*", que era o momento em que a última esperança morria.

Os ferrolhos que o Pai usou para trancar a escotilha não eram de bronze, mas de ferro grosso, antigo e esburacado. Antes daquele momento, nunca ocorrera a ela se perguntar a que propósito eles serviam. Agora ela entendia. *É pra carne*, ela percebeu, *não tentar sair*.

Durante a hora seguinte, mais ou menos, o restante do grupo trouxe madeira cortada dos estoques em torno das casas da vizinhança, uma braçada de cada vez. O Pai chamou alguns dos mortos — mamãe e "Dennis" entre eles — e eles também ajudaram. Ele mesmo trabalhou ali.

O touro emitia um brilho dourado e polido sob a luz do sol da tarde. Um a um, eles depositaram suas braçadas de madeira ao redor da base — principalmente pinheiros, gordos e pegajosos de seiva. Uma vez Jennifer caiu de joelhos, soluçando. Ela sempre foi a mais gentil dentre eles. Michael, a essa altura mais acostumado a pensar nos animais do que nos homens, observava a pilha de lenha sem entender suas implicações. Margaret parecia simplesmente interessada.

Não muito antes do pôr do sol, o Pai riscou um fósforo. Eles tinham juntado uma boa quantidade de lenha. A pilha de madeira pegou rápido, passando de algumas línguas de fogo para uma fogueira em questão de minutos. Fumaça saiu das narinas do touro — primeiro um filete, depois um riacho.

Eles continuaram alimentando o fogo durante o pôr do sol, esperando o tempo todo ouvi-lo gritar, mas David era *muito* forte. O calor era tal que, ao escurecer, Carolyn não conseguia se aproximar do touro a menos de três metros. De lá, ela jogou suas toras na chama da melhor maneira que pôde. Mesmo assim, o calor queimou os pelos de seu braço. Os mortos continuaram sua caminhada lenta até o fogo, alheios, com a pele avermelhada e cheia de bolhas.

Mas David era *muito* forte. Não foi senão até o anoitecer completo, quando a barriga de bronze do touro começou a brilhar em um laranja opaco, que ele começou a gritar.

Sempre que ela pensava no rosto do Pai, era à luz daquele fogo.

Como era raro vê-lo sorrir.

III

Pouco antes do amanhecer do dia seguinte, ainda havia pequenos sons vindos do touro, sobretudo da cabeça e do pescoço. Carolyn pensou nisso até perceber que as narinas dele eram aberturas reais; chaminés para aqueles tempos em que as brasas ficavam dentro. O ar daquelas aberturas deve ter parecido relativamente frio, o único indício de misericórdia em todo o mundo de David.

Como é que ele ainda não morreu?

Mas é claro, era o catálogo dele. O Pai o treinara para sobreviver a ferimentos graves e continuar lutando. Também havia poções, tônicos, injeções. Como todos eles, David era o que o Pai havia feito. Então, por mais que ele precisasse morrer, ele não podia.

Mesmo assim, ao meio-dia ele ficou misericordiosamente silencioso. O Pai os manteve alimentando o fogo até pouco antes do anoitecer. David, disse ele, ainda estava vivo. Carolyn não duvidava de que, na realidade, ele *soubesse* isso de alguma forma.

O Pai disse a eles para pararem de alimentar o fogo logo após o crepúsculo do segundo dia. Ele apagou à meia-noite. Na manhã do terceiro dia, o touro esfriara o suficiente para abrir, embora o metal ainda estivesse quente o bastante para deixar uma bolha no antebraço de Carolyn quando ela roçou nele.

O que restou lá dentro não era tão ruim de se ver quanto ela temia. Mais do que a maioria deles, David era um aluno dedicado. Seu ofício já era muito forte, perdendo apenas para o do Pai.

Ele tinha cozinhado quase até os ossos antes de morrer.

Ela e Michael ajudaram Jennifer a retirá-lo. O que restava era surpreendentemente leve, seco e quebradiço. Eles o colocaram em uma maca improvisada feita de uma tábua de passar e o puxaram para uma das casas vazias. Lá o colocaram em uma grande sala no andar principal com móveis empoeirados e mofados empilhados em um canto. *Isso é o que os americanos chamam de "sala de estar"*, pensou Carolyn, e deu uma risadinha. Margaret riu também. Os outros olharam para ela com estranheza.

Margaret examinou os restos carbonizados do crânio de David, seus braços puxados para cima em posição de boxeador pelo calor do fogo, sua boca ainda aberta em seu último grito.

— Ele vai estar muito fundo. — Ela se virou para o Pai. — Posso me juntar a ele? Ajudá-lo a encontrar o caminho de volta?

O Pai balançou a cabeça.

— Deixe-o vagar.

Carolyn não entendeu bem. Ela pensou que Margaret queria dizer que David estaria nas profundezas das "terras esquecidas", que, ela entendia, era onde você ficava antes de nascer e depois de morrer. Mas ele estaria muito fundo porque nunca tinha morrido antes ou por ter sido de maneira tão horrível? Ou quem sabe…

O Pai olhava para ela. Quando ele viu que tinha sua atenção, desviou o olhar de uma maneira significativa. Ela seguiu seu olhar de volta para a colina, para o touro. A questão, é claro, estava fora de seu catálogo. *Ele sabe*, ela pensou, desesperada. *Como ele pode saber o que estou pensando?* Ela colocou o pensamento de lado, mas o Pai ainda a encarava, fuzilando. As pupilas de seus olhos a lembraram da escuridão gordurosa do interior do touro. Transfixada pelo olhar dele, por um momento ela se imaginou dentro da coisa, seus ouvidos zunindo com o barulho quando a porta se fechou. A única luz seria um brilho fraco ou laranja visível pelas narinas quando o calor começasse a aumentar. No começo seria quente, depois um pouco desconfortável e então...

— Nunca! — sibilou ela, desesperada. *Nunca mais vou pensar nisso! Nunca, nunca!*

Só então o Pai desviou o olhar. Ela sentiu o olhar dele cair dela como se fosse uma coisa física. *É assim que o rato do campo se sente, quando a sombra do falcão passa por ele.*

— Jennifer. Venha a mim — disse o Pai.

Jennifer, cujo catálogo estava curando, levantou-se apressada e parou diante dele.

— Você vai trazê-lo de volta. Torne-o inteiro de novo.

Até então, Jennifer trabalhara no ofício da ressurreição sobretudo com animais, e aqueles apenas ligeiramente mortos — atropelados e coisas do gênero.

— Vou tentar — disse ela, lançando um olhar duvidoso para o cadáver. — Mas eu...

— Tente muito — disse ele com uma pontada na voz. — O resto de vocês ajuda. Deem a ela o que ela pedir.

Jennifer começou a trabalhar. Ela pegou três grandes sacos de pó colorido de seu kit e os colocou em volta do corpo de David. O restante foi buscar para ela — principalmente água, mas também outras coisas: sal, mel, um pênis de bode, vários metros de fita de oito faixas. Jennifer mastigou a fita com a boca até que ela saísse limpa, depois cuspiu uma substância amarronzada nas órbitas de David. Carolyn não tinha ideia de como isso ajudaria. Lembrando-se do olhar fuzilante do Pai, ela se proibiu de pensar.

Jennifer trabalhou a noite toda. Margaret se sentou com ela, mas Carolyn e os demais descansaram.

Quando ela acordou na manhã seguinte, David começara a se recuperar. A carne murcha de seu torso inchara um pouco. Um toque rosado era agora discernível aqui e ali em todo o preto. Na tarde do quarto dia, isso aconteceu com a pele de seus braços, depois de suas pernas. Naquela noite, seus pulmões tornaram-se visíveis, depois seu coração, embora ainda não batesse. No quinto dia, ele tinha carne na maior parte do corpo, embora ainda estivesse preto e carbonizado.

No sexto dia ele gemeu. Jennifer enviou Margaret para perguntar ao Pai se poderia fazer algo para aliviar sua dor. Margaret foi perguntar com uma velocidade que Carolyn achou bastante comovente. Ela voltou com um aceno de cabeça. Jennifer tocou a testa de David com uma ferramenta que guardava em sua bolsa e, um momento depois, seus gemidos cessaram. Ele não agradeceu, era provável que não conseguia, ainda não, mas quando revirou os olhos sem pálpebras para Jennifer, Carolyn viu gratidão neles.

Na manhã do sétimo dia, aos olhos de Carolyn, ele estava curado por completo. Talvez isso não fosse verdade, ainda não, mas estava perto. Ele dormiu. Seu peito subia e descia em respirações lentas e uniformes. Jennifer também estava dormindo, seu primeiro descanso real em cinco dias. Ao ver Carolyn acordar, Michael pôs um dedo nos lábios. Carolyn assentiu e sentou-se perto dele.

O Pai abriu a porta no meio da manhã, cegando Carolyn momentaneamente com a luz do sol. Ele caminhou até David e o acordou com um chute. David ficou de pé, rápido como um raio mais uma vez, embora um pouco atordoado e piscando. O Pai disse algo para ele na linguagem do assassinato, que Carolyn ainda não falava. David hesitou por um instante, então caiu de joelhos. O Pai perguntou-lhe algo. David respondeu. Ela não sabia o que estava sendo dito, mas seu tom era perfeitamente humilde, perfeitamente respeitoso.

Então, em pelapi:

— E não haverá mais compartilhamento de catálogos. — O Pai inspecionou a sala. — Está claro? Entendido?

Todos eles assentiram. Carolyn pensou que, sem exceção, todos estavam falando sério. Ela com certeza estava.

O Pai assentiu, satisfeito. Saiu sem fechar a porta. Quando ele partiu, Margaret foi até David. Ela parou à sua frente, tímida, primeiro com os braços balançando, depois se abraçando. Então, surpreendendo a todos, ela esticou o pescoço e o mordeu na orelha, não com força suficiente para tirar sangue.

— Você cantou tão *lindamente*! — disse ela, e saiu correndo, corando.

— Acho que ela gosta de você — falou Jennifer, impassível. Todos riram.

David ficou mais quieto depois disso, mais reservado, menos propenso a sorrir e contar piadas. Mais ou menos um mês depois, ele quebrou o braço de Michael, disse ele, trapaceando em uma aposta, em uma competição de tiro com arco entre os dois. Michael jurou que não tinha feito tal coisa. Jennifer consertou seu braço sem fazer comentários. Michael e David não ficaram andando juntos mais tanto assim depois disso.

No mês seguinte, o último Monstruwaken lhes fez uma visita. Ele era um dos cortesãos favoritos do Pai. Comemoraram com um banquete. O porco, Carolyn ficou aliviada ao ver, estava morto antes de ser assado. Essas festas eram sempre importantes, até para ela. Na pior das hipóteses, a comida era muito boa. Mas desta vez ela achou que as comemorações dos outros filhos foram um tanto discretas. As línguas de fogo lambendo a barriga do touro os lembravam de coisas ruins.

Uma vez, apenas por um instante, com o canto do olho, ela pegou David olhando para o fogo de uma maneira particular. David não percebeu que ela o notou, nem Margaret, que estava ao lado dele agora. Carolyn não disse "*uzan-iya*" em voz alta, nem mesmo pensou com muita clareza — ela estava aprendendo — mas durante o resto da noite a frase não saiu de seus pensamentos. Ela reconheceu o olhar de David de imediato, o tinha visto muitas vezes, refletido nas piscinas escuras de seu próprio coração.

A criança que entrou no touro fora agressiva e, às vezes, casualmente cruel com os outros. Mas David amava mesmo o Pai. Só que Carolyn sabia com absoluta certeza que isso não era mais verdade. *Uzan-iya*, eles o chamavam na estepe do Himalaia há 6 mil anos. *Uzan-iya* — o momento em que o coração se volta primeiro para o assassinato.

Um dia, David avançaria para matar o Pai. Ela não conseguia adivinhar quando seria esse dia. Ela sabia apenas que ele viria.

Pela primeira vez, ocorreu a ela se perguntar se David poderia ser de alguma utilidade.

Ela ponderou sobre isso por muitos meses.

CAPÍTULO 4

TROVÃO

I

Erwin Charles Leffington era um cara incomum. Ele sabia disso sobre si mesmo. Por um lado, insistia que as pessoas o chamassem de Erwin. Não aceitava Charles nem E.C., e nunca, jamais, Chuck. Erwin. Quando garotinho, foi chamado de Chuck nos primeiros sete anos ou mais. Então começou a ter aulas dois anos antes de sua faixa etária, porque ele era tão *inteligente* e o professor deixou escapar seu nome legal. Então, era "Errrrrrrrrrrrwiiiiiiiiiiiiiiiiiiiin" que os gêmeos McClusky gritavam quando o emboscavam depois da aula, "Erwiiiiiiiiinnnnnnnnnn!" quando empurravam sua nota A+ em álgebra por entre seus lábios apertados e para dentro de sua boca, "Errrrrrrrrrrwinnnnnnnnnnnnnn!!!!!!!" enquanto trabalhavam em sua mandíbula, "ERRRRRRRRWIIIIIIIIINNNNNN!" enquanto o faziam engolir, "Erwin" em um tom casual, quase amigável, enquanto o espancavam até que ele sorrisse e agradecesse. Depois que cresceu e se tornou um durão, passou por sua cabeça voltar e fazer uma visita aos gêmeos McClusky, mas no final decidiu que não. Eles lhe ensinaram uma valiosa lição de vida em uma tenra idade e, no balanço geral, ele ficou grato por isso.

Erwin tinha a luta dentro de si e, por sorte, cresceu e se tornou um grande filho da puta. *Erwin* foi o que a multidão cantou quando ele abriu caminho pela linha defensiva e marcou o touchdown da vitória no jogo de volta para casa em seu primeiro ano. Erwin era como o chamavam em Fort Bragg desde o dia em que se alistou — bem, quase — até o dia em que se aposentou. Parte disso era que "Sargento-Mor" ou "Sargento-Mor de Comando" era coisa pra cacete pra falar e ele não queria infligir isso a seus homens. Mas era principalmente porque gostava de dizer aos oficiais para chamá-lo de Erwin, gostava do jeito que alguns deles ficavam com os olhos piscando quando ele dizia isso, mas eles faziam mesmo assim.

Erwin não estava mais no Exército. Treze anos depois — logo após sua terceira viagem ao Afeganistão — decidiu que já matara gente o suficiente. Ele não tinha transtorno de estresse pós-traumático nem nada. Ainda amava seus homens. Ele ainda achava que o inimigo era um bando de babaquaras. Apenas estava de saco cheio daquilo. Era uma terça-feira e ele tinha visto uma canhoneira Apache basicamente desintegrar um idiota de dezesseis anos. Era a coisa certa a fazer, ele estava grato ao cara que pilotava o Apache por fazer isso — o garoto carregava um rifle de precisão Dragunov, um pouco danificado, mas perfeitamente aproveitável, e era provável que não estava indo para as colinas para caçar bodes. Dadas as mesmas circunstâncias, ele próprio teria, com alegria, massacrado o filho da puta. Apenas não queria mais estar nessas circunstâncias.

Então, pouco tempo depois, deu baixa e saiu para o mundo. Lá ele acabou indo ensinar Arte no ensino médio. Porra, isso até que foi reconfortante. Não era exatamente o que esperava fazer, mas acabou que não tinha nada contra pintar com têmpera. Na verdade, ele meio que gostava de fazer potes de barro. E ainda por cima ficou besta ao descobrir que era bom nisso. E as crianças o amavam. Elas também o respeitavam. Nem uma vez ele teve que levantar a mão para sequer um dos filhinhos da puta. Para dizer a verdade, a maioria parecia ter um pouco de medo dele. Os professores também, aliás. E o conselho escolar, uma ou duas vezes. Será que eles tinham visto corpos fumegantes empilhados ao olhar em seus olhos? Estaria cercado por fantasmas quando caminhou pelo corredor? Não sabia dizer. Mas assim que perceberam que ele não iria esfaqueá-los no rosto ou explodi-los, relaxaram. *Bom, eles relaxaram um pouquinho. A maioria deles.*

Depois de um tempo, ele também relaxou. Amava as crianças — *permitiu-se* amá-las — de uma forma que não achava que ainda fosse capaz. Quando voltou da guerra, sua capacidade de amar estava em sérias dúvidas — tudo o que você precisava fazer era dar uma olhada na ruína fumegante de seu casamento ou talvez perguntar a sua família meio esquecida. No mundo civil, o volume era bem mais baixo, mas ele ainda gritava. Sabia disso, só que simplesmente não conseguia fazer nada a respeito. Passou por sua mente meter uma espingarda na boca. Mas depois de pensar a respeito, decidiu que se daria uma chance. Sério, o que ele tinha a perder? Então, um dia, quando pegou um carinha chamado Dashaen Morning Flower Menendez — ele nunca esqueceria esse nome, por que diabos você faria isso com uma criança? — quando pegou o pequeno Dashaen olhando de relance para o pratinho de plástico de macarrão com queijo em sua mesa da mesma forma que os magros na Somália olhavam para suas rações militares, ele chamou o garoto de lado pensando que talvez fosse pobre ou sua mãe fosse uma drogada ou alguma merda triste assim. Quem diabos não teria dinheiro para um maldito sanduíche? Aqui é a América, pelo amor de Deus.

Mas acontecia que a mãe do pequeno Dashaen tinha muito dinheiro. Ela era uma flebotomista ou uma merda dessas. Dinheiro não era o problema. O problema era que o pai do garoto estava em algum tipo de religião hippie e ensinou ao pequeno Dashaen sobre não violência e falar sobre seus problemas e todas essas outras porcarias. Erwin apontou que ideia imbecil era essa na reunião de pais e professores e o maluco mencionou Gandhi. Claramente o homem era louco, e o pequeno Dashaen estava sofrendo por isso. Erwin, ele próprio familiarizado com os problemas de pais insanos, teve pena dele. Acontece que o menino não era um nerd ou algo assim, apenas foi prejudicado por uma criação pobre. Tudo o que precisava era de uma pista. Assim que Erwin descobriu isso, murmurou uma oração de agradecimento a um Deus em quem ele na verdade não acreditava e começou a *fornecer* a referida pista. Ele ensinou Dashaen como chutar os outros filhinhos da puta nas bolas, sangrar seus narizes, se esgueirar por trás deles e dar um tapão em suas orelhas com as duas mãos — o básico. Na verdade, ele pode ter ido um pouco longe com essa última; Dashaen exagerou e um dos outros minicaras acabou com um pouco de perda auditiva permanente. Mas depois disso todo mundo gostou de Dashaen e ninguém mais roubou seu dinheiro do almoço, então basicamente foi um final feliz. O pequeno Dashaen foi para o ensino médio no ano seguinte. Erwin imaginou que o vira pela última vez. Mas então, em um dia chuvoso de dezembro, ele foi até a caixa de correio em frente ao duplex onde estava hospedado. Ele se lembrava perfeitamente. Era dia dezoito, um sábado. A escola estava fora nas férias de inverno. Os vizinhos, os Michaelsen, tinham dois filhos pequenos e estavam todos decorando a árvore. Eram duas da tarde. Ele estava em seu oitavo uísque. Podia ouvir canções de Natal através da parede, aquela sobre "O bom rei Venceslau", "Jingle

Bells", "Vovó foi atropelada por uma maldita rena". Essa merda não o incomodava. Ele não tinha inveja dos Michaelsen. Estava feliz por eles. Não se sentia como se tivesse estragado tudo na vida. Ficar apocalipticamente bêbado sozinho era o tipo de coisa que os solteiros faziam na época do Natal. Além disso, não estava pensando na espingarda no canto do armário. De forma alguma. Então ele abriu a caixa de correio e, *mirabile visu*, o pequeno Dashaen lhe enviara um cartão de Natal. Ele tirou o cartão da caixa de correio com as mãos trêmulas, abriu o envelope e o leu ali mesmo em frente à caixa de correio. Ele dizia

Caro Erwin,

Feliz Natal! Sei que não é "legal", mas queria enviar-lhe este cartão para que saiba que está tudo bem comigo. O ensino médio é uma merda, mas também é muito legal, se entende o que eu digo. Provavelmente não teria sido se eu não tivesse te conhecido. Queria que você soubesse que eu sabia disso. Queria agradecer. Eu convidaria você para o jantar de Natal, mas acho que meu pai ainda está bravo.

Dashaen

P.s.: Arranjei uma namorada. É ela na foto. Não é gostosa?

Quando terminou de ler, Erwin voltou para sua metade do duplex e chorou, a única vez em sua vida adulta que faria isso. Chorou por uma boa hora inteira, depois despejou o resto do uísque na pia, ligou a TV e ficou assistindo Charlie Brown. Antes de ir para a cama, dobrou o cartão e guardou-o na carteira. Ficaria lá até o dia em que ele morresse.

Não muito tempo depois, ele se sentiu melhor, mais parecido consigo mesmo, mais capaz de fazer o tipo de trabalho em que era bom. Pediu demissão do cargo de professor no final do ano letivo. Quase todo mundo ficou aliviado, embora fossem educados demais para dizer qualquer coisa. Ou nervosos.

O que fosse.

II

Agora, em uma manhã ensolarada de outubro com o último suspiro do verão da Virgínia pairando no ar, Erwin apontou seu carro alugado — um pequeno Ford Taurus de merda — para uma vaga vazia no estacionamento e parou freando com um jato de cascalho. Isso atraiu olhares de alguns policiais fumando e trocando mentiras na esquina da prisão. Erwin sorriu para eles e acenou. Estava cagando para eles.

Saiu do carro e olhou em volta, depois cuspiu na direção geral da placa que dizia prisão do condado. Ele gritou para os dois caras tragando seus Marlboros:

— Essa merda vai matar vocês, sabem! — Depois levou a mão ao chapéu e sorriu para eles. — Estou só falando.

O policial mais jovem olhou por cima de seus óculos escuros para Erwin como se não pudesse acreditar no que estava vendo. O mais velho riu.

— Vou pensar no seu caso — disse ele.

Na verdade, Erwin estava errado. Os policiais tinham menos de duas horas de vida, mas fumar não seria um fator.

O saguão da prisão era mais ou menos como qualquer outro prédio do governo construído nos últimos vinte anos: paredes de blocos de concreto pintadas de marrom-claro ou escuro-claro ou algo assim, pisos de linóleo — baratos, mas brilhantes — e um bebedouro cinza que fornecia água morna com gosto de mijo. Erwin bebeu mesmo assim. Ele estava com sede, e já tinha bebido coisa pior.

Olhando ao redor do saguão, ele contou pelo menos meia dúzia de viciados em metanfetamina em vários estágios de doideira, dois bêbados e um garoto ruivo que, na opinião de Erwin, era esquizofrênico pra caralho.

Ele caminhou até a janela sob a placa que dizia VISITANTES SE REGISTRAM AQUI e tirou seu crachá.

— Sim, eu sou Erwin — ele começou. — Estou com a Segurança Nacional. Estou aqui pra ver…

O atendente, um homem atarracado de uniforme verde que dizia DEPARTAMENTO CORRECIONAL DA VIRGÍNIA em um bolso e ROGERS no outro, não levantou a cabeça.

— Preencha isto — disse ele, empurrando uma prancheta através de uma abertura no vidro.

— Você pode me…

— Preencha — disse o assistente. — Depois a gente conversa.

Erwin suspirou. O formulário tinha três páginas, frente e verso. Quando terminou, uma boa fila se formara à sua frente. Ele ocupou seu lugar atrás de uma senhora gorda com pés sujos e uma garota magra de cerca de dezesseis anos com uma tatuagem ruim do Lynyrd Skynyrd nas costas. Erwin ficou um pouco surpreso ao ver aquela tatuagem. Ronnie van Zant devia estar em seu túmulo há dez anos ou mais quando a menina nasceu. *Mas*, ele refletiu, *para um certo grupo demográfico, o Skynyrd será atemporal. Como Elvis ou a Virgem Maria.* Em qualquer grau que tal grupo demográfico existisse, aquelas duas definitivamente faziam parte dele. A gorda tinha um filho chamado Billy que foi pego com um caminhão cheio de queijo roubado.

Queijo?

Descobriu-se que esta era a terceira vez que Billy recebia bens roubados, então ele tinha a perspectiva de pegar um bom tempo de cana. Mamãe chorava forte e ruidosamente, dizendo coisas como "Eu criei os meninos direitinho!" de vez em quando. A garota magricela ficava passando lenços de papel para ela. De vez em quando, ela dizia algo como "Eu não sei o que ele tinha na cabeça" e batia na barriga de modo protetor. Erwin imaginou que haveria outro idiota condenado para ocupar o lugar de Billy no estacionamento de trailers em cerca de seis meses.

Quinze minutos de funga-funga depois, ele estava de volta à janela. Ele nem se incomodou em tentar falar, apenas passou o formulário e esperou pelo veredicto. Como um veterano de treze anos na burocracia do Exército, tinha quase certeza de que o preenchera de modo correto, mas com uma certa espécie de babaca nunca se podia ter certeza.

O policial rechonchudo examinou o formulário com cuidado, todas as três páginas, frente e verso. Depois de um momento, ele assentiu.

— Parece ok — disse ele, claramente decepcionado. — Vou precisar ver duas formas de identificação, policial. — Ele interrompeu e olhou de soslaio para o formulário — Leffington? *Erwin* Leffington? — Ele olhou para cima pela primeira vez.

— Sou eu — disse Erwin. Ele ergueu o distintivo.

— Você é... você não é *o* Erwin Leffington, é?

Ah, caralho, ele pensou. *Lá vamos nós.* Se ele tinha um arrependimento na vida — e ele tinha — foi deixar aquela filha da puta escrever o livro sobre ele. Parecia inofensivo na época, mas o livro foi o que deu origem ao filme. Quando o filme saiu, foi basicamente tudo o que ela escreveu.

— Provavelmente não.

— *Sargento-Mor de Comando* Erwin Leffington? Companhia B, Segundo Batalhão?

Erwin ficou apenas olhando para ele. Pela primeira vez em muito tempo, o gosto de poeira e cordite voltou a ele. Ele tentou se agarrar à imagem do pequeno Dashaen, ao cartão de Natal, mas de repente estava se afogando.

— Segundo Batalhão do *Décimo Quinto*?

— Já faz um tempo que não — disse Erwin. Ele falou muito baixinho. — Se pudéssemos apenas...

— Meu irmão é Jim Rogers — disse o gordo.

Erwin levantou a cabeça nesse momento; não estava mais se afogando.

— Como está o sargento Rogers?

— Ele está melhor, senhor. Foi difícil por um tempo, mas ele está indo bem agora. Ele acabou de ter um filho, nascido em maio passado.

— Não me chame de senhor. — Então, depois de um momento: — Como está a perna dele?

— Ele se locomove bem. Pelo menos agora. O pessoal lá do Hospital dos Veteranos demorou um pouco para ajustá-la corretamente.

A notícia de que Rogers estava bem ajudou, um pouco.

— Seu irmão é um bom homem — falou Erwin. — Diga a ele que perguntei por ele. Agora, se pudéssemos...

— Senhor, ele nos contou a seu respeito — cortou o policial gordo. — Ele nos contou o que o senhor fez.

Erwin arrastou os pés. Merdas como essa sempre o deixavam desconfortável. O silêncio se estendeu.

— Seu irmão é um bom homem — repetiu.

— Meu irmão diz o mesmo sobre o senhor. Não, não é verdade. Ele diz que o senhor é um *grande* homem. Ele diz que o senhor é o melhor soldado que já usou um uniforme e um fodão certificado ainda por cima. — O assistente gordo estava olhando para ele com adoração em seus olhos. Sua voz tremia enquanto falava. — Ele diz que o senhor salvou a vida dele, a dele e a de todo mundo...

— *Obrigado* — rosnou Erwin. Então, mais calmo: — Tudo isso, sim, isso foi exagerado.

— Meu irmão discorda, senhor. — Então algo horrível lhe ocorreu. — Sinto muito por fazer o senhor preencher os formulários! Se eu soubesse que o senhor era o *senhor*, nunca teria feito isso. — Seus lábios tremiam. — Sinto muito.

— Tudo bem.

— Quem o senhor veio ver aqui?

— Um cara chamado Steve Hodgson.

O rosto do assistente escureceu.

— O assassino de policiais? O que o senhor quer com ele?

Erwin, esperto, viu uma saída.

— Não posso falar sobre isso — mentiu. — Segurança nacional.

— Sério?

— Ah, sim. — Ele podia ver que o irmão de Rogers acreditava piamente nisso. Isso o fez se sentir um pouco mal. Não tão mal quanto teria se sentido caso continuasse a conversa, mas um pouco mal. — Sim. É tudo muito secreto, essa merda toda. Diga ao sargento Rogers que perguntei por ele.

— Direi, senhor. — Ele hesitou. — Posso... será que posso pegar seu autógrafo?

Erwin pesou suas opções. Uma delas era espancar o cara um pouco até deixá-lo um pouquinho inconsciente. Isso funcionava às vezes. *Em geral, depois que conseguem um autógrafo, eles me deixam ir embora.* Além disso, o saguão estava cheio de câmeras de segurança.

— Sim. Claro.

O assistente passou uma prancheta com uma folha de papel em branco. Erwin assinou e devolveu. O irmão de Rogers pegou o autógrafo e o colocou em uma gaveta com as mãos trêmulas.

— Vou ter que colocar o senhor na capela.

— A capela?

— Sim. A sala de visitas está cheia, a menos que o senhor queira esperar.

— A capela está ótima. — O banheiro teria sido bom. Ele só queria sair, longe do irmão de Rogers e do desfile interminável de merda horrível que espreitava, tremendo e ansioso, logo abaixo da superfície de sua tagarelice.

III

O irmão de Rogers revistou a bolsa de Erwin e pegou sua arma, mas deixou que ele ficasse com o laptop e as pastas de papel pardo. Enquanto eles procuravam, outro policial passou por ali sussurrando. Então Erwin não ficou surpreso quando um cara diferente — um tenente do xerife, nada menos — entregou a ele sua identidade de convidado e o acompanhou pelo longo corredor até a capela. *Ele é provavelmente o cara de mais alto escalão do prédio*, pensou Erwin, preparando-se.

E, claro, quando chegaram à porta de aço:

— Eu, ahn. Eu li. Eu li aquele livro que escreveram sobre o senhor. Bom, a maior parte dele. Sobre o que o senhor fez em… como se pronuncia aquele lugar?

— Natanz — respondeu Erwin.

— É mesmo verdade que…

— Não — disse Erwin. Ele podia passar semanas seguidas sem que ninguém o reconhecesse, mas também tinha dias em que parecia que todo mundo que encontrava, mesmo com a *menor* conexão com os militares, acabava que tinha lido o livro, ou visto o filme, ou aquela coisa no History Channel. Hoje era um dia que estava provando ser um desses. — É tudo mentira. — *Talvez eu devesse deixar a barba crescer?*

— Ah. Não leio muito, mas…

Erwin entrou a passos largos na capela e fechou a porta atrás de si. Lá dentro, ele olhou em volta. Seu trabalho o levava a prisões de vez em quando, mas esta era sua primeira capela prisional. Tinha talvez uns seis metros de lado e não tinha janelas. Cheirava a tinta. Ele esperava fileiras de cadeiras dobráveis de metal — era esse tipo de construção — mas em vez disso viu seis bancos de concreto no chão, cada um largo o suficiente para três ou quatro pessoas. Curiosamente, não havia cruzes à vista. *Politicamente correto, talvez?* As únicas características reais eram um pódio de pinho simples na frente da sala e uma pintura emoldurada na parede.

Sem nada melhor para fazer e sem vontade de colocar sua bunda de meia-idade no banco de concreto, Erwin se aproximou para verificar a pintura. Não era ruim, mas também não era boa. Tinha o representacionalismo simples e quadradinho da iconografia medieval e das tatuagens de prisão. Um homenzinho de pele marrom — Jesus? Maomé? Outro? — estava em pé no centro da imagem. O sol queimava atrás dele, deixando seu rosto na sombra. Ele estendia as mãos, abençoando uma variedade heterogênea de pessoas e animais reunidos na luz. O cara santo e seus suplicantes eram cercados pela escuridão.

A porta da capela se abriu. Um cara de meia-idade de calça cáqui e uma camisa da Izod manchada de graxa entrou.

— Você é o Leffington?

— Me chame de Erwin. Sim.

— Eu sou Larry Dorn.

— Sim, oi. Onde está o garoto? — Dorn era o defensor público de Steve Hodgson.

— Ele já vem. Pedi a eles que nos dessem um minuto primeiro. Eu queria falar com você.

— Claro — disse Erwin. — Com prazer. — Isso era mentira. Eles se falaram ao telefone algumas vezes. Dorn parecia um saco de bosta, na opinião de Erwin. Mas ele controlava o acesso ao garoto Hodgson.

Enquanto Dorn examinava os papéis, Erwin se ocupou em olhar para a pintura. À primeira vista, a escuridão ao redor era completamente preta, mas do ângulo certo você podia ver que não era, não realmente. A tinta estava em camadas. Se você olhasse direito, poderia ver figuras na escuridão, talvez demônios e…

— Tudo parece em ordem — disse Dorn.

— Sim. Só pra deixar claro, eu não dou a mínima pro seu garoto. A única razão pela qual estou falando com ele é porque ele pode saber algo sobre outro caso.

— Que alívio — disse Dorn. Sua voz gotejava sarcasmo.

— Não gosta muito dele?

— Não. Eu conhecia o detetive Miner. Nossas filhas brincavam juntas às vezes.

— Vai ser um problema para você, defendê-lo?

Dorn deu de ombros.

— O que há para defender? Eles o encontraram desmaiado e bêbado na mesa da sala de jantar de Miner. A arma que matou Miner estava em suas mãos. Tinha as digitais dele. — Dorn parecia querer estrangular seu próprio cliente. *Não parece muito bom para a defesa.*

— Só as digitais dele?

— Não. As de Miner também. E uma impressão digital no interruptor de luz de uma terceira que ainda não identificamos.

Já identificamos sim, pensou Erwin. *Você só não sabe ainda.*

— Algo mais?

— Como o quê?

— Como qualquer coisa.

Dorn franziu os lábios por um momento, pensando. Então deu de ombros.

— Sim. Tinha isto aqui. — Ele vasculhou uma pasta e entregou uma pilha de fotos 8 x 10 impressas em papel couché da cena do crime.

— Muitas tripas naquele armário de porcelana — disse Erwin. — Sabemos a quem elas pertenciam? *Carolyn, talvez? Ou talvez Lisa?*

— Ainda estamos esperando os exames de laboratório.

— Mas foi uma escopeta que fez isso. A mesma?

Dorn ergueu uma sobrancelha.

— Olho bom. Você é da área forense?

— Na verdade, não. — Ele matara muitas pessoas com escopetas. — Isso aqui é um pedaço de pulmão, parece. Não é da vítima — os pulmões dela estavam principalmente na cozinha —, e esse garoto Steve está de pé e andando por aí, então é provável que não seja dele também. Vocês já se perguntaram a respeito disso?

— Na verdade, não. Aonde você quer chegar?

Erwin suspirou. *Como esse cara conseguiu terminar a faculdade de Direito?*

— Alguém foi procurar por essa garota misteriosa dele?

— Quem? — perguntou Dorn. — Aquela do bar? Ele inventou.

— Achei que você tinha testemunhas que viram os dois juntos.

— E temos. Mas é só o que temos. Se ela já esteve na casa de Miner, não deixou nenhuma impressão digital, nenhuma pegada, nem mesmo um fio de cabelo. Você sabe como é difícil entrar na casa de alguém e não deixar rastros?

— Sei lá. Bem difícil, eu acho. O problema é que ela *deixou* uma impressão digital.

O rosto de Dorn se anuviou.

— Você está brincando comigo.

— Não.

— Qual, aquela no interruptor de luz? Não estava no IAFIS — disse Dorn, referindo-se ao Sistema Integrado de Identificação Automatizada de Impressões Digitais do FBI.

— Isso mesmo — disse Erwin. — Não estava. — Ele ia deixar a frase pairar ali, cheia de todo tipo de implicações sinistras sobre as informações a que tinha acesso, mas nesse momento a porta da capela se abriu com um estrondo. Isso decepcionou Erwin. Estragou a porra do momento.

Um policial diferente entrou segurando um cara branco e magro com cabelo castanho e curto. Erwin reconheceu Steve Hodgson de sua foto. O policial o empurrou para Erwin da mesma forma que você jogaria um saco de lixo num aterro sanitário.

Erwin olhou para ele. *É ele? É só isso?* Ele não era bem uma criança, não mais. *Trinta e poucos anos, talvez?* Ele vestia um macacão laranja de presidiário, desbotado e com as pontas esfiapadas. Sem tatuagens visíveis. Ele não parecia um drogado, apesar de seus olhos estarem saltados, mas alerta e talvez um pouco em estado de choque.

Dorn acenou com a cabeça para o guarda.

— Obrigado.

— Eu tenho que trancar o senhor, sr. Leffington — disse o guarda. — Sinto muito. Mas devo dizer que é uma honra...

— Não tem problema — disse Dorn. — Obrigado.

Parecendo frustrado, o guarda fechou a porta.

O garoto Hodgson de imediato começou a perguntar a Dorn sobre alguém chamado Petey, se Dorn tinha ouvido alguma coisa sobre ele. *Quem caralhos é Petey?* Ele fez uma anotação mental, mas não interrompeu.

Dorn olhou para o cara como se ele fosse um idiota.

— Você não tem coisas maiores com que se preocupar?

Erwin podia ver o desespero nos olhos de Steve, mas manteve isso fora de sua voz.

— Sim. Eu sei. Eu só queria saber se...

— Sim. Ok. Seu amigo ligou. Ele disse que pegou seu cachorro. Isso é tudo o que eu tenho.

Hodgson assentiu com a cabeça e sorriu um pouco. A tensão visivelmente saiu dele. Ele se arrastou até um dos bancos de concreto, seus finos chinelos azuis de prisão raspando contra o linóleo brilhante. As algemas não lhe davam muito espaço para se mover.

Prestes a pegar homicídio em primeiro grau e tudo com o que ele se preocupa é seu cachorro? Quando ele chegou perto o suficiente, Erwin se levantou e estendeu a mão. Steve pareceu assustado, mas depois de um momento ele estendeu a mão até onde o comprimento da corrente dava e apertou rapidamente a mão de Erwin.

— Eu sou Erwin — disse Erwin.

— Steve Hodgson. — Ele pensou por um segundo. — "Prazer em conhecê-lo" não é bem o certo, mas confesso que estou curioso. O que posso fazer pelo senhor, senhor...

— É Erwin — disse Erwin. — Sempre me chame de Erwin. — Os olhos de Steve se estreitaram com isso. *Provavelmente se perguntando se estou bancando o "tira bonzinho".* — Eu esperava poder fazer algumas perguntas. Você se importa se eu te chamar de Steve?

— Claro. Tanto faz. — Steve se sentou em um dos bancos. — Acho que você não tem um cigarro, tem? Eu chutaria o menino Jesus por um Marlboro.

— Desculpe. Não fumo. Quer tabaco de mastigar? — Erwin notou que Steve deu alguns passos extras para poder se sentar de costas para a parede. Erwin tinha feito a mesma coisa.

Steve parou para pensar.

— Não precisa. Mas obrigado.

— Eu li o arquivo do seu caso — disse Erwin. — Se o que você diz é verdade, parece que você se fodeu de verdade.

Steve deu a ele um sorriso irônico.

— Sim. Curiosamente, tive o mesmo pensamento.

— Alguma ideia de por que ela iria querer fazer uma coisa dessas?

Mais uma vez, Steve pareceu assustado.

— Você acredita em mim?

— Ainda não sei. Você não falou muito.

Steve deu a Dorn um olhar ressentido. Dorn não tinha feito segredo do fato de que ele achava que a mulher, se é que ela existia, era extremamente conveniente.

— Até agora ninguém parecia interessado. Mas, respondendo à sua pergunta, não. Não tenho ideia de por que ela iria querer fazer algo assim comigo. Ou com qualquer outra pessoa, aliás. — Mas algo cintilou em seus olhos quando ele disse isso.

— Você está com a consciência limpa, não está?

Steve deu a ele um olhar longo e avaliador.

— Você é bem observador, não é? Não, não estou com a consciência limpa. Eu fiz algo há muito tempo. Um amigo meu se machucou. Era provável que seus pais me odiaram o suficiente para fazer algo assim, se tivessem pensado nisso, mas Celia morreu de ataque cardíaco há sete anos e Martin se suicidou no ano seguinte.

— É uma história triste — disse Erwin.

— Você está tirando sarro de mim?

— Não estou — disse Erwin. — Se lhe serve de consolo, eu entendo. Eu fiz muitas merdas que gostaria de poder desfazer. E que me deixam acordado algumas noites.

Steve o estudou por um momento, depois relaxou um pouco.

— Ok. Desculpe.

— Você acha que essa garota, Carolyn, tem algo a ver com isso?

A testa de Steve enrugou.

— Não vejo como poderia — disse ele. — Mas há muita coisa sobre ela que eu não entendo nem um pouco.

— Por que você não começa do início? — sugeriu Erwin. — Diga-me tudo o que você se lembra. Sem pressa. Eu tenho o dia todo.

IV

Então eu ouvi um cara atrás de mim — Steve dizia. Ele estava falando há quase uma hora. Ele tinha uma boa memória para detalhes visuais, e não tão boa para as palavras exatas das conversas. Sua descrição do traje descolado da mulher, short de ciclismo e polainas?, era ao mesmo tempo interessante e surpreendentemente detalhada. Também na opinião profissional de Erwin, soava como verdade. *Se esse cara está mentindo, ele não sabe disso.* Ele apenas não tinha ideia do que havia sido feito com ele, ou por que. Isso fez Erwin se sentir fodidamente triste.

— Então o cara, Miner, ele disse algo como "Você está preso". Ele disse isso pelo menos duas vezes. Ele agiu meio estranho, como se não tivesse certeza do que estava acontecendo. Em transe, sabe?

— O que aconteceu depois? — Erwin perguntou.

Steve olhou para baixo. Erwin notou que ele evitava olhar para a corrente em volta de seus tornozelos.

— Com sinceridade, não me lembro. Lembro-me de pensar: *Ah, merda, ele tem uma arma* e meio que posso imaginar seu rosto, então devo ter me virado. Mas minha próxima memória *clara* é acordar no chão. Eu não tinha ideia de onde estava, e um cara estava gritando comigo.

— Deve ter sido ser o detetive Jacobsen — disse Dorn. — Ele e Miner eram amigos. Deveriam sair para pescar naquela manhã. Ele descobriu o corpo de Miner e realizou a prisão inicial.

— Obrigado — Erwin mentiu. Ele estava cagando para Jacobsen. Ficou batucando com a caneta no banco de concreto, pensando. — Então você nega tê-lo matado? Miner?

— Faz diferença?

— Provavelmente não — disse Erwin. — Mas estou curioso.

— Eu acho que sim. Nego, quero dizer.

— Você *acha*? — Dorn perguntou incrédulo.

Steve deu de ombros.

— Como eu disse, não me lembro. Na última memória clara que tenho, ele estava vivo. Quando acordei na manhã seguinte, ele estava morto. Eu não tinha nada contra o cara. — Ele suspirou. — Eu realmente gostaria de ter ido para casa e ido para a cama. Não sei se isso ajudaria muito a *ele*, mas eu provavelmente estaria em casa com meu cachorro.

— Você acha que ela o teria matado de qualquer maneira?

— Cara — disse Steve com uma sinceridade épica —, não faço a mínima ideia.

Erwin esperou mais, mas foi isso. *Ele está vazio*. Parou para pensar.

— Ok — disse ele depois de um momento. — Acho que você foi bem direto comigo. Obrigado. Muitos dos caras com quem converso mentem porque gostam do que dizem. Então, vou poupá-lo dos meus movimentos de dança. Consegui algumas informações sobre essa mulher, não muitas, mas algumas, que podem ser úteis no seu caso. Talvez.

Steve piscou.

— Prossiga.

Dorn ergueu os olhos dos papéis.

— Tenho quase certeza de que a mulher que você conheceu se chama Carolyn Sopaski. E o que você disse se encaixa com o pouco que sabemos sobre ela.

Steve parecia atento, talvez até esperançoso. Ele não falou.

— Estou ouvindo — disse Dorn.

— Como eu disse, trabalho para a Segurança Nacional. Eu sou um agente especial. É tipo um agente especial do FBI, só que não precisamos usar terno se não quisermos. — Hoje ele estava com uma camiseta cinza e um moletom azul-marinho com zíper. O jeans que ele usava era do mesmo tamanho que ele usou na formatura do ensino médio, trinta anos atrás.

— Então, o que você faz, exatamente?

— Depende. Muitas vezes eu apenas acompanho coincidências interessantes.

— Como assim?

— Bom, hoje em dia a Segurança Nacional está ligada a praticamente tudo. Você sabe disso, certo? Registros telefônicos, buscas na internet, livros da biblioteca, coisas de banco... tudo. Tudo isso vai para uma grande sala com ar-condicionado que eles construíram em Utah. O que sai do outro lado é uma pilha de coincidências estranhas que podem ser do interesse de caras como eu. Então, tipo, se o mesmo cara comprar um saco de fertilizante em quinze ou vinte diferentes Home Depots, esse sistema pode perceber isso. Você está entendendo?

— Acho que sim.

— Ou, como neste caso, digamos que um policial escreva um relatório. Eles estão sempre escrevendo relatórios, coitados dos merdinhas. Além de toda a merda normal que acontece com ele, promotores, advogados e acúmulo de poeira, também existe uma cópia que vai para essas máquinas na Virgínia. E na última rodada, um dos casos que apareceram foi...

— O meu? — perguntou Steve, subitamente ansioso. — Você encontrou algo que me inocente?

— Não. O seu não foi apanhado. Nada inexplicável ali. A conexão que acabou na minha mesa tinha a ver com um assalto a banco. Um assalto a banco estranho pra caralho.

— Estranho como?

— Parte disso foi o tamanho da carga — falou Erwin. — Na maioria dos roubos, o cara ganha 10, talvez 15 mil. Muitas vezes nem é tanto. Mas este foi algo do tipo 300 mil.

— Trezentos e vinte e sete mil — disse Steve — e pouco? — concluiu, citando a quantia que sua mulher misteriosa dissera que estava na mochila azul.

Erwin assentiu.

— Na verdade, sim. O mesmo pensamento passou pela minha cabeça. De qualquer forma, é um roubo bem-sucedido. Muito mais bem-sucedido do que a maioria deles. É incomum. Então o computador se interessou e passou para mim. Uma coisa que poderia ter explicado era se as pessoas que faziam isso fossem treinadas.

Steve franziu a testa.

— Treinadas? Você quer dizer, tipo, treinadas pelo governo?

— Acredite ou não, sim. A KGB deu um curso sobre isso nos anos 1970. Treinamento insurgente ou algo assim. Nós também, como parte do Curso de Seleção para os Boinas-Verdes. Não mais, mas muito do know-how ainda está circulando. De qualquer forma, foi por isso que fui chamado. Recebemos um como este a cada dois meses. Em geral acaba não sendo nada.

— Isso é verdade aqui também, pelo menos porque não temos nenhuma razão para pensar que a srta. Sopaski está envolvida em qualquer tipo de merda terrorista. O que está menos claro é no que exatamente ela está envolvida. Quero dizer, os caixas do banco a *ajudaram* a fazer a porra do roubo. O que há com isso?

— O que você quer dizer? — perguntou Dorn.

Erwin deu de ombros.

— Só o que eu disse. Por volta das três da tarde, a srta. Sopaski, sua Carolyn, e outra garota, identidade não confirmada, entraram na filial da Oak Street do banco Midwest Regional no centro de Chicago. Nós as pegamos na câmera do saguão. Eles esperaram na fila como boas clientes por pouco mais de três minutos. Quando chegou a vez delas, as duas se aproximaram do caixa, uma certa senhorita — Erwin semicerrou os olhos para suas anotações — Amrita Krishnamurti. A mulher não identificada falou com ela calmamente por trinta e sete segundos. Depois… bem, não importa. Veja você mesmo.

Erwin ligou seu laptop. Ele digitou alguma coisa da Microsoft, passou alguns segundos fechando abas com pornografia e apertou o play.

— Imagens da câmera de segurança — disse ele. — Do banco.

Steve colocou o laptop em um dos bancos de concreto. Dorn observava por cima do ombro.

— Por que ela está vestida assim? — perguntou Dorn. Carolyn parecia mais ou menos razoável, embora um pouco antiquada, jeans e camisa masculina, descalça, mas a outra mulher estava de roupão e chapéu de caubói.

— Eu não faço a menor ideia — disse Erwin. — Meu primeiro pensamento foi metanfetamina, mas não acho que seja isso. Ela parece muito sonolenta.

— Além disso, ela ainda tem todos os dentes — concordou Dorn. — Mas pode ser LSD.

Erwin e Steve olharam para ele.

Dorn deu de ombros.

— Cerca de metade das pessoas que são autuadas viajando de ácido usam roupões de banho. É, tipo, uma moda.

Eles pararam para pensar nisso por alguns instantes, então Erwin acenou com a cabeça para o laptop.

— Agora é que vai ficar bom. — A mulher de roupão estava falando com Amrita Krishnamurti. Carolyn entregou a ela uma mochila azul, daquelas que se usa para levar coisas para a academia. A sra. Krishnamurti acenou para os outros dois caixas e eles se reuniram para ouvir. A mulher do roupão falou por mais alguns segundos, então tocou cada um deles na bochecha.

Então os caixas se separaram e começaram a encher sacos de dinheiro. Eles trabalharam rapidamente, diminuindo a velocidade apenas para jogar fora os pacotes de corantes e uma conta ou outra.

— Essas são as notas marcadas? — perguntou Dorn.

Erwin assentiu.

O vídeo durou pouco menos de três minutos. Quando acabou, Steve devolveu o computador.

— Todos eles ajudaram — disse Dorn.

— Sim. — Erwin conteve a vontade de bater continência para o Capitão Óbvio. Ele precisava de Dorn. — Foi o que fizeram. Aquela sra. Krishnamurti era, sei lá, gerente da filial. Ela trabalhou lá cerca de doze anos. Os outros dois estavam lá há cerca de um ano cada. Nenhum deles estava armando para declarar falência ou qualquer merda assim. E eles não poderiam ter conseguido o emprego se tivessem antecedentes criminais. Mas eles estavam *muito* ansiosos para encher aquele saco, você não acha?

Dorn assentiu.

— É estranho.

Erwin pensou, mas não disse: *Talvez um pouco como um cara que se manteve limpo por dez anos e de repente decidiu cometer um roubo e matar um policial?* Ou talvez não. Mas ele traria isso à tona mais tarde.

— Sim, eu também pensei assim. Então fui e conversei um pouco com eles. Eles pareciam bons o suficiente. Todos se lembraram de onde estavam os botões de alarme, não entraram em pânico nem nada do tipo, mas nenhum deles apertou nenhum.

— Eles disseram por que?

— A princípio não. Eles pediram um advogado. Mas assim que os convenci de que não iriam para a cadeia, uma das mais novas conversou comigo. Ela disse que não disparou nenhum dos alarmes "porque estava muito ocupada caçando pacotes de corantes e transmissores de rádio". Assim, séria, sabe? Perguntei por que ela faria tal coisa e ela disse que não fazia ideia. Tenho certeza de que acredito nela. — Erwin deu um sorriso irônico. — Vou ser sincero, estou perplexo. É por isso que vim para cá.

— Mas como assim? — perguntou Steve.

— Eu estava esperando que você pudesse ter algumas ideias brilhantes.

— Eu?

Erwin assentiu.

— Você passou mais tempo com ela do que qualquer um. Alguma coisa sobre esse vídeo saltou aos seus olhos? Tipo, refresca sua memória? — Erwin deu a ele um minuto para pensar sobre isso. Seus olhos se desviaram mais uma vez para aquele quadro maluco. *As formas na escuridão eram pretas no preto, mas você quase podia...*

— Você não acha que os caixas estão envolvidos nisso?

— Não — respondeu Erwin. — Não acho. Fiz o que pude por eles. Eles perderam seus empregos, mas não acho que haverá um julgamento.

— E você tem certeza de que a mulher no vídeo era Carolyn?

— As impressões combinam.

— Como você conseguiu o nome dela? Impressões correspondentes dariam a você uma conexão entre os dois casos, mas para o nome você precisaria de outra coisa.

Garoto esperto.

— Registros de nascimento — disse Erwin. — Hospital.

Os olhos de Dorn se estreitaram.

— Eu não sabia que isso era tecnicamente possível.

Erwin deu de ombros.

— A gente aprende algo todos os dias, não é? Eu sou o Grande Irmão, mais ou menos. Tenho acesso a todo tipo de merda que você não imaginaria. Mas não conseguimos encontrar muito sobre ela, e nossos computadores são muito bons. Como eles chamam isso, mineração de dados? — disse Erwin, se fazendo de bobo. Ele publicara artigos sobre mineração de dados.

— Já ouvi falar — disse Dorn. Erwin tinha certeza de que ele estava mentindo.

— Tanto faz. A questão é que os nerds quase sempre voltam com *alguma coisa*. Mas não desta vez. Estou quase convencido de que eles voltaram de mãos abanando porque, depois de uma certa idade, não há nada para encontrar sobre a srta. Sopaski.

— O que você quer dizer com "além de uma certa idade"? — perguntou Steve.

— Bom, até ela completar oito anos ou mais, ela aparece no registro como qualquer outra criança. Registros de nascimento, fotos, escola... — Ele remexeu em sua pasta e tirou uma 8 x 10, deslizou-a sobre a mesa. — Essa é a turma da segunda série da sra. Gillespie. Carolyn está na fila de trás.

Steve examinou a foto.

Erwin esperou que uma lâmpada acendesse, mas isso não aconteceu.

— Você percebe mais alguma coisa nessa foto?

— Deveria?

— Talvez não. Eu tive muito mais tempo para olhar para ela do que você. E posso estar vendo coisas. Mas dê uma olhada na garota na segunda fila, terceira da direita. Ela te lembra alguém?

Levou mais alguns segundos para Steve.

— É isso... a garota se parece com a outra senhora do assalto ao banco. Aquela que fez toda a conversa. Mesmo nariz, mesmo formato de rosto...

— Sim — confirmou Erwin. — Também achei. O nome da criança é Lisa Garza. Estamos tentando descobrir o que ela tem feito no último quarto de século. — Ele deu a eles um olhar neutro. — Também não encontrei nada sobre ela. Absolutamente nada.

Dorn soltou um assobio baixo.

Vendo que eles estavam prontos, Erwin cavou a *pièce de résistance*. Era uma fotografia de um jornal. A legenda abaixo dizia "Vencendo o calor do verão! Carolyn Sopaski, 7, aproveita sua vez no toboágua". Uma garota sorridente com um dente da frente faltando deslizava por um longo pedaço de plástico, aureolada por um borrifo de água. Ao fundo, uma pequena multidão de crianças se aglomerava, esperando sua vez.

— E esta aqui? — perguntou ele. — Você percebe alguma coisa... — Ele se interrompeu. Ele cheirou o ar. Não conseguiu identificar o cheiro a princípio, mas depois conseguiu. *Sangue*. De repente, ele estava de volta ao Afeganistão. Ele estendeu a mão para um M16 que não estava lá.

Ao longe, ele ouviu um grito de mulher, depois um tiro. Em seguida, mais dois tiros e uma risada profunda e estrondosa.

Então, gritos.

V

Trinta segundos depois, Erwin ouviu chaves batendo na fechadura.

— Ah, caralho.

A porta se abriu e o irmão do sargento Rogers estava ajoelhado no chão, a cabeça baixa, o rosto manchado de lágrimas. Ele apontou para Steve com a mão esquerda. Sua direita, Erwin viu, estava quebrada em pelo menos dois lugares.

— É ele — disse. — Por favor. Eu tenho um bebê…

Erwin mal teve tempo de registrar as palavras quando a cabeça de Rogers explodiu. Ele caiu o resto do caminho até o chão, sua vida curta e idiota misericordiosamente acabada. Então o idiota de aparência mais louca que Erwin já tinha visto passou por cima do corpo e entrou na capela.

Era um cara branco, alto e musculoso, um "espécime saudável", como se dizia antigamente. O primeiro pensamento de Erwin foi que o cara tinha se pintado de vermelho como uma daquelas tribos da Colômbia. *Não. Não é pintura corporal. Sangue.* Ele estava coberto de sangue da cabeça aos pés. Aqui e ali pedaços de carne estavam presos a ele também. Alguns metros do intestino delgado de alguém pendia de seu ombro.

O grandalhão girava um peso em forma de pirâmide na ponta de uma longa corrente. Na outra ponta da corrente havia uma faca do tamanho de um facão montada em uma haste de metal amarelo. *Isso é bronze?* E também, *Que porra é essa?* A princípio Erwin se recusou a acreditar no que seus olhos estavam dizendo, mas o cara estava, na verdade, vestindo um tutu. *Hmm*, pensou Erwin. *É algo que você não vê todos os dias.*

— Ishtiiive? — disse o grandalhão. Seus olhos se moveram de um lado para o outro entre Erwin, Steve e Dorn, lembrando Erwin da arma montada na frente de um helicóptero Apache. Ele tinha um sotaque estranho, que Erwin não conseguia identificar. O *s* soava mais como "esh" e ele arrastou o *i* por muito tempo.

— Ahn... Steve? — perguntou Dorn. — Você está procurando por Steve?

— Defensor, não faça isso — disse Erwin.

Os olhos do grandalhão se fixaram em Dorn.

— Ishtiiive?

— É aquele ali! — disse Dorn, apontando para Steve.

O cara deu a Dorn um grande sorriso. Seus dentes eram marrons.

— Ishtiiive?

Dorn acenou com a cabeça com entusiasmo cômico, parecendo por um momento mais um *headbanger* que um advogado.

— Sim — disse ele, apontando o dedo no ar na direção de Steve —, é ele!

— Conselheiro, eu não acho que...

Rápido como uma pantera, o grandalhão estava ao lado de Steve. Ele passou um braço ao seu redor, acariciou sua bochecha com a lâmina da faca. O olho profissional de Erwin notou que a lâmina tinha sido forjada à mão. *Isso também é algo que não se vê muito*. Parecia bem afiada.

— Ishtiiive?

— Hmm... sim — disse Steve. — Sou eu.

O grandalhão continuou passando a faca para cima e para baixo na bochecha de Steve, não com força suficiente para tirar sangue. Então, com um movimento tão rápido que o olho de Erwin não conseguiu rastreá-lo, a ponta pesada da corrente voou e destruiu a mandíbula inferior de Dorn. Ela literalmente desapareceu. Era provável que parte dela foi esmagada em sua garganta, mas outros pedaços se espalharam aqui e ali.

— Bomenino — disse o grandalhão a Steve. — Você vem.

Pela expressão em seus olhos, Dorn percebeu que algo tinha acontecido, mas não sabia exatamente o quê. Ele estendeu a mão e sondou com ternura a metade inferior de seu rosto. No momento em que percebeu que algo estava faltando, as primeiras gotas de sangue começaram a cair em sua camisa. Seus olhos se arregalaram.

— UUUGH! — disse ele. — UUUUUUGH! — Ele começou a pular para cima e para baixo no banco como uma criança que precisa usar o banheiro. — UUUGH! UUUUUGH!

Tanto Steve quanto o grandalhão estavam olhando para Dorn, Steve horrorizado, o grandalhão com um leve sorriso divertido que realçava suas covinhas. Depois de um momento, ele começou a imitar os saltos de Dorn. Ele olhou para Steve e Erwin do jeito que um homem faz quando está rindo entre amigos. Ele apontou para Dorn e disse:

— Uugh! Uugh!

Steve não pareceu notar. Seus olhos estavam fixos na ruína do rosto de Dorn. O sorriso do grandalhão desapareceu um pouco. Ele se virou para Erwin. Ele também não gostou do que viu lá. Seu sorriso desapareceu. Ele deu de ombros. Uma fração de segundo depois, a lança na outra ponta da corrente brilhou e se enterrou até o cabo na cavidade ocular de Dorn. A extremidade pontiaguda da lâmina saiu pela parte de trás do crânio de Dorn, amarela e ensanguentada. Depois de um intervalo longo o suficiente para Erwin registrar a fina corrente de prata que ia do cabo até a mão do grandalhão, ela voltou a piscar. Dorn caiu para a frente, sua cabeça batendo no banco de concreto com um baque sólido. Sangue e humor aquoso vazaram de seu olho e começaram a formar poças.

O silêncio parecia muito alto.

O grandalhão saboreou os olhares em seus rostos por um momento. Ele piscou para Erwin e começou a girar a ponta pesada da corrente novamente.

Erwin percebeu que estava prestes a morrer. Então sua mente — sua cabecinha inteligente, que tinha sido tão boa para ele ao longo dos anos — veio à tona de novo. Ele olhou para o vestido ridículo do grandalhão — mocassins marrons com os dedos cortados, tutu roxo — *um tutu? Maqueporra?* — colete à prova de balas, provavelmente israelense, e gravata vermelha. Ele pensou na mulher que roubou o banco de roupão e chapéu de caubói.

— Diga — disse ele —, por acaso você não conhece uma garota chamada Carolyn, conhece?

O grandalhão ergueu a sobrancelha surpreso.

— Carolyn? — A rotação da corrente diminuiu, só um pouco.

Erwin, cujos instintos foram aguçados ao longo de uma década de associação com homens assassinos, pensou: *O truque agora é não demonstrar pânico.* Se ele vir medo, isso o excitará.

— Sim — disse ele de modo casual. — Carolyn. Lisa também.

— Tucunheci Carolyn?

— Hein? — Ele levou a mão ao ouvido. — Pode repetir, amigo?

— Tu... conhece... Carolyn. — Ele balançou a faca para dar ênfase.

Com um nó no estômago que o lembrou da única vez em que ele foi pescar em alto-mar e fisgou um "grandão", Erwin disse:

— Ah, sim, Carolyn e eu nos conhecemos faz muuuito tempo. Se ela me disse uma vez, me disse mil: "Erwin, se você precisar de alguma coisa, qualquer coisa, basta dizer meu nome, Carolyn, e eu irei correndo". Amigos de verdade, eu e a Carolyn.

O grandalhão franziu o rosto, confuso.

— Carolyn?

— Isso mesmo — assentiu Erwin. — Carolyn.

O grandalhão estreitou os olhos com desconfiança.

— Nobununga?

— Sim. Nobunaga. Ele também, sim.

Ele percebeu de imediato que tinha dito a coisa errada. *Não é Nobu*-nag-*a*, é *Nobu*-nun-*ga*. *Ah, caralho.* Os olhos do grandalhão se estreitaram. Ele voltou a girar sua pirâmide. Erwin pensava: *Quando ele jogar, vou virar para a direita, virar para a direita e agarrar a corrente se puder, mas ele é tão rápido...*

O grandalhão piscou. Ele se inclinou para a frente, com a testa franzida. Então seus olhos se arregalaram, lembrando Erwin de como o irmão de Rogers parecia quando reconheceu o nome de Erwin no formulário. Ele apontou.

— Você... Erwin?

— Hmm...

— Natanz? — O grandalhão levou a mão ao ombro como se estivesse ferido, depois fez uma pantomima de uma arma automática do esquadrão, movendo-a para a frente e para trás, reprimindo sozinho um ataque de uma força imensamente superior.

Erwin considerou sua resposta à luz da jaqueta israelense, da óbvia insanidade do cara. *Ah, que se foda*, ele pensou.

— Sim. Natanz.

O grandalhão respirou fundo. Ele parou de girar a pirâmide e, em seguida, voltou-se para algo, quase mas não exatamente, como a versão de atenção dos militares dos Estados Unidos — seus pés eram um pouco largos demais, seu peito projetava-se um pouco longe demais para o Exército. Então, segurando a lança perfeitamente vertical com a mão esquerda — descanso de desfile? — ele levantou o punho direito e bateu no peito. Disse algo em um idioma que Erwin nunca tinha ouvido antes.

Erwin não bateria continência de volta — não para *esse* cara — mas acenou com a cabeça de novo. *Um daqueles dias.*

No corredor, ele ouviu um barulho de balas caindo no chão de ladrilhos, um xingamento suave, o som distinto de um rifle sendo engatilhado. *AR-15, provavelmente. Os policiais ainda estão tentando revidar.* Tanto Erwin quanto o grandalhão olharam para a porta. O grandalhão franziu a testa, não gostando do que viu lá fora. Então, sem mais nem menos, ele deu um soco no queixo de Steve. Steve caiu, atordoado, mas não completamente fora de si. O grandalhão o jogou por cima do ombro. Os dois desapareceram no corredor.

Erwin ouviu tiros, depois gritos, depois uma risada profunda e estrondosa. Ele se sentia vivo como não se sentia desde o Afeganistão. Suas veias pulsavam com energia. Ele se levantou e foi procurar uma arma.

O rifle que ele ouviu no corredor — *era* um AR-15 — estava todo dobrado. Ele encontrou uma pistola no vestiário, mas a essa altura o grandalhão já havia sumido. Steve foi embora com ele. Erwin seguiu uma trilha de pegadas nuas e ensanguentadas pelo corredor. A porta de segurança estava bloqueada pela senhora gorda de pés sujos. Um buraco do tamanho de sua mão se abriu em seu peito. Através dele ele podia ver um grande vaso sanguíneo, talvez a aorta dela, todo dilacerado.

A garota magra com a tatuagem do Skynyrd, aparentemente ilesa, ajoelhou-se ao lado dela, olhando para baixo com uma expressão vazia no rosto.

— Bev? — perguntou. — Beverly?

Erwin pensou em contar à garota magricela que Beverly estava com Ronnie van Zant e Elvis, mas não tinha certeza de como isso aconteceria. Ele se contentou em dar um tapinha no ombro dela.

O saguão estava encharcado de sangue. Intestinos balançavam nas cadeiras de metal, nas luminárias, no balcão. Estilhaços grossos de vidro à prova de balas estavam espalhados pelo chão. Ele tinha visto aquela coisa quebrar antes, apenas uma vez, quando uma limusine iraquiana foi atingida por uma bala de urânio empobrecido de um A-10 Thunderbolt. Ele caminhou pelo saguão, verificando pulsos e não encontrando nenhuma pulsação. O policial mais velho que ele viu fumando do lado de fora tinha sido decapitado. Se sua cabeça ainda estava por perto, Erwin não viu.

Ele ficou de pé sobre o policial morto por um longo minuto, os lábios franzidos, pensando. Um relâmpago brilhou no oeste. Alguém no saguão gritava. Ele se curvou, mexeu no bolso da frente do policial morto e recuperou um maço de Marlboro Lights e um isqueiro Bic, depois voltou para a capela.

Uma vez lá dentro, ele chutou a porta para fechá-la. Ele se moveu para um local onde pudesse olhar para a pintura e deslizou ao longo da parede até sua bunda bater no chão. O zunido das lâmpadas fluorescentes o lembrou de uma nuvem de moscas ao redor de um cadáver. Em poucos minutos haveria sirenes, ambulâncias, equipes da SWAT, relatórios. Ele pegou um cigarro, acendeu e deu uma longa tragada, saboreando o efeito revigorante da nicotina.

No banco à sua frente estava a foto do jornal de Carolyn no toboágua. No fundo da foto de 25 anos, alguém que se parecia muito com Steve Hodgson, com cerca de 10 anos, esperava sua vez. *Merda*, pensou Erwin. *Eu realmente queria perguntar a ele sobre isso.* Na parede, Jesus — ou quem quer que seja — estendia as mãos, mantendo as coisas sombrias da criação afastadas. Ele ouviu o estrondo mais uma vez, vindo do leste, agora mais perto.

Trovão.

CAPÍTULO 5

A GALINHA MAIS SORTUDA DO MUNDO

I

Uau — disse Aliane. — Você não estava brincando. Você tem *mesmo* leões em seu quintal.

— Sim — confirmou Marcus. — Exatamente como em *Scarface*! — Ele sorriu, expondo o que Aliane julgou ser cerca de 20 mil reais em dentes de ouro.

Quanto seria isso em dólares? Mais do que a mãe de Aliane ganhava em um ano esfregando chão, de qualquer maneira. Aliane estava apenas um pouco familiarizada com *Scarface*, mas ela podia dizer pelo tom dele que ela deveria estar impressionada.

— Ooooh, baby — disse ela, sorrindo, e passou a unha pelo antebraço dele.

Ela ainda podia ouvir a festa a uns duzentos metros atrás deles — baixo retumbante, risadas, pessoas chapinhando na piscina — mas eles estavam longe o suficiente para que ela não pudesse mais ver a mansão de Marcus por entre as árvores. Eles estavam em uma passarela de concreto entre dois fossos profundos e iluminados cheios de pedras falsas e alguns arbustos. Marcus a encarou, parando um pouco dentro da linha invisível de somos-apenas-amigos.

— O grande macho é Dresden. Aquela — disse, apontando para a que estava à sua esquerda — chama-se Nagasaki. Naga para abreviar.

— Mas leões não deveriam ter juba?

Marcus balançou a cabeça.

— Só os machos. Você não assiste ao Discovery Channel?

Aliane forçou um sorriso. Na infância ela era muito pobre para ter uma TV.

— Ela é pequena também.

— Ela ainda não terminou de crescer. Achamos que é filha dele.

Ela se virou e olhou para o outro buraco, aquele com o macho. O som de vozes perturbara seu sono. Ele estava acordado agora, estudando-a com olhos amarelos que não piscavam. Ela estremeceu e se aproximou um pouco mais de Marcus.

— Ele é muito grande.

— Eu gasto muito. — Marcus deu uma baforada no charuto e abriu os braços, um gesto que abrangeu o fosso dos leões, os quarenta acres ajardinados, o muro de concreto de três metros que cercava o terreno.

Marcus — Little Z para os conhecedores do hip-hop — morava em uma propriedade em Connecticut que já tinha sido o refúgio de fim de semana de um gerente de fundos de cobertura. Ele colocou o braço em volta dos ombros de Aliane e a puxou para a frente para poder olhar o macho.

— Ei, quer que eu acorde ela também?

— Não! — disse Aliane, um pouco rápido demais. — Não... quero dizer, tudo bem. Deixa dormir. — O grande leão abaixou a cabeça e fechou os olhos. Ela se aninhou mais perto, abafando um espirro de fumaça de charuto.

— Qual é o problema?

— Nenhum. — Mas quando ela olhou para o leão adormecido, alguma parte profunda dela se mexeu. Antes de ser modelo, ela tinha morado numa aldeiazinha no Brasil, perto do Pantanal. Ataques de onças eram comuns. Um menino de sua turma da quarta série fora morto. Uma vez ela viu um fazendeiro com o couro cabeludo solto, o rosto ensopado de sangue. — Eles podem, você sabe, sair?

Marcus balançou a cabeça.

— Sem chance. Esse poço tem três metros e meio de profundidade. Não dá para ver daqui de cima, mas as paredes se inclinam para dentro. Então, tipo, não tem como segurar nem nada. Não há *como* eles saírem de lá.

— Ah. Bom... legal — disse ela, tentando soar convencida. — Uau, baby. Isso é muito legal. Podemos voltar para a festa?

— Só um minuto. Tenho que alimentá-los primeiro. — Ele sorriu. — Quer ir pescar?

— Pescar?

— Vem comigo. — Ele contornou a lateral do poço até uma trilha que levava mais fundo na floresta.

— Eu não sei, Marcus… está bem escuro. — Ela olhou para a casa. A festa estava a todo vapor. O último single de Marcus, "Pimp Hand", estava tocando no aparelho de som. — Meu vinho acabou.

— Vamos pegar mais vinho para você num minuto. Vamos, você vai querer ver isso. É a coisa mais engraçada de todas.

A floresta atrás dele estava muito escura, mas seu relógio era um Patek Philippe. *E ele vai me colocar em um vídeo. Talvez.*

— Tudo bem — disse ela. — Ok.

II

O sonho do grande leão era o mesmo todas as noites. A grama dourada roçava em seus bigodes. A brisa carregava o cheiro de gnus e zebras. O sol estava baixo no horizonte e as sombras dos baobás se alongavam.

Lar.

No sonho de Dresden, sua filha ainda era muito pequena. Ela o acompanhava enquanto ele caminhava, movendo-se em sua sombra, assim como Dresden fizera com seu próprio pai. Ele ensinava a ela os rudimentos de seu ofício: a localização dos bebedouros, a maneira correta de ficar contra o vento em relação à sua presa, as palavras para demonstrar respeito ao Deus da Floresta após uma matança. Era uma boa lembrança, um bom sonho.

Mas então ele virou.

Dresden congelou no meio do caminho, uma pata dianteira pendendo logo acima do solo. Ele aguçou os ouvidos e se inclinou para a frente, esforçando-se para captar um fragmento de som levado pela brisa. Naga ouviu também, profundo e agitado, um pouco como um rugido e um pouco como o som de abelhas furiosas, mas não como nenhum dos dois. Parecia metal.

Pareciam homens.

Espere, ele disse a Naga. *Observe.* Ela balançou o rabo, reconhecendo a ordem. Mas Dresden era mais velho que o normal para um novo pai, e ele quase se esquecera do que era ser jovem e brincalhão. Ele não viu a malícia nos olhos dela. Então ele a deixou, movendo-se pela grama, baixo, lento e silencioso. No sonho, ele não estava com medo, ainda não. Mas a parte dele que não estava sonhando ansiava por fazer outra coisa, *qualquer* outra coisa, pegar seu filhote e fugir, rasgar e rasgar, rasgar aquelas coisas que traziam os sons dos homens para seu mundo. Mas é claro que ele não podia fazer nada. Esse era o caminho desse sonho.

Dresden se ergueu na grama para ficar em toda a sua altura. Seus olhos brilharam no crepúsculo, pontos gêmeos brilhantes emoldurados pelas sombras escuras de sua crina. A gazela que eles perseguiam o avistou e fugiu. Ele não se importou. Sua atenção estava toda no zumbido e, um momento depois, na nuvem marrom de poeira que o acompanhava.

Dresden observou-os, inquieto. Ele conhecia os homens e entendia muito bem suas armas.

Então a inquietação se transformou em terror. Naga não esperou. Naga não tinha observado. Em vez disso, ela se aproximou dos homens com toda a bravata da juventude. Enquanto ele observava, um homem apontou uma arma para o ombro e, com uma baforada e um estalo, Naga caiu. Dresden, rugindo, avançou pela savana pela última vez, sem se importar com o perigo, querendo apenas agarrar a presa que ousara ferir sua filha, rasgar e dilacerar, despedaçar sua vida.

Em vez disso, no meio do ataque, ele observou os homens erguerem os bastões até os ombros, sentindo a picada das agulhas em suas costas, em seu pescoço. De repente, ele não conseguia mais ficar de pé.

Dresden, sonhando, entendeu que acordaria em uma terra distante, acordaria em uma armadilha de paredes altas, escorregadia além de qualquer escalada, alta além de qualquer pulo. Não haveria escapatória. O resto de sua vida se estendia diante dele, pior do que qualquer pesadelo. Pior, eles levariam *Naga* também. Ele falhara com seu filhote. Esse conhecimento atingiu seu coração como uma pedra.

Ele e seu filhote acordariam sob estranhas estrelas, e todos os dias e noites da vida dela seriam envenenados pelos sons e cheiros dos homens.

Agora, temporadas depois e a um oceano de distância, Dresden acordou de repente. Ele viu humanos na cova com ele, três deles, muito próximos.

Dresden se perguntou se ele ainda poderia estar sonhando. Ele levantou a cabeça, cheirou o ar da noite. Fedia a fumaça. O horizonte brilhava com uma luz não natural. Não muito longe, as máquinas rugiam e retiniam. *Isso é real, então.* Ele juntou seus pés sob ele e se levantou, retumbando um pouco fundo em seu peito. Sua arte mexeu com ele pela primeira vez em muito tempo. Se eles chegassem um pouco mais perto, ele pularia. Caso contrário, ele se aproximaria deles, fingindo estar...

— Boa noite — disse um dos três. — Por favor, perdoe nossa intromissão. Não temos a intenção de desrespeitar. — Ele falava a língua da caça, falava-a *perfeitamente*, embora talvez com um leve toque de sotaque de tigre. — É você a quem chamam de Espinho do Amanhecer?

Dresden piscou. Espinho do Amanhecer era o nome que seu pai lhe dera. Ele pensou que nunca mais ouviria isso. Espantado, ele balançou o rabo. *Sim.*

— Ótimo. Achei que poderia ser você mesmo. Eu me chamo Michael. Eu cacei por um tempo com o bando do Vento Vermelho. — Ele olhou ao redor do poço. — Foi lá que ouvi falar de seus problemas.

Por um momento, Dresden ficou sem palavras. O Vento Vermelho vivia um longo trecho a oeste de sua casa. Eles eram ferozes e muito respeitados. *Caçado* com eles? Um *homem*? Após um momento de consideração, ele fez o som que teria feito se visse outro leão à distância: *Quem é você? O que você quer?*

— Isso é um pouco complicado. Deixe-me começar dizendo que sou o filho adotivo de Ablakha e aprendiz do tigre Nobununga. Eu carrego o cheiro de Nobununga e caço ao seu lado. Este é meu irmão David, que é escravizado do assassinato, e minha irmã Carolyn, também da casa de Ablakha. Viemos trazendo notícias de Nobununga. Podemos nos aproximar?

Ablakha? Dresden conhecia o nome. Ele era um herege, um inimigo do Deus da Floresta. Mas Nobununga era uma questão diferente. Ele era um tigre antigo, considerado o governante de todas as florestas do mundo. Dresden aproximou-se do homem e o cheirou, como faria ao receber um companheiro leão. E, com certeza, o homem cheirava a tigre. *Hmm.*

Dresden decidiu pecar pelo lado da cortesia — se pelo menos metade do que ele ouviu sobre Nobununga fosse verdade, esse seria o caminho mais sábio. Ele parou e, por sua vez, se permitiu ser cheirado. O homem deu uma rápida cheirada em sua juba e recuou. Essa era a coisa certa para um caçador júnior fazer nessas circunstâncias.

Dresden franziu a testa. Ele não tinha amor pelos homens em geral, e Ablakha era um inimigo de Deus. Mas cada noite que passava sob essas estranhas estrelas, Dresden rezava até dormir. Não lamentava o destino que lhe recaíra, não protestava que seu comportamento piedoso ao longo da vida tivesse sido recompensado dessa maneira. Não pedia nada para si mesmo. Ele apenas rezava para que seu filhote tivesse uma chance de vida além daquela jaula. Todas as noites, o leão implorava a Deus que lhe concedesse essa única oração, para aceitar sua própria vida como penhora. Ele não conseguia pensar em como isso poderia estar relacionado... mas Deus o surpreendera antes.

Dresden se agachou e ergueu a pata dianteira, dando-lhe uma lambida rápida. Este foi um gesto respeitoso, se não exatamente de boas-vindas.

Por menos que desejasse, ele estava curioso para ouvir o que o *homem* tinha a dizer.

III

... e aquele leão filho da puta caiu a menos de *um metro e meio* de mim, não estou brincando. — Marcus estava dizendo. — Ele estava *putaço.* Se meu terceiro tiro não tivesse acertado ele...

— Sério? — perguntou Aliane.

— Sério.

O pequeno pedaço de floresta em que eles estavam deveria parecer selvagem. E parecia mesmo, à distância. De perto, nem tanto. Mesmo que você descontasse as pequenas luzes da árvore de Natal marcando o caminho, algo nela dizia "paisagismo". As palmeiras estavam muito espaçadas, ou algo assim. Mas selvagem ou não, a floresta murada de Marcus era muito grande. Ela mal conseguia distinguir os sons da festa.

— De qualquer forma, quando o grande leão adormeceu, eu simplesmente fui até lá e peguei o filhote. Como ela era pequenininha. E então, quando fiz isso, ouvi um rugido e lá veio a *mamãe* correndo atrás de mim agora.

— O que você fez?

— Bom, eu larguei o filhote. Mas era tarde demais. Mamãe era uma piranha esperta: ela se esgueirou muito mais perto do que o Pai, e todas as nossas armas tranquilizantes estavam vazias. Então um dos nativos sacou um rifle e atirou nela.

— Ah! Você *atirou* nela? Ela estava apenas tentando proteger seu bebê.

— Sim, nós atiramos nela! Ela estava se preparando para comer minha bunda. E tivemos sorte também. Ela caiu em cima de um daqueles caras que carregavam nossas barracas e rasgou o braço dele antes de morrer. Mais tarde, ouvi dizer que teve que ser amputado.

Um pouco do que Aliane sentiu deve ter transparecido em seu rosto.

— Está tudo bem. Eu dei um dinheiro pra ele. — Marcus olhou para ela. — O que foi?

— Nada — respondeu ela. Então, na esperança de mudar de assunto: — Há quanto tempo foi isso?

— Hmm... isso foi talvez um mês depois que eu saí da turnê, então eu acho que deve estar fazendo quase um ano agora. Naga, ela era o filhote, cresceu muito. Quando voltei pra casa, tirei uma foto minha de pé, apoiando o pé no pai dela enquanto a segurava. Agora ela está pesando quatrocentos quilos, e ainda falta crescer mais.

— Caramba. Qual é o tamanho do pai?

— Tipo, talvez oitocentos quilos? Foram necessárias quatro pessoas pra levantar ele. Doze horas depois, estávamos todos em um avião de volta para Connecticut.

— Eles deixam você trazer leões?

— Eu consegui uma licença. Isto aqui é um zoológico.

Aliane olhou em volta e estremeceu. A erva daninha estava fazendo o seu trabalho, mas não de um jeito bom. A floresta trabalhada no paisagismo parecia muito escura, muito profunda. Ela quase não conseguia mais ouvir a festa. Por alguma razão, pensou em Mae, sua mãe, pensou em sua última briga. Aliane voltou da cidade para uma visita, mas não tinha levado droga suficiente. Depois de dois dias, ela ficou doente. Perdeu o controle de seus intestinos, ficou fraca. Ela se encolheu no tapete onde dormira quando criança, suando, tremendo. Mae trouxe para ela uma tigela de feijoada, um copo d'água e um pano fresco, o rosto suave e compassivo à luz da vela. Ela se lembrou da dor no rosto de Mae quando ela estapeou a tigela de suas mãos. Ela não queria comida. *Comida* não era do que ela precisava. Partiu na manhã seguinte sem se despedir, fugiu para São Paulo, para as luzes e as boates e os homens que lhe davam coisas se ela fizesse coisas por eles. Ela não se importava. Qualquer coisa era melhor do que envelhecer em um simples barraco à beira do Pantanal, desperdiçando a vida como Mae havia feito. Mas aqui, nas sombras, o rosto de Mae lhe veio à mente outra vez.

— Vamos voltar — pediu Aliane. — Estou, hmm, com frio.

— Num minuto. Estamos quase lá.

Alguns passos depois, o caminho terminava em uma pequena clareira. Marcus abriu um painel no que parecia ser uma árvore. De repente, a clareira foi inundada de luz.

— Uau. — Ela piscou algumas vezes. — O que é aquele prédio? — Parecia um galpão de jardim, só que sobre palafitas.

— Galinheiro — disse ele. — O cara do zoológico disse para mantê-lo bem aqui para elas não sentirem o cheiro dos leões. Isso deixa todas elas irritadas.

Assim como as toalhas e o vestíbulo de mármore, a porta do galinheiro tinha as iniciais de Marcus estampadas em letras floreadas em português antigo. *Num galinheiro?*

— Palhaço — disse ela em português, mais alto do que pretendia.

— O que foi?

— Nada. — Ela lhe deu seu melhor sorriso de garota-propaganda.

Marcus sorriu de volta.

— Aqui, pegue isto. — Ele entregou a ela uma haste comprida de bambu com um pedaço de corda fina amarrado em uma das pontas.

— Pra que serve isso?

— Já te falei — disse ele. — Vamos pescar. — Ele sorriu. — Você provavelmente vai querer esperar aqui fora. Lá dentro fede muito. — Um momento depois, ela ouviu uma cacofonia selvagem de dentro do galpão; quatro quintos, ruídos de galinha raivosa; e um quinto, estrela do rap irritada.

— Vem cá, sua merdinha!

Gritos, penas voando, cacarejos.

— Droga!

Depois de alguns minutos, a porta se abriu e Marcus saiu segurando uma gaiola de arame contendo duas galinhas. As asas das aves bateram um pouco, mas elas estavam razoavelmente calmas, levando-se tudo em consideração.

— Me dá isso — disse ele.

Ela entregou a vara de bambu. Marcus a colocou sobre o ombro como uma vara de pescar. A gaiola em sua outra mão lembrava uma caixa de equipamento. Ele fez um laço com o barbante na ponta da vara e o enrolou no pé de uma galinha.

De repente, ocorreu-lhe o que ele ia fazer.

— Ah, Marcus, não…

Ele deu a ela seu sorriso de capa de álbum, seus dentes de ouro brilhando contra sua pele branca.

— Gangsta, baby. Qual é. — Ele voltou pelo caminho que eles tinham vindo. Ela o seguiu, então parou. — Marcus?

— O que foi?

— Pensei ter visto algo se mover ali.

Ele semicerrou os olhos para a noite.

— Talvez um macaco — disse ele. — A gente tem um par de macacos nas árvores. Eles não vão incomodá-la. Vem.

Aliane caminhou atrás dele, sentindo-se mal. Ela tinha a impressão de que as galinhas ficavam agitadas à medida que se aproximavam da cova dos leões. Mas só um pouquinho. *Se fosse eu sendo alimento para esse bicho, eu estaria gritando loucamente*, ela pensou. *Elas têm sorte de serem tão burras.*

Mais ou menos um minuto depois, eles emergiram na pequena clareira. Marcus caminhou até a ponte entre os dois fossos dos leões e ficou balançando a galinha na beirada. Deu folga na linha. A galinha batia as asas, impotente. Ela gritava de terror.

— Ah, Marcus, não faça isso…

— Fica olhando! — Ele riu. — É hilário. — Ele quicou o frango na ponta da corda. — Venha cá, Dresden — chamou Marcus. — Vem cá, garotão! Hora do jantar.

— Baby, por favor, por que a gente não volta pra… — Ela parou. Marcus não estava mais sorrindo. — Baby, o que aconteceu?

— Dresden? — Marcus disse. — Vem cá, garotão. — Ele olhou para a frente e para trás através do poço. Aliane seguiu seu olhar. O fosso era oval, profundo, mas não muito grande. Tinha cerca de doze metros de diâmetro em seu ponto mais largo. Tinha grama no fundo, algumas pedras de concreto, alguns troncos de árvores serrados que deveriam parecer naturais, mas não pareciam. Dava para ver cada centímetro do poço de onde eles estavam.

— Cadê o leão? — perguntou ela.

Marcus apenas olhou para ela. Seus olhos estavam muito arregalados. A galinha pendurada na ponta do barbante tornou a cacarejar, indignada. Marcus largou a vara. O pássaro caiu por cerca de um metro e meio. O laço saiu do pé. Com um pouco de agitação, ela se libertou e saiu pisoteando ao redor, dando cacarejos indignados.

Ninguém veio para ver do que se tratava.

— Marcus, onde está o leão?

— Shhhh — pediu Marcus. Ele levou um dedo com a cutícula bem feita aos lábios. Sua testa estava franzida. Ele levantou a parte de trás da camisa e tirou uma automática 9mm com cabo de madrepérola.

— Você está dizendo que ele *escapou*? — perguntou ela aos sussurros. — Como poderia ter *escapado*? Você disse que não tinha como...

— Shh! — O rosto de Marcus estava tenso. Estava muito escuro para enxergar bem, mas ele ainda conseguia escutar. Depois de um momento, Aliane escutou algo com ele.

Grilos. Os ecos suaves dos carros na rodovia. Perto da casa, houve um grande barulho de água quando alguém caiu na piscina. Risada.

Então, mais perto — não muito longe, na verdade — um galho quebrou.

— Marcus? — disse ela de maneira suave.

Ele se virou e olhou para ela. Não havia necessidade de ele falar. O olhar em seu rosto disse tudo.

A cova estava vazia.

A cova estava vazia e algo estava se movendo na noite.

IV

M*arcus, o que é que foi?* — perguntou ela em português.

— Eu não sei — disse Marcus.

Ele não falava português, mas, sério, só tinha uma coisa que ela poderia estar perguntando. Mas ele *sabia*. Um galho tinha rachado, ali perto, bem grande. Ele puxou o ferrolho da pistola, engatilhando-a. Ao longe, lá em cima na casa, um bando de aproveitadores imbecis ria. A essa altura, o álbum estava na terceira faixa, algo chamado "Money Shot" que seu homem do marketing tinha gostado bastante e, ah, havia alguma coisa se movendo lá fora na noite.

— O que é que a gente faz?

Marcus balançou a cabeça no ritmo de "Money Shot", refletindo. Então um pensamento lhe ocorreu:

— A Sala de Manejo — disse ele. O cara do zoológico tinha mostrado a ele. Era uma sala subterrânea entre as duas fossas dos leões, muito sólida, com paredes de concreto vazado e portas de metal. Havia uma fenda na parede com uma corrediça de metal para vigiar os leões, como a fresta na porta de uma cela de prisão. — Podemos entrar lá e... — O quê? Fazer uma ligação? Esconder-se? Não importava. Ele estaria seguro. — Vamos.

— Ah, que se foda — disse Aliane atrás dele. — Vou voltar para a... — Ela parou e engasgou. — Marcus?

Algo em seu tom de voz o fez virar. Bem na frente dela, a menos de um metro e meio de distância, estava o leão que ela tinha vindo ver. Seu focinho enrugado para trás sobre grossas presas amarelas.

Aliane voltou-se para ele. Sua expressão era como um sonho.

— Diga a Mae que eu...

Dresden saltou. Os dois caíram juntos no chão, envoltos em uma nuvem de poeira e pedrinhas. A cabeça de Aliane quicou no chão. Ela se contorceu um pouco, mas o leão a agarrou com as patas dianteiras do tamanho de pás. Então ele estava com as mandíbulas em volta de seu pescoço. O ângulo em que ele a segurava era tal que ela olhava diretamente para Marcus. Ela parecia resignada, até pacífica.

Alguns momentos depois, Marcus se tornou membro de um clube bastante exclusivo. Ele não tinha ideia de quantas pessoas testemunharam em primeira mão não um, mas *dois* ataques de leões, mas imaginou que o número seria muito, muito pequeno. *Gangsta, baby*, ele pensou, e se urinou todo.

A cerca de duzentos metros de distância, ele podia ouvir a festa rolando. Uma garota com um forte sotaque do Bronx ficava repetindo "Oh. Meu. Deus". O som de sua voz era como picadores de gelo em seus ouvidos. *Porra, eu odeio meus amigos,* ele pensou. *Que se foda. Eu desisto. Chega de besteira de estrela do rap pra mim. A partir de amanhã vou para a escola de aviação.* A coisa do rapper nunca foi seu primeiro amor. Ele meio que caiu nessa depois de um show de talentos no ensino médio. *Se David Lee Roth pode ser paramédico, eu posso ser piloto.*

O leão, com o focinho ensanguentado, ergueu os olhos do corpo de Aliane. Ele rugiu.

Marcus gritou. Sentiu um peso repentino na cueca. Ele disparou três tiros rápidos da nove milímetros, levantando a poeira para o alto e para longe do leão. O fedor de sua merda pairava no ar quente da noite.

Marcus gemeu, pensando na Sala de Manejo. A entrada ficava do outro lado dos fossos dos leões, uma construção de blocos de concreto do tamanho de um armário feita para proteger as escadas da chuva. A porta desta escadaria era de aço grosso. Nenhum leão poderia atravessá-la.

Eu vou ficar seguro lá dentro.

Marcus virou as costas para Aliane sem pensar duas vezes. Ele correu para fora do caminho e para a escuridão. As pequenas e elegantes luzes alinhadas no caminho piscaram e se apagaram. A escada de entrada da casa ficava bem fora do caminho, escondida atrás de uma sebe alta, cercada por vegetação rasteira. Marcus não viu a tempo. Ele se chocou contra a porta de metal, abrindo o lábio. Ele nem percebeu. A dor em sua boca foi eclipsada por uma visão terrível — seu chaveiro, pendurado em um gancho na cozinha.

— Ah, não — disse ele. — Não, não, não, não.

Ele remexeu na maçaneta da porta, certo de que estaria trancada. Mas a maçaneta girou fácil em sua mão.

— Obrigado, Jesus — sussurrou, abrindo-a. — Obrigado, obrigado…

Então ele gritou, tanto de surpresa quanto de horror.

Tinha um homem do lado de dentro da porta, parado no último degrau. *Ele está bloqueando meu camiiinho*, pensou Marcus. Até seus pensamentos eram gemidos agora. O tempo parecia muito lento. O cara era enorme, tanto em altura quanto em músculos, mas — *que porra é essa?* — ele usava um tutu lilás.

Como diabos ele entrou lá? Marcus se perguntou. Então, na sequência disso, *um tutu?* Ele pensou por um instante que talvez estivesse sonhando. *Não importa.* Tudo o que importava era que ele estava no caminho. Marcus levantou a mão esquerda para empurrar o homem para o lado, levantando ao mesmo tempo a direita para ameaçá-lo com a arma. *Vai só me ameaçando, caralho*, pensou Marcus. *Eu vou atirar nele se eu...*

Houve uma súbita e brilhante explosão de movimento. Ele sentiu uma espécie de pressão nos dedos da mão que segurava a arma, então se viu sentado de bunda na terra. Ele olhou para baixo e viu que seus dois dedos menores estavam pendurados em um ângulo estranho. Uma lasca de osso saiu de seu mindinho. Vendo isso, ele sentiu a primeira pontada de dor.

Ele olhou para cima. O homem de tutu estava examinando a pistola de Marcus. Ele ejetou o pente e o girou entre os dedos como o floreio no final de um truque de mágica.

Ele deu um sorriso para Marcus. Seus dentes eram muito escuros, quase pretos. Ele saiu da escada e deu a volta por trás de Marcus, deixando cair a pistola descarregada em seu colo enquanto passava.

Outro homem, este completamente nu, subiu pela escada escura.

— Vocês estão com o pessoal da festa? — Ocorreu a Marcus que alguém poderia ter batizado seu cooler de vinho. *É isso! Aposto que o Wilson colocou um pouco daquele PCP no meu morango chinês.* Bom e velho Wilson. Eles ririam disso mais tarde. — É melhor vocês não ficarem comendo a bunda um do outro lá embaixo! Eu não quero nenhuma viadagem na *minha*...

— Shhh — fez uma voz feminina na escuridão. — Lá fora. Leões.

Marcus abriu a boca, depois fechou. Não era nenhum argumento irracional. Quando voltou a falar, seu tom era mais suave.

— Quem é você, caralho?

A mulher deu um passo à frente.

— Eu sou Carolyn. Este é Michael. Aquele é meu irmão David.

— Sim, oi, prazerzão, agora me dá uma mão, porra, pra gente poder descer...

Ela balançou a cabeça.

— Não.

— Como assim "não"? — Uma coisa lhe ocorreu. — Ahhhh... foram vocês que soltaram meus leões?

— Fomos.

— Por que diabos vocês... vocês estão loucos? Vocês são da Associação Protetora dos Animais?

Ela balançou a cabeça.

— Eu não sei o que é isso. Não.

— Não importa, caralho. Sai do meu caminho.

— Não.

— Como quiser. — Ele colocou a mão esquerda no chão, preparou-se para se levantar. *Se essa piranha ficar no meu caminho, eu vou bater nela...*

Uma sombra caiu sobre ele. Marcus olhou para cima.

— Se você tentar descer, David vai te machucar — disse ela. — Talvez um pouco, talvez muito. Você não deveria tentar.

Marcus olhou o grandalhão de cima a baixo, avaliando suas chances. Seus ombros caíram.

— O que vocês *querem*? — Toda a luta desaparecera de sua voz.

David sorriu.

— Preciso lhe dar uma mensagem — disse a mulher.

— De quem?

— A mensagem é de Dresden.

Por um momento, ele pensou que ela se referia à cidade.

— Você está falando do *leão*? *Aquele* Dresden?

— Sim. Por que você os chama assim?

— Dresden e Nagasaki? Por causa, tipo, da guerra...

Ao seu lado, ele ouviu risadas. Ele se virou. O grandalhão, David, fez um som de "cabum". Ele ergueu as mãos no ar e as estendeu como se houvesse uma bola de fogo entre elas.

— Sim — disse Marcus. — Cabum.

Ainda rindo, o grandalhão deu um tapinha em seu ombro. Marcus respondeu com um sorriso pequeno, mas sincero. *Finalmente. Alguém entende.* Aquele momento acabou sendo o ponto alto de seu dia.

A mulher se agachou para ficar no nível dos olhos de Marcus.

— Você assiste televisão?

A pergunta levou um momento para ser absorvida.

— Por que caralhos você se importa?

Ela repetiu com paciência.

— Você assiste televisão?

— Eu... — Os olhos de Marcus dispararam ao redor, procurando segurança. Ao seu redor, a selva o pressionava. *Agrade os loucos.* — Sim, cara, eu assisto TV.

— Você viu quando a televisão mostra a caça? Na África? Quando um leão derruba uma zebra ou um gnu?

Marcus não gostou dos rumos daquela conversa.

— Eu... sim... Eu acho que sim. — Não era uma zebra que ele tinha visto, mas uma gazela. *Quase isso*.

— Bom. O que você viu se chamava — ela chilreou algo para o sujeito nu, e ele soltou um ruído no fundo do peito. Ele soou *exatamente* como um leão. Os pelinhos na nuca de Marcus se arrepiaram.

— Na linguagem da caça, essa palavra descreve uma forma específica de matar — disse a mulher. — É uma questão de respeito. Na maioria das vezes, o caçador não deseja ferir sua presa. Só que ele está com fome, e é assim que as coisas funcionam. Quando você estava assistindo televisão, notou que depois de um certo momento a zebra não resiste?

Marcus não tinha visto isso, mas se lembrava da gazela com três leões se enterrando em suas entranhas. Ele pensou que ela estava morta. Então ela levantou a cabeça, olhou para o que estava sendo feito com ela e desviou o olhar. Ele estava bêbado quando viu aquela cena, e isso o assustou o suficiente para que tivesse que mudar de canal.

— Ótimo. Você sabe. A presa não se mexe porque não sente dor. O leão a toca de certa forma, e a desata do plano da angústia. Isso faz parte do ofício dos caçadores. Quando a matança é assim, dizem os leões... — Ela acenou com a cabeça para o homem nu.

Ele rugiu outra vez, de modo assustador como um leão.

— A mulher com você morreu desta forma, se isso te importa. Ela não sofreu nada.

Marcus pensou na gazela, olhando para a câmera, pensou na luz se afastando dos olhos verdes de Aliane.

— Mas há outra maneira de matar. Isso é feito quando o leão caça por ódio, em vez de fome. Para esses momentos, os grandes felinos têm um toque que *aumenta* o sofrimento ao invés de aliviá-lo. Sob este toque, o espírito da presa fica preso ao plano da angústia. A dor é como um afogamento. Com frequência, o dano ao seu espírito é tamanho que não resta o suficiente deles para retornar às terras esquecidas. Aqueles mortos desta forma estão arruinados para sempre. É como se nunca tivessem nascido. — Seus olhos se enrugaram. — Eu vi isso ser feito uma vez. Foi uma coisa terrível. — Ela tocou o braço dele com verdadeira simpatia. — O leão deseja que eu informe a você que é assim que você vai morrer.

Os olhos de Marcus se moviam entre os três, procurando algum sinal de que aquilo fosse uma piada. O rosto da mulher era sério.

O cara de tutu o observava com avidez, seus olhos cruéis e vivos. Marcus não tinha certeza do que era pior.

— Então… vocês vão simplesmente *me dar de comer* praquele bicho?

— Vamos sim.

— Por quê? — sussurrou Marcus. — Por que vocês fariam algo assim?

— Porque é isso que o caçador quer — disse ela. — Sabe, nós chegamos a um acordo. Esse é o preço dele.

O grandalhão de tutu lhe lançou um sorriso. O luar brilhou na lâmina de sua lança.

— Se libertarmos a filha dele e lhe dermos tempo para matar você como ele quiser, ele nos ajudará. Ele protegerá nosso agente como se fosse seu próprio filhote. — Ela deu de ombros e se levantou. — O que ele pede não é tanto. É justo, até.

— *Justo?*… Eu…

— Você o quê? — Ela olhou para baixo, seu rosto quase todo na sombra. A compaixão que ele vira antes desaparecera. — Você invadiu o lar do leão. Você assassinou sua companheira, a mãe de seu filhote. Você sequestrou ele e sua filha e os jogou em uma cova. Não foi isso?

— Sim, mas… Quero dizer…

— E por que você fez isso? Com que finalidade? Você ia roubar a vida deles para que pudessem rosnar e rugir para a diversão de suas prostitutas?

— Meio que tipo… acho que sim. Mas quero dizer, você viu *Scarface*, certo? Era…

— Pare de falar. — Ela falou com o homem nu em uma língua que ele não entendia. Ele disse algo de volta, então fez um som incrivelmente parecido com o rugido de um leão. — Por favor, me desculpe — disse ela. — Prefiro não assistir.

— Espere! — gritou Marcus. — Eu tenho *muito* dinheiro! A gente podia…

Ela e o homem nu voltaram para a escada e começaram a descer para a Sala de Manejo. Fecharam a porta atrás deles. O homenzarrão de tutu sorriu para ele.

— Ei, cara — disse Marcus. — Me ajuda aqui. Você quer entrar no show business? Eu podia…

O homenzarrão sorriu mais ainda. Ele apontou por cima do ombro de Marcus, de volta à floresta.

Sem querer, Marcus se virou para olhar. Dresden e sua filha estavam logo atrás, mais perto do que ele teria pensado ser possível. Em algum lugar nas distâncias impossíveis da noite, ele ouviu a garota do Bronx dizendo “Oh. Meu. Deus”.

Lá embaixo na cova, segura e confortável, a galinha cacarejava.

CAPÍTULO 6

CERCA DE MEIA CARALHADA DE MENTIRAS MENTIROSAS

I

Steve acordou por volta de 1987.

Era um quarto de adolescente. Dessa parte ele tinha certeza. As paredes estavam cobertas de pôsteres de cantores — Wham!, B-52's, Boy George, outros — dos quais ele se lembrava vagamente do ensino médio. Uma prateleira de fitas cassete em frente à cama e, ao lado dela, uma colagem de Polaroids. Garotos adolescentes em jeans desbotados e calças de paraquedista posavam para a câmera — fingindo cantar, flexionando os músculos, esse tipo de coisa. Em uma das Polaroids, dois meninos estavam se beijando.

Steve piscou várias vezes. *Onde diabos estou?* Ele se lembrou de estar na capela da prisão, lembrou-se do cara fedorento de tutu matando Dorn e o guarda. Imaginando o tutu e os dois caras se beijando na Polaroid, um pensamento horrível borbulhou: *Talvez o Cara do Tutu tenha me sequestrado como uma espécie de escravo sexual? Como aquele cara em* Pulp Fiction*?*

Mas isso era terrível demais para contemplar. *Pense, pense.* Ele se lembrou de ter levado um soco na capela. Alguns segundos depois, ele estava se movendo pelo corredor de ladrilhos, pendurado no ombro do cara, observando tripas e membros decepados rolarem como se estivesse no trem-fantasma de um parque de diversões sofisticado.

O braço de alguém estava caído no chão — apenas o braço, nada mais. Surpreendentemente, não parecia nada nojento — sem muito sangue e músculos como um desenho médico. Alguns passos adiante, a maior parte de outro guarda apareceu. Ele era um cara mais velho, na casa dos cinquenta anos, cortado ao meio bem acima do umbigo. *O que foi que fez isso?* Steve se lembrou de ter se perguntado. *Tesoura gigante?* A metade de seu rosto que Steve podia ver estava sem sangue e sem marcas, os olhos abertos. Steve lembrou-se de reconhecê-lo, lembrou-se de se contorcer e...

E então eu acordei aqui.

O despertador na mesinha de cabeceira devia ser de 1987 também. *Ninguém mais faz coisas com plástico imitando grão de madeira, certo?* Mas o relógio não funcionava. Alguém abriu uma cratera nele e depois desenhou um círculo ao seu redor com o que parecia ser farinha de milho.

Steve piscou por alguns segundos, tentando imaginar uma razão remotamente plausível para alguém fazer uma coisa dessas.

Steve sentou-se e espiou pelas persianas ao pé da cama, estremecendo com o barulho de metal que fizeram. Sua cabeça doía. O sol estava nascendo ou prestes a se pôr. A princípio, ele não tinha certeza de qual, mas então, algumas casas abaixo, um cara chegou do trabalho e pegou a correspondência. As crianças estavam jogando bola no quintal do cara. *Não é o amanhecer, então. Eu dormi o dia todo.*

Perguntas respondidas, Steve deixou as persianas se fecharem. Se ele soubesse que este pôr do sol seria o último que veria, talvez tivesse gastado alguns segundos para saboreá-lo.

Ele ainda estava com o macacão da prisão. Isso foi uma espécie de alívio, à luz de seus medos de se tornar um escravo anal, mas ainda não era o ideal. O armário estava cheio de coisas como calças paraquedas e jeans desbotados. Após uma breve busca, ele vestiu uma calça de moletom preta — justa, mas prática — e uma camiseta cinza de concerto. O logotipo da banda Heart estava estampado no peito em letras laranja vibrantes, brilhando como carvão em brasa.

Ele seguiu o som de vozes no corredor. Lá fora estava mais quente do que no quarto. Cheirava bem, como uma coisa ou outra recém-assada — pão, talvez, ou pãezinhos doces? Seu estômago roncou.

Mas sob isso tinha um cheiro ruim, algo que ele não reconhecia. Houve um som metálico também. *Plinc. Rrrr. Clic.* Era um pouco familiar. *Plinc. Rrrr. Clic.*

Steve espiou pela esquina da sala de estar. O grandalhão de tutu estava dormindo no chão em frente à TV. O aparelho de som estava desligado, mas a artilharia nazista ressoou pelo norte da África no History Channel. Steve pensou nisso por um minuto. *TV? Ele não fala português, fala?* Na tela, Rommel encostava um binóculo no rosto. *Mas aposto que ele* gosta *de tanques.* Ao lado do cara do tutu, uma pilha de brownies meio demolida descansava em um prato branco. Migalhas marrons grudavam no sangue seco no bigode e no peito. Sua espada de bronze com a corrente estava na ponta dos dedos.

Meia dúzia de outras pessoas, algumas quase tão esquisitas quanto, sentavam-se aqui e ali na sala também. Elas olharam para Steve sem muito interesse quando ele entrou.

Ao lado do sofá estava um homem em calças sociais marrons, com cortes esfarrapados na altura dos joelhos, uma perna da calça alguns centímetros mais alta que a outra. Seu peito nu estava tatuado com dezenas de triângulos, os menores inscritos nos maiores, até um ponto preto no meio do esterno.

Ao perceber Steve, ele colocou a mão no ombro de uma mulher sentada no sofá. Seu cabelo era loiro-acinzentado, num corte curto e descuidado. Ela usava o que parecia ser a metade superior de um maiô preto, cortado em uma espécie de sutiã esportivo. Ela pôs a mão sobre a do homem e entrelaçou os dedos nos dele.

Plinc. Rrrr. Clic. No canto mais escuro da sala, uma mulher estava sentada no chão, os joelhos dobrados até o queixo. Braços esqueléticos saíam dos restos de um vestido cinza apocalipticamente imundo. Meia dúzia de moscas zumbiam ao redor de sua cabeça. Enquanto Steve observava, ela abriu um Zippo. *Plinc.* Acendeu. *Rrrr.* Fechou de novo. *Clic.*

Os olhos dela nunca se afastaram do lugar da chama. Inquieto agora, Steve estremeceu quando uma nova pessoa entrou na sala. Ele reconheceu o suéter de Natal e a bermuda de ciclismo de pronto.

— *Você.* — Pequenos nós dos dedos estalam quando suas mãos se fecham em punhos.

Carolyn levou o dedo aos lábios.

— Shh. — Ela apontou para o maldito homem de tutu dormindo no chão entre a faca e os brownies. Apontou com o polegar para trás, por cima do ombro, em direção à cozinha.

Steve abriu a boca para gritar com ela, então, com um olhar para o assassino cochilando, acenou com a cabeça. Ele andou na ponta dos pés ao redor do sofá o mais silenciosamente que pôde. O casal se levantou e seguiu seu rastro. A mulher com o isqueiro fez *clinc, rrrr, clic.*

Tinha outra pessoa na cozinha, uma mulher mais velha, amassando massa de pão. Para a leve surpresa de Steve, ela estava vestida de modo normal; roupão de lã até o chão, um pouco desbotado, mas limpo, e chinelos.

— Olá! — falou num meio sussurro. — Sou Eunice McGillicutty. Você gostaria de um pãozinho de canela? Acabaram de sair do forno.

— Steve Hodgson. Uh, prazer em conhecê-la. — Para sua surpresa, ele percebeu que isso era verdade. Ao contrário das outras, ela não parecia o tipo de pessoa que poderia manter um cara acorrentado em seu porão. Ele até considerou agradecê-la por isso, mas desistiu quando não conseguiu pensar em uma maneira delicada de se expressar. — Claro. Um pãozinho de canela seria ótimo.

A velha sorriu, satisfeita. Ela apontou para uma assadeira.

— Café ali — indicou ela.

Steve pegou uma caneca com pino de madeira e se serviu.

— Olá, Steve — disse Carolyn, sua voz um pouco mais que um sussurro.

— Oi! — disse ele, um pouco animado demais.

— Essa é a sra. McGillicutty. Ela fala português.

— Sim. Sim, ela com certeza fala.

Carolyn apontou o polegar para o casal atrás de si.

— Estes são Peter e Alicia. Eles não falam português. Pelo menos não muito.

— E o grandalhão na sala de estar?

— Aquele é o David. O português dele também é muito ruim.

— E a outra? A que fica brincando com o isqueiro?

— Aquela é Margaret.

— Nada de português?

— Quase nada. Ela quase nunca fala.

— Posso te perguntar uma coisa?

— Claro.

— Você consegue pensar em algum motivo para eu não pegar uma daquelas facas e esfaquear você no pescoço, caralho?

Carolyn franziu os lábios, pensando.

— Você pode sujar os pãezinhos de canela de sangue.

— Estou brincando só em parte.

— Tudo bem — disse ela. — Justo. Eu entendo por que você pode estar um pouco perturbado.

Sua raiva explodiu. Steve olhou para as facas, quase não brincando mais.

— *Um pouco perturbado?* — sibilou. — Você me incriminou por assassinato! De um policial de merda! Eles estão falando em *pena de morte*, Carolyn! A porra. Da injeção. Letal. *Vida* na *prisão*! Se eu tiver *sorte*!

— Tente falar baixo — pediu Carolyn. — Você não quer acordar o David.

Não, pensou Steve, pensando no intestino balançando que pendia do teto do lado de fora da capela da prisão, *provavelmente não.*

— Ok — disse ele em um sussurro feroz. — Muito justo. Por que você não explica baixinho por que faria uma coisa dessas comigo? O que eu fiz para te irritar?

Carolyn estremeceu um pouco.

— Nada — disse ela. — Não estou com raiva de você. Essa é com certeza a última coisa que eu estou sentindo. — Ela hesitou. — Se serve de consolo, existem algumas razões sólidas para tudo isso. Não posso entrar em detalhes, mas eu sinto muito de verdade. Posso ver por que isso pode ser um pouco... perturbador.

— Perturbador — Steve se maravilhou, incapaz de acreditar que tinha ouvido direito. — Bem, essa é uma maneira de colocar isso. Outra maneira de colocar isso seria que você arruinou minha vida permanente e completamente. Essa é a versão que eu meio que prefiro.

Carolyn revirou os olhos.

— Não seja tão melodramático. Você não está mais na cadeia, está? — Ela apontou para a bandeja. — Coma outro pãozinho de canela. Eles são bons.

A sra. McGillicutty olhou por cima do ombro.

— Sirva-se à vontade, querido.

Steve sentiu como se seu coração estivesse fervendo.

— Melodramático? — Sua mão vagou, espontaneamente, em direção ao bloco de facas de cozinha. — *Melodramático?*

— Fique calmo — pediu Carolyn. — Não é tão ruim assim.

— O que você quer dizer com não é...

— Silêncio, Steve. Cale a boca por um segundo e eu explico. Eu tenho um plano. Se você prestar um servicinho pra mim, posso fazer com que cada um desses problemas que você mencionou desapareça.

— É?

— É. — Carolyn foi até a geladeira e pegou uma garrafa plástica de suco de laranja. Ela girou a tampa e levou o suco à boca.

— Os copos estão ali, querida — disse a sra. McGillicutty, incisiva.

— Desculpe. — Carolyn pegou um copo.

Steve parou para pensar.

— Você pode fazer uma acusação de assassinato desaparecer? Um caso de *pena de morte*?

Carolyn se serviu um pouco de suco de laranja e tomou um gole.

— Sim.

— E como, por favor, diga, você poderia estar planejando fazer isso?

— Pegue um daqueles pãezinhos de canela e puxe uma cadeira. Eu vou te mostrar.

II

Carolyn levantou-se e desapareceu nos confins da casa. Enquanto ela esteve fora, Steve foi até a geladeira procurar uma Coca-Cola. Tudo o que tinham no compartimento principal era diet, mas ele viu algo mais ou menos do mesmo tom de vermelho de uma lata de Coca-Cola na gaveta de legumes.

Carolyn apareceu atrás dele um momento depois.

— Steve, isso é…

— Espere um segundo — disse ele, olhando para a bandeja. — Isso é um coração? — *Definitivamente não é uma Coca-Cola.*

Carolyn não respondeu de imediato.

— Perdão?

— Neste saco aqui. Na geladeira. Isso é um coração? Tipo, o coração de uma pessoa? Parece o coração de uma pessoa na sua geladeira, Carolyn.

— Hmm… não. Quero dizer, sim, é um coração. Mas não de uma pessoa. É de uma vaca. Um touro. David ia fazer um *hors d'oeuvre* para um convidado, mas teve que cancelar.

— Sim, hmm, não. — Steve se virou. — Isso não é nem de longe grande o suficiente para ser um touro… Uau.

Ao lado de Carolyn estava uma mulher loira que Steve não tinha visto antes. Três crianças, silenciosas e pálidas, agarradas à cintura da mulher. Uma das crianças, um garotinho, tinha enormes hematomas roxos em volta do pescoço. A garota ao lado dele tinha uma marca profunda na testa.

Steve se ajoelhou na frente das crianças.

— Vocês estão bem? Vocês estão, assim... machucados? — Ele estendeu a mão para tocar a cratera no crânio da garota. Ela se encolheu.

— Eles só falam com a mãe — disse Carolyn. — Steve, esta é Rachel.

— Bem, isso é estranho pra caralho. O que diabos aconteceu com a cabeça da garota?

— Foi, hmm, um acidente. Ela caiu. Da bicicleta. — Então, sibilando: — Não diga *nada*, Steve. Você vai envergonhá-la.

— E o menino?

— Futebol — disse Carolyn, impassível. O menino espiou por trás da cintura de sua mãe e deu um pequeno aceno de cabeça.

— Hmm. — Então, apontando para Rachel: — E ela? Não fala português?

— Não fala português — confirmou Carolyn.

Ela e Rachel falaram por um momento em uma linguagem um pouco cantada que soava como o filho ilegítimo de vietnamitas e uma briga de gato.

— O que ela está fazendo aqui, então?

— Rachel é boa com segredos — disse Carolyn. Ela pegou o telefone da sra. McGillicutty e o colocou sobre a mesa da cozinha. — Você ainda quer que eu resolva seus problemas legais, certo?

Steve olhou para o coração na bandeja de legumes, abriu a boca e a fechou com um estalar de dentes. Ele fechou a porta da geladeira.

— Sim, por favor.

— Então faça com que ele seja alto — disse Carolyn, apontando para o telefone.

— O quê?

— Pra que todos possam ouvir.

— Ah. Sim, claro. — Ele estudou o receptor por um minuto, então apertou o botão Viva-voz.

— Agora, faça com que seja a lista.

— O quê?

— Onde você diz a eles o nome e eles te dão o número.

Steve teclou três dígitos.

— Qual cidade? — disse uma voz mecânica.

— Washington, DC — disse Carolyn.

— Que listagem?

— Comunicação da Casa Branca.

Steve ergueu uma sobrancelha.

A máquina desfiou os números. Quando perguntou se ela queria ser conectada por uma taxa adicional de cinquenta centavos, Carolyn disse que sim. A telefonista atendeu no terceiro toque.

— Meu nome é Carolyn — disse ela. — Eu gostaria de ser conectada ao presidente.

Steve ficou boquiaberto com ela.

— Sobrenome, por favor?

A testa de Carolyn franziu.

— Eu não tenho certeza. Isso importa?

A telefonista parecia entediada.

— Sinto muito, senhora. O presidente não está disponível no momento. Se você quiser deixar uma mensagem, vou providenciar…

— Ele vai falar comigo — disse Carolyn. — Prepare-se para autenticar. A palavra-código de hoje é "ferrolho".

— Ah! — exclamou a telefonista. — Aguarde. Eu vou transferir a senhora.

— Poderia ser Sopaski? — Steve perguntou, lembrando-se do que Erwin tinha dito a ele.

— O quê?

— Seu sobrenome. Poderia ser Sopaski?

Carolyn pensou por um segundo.

— Na verdade, sim. Isso soa… — A voz de um homem explodiu no fone de ouvido.

— Aqui é o sargento Davis — disse ele. — Por favor, autentique.

Carolyn apontou para Rachel e ergueu as sobrancelhas com curiosidade. Rachel acenou para uma garotinha em um vestido de verão cinza encardido. A criança sussurrou algo em seu ouvido. Rachel transmitiu isso a Carolyn naquela linguagem monótona.

— O código é "urso 723 andando 33744 amanhecer" — disse Carolyn, traduzindo.

— Por favor, aguarde. — Um som de digitação. Um momento depois, o homem voltou a falar: — Vou conectá-la ao escritório do sr. Hamann.

Steve pensou sobre isso por um momento, então seus olhos se arregalaram.

— O *chefe de gabinete?*

— Shh! — Fez Carolyn.

Por cerca de um minuto eles ficaram no limbo, sem música de espera, sem mensagens gravadas, apenas o silêncio. Então:

— Aqui é Bryan Hamann — disse uma voz.

Caralho, você está brincando comigo? Steve respirou fundo, tentando parecer calmo. Ele não tinha certeza, mas suspeitava de que estava fazendo um péssimo trabalho nisso.

— Senhor Hamann, preciso que chame o presidente para mim — disse Carolyn. — Muito obrigada.

— Receio que isso não seja possível, Senhorita, ah — houve um som de clique de computador — Carolyn. O presidente está em reunião. Há algo que eu...

— Tire-o da reunião.

Por um momento houve silêncio do outro lado da linha. Steve suspeitava que o homem estava apenas tendo problemas para acreditar no que seus ouvidos lhe diziam. Ele simpatizava. Carolyn deixou que ele parasse um momento.

— Senhora, existem somente três pessoas no planeta que estão autorizadas a usar o código que a senhora acabou de fornecer, e eu sei que a senhora não é nenhuma delas. Agora, a menos que você me diga exatamente quem é e como chegou a esses códigos, você terá problemas muito sérios. De qualquer forma, você chegou o mais longe possível na hierarquia. — Houve um leve clique na linha.

— Acho que eles estão rastreando a ligação — disse Steve. Ele sentiu que essa era uma contribuição valiosa.

— Silêncio — disse Carolyn. Ela se virou para Rachel. As duas conversaram por alguns instantes. O som fez com que Steve se lembrasse de pássaros tropicais brigando. — Sr. Hamann, por favor, perdoe-me por ser franca. O senhor parece um homem decente, mas estou com pressa. Sei onde o presidente estava na noite de 28 de março de 1993. Sei por que Alyson Majors anda tão quieta ultimamente. Até tenho acesso a fotografias. Se eu não estiver falando com o homem em um minuto, vou desligar. Minha próxima ligação será para o *Washington Post*.

Houve uma breve pausa, talvez dois segundos. Hamann não se preocupou em colocar a ligação em espera, apenas deixou cair o receptor.

Steve ouviu o som de uma porta batendo na parede. Houve alguns segundos de silêncio, uma comoção distante. Em seguida, ele ouviu Hamann dizer:

— Saiam. Agora. Precisamos da sala. — Houve o som de uma porta fechando, então:

— Aqui é o presidente.

A-há! Steve pensou. *Taí algo que você não ouve todos os dias.* Ele deu uma mordida em seu pãozinho de canela. Era o seu terceiro. *Eles realmente são muito bons.*

Carolyn sorriu.

— Como vai, senhor presidente? Lamento ser tão insistente, mas receio que essas sejam circunstâncias incomuns. Meu nome é Carolyn Sopaski.

Houve um longo silêncio.

— Receio que não...

— Meu Pai se chama Adam Black.

Houve um silêncio muito longo.

— Você pode repetir, por favor?

Ela repetiu.

Outra pausa, desta vez mais curta.

— Existem muitos homens chamados...

— Sim, mas meu Pai é o Adam Black que foi mencionado na pasta esperando por você em sua mesa no dia em que assumiu o cargo. O papel amarelado, escrito à mão pelo sr. Carter, acredito? Você se lembra disso?

— Lembro — disse o presidente. Sua voz era fraca.

— Excelente. Achei que você poderia se lembrar. Gostaria de saber o que aconteceu com a peça da Força Aérea com o número 11807-A1 estampado na lateral? Eu posso lhe dizer exatamente. Eu estava lá.

O presidente fez um som sibilante.

— Entendi. — Sua voz era fraca. — Eu... isto é, meu entendimento era que uma condição do tratado era que não deveria haver contato entre...

Carolyn riu.

— É assim que você chama? Um "tratado"? Isso é bastante grandioso da sua parte, não é? Pelo que me lembro, meu pai disse ao sr. Carter para cuidar para que ele não fosse mais incomodado. Então o sr. Carter disse que ficaria feliz em cuidar disso, e que ligasse de novo se houvesse qualquer outra coisa que ele pudesse fazer. Meu Pai disse que ligaria. Agora eu liguei. Adam Black ficaria muito grato se você lhe fizesse um pequeno favor. Um serviço.

— Um serviço?

— Sim. Pelo que entendi, você tem o poder de emitir indultos criminais. Está correto?

— Eu emito...

— Excelente. Vou te enviar os detalhes. Obrigado, sr. Pre...

— Posso, ah, senhorita, se me permite... posso perguntar a natureza da ofensa?

Os olhos de Carolyn se estreitaram. Ela não respondeu de imediato. Quando ela fez isso, seu tom era visivelmente mais frio.

— Por que isso importaria?

— Isso, ah, pode ter relação com...

Carolyn suspirou.

— O homem em questão ainda não foi acusado, mas me disseram que é apenas uma questão de tempo. O caso gira em torno do assassinato de um policial. Também é provável que haja algumas acusações incidentais: invasão de domicílio, roubo, coisas dessa natureza. Ah, e fuga. Ele deixou a prisão ontem sem permissão. Algumas pessoas morreram. Presumo que seja algum tipo de crime também?

O presidente, ex-editor da *Harvard Law Review*, concordou que era provável que sim.

— Mas é o caso da pena de morte que nos preocupa principalmente.

— Pena de morte — disse o presidente num tom neutro.

— Sim. — Carolyn fez uma pausa. — Se isso alivia a dor, eu por acaso sei que o homem acusado é bastante inocente. Sei disso como um fato absoluto.

— Posso perguntar como?

— Porque fui eu quem matou o detetive Miner — disse Carolyn. — O sr. Hodgson estava presente, mas... sem saber que algo do tipo estava acontecendo. Deixando de lado os aspectos técnicos legais, ele é completamente inocente.

— Entendo — disse o presidente por fim. — Mesmo assim, srta. Sopaski, isso pode ser politicamente muito...

— Pelo que entendi, quando você assumiu o cargo, foi informado, entre outras coisas, de um arquivo com o codinome Casa Fria. O arquivo tinha listras azuis e vermelhas ao longo da borda. Tinha cerca de uma polegada de espessura e estava repleto de perguntas sem resposta. Está correto?

O presidente ficou em silêncio por um instante.

— Como você *sequer* poderia saber algo sobre isso? — sibilou ele.

Carolyn riu.

— Receio que essa seja outra pergunta sem resposta — disse ela, e piscou para Rachel. — Adicione ao arquivo, por que não? Mas o fato é que eu *sei*, sr. Presidente. E se você leu o arquivo sobre Casa Fria, então você tem uma ideia do que o meu Pai é capaz. Posso garantir a você, por experiência própria, que ele não é um homem que você deseja deixar com raiva. Só peço que assine um pedaço de papel. Se vale de alguma coisa, considero muito improvável que o fato de você ter feito isso se torne público.

Depois de um momento, o presidente, que não era tolo, disse:

— Muito bem.

— Obrigada! Com certeza informarei ao Pai que você foi muito útil.

— É muita gentileza da sua parte. Srta. Sopaski, esta administração gostaria muito de abrir um diálogo com seu pai. Poderíamos...

— Sinto muito, sr. Presidente. Receio que isso não seja possível.

— Mas... — disse o presidente.

— Há outra coisa que você pode fazer por mim. Quando é sua próxima aparição na imprensa?

Houve uma pausa. Alguém no fundo disse "Amanhã de manhã". O presidente disse:

— Amanhã de manhã, creio.

Carolyn pensou por um momento.

— Desculpe. Não é rápido o suficiente. Arrume uma para esta noite.

— Receio que não seja...

— Isso não foi um pedido. — Seu tom era gelado.

Houve um longo silêncio do outro lado da linha. Steve olhou para ela, de queixo caído.

— Muito bem — o presidente disse de maneira suave.

— Ótimo. Quando estiver fazendo esse discurso, quero que diga algo para mim. Diga, hmm, oh, eu não sei. Diga "Auld lang syne". Você acha que poderia incluir isso em seus comentários sem levantar muitas sobrancelhas?

— Acho que *talvez* — respondeu o presidente devagar. — Posso perguntar por quê?

— Porque em algum momento nos próximos minutos vai ocorrer à pessoa que você está prestes a perdoar que *taaaalvez*... eu esteja falando com um homem que soa como você. Quando ele vir você dizer “Auld lang syne” ao vivo na TV, isso ajudará muito a aliviar essas dúvidas.

— Entendi. Sim, suponho que isso possa ser arranjado.

— Excelente! — Carolyn disse. — Obrigada, senhor presidente. Isso é tudo.

Ela desligou.

III

Mais ou menos uma hora depois, Steve e Carolyn estavam sozinhos na sala. Não muito depois de Carolyn desligar na cara do presidente, o grandalhão acordou e comeu alguns pãezinhos de canela. Então ele foi até a mulher fedorenta no canto e pegou seu isqueiro. Ela, então, pareceu despertar. Sorriu para ele. Os dois foram para o quarto dos fundos na hora em que o presidente apareceu na TV.

Steve queria se concentrar na entrevista coletiva, mas estava tendo problemas. O grandalhão e a mulher fedorenta estavam tendo um sexo genuinamente épico lá atrás. Começou com o ranger das molas da cama, mas acabou sendo abafado por ruídos de urso e algo parecido com uivos. O cheiro de sexo e carne podre pairava pela casa. Mas a cama da sra. McGillicutty evidentemente era adequada para sexo acrobático. Pouco antes do grande final, ela desabou com um som estilhaçado e tortuoso. Steve, impressionado, notou que o casal feliz nem sequer perdeu o ritmo.

Ele olhou em volta para ver se Carolyn ou qualquer um dos outros estava achando isso tão divertido quanto ele, mas o único que parecia saber que algo estava acontecendo era Punkin Tinkletoes, o gato de estimação da velha senhora. Ele estava dormindo na parede oposta ao quarto. Quando eles quicaram com força suficiente para fazer chover fotos de família, o gato pulou para se juntar a Steve no sofá.

Carolyn acenou com a mão na frente dos olhos de Steve e olhou de modo incisivo para a TV.

— Preste atenção, está bem? Não quero ter que ligar de volta para ele.

— Desculpe.

Nos últimos vinte minutos, mais ou menos, o presidente vinha tagarelando sobre algum tipo de projeto de lei que deveria estimular a economia. Ele queria aumentar os impostos, ou talvez reduzi-los. Agora ele estava respondendo a perguntas.

Steve observou diligentemente por alguns minutos. Então o grandalhão, enrolado em um lençol, voltou pela sala para a cozinha. Ele pegou dois brownies, uma garrafa de óleo de cozinha Wesson e — *oh, Deus* — pinças de cozinha. Então, sorrindo como um demônio, ele afundou de volta no quarto. Punkin Tinkletoes rastreou isso. Steve pensou que ele também poderia estar se perguntando sobre as pinças. Quando o grandalhão desapareceu na esquina, o gato virou-se para Steve com uma piscadela interrogativa.

Steve deu de ombros.

— Você me pegou, cara — sussurrou ele. — Honestamente, não tenho certeza se quero...

Carolyn o cutucou de novo e Steve calou a boca. Na TV, um dos repórteres perguntou sobre uma próxima cúpula armamentista com os russos. O presidente disse que o local ainda não estava definido, mas que tanto ele quanto o russo gostaram da ideia de fazer isso em Reykjavik, "se nada mais, pelo menos para podermos cantar auld lang syne". Todos os repórteres riram.

Steve não entendeu a piada. *Mas esse é mesmo o presidente.* Ele se sentiu atordoado. A sra. McGillicutty tinha todos os canais a cabo, e a coletiva de imprensa teve cobertura ao vivo em dois deles. Quando começou, ele alternava entre C-SPAN e Fox News, pensando que talvez fosse algum tipo de embuste elaborado, que eles acabaram de contratar um ator que...

Carolyn estava olhando para ele.

— Ok — disse Steve. — Digamos que eu acredito que você pode fazer o presidente assinar um perdão para mim. — Ele ficou surpreso ao perceber que acreditava nisso de verdade. — Ainda temos um problema.

— Que é...?

— Não tenho nenhuma razão para pensar que *você* vai me perdoar. Você deve se lembrar, da última vez que concordei em fazer uma missão para você, acabei na prisão. Anteontem, meu advogado idiota disse, e passo a citar, que eu estava "no caminho certo para o corredor da morte".

A testa de Carolyn franziu. Ela jogou o cabelo para trás com os dedos.

— Me desculpe por isso. Mesmo. Era inevitável. Se você fizer isso por mim, *posso* e *vou* compensar. — Ela estendeu a mão para trás do sofá e jogou para ele a mochila cheia de dinheiro que trouxera para o bar. — A propósito, aqui está o seu dinheiro.

Steve olhou para a sacola e depois para ela. A maneira como ela jogou para ele sugeriu algumas possibilidades. A primeira era que ela não dava a mínima para 327 mil dólares. Outra era que ela sabia que Steve não ficaria por perto tempo suficiente para gastá-lo. *Ainda assim*, ele disse a si mesmo, *você não tem lá muitas opções*.

Eles assistiram ao noticiário por mais ou menos uma hora. Antes da entrevista coletiva surpresa, uma das grandes histórias foi sua "fuga" — Steve pensou que "sequestro" seria mais preciso, mas ninguém perguntou a ele — da prisão. Aparentemente, a contagem de corpos subiu para trinta. A CNN estava especulando que Steve poderia ser o chefe de algum cartel de drogas até então insuspeito. A Fox pensou que ele talvez fizesse parte de uma organização terrorista. Todos pareciam concordar que ele era muito, muito perigoso. Eles mostravam sua foto a cada dez minutos.

O grandalhão voltou a sair da sala. Ele não estava mais sorrindo. Ao passar, olhou com raiva de uma maneira que deixou Steve bastante inquieto. Ele pegou algumas velas da mesa da sala de jantar e desapareceu outra vez, resmungando baixinho.

Quando ele se foi, Steve se virou para Carolyn.

— O que ele disse?

— Hmm? Quem?

— O Cara do Tutu. Ele continua pegando coisas. Só estou curioso. O que ele disse?

— Ah. — Distraída, ela vasculhou a memória por um momento. — Ele disse: "Eu simplesmente não consigo alcançá-la. Não mais. Simplesmente não consigo".

— Huh. — Steve, perplexo, meditou sobre isso por um momento. — Alguma ideia do que ele quer dizer com…

— Você gostaria de um brownie? — perguntou a sra. McGillicutty.

Steve abriu a boca para dizer *Não, obrigado*, mas o que saiu foi "Adoraria! Três semanas de comida na prisão o deixaram com apetite. Além disso, os brownies eram ridiculamente bons." A sra. McGillicutty também trouxe um pouco de leite para ele. Quando ele terminou, virou-se para Carolyn.

— Suponho que você não tenha um cigarro?

— Claro. — Ela vasculhou o suéter e pescou um maço de Marlboro com alguns fósforos enfiados no celofane. — Você pode prestar atenção agora? Por favor?

— Sim, tudo bem. — Eles se entreolharam enquanto acendiam os cigarros. — Então, o que exatamente você quer?

— Que bom que você perguntou. Até que enfim. A razão pela qual tiramos você da prisão é que queremos que você vá dar uma corridinha.

Steve piscou e apagou o cigarro.

— Pode repetir?

— Você é um corredor, certo? — Ele se lembrava de modo vago de ter mencionado algo do tipo quando conversaram no bar. — Gostaríamos que você saísse para uma corrida.

— É *só isso*?

— E pegar uma coisa.

Lá vem, ele pensou.

— Que tipo de coisa?

— Não sabemos, exatamente. Sabemos com um alto grau de precisão onde está, mas pode se parecer com qualquer coisa.

— Ok... — disse Steve. — Mas será *de fato*... o quê? Drogas? Explosivos? — Um pensamento horrível lhe ocorreu. — Não é algum tipo de bagulho nuclear?

Carolyn revirou os olhos, um olhar de não-seja-idiota, e agitou a mão.

— Não, não. Claro que não. Não tem nada a ver com isso. É... como posso dizer?... pense nisso como um sistema muito avançado de defesa de perímetro.

— Você quer que eu vá buscar uma mina terrestre? Não. Diabo, não. Vou me arriscar na cadeia.

— Não é uma "mina terrestre" — tranquilizou Carolyn. — Não tem absolutamente nada a ver com uma mina terrestre. O que é, é uma espécie de... você sabe o que é um poço gravitacional? É mais ou menos assim, só que ao contrário, e só funciona em certas pessoas.

— Não tenho ideia do que isso quer dizer.

— Hmm. Ok, pense desta maneira. Você sabe como funcionam os micro-ondas?

— Não.

— É baseado em micro-ondas.

— Ah, espere. Acabei de me lembrar. Eu sei como funcionam os micro-ondas, e o que você está dizendo é besteira.

— Ok. Não são micro-ondas. Mas como isso funciona não importa de verdade.

— Se não importa, então por que você não me explica?

— Porque é muito *avançado*. Você não tem a base pra isso. Confie em mim, por favor?

— Caralho, não. Então você é... o quê? Algum tipo de pesquisadora de armamentos? — Nisso, ele quase podia acreditar. — "Tipo esquisito de professora" era algo que cobria muito terreno. — Olha, eu não vou nem começar a pensar nisso até que você me diga o que é que eu vou pegar.

— Você não iria...

— Me teste.

Ela suspirou.

— Chama-se *reissak ayrial*. Sua essência é uma construção matemática, uma tautologia autorreferencial, consagrada no plano do arrependimento. O *reissak* funciona porque o alvo tem o gatilho porque o *reissak* funciona. O símbolo físico que você pegará é a projeção do *reissak* no espaço normal. Entendeu?

Steve a encarou.

— Você inventou esse troço?

— Eu não. Eu sou mais uma linguista. Podemos voltar ao assunto agora?

Steve fez uma careta.

— Claro. — *Frustrado por tecnobaboseira.*

— O símbolo que serve como nexo do *reissak* está apenas parado em algum lugar, provavelmente ao ar livre. Pode ser uma lata de Coca-Cola, um saquinho do McDonald's, uma caixa de correio, qualquer coisa. E para a maioria das pessoas, quase certamente incluindo você, Steve, isso é tudo o que realmente é.

— Mas?

— Mas não para todos. Para algumas pessoas, é como veneno. Quanto mais perto você chega, mais dói, mais dano causa. Se você chegar perto o suficiente, isso te mata.

— Então, é radioativo? Não vou pegar nenhum bagulho radioativo.

— Não. Não é radioativo.

— E se eu não acreditar em você?

— Então eu acho que você vai voltar para a cadeia, não é? — disse ela animada.

Steve rilhou os dentes.

— Não é radioativo. Eu juro. — Ela fungou, um pouco ofendida. — Não é nada tão grosseiro assim.

— Como você sabe que essa coisa, seja lá o que for, não vai funcionar em mim?

— Bem… não sabemos. Não com certeza. Mas os únicos em que parece funcionar são as pessoas ligadas ao Pai. Pessoas comuns, pessoas como você, motoristas da FedEx, entregadores de pizza, americanos comuns, vêm e vão o tempo todo. Não parece ter nenhum efeito sobre eles.

— É por isso que você fez tudo isso comigo? Você simplesmente me escolheu de modo aleatório? Porque eu sou um cara normal?

Carolyn assentiu.

— É por aí, sim.

— Palhaçada.

Ela levantou uma sobrancelha.

— Não tenho certeza se entendi…

— Quero dizer — disse Steve, sorrindo — que você está mentindo para mim, sua mentirosa descarada.

— Steve, posso garantir que…

— Me poupe.

— Perdão?

— Não se preocupe. Tenho certeza de que são mentiras muito legais, mas, sério, não se preocupe. Eu vou fazer.

Ela levantou uma sobrancelha outra vez.

— Descontando aquela mochila cheia de dinheiro, com a qual eu duvido seriamente que você me deixe sair daqui, eu não tenho dinheiro, carro, identidade e não tenho *sequer* alguém próximo para pedir ajuda. Acho que eu duraria vinte e quatro horas sozinho, no máximo. Então eu estaria de volta à prisão ou, o mais provável, seria baleado ao resistir à prisão. — *E se eu disser não, você provavelmente vai mandar aquele grandalhão cortar minha garganta, ou sei lá o quê. Acho que ele não se importaria nem um pouco.*

— Bem — disse ela —, acho que essa é uma boa notícia.

— Tenho certeza de que você pode ver a alegria em meus olhos. Mas tenho algumas perguntas.

— Claro.

— Qual é o problema com a corrida? Por que eu simplesmente não dirijo? Seria mais rápido, e se o que quer que seja for muito pesado para carregar, então eu posso…

— Bem… é uma espécie de medida de segurança.

— Ah, é? — Ele se inclinou para a frente, sorrindo de maneira feroz . — Diga.

— Se… — ela levantou um dedo — … se você se tornar suscetível aos efeitos da, ah, defesa de perímetro, então você não gostaria de estar em um carro. Nas velocidades em que se movem, você pode atingir uma profundidade fatal antes que, de fato, soubesse o que está acontecendo. A pé, você pode simplesmente se virar se começar a se sentir mal.

— Mal como?

— Varia para cada um. David teve uma dor de cabeça brutal. Meu rosto começou a sangrar. Peter pegou fogo. Basicamente, se você está se sentindo bem e de repente começa a sentir dor, volte antes que piore.

— E se eu *for* suscetível? Ainda recebo o perdão e o dinheiro? — Ele não acreditaria na resposta dela, mas estava curioso para saber qual seria.

— Quanto ao perdão, claro. Tudo o que pedimos é que você tente. E, como eu disse, o dinheiro já é seu.

— Isso foi muito convincente.

Ela esfregou a testa.

— Steve, não sei o que dizer para…

— Me poupe. Você disse que sabe *onde* está essa coisa, mas não sabe *o que* é? Pode me explicar isso?

— Claro. Devido à maneira como o sistema de defesa do perímetro funciona, a área afetada tem a forma de uma esfera. Basicamente, pegamos um mapa e percorremos o perímetro do círculo. Ele tem que estar no centro disso.

Ele pensou a respeito.

— E se estiver em uma árvore ou enterrado ou algo assim? Não precisa ser no nível do solo.

— Faz sentido, mas também já testamos isso.

— Como?

— Com muito cuidado. Olha, podemos entrar nos métodos se você quiser, mas eu prometo a você, o objeto está na Garrison Drive, 222, quinze metros afastado do meio-fio da rua, a cerca de meio metro do chão.

— Meio metro acima do chão? Está flutuando?

— Está na varanda.

— E você não tem ideia de qual é o objeto?

Ela balançou a cabeça.

— Pode ser qualquer coisa. É provável que seja algo pequeno, inócuo. Essa varanda geralmente está vazia.

— Como você sabe?

Ela franziu o rosto, considerando como responder.

— Porque é minha casa.

— *Sua* casa?

— Por que isso te surpreende?

— Pela maneira como você se veste, imaginei que você fosse uma sem-teto.

Ela franziu a testa.

— Bom, eu não sou. A casa é do nosso Pai, mas todos moramos nela.

— Todos quem?

Ela apontou para o quarto atrás dela.

— Minha família.

— Sim… você continua chamando esses caras de sua família. Vocês não são muito parecidos.

— Fomos adotados.

— Todos vocês?

— Sim. O Pai nos acolheu quando nossos pais morreram.

— Parece um verdadeiro príncipe.

— É por isso que estamos tão ansiosos para ter certeza de que ele está bem — disse ela, seca.

— Então… você acha o quê? Que alguém está tentando manter vocês fora de sua própria casa?

— Parece que sim.

— Alguma ideia do porquê?

— O Pai é uma pessoa mais importante do que deixa transparecer. Ele é… uma espécie de fazedor de reis. Ele tem amigos poderosos.

Isso, concluiu Steve, também pode ser verdade. Com certeza o presidente pulou quando a filha do homem disse "sapo".

— E inimigos poderosos?

Ela assentiu.

— Sim. Alguns deles podem gostar de inspecionar as coisas que ele guardava em casa. Livros.

Então... o quê? Contador da máfia? Um gângster como Meyer Lansky?

— De que tipo de pessoas estamos falando aqui? Se forem cartéis de drogas, acho que prefiro pegar meu...

Carolyn soltou uma risada fungada.

— O que é engraçado?

— Estou tentando imaginar o Pai envolvido no tráfico de drogas. Não. Não é isso.

— Quem então?

— Eu realmente não tenho liberdade para dizer. — Ela ofereceu um sorriso gelado.

— Certo. — Steve suspirou. — Então você acha que um desses inimigos do seu pai entrou de modo sorrateiro e armou seu sistema de defesa de perímetro?

— É possível. Alguém tinha que colocá-lo lá. A varanda estava vazia quando saí naquela manhã. Estou certa disso. Tudo o que realmente sabemos é que o Pai não foi visto desde que o sistema de defesa do perímetro foi instalado. — Ela pescou um Marlboro torto do maço e acendeu um fósforo contra a unha esmaltada do polegar. A chama tremeluziu um pouco enquanto ela a segurava sob a ponta do cigarro, amplificando um tremor quase imperceptível.

— Talvez tenha sido ele quem a armou. Você já pensou nisso?

Ela franziu a testa.

— Isso é concebível. Eu de verdade não consigo imaginar por que ele faria algo assim, mas... talvez. Nesse caso, gostaríamos de ir até ele e perguntar com muita educação por quê. Basicamente, precisamos entrar na Biblioteca e dar uma olhada. Há também materiais de referência que podem ser úteis. Se você puder nos ajudar com isso, eu garanto que você sairá ileso, rico e livre de envolvimentos criminais.

— Vamos fingir por um momento que acredito em você. Algo mais?

Ela se curvou e abriu o zíper da mochila. Dentro havia uma pistola no coldre.

— Você pode precisar disso.

— Ah.

— Isso é um problema?

— Não. Na verdade, é estranhamente reconfortante. Até agora, isso parecia bom demais para ser verdade. Em quem eu atirar, você imagina?

— Bem… de novo, muito provavelmente ninguém. Mas como eu disse, o Pai é um homem poderoso. Ele tem… guarda-costas. É possível, não provável, mas possível, que eles vejam você correndo e considerem isso uma ameaça. Nesse caso — ela deu de ombros — é melhor ter e não precisar do que precisar e não ter.

Ele olhou para a arma. Era uma HK 9mm semiautomática.

— Três pentes? É muita bala.

— Você pode ser um péssimo atirador.

— Acontece que eu sou mesmo. O que significa que não estou nem um pouco entusiasmado em trocar tiros com guarda-costas profissionais.

Ela abriu a boca, hesitou, depois a fechou.

— O que foi?

Ela balançou a cabeça.

— *O que foi*, Carolyn?

— Se chegasse a um… um conflito aberto com as sentinelas… você não estaria sozinho.

— É mesmo? E quem, por favor, diga, estaria me ajudando?

— Amigos do meu irmão. Eles são muito habilidosos, eu juro. Se for o caso, eles podem e irão protegê-lo. Você estaria seguro.

— Não duvido que sejam muito bons. — *E provavelmente estranhos pra cacete.* — Você se importa se eu der uma olhada na arma?

Ela deslizou a mochila sobre a mesa. Tirou a pistola do coldre e a examinou. Ele enfiou um pente, engatilhou-a e apontou para ela.

— E se eu apenas atirar em você e pegar o dinheiro?

Ela deu a ele um sorriso luminoso.

— Então eu estaria fora deste pesadelo, suponho. E meu irmão David mataria você. Ele provavelmente levaria o tempo que quisesse para isso. E encontraríamos outra pessoa para fazer o trabalho.

Ela não parecia nem um pouco nervosa. Os sons de sexo que emanavam da sala dos fundos pararam. Um momento depois, o grandalhão, David, espiou pela esquina. Ele sorriu para Steve. Disse algo a Carolyn naquela linguagem de canto de pássaro deles. Ela respondeu na mesma moeda.

Steve sorriu de volta, largo e reconfortante.

— Só estou perguntando. — Ele baixou a pistola. David o observou por um momento, então pegou outro brownie e foi embora outra vez. — Algo mais?

— Não... não.

— O que foi?

— Eu só... eu gostaria que houvesse uma maneira de manter contato com você enquanto estiver lá fora. Fazendo a corrida. Eu simplesmente não consigo pensar em nada que pudéssemos... — Ela parou. — O que foi?

Steve olhava para ela. Ele pensava: *Esta mulher é... não exatamente louca... algo mais?* O que ele disse foi:

— Você já ouviu falar de telefones celulares?

— Ah — disse ela. Ela assentiu com a cabeça, de olhos arregalados e, para os olhos cada vez mais experientes de Steve, completamente cheia de merda. — Sim. Claro. Muitas vezes.

PARTE II

A ANATOMIA DOS LEÕES

CAPÍTULO 7

GARRISON OAKS

I

Por volta das dez da manhã seguinte, Steve correu para o mato no acostamento da Rodovia 78 e diminuiu a velocidade até parar. Agudamente ciente de sua foto da polícia na CNN, ele fingiu estar realmente interessado em algo na floresta até que o carro que vinha atrás dele passou. Era uma manhã fria e cinzenta, perfeita para uma corrida.

Garrison Oaks apareceu quando ele contornou essa última curva, a uns oitocentos metros de distância e descendo um pouco a colina. Não parecia nada de especial. Algumas dezenas de casas flanqueavam o caminho principal em fileiras organizadas. Três estradas secundárias se ramificavam a partir dela, terminando em um beco sem saída. Um cara estava cortando a grama. Chato.

Os instintos de ladrão de Steve aumentaram por um momento. As casas eram *boas*, embora um tanto modestas, mas a maioria dos carros na frente eram relíquias desbotadas — um Cutlass Supreme 1977, um Datsun azul e até uma caminhonete. *Eles ainda fazem* isso? Uma boa regra prática, ele descobriu, era que, se um cara tem dinheiro suficiente para comprar um carro novo, também tem o suficiente para gastar em aparelhos eletrônicos, joias para a esposa e outras coisas penhoráveis. O inverso, ele descobriu, também era verdadeiro. *Não*, ele pensou. *Este lugar não vale a pena roubar.*

Claro, aquele não era um roubo normal. Entre outras coisas, ele nunca tinha carregado uma arma antes. Carolyn não tinha pensado em providenciar um coldre, mas cerca de vinte minutos na garagem da sra. McGillicutty resolveram isso. *Como*, ele se perguntou, *a humanidade sobreviveu sem fita adesiva?* O coldre improvisado era bastante confortável, mas o pensamento da pistola ardia no fundo de sua mente. Folhas secas giravam ao redor de seus pés enquanto ele se movia, sopradas do penhasco que flanqueava seu curso à esquerda.

Quando estava a cerca de cem metros da placa de loteamento, ele diminuiu para uma caminhada, então soltou o celular da sra. McGillicutty da parte de cima de sua calça de moletom e digitou o número 1 na discagem rápida: "Casa. O número 2 era alguém chamado Cathy. O terceiro campo era uma casa funerária. Os outros cinco campos estavam vazios. Ele se sentiu um pouco mal pela sra. McGillicutty.

Carolyn atendeu no primeiro toque.

— Steve?

— Sim.

— Onde você está?

— Cerca de cinquenta metros — disse ele, prendendo o telefone de volta na cintura. A sra. McGillicutty também tinha um fone de ouvido Bluetooth, que ele encontrou fechado na caixa. Agora estava preso à sua orelha. Entre isso e a pistola, ele se sentiu como um ninja de shopping fingindo ser um agente do Serviço Secreto.

— Ok. Lembre-se, quando chegar perto do portão, você deve entrar gradualmente. Se sentir algo fora do comum, vire-se e volte por onde veio.

— Entendido — disse ele. Ele roçou a placa de Garrison Oaks com a ponta dos dedos ao passar. — Entrei.

— Sente alguma coisa? — *Plinc.*

— Não. Nada. — Dois passos, três. Ele pensou em perguntar se ela tinha certeza de que a coisa toda não estava na cabeça dela. Então ele olhou para baixo. O asfalto sob seus pés estava escuro com sangue coagulado. Um bocado. A pergunta morreu em sua boca.

— A que distância você está? — *Plinc.*

— Uns dois metros mais ou menos.

— Ok — disse ela clinicamente. — Isso significa que você não tem o gatilho. Se tivesse, já estaria sentindo isso agora. *Plinc.*

— Se você diz. Ei, o que é esse tilintar que eu continuo ouvindo?

— Margaret está brincando com seu isqueiro. — Carolyn disse algo em tom de raiva. O tilintar parou. — Você vê algo incomum? — Sua voz estava tensa.

— O cara da esquina tem muitos dentes-de-leão no quintal — disse Steve. — Uma verdadeira infestação.

— Quero dizer, tem alguém te observando? Algo assim? — Ela falou de maneira agradável, mas parecia estar rangendo os dentes.

Steve, satisfeito por a estar irritando, sorriu de um jeito que o Buda desaprovaria.

— Não. Tem um cara cortando a grama. Ele é o único que vejo.

— E os cachorros?

— Não. Ah, espere... tem um. — Nas sombras da varanda da frente de alguém uma silhueta. E olhos, que o observavam.

— Como é ele?

— Ele tem um tamanho muito bom, talvez 30 ou 40 quilos?, pelo preto, branco e castanho. Como você chama essa raça? Cão montanhês suíço, eu acho.

— Ele tem um olho azul e outro castanho?

— Eu não consigo dizer... espere. — O cão se levantou, mudou-se para a luz do sol. — Sim. Como você sabe?

— Thane — disse Carolyn baixinho.

— O quê?

— O nome do cachorro é Thane — disse ela. — Ele é o senhor.

— O quê?

— O senhor da matilha. É o que eles chamam, não importa. Ele é o cão alfa. O que ele está fazendo?

— Ele está saindo para o quintal — disse Steve. Pensando em Petey, Steve acenou. — Ei, amigo!

— Você está *louco*? Não o envolva, Steve!

— O quê? Por que não?

Carolyn suspirou.

— Apenas confie em mim, por favor? Ignore o cachorro. Ignore qualquer cachorro que você ver. — Ela estava rangendo os dentes de novo.

— Ok — Steve disse de modo amigável. Continuou andando. Depois de alguns passos, ele estava na frente do quintal de outra pessoa, uma casa de tijolos vermelhos de design estranho, portas duplas esculpidas na frente, janelas escuras. Parecia muito familiar para ele, embora ele não se lembrasse de já ter estado lá antes.

O cachorro da montanha o seguiu. Ele latiu apenas uma vez. Em resposta, outro cachorro, um beagle gordo, saiu trotando de trás da casa. Ele correu até Steve com pernas atarracadas de um jeito cômico e começou a dar alerta máximo.

Muito bom par de pulmões para um carinha tão pequeno, pensou Steve.

Carolyn ouviu o latido.

— Isso é um beagle?

— Sim.

Steve apressou um pouco o passo, esperando que os cachorros o deixassem sozinho assim que saiu do quintal do beagle. Mas eles o seguiram, o beagle latindo seu surpreendente latido de barítono, Thane observando-o com um olho azul-gelo.

— Está vendo algum outro?

Steve realmente não queria tirar os olhos dos dois problemas imediatos, mas ouviu a urgência na voz dela. Olhou para o outro lado da rua. Um pouco adiante, um par de labradores retrievers, um preto e outro amarelo, trotava um ao lado do outro. *Eles estão me acompanhando*. O cabelo de sua nuca se arrepiou. O movimento chamou sua atenção. Enquanto ele observava, um pequeno pastor alemão subiu a colina à sua frente. Ao vê-lo, latiu uma vez. — Sim — disse Steve. — Mais três. Muitos cachorros neste bairro.

— Somente três?

— Sim. Bem, cinco ao todo.

— A que distância você está?

— Quase um quarteirão. Chegando no primeiro cruzamento. — Ele fez uma pausa.

— Esses cães são conhecidos por… você sabe… morder?

— Quase nunca.

— *Quase* nunca?

— Me avise quando chegar ao cruzamento. Veremos como eles agem, então.

Steve continuou andando. Thane e o beagle continuaram a seguir ao seu lado, porém, felizmente, o beagle se calou quando eles estavam bem fora de seu território. Os labradores o acompanharam do outro lado da rua.

Agora ele estava junto ao velho cortando a grama. Ele era um homem de seus sessenta e poucos anos, provável que fosse aposentado, usando boné e botas de trabalho.

— São seus cachorros? — gritou Steve, esquecendo-se por um momento de que era um fugitivo que não queria chamar a atenção para si.

O velho acenou.

— Ei, amigo, pode chamar seus cachorros para mim?

O velho franziu o rosto em confusão, levou a mão ao ouvido. *Não estou te ouvindo!* Ele não desligou o cortador.

— Você. Pode. Chamar. Seus CÃES — disse Steve, mais alto.

O velho balançou a cabeça outra vez, sorriu, apontou para o motor barulhento.

— Babaca — murmurou Steve. Estava andando muito devagar agora. O barulho do cortador diminuiu quando o velho se moveu para o outro lado de seu quintal. Os cachorros estavam palmo a palmo com Steve.

— O que você disse?

— Nada, esquece. Eu estou quase lá. Ok, estou no cruzamento.

— Espere aí por um segundo. O que os cachorros estão fazendo?

— Ahn... os dois labradores trotaram até o pastor alemão. E há um novo no bando, um tipo de raça preto e branco, talvez um spaniel inglês, de tamanho médio. Esses são, tipo, cães de guarda?

— Não do jeito que você quer dizer. Tente dar alguns passos à frente.

Steve o fez. A reação foi imediata e furiosa. Os quatro cachorros à sua frente passaram da observação passiva para o ataque total, latindo, e correndo para ele. Ao mesmo tempo, o grande cão da montanha saltou e agarrou o braço de Steve. O beagle se agarrou à lingueta do Reebok do filho da sra. McGillicutty.

— Aaaah! — Steve gritou tanto de surpresa quanto de dor. Mas a dor chegou num segundo.

Thane, o cão da montanha, cravou os dentes na carne do braço direito de Steve. Agora ele balançava lá, todos os seus quarenta quilos puxando o tríceps. Steve deu-lhe uma cotovelada furiosa, depois estendeu a mão esquerda para soltar as mandíbulas. O olho castanho do cachorro rolou para ele, sombriamente furioso. O sangue de Steve manchou o pelo branco de seu focinho.

— O que está acontecendo? — perguntou Carolyn. — Steve?

Ele estava fazendo algum progresso em desalojar o cachorro da montanha quando os outros quatro o atingiram. O labrador amarelo mordeu seu antebraço esquerdo. O labrador preto agarrou seu tornozelo esquerdo. O pastor foi para a nádega esquerda, mas pegou principalmente o pano de sua calça de moletom. Ele balançou a cabeça para a frente e para trás. Steve ouviu pano sendo rasgado, sentiu o ar fresco do outono em sua bunda.

— Steve? Steve, me responda! O que está acontecendo? São os cachorros, Steve?

Esses cachorros querem me matar. O pensamento carregava uma explosão de adrenalina. Ele torceu, girou, tentando soltá-los, mas eles se penduraram nele como enfeites de Natal. Ele deu um passo para trás na direção de onde viera, pensando histericamente que isso poderia funcionar, convencê-los a deixá-lo ir. Tudo isso aconteceu em silêncio. Os cachorros não latiam mais, porque estavam com a boca cheia. A dor ainda não era tão forte que ele precisasse gritar de novo. O único som era o cortador de grama. Ele deu outro passo. O beagle largou o sapato e apertou o tendão de Aquiles de Steve. A dor o fez cair de joelhos, ou talvez ele tenha tropeçado. O cão da montanha soltou o braço direito e mordeu a orelha, o couro cabeludo, o rosto.

Steve atacou cegamente, socando com a mão direita. Agora ele estava gritando.

— Agora chega — disse Carolyn. — Estou enviando o apoio.

II

De cara no asfalto, enterrado sob os cães saqueadores, de maneira surpreendente Steve se sentiu em paz. Ele ouviu o sangue rugindo em seus ouvidos, mas não sentiu nenhuma dor real. *Provavelmente estou morrendo.* Notou um pedaço de gesso cozido no asfalto da estrada, a centímetros de seu olho. Era muito interessante.

Então, como se viesse de uma grande distância, ouviu um som que não era de um cachorro, nem de um cortador de grama. Foi um estrondo grave, um rugido. Ele sentiu isso no fundo do peito.

Um momento depois, a sombra do cão da montanha — *Thane*, pensou Steve, *o nome dele é Thane* — desapareceu de seu rosto. Inesperadamente, ele estava à luz do dia de novo. O cachorro em seu braço direito caiu. Então sua perna esquerda estava livre.

— … está me ouvindo, Steve? Responda! Você está…

Steve, atordoado, pousou a mão direita no asfalto e a examinou. Ele tinha um corte grande e largo no braço. Quando flexionou os dedos, pôde ver os músculos trabalhando. *Mas não muito sangue.* O músculo de seu antebraço parecia muito com frango cru. Ele também achou isso muito interessante e apertou a mão algumas vezes para ver isso funcionar.

— A arma, Steve! Use a arma!

Ei... é uma boa ideia. Ele abaixou a mão e se empurrou para fora do asfalto. O velho que cortava a grama vinha em sua direção. Steve acenou para ele pedindo ajuda com uma mão sangrenta e retalhada. O velho sorriu e acenou de volta. Ele colocou a mão em concha no ouvido e balançou a cabeça, apontando para o cortador.

Mas... que... porra? Isso foi estranho o suficiente para trazê-lo de volta a si mesmo, pelo menos um pouco. Ele ficou de joelhos, fez um inventário rápido. Sua perna direita funcionava. O beagle não conseguiu causar muitos danos ao tornozelo. *Mas não foi por falta de esforço.* A esquerda, nem tanto. Ele foi gravemente mordido na panturrilha. Doía colocar peso nela. *O que será que aconteceu ali?*

— A arma, Steve! A arma! Atire nos cachorros!

Essa foi a conta. Steve, totalmente consciente de novo, lembrou-se de quem — o quê — tinha feito aquilo com ele. Ele estava repentina e agudamente consciente dos cães babando em suas costas. Uma raiva sombria de morte borbulhou em seu coração, a mensagem de compaixão do Buda por toda a vida por um momento esquecida.

— Venha cá, Thane — disse ele, sacando a pistola. — Tenho um presente para você, amigo.

Uau, ele pensou, *é um cachorro realmente grande. Deve ter — o quê? — cento e cinquenta quilos. Talvez duzentos.*

Mas é claro que não era um cachorro. Era um leão. Dois deles, na verdade, um macho adulto com uma espessa juba marrom e uma fêmea menor, de pé entre ele e os cachorros. *Leões, hein? Isso é meio incomum.*

Ele puxou o ferrolho da HK, engatilhando-a. Nivelou, mirando no centro da grande juba do leão e disparou com cuidado. Errou por completo. A bala passou entre os dois leões e ricocheteou no asfalto, provocando uma pequena faísca.

O grande leão virou-se e rugiu para ele.

— Steve — disse a voz de Carolyn em seu ouvido —, o que você está fazendo? Não seja um idiota! Eles estão lá para te proteger! Eles são o seu apoio!

— Pode repetir, por favor?

— Os leões *salvaram* você. Eles são o *apoio*. Não atire neles.

— Como você sabia que eu tentei...

O grande leão rugiu de novo.

— Ele diz que há mais cachorros a caminho. Você pode atirar? Use a arma. Mas tenha cuidado. Quantos cachorros há?

Steve fez um balanço. O beagle jazia morto na estrada, a espinha quebrada. Thane, sangrando de um ferimento na bunda, o pelo na nuca alto, andava de um lado para o outro na frente dos leões, estudando-os com seus olhos misteriosos e incompatíveis. Atrás dele, os outros quatro cachorros estavam parados, rosnando, ligeiramente feridos, incertos. Três novos, dois Rottweilers e um poodle, chegaram enquanto Steve estava fora. Enquanto observava, um golden retriever subia a colina.

— Estou contando nove.

— Atire! — disse Carolyn. — Você vai ter que lutar para abrir caminho até a rua.

Steve deu um tiro no spaniel inglês. Ele também falhou desta vez, mas foi um esforço mais crível. O grande leão olhou por cima do ombro e se afastou do campo de tiro de Steve.

O spaniel rosnava, rosnava, o focinho enrugado para trás, manchado de vermelho com o sangue de Steve. Ele latiu, deu meio passo à frente...

... e Steve o acertou bem no meio dos olhos.

Os leões rugiram em aprovação. Steve olhou para a direita. O cara com o cortador completou outra linha e se virou. Desta vez, ele acenou duas vezes ao passar, uma vez para Steve e outra para os leões.

Steve atirou no labrador amarelo no flanco. Ele deu alguns passos para a frente e caiu de lado, com as costelas arfando. *Estou pegando o jeito disso.* Ele atirou no cachorro preto e errou, então atirou no quadril. Ele gritou, e começou a mancar em direção a ele. Ele atirou no esterno e ele caiu morto.

Os seis cães restantes atacaram. Três deles atacaram a leoa, cercando-a. Ela rugiu de dor, mas Steve não se importou porque os outros três o atacaram, contornando o leão macho. Steve realmente não os culpava. Estava ficando evidente que ele não tinha muito jeito para atirar.

Ele atirou no peito do poodle. *Nada mal*... Ele atirou em Thane, errando completamente. A pastora, rosnando e de olhos amarelos, lançou-se sobre ele. Ele ergueu o braço ferido para bloquear e ela se agarrou a ele, os dentes brancos afiados afundando nos músculos expostos. Steve gritou. Ele enfiou a pistola na barriga dela e puxou o gatilho. Tripas choveram do outro lado, mas o pastor não soltou.

Agora um pit bull estava roendo o tornozelo que o beagle mastigara antes.

Ele atirou de novo, mais alto no corpo da pastora. O martelo bateu em uma câmara vazia. A cadela devia estar quase morta, mas não soltava. A mordida parecia estar pegando fogo. Steve gritou de novo, batendo na cabeça dela com a coronha da arma.

— Sim! — gritou ele. — Porra, sai de cima de mim, idiota!

Com um olhar de surpresa, a pastora se afastou. Steve caiu de bunda e começou a chutar o pit bull com o pé livre. Ele rosnou para Steve e afundou seus dentes mais fundo. Steve gritou.

Então os dois leões caíram em cima do pit bull, separados por uma fração de segundo um do outro. Steve gritou de novo — ataques de leões fazem isso com uma pessoa — mas eles não o tocaram. Em vez disso, pegaram a espinha do cachorro em suas mandíbulas, uma perto do pescoço e outra perto da cauda, e a mastigaram. Agora foi a vez do cachorro gritar.

— Isso, seu filho da puta!

Quando eles largaram o cachorro, ele não se mexeu.

Os leões se viraram e pararam sobre ele, a *centímetros* de distância agora. Seus olhos amarelos se fixaram nele. Estavam ofegantes. Ele sentiu a respiração deles sobre suas feridas, o suor escorregadio de sua testa. Tinha cheiro de sangue e carne podre. Steve ergueu a pistola vazia e abaixou-a de novo. O grandalhão roncou um pouco, balançou o rabo. Ele deu um passo para trás, depois ergueu a cabeça e olhou para a rua. Franziu sua testa.

Steve não queria, mas se virou para seguir seu olhar.

Atrás dele tinha mais uma dúzia de cachorros, pelo menos dez. Atrás *deles*, dezenas ou mesmo centenas estavam a caminho. Eles fluíram para fora da floresta a oitocentos metros de distância como um rio de assassinato, por meio do campo de feno, descendo a estrada principal. O estalar das unhas dos pés no asfalto soava como uma debandada.

— Ah, merda — sussurrou Steve.

O leão rugiu.

Steve se levantou. Ele tentou mexer em suas costas. Carolyn tinha colado os dois pentes extras lá, como Bruce Willis fez no primeiro *Duro de matar*. Na hora pareceu uma boa ideia, mas quando ele pegou um dos pentes ele não desgrudou. Ele puxou novamente, mais forte desta vez. Agora ele se soltou, mas os pentes que Carolyn lhe dera estavam sujos de óleo de arma. Ele escapou de suas mãos e caiu na estrada, parando não muito longe do poste de luz.

— Ah, *merda*! — disse Steve outra vez.

— O que aconteceu? O que está acontecendo?

— Eles estão vindo! São centenas! E... e eu deixei cair a porra do pente. — Enquanto ele falava, estendia a mão, desta vez com cuidado, e colocava as mãos no último pente preso às costas. Ele envolveu seus dedos em torno dele, de modo gentil, mas com firmeza, e puxou-o para fora.

Carolyn exalou de maneira suave.

— Você tem que entrar em casa — disse ela. — Entre, Steve! Entre!

— Onde?

— Em qualquer lugar! O que estiver mais próximo! Elas não estão trancadas! Vai!

Steve saiu, mancando o melhor que pôde através do jardim meio aparado. Enquanto se movia, pegou a fita adesiva ainda grudada no pente cheio entre os dentes e puxou. Ele saiu.

Atrás dele, ele ouviu o troar de cães correndo, mais uma centena de reforços vindo para se juntar às dezenas que já estavam ombro a ombro a vinte metros de distância. Apenas os leões estavam entre os cães e ele. O velho que cortava a grama acenou novamente.

— Você é um babaca! — gritou Steve.

O velho levou a mão ao ouvido, depois apontou para o cortador de grama e balançou a cabeça.

— Steve, vá para dentro! — A voz de Carolyn estava carregada de tensão. — Você tem que entrar *agora*.

Ainda em movimento, Steve ejetou o pente gasto e o deixou cair na grama. *Espero que estrague a lâmina do cortador*. Ele enfiou o pente cheio no alvo e puxou o ferrolho para trás, engatilhando a arma. Agora ele estava na varanda. Colocou a mão na maçaneta, totalmente preparado para atirar se estivesse trancada. *Certamente isso funcionaria? Nos filmes sempre funciona*. Mas a porta se abriu facilmente para um vestíbulo comum — piso de linóleo, papel de parede floral, guarda-chuva empoeirado.

— E os leões?

— Deixe-os. Eles são descartáveis. Apenas entre em casa.

Steve cambaleou para dentro, fechando a porta atrás de si.

— Estou dentro.

— Ok, você está seguro. Em que casa você está?

— Uhh… o exterior é de tijolo branco?

— Perfeito. Há comida, água e suprimentos médicos na sala de estar. Fique lá. Você estará seguro lá dentro. Vou tirar você de lá assim que puder, mas pode demorar um ou dois dias. — Ela desligou.

III

Merda — disse Carolyn em pelapi enquanto desligava o telefone. Ela, Jennifer, David, Margaret, Rachel e Peter estavam sentados à mesa da cozinha da sra. McGillicutty.

Os outros perceberam pelo tom dela que as coisas estavam ruins, mas nenhum deles entendia mais do que um pouco de português.

— O que aconteceu? — resmungou David.

— Ele se escondeu em uma das casas. — Ela se levantou e caminhou até a parede, onde estava pendurado o suporte do telefone. Quando ela pousou o telefone, ela também desconectou a tomada. Ninguém notou. Os bibliotecários não eram muito bons com tecnologia, nem a sra. McGillicutty. Aliás, ela também não, mas teve tempo de ler sobre telefones. As outras tomadas de telefone da casa já estavam desligadas.

— Bem — disse David, pensativo —, eu suponho que seria um dos dois. Margaret, o que você acha que seria pior? Dilacerado por cães, ou colado até a morte pelos mortos? Ele fez cócegas nela. Ela riu e se contorceu, perturbando uma pequena nuvem de moscas. — Você saberia, não é? Ela riu de novo.

Jennifer deu um tapa na testa.

— Ah, não! Você não avisou ele? Você vai querer ele de volta, Carolyn? Porque isso vai ser uma verdadeira bagunça. — Os mortos seriam amigáveis com estranhos que encontrassem fora de suas casas, embora um tanto estranhos. Mas nas raras ocasiões em que alguma alma infeliz do mundo exterior conseguiu entrar, eles caíram sobre ele com dentes, mãos, porretes, utensílios de cozinha, o que quer que estivesse à mão. A menos que alguém interviesse rapidamente, em geral não sobrava muito.

Carolyn deu de ombros.

— Ele é descartável. Se chegarmos lá nos próximos instantes, talvez. Caso contrário, no que me diz respeito, ele pode permanecer morto.

— Então... novo plano?

— Ah, não sei. Eu acho que o plano básico é ótimo. O problema é que ele não ignorou as sentinelas.

— O que ele fez?

— Ele falou com Thane, quase logo de saída.

Jennifer estremeceu.

Carolyn sentiu o dedo indicador prestes a tremer.

— Nunca me ocorreu avisá-lo. — Isso era plausível. A maioria dos bibliotecários tinha horror aos cachorros da vizinhança desde a infância. Até Michael tendia a manter distância. Mas os americanos, por algum motivo, pareciam amar os pequenos bastardos peludos. Era uma de suas peculiaridades insondáveis.

— Então, e agora?

— A menos que alguém possa pensar em algo melhor, acho que vou sair e ver se consigo pegar outro americano — mentiu ela. — David? Tudo bem pra você?

David, talvez pensando no banho de sangue na prisão, abençoou isso com um aceno superficial.

— Quando você irá? — perguntou Jennifer.

Carolyn pensou sobre isso.

— Agora, eu suponho.

— Quer esperar um pouco? Haverá comida em breve. — A sra. McGillicutty estava ocupada na cozinha.

Carolyn gemeu.

— Não! Já comi duas vezes hoje. E eu posso ter que comer petiscos de bar. Alguém viu aquelas botas que eu estava usando? E a mochila azul com todo o papel verde? Vou precisar disso como isca.

Carolyn recolheu suas coisas e saiu para o sol da tarde. *Tudo correu muito bem*, pensou ela. *Missão cumprida e Steve está em um lugar seguro.* Era verdade que os mortos eram ferozes defensores de seu território. Tinha que ser assim. Suas vidas privadas não suportavam muita inspeção. Mas havia exceções. Os bibliotecários podiam entrar e sair quando quisessem, assim como outros que tinham ressuscitado.

Steve ficaria bem.

Os outros não sabiam disso, é claro.

IV

Steve deu uma rápida olhada no interior da casa — estranhamente vazia — e se virou para a porta. Tinha um daqueles pequenos olhos mágicos que davam uma visão de olho de peixe do lado de fora. Os dois leões estavam a cerca de cinco metros da varanda, recuando devagar.

Não foi difícil perceber o porquê. Agora havia pelo menos uma centena de cães na rua de todos os tamanhos, raças e características — dobermans; Jack Russell terriers; poodles grandes e pequenos; pastores alemães; labradores da variedade chocolate, amarelo e preto; e dezenas de outras raças. Eles estavam avançando sobre os leões.

O grande macho olhou para a frente e para trás sobre os cachorros reunidos e soltou um rugido a plenos pulmões. O som ecoou pela rua, ricocheteando nas casas de Garrison Oaks. A fêmea olhou por cima do ombro para a porta. Seu olhar parecia penetrar em Steve.

O olhar dela lembrou algo a Steve, mas ele não conseguia imaginar o quê.

Caralho, caralho, caralho. O que eu faço aqui? Os leões o salvaram. *Mas, sabe, eles são* leões, *caralho.* Mesmo assim ele tinha caído, quase inconsciente quando os cães o atacaram.

Isso me lembra — ele olhou para baixo. Ele estava pingando sangue no chão, mas não o borrifando de fato, tanto quanto ele poderia dizer. Isso provavelmente foi bom. E Carolyn disse que tinha suprimentos médicos. "Suprimentos *médicos?*" *Isso é conveniente de um jeito muito suspeito.* Então, *Deus, eu a odeio. Bastante.*

Do lado de fora, um estrondo fraco crescia, o som de uma centena de cachorros rosnando ao mesmo tempo. Acima disso, o cortador de grama. A leoa ficou no caminho do velho, com os dentes à mostra e o pelo erguido. Ele apenas dirigiu em torno dela. Ele não pareceu notar os cachorros.

O leão deu outro meio passo para trás. Thane avançou dois passos, o resto dos cães logo atrás dele. Um dos rottweilers latiu de modo mecânico, sem parar, espalhando flocos de espuma branca. O pátio era um mar de focinhos enrugados, presas, olhos selvagens.

Sim, eles estão fodidos. Mesmo que os leões tivessem para onde correr, o que eles não tinham — eles se encurralaram cobrindo a retirada de Steve — ele não tinha dúvidas de que pelo menos alguns dos cães poderiam fugir deles. *E eram tantos.* Steve bateu na parede.

— Porra, porra, *porra*!

Ele pensou em ligar de volta para Carolyn, mas não havia tempo. O grande leão deu mais um passo para trás, e rugiu outra vez. O rottweiler o atacou e ele o golpeou, fazendo-o voar para a multidão. A fêmea olhou por cima do ombro novamente. Steve teria jurado que percebeu reprovação naqueles olhos. *Não tinha uma coisa no YouTube alguns anos atrás sobre leões e alguns caras ingleses fazendo amizade?*, Steve pensou histérico. *Ah, que se foda.*

Ele abriu a porta.

A leoa olhou para ele. Era muito provável que ele estivesse se enganando, mas achou que ela parecia agradecida.

— Entre aqui! O que você está esperando?

Ela tentou pular, mas sua pata traseira não dava conta. Ela caiu de barriga nos degraus de tijolos da varanda e subiu. O macho não estava ferido, mas esperou que ela entrasse. Alguns dos cachorros estavam a apenas alguns centímetros dele. Ele os manteve afastados com golpes de sua pata e, Steve pensou, a força de sua personalidade.

— Venha!

O macho girou e passou pela porta em dois saltos rápidos. Steve, parado atrás da porta, tentou fechá-la, mas foi impedido pelos cachorros. Dois deles, ambos galgos, estavam presos até o pescoço entre a porta e o batente. Eles rosnaram, estalaram. Steve chutou a cabeça deles com a perna boa, segurando-se na porta. Ele chutou o galgo de cima até ele ficar inconsciente, ou possivelmente até morrer. Quando soltou a pressão da porta, o outro recuou. Então ele foi capaz de fechar a porta; tinha muitos cachorros do lado de fora, mas, por alguma razão, apenas alguns apareceram na varanda. Eles arranharam a porta com as unhas, sem êxito.

Ele tomou uma precaução extra de que o trinco travou, então soltou a maçaneta. Ele a trancou, então colocou o ferrolho para garantir. Os cachorros do lado de fora tentavam escalar a porta, latindo. Steve se encostou na parede e se virou para ver se os leões iriam comê-lo agora.

Não comeram. Eles o ignoraram completamente, na verdade. A fêmea desmaiara na sala de estar. Ela tinha um pedaço grande faltando na perna traseira esquerda. O sangue não estava jorrando da ferida, mas escorria em um fluxo constante. Uma trilha vermelha conduzia do vestíbulo até onde ela estava.

Certo, Steve pensou. *Suprimentos médicos*. Com cuidado, mantendo um olho nos leões, ele mancou até a sala de estar. Ainda estava claro lá fora, mas o interior da casa parecia o crepúsculo. Cortinas grossas cobriam todas as janelas e não havia luzes acesas. Ele tateou a parede até encontrar uma fileira de interruptores e os ligou aleatoriamente até que um funcionasse. Uma única lâmpada anêmica acendeu no alto, seu brilho ocre opaco ainda mais diluído pelas cascas de insetos mortos no lustre.

— Uau — disse Steve.

A sala de estar era plana, um espaço vazio do tamanho de uma garagem para dois carros. Toda a mobília estava amontoada no canto — sofá em uma ponta, abajur espremido saindo de uma estante lascada, pernas da mesa de canto projetando-se como dedos esqueléticos. O fantasma do sofá permanecia como um ponto mais limpo no carpete imundo.

As fotografias emolduradas e a arte também estavam na pilha, mas a sala não estava sem decoração. A maior parte do espaço da parede estava coberta de pinturas toscas que pareciam o trabalho de um talentoso aluno do jardim de infância. *Não*, Steve pensou. *Não está totalmente certo. Parecem pinturas rupestres.*

Essas imagens tinham o mesmo estilo tosco, mas não eram de animais. *Bem, não a maioria*. Ele viu algumas feras de quatro patas aqui e ali, possivelmente cachorros. Mas a maioria dessas pinturas rupestres eram de coisas modernas — ele reconheceu o marrom quadrado de um caminhão da UPS, um carro pequeno com uma placa no teto, um homenzinho carregando uma pizza ao lado. Um caminhão de correio. Uma cesta de basquete. Uma bicicleta. Mas entre as coisas comuns e reconhecíveis da vida americana, também tinha coisas inexplicáveis — uma pirâmide preta, um touro amarelo parado em uma fogueira, lulas raivosas balançando em ondas verdes.

Ele encontrou os suprimentos mencionados por Carolyn empilhados de maneira ordenada no canto oposto à mobília — duas caixas de água Dasani, uma caixa de gaze estéril Johnson & Johnson, duas caixas de band-aids de tamanho industrial, um saco plástico cheio de carne-seca, o que parecia ser uma caixa de equipamento com uma cruz vermelha estampada. Uma caixa branca simples continha uma coleção de coisas menos familiares, embrulhadas de maneira cuidadosa em um velho vestido de noiva; três potes de barro, uma bandeja de isopor com ampolas de vidro, tigelinhas com pó. *Isso é novo, parece. Está aqui há um ou dois dias, no máximo.* Steve se aproximou e abriu a tampa de uma Dasani, e bebeu em grande quantidade. Abriu uma caixa de band-aid, descascou um e colocou-o sobre uma pequena marca de mordida em seu dedo. Outra caixa dizia amoxicilina. Ele abriu e encontrou uma dúzia de seringas.

— Ah, olá!

Steve começou, virou-se. Era uma mulher mais velha, por volta dos sessenta e poucos anos, em uma combinação de saia e calça com estampa de flores, quase toda roxa. Ela própria estava muito pálida, os lábios de um azul cianótico.

— Que bom ver você! Você não vai entrar? Posso pegar seu casaco?

— Ah... oi. Eu não sabia que alguém estava aqui. Lamento interromper. Sério. Tem cachorros...

— Você não quer entrar?

— Eu não... — Ele parou, semicerrando os olhos para ela. Ele pensou em como o cara do cortador ficava fingindo surdez, apontando para o cortador repetidas vezes como se fosse a primeira vez. *Sua esposa, talvez? Eles são perfeitos um para o outro.*

— Você não quer entrar? — disse ela de novo. — Que bom ver você. — O leão se aproximou e a cheirou. Ela olhou para o gato de cento e oitenta quilos sangrando em seu vestíbulo e deu um tapinha em sua juba espessa e empoeirada. — Posso pegar seu casaco?

O leão virou o pescoço e olhou para Steve e rugiu baixinho, na dúvida.

Steve balançou a cabeça.

— Não tenho a mais puta ideia, cara.

O grande felino balançou o rabo ao ouvir as palavras de Steve, de maneira bastante agradável, como se entendesse — talvez não as palavras, mas a essência de seus pensamentos, o sentimento. Por alguma razão, isso pareceu engraçado para Steve. Quando o som de sua risada levou a mulher a perguntar mais uma vez se ela poderia levar seu casaco, ele riu alto e longamente.

Talvez ele estivesse pegando o jeito desse dia esquisito.

CAPÍTULO 8

CASA FRIA

I

A secretária era uma senhora negra de meia-idade com um rosto amigável e olhos de gelo. Ela rastreou a abordagem de Erwin da mesma forma que uma pantera poderia observar uma cabra se aproximando de um poço de água. Atrás dela, uma janela alta dava para um jardim perfeitamente cuidado. Erwin olhou pela janela com saudade real. Estava claro e ensolarado, fresco, mas não frio, talvez o melhor dia do outono. Erwin queria estar caminhando na floresta, abrindo caminho, chutando folhas crocantes.

Em vez disso, ele se aproximou e colocou seu crachá de visitante na mesa dela.

— Eu sou Erwin — disse ele. Apontou com o polegar para a porta curva à sua direita. — Recebi uma ligação dizendo que ele quer me ver.

— Erwin o *quê*? — perguntou a secretária, passando o dedo por uma lista de nomes impressa.

Erwin não respondeu. Seu sobrenome estava no crachá. Ela estava apenas sendo uma piranha escrota.

— Senhora, *este* é Erwin Leffington — disse uma voz às suas costas. — *O* Erwin Leffington.

Erwin se virou. Um homem de meia-idade em boa forma com um uniforme de general do Exército estava sentado no sofá atrás dele. Em sua pasta, Erwin notou várias pastas de arquivos com bordas pretas. *Hmmm*. Ele sabia que tais classificações existiam, mas nunca estivera em uma sala com uma antes.

— Ah — disse a secretária, frustrada. — Entendi. Você está ligado à… à emergência?

— Acho que sim — respondeu Erwin.

A secretária franziu os lábios. Ela consultou uma lista diferente, mais curta, e deu um breve aceno de cabeça.

— Ele está esperando por você — admitiu. — Sente-se, por favor.

Erwin acenou com a cabeça em retribuição.

Atrás dele, o general recolhera os papéis que examinava e os guardara em uma pasta presa ao pulso. Então ele se levantou, com um amplo sorriso, e caminhou para cumprimentar Erwin.

— Sou Dan Thorpe — apresentou-se, estendendo a mão para cumprimentá-lo. — É uma grande honra conhecê-lo, sargento.

Por hábito, Erwin passou os olhos pelas condecorações de Thorpe — um emblema da Aeronáutica, as flechas cruzadas das Operações Especiais, um monte de fitas de campanha. Ele conhecia o comandante das Operações Especiais Conjuntas de reputação, embora nunca tivessem se encontrado. Supostamente ele era um cara muito bom. Erwin apertou sua mão.

— Prazer — disse ele. — Senhor.

— O capitão Tanaka mandou dizer olá — disse Thorpe. — Ele queria vir pessoalmente, mas está... ocupado de outra forma. Planejamento da missão. Ele insistiu que eu trouxesse você para tomar uma cerveja quando tudo isso acabasse.

Erwin se aqueceu um pouco.

— Sim? Você conhece o Yo? — Ele e Yoshitaka serviram juntos no Iraque. — Não sabia que ele estava com vocês.

— Há cerca de um ano. Como é que você nunca saiu para a seleção? — perguntou Thorpe. — Eu sei que Clint convidou...

— O presidente vai vê-lo agora — disse a secretária. Ela se levantou e caminhou até a porta de formato estranho e a abriu para eles.

A porta não era muito larga. Erwin, que se aposentou como sargento-mor, cedeu ao posto do general Thorpe, deixando-o passar primeiro, depois o seguiu até o Salão Oval.

II

Foi a primeira vez de Erwin no *sanctum sanctorum*. Ele já estivera na Casa Branca antes, uma vez como parte de um grupo de turismo e uma vez quando ele e alguns outros caras passaram para pegar algumas Cruzes de Serviços Distintos. Erwin, que estava cagando para medalhas, quase pulou essa última visita. Na época, porém, ele estava reformando sua casa. Estava curioso para ver como os carpinteiros lidavam com os rodapés e sancas nas paredes curvas do Salão Oval. Mas meio que foi uma droga. A cerimônia foi no Roseiral, não no Salão Oval, e o presidente — não esse cara, o penúltimo — acabou sendo um idiota. Ele apareceu bêbado e passou a maior parte do tempo babando pela sobrinha de um piloto da Marinha. Assim que ela deixou claro que não amava seu país *dessa* forma, o Presida McBêbado desapareceu. Ele também errou o nome do piloto durante a cerimônia.

Enfim, nove anos e dois presidentes depois, lá estava ele no próprio Salão. Não era pequeno, mas não era tão grande quanto ele esperava. *Mas... trabalho muito bom nos rodapés.* Blocos de pedestal moldados de maneira perfeita, boa moldagem de sapata limpa e junções quase invisíveis no recorte acima. Ele olhou ao redor. O resto da sala também era chique. Carpete azul-real, padrão de listras douradas e creme alternadas nas paredes. Seus olhos se demoraram na mesa do presidente, uma coisa de teca esculpida que representava algum tipo de batalha naval. *Belo detalhe*, ele pensou. *E ainda se consegue mais teca hoje em dia?* Ele parou para pensar. *É provável que seja uma antiguidade ou alguma merda.*

— ... e este aqui é Erwin Leffington. — Thorpe estava dizendo. — Anteriormente com o Oitenta e Dois, agora um investigador especial da Segurança Nacional.

Erwin olhou para cima. Na frente da mesa, dois sofás dourados se encaravam, uma mesa de centro entre eles. O presidente e um bando de caras que ele reconhecia de modo vago do noticiário estavam esparramados sobre os assentos. Eles pareciam tensos. Mentalmente, Erwin revirou os olhos. *Lá vamos nós.*

— Por que ele está aqui? — perguntou uma mulher mais velha, olhando para ele por cima dos óculos. Uma pasta de documentos confidenciais estava aberta em seu colo. *Outra borda preta*, Erwin viu. *Ê láiá!* A etiqueta dentro da capa dizia CASA FRIA.

— Vários motivos, Senhora Secretária — disse Thorpe. — Sargento, desculpe, o *agente especial* Leffington provou estar bem à frente neste caso. Antes dos, ah, eventos de ontem, ele estava conduzindo uma investigação de um crime relacionado, um assalto a banco. Leffington também estava interrogando o fugitivo no momento de sua fuga da prisão. Ele é a única pessoa conhecida por ter visto os envolvidos e sobrevivido.

— Era só um cara.

— Perdão? — disse a senhora de óculos.

Erwin apontou o polegar para Thorpe.

— Ele disse "operativos". Mas era apenas um cara. Isso eu vi, de qualquer maneira.

— Apenas um? E aquele que escapou da custódia? — Ele remexeu nos papéis de sua pasta de borda preta. — Steve, ah... Hodgson? Aquele que você estava entrevistando?

— Eu não diria necessariamente "escapou da custódia" — disse Erwin. — Parecia mais com "sequestrado fora da custódia" para mim.

— Como assim?

Erwin deu de ombros.

— Bem, ele ficou surpreso pra caralho quando o cara de tutu apareceu. Todos nós ficamos. Nossos queixos estavam todos caídos como se fôssemos idiotas. — Erwin gostou em especial dessa última frase. "*Como se fôssemos idiotas.*" Ele só falava isso em ocasiões especiais. — Além disso, o cara de tutu teve que nocautear Hodgson para fazê-lo parar de se contorcer.

— Desculpe — disse um cara alto com cabelo ruivo acobreado. — Você disse tutu?

Erwin vasculhou sua memória e criou um nome. *Bryan Hamann*, pensou. *Chefe de gabinete da Casa Branca.*

— Sim. Tutu roxo e um colete à prova de balas. Israelense, eu acho. Isso e uma faca. Ele estava descalço também. — Erwin balançou a cabeça um pouco. — Estranho pra caralho.

— Então... ele estava desarmado? — disse Thorpe devagar.

— Era uma faca bem grande. Mas sem armas de fogo, se é isso que o senhor quer dizer.

— E houve quantas baixas? — perguntou o presidente, folheando os papéis.

— Trinta e sete — disse Erwin, sem olhar para nenhuma anotação.

— Eles estavam armados?

— Muitos estavam, sim. Isso não pareceu de grande ajuda. Um cara no corredor, ele tinha uma Glock calibre 40 enfiada na bunda, bem além do guarda-mato. A única coisa que apareceu foi a ponta do pente.

A secretária de Estado fez uma pausa com uma xícara de porcelana a meio caminho da boca, depois a colocou de volta na mesa, sem beber o café.

— Mas ele deixou você viver — disse ela. — Por que isso, você acha?

Erwin deu de ombros.

— Fanboy.

— Perdão?

— É meio que uma longa história. — Erwin odiava pessoas que contavam longas histórias sem convite. Ele examinou a sala. O presidente fez um gesto para que ele continuasse. — Então, tipo, o cara de tutu chuta a porta da capela e mata o policial que o trouxe lá na hora. — Erwin tirou sua bolsa de tabaco Copenhagen do bolso da camisa, bateu nela algumas vezes para assentar o tabaco e colocou um punhado na boca. — Então, ele perguntou qual de nós era Steve. — Ele imitou a voz do grandalhão: — "Ishtiiiiiive?", assim. O advogado de Hodgson tagarelou, era um viadinho, e o grandalhão o matou também, com um peso na ponta de uma corrente. — Erwin colocou a bolsinha de volta no bolso. — *Caramba*, aquele cara foi ligeiro — disse ele, olhando significativamente para Thorpe. — Eu nunca vi ninguém tão ligeiro na minha vida.

Thorpe assentiu. *Mensagem recebida.*

— De qualquer forma, achei que seria o próximo. Então comecei a pensar rápido. E perguntei se ele conhecia uma garota chamada Carolyn. Ele reconheceu o nome. Acho que isso quase me livrou do gancho.

— O que te fez pensar em fazer isso? — perguntou a secretária de Estado.

Erwin deu de ombros.

— Ela e ele se vestiam de maneira estranha.

Todos estavam olhando para ele agora.

— Estranha como? — perguntou Hamann.

— Bom, ele estava de tutu. — Ele examinou o rosto deles. — E Hodgson disse que essa garota Carolyn estava andando por aí com um suéter de lã e calças de ciclismo, aquelas coisas de spandex, na noite em que a conheceu. E polainas. Isso foi estranho também. Então isso já tinha me lembrado de como uma daquelas senhoras que roubou o banco o fez de roupão e chapéu de cowboy. Não era tanto uma conexão, pois apenas me lembraram um do outro. Meio magro, mas imaginei que se ele estivesse se preparando para me matar de qualquer forma, não faria mal tentar. Então perguntei se ele a conhecia.

— E isso funcionou?

Erwin deu de ombros.

— Quase. Atrasou-o por um segundo, de qualquer maneira. Ele não falava português, mas percebi que sabia o nome.

— Mas o *que* ele falou?

— Não sei. Sotaque engraçado. Não foi possível localizá-lo. Mas quando eu disse "Carolyn", ele parou e se deu conta. Então ele disse "Nobununga"... ou algo assim. Eu fingi que o conhecia também.

— Nobunaga? — perguntou o presidente. — De onde eu conheço esse nome?

Erwin ficou surpreso. *Ah, certo*, ele pensou. *Ele era formado em História.*

— Oda Nobunaga. Sim, ele foi meu primeiro pensamento também.

O presidente estalou os dedos.

— Claro. É isso.

— Perdão — interrompeu o secretário de Estado —, mas de quem estamos falando?

— Oda Nobunaga — Erwin explicou. — No Japão do século XVI, ele unificou o xogunato. A maioria dele, pelo menos.

Estavam todos olhando para ele agora, do jeito que os idiotas às vezes ficam quando você os surpreende. Todos menos o próprio presidente. Ele estava sorrindo um pouco.

— Continue — pediu.

— Mas eu entendi errado — disse Erwin. — Não era No-bu-*na*-ga. Ele disse No-bu-*nun*-ga.

— Quem diabos é esse? — indagou Hamann.

Erwin deu de ombros.

— Nem uma porra de uma pista. Talvez fosse uma palavra em código, ou alguma merda estúpida assim. — Ele acenou com a cabeça para o diretor da Central de Inteligência. — Não quis ofender.

O DCI balançou a cabeça. *Não houve ofensa.*

— De qualquer forma, eu fodi tudo. Quando eu disse o nome errado, o cara de tutu percebeu que eu estava tentando enganá-lo. Ele estava se preparando para me matar com aquela lança dele, ou tentar, enfim. Mas acabou que ele era um fanboy. Não sei quem ficou mais surpreso, ele ou eu.

— Um "fanboy?" — perguntou a secretária de Estado. — Então… vocês dois se conhecem? Eu não entendi.

— Não. É só que às vezes…

O tom de Thorpe era frio.

— Senhora Secretária, o Sargento-Mor Leffington é bem conhecido nos círculos militares. "Lenda viva" é provavelmente uma descrição justa de seu status. Em Natanz, enquanto ferido, ele sozinho lidou com…

— Sim, continuando — disse Erwin — ele ouviu falar de mim. Você entende de onde ele reconhece o visual.

— Entendi. E você acha que foi por isso que ele poupou sua vida?

— Bem, eu não ia apenas ficar sentado ali e deixar ele me matar. Mas sim. Depois que ele me reconheceu, ele apenas agarrou o garoto Hodgson e saiu correndo.

— Você o perseguiu?

— Eu dei um tiro nele. — Erwin balançou a cabeça. — *Caramba*, aquele cara foi ligeiro. — Ele olhou para o presidente. — Ei, o senhor tem uma lata de lixo ou algo assim? Eu preciso cuspir. — Apontou para o pedaço de tabaco Copenhagen em seu lábio.

Thorpe olhou para ele com os olhos arregalados, depois conteve um sorriso.

— Embaixo da mesa — disse o presidente.

— Obrigado. — Erwin andou por trás da mesa do presidente, pegou sua lata de lixo e cuspiu nela um jato marrom. Ele colocou a lata sobre a mesa. *Poderia precisar novamente em um minuto*. — Diga, posso te fazer uma pergunta?

O presidente balançou os dedos em um gesto de aproximação.

— Por que você se importa?

— Ok, agora também já *chega*… — começou Hamann.

O presidente ergueu a mão.

— Como assim, agente Leffington?

O rosto de Hamann estava muito vermelho agora. *Sim*, pensou Erwin. *Babaca*.

— Me chame de Erwin — disse ao presidente. — Sim, o que quero dizer é, por que você se importa? Quero dizer, foi tudo horrível, uma merda, mas isso não está um pouquinho abaixo do seu cargo? — Ele quis dizer isso sinceramente. *Um massacre de trinta pessoas não é tanto para envolver um presidente*.

O presidente e Hamann trocaram um olhar. O presidente deu um pequeno aceno de cabeça.

— Senhor. Leffington... — começou Hamann.

— É Erwin — corrigiu.

O rosto de Hamann ficou ainda mais vermelho. Erwin não estava nem aí.

— Erwin, então — disse Hamann, sorrindo com os dentes cerrados —, você tem uma autorização de segurança?

— Claro — disse Erwin. Ele tinha uma do trabalho na Segurança Nacional. Disse a eles o nível. Não era especialmente alto.

Hamann pareceu presunçoso por um momento, mas quando olhou para o presidente, seu rosto caiu.

— Pode contar para ele assim mesmo — disse o presidente.

— Senhor, eu não acho...

O presidente olhou para ele.

— Certo — disse Hamann. — Ah, ontem, este escritório recebeu uma ligação de um membro da organização terrorista. Uma mulher.

— Carolyn? *Ela* ligou para *cá*?

Todos olharam para ele de novo.

— Está correto — disse Hamann.

— Caraaaaalho — falou Erwin baixinho. — Hmm. Sobre o que ela queria falar?

— Steve Hodgson foi a razão pela qual ela ligou — disse o presidente.

— Eu não estou entendendo.

— Ela queria que eu arranjasse um perdão para ele — disse o presidente.

— *É?* — disse Erwin, muito interessado agora. — *Você* falou com ela? Você mesmo? Tipo assim pessoalmente?

— Ela tinha os códigos de acesso — disse Hamann. Ele e o presidente trocaram outro olhar.

Erwin esperou, mas nenhum deles disse mais nada. *Ele está escondendo algo*, pensou Erwin. *Os códigos de acesso só levam alguém até certo ponto. O que ela disse? O que ela disse para fazer aquele babaca colocar o presidente no telefone?* De repente, ele pensou nos caixas do assalto ao banco, em Amrita Krishnamurti, aquela funcionária imaculada de doze anos, jogando fora pacotes de tingimento, notas marcadas, sua carreira. Só que alguém estava falando com ele. Mas a pergunta era boa. Ele guardou-a para um exame posterior.

— Desculpe — disse Erwin. — Pode repetir?

O presidente não pareceu muito chateado com a ausência de Erwin. Erwin decidiu provisoriamente que gostava do cara.

— Eu *perguntei* — o presidente disse outra vez — o que fez você se interessar por ela em primeiro lugar?

— Ela roubou um banco três, quatro semanas atrás, ela e outra moça. Deixou impressões digitais por todo o lado, no banco. Tipo, em toda parte. E depois, apenas uma única impressão na casa onde encontraram esse tal de Hodgson.

— Apenas uma digital? — indagou o presidente. Ele parecia entender por que isso era estranho, o que surpreendeu Erwin novamente.

Ah. Certo. Ele tinha sido procurador.

— Sim. Apenas uma. Estranho, né? Geralmente ou você pega muitas, ou nenhuma, se eles usarem luvas. Mas desta vez, apenas uma. Foi perfeita também. Eles a encontraram no prato sobre o interruptor de luz na sala de jantar, como se ela o tivesse enrolado em um bloco.

— Então ela queria que nós a encontrássemos — disse o presidente. — Por quê?

— Não sei — confessou Erwin. — Mas a pergunta é boa. Queria que nós a conectássemos com esse tal de Hodgson, talvez?

— Continuamos voltando para ele. Quem é ele?

— Ninguém em particular, pelo que sei. Ele é um encanador.

A secretária de Estado, majestosa, estudou-o por cima dos óculos.

— Encanador?

— Sim — disse Erwin. Ele cuspiu na lata de lixo do presidente. — Você sabe: aqueles caras que fazem os banheiros funcionarem? Mas ele parecia bastante normal — disse ele meditativo. — Não como aquelas senhoras assaltantes de banco ou o cara do tutu.

— Alguma coisa te impressionou nele? — perguntou o presidente.

Erwin considerou a pergunta.

— Eu não tive muito tempo com ele. Mas acho que ele não tinha mais ideia do que eu sobre o que estava acontecendo. Só que ele parecia todo culpado por *alguma coisa*. Eu não conseguia descobrir o quê. Ele foi preso vendendo um pouco de maconha quando garoto, cumpriu dois anos porque não entregou o fornecedor. Nenhuma prisão depois disso, mas ele foi mencionado nos arquivos de muitos outros caras.

— E agora?

— Atualmente ele está limpo, pelo que posso dizer. Além do policial morto, quero dizer. E ele nega isso.

— Você acredita nele? — perguntou o presidente.

— Sim — disse Erwin. — Acredito. Acho que ela armou pra ele.

— Por quê?

— Alavancagem, eu espero. O que você disse quando ela perguntou sobre o perdão? — O presidente não respondeu. Seus olhos eram como gelo. *Ele disse que sim, então.* — Deixa pra lá. Não é da porra da minha conta mesmo. Desculpe.

— Você pode estar certo — disse o presidente. — Alavancagem. Hmmm. O que ela iria querer dele?

— Não sei. Parece muito trabalho para ele consertar uma torneira. Isso importa?

— Como assim?

— Bem, você tem Thorpe ali. Ele não é muito negociador. Você vai matá-los?

Todo mundo estava muito quieto. Então, depois de um momento, Hamann falou:

— Obrigado, Erwin. Isso é tudo.

Erwin esperou um segundo, mas desta vez o presidente não o cortou.

— Sim. Claro. — Ele cuspiu de novo. — Eu não faria isso.

Agora tanto Hamann quanto a secretária de Estado o encaravam.

— Por que não? — perguntou o presidente.

— Acho que é o que eles querem — disse Erwin. — O que *ela* quer. Quem quer que ela seja, ela não é burra. Ela devia saber que você rastrearia a ligação, certo? E ela tinha que saber que isso iria te irritar, deixando sua jaula chacoalhada.

— Ela não chacoalhou… — começou Hamann.

— Sim. Tanto faz. Então, do jeito que eu vejo, você pode ir dando pulinhos por essa trilha alegre que ela abriu para você, ou você pode deitar na grama alta por um tempo, ver se talvez você possa descobrir o que diabos está rolando.

O presidente o encarou por um longo momento.

— Devidamente anotado — disse ele. — Vou pensar a respeito.

— Faça isso. Você terminou aqui comigo?

— Sim.

Todos pareciam aliviados.

— Erwin, pode me esperar no saguão? — perguntou Thorpe. — Eu gostaria de uma chance de interrogar você sobre alguns outros detalhes.

— Sim — disse Erwin. Ele suspirou por dentro, pensando nas folhas e no outono. — Claro. — Ele saiu pela porta curva engraçada, parando apenas um momento para correr os dedos pelos lambris perfeitos.

III

Eles conspiraram por mais uma hora ou até mais. Erwin, irritado, divertia-se aborrecendo a secretária. Enfim, a porta se abriu. O rebanho de idiotas se espalhou, a maioria deles fuzilando Erwin com os olhos ao saírem.

Thorpe foi um dos últimos a sair. Ele caminhou até Erwin, os olhos arregalados.

— Sabe — disse ele —, eles falam sobre você, na Unidade. Yoshitaka e os outros. Eu tinha ouvido algumas das histórias. Mas antes de hoje, eu nunca acreditei de verdade...

— Ei — chamou o presidente pela porta aberta. — Erwin? Tem um segundo?

Erwin e Thorpe trocaram um olhar.

— Ele não pode me matar — disse Erwin com um dar de ombros. — Recebi a Cruz de Serviços Distintos.

— Duas. E a Medalha de Honra.

— É, bom, essa daí foi meio desproporcional. — Erwin voltou ao Salão Oval. — Sim, senhor?

— Queria agradecer por sua ajuda hoje — disse o presidente —, e por seu serviço ao seu país, é claro. — Ele fez uma pausa. — Foi muito memorável conhecer você.

— Sim. Prazer em te conhecer também. — Ele acenou com a mão com desdém. — Feliz em ajudar, essas merdas aí. — Erwin fez uma pausa. — Diga, se importa se eu perguntar uma coisa?

O presidente considerou seriamente a questão antes de responder.

— Vá em frente. Mas posso alegar a quinta emenda.

Erwin não sorriu.

— Eu não votei em você. — Ele esperou por uma reação. Que não houve. — O motivo era que, o tempo todo que você falava na TV, você sempre soava como um idiota. Era mesmo convincente.

— Erwin, nós provavelmente deveríamos… — Thorpe disse, do saguão.

— Anos de prática — disse o presidente. — Qual é a sua pergunta?

— Eu só estava me perguntando por que você fez isso. Fingir ser idiota, quero dizer.

O presidente sorriu.

— Talvez seja pela mesma porra de motivo que você.

Eles se olharam por um segundo, então os dois riram, alto e devagar.

— Sim — disse Erwin. — Ok. Estou convencido. Boa sorte em novembro!

— Obrigado — disse o presidente. — Não vou precisar.

Ambos riram outra vez. Erwin voltou para o saguão da secretária escrota.

— Ei! Erwin?

Ele se virou.

— Sim?

— Nós temos um carteado, terça sim terça não. Se você estiver na cidade, adoraria que você participasse.

Erwin considerou isso.

— Não, você não faria isso. Vou limpar a porra do seu bolso.

— Eu posso imprimir dinheiro — disse o presidente, sorrindo outra vez.

— Hmm. Sim. Bom argumento. Ok, estou dentro. Que horas?

— Em geral, por volta das seis.

— A gente se vê.

— Phyllis? — A secretária do presidente ergueu os olhos. — Adicione Erwin à lista de terça-feira. Se eu estiver amarrado, peça para Harold levá-lo até a residência.

Ela olhou com raiva, então fez uma anotação em um bloco de notas.

— Sim, senhor.

Thorpe estava olhando para Erwin com algo parecido com admiração.

— Vou aguardar ansiosamente — disse Erwin.

E ia mesmo.

INTERLÚDIO III

JACK

Steve tinha cerca de doze anos quando ficou órfão. Mesmo agora, ele se lembrava muito bem da vida com seus pais biológicos. Mas o acidente de carro que os matou e o colocou em coma era um vazio; sua memória desapareceu por completo após o café da manhã com flocos de milho de três dias antes. Disseram-lhe que isso era comum em lesões cerebrais violentas. Lembrou-se de acordar em um quarto de hospital. Era noite e ele estava sozinho, embora sua tia Mary tivesse aparecido cerca de uma hora depois, toda em lágrimas e abraços. Seus pais estavam mortos. O próprio Steve esteve em coma.

Ele teve uma concussão grave. Isso levou ao inchaço do cérebro, daí o coma. Se houve dano permanente, ninguém conseguiu encontrar. Além de sua longa soneca — pouco mais de seis semanas — e algumas queimaduras leves, ele saiu ileso, o que é notável considerando a violência do acidente. Anos depois, em seu último ano do ensino médio, Steve rastreou uma foto de jornal dos destroços. Um trailer de trator atropelou uma placa de "pare" em uma estrada secundária, em alta velocidade. Ele bateu na frente do Cadillac de sua mãe, essencialmente achatando a metade da frente. Isso fez geleia de seus pais e catapultou Steve para uma nova vida, bem diferente da que ele estava acostumado.

Depois de uma internação adicional de duas semanas que consumiu a apólice de seguro de vida de seu pai, tia Mary levou Steve para casa em seu trailer pequeno. Steve, arrasado, tropeçava em sua dor com cada pensamento: meus-dentes-parecem-sujos-melhor-escová-los-porque-*Mamãe-mandou*, estou-com-fome-será-que-*Papai*-vai-pegar pizza. A perda latejava no fundo dele como uma dor de dente.

Tia Mary não deixou que isso arruinasse os planos dela. Na noite em que trouxe Steve para casa, ela foi a um bar de beira de estrada chamado Lee's Stack e ficou muito bêbada. Por volta das duas da manhã, ela voltou com um cara chamado Clem. Steve, cansado de chorar, observou a lua pela janela enquanto ouvia

Mary e Clem baterem na cabeceira da cama do outro lado da frágil parede de plástico.

No dia seguinte, Clem levou Steve de volta para sua antiga casa no velho Dodge de Mary. A propriedade estava em falência — aparentemente o pai de Steve, um corretor de imóveis, fizera algumas benfeitorias. Um administrador os deixou entrar com uma chave. Steve conseguiu manter seu computador Commodore 64, suas roupas e uma caixa cheia de gibis. Havia outros brinquedos, mas ele teve que escolher porque o espaço na casa de Mary era limitado. Ele queria pegar a televisão, mas Clem a pegou para si. O administrador os levou para fora antes do início do leilão.

Previsivelmente, Steve se tornou um garoto zangado. Ir para a antiga escola estava fora de cogitação, então, junto com seus pais, ele perdeu os amigos que conhecia desde a infância. Steve ainda crescia, mas as roupas estavam listadas bem abaixo da vodca e dos cigarros na lista de compras de Mary. Uma gentil professora de português percebeu isso e o levou ao Exército de Salvação, e comprou para ele roupas que serviam com seu próprio dinheiro. Steve a odiava por isso, ainda mais quando as outras crianças descobriram o que estava acontecendo.

Houve algumas piadas sobre a situação, mas não duraram. Quando Steve quase afogou um aluno bem-vestido da oitava série com uma boca esperta em um vaso sanitário sem descarga, ele foi suspenso por duas semanas. Os pais do garoto, com o rosto vermelho e gritando, queriam que ele fosse preso. Ninguém disse nada sobre suas roupas depois disso. Pelo menos não na cara dele.

Ele começou a furtar quase de imediato — livros, cassetes, doces, o que fosse — mas foi apenas um ano depois da morte de seus pais que ele cometeu seu primeiro roubo. Em seu primeiro ano no ensino médio, na noite de sexta-feira do baile do time de futebol americano, Steve calçou os tênis do Exército da Salvação e correu pela floresta até um bairro caro a treze quilômetros de distância. Naquela noite havia um brilho fraco no leste, perto do bairro onde ele tinha morado quando jovem.

Ele escolheu uma casa escura ao acaso, saiu da floresta e pulou a cerca de privacidade ao redor da piscina. Ele carregava um martelo e uma chave de fenda, mas acabou não precisando. A porta dos fundos estava destrancada. Quando ele ultrapassou a soleira, a casca seca de sua antiga vida caiu e foi abandonada. Ele se moveu pela casa vazia com a alegria selvagem de um saqueador huno. Tinha levado consigo uma fronha preta para carregar o saque. Ela tremulava de sua mão enquanto ele se movia, a bandeira de sua nova nação.

Steve, como uma criança, roubou o que chamava a atenção dos seus olhos. Uma caixa de chocolates Milky Way. Alguns cartuchos de Atari. Fitas cassete. Então, no quarto principal, ele se deparou com o objeto que marcou o curso de sua vida. Era uma caixa de joias de madeira laqueada. Steve lembrou-se de ter se engasgado quando a abriu. O que tinha dentro brilhava como o tesouro de um dragão: corrente de prata, brincos de diamante, anéis de ouro. Enquanto roubava essas coisas, suas mãos tremiam como as de um padre recém-ordenado, derramando o cálice de sua primeira comunhão.

Mais tarde, sozinho em seu quarto de solteiro, Steve estendeu o ouro em sua cama frágil e chorou, sorrindo ao fazê-lo. Naquele momento, ele não sentiu falta de seus pais.

Alguns meses depois, ele era o veterano de uma dúzia de roubos e não mais tão pobre. Principalmente por sorte, ele encontrara um receptador de verdade. O quieto Lou, gordo e diabético, espreitava no canto mais escuro de uma loja de penhores no centro da cidade, o rosto iluminado por baixo por monitores de circuito fechado de televisão. Lou fumava charutos horríveis e sua loja tinha um manto permanente de fumaça flutuando na altura dos olhos. Muitos donos de casas de penhores eram legítimos, ou a maioria pelo menos. Lou não era um deles. Ele e Steve nunca se tornaram amigos, mas se entendiam.

Mas nem tudo que Steve roubou foi para Lou. Às vezes, ele guardava coisas de que gostava particularmente — não era uma coisa inteligente de se fazer, mas também nunca deu totalmente errado para ele. Uma dessas coisas era uma jaqueta de couro. Era acolchoada e pesada, muito grossa e cheirava a tabaco de cachimbo. Steve guardou-a para si.

Uma semana depois, ele conheceu Jack. Estava mijando no banheiro masculino da escola, mais tarde do que o normal para a aula daquela manhã. Um outro garoto estava lá fumando escondido. Steve conhecia Jack um pouco de uma aula comum de Educação Física, mas Jack era calouro e rico. O abismo entre eles poderia muito bem ser o Grand Canyon... exceto pelo fato de que Jack, o rebento descendente de dois mórmons devotos, também tinha um temperamento selvagem.

— Bela jaqueta — disse Jack, acima do som da urina na porcelana.

Steve não olhou em volta.

— Valeu.

— Onde você conseguiu, se não se importa que eu pergunte?

Steve balançou e fechou o zíper.

— Na loja.

— Ah, é? Qual?

— Esqueci. — Steve podia sentir sua pulsação batendo no pescoço, nas têmporas.

— Não seria a loja da "Casa Maurley", seria? Porque eu conheço um cara na Kennedy cujo pai tinha uma jaqueta igual a essa. A mesma mancha no cotovelo e tudo. Alguém roubou a casa dele algumas semanas atrás. Eles levaram a jaqueta.

Steve virou-se para Jack e o encarou.

O sorriso de Jack desapareceu.

— Relaxa, cara. Não vou falar nada. O garoto é um babaca mesmo.

— Valeu.

— Vou te falar: por que você não me encontra depois da aula? Podemos ir ao shopping ou algo assim. Você pode me contar tudo sobre como você conseguiu essa jaqueta. Talvez a gente queime unzinho.

Um sorriso cauteloso cintilou no rosto de Steve.

— É?

— É.

Acontece que eles queimaram não um, mas dois baseados a caminho do shopping e vagaram pelas lojas como reis. Eles não voltaram para casa com o baú de Jack cheio de pilhagem daquela vez, mas voltaram no dia seguinte e muitos dias depois disso.

Jack era um cara descontraído e irônico. Sua própria amoralidade fluía de um lugar diferente do de Steve. Steve, um introvertido por natureza, há muito descobrira os fundamentos de sua própria psicologia. Jack ele nunca entendeu muito bem. Os pais de Jack eram pessoas ponta firme, do tipo que frequentava a igreja. Ao que tudo indica, eles estavam felizes e Steve deu uma olhada bem de perto neles. O irmão de Jack era tipo um daqueles de grupo de jovens de igreja.

Jack podia ser cru, zangado. Seu temperamento explodia em momentos imprevisíveis. Steve uma vez o viu espancar um cara atrás de um cinema por derramar pipoca — não no próprio Jack, ou mesmo em uma pessoa, apenas no chão. Ele e Steve também se estranharam mais de duas vezes, olhos roxos, narizes sangrando. Normalmente Jack começava, e ele sempre ia até a casa de Steve depois, envergonhado, e se desculpava. Chegou ao ponto em que Steve enrolava o baseado em antecipação à sua chegada e já dispensava o pedido de desculpas real.

Em cerca de seis meses, a família de Jack o adotou parcialmente. Ele passava três noites por semana na casa deles, dormindo no chão do quarto de Jack ou no quarto do corredor. Os pais de Jack nunca disseram nada, mas Steve teve a sensação de que eles conheciam sua situação, talvez tivessem pena dele. No começo, Steve se ressentia disso, mas Martin e Celia eram tão amáveis à moda antiga que ele apenas não conseguia desgostar deles. Eles lhe compraram presentes em seu aniversário, pelo amor de Deus.

Steve já tinha feito dezenas de roubos até então, o suficiente para que isso fosse noticiado no jornal. Jack esteve com ele em sete deles. Nos dois últimos, Steve pensou que Celia e Martin começavam a suspeitar que algo estava acontecendo, mas eles nunca investigaram de fato. Steve imaginou que eles estavam com medo do que poderiam descobrir.

Talvez eles fossem mais sábios do que imaginavam. No roubo mais recente, Jack sugerira que usassem gasolina da garagem para incendiar o local.

— Devíamos incendiar o lugar, cara! Cobrir nossos rastros!

Steve, o reconhecido líder dos roubos, vetou isso. Naquela noite, ele dormiu no trailer de Mary pela primeira vez em vários dias. Ele ficou acordado ao luar até quase o amanhecer, se debatendo na cama, imaginando se seu amigo poderia estar louco. Duas semanas depois, Jack cagou na cama de uma velhinha e limpou a bunda com a sua velha e amarelada foto de casamento.

Jack canalizou parte dos lucros do penhor para um negócio secundário, comprando pequenas quantidades de maconha de um cara que Steve conhecia, cortando-a com orégano e vendendo-a para outros alunos do ensino médio. Era um fluxo sólido, embora normal, de gastar dinheiro. Então uma de suas clientes, uma caloura, foi pega com um saquinho na bolsa. Em lágrimas, ela prontamente confessou de quem comprou. A polícia apareceu na casa de Jack e revistou seu quarto. Jack saiu com eles, algemado.

O problema legal acabou não sendo tão grande assim — tribunal juvenil, registro apagado, blá-blá-blá — mas do ponto de vista da família de Jack, poderia muito bem ter sido o Armagedom.

Naturalmente, Celia e Martin culparam Steve. É provável, ele pensou agora, que tinha alguma justificativa para isso. Na época, porém, parecia a maior injustiça. Eles proibiram Jack de sair com Steve. Ele foi impedido de entrar em casa, exilado de volta ao trailer de Mary.

Os dois ainda andavam juntos, é claro, mas agora precisavam ser cautelosos. Chega de idas ao shopping, pelo menos não no carro de Jack. Steve começou a pensar em maneiras de conseguir seu próprio carro, começou a examinar os classificados com uma caneta na mão. Mas os números eram opressivos. Ele provavelmente poderia descobrir uma maneira de roubar um — não era sua especialidade, mas estava ficando muito bom com fechaduras. No entanto, registrá-lo seria outra questão. Algo decente provavelmente custaria cerca de 2 mil dólares, cinco vezes mais dinheiro do que ele tinha em mãos. Steve foi para Lou Calado. Eles falaram números. Lou mencionou farmácias.

Um mês depois, ele e Jack escalaram os fundos de uma farmácia independente com uma serra circular com ponta de diamante, em geral usada para cortar concreto. Lou Calado vendeu a serra para eles por um bom preço e prometeu comprá-la de volta quando não precisassem mais dela. Era barulhenta, mas deu conta do recado. Três golpes rápidos cortaram um triângulo preto do telhado. Se isso disparou o alarme, não houve sinal.

Steve havia amarrado apoios para os pés em vinte e cinco metros de corda de náilon forte. Um de cada vez, eles desceram entre as prateleiras, silenciosos como fantasmas. Nos assaltos a residências, Steve tinha o hábito de acender as luzes — lanternas passando por casas escuras pareceriam estranhas aos vizinhos — mas aqui ele não tinha essa opção. Ele nunca soube ao certo, mas achava que foram as lanternas que os traíam. Um vizinho? Um carro passando? Quem poderia saber.

O layout não era familiar e levou tempo para localizar as garrafas nas quais Lou estava interessado. Eles se dividiram e examinaram as prateleiras em paralelo. O coração de Steve batia forte no peito. Jack assobiou. Um de cada vez, os prêmios surgiram na busca deles — Valium, Xanax, Vicodin, sulfato de morfina, xarope para tosse, marca e genérico, muitas doses, muitos frascos. Steve ainda estava usando a fronha preta. Ela logo estava inchada.

Após cerca de quinze minutos, Steve julgou que eles tinham o suficiente. Lou era mesquinho, mas nunca tentou enganá-los. A parte de Steve seria bem superior a 2 mil. Com isso, ele poderia ter seu carro. Ele não contara isso a Jack, mas isso significava algo mais para ele também. Com suas próprias rodas, ele não dependeria tanto de Jack para transporte. Eles poderiam começar a seguir caminhos separados.

Steve subiu primeiro, subindo pela corda com os ombros. Jack, ainda na escuridão, amarrou a fronha na ponta da corda. Steve arrastou o saque.

Ele estava desembaraçando quando viu as luzes azuis piscando à distância. Eles não estavam usando sirenes. Por um longo minuto, ele esperou que fosse apenas coincidência, mas enquanto eles avançavam, ele sabia em seu coração que não era.

— Tiras — ele sibilou para Jack.

— O quê? A que distância?

— Não longe. Rápido.

— Ah, merda.

Um minuto depois, Jack estava na metade da corda.

— Cara — disse Steve — eles estão a cerca de dois quarteirões de distância.

Jack olhou para ele, o rosto pálido ao luar. Ele parecia resignado e não especialmente preocupado. Steve estava assustado o suficiente por ambos.

— Vá — disse Jack. — Eu te alcanço.

— Sério?

— Sério.

Steve pensou nisso por um segundo, depois saiu. Deixou a bolsa no telhado. Anos depois, ele ficaria acordado no escuro e se perguntaria por que fizera aquilo. A possibilidade de deixar Jack com o saco na mão — literalmente, hahaha — se ocorrera a ele naquele momento, ou não. Ele simplesmente não conseguia se lembrar.

Então as luzes azuis estavam caindo sobre ele, muito perto para qualquer coisa além de voar. Ele escalou a lateral do telhado, balançou, caiu, contornando o condutor de água que ele e Jack tinham escalado. Ele disparou para as sombras atrás do shopping um segundo e meio antes do semáforo virar para o estacionamento. Ele se escondeu atrás de uma lixeira enquanto o primeiro carro fazia uma tentativa de investigação. Steve podia ouvir o rádio pela janela aberta da viatura. "Suspeito sob custódia". Ele fez um retorno e circulou de volta para a farmácia.

Desta vez não haveria tribunal de menores, nem intervenção pré-julgamento. Aquele navio havia partido. Jack foi acusado de roubo como adulto. Ele poderia ter diminuído sua sentença se delatasse Steve, mas não o fez. Entretanto, Martin e Celia conseguiram um bom advogado para ele. Eles alegaram três anos, para sair em dezoito meses por bom comportamento. Não era tanto tempo assim, mas desde a primeira visita, Steve percebeu que não estava indo bem. A prisão era de segurança média, mas Jack era jovem, relativamente bonito e branco. Lou Calado tinha explicado que ele seria um prêmio, e também o que isso significaria. Depois de apenas três dias, Jack olhou para ele com olhos assombrados.

Ele durou três meses, depois se enforcou com a cueca. Steve não foi ao funeral, mas compareceu ao velório. Ele observou a cem metros de distância, atrás de uma árvore. Celia o viu de qualquer maneira. Depois de enterrar o filho mais velho, ela se lançou sobre Steve, os olhos brilhantes, como um falcão descendo sobre um rato do campo. Ela não disse nada. A mulher que comprara para ele seu único presente de aniversário de quinze anos deu-lhe um tapa forte em uma bochecha e depois na outra e deu seu veredicto.

— Você… Seu… seu *babaca.*

Ela estava chorando. Steve não a impediu, não tentou dizer nada. Não havia nada a dizer.

Com o passar dos dias, semanas e estações, ele se viu repetindo esse nada, sem querer. Aos poucos, ele passou a entender que esse nada em particular era tudo o que realmente podia dizer agora. Ele cantou para si mesmo em blocos de celas e apartamentos sombrios, recitou como uma ladainha, rasgou-se em farrapos contra a poesia afiada e feia disso. Ecoou pelos corredores sujos e desperdiçou momentos de sua vida, a resposta para cada pergunta, a letra de todas as canções.

CAPÍTULO 9

UM OSSO QUE NÃO PODE SER QUEBRADO

I

Mais ou menos uma hora depois que Steve e os leões se abrigaram na sala com as pinturas rupestres, o celular da sra. McGillicutty tocou. Steve estava sentado ao lado da leoa, verificando suas bandagens. Ele se levantou com um grunhido, mancou pela sala e atendeu no quinto toque.

— Alô?

— Oi, Steve. É Carolyn.

— Claro que é. — Ele vasculhou a pilha de suprimentos em busca de outro pedaço de carne-seca. Era caseiro e muito bom. — Sério, quem mais seria? — Ele notou que estava falando um pouco arrastado. *Provável que fossem os analgésicos. Ou talvez a perda de sangue.*

— Como você está?

— Ah, estou *ótimo* — disse ele, colocando um pouco de tensão em sua voz. — Graças a você, quero dizer. Encontrei as ataduras e outros enfeites. Muito útil. Acho que o sangramento parou.

— Bem, isso é bom.

— Sim. É sim. E suspeitosamente conveniente.

Longa pausa.

— Tem um potinho de barro com uma rolha dentro — disse Carolyn. — Você viu?

— Na verdade, vi. Ao lado das seringas? Fiquei me perguntando o que era.

— É esse mesmo. Ganhei da minha irmã. O que está lá vai ajudar você com a perda de sangue. Ela fez uma pausa. — Se, hmm, você sabe… se isso for um problema.

— Acontece que sim. Eu acredito que é. Mas como você poderia ter adivinhado? Estou bastante tonto e não acho que sejam apenas os analgésicos. Então, o quê… eu mastigo as coisinhas redondas que tem no potinho, ou…?

— Umm… não.

— O que, então?

— Bem, você, ah, isso é… é um supositório.

— Entendi. Então eu enfio na bunda?

— Sim.

— Interessante.

— O quê?

— *Eu estava pensando a mesma coisa sobre você* — rugiu Steve. — *Enfia no cu, sua puta maluca tenebrosa!* — Ele estendeu a mão para o botão "desligar", então algo lhe ocorreu. — Mas uma pergunta rápida antes de desligar na sua cara. — Ele esperou por um longo tempo. — Você ainda está aí?

— Sim.

— Essa coisa funciona em leões?

— Leões?

— Sim. Leões. Meu *apoio*. Obrigado por eles também, a propósito. Esses caras eram incríveis. Eles chegaram aqui bem como se diz, em cima da hora. Mas a fêmea está muito machucada. Ela perdeu muito sangue. Coloquei algumas bandagens de pressão nela, mas acho que ela ainda está sangrando.

— Eles não estão mortos?

— Não — respondeu Steve, orgulhoso de si mesmo pela primeira vez em décadas. — Eu os deixei entrar.

— Mas… eu te disse…

— Sim. Você mencionou que eles eram "descartáveis". Tenho certeza de que foi essa a sua palavra. Mas, vendo como eles acabaram de salvar minha vida, não achei que *deixá-los lá fora para morrer, porra*, era o caminho do Tao.

— O quê?

— O caminho do Tao. É chinês. Eu quis dizer que não era a coisa certa a fazer.

— Ah. Sua pronúncia…

— O quê?

— Deixa pra lá. Mas respondendo a sua pergunta, sim. Deve funcionar em leões também.

Steve ficou quieto por um longo tempo.

— Você ainda está aí?

— O quê? Sim. Desculpe. Eu estava tentando imaginar enfiar algo na bunda de um leão. Acho que ainda não cheguei lá.

— Ah. Bem… você decide. Como eu disse, neste momento eles são descartáveis. Mas não vão te machucar. Eles deram sua palavra.

— Entendi. Deram sua palavra, não é? Para você?

— Pra mim não. Meu irmão.

— O cara grande e assustador?

— Não. Meu outro irmão. Michael. Ele conversou com os leões. Ele disse a eles para cuidar de você.

— Falou com os leões, foi?

— Sim. Fizemos um acordo. Eles vão protegê-lo como se você fosse seu próprio filhote.

— Talvez eles estivessem apenas sendo educados.

— Não — disse ela, séria. — Dresden pode estar no exílio, mas ainda é rei. Em sua linguagem, a palavra para "promessa" é a mesma que para "um osso que não pode ser quebrado". Ele fará o que diz.

Steve levou isso em conta. Quando falou, parte da brincadeira tinha sumido de sua voz.

— Se você diz. Isso parece ser o que eles estão fazendo. E, honestamente, quase descobri que eles não iam me machucar. — Ele fez uma pausa. — Demora um pouco para você entender a ideia. Quando acordei esta manhã, tive a impressão de que leões eram assustadores. — Ele deu um tapinha na crina de Dresden, ofereceu-lhe o resto da carne-seca.

O grande leão cheirou, então o pegou de maneira cuidadosa de suas mãos, expondo caninos mais grossos que o polegar de Steve.

— Mas esses dois parecem legais. Nós desferimos um poderoso golpe contra o preconceito neste dia. — Um pensamento lhe ocorreu. — Diga, você sabe o nome da fêmea?

Ela não respondeu a princípio. Então, ele ouviu um estrondo baixo e profundo que soava exatamente como um leão. Steve segurou o fone longe de sua cabeça, as sobrancelhas levantadas. O leão olhou para o som, interessado.

— Há outro leão com você?

— Não. Fui eu. Esse é o nome dela.

— Ah. — Steve fez uma pausa. — Acho que não consigo pronunciar isso direito.

— Provavelmente não. Teoricamente, também não posso.

— Como assim "teoricamente"? Eu acabei de...

— Deixa para lá. É preciso prática. E uma pequena cirurgia, para realmente acertar. Mas... você pode chamá-la de Nagasaki. Naga para abreviar. Foi isso que o cara que os sequestrou fez. Eles não gostam desses nomes, mas os reconheceriam. Eles saberiam de quem você estaria falando.

— Dresden e Nagasaki, hein? Bonitinho. Eles são casados, ou como quer que você chame?

— Não. Naga é o filhote dele.

— Muito grande para um filhote.

— Bem, é a filha. Mas ela vai crescer. Ela só vai terminar de crescer daqui a dois anos.

— Se aguentar tanto tempo.

— O que você quer dizer?

— Como eu disse, ela perdeu muito sangue. E não posso ir a lugar nenhum por causa dos cachorros. Há pelo menos algumas centenas deles por aí. Como você está planejando me tirar daqui?

— Vamos caminhar. Mas não será até amanhã, no mínimo.

— Ela, Naga, ela não vai durar tanto. E o que diabos você quer dizer com "*vamos*" caminhar? Eu pensei que você não poderia...

— Falaremos sobre isso quando eu chegar lá. Talvez eu consiga...

— Você não pode alterar seu cronograma ou algo assim? Este leão... Quero dizer, ela salvou minha vida. — Por um momento, ele viu o rosto de Jack pelo buraco no teto da farmácia, preso em uma escuridão da qual nunca sairia. *Vai. Eu te alcanço.*

— Sinto muito, Steve. Eu simplesmente não posso. Mas o leão não é importante.

— Sim, bem, talvez ela seja importante para mim. — Ele desligou. — E foda-se você. — Ela ligou de volta, depois ligou de novo. Após a terceira vez, ele desligou o telefone.

II

Quando ele desligou, a leoa — *Naga*, pensou Steve, *o nome dela é Naga* — ainda estava consciente, mas mal. Apesar de seus melhores esforços e admirável paciência da parte dela, o sangue ainda vazava por baixo da atadura. Mais importante, ela parecia estar piorando. Colocar a atadura de pressão obviamente a machucou, mas ela não o atacou, nem mesmo rosnou.

Conversaram com os leões, não é? Ele quase podia acreditar. Não exatamente, mas quase.

Mas talvez em algum nível ele acreditasse *mesmo*, porque quando ele levantou a carne grossa do focinho de Naga para verificar sua resposta capilar, ele de fato não estava com medo. Steve não era veterinário, mas teve muitos cachorros ao longo dos anos, inclusive um que foi atropelado. Ele sabia que uma maneira de verificar a perda de sangue em animais era empurrar o polegar nas gengivas e observar a rapidez com que a cor volta. Se voltar rápido, é um bom sinal. Se demorar um pouco, como aconteceu com Angie depois que ela foi atropelada, nem tanto.

Ele não achava que Naga estava tão perto da morte quanto Angie, ainda não, mas estava chegando lá rápido.

Então, por experiência, ele tirou um dos supositórios do pequeno jarro de barro que Carolyn deixou para ele e o levou para o banheiro. Lá ele se curvou e usou um dedo trêmulo para enfiá-lo em sua própria bunda. Quando abriu a torneira para lavar as mãos depois, não saiu nada. Em vez disso, ele usou um par de frascos de Dasani, ensaboando uma barra seca e antiga de sabão Ivory juntando poeira em um prato sobre a pia. Quando tirou o fedor do dedo indicador, sentiu-se melhor. Muito melhor, na verdade. Até mesmo a fala arrastada em sua voz se foi. Mas estava com muita sede. Ele bebeu mais duas garrafas de água e meio terço antes de parar de se sentir desidratado.

Então, com um suspiro, tirou a rolha do pequeno jarro de barro e sacudiu outro supositório. — Aquiii, gatinha — ele sussurrou baixinho.

Dresden olhou para ele intrigado.

— Desculpe, garotão — disse Steve. — Piada sem graça. — Ele mancou pela sala. Naga jazia em uma poça bastante considerável de seu próprio sangue. Ele não queria se sentar nela e encharcar as calças, e com o tornozelo e a panturrilha rasgados, ele não conseguia se agachar. A própria Naga não estava mais consciente, mas Steve sentiu os olhos de seu pai sobre ele, amarelos e estranhos na penumbra do teto.

Quando ele se sentiu pronto, se curvou na altura da cintura e levantou o rabo dela, expondo seu reto. Ela não respondeu a princípio, mas quando Steve colocou o pequeno globo branco contra a carne enrugada e o empurrou para dentro, ela tremeu durante o sono. A testa de Dresden franziu. Ele deu um passo à frente e mostrou a Steve um clarão de dentes.

Steve levantou-se rápido, estendeu as palmas das mãos para Dresden.

— Prontinho — disse ele. — Desculpe. — Ele deu um passo para trás. Dresden, para seu alívio, não o seguiu. — Vou ver se consigo encontrar uma tigela — disse ele. — Se isso funcionar, é provável que ela fique com muita sede.

A velha estava na cozinha. Seu marido, que tinha acabado de cortar a grama, estava andando pela varanda com dois cachorros. Ele parecia perdido, esbarrando aqui e ali entre os cachorros como uma bola de pinball, mexendo na maçaneta da porta trancada de vez em quando. Lá dentro, sua esposa estava na pia da cozinha lavando a seco pratos antigos e empoeirados com uma esponja podre.

— Hmm... com licença?

— O jantar ainda não está pronto, querido. Por que você não vai assistir ao jogo?

— Você tem uma tigela para me emprestar? Uma grande? Uma tigela, talvez?

Ela piscou.

— Ora... sim. Tenho sim. — Ela parecia quase tão surpresa quanto Steve. Ela apontou para um armário sob o fogão. — Ali.

— Obrigado. — Steve abriu a porta do armário e remexeu lá dentro. Tinha uma pilha de tigelas de cerâmica, aço inoxidável, plástico. Com um estrondo, ele tirou uma de bom tamanho da pilha.

— O jantar ainda não está pronto, querido.

— Vou assistir ao jogo.

Ela sorriu e assentiu. Ele foi mancando de volta até a sala de estar. Para sua surpresa, Naga estava de pé. Enquanto Steve observava, ela deu um único passo. Ela cambaleou, mas não caiu. Dresden foi até a traseira da filha e cheirou sua bunda com um olhar interrogativo no rosto.

— Se sentindo melhor? — Steve ouviu um verdadeiro alívio em sua própria voz. — Incrível.

Provavelmente os leões também ouviram. Eles balançaram suas caudas, acidental e divertidamente em sincronia. Steve foi até a pilha de suprimentos e esvaziou meia dúzia de garrafas de água na tigela. As narinas de Naga dilataram quando ele fez isso, e ela deu outro passo. Desta vez, quando perdeu o equilíbrio, ela caiu.

— Não tente fazer muita coisa — disse Steve. — Eu trago pra você. — Ele colocou a tigela em sua frente. Ela lambeu de modo ávido até que mais da metade se foi, então se deitou de lado.

Hesitante, Steve tocou seu focinho. Ela se afastou, fazendo com que Steve puxasse a mão para trás. *Você poderia chamar isso de reação exagerada, mas se alguma vez houve um bom momento para ficar nervoso, é na hora de mexer na boca de um leão.* Então ela se inclinou para a frente e lambeu os nós de seus dedos. Dresden, observando isso, balançou o rabo de novo.

— Você se importa se eu...? — Experimentalmente, ele tocou seu focinho outra vez. Quando ela não recuou, ele ergueu seu lábio e pressionou o polegar na gengiva logo atrás do incisivo esquerdo. Ele testou duas vezes, comparando-o com o mesmo teste feito em sua própria unha. Ele a julgou melhor, mas não muito bem.

Ele deslizou até seu traseiro e inspecionou as ataduras de pressão em seu quadril. O curativo estava inchado e pingando sangue, saturado. Steve pensou em trocá-lo, então se contentou em prender um terceiro, o último, sobre os dois primeiros. Ele pressionou, esperando que a pressão direta ajudasse. Parecia o tipo de coisa que eles faziam em programas médicos.

III

Uma hora depois, ele ainda estava pressionando. O sangramento de Naga estava melhor, mas não parou por completo. Restava mais um supositório na pequena jarra de barro. Ele pensava e repensava sobre quando usá-lo. Agora? Ou no último minuto? Ele não tinha ideia de como a coisa funcionava, então não podia começar a adivinhar. Era como um videogame em que, se você beber sua poção de saúde muito cedo, desperdiça parte do benefício? Ou era como afiar uma faca, onde era melhor fazer um pouco de esforço para afiar a ponta toda vez que você a usava, em vez de esperar até que ela ficasse totalmente cega antes de usar a pedra de afiar? Ele não sabia.

O que ele sabia era que, se não conseguisse parar o sangramento, era improvável que Naga estivesse por perto para o retorno de Carolyn.

— E você não vai querer perder isso — sussurrou Steve. — Vai *com certeza* ser estranho.

Enquanto esperava, sua mente voltou para Jack, que também fora gentil com ele e quem ele havia arruinado. Pensando nisso, olhando para o corpo ferido de Naga, ocorreu-lhe que poderia haver uma nova maneira de dizer o nada que pesou em seu coração por tanto tempo. Ele tocou o pescoço de Naga, de maneira gentil. Ela ergueu um pouco a cabeça e olhou para ele.

— Eu vou tirar você daqui.

Suas palavras pairaram no silêncio empoeirado da sala de estar. Dresden se virou ao ouvir o som, olhos dourados solenes sobre o focinho coberto de sangue. As palavras de Carolyn ecoaram em sua mente. *Ele ainda é rei. Sua palavra para "promessa" também significa "um osso que não pode ser quebrado"*. Steve encontrou o olhar do leão.

— Sim. Vou tirá-la daqui nem que isso me mate, puta merda.

Steve se levantou e voltou para a cozinha. A mulher não lavava mais a louça. Em vez disso, ela ficou junto à parede, raspando a sujeira e a tinta em linhas que lembravam a imagem de um cachorro de um homem das cavernas.

— O jantar ainda não está pronto, querido.

— Tudo bem. Preciso do seu carro emprestado. — Ele olhou ao redor. Estava esperando encontrar a bolsa dela, ou uma tigela. Então se deparou com um pino com chaves sobressalentes penduradas. Uma delas tinha uma aba de couro com o logotipo da Ford. — Te peguei.

Ele não tinha prestado muita atenção à casa quando estava do lado de fora, mas se lembrava vagamente de que a garagem ficava do outro lado. Tinha um corredor levando naquela direção, mas estava escuro. Ele encontrou um interruptor e o ligou, mas nenhuma luz se acendeu. Vagou pelo corredor na escuridão, tateando à frente com os dedos.

O primeiro aposento que encontrou foi um quarto que fora convertido em estúdio de um artista. Alguém — a mulher? — já o usara para pintar naturezas-mortas a óleo — flores, frutas, uma mistura aleatória de bijuterias. A maioria das pinturas era bastante boa. Steve pensou nos rabiscos do jardim de infância que revestiam a parede da sala. Ele estremeceu quando fechou a porta atrás de si.

A próxima sala era de fato a garagem, e o Ford estava lá, mas estava com os quatro pneus furados. A poeira no capô era tão espessa que era difícil dizer de que cor era o carro. Steve tentou a chave de qualquer maneira, mas não funcionou.

— Merda. — Ele bateu no volante. *E agora?* Fechou a porta da garagem e voltou para a claridade relativa da sala de estar. Dresden estava em cima de Naga. A poça de sangue estava maior. Seus flancos ofegavam. Steve tirou o último supositório do pequeno jarro de barro e o enfiou na bunda dela ao lado do outro. Ele limpou o dedo no tapete e enxaguou com meia garrafa de Dasani, depois bebeu o resto.

Ele mancou de volta para o vestíbulo escuro e sem janelas. Então, do lado de fora, ouviu um motor. *Carolyn?* Entrou na cozinha e olhou pela janela acima da pia. Não Carolyn, mas um daqueles pequenos jipes brancos que os Correios usam. Ficava a duas casas de distância. O cara do cortador de grama não estava à vista.

Incontáveis dezenas de cachorros jaziam no quintal e nas proximidades na rua. Eles observaram o caminhão se aproximar. Steve se perguntou o que eles fariam.

O carteiro estava a uma casa de distância agora. Ele colocou a correspondência na caixa de correio, mas não continuou na estrada, apenas ficou lá sentado, com o motor ligado. *Ele os viu.* Depois de um longo momento, o carteiro fechou a janela. Ele entrou na entrada de automóveis ao lado e saiu apontando na direção oposta. Ele saiu dirigindo pela rua.

— Merda. — Steve não conseguia imaginar que tipo de ajuda o carteiro poderia ter oferecido, mas com certeza odiava vê-lo partir.

Os cachorros observaram o jipe partir, mas não o seguiram. Depois que entrou na estrada principal, eles pareceram perder o interesse. Além disso, em vez de apenas sentar no gramado e olhar para a casa, agora alguns deles estavam fazendo coisas de cachorro — transando uns com os outros, brincando de morder ou o que quer que fosse, coçando as pulgas. Nos quinze minutos seguintes, mais da metade deles se afastou. *Isso já é um progresso.*

Nem todos, porém. Thane e algumas dezenas de outros mantinham vigília no pátio. Enquanto Steve observava, um cachorro grande — Rottweiler, talvez? — trotou até a varanda e sentou-se.

— Caralho.

Ele foi até a porta e olhou pelo olho mágico. Seu tornozelo estava começando a latejar. *Bem*, ele pensou, *acho que você sempre pode ligar para o 911. Eles provavelmente tirariam você daqui.*

Ele estalou os dedos e usou o telefone da sra. McGillicutty outra vez. Quando teve um bom sinal, discou 411. Um computador lhe perguntou: "Qual cidade?". Steve respondeu, tomando cuidado para enunciar claramente.

— Qual número?

— Qualquer serviço de táxi — respondeu.

Atrás dele, da varanda, veio um rosnado baixo e profundo. Steve se afastou da porta.

A voz mecânica recitou um número de nove dígitos e perguntou se Steve gostaria de ser conectado por uma taxa adicional de cinquenta centavos. Steve disse que sim.

O telefone tocou uma, duas, três vezes. *Vamos, vamos*, pensou. Quatro cinco. Ele estava prestes a desligar e tentar um serviço diferente quando alguém atendeu o telefone.

— Táxi Yucatan — disse um homem. Ele falava com sotaque indiano, forte e musical. — *Se habla español.*

— Que tal inglês? — perguntou Steve.

— Claro — disse o homem. Ele parecia um pouco magoado por Steve ter perguntado.

— Ótimo — disse Steve. — Preciso de um táxi. Um grande. Você tem uma minivan, algo assim?

— Tenho duas, mas apenas um piloto no momento. Ela está acabando de sair para uma corrida. Você pode esperar cerca de uma hora?

Atrás dele, o Rottweiler latiu, arranhando a porta. O sangue de Naga se acumulava a seus pés.

— Receio que isso não seja conveniente — disse Steve, lutando para soar natural. — É o seguinte. Eu farei valer a pena. Que tal cem dólares? Não vamos longe. — Ele não tinha dinheiro, mas havia a arma. Ele se desculparia mais tarde. — Você vai se atrasar alguns minutos para sua outra corrida, só isso.

— Desculpe, senhor, mas não posso...

— Estou realmente com pressa. Eu e as crianças vamos conhecer meus sogros. Meu carro não dá a partida. Vou sofrer o diabo se me atrasar. Vou te dizer uma coisa: quinhentos.

— Quinhentos dólares? — perguntou o homem. — Ah. Agora eu entendo. Na minha aldeia, chamávamos pessoas como você de "pastores da montanha de merda". Esses homens eram com frequência espancados. Ade...

— Não, espere! — pediu Steve. — Quinhentos dólares, em dinheiro! De verdade. Promessa solene. Mais os custos da tarifa, não importa qual seja. Não vai demorar nem cinco minutos, eu juro.

O homem pensou nisso.

— É possível. Qual é o endereço, por favor?

Essa foi difícil. Steve pensou irrequieto. Ele mancou até a janela da cozinha, espiou a caixa de correio.

— Dois, um, um, Garrison Drive — disse ele. — No loteamento de Garrison Oaks. Você conhece?

— Garrison Oaks... — o homem disse. Sua voz soava distante.

— Sim — disse Steve. — Bairro pequeno, perto da Rodovia 78. Você conhece?

— Ah, certo — disse ele vagamente. — Sabe, acho que nunca estive aí antes.

— Não estou surpreso — disse Steve.

Do outro lado da porta, o cachorro soltou um latido baixo e gutural. Outro se juntou, depois outro. Logo todos estavam latindo.

— Que barulho é esse? — perguntou o taxista.

— Nada, só meu cachorro.

— Parece um cachorro muito grande mesmo, hein?

— Sim — disse Steve. — Ele é bem grandão. Ele tem ansiedade de separação. Ele odeia quando eu o deixo sozinho.

— Você entende que não pode trazer este cachorro no meu táxi?

— Nem sonharia com isso — disse Steve.

— Tudo bem — disse o cara. — Por quinhentos, eu mesmo vou. Estarei aí em dez minutos.

— Olha, tem mais uma coisa. Meu, ah, amigo vem comigo. Ele é meio agorafóbico e...

— O quê? Ele está doente? Não quero um homem doente no meu táxi, senhor.

— Não, não. Ele não está doente. Agorafóbico significa que ele não gosta de ficar do lado de fora. Quando chegar aqui, pare o mais perto que puder, abra a porta e buzine. Você pode fazer isso?

Longo silêncio.

— Acho que não gosto disso, senhor.

— O que há pra não gostar? — perguntou Steve, olhos bem fechados, sobrancelha franzida. — Quinhentos dólares é uma ótima gorjeta. — Ele se forçou a parar de falar, agarrou o telefone com os nós dos dedos brancos.

O despachante pensou nisso por um tempo.

— Estarei aí em dez minutos — disse ele. — É bom estar com o dinheiro.

— É uma casa de tijolos brancos.

— Com certeza é muito bonita. Não se esqueça do dinheiro.

O táxi parou onze minutos depois, uma minivan branca com uma fotografia da pirâmide maia de Chichén Itzá ao lado. O motorista buzinou. Mas não parou na porta da frente. *Claro que não*, pensou Steve. *Isso teria sido muito fácil.* Os cachorros descansando no quintal observavam tudo isso, mas não latiram, não rosnaram.

Steve, desesperado, buscou uma ideia. Mesmo com apenas seis cachorros no gramado, os dez metros ou mais poderiam ter sido mil quilômetros. Ele não teria tentado fugir, mesmo que *pudesse* correr. Mancando, carregando um leão semicrescido, ele não teria absolutamente nenhuma chance.

O taxista buzinou de novo. Dresden caminhou até a porta da frente, cheirou, roncou. Ele olhou para Steve.

— Estou pensando, caramba! — Os segundos se arrastaram. Ele olhou pela janela da cozinha. *Talvez possamos sair pela garagem. Tinha um abridor de porta elétrico e...*

O taxista bateu à porta.

Steve e Dresden se entreolharam. Steve sorriu.

— Chegando!

— Senhor, por favor, pode se apressar? Preciso voltar ao meu escritório rapidamente.

Steve mancou até a porta da frente e olhou pelo olho mágico. O rottweiler era o único cachorro na varanda. Thane e cinco outros estavam no gramado, vigilantes, sob o ensolarado céu azul de outono. Steve tirou a arma do coldre, pôs a mão na maçaneta e fez uma contagem mental. *Três, dois...*

Steve, ensanguentado e enfaixado, abriu a porta com a mão direita e atirou no rottweiler. A cabeça do cachorro explodiu em um estrondo de sangue e trovão. Steve agarrou o taxista pela camisa.

— Entre!

No gramado, Thane latiu, furioso.

O taxista ergueu as mãos de modo instintivo e ficou meio agachado.

— Não atire!

Ele tentou recuar. Steve se inclinou para trás com todo o seu peso, puxando os dois para o foyer. Seu tornozelo cedeu e ele caiu para trás. O taxista quase caiu com ele, mas se recuperou.

Os cachorros estavam atacando a porta. O olho azul-gelo de Thane caiu sobre ele. Quando seus pés tocaram a calçada, Thane saltou e...

Steve chutou a porta para fechá-la com o pé bom, o mais forte que pôde. Ela se fechou. Uma pequena fração de segundo depois, houve um baque surdo quando Thane bateu na porta.

Ainda de costas, Steve girou no linóleo para lidar com o motorista.

— Não se mexa!

Mas o homem *não estava* se movendo. Dresden, com todos os seus duzentos quilos, estava a centímetros de distância. O taxista era um indiano baixo e magro, de pele cor de caramelo. Seus olhos se arregalaram de terror. Suas mãos pairaram perto de seu rosto em um gesto de rendição, ou talvez autodefesa. Ele estava tremendo.

— Não se preocupe — disse Steve, esforçando-se para manter um tom reconfortante. — Ele não morde.

O taxista olhou para Steve.

— Isso é um leão.

— Sim. É sim.

— Você tem uma arma.

— Isso também é verdade.

— Então — disse o taxista, falando como se falasse com uma criança muito chata — por que você não atira no leão?

Steve riu.

— Você está brincando? Dresden é meu amigo. — Então lhe ocorreu. *YouTube. Cristian, o leão.* — Você não vê internet?

— O quê?

— Deixa pra lá. Preciso das suas chaves.

— O quê?

— As chaves. Pra o seu táxi. Dê-as para mim. — Steve balançou a arma.

O queixo do motorista caiu.

— E os meus quinhentos dólares?

— Sim, acontece que eu estava mentindo sobre isso. Sinto muito. — Ele pensou por um momento. — Olha, eu *realmente* sinto muito. — Ele apontou para Naga com a arma. — Se eu não tirá-la daqui logo, então… não importa. Longa história. Mas supostamente há uma mochila cheia de dinheiro esperando por mim em outro lugar. Que tal eu enviar para você? Faço por mil.

— Eu acho que você está mentindo de novo.

— Não, eu vou dar. Assim que eu puder, prometo. — E iria mesmo. — Mas agora, vou precisar de suas chaves. Desculpe.

— Você não vai atirar em mim?

— De jeito nenhum.

O motorista olhou para Dresden.

— E ele?

— Ele vem comigo. Os dois vêm.

— Ah. Então, claro, porra… — O taxista procurou as chaves no bolso e as entregou. Eles tilintavam como os sinos do céu na mão de Steve.

— Obrigado, cara — disse Steve. — Sinto muito por tudo isso. — Outra coisa lhe ocorreu. — Você tem um celular? — Ele não queria que o cara ligasse para o 911.

— No táxi.

A chave era do tipo antiquado, apenas uma chave de metal, sem botões de bloqueio ou desbloqueio.

— O táxi está trancado?

— Não.

Steve fez um gesto com a arma.

— É melhor você não estar mentindo para mim.

— Por que eu iria trancá-lo? Eu estava indo para a porta da frente.

— Sim, ok. — Steve fechou os olhos com força, pensou por um momento. — Ok, tem um banheiro ali naquele canto. Entre e feche a porta. — Ele viu que os joelhos do cara estavam literalmente tremendo. — Olha, cara… pelo que vale a pena, sinto muito por tudo isso. Estou meio que numa situação difícil aqui, e…

— Sim, tenho certeza. Por favor, vá se foder. — O cara recuou um único passo cauteloso. Dresden rugiu, num aviso.

— Não, tudo bem, garotão — disse Steve. O leão olhou para ele, confuso. Steve pôs o braço em volta dos ombros do homem menor e deu-lhe um pequeno abraço masculino. — Tudo bem. Ele é amigo, viu? — Em seguida, para o taxista. — Vamos. Xô.

O taxista deu um passo cauteloso para trás, depois outro, sem tirar os olhos de Dresden. Quando chegou perto o suficiente, pulou para dentro do banheiro e fechou a porta com força. Steve a ouviu travar.

Naga estava consciente, mas não parecia capaz de ficar de pé. Steve verificou sua resposta capilar novamente — estava tudo bem. Ela perdera algum terreno. Ele verificou o pente da arma — oito cartuchos, mais um na câmara. Restavam sete cachorros. Ele voltou para a sala e sentou-se no chão ao lado de Naga. Deslizou as mãos sob ela, testando seu peso. Ela era muito pesada, cerca de noventa quilos, mas Steve pensou que provavelmente poderia levantá-la.

— Ok — disse ele a Dresden. — Você está pronto?

Dresden olhou para ele, intrigado.

Steve sacudiu as chaves, como fazia quando ia levar Petey para passear de carro. Por um momento, seu coração doeu. Ele se perguntou se algum dia veria seu cachorro de novo.

Dresden olhou para as chaves, ainda confuso.

Steve colocou a arma no coldre. Ele se virou para olhar o rosto de Dresden. Pegou um punhado da grande juba do leão com a mão direita e deu um tapinha no flanco de Naga com a esquerda.

— Eu. Estou. Indo. Pra. Pegar. Ela. — Aqui ele deu um tapinha em Naga outra vez. — Fora. Daqui. — Ele apontou para a porta da frente.

A testa de Dresden desfranziu. Ele rugiu um pouco, assustando muito Steve. Então ele se esticou e lambeu a bochecha de Steve.

Que bom que isso bastou, Steve pensou. Ele pôs os braços sob Naga. Ela parecia confusa, apenas semiconsciente. *Espero que ela não esqueça que somos amigos*, ele pensou, e a ergueu. Ela se contorceu um pouco, então meio que se levantou, erguendo a parte da frente do chão da sala. Steve se agachou sob ela, levantando-se ao mesmo tempo, e conseguiu colocá-la por cima do ombro esquerdo em uma versão meio torta e corcunda de um bombeiro. *Levante com as pernas, não com as costas*, ele pensou, e riu de modo histérico. Ele se esforçou contra o peso dela, empurrando com a perna boa e depois com a ruim. A dor foi intensa, ofuscante. Ele viu o rosto de Carolyn num clarão e pensou, *porra*, como eu odeio *essa piranha!* A explosão de adrenalina foi apenas o suficiente para levantar o leão.

Quando ficou de pé, foi mais fácil. Deu um único passo cauteloso. Conseguiu manter o equilíbrio, mas por muito pouco. Deu um segundo passo menor, quase pulando com a perna boa, arrastando a ruim atrás de si. Isso era melhor, ainda que não exatamente gracioso. Naga, pendurada em suas costas, fez alguns ruídos de leão que soavam mal-humorados. Steve disse a ela para calar a boca.

Ele avançou devagar até a porta, Dresden seguindo em seu flanco. Os olhos do leão estavam fixos na porta e no que havia além. *Sim, ele sabe*, pensou Steve. *Ele entende o que vamos fazer.*

Ainda sobrecarregado por Naga, ele se virou e espiou pelo olho mágico. Eles agora estavam reduzidos a seis cachorros no gramado, incluindo Thane. *Mesmo assim. Seis é cachorro pra chuchu. Isso vai ser uma merda,* pensou Steve. Ele olhou para Dresden.

— Está pronto?

O grande leão abanou a cauda. Ele não olhou para Steve. Seu rosto era como algo fundido em pedra. Equilibrando Naga no ombro com a mão esquerda, Steve tirou a pistola do coldre e a segurou com os dentes. Ele sentiu o gosto de óleo de arma, metálico e estranho. Levou a mão à maçaneta, fechou os olhos com força e depois os abriu.

— Hora do show — ele resmungou, abrindo a porta.

Thane estava parado na frente, e latiu. Steve tirou a arma da boca, mirou com cuidado e atirou bem entre o olho azul e o marrom.

Dresden atacou, rugindo. Ao vê-lo, um dos cachorros se virou e correu para o outro lado. Steve atravessou a varanda mancando. Dresden lançou-se em cima de um grande doberman e pousou nele. Um segundo depois, Steve ouviu o cachorro gritar. Os outros três cachorros, todos grandes, atacaram Dresden onde quer que encontrassem um lugar — o ombro, a pata dianteira, as costas.

Steve, agarrando-se ao corrimão de ferro, desceu mancando primeiro um degrau, depois dois. Agora ele estava na calçada. Em seu ombro, Naga se mexeu.

— Calma, garota — pediu ele. O táxi estava a uns dez metros de distância.

Quando o doberman morreu, Dresden voltou sua atenção para o cachorro que mordeu sua pata dianteira direita, um grande pastor-

-alemão. Ele ergueu a pata, expondo o flanco da cachorra, e tentou mordê-la. Ele errou na primeira vez, mas com a segunda mordida ele agarrou a pata traseira do cachorro. Steve ouviu um estalo. O pastor gritou.

Três a menos!, pensou Steve. *Estamos conseguindo!* Ele avançou lentamente pela calçada da frente, passando por uma roseira, depois por uma segunda. Estava a seis metros do táxi.

Dresden estava tendo problemas para alcançar o cachorro nas costas. Steve pensou em atirar nele, mas decidiu que, com base em seu histórico, era tão provável que ele acertasse o leão quanto o cachorro. Depois de um momento, Dresden voltou a mirar. Ele se curvou para a direita e mordeu o cachorro em seu traseiro. O cachorro soltou e recuou, circulando. Ele notou Steve e deu seu latido de alerta.

O som disso — *rraurraurraurraurraurrau* — ecoou pela rua. Um segundo depois, Steve ouviu unhas dos pés estalando no asfalto, primeiro uma, depois duas, depois uma debandada. *Ah, merda*. Ele estava a cinco metros do táxi.

Dresden atacou o cachorro que tinha dado o alerta. Steve já havia passado por eles, então não podia ver o que estava acontecendo, mas, dois passos depois, ouviu outro grito. O rugido de resposta de Dresden borbulhou através de algo molhado.

Três metros restantes.

Steve arriscou um olhar por cima do ombro. Ainda tinha um cachorro em Dresden, pendurado em suas costas… mas atrás dele, na colina, mais dezenas — *centenas* — deles correram para ocupar seu lugar. *De onde todos eles poderiam estar vindo?*, Steve se perguntou. Havia muitos. Mesmo Dresden não poderia resistir por muito tempo contra semelhante horda.

— Vamos, grandalhão! Hora de sair daqui! — Restavam apenas meio metro entre ele e o táxi. A porta do táxi estava abençoada e maravilhosamente destrancada. Steve se virou.

Dresden apenas olhou para ele. Ele estava cercado por cadáveres. O cachorro final, um doberman, pendurado em sua crina, arranhando e rosnando. O leão não fez nenhum movimento.

— Vamos! — Steve gritou outra vez. Ele deu mais um passo e esbarrou no táxi, quase perdendo o equilíbrio. Com os músculos tremendo contra o peso de Naga, ele deslizou a porta da minivan para trás. — *Vamos!*

Steve olhou por cima do ombro para ver o que estava prendendo o leão.

— O que *diabos* você está fazendo? *Vamos!*

Dresden se livrou do doberman com um safanão. Vitorioso agora, ele observou Steve deitar a filha no banco de trás com um ruído surdo do estofamento de vinil murchando, observou Steve deslizar a porta para fechá-la. Ela está segura agora. Seus olhos amarelos encontraram os de Steve. Dresden, que era um rei desde a velhice, balançou o rabo — apenas uma vez. Então, de maneira deliberada, ele se virou para enfrentar os cães que se aproximavam. Cada músculo se destacava em completo relevo. Ele rugiu. O som ecoou pela rua, ricocheteando nas casas suburbanas e nas cercas vivas bem cuidadas com a força da dinamite. Os cães correram para ele como uma maré, sem fundo e imparável.

Dresden os atacou.

Steve congelou por um momento, sentindo-se pequeno, incapaz de desviar o olhar das forças em ação diante dele. As palavras de Carolyn vieram até ele. *Eles irão protegê-lo como se você fosse seu próprio filhote.* Dresden se chocou contra a onda de cães, um tiro de canhão de fúria e sangue. *Ele os está atrasando. Ele os está atrasando por Naga... e por mim.* Então, canalizando a voz de Celia: *Não desperdice isso, babaca.*

Steve balançou a cabeça, forçou-se a desviar o olhar, abriu a porta e ocupou seu lugar no banco do motorista.

Os cachorros estavam em Dresden agora. Primeiro um, depois três, depois uma dúzia, depois duas dúzias com mais cem a caminho. Juntos, eles formavam uma parede viva de músculos e pelos. *O táxi não conseguiria passar por isso*, pensou Steve. *Um tanque não conseguiria passar por isso.* Ele bateu a porta do táxi. Agora Dresden estava enterrado sob eles, invisível sob uma montanha turbulenta de pelos e dentes — labradores, poodles, dobermans, rottweilers, pretos, amarelos, marrons. O rosto pálido do taxista observava tudo isso da janela do banheiro. Steve abaixou a janela da van, frenético, então sacou a pistola e se firmou. Ele mirou com cuidado e atirou. Um cachorro caiu, gritando, e foi substituído por mais três. Ele atirou de novo, atirou até o pino clicar em uma câmara vazia.

— Vão se foder! — gritou. — Vão se foder, vão se foder, VÃO SE FODER!

Um ou dois dos cachorros olharam para isso. Um labrador chocolate latiu e correu para a van. Steve voltou a subir o vidro, mas não foi rápido o suficiente. O cachorro se pendurou na janela com as patas marrons e peludas, latindo e mordendo, as patas traseiras arranhando a porta. Tinha apenas cerca de sete centímetros de espaço entre o topo do vidro e o batente da porta, não o suficiente para atingir Steve, mas o peso do cachorro era tal que ele não conseguia abrir a janela. Ele ergueu o dedo do meio para o cão, colocou a chave na ignição.

O táxi ligou de imediato. Ele saiu da entrada de carros. O cachorro marrom ainda se agarrava à janela, bloqueando sua visão. Steve recostou-se no assento para verificar se, por algum milagre, Dresden emergira da pilha.

Não.

Steve apontou o táxi para a saída e pisou fundo. Alguns segundos depois, ele parou no portão, com os pneus fumegando. Ele ligou o pisca-alerta, virou à direita na Rodovia 78 e acelerou novamente.

A placa de Garrison Oaks diminuiu em seu espelho retrovisor.

IV

O nome do taxista era Harshen Patel. Duas horas depois, encolhido atrás de uma cortina de chuveiro em uma banheira verde empoeirada, ele ouviu a voz de uma mulher.

— Steve?

— Cuidado! — disse Patel. — Eu acho que eles são loucos! — Ele segurava a mão esquerda, enfaixada em um rolo de papel higiênico ensanguentado e o que restava de sua camisa.

— Steve? — O tom de voz dela era duvidoso agora.

— Eu não sei quem é esse. Se está procurando o idiota mentiroso dos dois leões, ele foi embora.

— Ele *foi embora*? — Ela parecia incrédula.

— Sim. Umas duas horas atrás.

— Como?

— Ele roubou meu táxi.

Ela riu.

— Ele é engenhoso. Isso eu tenho que admitir.

— Você deve tomar muito cuidado — disse Harshen. — São dois, um velho e uma mulher. Ela veio até mim e disse: "O jantar está pronto!" e então os dois começaram... começaram... a me *morder*. — Ele ouviu o tom de um grito surgindo na voz e se conteve. — Eles comeram meu dedo mindinho esquerdo. E parte do meu polegar. Eles ainda podem estar por aí. Você deve...

— Está tudo bem — disse a mulher. Ela sacudiu a maçaneta. — Pode abrir, por favor?

Harshen pensou nisso por vários segundos, então estendeu a mão trêmula e abriu a porta.

A mulher no corredor era baixinha, de cabelos crespos, descalça. Ela carregava uma mochila azul pendurada no ombro. Ela o olhou de cima a baixo, examinando as feridas em seu ombro, seu pescoço, sua virilha. Seus olhos castanhos eram escuros e intensos, difíceis de encontrar.

— Você vai viver.

— Você acha?

— Sim. Você teve sorte. Não são muitas as pessoas que visitam este bairro.

Harshen assentiu, infeliz.

— Eu acredito em você. Será que... podemos, por favor, sair agora?

Ela pensou a respeito.

— Claro. — Deu de ombros. — Eu acompanho você. Qual o seu nome?

Ele disse a ela. Eles saíram juntos para a luz.

— Prazer em conhecê-lo. Eu sou Carolyn.

— Você... você mora aqui?

— Nesta casa não. — Ela apontou o polegar para a rua. — Estou alguns quarteirões mais embaixo.

— Ah. — Ele olhou para ela, horrorizado.

— Relaxe. Eu não vou machucar você. Você ajudou Steve. — Ela balançou a cabeça, sorrindo. — Ele realmente é muito bom em escapar dessas *petonsha*, você não acha?

— Essas o quê?

— Desculpe. Não é português. Todos eles começam a borrar depois de um tempo. Eu disse "*petonsha*". Significa "pequenas armadilhas".

— Ah.

Eles caminharam em silêncio por um quarteirão ou mais.

Ela falou em seguida.

— Mesmo assim... você ajudou Steve. Eu deveria retribuir o favor. Ela parou para pensar. — Você tem família? Você mora na cidade?

— Minha esposa. Esperanza. Temos dois meninos. Mas não, estamos em...

Ela acenou com a mão, interrompendo-o.

— Eu não quero saber. Quando chegarmos ao fim da rua, vou sumir. Quando isso acontecer, coloque sua família no carro e...

— Não posso.

— O quê?

— Não posso colocar minha família no carro. Ele roubou o carro. Não sei onde ele está.

— Quem roubou? Steve?

— Ele é o homem do leão?

— Sim.

— Sim. Ele. Ele é o filho da puta que roubou meu táxi.

— Ah. Hum. — Carolyn pensou por um segundo, então entregou a ele a mochila azul. — Aqui. Pegue isso. Compre outro.

Ele abriu o zíper da bolsa, olhou dentro. *Dinheiro*.

— Oh!

— Sim. Gaste rápido. Não vai valer muito em uma semana ou duas... Barry O'Shea está fora do esconderijo. Assim que ele estiver estabelecido, haverá uma espécie de praga.

— O quê? Que praga? Quem é...

— Não importa. Pegue sua esposa e filhos. Compre comida, água, armas. Um gerador, talvez. Vá para a cidade — algum lugar com muitas luzes elétricas e uma boa fonte de alimentação. Fique dentro de casa, no último andar de um prédio alto, se puder. E longe das janelas. Se você vir pessoas com tentáculos, fique longe. Não deixe que elas toquem em você.

Harshen ficou boquiaberto com ela. Ela falava de insanidades, mas sua voz era calma e segura. A expressão dela o lembrou de uma pintura que o assustava quando criança — Kali, a aniquiladora, sorrindo enquanto pequenas coisas morriam.

— Sabe, está prestes a ficar muito sombrio.

CAPÍTULO 10

ASURAS

I

Três quilômetros a oeste, a Rodovia 78 se fundia em uma estrada de quatro pistas que levava à cidade, ainda que não fosse tanto assim — basicamente alguns shoppings de rua entre Steve e mais uma estrada vazia. A placa de limite de velocidade dizia setenta quilômetros. Ele olhou para baixo e viu que estava fazendo cento e trinta, o táxi barulhento balançando como aquelas camas de massagem automática em motéis baratos. Ele rolou até parar no primeiro sinal vermelho, um pouco aos trancos e barrancos.

Há sangue no para-brisa, pensou. *Como que isso foi parar ali?* Esguichou fluido do para-brisa nele, esperando que limpasse um pouco do sangue de cachorro. Não, apenas espalhou um pouco. Ele se sentiu atordoado.

Na parte de trás, Naga ergueu a cabeça e olhou em volta, piscando.

— Se sentindo melhor? — Ele pensou que o segundo supositório poderia estar funcionando. — Não tente se mexer. Nós escapamos. Chega de cachorros!

Ela torceu um pouco o rabo, depois se curvou sobre o traseiro e cheirou as ataduras.

— Bem, sim. — Steve suspirou. — Tem isso. — *Pra onde diabos você leva um leão ferido? O zoológico?*

Um caminhão Toyota preto parou ao seu lado. Steve olhou para ele e se viu no nível dos olhos com os para-lamas. Ele estava levantado tão alto que era quase preciso uma escada para entrar e sair. *Você chama isso de* monster truck*? Qual é a linha divisória?*, Steve se perguntou. *Qual o tamanho que ele precisa atingir antes de se tornar um monstro? É apenas x número de metros mais alto do que a fábrica ou os pneus precisam…*

O caminhão buzinou. Steve olhou para cima. Mais ou menos um metro acima, um cara no banco do passageiro estava gesticulando para Steve abaixar a janela. Ele o fez.

— Sim?

O passageiro era um garoto de dezoito ou vinte anos. Seu boné de beisebol estava virado para trás.

— Ei, cara — disse ele. — Você tem, tipo, meio cachorro pendurado no seu para-choque traseiro.

— Eu?

— Sim. Você passou por cima dele? De propósito, tipo?

— Não. O Buda ensina o respeito por toda a vida. — Então, baixinho. — Acho que atirei em alguns.

— Tem sangue por toda a porra da sua porta também, cara. Tu se meteu num acidente ou algo assim?

— Não. Briga de cães. — Algo lhe ocorreu. — Ei, tem um veterinário por aqui?

O garoto olhou para ele como se ele fosse louco.

— Cara, nenhum veterinário vai ajudar *aquele* cachorro. Ele está cortado ao *meio*, yo!

— Não é para ele — disse Steve. — É para ela.

— O quê?

Steve apontou o polegar para o banco de trás. O garoto se inclinou para fora e para baixo, espiando.

— Uau! — Então, para o motorista: — Ei, Frank, aquele cara tem um puta de um leão no táxi!

O motorista se inclinou para a frente.

— *Cumequiééé?* Inclina aí pra trás, eu não consigo...

Talvez você devesse trabalhar mais na sua discrição, garoto fugitivo.

— Puta merda! — exclamou o motorista. — Eu conheço você! Você é aquele cara da Fox News!

— Não! — disse Steve. — Eu não! Mas me dizem muito isso! Ha-ha!

Esse maldito farol está demorando uma eternidade. Ele pensou em ultrapassá-lo, apenas para fugir dos garotos na caminhonete. *Não. Péssima ideia.* Em vez disso, fechou a janela — isso realmente ajudou; estava crocante de baba de cachorro — e fingiu estudar a placa do shopping a quatrocentos metros de distância. Ele semicerrou os olhos. Havia um Bi-Lo, um Walmart, um restaurante chamado Monsieur Taco — *Que porra é essa?* — e o Black Path Animal Hospital.

Steve parou para pensar. Ele imaginou que tinha cerca de 50/50 de chances que os caras no caminhão ligariam para o 911. Ele precisava sair da estrada, rápido. *Por outro lado, tem a Naga.* Ela estava mordiscando suas ataduras. Estavam saturadas, pingando. O supositório tinha ajudado, mas não duraria.

A luz ficou verde.

— Que se foda — disse ele. — "O verdadeiro budista não será um covarde moral e intelectual."

Ele esperou que os caras do caminhão se afastassem, então ficou na traseira deles. Meio quarteirão depois, virou à esquerda no shopping, mal. O táxi era uma minivan Chrysler Voyager, quatro cilindros. Tinha muito menos energia do que seu caminhão de encanamento. Steve calculou mal a diferença para um BMW que se aproximava, obrigando a motorista a parar bruscamente. Ela e Steve trocaram saudações de um dedo. Naga levantou a cabeça outra vez e rugiu. Isso o assustou o suficiente para que ele pulasse o meio-fio, cortasse uma cerca viva e quase atropelasse um caminhão cheio de paisagistas saindo do drive-thru do McDonald's.

— Aaaagh!

Naga rugiu novamente.

— Cale a boca! Estou dirigindo!

Pelo retrovisor, Naga lhe deu um olhar de reprovação. Steve diminuiu para uma velocidade de caminhada e atravessou o restante do estacionamento com cuidado, olhando para os dois lados do cruzamento, finalmente parando na frente de um veterinário. Uma placa na frente dizia: DÊ PARA SEU GATINHO UM BANHO ANTIPULGAS!

— Espere aqui — disse Steve a Naga. — Volto já.

Ele colocou a pistola na parte de trás da calça de moletom e puxou a camiseta de rock por cima. Andando pela parte de trás do táxi, ele viu que tinha de fato metade de um cachorro pendurado no escapamento. Estava muito ensanguentado para ter certeza, mas ele pensou que poderia ter sido o labrador chocolate que havia se trancado em sua janela. *Talvez tenha ficado preso sob o silenciador de alguma forma?* Ele se lembrava vagamente dos solavancos na estrada quando saiu de Garrison Oaks.

Pensando que o veterinário poderia não aprovar, ele passou um segundo tentando tirar o cadáver um pouco mais de vista, mas era profundamente, profundamente nojento e estava solidamente preso no lugar. Quando o fel subiu à sua garganta, ele desistiu, limpou a mão nas costas do moletom e foi mancando até o veterinário.

A sala de espera tinha piso de ladrilhos e cheirava a comida de gato. Um homem de aparência exigente de gravata-borboleta segurava um yorkshire terrier em uma coleira curta. Em frente a ele, uma hippie de meia-idade estava sentada com uma caixa de transporte para gatos no colo.

Steve encostou-se à mesa da recepcionista, com as mãos sujas de sangue seco.

— Eu preciso ver um dos médicos. — Ofegante. — É urgente.

O yorkie, pequeno e imaculado, latiu para ele.

— Você vai precisar preencher isso — disse a recepcionista, olhando-o com cautela. — E receio que essas duas pessoas estejam à sua frente. Você tem hora marcada?

Ele riu, não muito histérico.

— É uma espécie de emergência. Você tem uma maca? Uma maca grande?

— Emergência?

— Ahhh, sim. — Ele balançou a cabeça para cima e para baixo. — Uma emergência *enorme*.

— Tudo bem — disse a mulher com a caixa de transporte do gato. — Não estou com pressa.

O cara com o yorkie deu a ela um olhar severo.

— Só um segundinho — disse a recepcionista. Ela pegou o telefone. — Ei, Jer? Temos um cara aqui em cima com uma emergência. Você pode pegar Allie e trazer a maca? Obrigada.

— Não — disse Steve com sinceridade —, *obrigado*. Mesmo. — Ele quase acrescentou “E desculpe”, mas pensou melhor. Mas *realmente* lamentava. Achou que o resto da tarde seria péssimo para todos na sala.

Um momento depois, duas mulheres jovens de uniforme verde apareceram quase correndo. Uma delas carregava uma maca de bom tamanho.

— Onde ele está? É o seu cachorro, certo?

— Hmm... ela está no carro — disse Steve. — Por aqui.

Elas o seguiram. No estacionamento, ele viu que os caras da caminhonete preta tinham dado a volta. Eles pararam no estacionamento em frente ao Walmart, observando, o ronco de seu caminhão monstruoso fraco, mas ainda audível. Steve gemeu.

— Algum problema? — perguntou a técnica veterinária mais alta.

— Nada. Meu pé está dolorido. — Seu pé realmente doía. — Ela está aqui. — Ele abriu a porta corrediça da minivan e deu um passo atrás das mulheres. Naga ergueu a cabeça, grogue, mas interessada.

— Putzgrila! — disse a mais baixa.

— Isso é um leão?

— Ha-ha! As pessoas dizem muito isso. Na verdade, ela é uma labradoodle. É que a gente tosou ela igual a uma leoa. Muito engraçado, né?

As duas olharam para Naga. Steve prendeu a respiração. A técnica alta disse:

— Nós — ela apontou para a técnica mais baixa — somos estudantes de Veterinária. Você entende isso, certo?

— Sim — disse a mais baixa, balançando a cabeça. — Que mentira. — Ambas se viraram para olhá-lo. — Você está achando que nós somos o quê, idi… oh.

Agora Steve estava segurando a pistola vazia, sem apontar para ninguém.

— Eis o que vamos fazer. Vocês seguram a maca — disse ele. — Eu vou levantá-la. Ela não vai machucar ninguém. Nem eu. Ela perdeu muito sangue. Nós vamos levá-la lá para o médico, então vocês duas podem ir.

As técnicas absorveram isso.

— Eu estou falando sério — disse Steve. — Vai dar tudo certo. Só preciso de ajuda, só isso. Vocês vão me ajudar? Por favor? *Vamos, vamos…*

Elas pararam para pensar.

— De jeito nenhum, porra — disse a baixinha. Ela olhou para a parceira em busca de confirmação.

A técnica alta estava estudando Naga.

— Você dirigiu até aqui com um leão na parte de trás de seu táxi?

— Basicamente isso.

— Como você sabe que ela não vai morder?

— Eu só sei que não vai. Olha, ela está muito mal. Eu odeio fazer isso com vocês, mas…

A técnica alta o estava estudando agora. Steve prendeu a respiração.

Depois de um momento, ela disse:

— Que tal se nós carregarmos o leão e você segurar a cabeça dela… dela?

— Tudo bem! — disse Steve. — Vou entrar no táxi agora.

— Ok, cavalheiro — disse a técnica baixinha, com sinceridade demais.

— Tente correr e eu dou um tiro na sua patela — disse Steve, balançando a pistola vazia. — Estou falando sério. Sou atirador de elite. Ganhei uma medalha de prata nas Olimpíadas de noventa e dois. O tiro não vai te matar, mas vai doer pelo resto da vida.

Frustrada, ela deu um sorriso falso.

— Eu nem sonharia com isso.

Ele entrou no táxi.

— Vou guardar a arma agora. — Guardou. — Pronto. Vocês nem vão vê-la novamente, a menos que tentem correr.

— Bom saber — disse a técnica alta.

— Ok, prepare a maca.

As duas técnicas olharam para o leão, depois uma para a outra.

— Ok — disse a mais alta. — Tá. — Ela sondou Steve com os olhos. — Você segura a cabeça dela, certo?

— Eu seguro a cabeça dela.

Ela acenou com a cabeça para a outra técnica. Eles levantaram a maca para uma posição horizontal.

Steve sorriu para elas.

— Obrigado — disse ele. — Sério. — Ele as contornou e entrou no táxi. — Ei, Naga — disse ele. — Ei, garotinha. Quase lá, querida. — Ele deu um tapinha em seu pelo e fingiu verificar seu curativo.

As técnicas assistiram a isso com os olhos arregalados.

— Cara, eu não acho que você deveria...

— Shh!

O mais gentilmente que pôde, ele deslizou seus braços sob Naga. Naga resmungou um pouco, mas não resistiu. Ele a empurrou para fora do assento. Ela era muito pesada. O que ele conseguiu não foi tanto carregar, mas uma queda controlada no chão da cabine e outra na maca. *Eu devia estar muito louco de adrenalina pra tirá-la de casa.*

Na maca, Naga ergueu a cabeça e semicerrou os olhos para as duas técnicas. Elas piscaram de volta para ela, sorrindo e claramente apavoradas.

— Pegue a cabeça dela — disse a técnica alta. Ela falava com uma gentileza exagerada. — Pode ser?

— Afaste-se um pouco — disse Steve. — Não consigo...

Elas se afastaram do táxi cerca de trinta centímetros.

Ele pulou para fora, grunhindo com um raio de dor que partiu de seu tornozelo ruim. Deslizou um braço sob a cabeça erguida de Naga e colocou a outra mão sobre sua bochecha, dando tapinhas em seu focinho. *Eu não poderia segurá-la se ela decidisse que queria fazer alguma coisa, mas poderia dar a elas um segundo para fugir.* Juntos, eles atravessaram o estacionamento e entraram na sala de espera.

— Precisamos de um quarto… *agora… mesmo* — disse a técnica alta.

A recepcionista engasgou, pulou da cadeira e deixou cair a caneta.

— Quarto, ah… Quarto Dois.

— A caminho.

— Cara, isso é um leão — disse a hippie com a caixa de transporte de gatos em tom de conversa. Steve a ignorou. O cara de gravata-borboleta se levantou e saiu correndo pela porta da frente. Um momento depois, seu yorkie o seguiu.

— O que está acontecendo…? — Veio a voz de uma mulher do fundo do escritório. — Ah — disse ela. — Ah, meu Deus.

— Você é a médica?

Ela abriu a boca, fechou-a novamente.

Steve realmente não a culpava.

— Está tudo bem — disse ele. — Naga não vai machucar ninguém.

Ela parou para pensar.

— Sim, ok. Eu sou a dra. Alsace. Ela está… o que há de errado com ela?

— Cães — disse Steve. — Nós brigamos com alguns cachorros. Eles rasgaram bem a perna dela. Acho que cortaram uma artéria. Ela teve duas, hum, transfusões, mas não consigo deter o sangramento.

— Ela está contida?

— Não — disse Steve —, mas ela não vai machucar você.

— Você não tem como saber disso. Não farei nada até que o animal seja contido.

— Ok. Pegue o que for. Vou colocar nela. — Ele estava pensando em uma focinheira, ou talvez algum tipo de correia.

— Ele tem uma arma — disse a técnica baixinha.

— Vou embora agora — disse a mulher com a caixa de transporte do gato.

— Desculpe — disse Steve. — Não posso deixar você fazer isso. E eu tenho *mesmo* uma arma. Não estou aqui para machucar ninguém, juro, mas preciso de ajuda. — Em sua mente, ele viu Jack, preso para sempre na escuridão. Sua bochecha ardia com o tapa de Celia. Ele olhou para a médica, implorando.

A dra. Alsace franziu os lábios, pensando sobre isso.

— OK — disse ela finalmente. — Duas condições. Primeiro, você deixa todas aqui irem. Em segundo lugar, *você* espeta a seringa na leoa ferida.

Tamanha era a gratidão de Steve que ele ficou mudo. Ele não disse nada. Assentiu. A médica fez um movimento de enxotar. A mulher com a caixa de transporte do gato saiu correndo. Depois de um momento, a recepcionista a seguiu. Ela se virou para as técnicas.

— Vocês também.

— Eu vou ficar — disse a mais alta.

— Jerri, você não precisa...

— Eu vou ficar. Não perderia isso por nada no mundo.

Todos olharam para a outra técnica.

— Divirtam-se — disse ela.

Steve pegou a ponta dela na maca. Ela fugiu.

— Ok. — A médica voltou sua atenção para a paciente. — Vamos levá-la para o Quarto Dois. Ela não é adulta. Tem ideia de quantos anos?

Steve balançou a cabeça.

— Peso?

— Eu a levantei, mas era tudo que eu podia fazer. Noventa quilos, talvez?

— Eu diria cem, fácil. — Ela fez uma pausa. — Você a *levantou*? Sozinho?

— Ela ajudou, um pouco. — Ainda segurando a maca, ele baixou o ombro, fazendo uma mímica. — Postura de bombeiro.

— Ok. Então... o que você é, um treinador, ou... — Ela balançou a cabeça. — Deixa para lá. Depois. — Dentro da sala de exames, colocam a maca sobre a mesa. — Jerri, consulte o Índice *Merck* e veja que tipo de dosagem precisamos para um leão de cerca de cem quilos.

— Cetamina e xilazina?

A médica franziu o rosto.

— A menos que você saiba mais? Este é o meu primeiro leão.

— Foi o que usamos no verão passado. Eu estou trabalhando nisso.

— Também vamos precisar de um tubo endotraqueal. O maior que temos.

As patas traseiras de Naga balançavam na ponta da mesa. Ela levantou a cabeça, olhou ao redor da sala, ronronou. A médica levou um susto e deu um pulinho para trás.

— Está tudo bem — disse Steve. Ele deu um tapinha no pescoço de Naga. — Não precisa ter medo de nada.

A técnica — Jerri — voltou alguns minutos depois com uma grande seringa e uma sacola cheia de tubos de plástico. Ela o entregou à médica.

A dra. Alsace verificou os níveis.

— É só isso?

— Não temos muita cetamina.

A médica ergueu as sobrancelhas.

— Só um pouco.

— Ok. Vai ter que servir. Ela olhou para a leoa, franziu a testa e entregou a seringa a Steve. — Você já deu uma injeção antes?

— Não.

— Nada demais. Esta aqui vai no músculo. Dê uma picada rápida, e em seguida injete lentamente. Veja se consegue encontrar um ponto na perna de trás, longe do ferimento. — Ela entregou a seringa a Steve e recuou para perto da porta. — Jerri... atrás de mim.

Steve olhou para o traseiro de Naga, encontrou um ponto com um bom pedaço de músculo. Ele praticou a espetadela.

— Assim?

A médica assentiu.

— É como espetar uma laranja — disse Jerri, do corredor.

— Ok. — Steve soltou um suspiro, focado. — Lá vamos nós. — Ele espetou Naga no quadril. Ela ergueu a cabeça e mostrou os dentes. Ela *rugiu.*

Steve saltou para trás. A agulha ficou pendurada no quadril de Naga. Ele levantou um dedo como se estivesse disciplinando uma criança bagunceira.

— Gatinha má! Se comporte!

Aos poucos, o rosnado foi cedendo. Steve deu um passo à frente, depois outro.

— Isto aqui vai fazer você se sentir melhor. — Ele pôs a mão na seringa.

Naga estremeceu com seu toque. Com um uivo selvagem que fez as entranhas de Steve afrouxarem, ela deu um tapa em seu peito com a pata dianteira direita. Suas garras cavaram trincheiras profundas na carne dele. Steve pulou para trás, gritando. Naga saltou da mesa, pousou com as patas em seus ombros, mordeu-o no braço esquerdo. Alguém no corredor gritou.

Steve, estranhamente sem medo, levou as mãos ao nível do peito e empurrou o mais forte que pôde, arrancando Naga de seu peito junto com um bom pedaço de pele de suas costas e ombro. Naga quicou na parede.

Seguindo um instinto que não entendia muito bem, Steve deu um tapa na cara da leoa. Ela não o mordeu ou arranhou, possivelmente muito surpresa para fazê-lo, mas rugiu novamente.

Steve rugiu de volta.

— *Continue!* Quer acabar morta? Você ainda está sangrando, *babaca*! Me morda o quanto quiser e pode sangrar até morrer no estacionamento! Veja se alguém carrega sua bunda enorme para o zoológico! Continue, pague pra ver! — Gotas de seu sangue caíram no chão e se misturaram com o dela. Eles olharam um para o outro. — Continue!

Depois de um tempo, Naga afundou contra a parede. Um segundo ou dois depois ela parou de rosnar.

— Isso — disse Steve. — Foi o que eu pensei. — Ele pegou a seringa do chão.

Atrás dele, a voz da veterinária.

— Eu não acho que você deveria…

— Tá, tá, tá. — Ele caminhou até Naga. Ela rosnou de novo, longos dentes brancos contra gengivas rosadas e saudáveis. *Aposto que a resposta capilar dela está muito boa agora.* Ignorando o rosnado, ele puxou seu quadril direito não ferido para longe da parede e espetou a agulha nele. Ela rugiu novamente, um som grave e profundo que sacudiu as janelas.

— Cala. A porra. Da boca!

— Devagar — disse a dra. Alsace. Sua voz estava abafada. Steve olhou para trás. A porta estava quase fechada. Ela espiou, apenas o topo de sua cabeça aparecendo.

Ele empurrou o êmbolo, um milímetro excruciante de cada vez. Em poucos segundos estava vazia. Steve puxou a seringa e jogou-a de lado.

Naga olhou para ele, confusa.

— Pronto — disse Steve, sarcástico. — Está se sentindo melhor agora?

Naga olhou para ele por um momento, então desabou. Um momento depois, ela deitou a cabeça no chão. Steve também desabou, de costas contra a parede. Suas omoplatas estavam molhadas. Ele se endireitou novamente, virou-se e olhou. Onde ele se encostara, havia uma grande mancha de sangue na parede. Ele se virou para a veterinária.

— Vocês têm um band-aid?

— Jerri, me dê um pouco de gaze e um pouco de fita.

Naga estava deitada no chão, semiconsciente.

— Acho que você pode começar agora — disse Steve.

— Ainda não. Espere cerca de dez minutos.

— Ah. Ok. Estou sangrando muito? — Ele caminhou até ela e mostrou as costas.

Ela o examinou.

— Não está bom. Mas acho que é superficial. Só que provavelmente vai deixar algumas cicatrizes. Você vai precisar de pontos.

— Não deve ser nenhum problema. Imagino que em breve alguém chegará para me prender.

— Não duvido. Essa foi a coisa mais idiota que eu já vi. — Ela fez uma pausa. — Não menos corajosa, mas muito, muito burra. Essa leoa é sua?

— Na verdade, não. Mais ou menos. Acabamos de nos conhecer há umas duas horas.

Ela ergueu as sobrancelhas.

Steve deu de ombros.

— Foram duas horas intensas.

A veterinária olhou para Naga.

— Ela está sangrando muito. Provavelmente não teria sobrevivido por muito mais tempo.

Steve olhou para ela.

— Mas já vi pior. Esse curativo vai aguentar até ela ficar anestesiada. Tenho quase certeza de que consigo costurá-la a tempo. — Ela olhou para ele com calma. — Se você estava tentando salvar a vida dela, provavelmente conseguiu.

Steve revirou essa ideia em sua mente, examinando-a. Ele sorriu.

— É?

— É. Mas *foi* muita burrice sua.

Steve suspirou, desejando um cigarro.

— O Buda ensina o respeito por toda a vida.

— Ah. — Ela parou para considerar isso. — Você é budista?

— Não. Sou um babaca. Mas continuo tentando.

II

Dez minutos depois, Naga estava de volta à mesa. Colocaram a maca no chão. Steve a colocara lá à força enquanto ela ainda estava semiconsciente. Ao fazer isso, Naga esticou a língua e lambeu o sangue das costas da mão dele.

— Está tudo bem — disse Steve, acariciando a bochecha dela. — Não é grande coisa.

Quando os olhos de Naga se fecharam, ele, Jerri e a dra. Alsace a ergueram sobre a mesa de exame. Enquanto esperavam que o anestésico fizesse efeito total, Steve pegou algumas ataduras emprestadas e começou a amarrá-las em si mesmo.

No meio do que parecia ser um trabalho realmente ruim, a dra. Alsace disse:

— Aponte essa arma para mim.

— Perdão?

— Aponte essa arma para mim.

— Ahn... Ok. — Steve puxou a HK para fora de sua cintura e a levantou na direção geral dela.

— O que você disse? — disse a médica. — Se eu não te enfaixar, você vai atirar em mim? Bem, acho que não tenho escolha, então.

Steve piscou e sorriu para ela.

— Obrigado.

— Jerri, vire de costas. Estou prestes a dar um mau exemplo. — Jerri obedeceu. A dra. Alsace limpou os arranhões nas costas de Steve com um frasco de solução salina e depois injetou alguma coisa nele. Mais ou menos um minuto depois, suas costas estavam dormentes. — Me dê uma rapID, sim?

Jerri, enluvada, saiu por um segundo e voltou com uma ferramenta de plástico transparente do tamanho de um livro de bolso com duas alças.

— O que é isso?

— Pistola de grampo.

— O quê?

Ka-blap!

— Ai! Porra!

— Desculpe. Fique parado. — *Ka-blap!*

— Ai! Eu não sou uma tábua de compensado!

— Não seja tão bebê. Não tenho tempo para suturar.

Steve conseguiu ficar quieto nos dois segundos seguintes, mas seu rosto se contorceu de dor. Ele grunhiu no sexto, sétimo e oitavo *ka-blaps*.

— Prontinho — disse a dra. Alsace. — Tudo feito. Aponte a arma para Jerri e diga a ela para fazer um curativo em você.

Steve apontou a arma para ela.

— Aaaa! Não atire. Espere, preciso pegar mais fita.

Ela voltou um segundo depois, com os olhos arregalados.

— Ahn... senhor?

— Meu nome é Steve.

— Steve? Tem um cara lá fora. Ele diz que quer falar com você.

O estômago de Steve deu um nó.

— Policial?

— Eu não tenho certeza. Ele tem uma arma.

Steve pensou sobre isso por um segundo. Franziu os lábios e assentiu.

— Diga a ele que está tudo bem. Mande ele entrar. Não vou atirar em nada.

Um segundo depois, Erwin entrou.

— Fico feliz em ouvir isso — disse ele. Ele olhou para Naga. — Hmm. Bela leoa.

— Obrigado.

— Quando ouvi a ligação, tive a sensação de que poderia ser você. Você está super-extra-especialmente preso. Você sabe disso, certo? — Erwin tirou do bolso de trás um conjunto daquelas algemas de plástico que pareciam braçadeiras.

Steve não se mexeu. Ele estava pensando na porta da frente, na linha das árvores atrás do shopping, no táxi.

— Não — disse Erwin, vendo-o tenso. — Você não deveria fazer isso.

— Não?

— Não. — Ele apontou na direção geral da sala de espera. — Tem um cara no telhado atrás daquela lavanderia. Eu costumava trabalhar com ele. Ele é um bom atirador. Você tenta qualquer coisa, ele vai colocar uma bala no seu centro de massa. Vai deixar um buraco nas suas costas com cerca de trinta centímetros de diâmetro. Metade das suas entranhas vai explodir com isso. Você estará morto antes mesmo de saber o que o atingiu.

Steve saiu para o saguão e espiou pela janela.

— Ah… — disse ele. — Ah, uau. — De fato, tinha um cara no telhado da lavanderia com um rifle. E também cerca de dez viaturas no estacionamento, com luzes azuis piscando. A cem metros de distância, as pessoas saíam aos borbotões do Walmart, de cabeça baixa, correndo. Ele examinou a linha do telhado e viu outro atirador de elite em cima do Monsieur Taco. — Caralho — disse ele. — Depois de tudo isso.

— Sim — disse Erwin —, é uma merda. — Ele balançou as algemas de plástico no ar. — Você vai me deixar fazer isso, ou teremos que atirar em você?

Steve olhou para a porta da frente, testou seu peso no tornozelo enfaixado. *Talvez eu pudesse sair pelos fundos e…*

— Se você decidir correr, pode me dar um segundo primeiro? Quero tirar essas senhoras simpáticas da linha de fogo antes que os puliças comecem a atirar. Eles estão todos meio que animados. Acho que não vão tomar muito cuidado quando virem você sair correndo com uma arma. Seria uma pena se o resto de nós fosse morto junto com você.

Steve colocou as palmas das mãos nas têmporas. Ele caminhou pela sala de espera dizendo:

— Merda, merda, merda! — Chutou um grande saco de comida de cachorro. Então, com um suspiro: — Ok. Você tem razão. Não tenho saída. Mas ainda tenho um problema.

— É? E qual é?

— Eu sabia como isso provavelmente iria acabar, mas vim para cá mesmo assim. Agora me ocorre que se eu largar a arma…

— Não deixe cair — disse Erwin. — Ela pode disparar. Abaixe-a gentilmente…

— … sim, claro. Se eu deixar cair…

— As pessoas na TV estão sempre jogando armas. Eu vi um cara levar um tiro dessa forma uma vez.

— *Ok*. Entendido. Vou apenas colocá-lo para baixo. Se.

— Se o quê?

— Se você — ele olhou significativamente para Erwin — me prometer que não vai deixá-los entrar aqui e matá-la. Prometa-me que vai descobrir, não sei, alguma coisa. Um zoológico. Um circo. — Ele examinou o rosto de Erwin. — Por favor. Se fizer isso, eu o ajudarei o máximo que puder.

— Me ajudar? Como?

— Não sei muito, mas sei onde eles estão... Carolyn e o resto.

Erwin levou isso em consideração.

— Cooperação total? Sem reter informação?

Steve assentiu.

— Você consegue fazer um esboço do interior do lugar?

— Claro.

Erwin pensou por um segundo.

— Eu não posso levar aquele leão de volta para o meu apartamento, você entende.

— Isso eu entendo. Só estou pedindo que me diga que fará o possível.

— Sim — disse Erwin. — Ok. Você tem minha palavra.

Steve assentiu. Ele estendeu os pulsos para Erwin.

— Abaixe a arma primeiro.

Steve a colocou na mesa da recepção, gentilmente.

— Mãos atrás das costas.

Ele também fez isso. Luzes azuis piscavam pelas janelas. Ele inclinou a cabeça para trás e fechou os olhos. O som que as algemas faziam ao fechar era como fechar o zíper de uma braçadeira de plástico.

— Decisão inteligente — disse Erwin. — Eles realmente teriam te matado.

— Eu sei.

Erwin se recostou e olhou para o Quarto Dois.

— Aquela é uma leoa enorme.

Steve deu um leve sorriso.

— Se você acha que *ela* é grande, deveria ter visto o pai dela. Macho adulto. Talvez duzentos quilos?

— Ah, é? — Erwin parecia levemente alarmado. — Ele está por aí?

Steve balançou a cabeça.

— Não. Não consegui. — Ele levantou a voz. — Ei, como está ela, doutora?

Elas haviam iniciado uma intravenosa e estavam dando a Naga algum tipo de fluido transparente. O curativo foi retirado e a dra. Alsace estava curvada sobre a perna de Naga. Ela não respondeu. Jerri disse:

— Shh! — Ela caminhou até a porta e a fechou, mas devagar, fazendo sinal de positivo com a mão livre.

Steve deu a ela um pequeno aceno de cabeça. Ela assentiu de volta, então fechou a porta.

— Ela é sua? — perguntou Erwin. — O arquivo não disse nada sobre você ter uma leoa de estimação.

— Não exatamente. Acabamos de nos conhecer. Nós meio que cuidamos um do outro.

— Acabou de esbarrar com ela na rua?

— Na verdade, sim.

Erwin olhou para ele, esperando por uma resposta adequada. Depois de um minuto ou mais, desistiu.

— Alguma chance de eu conseguir que você dê um pouco mais de detalhes sobre isso?

— Claro, desculpe. Estava com outras coisas na cabeça. Eu estava saindo para correr e um bando de cachorros ferozes, tipo, dezenas deles, tentaram me comer. Eu atirei em alguns, mas eles me derrubaram no chão. Eu era um caso perdido. Naga e o pai dela apareceram do nada e tiraram os cachorros de cima de mim. Salvaram a minha vida.

— Sério? Sem sacanagem?

— Sem sacanagem.

Erwin parou para pensar.

— Isso é incomum.

— Também achei. — Steve deu de ombros. — Nessas horas eu não discuto com Papai Noel.

— Você acha que esses leões aí podem ter algo a ver com essa sua garota Carolyn?

Steve revirou os olhos.

— Hmm. Não sei. Deixe-me pensar sobre isso um segundo.

— Desculpe. Pergunta idiota. Eles... Espere. — Erwin levou a mão ao ouvido. — Eu adoraria continuar conversando com você, mas os policiais estão ficando impacientes lá fora. — Ele levantou o pulso e falou em sua manga. — Sim, ah, suspeito sob custódia, essas merdas aí.

Dois segundos depois, a porta da frente se abriu. Meia dúzia de ajudantes do xerife entraram, de armas em punho.

— Calma, pessoal — pediu Erwin. — Está tudo bem. Custódia federal, lembra?

— Eu lembro — disse um cara com muitas listras na manga. Ele falou com os dentes cerrados. — E a leoa?

— Está dormindo — disse Erwin. — Fazendo uma cirurgia. É por isso que ela veio para cá.

— Não machuque ela, ok? — pediu Steve.

— O quê? — O policial olhou para ele como se ele fosse um inseto na estrada.

Steve sentiu sua paz interior diminuir um pouco.

— Por favorzinho?

— O Controle Animal está a caminho. Não dá para manter um leão como animal de estimação nesta cidade, filho — disse o policial. — Lei municipal. — Alguns dos outros policiais riram.

Steve sentiu sua raiva ferver.

— Erwin?

— Sim?

— Lembre-se do que dissemos.

— Eu lembro.

— Ótimo. Se você quiser, posso levá-lo para onde eles… — O telefone preso à sua cintura começou a tocar.

— Quem é?

Steve pensou freneticamente.

— É ela, provavelmente. Carolyn. Ela me deu o telefone. Ela já ligou algumas vezes. Quer que eu fale com ela?

Erwin parou para pensar.

— Não. Vamos vê-la em um minuto de qualquer maneira.

— Você *já* sabe onde ela está?

— Ah, sim. Um belo bairro a cerca de três quilômetros daqui. Estamos com o lugar cercado desde a hora do almoço. Estamos esperando até que todos os vizinhos sejam evacuados, então vamos entrar.

— Você não parece muito entusiasmado.

Erwin lhe deu um longo olhar.

— O fato é que não estou mesmo.

— Qual é o problema?

— Eu simplesmente não tenho certeza do que… — Erwin se interrompeu. — Isso não é verdade. Certeza eu tenho. Algo ruim está acontecendo, só não sei o quê. Eu me sinto como um rato deve se sentir cheirando a manteiga de amendoim em uma armadilha. — Ele olhou para Steve. — Seu amigo está naquela casa?

Steve olhou para ele sem expressão.

— O cara com aquele negócio da faca. Aquele que te tirou da prisão. Ele está lá?

— Ah. O nome dele é David. Sim, ele está lá. Na última vez que o vi, de qualquer maneira.

Erwin franziu a testa.

— Eu tinha medo disso.

— Mas ele não é meu amigo — corrigiu Steve. — Você está errado a esse respeito. Não tenho ideia de quem são essas pessoas nem o que querem de mim. E esse cara é louco. Ele me assusta pra caramba. Ele assusta o resto deles também, eu acho.

— O resto de quem?

Steve abriu a boca para falar, mas se calou.

— E quanto a Naga?

— O leão? Vou tentar o zoológico. — Erwin parecia estar a 1 milhão de quilômetros de distância.

Steve lhe deu um olhar cético.

Erwin ergueu a cabeça.

— Você tem minha palavra. Vou descobrir alguma coisa.

Steve continuou parecendo cético.

Com um suspiro, Erwin virou-se para o cara com todas as listras na manga.

— Frank? Escute bem. Esse leão é evidência em uma investigação federal. Cuide bem dele.

— Dela — disse Steve.

— Tá de brincadeira, porra? — disse Frank.

— Não — disse Erwin. Ele se virou para encarar o homem. Ele falou baixinho. Ele foi educado. Mas naquele momento Steve entendeu pela primeira vez o quão extraordinariamente perigoso Erwin realmente era.

— Não estou *não*. Você ligue para a porra do zoológico, para o Controle de Animais, para quem precisar ligar, mas se alguma coisa acontecer com aquele animal... você e eu, nós vamos ter um problema.

O policial era uns quatro ou cinco centímetros mais alto que Erwin. Quando os dois se olharam, ele estava olhando para baixo. Ele sustentou o olhar de Erwin... Mas apenas por um momento.

Então ele secou visivelmente. Seu peito desinchou. Ele desviou os olhos. Seus homens observaram isso.

— Tudo bem — disse ele. — Tá. Ok.

Erwin voltou-se para Steve.

— Assim está bom?

— Está bom — disse Steve. Sua boca estava seca. Ele engoliu em seco. — Obrigado. Ok, eu não sei muito. A primeira vez que o vi foi ao mesmo tempo que você, na cadeia. Eu vi o que ele fez no corredor, *entranhas penduradas como cordas nas lâmpadas fluorescentes*, e comecei a me contorcer. Ele ficou puto e me nocauteou, eu acho. Acordei na casa a alguns quilômetros daqui, como você disse. Tinha um monte deles lá. Carolyn disse que eles eram seus irmãos e irmãs, mas não pareciam família para mim. Havia dois caras negros que pareciam gêmeos e uma senhora assustadora que cheirava a bunda morta, acho que ela era polinésia ou algo assim, exceto que ela era tão pálida que sua pele era quase azul. Mas não sei, talvez sejam adotados. Todos eles falavam a mesma língua, de qualquer maneira.

— Que língua? Você saberia dizer?

Steve balançou a cabeça.

— Nunca ouvi nada parecido antes. Talvez um pouco como vietnamita? Só que não.

— Eles são iguais a ele? Carolyn e o resto? Perigosos? Vou te dizer uma coisa de graça: se meus caras entrarem lá e se machucarem porque você mentiu para nós, vou pegar duro com você.

Steve considerou a pergunta, e não apenas porque Erwin o tinha ameaçado.

— Eu não sei — disse, enfim. — Acho que não. Todos parecem ter muito medo dele.

— Ótimo — disse Erwin. — Eu vou…

— Mas acho que eles podem ser perigosos de outras maneiras — complementou Steve. — Tudo o que eu disse sobre Carolyn era verdade. Tudo. Ela não é como aquele tal de David, mas acho que ela tem… algo.

— Tem algo?

— Não sei. Ela simplesmente não parece, não sei, indefesa. Alguns dos outros, com certeza. Alguns deles tenho certeza de que *eu* conseguiria dominar. Mas não aquele tal de David, e não ela. Há algo sobre ela… — Steve balançou a cabeça. — Não sei. Eu tomaria cuidado, só isso.

Erwin o estava estudando.

— Quantos deles estavam lá? A família?

— Eu não tenho certeza. Não contei. Cerca de uma dúzia, eu acho, mais ou menos. Mais a velhinha dona da casa. Ela é normal, não é um deles.

Erwin estalou a língua, imerso em pensamentos.

— Você não acredita em mim?

— Sim — disse Erwin. — Acho que sim. Algumas horas atrás, um RC-135 fez um sobrevoo. O infravermelho mostrou treze pessoas lá dentro. Você não sabia disso. Se você fosse mentir sobre alguma coisa, seria um bom lugar para começar.

Infravermelho? Mas isso levantou outra questão.

— Ei — disse Steve —, como você me encontrou, afinal?

— Você trouxe um leão ao veterinário, filho. Mesmo sem a arma, uma coisa como essa certamente causa comentários.

— Então... você estava aqui de férias ou algo assim?

— Ah, entendi. Não. Estou na cidade como uma espécie de consultor especialista da equipe de ataque. Sou o único até onde sabemos que o viu e sobreviveu. Além de você, é claro.

— Equipe de ataque?

— Ah, sim. Muitos pesos-pesados na cidade hoje. Delta, alguns atiradores do SEAL Six, até alguns fuzileiros navais para reconhecimento. Sua senhorita Sopaski está prestes a receber companhia.

— Como você encontrou ela?

Erwin franziu a testa.

— A piranha louca ligou pra Casa Branca. Dá para acreditar nisso?

III

Erwin levou Steve para fora do consultório da veterinária e o deixou, algemado, no banco de trás de uma viatura por mais ou menos meia hora. A pedido de Steve, Erwin cortou as algemas de plástico atrás das costas e recolocou-as na frente. Assim ficava bem mais confortável.

Steve achou aquela meia hora estranhamente relaxante. Era um belo dia de outono. A janela do carro estava aberta o suficiente para deixar passar uma brisa. Ele não estava em perigo mortal imediato. Não tinha grandes decisões a tomar. *Além disso, não preciso mais me preocupar em ser pego. Tem isso também.* Ele não dormiu direito, mas deve ter cochilado um pouco. Erwin cuidou da papelada e discutiu com os policiais. Depois de um tempo, um caminhão com as palavras ABRIGO PARA GATOS EXÓTICOS DO ORIENTE estacionou. Steve sorriu com isso.

Ele esperava ver Naga novamente, mas antes que a trouxessem para fora, Erwin abriu a porta da viatura.

— Acorda pra cuspir. — Ele apontou o polegar por cima do ombro. — Fora.

Steve piscou. Talvez tivesse *mesmo* dormido, um pouco.

— Pra onde?

— Meu carro.

— Este não é o seu carro?

— Eu tenho cara de policial?

— Na verdade…

Erwin lançou-lhe um olhar.

— Não — disse Steve. — Claro que não.

Erwin assentiu. Ele pegou Steve pelo ombro e o conduziu até um Ford sedã comum estacionado a trinta metros de distância.

— Este é um carro do Departamento de Estado. Eu peguei emprestado oficialmente. — Erwin olhou para ele. — Você vai me sacanear?

— Não estou planejando isso.

— Ok. Pode andar na frente, se quiser. Mas eu tenho que deixar as algemas.

— Claro, eu entendo. Ei, ainda estou sangrando?

— Um pouco. Não muito. Na verdade… — Erwin remexeu no banco de trás e pegou um jornal. Ele desdobrou o papel e colocou a seção de esportes do lado do passageiro do banco da frente. — Ok. Sente em cima disso.

Steve pareceu magoado.

— Filho, sua camisa está uma bagunça. E você precisa de uma porra de um banho. Se esse estofamento manchar, eu é que vou ter que limpar. Sem ofensa.

— Não — disse Steve. — Tudo bem. — A essa altura já era fim de tarde, 16h13 de acordo com o relógio do carro de Erwin. Eles saíram do estacionamento e voltaram para a Rodovia 78. Steve deu ao Monsieur Taco um olhar saudoso enquanto eles se afastavam. Estava ficando com fome. — Pra onde estamos indo?

— DC.

— Sério?

— Sim. Muita gente quer falar com você.

— Sobre o quê?

Erwin olhou para ele como se ele fosse um idiota. *O que*, pensou Steve, *suponho que eu seja mesmo.*

— Desculpe. Acho que o que eu quis dizer foi: "O que esperam que eu seja capaz de contar a eles?" Estou tão confuso quanto qualquer um. Mais ainda, provavelmente.

— Hmmm.

— Hmmm o quê?

— Apenas hmm. Eu meio que acredito em você, eu acho.

— É? — Steve se sentiu absurdamente grato por ouvir isso. — Agradeço. De verdade.

Inesperadamente, Erwin saiu da estrada principal e parou no estacionamento de uma madeireira no alto de um morro. Havia alguns carros no estacionamento, mas a maior parte do lugar estava vazio.

— O que você está fazendo?

— Bem, como eu disse, vou levar você para DC. Este é apenas um pequeno desvio.

— Desvio?

— Sim. Os caras do comando Delta não queriam que eu viajasse com eles, mesmo como observador. Estou aqui para identificar aquele tal de David.

— Eles tinham câmeras na prisão. Quando ele me libertou, quero dizer. Eu vi eles.

— Sim. Engraçado isso. Elas não funcionaram. Elas estavam ok quando eu estava falando com você. Mas quando o grande babaca apareceu, as câmeras meio que quebraram magicamente. — Ele deu uma olhada para Steve.

— Isso é meio estranho, não é?

— Eu diria que sim.

— Ok, então é por isso que você está na cidade. Mas por que estamos no estacionamento?

— Bom — disse Erwin. — Ninguém disse que eu não podia assistir. — Ele apontou. Eles estavam à beira de um penhasco íngreme, talvez com trinta metros de altura e quase vertical. Abaixo deles, a cerca de um quilômetro de distância, dois veículos militares paravam do lado de fora de um pequeno loteamento.

— São *tanques*?

— Nah. Um tanque tem uma arma maior. Aquilo ali é um veículo de combate Bradley. É para transportar soldados, principalmente.

— O que eles estão fazendo?

— Chama-se "entrar duro" — respondeu Erwin. Ele puxou uma grande mochila verde do banco de trás e remexeu no seu interior, encontrando um par de binóculos de campo. — Eu tenho uma mira noturna também. Pode pegar emprestado se quiser assistir. Não precisa da luz das estrelas, mas vai aumentar cerca de seis vezes.

— Claro.

Erwin entregou a ele uma grande mira de rifle com ATN estampado na lateral. Steve a segurou. Ampliou muito bem — muito bem, na verdade. Levou alguns minutos de varredura para identificar a casa.

— O que aqueles caras estão...

— Shhh!

Steve se calou. Ele ouviu um ruído surdo e ergueu os olhos da luneta. Dois helicópteros pretos vinham voando do oeste, baixo e rápido. Ele podia vê-los com exatidão, mas seus rotores estavam abafados de alguma forma. Eles não eram muito silenciosos, mas também não tinham o trovão que você esperaria. Um momento depois, os Bradleys partiram com uma nuvem de fumaça azul.

Os helicópteros sobrevoaram a casa da sra. McGillicutty. Cordas pretas caíram de cada um. Os homens deslizaram pelas cordas, uma dúzia ao todo. A sincronização deles não era perfeita, mas foi quase: eles tocaram o solo com um segundo de diferença uns dos outros. Diante dos olhos de Steve, eles se alinharam em ambos os lados das portas francesas que se abriam para o pátio dos fundos da sra. McGillicutty, botas pretas batendo silenciosamente sobre tijolos vermelhos em ampliação de 6x. Os helicópteros recuaram.

Os homens fizeram gestos com as mãos uns para os outros. Dois deles arrombaram as portas com um aríete de metal. Um terceiro homem jogou algo dentro. Houve um clarão e um estrondo. Os homens correram para dentro de casa. Ao observá-los, Steve pensou nos cachorros saindo da floresta.

Começaram a surgir clarões dos canos das armas, primeiro um, depois uma longa pausa, depois mais dois, depois uma fuzilaria. O brilho explosivo era surpreendente nas sombras longas e oníricas daquela tarde suburbana. O som dos tiros chegou um momento depois, transportado pelo ar parado do outono. Uma das janelas da sra. McGillicutty se estilhaçou.

Fracamente, de uma grande distância, Steve ouviu o som de uma mulher gritando. Uma arma automática disparou uma curta rajada de fogo… e depois outra muito mais longa. Outro grito, a voz de um homem. Steve ouviu algo que soou um pouco como o rugido de Dresden. Isso fez com que os pelinhos de sua nuca se arrepiassem.

— Que diabo foi isso? — perguntou Erwin.

Steve balançou a cabeça. *David, talvez?*

Mais tiros, mais clarões. Outra mulher gritou.

Mais janelas quebradas. Pedaços de vidro choveram no gramado bem aparado da sra. McGillicutty, brilhando ao sol. Buracos apareceram na parede, fazendo voar lascas de revestimento de alumínio. *Está todo mundo atirando agora.* Steve ouviu gritos, vozes de homens e mulheres se misturando, aumentando. *Deve estar rolando um inferno lá dentro.*

— Hmm — disse Erwin.

Um dos soldados de elite vestidos de preto saiu voando por uma pequena janela nos fundos da casa. Seu rosto estava coberto de sangue. Seu capacete sumira. Ele não tinha mais a arma. Provavelmente ele esperava dobrar e rolar antes de atingir o chão, mas só conseguiu chegar na metade do caminho para fora da janela antes que algo o pegasse. Seu torso se chocou contra a lateral da casa. Gritando, agitando os braços, ele foi puxado de volta para dentro. Steve viu um clarão de metal dourado, um borrifo de escarlate arterial. Tudo isso aconteceu em menos de um segundo.

Agora os gritos se sobrepunham, aumentando, aumentando cada vez mais.

Steve acenou com a cabeça para o walkie-talkie de Erwin no console.

— Consegue ouvir o que eles estão dizendo?

— Não — disse Erwin. — Eles usam criptografia. Eu não conseguiria, mesmo que soubesse em que frequência eles estavam. — Ele fez uma pausa. — Mas não parece muito bom.

Um membro do grupo de Carolyn, uma mulher de túnica verde-acinzentada, caiu pelas portas francesas no pátio dos fundos. Ela ficou onde caiu, sem se mexer. Seu peito estava coberto de sangue.

— Ei — disse Steve. — Eu reconheço aquela ali. Acho que o nome dela é Jennifer, será?

Os helicópteros, ainda arrastando suas longas cordas, aproximaram-se um pouco mais. Um momento depois, eles recuaram outra vez. Os dois Bradleys na frente da vizinhança começaram a rodar. Uma vez na frente da casa, cada um deles liberou uma pequena horda de homens de verde portando armas automáticas.

Os caras do Exército se moveram em direção à porta da frente. Apenas dois conseguiram. Disparos de armas automáticas da casa derrubaram os demais no jardim da frente — tiros na cabeça em sua maioria, misericordiosamente embaçados àquela distância. Os soldados caíram na grama, como se não tivessem ossos. Todos, exceto um, ficaram imóveis, mas esse, um cara negro, se contorceu e gritou. Suas pernas não pareciam estar funcionando.

— Puta merda do caralho — disse Steve. Ele olhou para lá. O rosto de Erwin estava contorcido de fúria. Seu cabelo grisalho se destacava loucamente contra seu rosto vermelho.

— Eu disse a eles — falou Erwin. — Eu disse a eles que isto aqui era outra coisa. Eu *disse a eles*, caralho.

Três dos homens dos Bradleys chegaram até a casa. Como os homens do helicóptero haviam feito, eles ficaram de pé de cada lado da porta e fizeram gestos com as mãos uns para os outros. Steve pensou: *Eles vão fazer isso. Eles realmente vão entrar lá. De* propósito.

— Caraaaaaaalho.

Mas eles não o fizeram. Algo perfurou a parede. Mais uma vez, Steve captou um brilho de bronze amarelo brilhante e sangue à luz do sol da tarde quando a garganta de um soldado explodiu. Um momento depois, os outros dois também caíram, um após o outro em rápida sucessão. *Ele está esfaqueando todos através da parede.* Isso o lembrou de uma agulha de máquina de costura.

Steve ouviu um zunido. O cano da arma principal de um Bradley começou a virar contra a casa. *Eles vão explodir a casa*, pensou. *Eles vão explodi-la, mesmo com seu próprio pessoal lá dentro.*

Mas eles não o fizeram. As portas traseiras de ambos os Bradleys ainda estavam abertas, então quando David saiu pela porta da frente não tinha nada para detê-lo. *Meu Deus*, Steve pensou. *Ele é tão rápido.* David desapareceu dentro do veículo. Um segundo depois, a escotilha da torre do canhão se abriu e uma única mão, ensanguentada, ergueu-se. Dedos arranharam o ar, indefesos, então a mão escorregou de volta para dentro.

O motorista do segundo Bradley começou a fechar a porta traseira. Foi a ideia certa, mas ele não foi rápido o suficiente. David mergulhou pela porta traseira, com suavidade e elegância.

Mais ou menos um minuto depois, a porta traseira se abriu novamente. Agora o Bradley estava vermelho por dentro. David ficou sozinho na parte de trás, carregando sua lança e — *é a cabeça de alguém?* — algo enfiado debaixo do braço. Por um momento, ele pareceu encarar Steve, a quase um quilômetro de distância. Os pelos na nuca de Steve ficaram todos arrepiados. David sorriu, então se virou e correu de volta para dentro da casa.

Os helicópteros se aproximaram mais uma vez. Suas armas dispararam e começaram a zunir, mastigando o telhado da casa, o tapume, as janelas, a chaminé.

Então Steve viu a silhueta de um homem contra a janela quebrada da casa. Ele estava segurando um rifle. Steve esperou por um momento que fosse um dos caras do Exército, mas a penugem em sua cintura só podia ser um tutu. David atirou, apenas uma vez, e faíscas voaram do rotor de cauda do helicóptero. Ele estremeceu, depois girou, nivelado, mas movendo-se para trás. Sua cauda colidiu com os rotores giratórios do outro helicóptero em uma chuva de faíscas.

Ambos os helicópteros caíram cerca de trinta metros até o chão. Um deles pousou em uma casa vizinha, o outro caiu metade dentro e metade fora da piscina atrás dela. A casa irrompeu em uma enorme explosão de chamas amarelas e fumaça escura.

Então o dia ficou silencioso novamente.

— Puta merda do caralho — disse Steve. Ele se virou para Erwin, esperando que ele pudesse confirmar esse diagnóstico, talvez avaliar com suas próprias ideias. Mas Erwin estava ocupado com outra coisa. Seus olhos estavam fixos em Carolyn. Ela estava parada a alguns metros da janela do lado do motorista, apontando uma pistola para a cabeça de Erwin.

— Oi — disse ela.

IV

Oi pra você também. — Steve conseguiu dizer. Daquele ângulo, ele viu o cabelo amarelo ao lado dela na altura da cintura. Seu primeiro pensamento foi que ela estava ao lado de uma criança loira de três anos. Mas quando esticou o pescoço para ver melhor, encontrou olhos amarelos. — Ei! É a Naga?

Ele soube assim que saiu de sua boca que era uma coisa idiota de se perguntar — *quantos* leões existem em um subúrbio típico? Era ela. Ela estava de pé por conta própria, forte e alerta.

— Sim, eu rastreei vocês dois até o veterinário — disse Carolyn. — Achei que poderia querer que eu consertasse ela pra você.

Steve, ainda algemado, saiu do carro e foi para o lado do motorista. Ele estava indo para Naga, mas Carolyn colocou a mão em seu ombro e acenou com a cabeça para suas algemas. Levou um momento para Steve reconhecer a coisa na mão dela como uma faca de pedra.

— Eu não acho que isso seja afiado o suficiente para...

Ela cortou o plástico resistente em um único golpe.

— Valeu.

Steve se ajoelhou ao lado de Naga e abraçou seu pescoço. Sua ferida estava quase curada — seu pelo não crescera outra vez, mas onde apenas uma hora atrás tinha um buraco sangrento e aberto, ele agora via a pele rosada. Ela lambeu sua bochecha.

— Acho que você é Carolyn — tentou Erwin.

— Bom palpite — disse ela. — Como vai, Erwin?

— Você me conhece.

Ela não respondeu. Steve notou que o dedo indicador dela tremia, só um pouquinho.

— Você vai atirar em mim com esse troço? — perguntou Erwin.

— Não machuque ele, Carolyn — disse Steve, ainda ajoelhado. — Esse cara é legal. — Então, para Naga, que ainda o lambia: — Vamos, ok, já chega.

— Eu nem sonharia em fazer isso — disse ela. E então abriu a porta traseira do Ford e se jogou no banco de trás.

Erwin, sentado no banco da frente, deu um pequeno aceno de cabeça para Steve.

Steve acenou para ele deixar pra lá. Ficou parado ao lado da porta dos fundos aberta, olhando para Carolyn. Ela se sentou encostada no encosto de cabeça traseiro, os olhos fechados. A arma estava no assento ao lado dela. Steve olhou para as ruínas fumegantes da casa da sra. McGillicutty.

— Você foi apanhada nessa confusão?

Carolyn balançou a cabeça.

— Não. Saí cerca de uma hora antes do início do tiroteio. Eu estava procurando por você na casa. — Ela abriu os olhos e lhe lançou um olhar severo. — Você devia ter esperado por mim lá. Não é seguro aqui fora.

— *Aqui* fora? — disse Steve, incrédulo. — Porra, aqui é a Disneylândia em comparação com aquele lugar. De qualquer forma, pensei que toda a questão era que você não poderia entrar em...

Erwin a estava estudando pelo espelho retrovisor.

— Você sabia que isto ia acontecer, não é?

Ela assentiu novamente.

— Isto ou algo parecido. O presidente é um homem orgulhoso. Quando forcei a barra com ele ontem, ele precisava fazer algo para mostrar que sujeito assustador ele é.

Ambos olharam para ela.

— Sim — Erwin disse, todo traço do caipira amigável sumindo de sua voz. — Eu diria que você acertou em cheio. Mas estou curioso... como você conseguiu os códigos para passar pela central telefônica?

Ela agitou uma mão no ar.

— Eu sou cheia de truques.

— Ela é mesmo — concordou Steve.

— Sim — disse Erwin. — Estou começando a entender isso.

— O que aconteceu com o resto deles? — perguntou Steve. — Seus, hmm, "irmãos e irmãs"?

Carolyn abriu os olhos.

— Eu ia perguntar a você — disse ela. — Alguém por acaso saiu? Talvez alguém com um animal?

— Ninguém que eu tenha visto — respondeu Erwin. — Acho que não.

A expressão de Carolyn era impossível de ler.

— Então eles quase certamente estão mortos. Esse era o resultado mais provável.

— Tem alguém na varanda dos fundos — disse Steve calmamente. — Uma mulher. Cabelo loiro, meio curto e espetado? Você pode pegar minha mira emprestada se você...

Carolyn balançou a cabeça e fechou os olhos outra vez.

— Prefiro não, se você não se importar. É Jennifer. — Então, falando consigo mesma: — Pelo menos ela morreu chapada. Ela teria desejado assim.

— Sinto muito por isso, senhora — disse Erwin.

— Obrigada, Erwin. É muita gentileza sua dizer isso. Agora somos apenas David, Margaret e eu.

— Margaret? — perguntou Erwin.

— Aquela que cheira mal — contou Steve.

— Ah — disse Erwin. — Como você sabe que ela não está morta também?

Carolyn sorriu, ainda com os olhos fechados.

— David nunca deixaria ninguém mais machucar Margaret.

Steve olhou pela mira telescópica. A casa estava silenciosa agora. Fios finos de fumaça escapavam das janelas. Enquanto ele observava, a sra. McGillicutty cambaleou para fora. Ela estava ensanguentada e atordoada, mas muito viva.

— Ei, lá está aquela senhora! O que é aquilo que ela está segurando?

Carolyn pegou a mira e procurou por si mesma, depois a devolveu.

— Muffins. Ela está segurando muffins. — Balançou a cabeça, sorriu um pouco. — David deve tê-la salvado também. Justo quando você pensa que conhece uma pessoa...

— O que fazemos agora? — perguntou Steve.

— Agora vamos esperar um pouco.

— Pra quê? — indagou Steve.

— Pra David voltar.

— Voltar? — perguntou Erwin. — Pra onde ele foi?

— Ele está indo pra Washington.

— Pra quê?

— Ele vai matar o presidente e todos os envolvidos no que acabou de acontecer. Ele usará as definições mais amplas possíveis de "todos" e "envolvidos".

Steve arregalou os olhos para ela.

— Isso é impos... ele pode fazer isso?

— David? Sim. Eles já podem muito bem começar a cavar as sepulturas agora. O presidente é um homem morto.

Steve olhou para ela, horrorizado.

— Ah, pelo amor de Deus. Foi ideia *dele* começar a matar pessoas, lembra? Antes de seus caras do Exército aparecerem, todos estavam sentados tranquilos comendo brownies. De qualquer forma, duvido que a maioria das pessoas perceba. Elas terão coisas maiores com que se preocupar.

Os olhos de Erwin se estreitaram.

— O que isso significa?

— Que horas são?

— Ahn… — Ele olhou para o relógio no painel. — Por volta das quatro e quinze?

— A qualquer segundo agora. — Ela deu um sorriso tênue e selvagem.

Steve sentiu os pelos da nuca se arrepiarem.

— Carolyn, o que você fez?

Ela não respondeu com palavras, apenas apontou para o céu.

Passava um pouco das quatro da tarde. O sol ainda estava bem acima da linha das árvores. O céu estava claro. Não houve eclipse. Todas essas coisas eram verdade, mas depois de alguns segundos Steve foi forçado a aceitar o que seus olhos lhe diziam.

O sol estava se apagando.

V

Durante o minuto e meio seguinte, mais ou menos, o sol se desvaneceu do amarelo brilhante que era normal para esta hora do dia para um laranja mais suave de pôr do sol, depois vermelho. Steve, observando isso, pensou: *É como se alguém estivesse girando o interruptor de um dimmer para reduzir a luminosidade da lâmpada muuuuito devagar.*

A princípio, Erwin colocou a cabeça para fora da janela do lado do motorista para assistir, mas então — evidentemente esquecendo que estava meio que sob custódia — ele abriu a porta do Taurus e parou no estacionamento ao lado de Steve.

— Eclipse? — Steve disse com suavidade, sabendo que não era.

Erwin balançou a cabeça.

— Não. Não pode ser. Talvez seja… ele está encolhendo também?

— Eu não sei dizer… bem… sim. Talvez. — Steve ergueu a unha do polegar para comparação. Ele podia fazer isso sem nem apertar os olhos. O sol havia desbotado para um marrom sujo e sem entusiasmo. Quando finalmente escureceu, ele viu que *encolheu* visivelmente, pelo menos um pouco.

Então ele se foi.

Steve sentiu o calor da tarde desaparecer de sua pele. A brisa de outubro, seu leve frio de repente ameaçador, farfalhava as folhas secas. *Quão frio pode ficar?*, ele se perguntou. *Quão frio fica em Plutão? O oxigênio é um líquido lá, não é?* Ele estremeceu mais do que a brisa realmente justificava.

— Você está vendo isso? — indagou Erwin suavemente.

— Acho que sim — disse Steve. — Tem certeza da hora? — Ignorando a evidência diante de seus olhos, ele se apegava à noção de que talvez fosse apenas um pôr do sol normal.

Erwin olhou para o relógio.

— Quatro e dezoito, mais ou menos.

— Você tem *certeza*? — perguntou Steve. Seu coração batia forte no peito. As estrelas apareceram fora. Elas queimavam sua luz sobre ele como os olhos de monstros distantes, enormes e impiedosos. Um poste de luz piscou e acendeu, cobrindo o estacionamento com uma luz amarela remelenta. Naga olhou para o céu e rugiu, inquieta.

— Bem na hora — disse Carolyn atrás dele. Ela parecia satisfeita consigo mesma.

Steve se virou.

— *Você* fez isso? Isso é impossível. Tem que ser... — Ele agitou as mãos, impotente. — Por que você faria isso?

— É uma longa história.

— Isso é real? — perguntou Erwin. Sua voz era monótona, sem emoção. Seus olhos se deslocaram velozes de um lado para o outro entre o rosto dela e a arma em suas mãos. — Não é um truque?

— Eu não faço truques. — Ela deu um passo para trás, fora do alcance.

— Ponha ele de volta! — disse Steve. — Ligue ele! Vamos todos... ligue ele de novo!

Ela balançou a cabeça.

— Não posso.

— *Jesus Cristo*, Carolyn! Você precisa! Nós vamos... todo mundo vai... vamos congelar!

— Não imediatamente — disse ela. — Eu conversei sobre isso com Peter uma vez. A atmosfera funciona como um cobertor. O calor residual acabará desaparecendo, mas ainda temos algum tempo.

— O que é que nós vamos fazer?

Ela parou para pensar.

— Está com fome? Eu estou morrendo de fome. Temos algum tempo para matar. Conheço um bom restaurante mexicano descendo a estrada. O guacamole é…

— Não estou interessado em nenhuma porra de um taco, Carolyn!

— Ah, *qualé*! A comida é boa mesmo.

— Olha, estou cansado dessa babaquice. *Agora* eu quero que você…

— Me traz um pouco de guacamole e eu direi o que você quiser saber.

Steve, com o rosto vermelho, prendeu a respiração para gritar outra coisa… então fechou a boca com um estalo audível de seus dentes.

— Vai mesmo? Qualquer coisa?

Ela assentiu.

— Sim.

— Ok — disse Steve. — Tá.

Carolyn voltou-se para Erwin.

— Nós vamos pegar o seu carro.

Erwin levantou uma sobrancelha. Ele tinha cerca de um metro e oitenta e dois, calculou Steve, e estava em uma forma física fantástica. Lembrou-se de como o grande policial murchou sob seu olhar.

Carolyn, com a pistola na mão, ergueu as sobrancelhas. Ela sorriu de uma maneira muito agradável.

— As chaves estão nele — disse Erwin.

— Dinheiro — disse Steve. — Você trouxe a mochila?

— O quê? Ah. Não, desculpe. Eu dei pro taxista.

— Pro *taxista*? Todos os 327 mil?

Ela deu de ombros.

— Eu me senti meio triste por ele. Eles comeram alguns de seus dedos.

— Espere, o quê? Quem comeu… — Ele se interrompeu. — Pensando bem, não importa. Eu não quero saber. — Steve esfregou a testa e olhou para Erwin. — Você tem algum dinheiro?

Erwin ergueu ambas as sobrancelhas desta vez. Mas então deu de ombros e vasculhou a carteira. Entregou três notas de vinte, uma de cinco e duas de um.

— Esse é todo o meu dinheiro. Quer meu AmEx também?

— Não, obrigado.

— Obrigada, Erwin — disse Carolyn. — Você tem sido muito útil.

Steve abriu a porta traseira do Taurus e deu um tapinha no assento com a mão. Naga hesitou, depois pulou para dentro. Carolyn ocupou o assento do passageiro. Quando Steve engatou a marcha do Ford, ela disse:

— Espere.

O HK dela era idêntico ao que ela dera a Steve. Ela manuseou a alavanca para soltar o pente, então puxou o ferrolho para trás, ejetando a bala na câmara. Ela clicou a munição solta de volta na câmara, em seguida, virou-se para Steve.

— Como faço para baixar a janela?

Steve apontou para um botão na porta. Quando a janela estava abaixada, ela acenou para Erwin.

— Aqui — disse ela. Ela lhe entregou a pistola vazia, pelo cabo. — Para proteção. Tem muita gente maluca esta noite. Tome cuidado.

— Não adianta muito sem balas — observou Erwin.

— Vou colocar a câmara na calçada ao pé do morro.

Erwin assentiu.

— Obrigado.

Quando estavam já um pouco fora do estacionamento, Steve entrou em uma faixa de conversão e parou. Carolyn colocou a câmara ao lado de um poste de luz e acenou para Erwin. Ele acenou de volta.

— O que é que foi tudo isso?

— Ele parece legal. — Ela deu a ele um sorriso vago.

Steve sabia que ela estava mentindo de novo.

VI

Para irritação de Steve, Carolyn estava certa. O guacamole realmente era excelente.

O restaurante de que ela gostava era o Monsieur Taco, que ficava no mesmo shopping que a clínica veterinária. Carolyn insistira para que fossem até lá, aquele restaurante em particular e nenhum outro, embora o estacionamento ainda fervilhasse de policiais. Ela disse que não seria um problema. Steve teve um momento ruim quando o grande policial que Erwin humilhara olhou para eles, mas não deu em nada. Steve estacionou nos fundos e Carolyn disse algo para Naga. Ela voltou e se enrolou no banco de trás para dormir.

O lugar era estranhamente sofisticado para um mexicano de shopping — entre outras coisas, havia manobristas e um porteiro. Steve estacionou sozinho, porém... Naga estava dormindo no banco de trás, e ele não achou que isso fosse muito bom. Ele também estava preocupado que o fato de sua bunda estar visível através de um buraco em sua calça de moletom encrustada pudesse ser um problema. Mas o mais perto que alguém chegou de causar problemas foi o maître. O braço direito dele estava engessado e ele aparentemente se lembrava de Carolyn de uma visita anterior. Quando ela pediu uma mesa para dois, ele gritou e correu para a porta.

Steve deu a Carolyn um olhar de mas-que-porra.

— Hein? Ah. Viemos aqui algumas semanas atrás. David não entende o conceito de dinheiro. Quando ele começou a sair sem pagar, aquele cara o agarrou e... — Ela parou.

— Rolou uma porralouquice básica. Entendi.

Eles acabaram se sentando no bar.

Steve achou que não conseguiria comer, mas Carolyn insistiu que ele experimentasse os tacos de lagosta. Enquanto esperavam, ele bebeu meio jarro de margaritas, o que o refrescou um pouco. Quando a comida chegou à sua frente, ele já tinha redescoberto seu apetite. Carolyn, no entanto, conseguiu dar apenas algumas mordidas.

— Eu odeio admitir, mas isto aqui é realmente fantástico. — Steve mastigou uma batata frita e empurrou a tigela de guacamole alguns centímetros para mais perto dela. Ela comeu uma ou duas batatas, mas ficou apenas empurrando o jantar no prato. — Algo errado? Achei que você tinha dito que estava morrendo de fome.

— Estou, mas meu estômago está um pouco irritado. — Ela deu de ombros. — Nervos, talvez. Tenho muito em que pensar.

— Hmm. Você disse que responderia a perguntas?

— Claro. Poderia muito bem. Temos tempo para matar, e isso vai distrair minha mente... de outras coisas. Pergunte-me o que quiser.

O restaurante estava começando a encher. Uma senhora com estola de vison olhou de soslaio para as polainas de Carolyn e para a camisa ensanguentada de Steve, depois fez algo arrogante com o rosto. Steve acenou para ela no estilo Queen Elizabeth, usando apenas o pulso, e deu a ela um grande sorriso cheio de dentes. Ela saiu correndo.

— Hmm. Por onde começar? — Ele tamborilou com os dedos na mesa. — Você realmente consegue falar com Naga? Tipo, quero dizer, *sério*?

— Consigo, sim. As línguas animais são sua própria especificidade, mas eu me viro bem. Minha pronúncia não é tão boa quanto a de Michael.

— Como vocês aprenderam isso?

— O Pai descobriu. Ele fez anotações.

— Anotações sobre como conversar com leões?

— Isso, sim. Outros animais também. Tudo que tem uma linguagem, na verdade.

— Isso deve ter levado um tempo.

— Cem anos ou mais para o primeiro par de espécies, eu acho. Menos depois que ele pegou o jeito. Então, vendo a expressão no rosto de Steve: — Ele é muito velho, sabe. E ele continuou ocupado. As línguas são realmente o que menos importa. — Ela suspirou. — *Mesmo*. O que menos importa. Confie em mim.

— Tipo, de quantos anos estamos falando?

— Ninguém tem certeza. Pelo menos 60 mil anos. Talvez muito mais. Mas a pergunta não é mesmo significativa. Ele passou grande parte de sua vida na Biblioteca. O tempo é diferente lá.

— Entendo — disse Steve, devagar. — E é de lá que você também é? A Biblioteca?

— O quê? Bem... sim e não. Eu nasci em... Cleveland, eu acho? Em algum lugar que começa com um *c*, de qualquer maneira. — Ela deu um pequeno e triste sorriso. — Mas... sim. Acho que sou da Biblioteca.

— Não estou entendendo.

— Eu também não sei se entendo, honestamente. Quero dizer, eu sei *o que* ele fez conosco, mas realmente não tenho ideia do *porquê*.

— Quem?

— O Pai.

— Seu pai?

Ela balançou a cabeça.

— É assim que o chamamos. Ele não era meu Pai biológico. Não tenho certeza se isso seria possível. Ninguém sabe o que ele de fato é.

— Então... o quê? Ele é, tipo, um alienígena?

Ela deu de ombros.

— Talvez? Mas acho que não. Mas também não acho que ele seja humano. Originalmente, quero dizer. O mundo é muito diferente agora do que era na terceira era. Provavelmente não havia ninguém quando ele nasceu.

— Terceira era?

— Esta era, a era do governo do Pai, é a quarta. Antes do Pai, a criação era governada por outra coisa. Era mais sombrio então. Ao que tudo indica, foi uma época pior. Esse foi o mundo no qual o Pai nasceu, aquele que ele conquistou.

— Eu não…

Ela agitou a mão, como se afastasse uma distração.

— Como o Pai começou, de verdade, não importa.

— Então o que importa? — perguntou Steve, irritado. Ela o fazia se sentir como uma criança.

Ficou obscuramente satisfeito quando ela levou a pergunta a sério, franzindo a testa enquanto pensava em como responder.

— Ele é esperto — disse ela, enfim. — Essa é a chave. Acho que tudo fluiu a partir disso. — Ela olhou para ele. — Isso é apenas especulação, você entende? Eu realmente não sei.

— Bem-vinda ao meu mundo.

Ela franziu a testa.

— Desculpe. Continue, por favor. Estou interessado.

Ela assentiu com a cabeça e olhou para seu club soda.

— Ok. Esta primeira parte eu tenho quase certeza. Imagine alguém como Isaac Newton, um gênio único na história. Talvez humano, talvez nem tanto. Tudo o que importa sobre ele é que ele é muito, muito inteligente. Isso e o fato de que ele nasceu em uma época terrível, provavelmente pior do que você pode imaginar. Algo como o inferno, só que real. Era governado por uma coisa chamada Imperador.

— Até aqui estou acompanhando.

— Ótimo. Aqui é onde eu começo a adivinhar. Na Biblioteca há doze catálogos, mas o *primeiro*, o catálogo branco, é de medicina. Acho que isso pode ser significativo. Talvez o Pai tenha começado como o que quer que se passasse por médico naquela época. O Pai tropeçou em algo que era muito útil para consertar: uma planta, uma poção, qualquer coisa. De alguma forma, ele descobriu como prolongar sua vida, para ganhar tempo. E ele usou *esse* tempo para aprender mais, viver mais. Por fim, ele ficou satisfeito por poder viver o quanto quisesse, curar quaisquer feridas que surgissem. Depois disso… ele usou esse tempo para aprender outras coisas sozinho.

— Como o quê?

— Bem... o segundo catálogo é a guerra. Acho que também pode não ser uma coincidência. O Pai é astuto. Imagino que ele tenha ficado quieto no início, planejando, organizando as coisas, reunindo seu poder. Como vocês dizem? "Voando sob o radar." Então, enfim, quando estava pronto — ela bateu na barra com uma unha esmaltada —, ele voltou sua atenção para o autor de sua miséria. Ele entendeu, eu acho. A única fuga real do inferno é conquistá-lo. Ele tinha aliados: Nobununga era um jogador importante, e alguém chamado Mithraganhi. Eles são os únicos que sabiam com certeza o que aconteceu e não estão falando.

— Os três o mataram? Esse tal de Imperador?

— Bem... Duvido que Pai o tenha deixado escapar assim tão fácil. Mas sim, eles o usurparam.

— Ok. E depois, o que aconteceu?

— Não sei. Os registros se perderam. Mas de uma forma ou de outra, a terceira era acabou. Houve outras batalhas depois disso, traições, guerras. Inimigos surgiram e caíram. O Duque, Norte Q-33, outros. Por fim, o Pai ficou poderoso o suficiente para que ninguém pudesse desafiá-lo.

— Então onde você entra? Vocês, quero dizer. Você, David e o resto.

Ela tomou um gole de seu club soda.

— Sessenta mil anos depois, mais ou menos. Vinte e três anos atrás. Era final do verão. Eu tinha uns oito ou nove anos quando eles... bem. Foi quando ele nos adotou. — Ela parou para pensar. — Ou talvez "adotou" não seja a palavra certa. Éramos mais como seus aprendizes.

— Então o que... — Steve parou.

A TV atrás do bar estava sintonizada na CNN. Durante o jantar, a cobertura se concentrou na misteriosa ausência do sol — o que foi isso? — mas agora, evidentemente, havia o Plantão de Notícias.

Wolf Blitzer, parecendo atordoado, estava falando sobre algumas imagens granuladas de uma filmadora tiradas da calçada em frente à Casa Branca. Uma parte da cerca de ferro forjada ao redor do gramado da frente foi quebrada. Tinha uma pegada nua e ensanguentada na calçada ao lado do corpo — inconsciente ou morto — de um adolescente. A câmera olhou para cima. Ao fundo, a ala leste da Casa Branca estava em chamas descontroladas. Garras de fogo de dez metros de comprimento arranhavam o céu noturno. Wolf Blitzer estava dizendo coisas como "perda catastrófica de vidas" e "ordem constitucional de sucessão".

— Puuuuta que pariu — disse Steve suavemente.

As imagens estavam granuladas e quem estava segurando a câmera não estava fazendo um bom trabalho em mantê-la estável. Mesmo assim, Steve conseguiu distinguir um homem a meia distância, recortado contra o fogo. Ele carregava uma longa vara que piscava em amarelo quando a luz batia nela. *E... oh. Uau.*

A parte fofa em sua barriga só poderia ser um tutu.

Steve pediu uma tequila.

Carolyn seguiu seu olhar. Vendo o que estava na TV, ela assentiu.

— Já acabou? Precisamos sair logo.

— Acho que sim — respondeu Steve, distraído.

Carolyn se levantou e desapareceu no banheiro feminino. Agora Wolf Blitzer estava fazendo uma entrevista ao vivo com um advogado que tinha visto o ataque à Casa Branca. O advogado, meio histérico, ficava passando os dedos pelos cabelos ralos e repetindo "Ele matou três, cara! Três! Fez uma puuuta sujeira!" De vez em quando, Blitzer acenava com a cabeça, sério, mas encorajador. Enquanto conversavam, alguém explodiu o edifício do Capitólio. Os estilhaços da explosão — pode ter sido uma cadeira de escritório — arrancaram o braço esquerdo do cara histérico. A pressão excessiva derrubou Wolf Blitzer e o fez cair de bunda. Um segundo depois, Erin Burnett cortou para uma entrevista gravada com uma mãe do futebol em Maryland que tinha visto algo "maior que um elefante" andando pela lateral da interestadual.

O barman encheu a tequila de Steve sem pedir e serviu uma para ele mesmo.

— Está pronto? — perguntou Carolyn.

— Sim, quero dizer, não. Ou talvez. Eu acho. Temos mais um minuto? Eu acabei de... — Ele acenou com a cabeça para a tequila.

— Ok. Mas se apresse.

— Sim, senhora. — Ele derrubou metade da tequila de um só gole. — Você teve algo a ver com isso?

Na TV, a mulher que tinha visto a coisa tipo elefante levantou a mão. Seus olhos reviraram. Ela estava gritando. A pele de seu braço estava preta como breu, como se tivesse sido mergulhada em tinta, e algo estava errado com seus dedos — eles tremiam, não mais como dedos. Eles pareciam tentáculos para Steve.

— Na verdade. Bem… indiretamente. Vem de Barry O'Shea, ou talvez um de seu povo. Eles são muito contagiosos.

— Quem? Contagiosos? O que é isso?

— Ela tem um… é chamado de vírus da realidade. Na verdade, não é tão perigoso, apenas parece ruim. Os tentáculos agem como, hmm, antenas, mais ou menos. Eles a tornam receptiva aos pensamentos ocultos. Se ela não tratar, pode ficar possuída.

— Possuída? Você quer dizer, tipo, por demônios? *Esse* tipo de possessão?

— O quê? Não. — Carolyn riu. Por um momento terrível, Steve pensou que ela poderia beliscar sua bochecha. — Isso não existe, Steve.

— O que é, então?

— Os Silenciosos. Eles são puro pensamento, mas se manifestam como coisas grandes e pesadas, meio que prateadas. São uma relíquia da terceira era. Eles não podem ser mortos, mas a radiação de amplo espectro do sol era profunda o suficiente para torná-los inertes. Sem ele, Barry decidiu que é hora de fazer sua jogada. Isso faz sentido?

Steve apenas olhou para ela.

— Não. Não, na verdade, não.

— Bem… não se preocupe com isso. Quando as coisas se acalmarem, resolverei essa parte. Barry é um peso leve. — Ela acenou com a cabeça para a mulher dos tentáculos. — De qualquer forma, há uma cura fácil.

— Uma cura fácil para transformar seus dedos em mãos de monstro?

— Bem… mais ou menos fácil. A melhor coisa, obviamente, é simplesmente não tocá-lo em primeiro lugar.

— Ah, obviamente.

— Não se preocupe tanto, Steve. As pessoas vão se ajustar.

— Ajustar a *quê*, exatamente? Ainda não entendo do que se trata tudo isso.

— Tem a ver com a Biblioteca — disse Carolyn. — No momento, a única coisa que importa é quem assume o controle da Biblioteca do Pai.

— Biblioteca? Quem se importa com uma biblioteca?

Carolyn revirou os olhos.

— Americanos.

— O quê?

— Você viu um pouco do que podemos fazer; Lisa, eu, David. O que você acha?

Steve engoliu em seco.

— Parte disso foi... sim, foi incrível.

O rosto de Carolyn estava banhado pela luz vermelha das lâmpadas do bar, mas seus olhos estavam escuros.

— O que você viu não é *nada*, Steve. Truques de salão. Para todos os efeitos, o poder da Biblioteca é infinito. Hoje à noite vamos decidir quem herdará o controle da realidade.

— O que você quer dizer?

— Exatamente o que eu falei.

— Carolyn... isso é uma loucura. Eu sei que você pode fazer algumas coisas esquisitas, mas...

Ela levantou a mão.

— Podemos discutir mais tarde. Mas agora precisamos ir.

— Ir para onde, exatamente?

— Garrison Oaks — disse ela.

— Por que faríamos isso? Acabei de sair de lá. Era exatamente o oposto de diversão. E por que diabos você me mandou lá em primeiro lu...

— Mais tarde. Agora eu tenho que encontrar David. Ele vai acabar com Erwin em breve.

— Erwin? David está com Erwin?

Ela assentiu.

— Erwin estava tentando uma emboscada. Se não nos apressarmos, David o matará.

— Quando você diz "encontrar David", o que exatamente quer dizer? Você... você não está, tipo, conspirando com aquele cara, está?

Ela não respondeu. Por mais que tentasse, ela não diria mais nada.

INTERLÚDIO IV

DOLORIDA E PRECISANDO DE CONFORTO

I

Carolyn morreu cerca de cinco anos após a fogueira do touro. Aconteceu bem no final do inverno, durante aquelas seis semanas ou mais, quando a brisa ainda sopra fria, mas as noites na floresta estão cheias dos uivos de gatos no cio. Ela tinha dezesseis ou dezessete anos então.

Quando as pessoas são ressuscitadas, costumam dormir por um tempo, mas Carolyn voltou à vida como um fósforo aceso à meia-noite. Havia mãos sobre ela; ela estava sendo *tocada*. Ela saltou, agarrou o cabelo de alguém, levantou-se para morder.

— Porra! Carol-aagh! — Os olhos de Jennifer, a centímetros de distância, aterrorizados.

— Ah… — Carolyn piscou para ela por um momento, então a soltou. — Desculpe.

Jennifer recuou alguns metros, fora de alcance.

— Diabos, Carolyn! — Ela levou a mão ao coração. — Você me assustou pra *caralho*! Nossa!

— Desculpe. — Ela fez um esforço para soar calma, suave. Aquilo, o que quer que fosse, ela não conseguia se lembrar, não era culpa de Jennifer.

Jennifer olhou para ela, desconfiada. Ela não parecia chapada.

— Tudo bem. Você não deve tentar se mover ainda.

Carolyn assentiu. *Se ela não está chapada, eu devo estar muito mal.*

— Tá bom então. — Ela mostrou a Carolyn suas mãos vazias, depois deu um tapinha no ar como se acalmasse um animal invisível. — Amigas, certo?

Carolyn assentiu novamente.

Um tanto tranquilizada, Jennifer recuou e tomou seu pulso. Ao fazê-lo, Carolyn olhou em volta. Seu quartinho, normalmente imaculado, estava uma bagunça — metade das estantes reviradas, com livros e pergaminhos espalhados pelo chão. Sua mesa estava de lado. Uma gaveta estava meio aberta, torta, apontando para o céu. Ela torceu o nariz.

— Que cheiro é esse?

— Ahn... bem. Talvez você, um pouco.

— Como assim?

— Aconteceu há alguns dias. E você sabe... está esquentando. — Jennifer desviou os olhos. — Sinto muito, Carolyn. Todos nós apenas imaginamos que você estava estudando.

— Quanto tempo...?

— Três dias, eu acho. Como estão seus braços?

— Meus braços? O que você qu... Ah. Certo. — Seu rosto nublou um pouco. Ela estava se lembrando.

Olhando para baixo, viu fracas cicatrizes brancas em seus antebraços, onde tinha sido esfaqueada com as canetas. Ela olhou para a mesa. Uma das canetas — uma Mont Blanc de bronze, sua favorita — ainda estava embutida na madeira. No centro de suas novas cicatrizes havia pequenas marcas de tinta preta. Ela flexionou as mãos, os braços. Não doeu nada.

— Estou bem, eu acho. Só um pouco dolorida.

— Desculpe. Ainda não sou perfeita nessa parte. Como está sua mandíbula?

— Minha mandíbula? — Então, lembrando: — Ah. Certo. — Ela abriu a boca, mastigou o ar vazio por um segundo, mexeu o maxilar de um lado para o outro. — Ótima. Está tudo bem, sério. Obrigado, Jennifer. Você faz um bom trabalho.

— Sim, bem. Eu tenho muita prática. Estou feliz que você esteja bem. Você estava bastante... — Ela se interrompeu. — Estou feliz que você esteja bem. — Com o trabalho feito, Jennifer remexeu em seu kit e apareceu com seu cachimbo de prata. — Você se importa?

— Vá em frente. Então... estou confusa, Jennifer. O que aconteceu?

Jennifer lhe deu um olhar profissional.

— Você ainda não se lembra?

Carolyn franziu a testa, concentrando-se.

— Está nebuloso.

— Espere um minuto. Eu espero aqui. — Ela deixou o cachimbo de lado por um momento.

Carolyn olhou ao redor da sala — sua cadeira estava virada atrás da mesa. Sua cama ainda estava arrumada, mas um pote de tinta tinha derramado sobre a colcha. *Arruinado*. Um dos livros no chão estava aberto em uma página pintada com pinceladas longas e largas.

Esse último provocou algo.

— Ah, espere… enquanto esperava por Alicia, eu estava estudando Quoth.

— Estudando o quê?

— Desculpe: Quoth. É a linguagem das tempestades. Algumas delas são grandes poetas. — A página aberta era um trecho de uma rajada de Júpiter de décadas atrás, a estrofe mais sombria de uma obra maior. *Agora*, ela leu, *é o poço mais negro do inferno.*

Não, pensou Carolyn, arregalando os olhos levemente. Isso foi apenas uma parte. *Eu estava* fingindo *estudar Quoth*. Ela olhou para a estante no canto, mas desse ângulo ela estava escondida atrás da mesa. Fingindo uma casualidade que não sentia, ela se firmou contra uma prateleira e se levantou — ou tentou, de qualquer maneira. Ela foi longe o suficiente para ver que a pequena estante marrom no canto atrás de sua mesa estava na vertical e imperturbável. Vendo isso, seu alívio foi tamanho que suas pernas cederam. Ela desabou, sem graça, de volta no chão.

— Diabo!

Jennifer piscou. Carolyn era geralmente muito branda.

— Vá com calma. Seu coração provavelmente ainda não está em alta velocidade. Então… você se lembra agora?

— Estou começando a me lembrar. — Mesmo sobre a dor havia sua voz, seu sorriso. *Tente gritar. Grite por mim. Se você gritar por mim, eu paro. Se você gritar por mim, eu deixo você ir.*

— Foi David?

Carolyn não confiava em si mesma para falar. Ergueu os olhos para Jennifer, com o cenho franzido, os músculos do maxilar saltando.

— Desculpe. Pergunta idiota. O que aconteceu?

— Eu me lembro da maior parte. Mas não o, você sabe, o, o fim.

— Isso é normal — disse Jennifer. — Esta foi a primeira vez que você morreu, certo? Ninguém nunca se lembra da primeira vez. Da próxima vez você vai reter um pouco mais, e assim por diante.

— Ah. Eu ouvi dizer. Por quê? Você sabe?

— Sim, mas não devo dizer. Meu catálogo. Desculpe.

Carolyn balançou a cabeça.

— Está bem.

— Continue — disse Jennifer, ainda gentil. — Me conte o que aconteceu.

Carolyn ficou sentada em silêncio por um longo tempo, olhando à meia-distância. Quando falou, seu tom era perfeitamente calmo, até entediado. Ela poderia estar falando sobre o almoço.

— Isso importa?

Jennifer ergueu um pouco as sobrancelhas. Ela colocou o cachimbo de volta na bolsa.

— Não importa?

Algo em sua voz disparou o alarme. Carolyn voltou a si.

— Claro! Quero dizer, claro que sim. Estou, hmm, muito chateada. Obviamente.

— Quer falar a respeito?

A resposta real para isso era que ela preferia ter feito outra rodada com David. *Quase.* Mas ela não podia dizer isso, nem mesmo pensar nisso. Se Jennifer pensasse que ela estava… o que quer que fosse… pode chamar a atenção para ela. Ela poderia até dizer algo para o Pai.

— Eu odiaria tomar muito do seu tempo. Tenho certeza de que você tem coisas para…

Jennifer estendeu a mão e tocou seu antebraço.

— Sim, mas elas podem esperar. É pra isso que servem os amigos. De qualquer forma, é meio que o meu trabalho.

A porta de seu quarto era à prova de som, mas Jennifer a deixara aberta. No salão principal, Peter estava praticando sua bateria. As batidas ecoavam de jeito estranho pelo corredor de metal. Carolyn as sentia tanto quanto ouvia, um estrondo baixo em suas têmporas, em seu coração. Tentando canalizar Asha, ela lançou seu melhor olhar queixoso.

— Tudo bem — disse ela em voz baixa. — Só me dê um segundo.

— Claro.

Ela se concentrou e, depois de um momento, conseguiu produzir uma única lágrima. Ela a deixou rolar pela bochecha esquerda por uns dois ou três centímetros, depois a limpou. *Perfeito.*

Jennifer se sentou ao lado dela no chão, a uma distância íntima.

— Você se importa?

Ela se importava.

— Não, claro que não. Então… a maneira como começou foi que David entrou com um pergaminho. Ele disse que queria minha ajuda com uma tradução. — Ela olhou para Jennifer. — Mas ele estava nu.

Jennifer deu um pequeno e sombrio aceno de cabeça. Andar nu não era exatamente a quebra de etiqueta para os bibliotecários como seria para os americanos — entre outras coisas, os banheiros eram unissex —, mas era incomum. Quando Michael acabava de voltar do oceano, às vezes ele se esquecia de se vestir. As pessoas riam dele por isso. *Mas ninguém ri de David.* E havia apenas um motivo para ele ir nu ao quarto de Carolyn.

— O que você fez?

Carolyn olhou para ela.

— Pedi para ele sair. Ele fez, e isso foi o fim.

Ela pretendia fazer disso uma espécie de piada, mas quando disse em voz alta soou amargo, petulante. Jennifer disse "desculpe" outra vez, mas ela estava olhando para Carolyn com um olhar clínico e desapaixonado que Carolyn não gostou nem um pouco.

Foco.

— Comecei a ficar nervosa quando olhei para o pergaminho. Não era nada exótico, apenas pelapi, mas um pouco antiquado. "Em verdade" isso e "seguramente" aquilo, sabe?

— Ele precisava de ajuda com isso?

— Não. Claro que não. Foi uma desculpa.

— Por que você o deixou entrar? — As portas dos dormitórios tinham um olho mágico e trancavam dos dois lados.

— "Deixou" pode ser um pouco forte. Eu estava esperando Alicia, então deixei a porta entreaberta. Deveríamos praticar Swahili. Está em todo lugar no século vinte e oi… Ei! Isso me lembra… você disse que eu tinha partido, você sabe, por quanto tempo? Três dias?

— Sobre isso, sim.

— Alicia não apareceu?

— Não. Ela foi chamada para os séculos impossíveis. Está coletando dentes pneumóvoros ou algo assim. Michael foi quem encontrou você.

— Michael voltou?

Jennifer balançou a cabeça.

— Mais tarde. Agora estamos falando de você. O que aconteceu depois?

Carolyn lutou contra uma vontade quase insuperável de olhar para a pequena estante no canto. Ou David encontrou o que estava escondido lá ou não. Ela achou que não — se tivesse, ela teria acordado no touro ou, mais provavelmente, não teria acordado. Mas era importante focar. Aquela conversa ainda podia ser seu fim. *Tente parecer hesitante, como se estivesse tateando em um quarto escuro. Como se você estivesse evitando algo.*

Pensando nisso, ela se lembrou do som que sua mandíbula fez, quebrando sob o aperto de David. *Tente gritar. Grite por mim.* Mas a pulsação em seu pescoço acelerou por um breve momento e, quando falou, seu tom estava perfeito. Ela estava praticando. Mas o tremor em seu dedo indicador era claramente visível. *Preciso trabalhar nisso.*

— Bom... eu traduzi a peça para David. Era sobre o saque de Megido, uns 2 mil anos atrás. Os exércitos de Abla Khan...

— Quem?

— Abla Khan. É apenas outro nome para o Pai. Ablakha, Abla Khan, Adam Black?

— Ah. Claro. Desculpe.

— Então, eles conquistaram Megido. Mas, e essa era a parte que David queria que eu lesse, a vitória custou um preço alto. Então... — Carolyn, sem fingir por completo, fechou os olhos com força graças à lembrança. — E assim... vendo que seus guerreiros estavam oprimidos, doloridos e precisando de conforto, Abla Khan disse a eles: "Vão para as cidades e peguem os despojos que encontrarem lá. Este lugar é seu agora, e todos os que habitam nele. Usem-nos, homens e mulheres, e façam com eles o que quiserem." — Ela abriu os olhos. — Quando cheguei a essa parte, David começou a sorrir.

Jennifer estremeceu.

— Ah, Carolyn...

— Então, David disse "que coincidência". Ali estava *ele*, um guerreiro de Abla Khan. Por acaso, ele também foi oprimido, outra coincidência, e...

— E...?

— E lá estava eu — disse ela. — Os despojos.

Jennifer deu um pequeno e furioso aceno de cabeça.

— E então... ele meio que estendeu a mão e me agarrou. — Ela acenou com a cabeça para o peito.

— Bem desse jeito?

— Sim. Bem desse jeito. O estranho era que ele não parecia estar fazendo com crueldade.

Jennifer, com as sobrancelhas erguidas, olhou ao redor da sala.

— Bem, não a princípio. Ele agiu como se pensasse que estava sendo sedutor. Como se talvez estivesse me fazendo um favor, até.

Ela parou para pensar.

— Eu posso ver isso. Ele tem uma opinião terrivelmente elevada de si mesmo. O que você fez?

— Nada. Eu só olhei para ele.

Jennifer ergueu as sobrancelhas outra vez.

— Eu não queria deixá-lo, você sabe, todo irritado.

Jennifer lhe deu um olhar avaliador.

— Sabe, Carolyn, você é muito segura de si, para uma rata de biblioteca. Alguém já te disse isso?

— Não. Você é a primeira. — Lá fora, no corredor, a bateria não parava de bater.

— Foi aí que ele, você sabe…

— Não. Quero dizer, ele tentou. Mas eu tive um golpe de sorte.

— "Golpe de sorte"?

— Ele me jogou no chão e eu meio que dei um coice nele.

— Você chutou *David*.

— Um pouquinho.

— Ele não, você sabe, bloqueou ou algo assim?

— Peguei ele desprevenido. Acho que ele não esperava que eu lutasse.

Jennifer ficou boquiaberta.

— Não. Provavelmente não. Mas, Carolyn… se você não se importa que eu pergunte… por quê?

— Porque o quê?

— Não teria sido… mais fácil… simplesmente aceitar? Quero dizer, sua mandíbula não foi apenas quebrada, foi *desintegrada*, o pior que já vi. E ele prendeu você no…

— Eu me lembro, Jennifer. Eu estava lá.

— Desculpe. Mas você entende o que quero dizer?

Jennifer estava certa. David ainda era o favorito do Pai. Ele tinha privilégios. Teria sido mais fácil se fechar em si mesma, ir embora até que ele terminasse. Foi o que ela fez na primeira vez que David entrou nu em seus aposentos. Ela, sem dúvida, faria isso de novo.

Não foi agradável, mas também não foi tão ruim quanto, digamos, seu banquete de boas-vindas.

Desta vez, porém, simplesmente se refugiar em si mesma não era uma opção. O ângulo em que ela caiu teria colocado David no nível dos olhos de sua pequena estante de canto. Estuprá-la era uma coisa. Mas deixá-lo dar uma olhada em sua estante de canto — isso ela absolutamente não podia permitir.

Jennifer olhava para ela com muita atenção. O pulso de Carolyn latejava em suas têmporas. *Se você gritar por mim, eu paro.* No corredor, a bateria de Peter estava se aproximando de algum tipo de crescendo. *Se você gritar por mim, eu deixo você ir.* Agora, assim como ela provocara David para que ele pudesse espancá-la em algum outro canto antes de estuprá-la, ela entendeu que não deveria — não deveria *mesmo* — deixar Jennifer adivinhar o porquê. Pensando rápido, Carolyn deixou escapar um pouco de seu verdadeiro coração, deixou-o aparecer em seu rosto.

— *Por quê?*

A batida da bateria rolou pelo corredor como o pulso de um gigante furioso.

— *Por quê?* — perguntou ela novamente, um pouco mais alto desta vez. As melhores mentiras têm um elemento de verdade em seu núcleo. — *Por quê?* Você e David se *encontraram* em algum momento, não é?

— Bem, claro, mas...

— Então não me pergunte *por quê*, Jennifer. O *porquê* deveria ser óbvio para uma pessoa cega. — Quase gritando agora.

— Claro. — Jennifer se encolheu de medo dela, desespero e miséria impotente piscando em seu rosto por uma fração de segundo antes de sua calma profissional se reafirmar. — Desculpe.

Carolyn percebeu que era verdade. Ela acreditara em cada palavra. E, covarde ou não, Jennifer tinha um bom coração. Ela só quis ajudar. Carolyn baixou a voz para níveis de conversação, deslizou sua fúria de volta para sua bainha.

— Tudo bem. Eu também sinto muito. Foi um longo dia. Semana longa, sei lá.

— Claro. Ainda amigas?

— Claro. — Isso era verdade. Também era completamente irrelevante. Ela se perguntou se Jennifer entendia isso.

— Bom. Sinto muito, Carolyn. Eu não queria forçar. Mas precisamos mesmo conversar. Acho que você está mais chateada do que deixa transparecer.

— Eu gostaria disso. — Ela tinha vontade de gritar. Em vez disso, deu um sorriso fraco. — Mas hoje não, ok?

— Ok. Mas em breve.

— Claro.

Jennifer assentiu. Então, com seus deveres profissionais cumpridos, ela voltou sua atenção para seu pequeno cachimbo de prata. Um momento depois ela soltou um enorme cone de fumaça e fez um pequeno som de "ahh".

— Mas eu tenho que dizer que você tem habilidades incríveis de enfrentamento. — Ela balançou a cabeça. — Cá entre nós, você não é a primeira pessoa que David pregou em uma mesa. Talvez seja um fetiche ou algo assim? Ele fez a mesma coisa com Peter no mês passado. Peter pelo menos sobreviveu a isso, mas está um desastre. Se eu não o mantiver drogado até o pescoço, ele simplesmente se encolhe no canto mais próximo e chora. — O fornilho de seu cachimbo ficou laranja quando ela deu outra tragada. — Não que eu esteja julgando, veja bem. Eu também ficaria toda bagunçada.

Carolyn ergueu os olhos, surpresa. Ela assumiu que David tinha visitado todos em algum momento.

— Ele nunca...?

— Não. Comigo não. Não até agora, de qualquer maneira. Estou começando a pensar que ele nunca virá.

— Sério? — *Interessante.* — Por que você acha isso?

Ela deu de ombros.

— Não tenho certeza. Pode ser gratidão. Houve momentos em que ele teria sentido uma dor muito forte se não fosse por mim.

— Eu lembro. Mas... gratidão? *David?*

Ela suspirou.

— É. Você tem razão. Provavelmente não. Eu sempre tento pensar no melhor das pessoas. É uma fraqueza. É mais provável que ele esteja preocupado que algum dia eu simplesmente o deixe morto.

Carolyn estava pensando em maneiras de abordar esse assunto. Ela achava que sabia a resposta, mas devia isso a Jennifer para ter certeza.

— Você deixaria?

— Deixaria o quê?

— Morto.

Jennifer levantou os olhos do cachimbo.

— Ora essa. É engraçado que você me pergunte isso. Algo muito parecido surgiu outro dia. Ele e Margaret estavam tendo uma de suas noites — disse ela e arqueou uma sobrancelha de forma significativa — e eu deveria passar por aqui de manhã e fazer minhas coisas.

— Curá-los?

— Ressuscitá-los.

— Sério? Ambos?

Jennifer assentiu.

— Pelo menos uma vez por mês, ultimamente. Acho que foi ideia de Margaret. Começou há alguns anos com braços quebrados. Desde então, é uma espécie de escalada. Depois que ele termina com ela, ele tem uma espécie de forca para si mesmo.

— Entendi.

— Entendeu mesmo? Então me explica. — Jennifer suspirou. — De qualquer forma, eu estava lá olhando para eles, era uma verdadeira bagunça, metade de um dia de trabalho pelo menos, e me ocorreu como ninguém parece ter ideia de quanto tempo se passou quando eu os trouxe de volta. E com a coisa de Alicia sobre relógios… ela os quebrava se os visse, Carolyn guardava os dela em uma gaveta… pode ser meio difícil distinguir um dia do outro por aqui. — Jennifer deu outra tragada. — Então pensei por um minuto, fechei a porta e desci para tomar café da manhã.

— Uau. — Carolyn balançou a cabeça, sorrindo. — Um dia ou dois sem David, hein?

Jennifer retribuiu o sorriso.

— Achei que nenhum de vocês se importaria.

— Nós teríamos homenageado você. Por que você não disse nada?

A expressão de Jennifer ficou sombria.

— Bem… é que não funcionou exatamente.

— Como assim?

— O Pai voltou para casa mais cedo — disse Jennifer calmamente. — Naquela tarde. Foi ele quem os encontrou, quem os trouxe de volta.

Carolyn sentiu uma onda de medo por Jennifer. Assim como Carolyn fazia traduções quando necessário, era responsabilidade de Jennifer ressuscitá-los quando eles morriam, ou num horário predeterminado solicitado pelo falecido ou, em caso de acidente, o mais rápido possível. Abandonar de propósito seu catálogo não era tão ruim quanto compartilhá-lo, mas era ruim o suficiente.

— Ah... ah, não. O que ele fez?

Jennifer olhou para ela calmamente.

— Ele me levou até o touro.

— Ah, meu Deus.

— Eu sei. Nunca tive tanto medo na minha vida. Ele não me fez entrar nele ou qualquer coisa, nós apenas subimos até lá. E ele me passou um carão severo. Responsabilidade profissional, o paciente conta com você etc.

Carolyn olhou para ela.

— Foi *só isso*? — O touro provavelmente era um pouco excessivo para isso, mesmo para os padrões do Pai. Mas ela esperava algo como cinquenta chicotadas. Cinquenta no *mínimo*. Nada até "esfolada viva" a teria surpreendido.

Jennifer assentiu.

— Foi só isso.

— Alguma ideia do porquê?

Jennifer deu de ombros.

— Ele nunca foi tão duro comigo quanto com o resto de vocês, mas para algo assim... bem, fiquei tão surpresa quanto você.

Carolyn lhe deu um olhar de expectativa.

— Eu realmente *não sei*, mas... olha, isso é só entre nós, ok?

Carolyn assentiu.

— Passou pela minha cabeça que, se algo acontecesse com o Pai, eu poderia ser a única por perto que poderia trazê-lo de volta.

— E quanto a...

— Liesel, uma das cortesãs do Pai, está envelhecendo e, honestamente, ela nunca foi muito boa pra começo de conversa. De qualquer forma, ouvi rumores de que pode haver... questões políticas. Sempre foi uma trégua difícil. Liesel nunca ficou particularmente feliz com esta iteração da realidade, é o que dizem. Pelo que sei, ela e eu somos as únicas que estudamos o fólio branco. O fólio branco, Medicina, era onde estava escrito o segredo da ressurreição.

— Interessante — ponderou Carolyn. — Você já pensou no que faria se chegasse a esse ponto?

— Chegasse a que ponto?

— Se o Pai estivesse morto — disse Carolyn calmamente — e você fosse a única que restasse que pudesse trazê-lo de volta.

Os olhos de Jennifer se arregalaram. Falando formalmente, como se fosse para uma audiência, ela disse:

— Eu ressuscitaria o Pai, é claro.

— Claro — disse Carolyn.

Então, sussurrando:

— Eu... Carolyn, não sei se você sabe disso, mas há coisas nas quais você nem quer *pensar*. Não perto do Pai, talvez em nenhum lugar. Quero dizer isso literalmente. Nem sequer *pensar*. — Ela fez uma pausa e disse, bem baixinho: — Ele pode *ouvir*.

— Eu sei — disse Carolyn, também sussurrando. Ela também tinha medo. *Mas também existe um risco calculado.* Ela se perguntou se Jennifer sabia sobre isso. Provavelmente não. Pessoas gentis e assustadas não pensavam muito em riscos calculados. — Ele não pode estar em todos os lugares, sempre. Pode?

Os olhos de Jennifer se estreitaram. Ela desviou o olhar e se ocupou com o cordão da bolsa.

— Não quero ouvir mais nada disso. Estou falando sério, Carolyn. Nem agora, nem nunca. Não vou dizer nada sobre isso... nem vou *pensar* em nada, se puder evitar, mas nunca mais diga nada assim para mim. Se você fizer isso, irei direto ao Pai. Você me entendeu?

— Sim — respondeu. A parte profissional de sua mente percebeu que Jennifer usara a frase "Você me entendeu?", a versão preferida do Pai, em vez do mais coloquial "entendeu?", que os outros usavam entre si. *Deve estar passando muito tempo com ele,* pensou Carolyn. — Não vou. E eu realmente não quis dizer nada, Jennifer, eu só...

— Sim. Isso é bom. Não há problema, realmente. Vamos fingir que nunca aconteceu.

Carolyn assentiu. Parecia mais seguro não falar.

Jennifer enfiou o fórceps na bolsa e a fechou.

— Ok, escute. Eu preciso ir. E imagino que você poderia aproveitar um tempo sozinha.

— E também tomar um banho. Mas obrigada, Jennifer. Por tudo.

— De nada, mesmo. — Jennifer hesitou. — Escute... mais tarde, hoje à noite, Rachel, Alicia e eu vamos fumar uma erva e subir para observar a Via Láctea. Apenas nós, meninas, mas Peter fez uma cesta de piquenique. Adoraríamos que você viesse junto.

— Isso é muito legal da sua parte, mas eu não posso. Estou um pouco atrasada. Eu tenho uma prova chegando e...

Jennifer levantou a mão.

— O que foi?

— Perdoe-me, Carolyn, mas isso é mentira. Você não está atrasada em nada. Pela maneira como você trabalha, você podia estar morta há um ano e ainda estar duas semanas adiantada. Por que não vem conosco? Vai ser divertido. Você ainda se lembra do que é diversão, certo?

Carolyn deu a ela outro sorriso, visivelmente mais frio.

— Eu realmente não posso.

— Sim. — Jennifer tamborilou com os dedos no batente da porta. — Eu não ia trazer isso à tona até mais tarde, mas...

— Eu realmente preciso...

— Só me dê um segundo. Ok? Serei rápida.

Carolyn deu um pequeno aceno de cabeça. Ela não estava mais sorrindo.

— Obrigada. — Jennifer respirou fundo. — Escute... parte do meu catálogo é que eles te ensinam a falar com as pessoas. Com algumas pessoas, você quer falar tangenciando uma situação. Com outras, você quer suavizar as coisas, colocar a melhor cara que puder.

— É? Que interessante.

— Mas com os fortes, a melhor abordagem é dispensar esse tipo de coisa. E apenas expor os fatos. É isso que vou fazer com você.

— Obrigada. Você sempre foi uma boa amiga, Jennifer. Você sempre foi muito...

Jennifer ergueu a mão de novo.

— Me poupe. Estou sendo direta com você, Carolyn. Faça-me a mesma cortesia.

Carolyn assentiu.

— Tudo bem. Se você quer assim. O que quer me dizer?

— Obrigada. Aqui está o que eu penso: há uma espécie particular de loucura a que as pessoas por aqui são propensas. Margaret tem isso de uma maneira pior que qualquer pessoa de quem já se ouviu falar. David também tem. Ambos são causas perdidas... vou tentar, mas, a menos que as coisas mudem radicalmente, o que eles têm não é algo que poderei consertar.

— O que isso tem a...

— Você também está dando sinais — disse Jennifer com sobriedade. — Eu ia trazer isso à tona de qualquer maneira, mesmo antes desse... lance... com David.

— Sinais?

— Com esse tipo específico de loucura, você para de tentar melhorar as coisas. Você começa a tentar maximizar o mal. Você finge que gosta. Depois de um tempo, você começa a trabalhar para tornar tudo o mais ruim possível. É um mecanismo de evitação. — Jennifer olhou Carolyn bem nos olhos. — Na verdade, não pode funcionar. É por isso que chamam de loucura.

— Entendo — disse Carolyn. — Isso é muito interessante. Obrigada por essa informação.

Suspirando, Jennifer recostou-se no batente da porta.

— Sim. Ok. Apenas pense sobre isso, certo?

— Vou pensar.

Jennifer abriu a porta e, felizmente, saiu para o corredor.

— Olha, se você não quiser vir hoje à noite, tudo bem. Eu não posso te obrigar. Mas acho que você deveria. Essa é minha opinião profissional e minha opinião como sua amiga. Além disso, no caso improvável, mas bem-vindo, de que você gostaria de falar mais sobre, sabe, as outras coisas, você sabe onde me encontrar. Na falta disso, boa sorte para você, e você tem minhas condolências.

Eles se olharam por um longo momento. Por fim, Carolyn disse:

— Só isso?

Jennifer revirou os olhos.

— Sim. Isso é tudo.

— Obrigada novamente.

— Sim, claro. Vamos nos encontrar nas escadas de jade perto do pôr do sol.

Carolyn fechou a porta.

II

Quando Jennifer se foi, Carolyn desceu para os banheiros. Eles eram comunitários e unissex, mas não havia ninguém lá no momento. Ela encheu uma das banheiras com a água mais quente e se banhou. Ela se levantou e se secou.

Pegou um roupão limpo para se vestir, olhou para ele e o pendurou outra vez. Encheu a banheira uma segunda vez. Ainda sentia a sujeira dele nela. Remexeu no armário até encontrar uma escova muito dura e um sabão cáustico usado para remover alcatrão ou certas toxinas. Ela se esfregou com eles até sua pele ficar em carne viva, esfregou até que sua pele sangrasse. Só parou quando percebeu que estava chorando. Então, se recompôs e se secou uma segunda vez.

Rachel entrou enquanto ela se vestia. Ela deu a Carolyn um olhar compreensivo.

— Ei — disse ela. — Como você está indo?

— Bem. Por quê? — Ela se ocupou em prender o cabelo.

— Eu, hmm... você sabe. Ouvi dizer. — Rachel se aproximou e colocou a mão no ombro de Carolyn. — Se você quiser vir mais tarde, Alicia e eu poderíamos...

Carolyn olhou para a mão de Rachel.

— Obrigada — disse ela —, mas estou bem. Sério, não foi nada.

— Hmm... Ok. Se você diz. Mas se você mudar de...

— Você é muito gentil. — Seu tom soou um pouco como o de David. Nenhuma das duas reconheceu isso conscientemente, mas Rachel deixou a mão cair.

— Ok — disse Rachel outra vez.

Carolyn voltou pelo corredor até seu quarto. Ao sair, passou por David e pelo Pai caminhando pelo corredor. Ambos estavam cobertos da cabeça aos pés com armadura balística e suando.

O Pai não pareceu notá-la, mas David abriu um sorriso com duas covinhas.

— Olá, Carolyn.

Ela acenou de volta para ele, inexpressiva.

— Olá, David.

Ele deu uma piscadela para ela.

Carolyn não reagiu.

Em seu quarto, ela fechou a porta atrás de si e a trancou. Não perdeu mais tempo pensando em David. Foi a primeira vez que ele a matara, é verdade, mas ele também a machucara antes e ela sobreviveu. Este era o mundo dela. Havia se ajustado.

Em vez disso, limpou. Ela era uma pessoa organizada por natureza, e esse negócio tinha deixado seu quarto bagunçado. Com os dentes cerrados, ela colocou os livros na prateleira primeiro, depois virou a mesa de volta e raspou o sangue. A Mont Blanc com a qual ele a crucificara estava arruinada, mas ela pensou que a Montegrappa que ele usou no outro braço ficaria ok com uma nova pena. Com os músculos da mandíbula saltando, os nós dos dedos brancos, limpou a caneta com uma solução de amônia e água, poliu-a e a colocou de volta na xícara de café que usava como suporte.

Ao pôr do sol, mais ou menos na hora em que Jennifer, Rachel e Alicia estavam saindo para o piquenique, ela tinha o quarto em ordem de novo. Só então ela voltou ao pedaço de papel que estava segurando quando David entrou. Quando ele fechou a porta atrás de si, ela o usou como marcador para o texto sobre Quoth. Ele não tinha notado.

O marcador era algo que ela tinha encontrado três anos atrás, em um texto em espanhol. Era um rascunho de um livro sobre vários métodos de viagem. Não fazia parte do catálogo dela. Aparentemente, foi deixado no texto em espanhol por acidente. Descrevia algo chamado "*alshaq urkun*", que "faz a luz passar". Estava relacionado a algo chamado "*alshaq shabboleth*", que "torna rápidas as coisas lentas" de uma forma conceitual profunda. O *alshaq shabboleth* aparentemente tinha alguns efeitos colaterais que o tornaram impraticável.

Alshaq urkun, porém, era eminentemente prático. A maneira como o *alshaq urkun* funcionava era tornando os objetos físicos transparentes para o espectro eletromagnético — invisíveis, entre outras coisas. Quando era invocado, digamos, para uma pessoa, essa pessoa podia andar livremente e sem ser observada, não importando quem estivesse observando.

Também havia algumas desvantagens. A pior delas era que os bastões e cones dos olhos também eram transparentes à luz — isso o tornava completamente cego pelo tempo em que o *alshaq* fosse invocado. Mas se você fosse cuidadoso e planejasse sua rota com antecedência, poderia se locomover muito bem.

Carolyn pegou o livro que estava apenas ligeiramente escondido na pequena estante do canto, o livro cuja presença ela escondera de David a um custo tão terrível. David o teria reconhecido imediatamente, é claro — era encadernado em couro vermelho, assim como todos os livros de seu catálogo. O próprio catálogo de Carolyn era verde. O título do livro vermelho era *Guerra mental, vol. iii: A ocultação do pensamento e da intenção*. Era um texto de nível mestre. Carolyn o havia terminado na noite anterior à sua morte.

Ela ficou na porta de seu claustro e então realizou a cerimônia do *alshaq urkun*. Não precisava consultar o pedaço de papel, não mais. Tudo de que precisava estava guardado na memória. Ao terminar, o mundo ficou escuro. Livro vermelho na mão, virou à direita. Tinha trinta e sete degraus no corredor até a escada. Havia treze degraus até o nível principal da Biblioteca, cada um deles com vinte centímetros de altura. Isso a levou até o chão de jade. Dali, 1082 degraus a levaram até o chão de rubi, onde ficavam todos os livros com encadernações vermelhas.

Ainda contando os passos, trouxe o livro que escondera de volta para a prateleira de onde havia saído — radial oito, caixa vinte e três, prateleira nove. Ela o devolveu à décima segunda vaga à direita, exatamente onde o encontrara na semana anterior. Não precisaria consultá-lo novamente. Estudara diligentemente. Havia dominado a ocultação do pensamento e da intenção. Agora era hora de passar para outras coisas.

Pegou um livro diferente da prateleira dois da mesma caixa, slot oito. Também seria vermelho, ela sabia, com uma cobertura da cor de borrifo de sangue arterial.

De volta a seus aposentos, Carolyn fechou a porta atrás de si. Foi até sua escrivaninha, sentou-se, acendeu a lamparina a óleo. Mesmo com o sangue desaparecido, sua mesa estava marcada com dois buracos, um pouco abaixo do comprimento do braço. Ela pensou em preenchê-los, mas decidiu não fazê-lo. Olhava-os de vez em quando. Eles a ajudariam a se concentrar. Então, com um pequeno sorriso, abriu o livro vermelho que tinha roubado — bem, emprestado — do catálogo de David.

Isso foi trapacear um pouco. Havia encontrado a primeira vez o marcador *alshaq urkun* cerca de três anos atrás. Ela vinha estudando desde então. Começou com o catálogo de Jennifer, depois ficou saltando enquanto seu plano começava a tomar forma. O curso de estudo que planejou não a levaria àquele volume por mais um ou dois meses. Mas era um volume pelo qual aguardava ansiosamente, e achou que naquela noite merecia um presente. O título e o autor foram impressos na capa numa folha de ouro da tradição ocidental. Chamava-se *Do planejamento e da execução de assassinato como vingança*, de Adam Black.

Ela o abriu no "Capítulo 11: Notas sobre a subjugação do inimigo marcialmente superior".

Ela leu até tarde da noite.

Foi muito reconfortante.

CAPÍTULO 11

NOTAS SOBRE A SUBJUGAÇÃO DO INIMIGO MARCIALMENTE SUPERIOR

I

Aqui já está longe o suficiente — disse Carolyn.

Steve parou o carro a cerca de trezentos metros estrada abaixo da entrada para Garrison Oaks. Não se preocupou em parar no acostamento. Carolyn estava inquieta, nervosa, balançando e se remexendo em seu assento. Steve nunca a tinha visto assim. Naga observava do banco de trás, fascinada.

Eram cerca das nove da noite. Agora até a luz das estrelas sumira. *Está apenas nublado ou ela fez algo com elas também?* Ele percebeu, vagamente, que estava em estado de choque.

— Por que estamos parando?

Carolyn apontou. Não muito longe da placa de loteamento, um poste de luz brilhou, uma pequena ilha de luz no longo mar escuro. Steve semicerrou os olhos. Três pessoas ficaram sob a luz. Sua visão não era boa o suficiente para distinguir rostos, mas um deles claramente usava um tutu. Em algum lugar em sua barriga, o medo esguichou, brilhante e frio.

— Aquele é David?

Carolyn franziu os lábios, considerando, então assentiu.

— Ele está sangrando. Erwin deve ser melhor do que eu imaginava. Faz muito tempo desde que alguém fez David sangrar.

— Aquele lá embaixo é o *Erwin*?

Ela assentiu.

— O que ele está fazendo aqui?

— Ele está zangado. Veio para "foder uma cadela".

— Alguém em particular?

— O inimigo. Eu, David, qualquer um que tenha sobrado. Ele descobriu que nós acabaríamos aparecendo aqui. É muito esperto.

— Mas o que...

— Shh!

Erwin apontou a pistola para o rosto de David. David sorriu. Ele se inclinou para a frente e colocou o nariz bem na ponta do cano da arma. Erwin disparou. O ferrolho da pistola bateu em uma câmara vazia. David deu um tapa na boca de Erwin.

— Tudo bem, disse Carolyn. — Hora do jogo.

— O quê?

— Mais tarde — disse ela. — Agora eu quero que você vá para a Biblioteca. Você lembra qual é?

— Sim, mas... você não vai *lá embaixo*, vai? — Steve apontou para o poste de luz, David. No banco de trás, Naga roncava.

— Eu vou. E você vai para a Biblioteca. Você estará seguro lá. Eu vou quando terminar.

— O quê? Você está louca? Faz alguma ideia do que aquele cara pode...

— Steve, você precisa escutar — disse Carolyn. — Não há muito tempo. Eu preciso descer lá, e você não pode vir.

— Você vai lá? Sozinha?

Ela assentiu.

— Eu vou com você — disse ele. — Talvez eu possa...

— Steve, *escute*. Não estou dizendo isso para insultá-lo, mas se isso virar uma luta contra David, você não terá absolutamente nenhuma chance de vencer. Nenhuma. Isso não pode acontecer.

Steve abriu a boca para responder, mas então se lembrou de como David tinha entrado na cadeia armado apenas com sua lança, a maneira como havia enchido os corredores daquele lugar com cadáveres de homens armados. Ele calou a boca. Então, depois de um momento.

— Ok. Entendi o recado. E você consegue?

— Tenho uma chance razoável.

— Carolyn, a menos que você possa lutar muito melhor do que está deixando transparecer...

— Steve — disse ela. — Vá. Vá logo. Eu dou conta. Você estará seguro dentro do *reissak*. Ninguém que importa pode chegar até você lá.

— Como você poderia saber disso?

— Eu apenas sei. — Ela hesitou. — Há muito tempo, aconteceu uma... uma espécie de festa de boas-vindas. Uma festa. O prato principal eram dois veados. Esse é o gatilho do *reissak*. Ninguém que provou da carne deles pode se aproximar da Biblioteca. E isso significa todos que importam. Você estará seguro lá.

— Mas...

— Vá *logo*, Steve. Tudo ficará bem se você deixar comigo.

Eles olharam um para o outro. Depois de um longo momento, Steve disse:

— Tudo bem. Ok. Mas o que você quer que eu faça se não funcionar do jeito que você pensa? Devo voltar, ou...

— Não. — O tom de voz dela era neutro. — Não tente nada. Eu *poderia* perder. É possível. Pode acontecer. Saberemos de uma forma ou de outra em alguns minutos. Se eu não for buscá-lo em mais ou menos uma hora, ou se você vir David, nunca... não tente nada. Encontre uma arma e exploda seus miolos. Ou se enforque. Ou pule de uma ponte. Qualquer coisa. David não pode fazer as ressurreições, ainda não. Provavelmente, quando ele aprender, já terá se esquecido de você.

Steve ficou boquiaberto.

— Eu estou falando literalmente — disse ela. — Não estou brincando. Não é uma piada. Diga-me que você entende.

Depois de um longo momento, ele deu a ela um leve aceno de cabeça.

— Claro — disse ele. — Sim. — Não sabia se entendia mesmo ou não.

Ela sorriu, um pouco, então soltou um longo suspiro.

— Mas não chegará a isso. — Ela falou com calma e grande certeza. — Eu não vou permitir isso. — Ela examinou suas mãos. Steve olhou também. A ponta dos dedos estavam firmes, sem tremer. — Eu ainda te amo, Steve. Você deveria saber disso também.

— Você o quê? — Ele fez uma pausa. — "Ainda?" — Ele parou, perplexo, completamente vazio de coisas para dizer. Depois de um momento desconfortável, ele abriu a boca. — Carolyn, eu... — saiu balbuciado.

Ela sorriu, um pouco triste.

— Espere até que eles estejam ocupados comigo, então você e Naga se esgueiram até lá. — Ela apontou por cima do ombro para a escuridão. — A cerca não dá a volta completa. Você vai ficar bem.

Ele seguiu o dedo dela, não viu nada.

— E os cachorros?

— O quê? Não. Eles não serão um problema.

Eles foram um problema grande pra cacete ontem, ele pensou, mas engoliu as palavras. Havia algo sobre ela agora, algo como uma naja, balançando. Em vez disso, ele disse:

— Como você pode ter certeza? Achei que fossem do seu pai...

— Você não será ferido, Steve. Os cachorros me obedecem. Eles sempre foram meus.

Steve olhou para ela, sua expressão escurecendo. *Dresden.*

— Carolyn...

— *Mais tarde.* — Sua voz era irritantemente calma.

Os olhos de Steve se estreitaram. *Dresden, cercado pelo bando, enterrado sob eles, mas ainda lutando enquanto...* Ele sentiu sua raiva crescendo, lutou contra ela.

— Agora, eu tenho que ir — disse Carolyn. — Você entende o que precisa fazer?

Steve conseguiu acenar com a cabeça sem parecer muito chateado.

— Depois explico — disse ela. — Mesmo.

Ela o estudou, claramente infeliz com o que estava vendo. Franziu a testa, então se inclinou e beijou-o uma vez, muito rapidamente, na bochecha direita. Acabou quase antes que ele percebesse o que estava acontecendo. Então, afundou na cadeira, fechou os olhos e soltou um longo suspiro. Sem dizer uma palavra, abriu a porta do carro e saiu na frente dos faróis. Sua sombra se estendeu, eclipsando David, Erwin e Margaret.

Por apenas um momento, Steve observou, paralisado.

Carolyn estava descalça e usava as mesmas roupas ridículas — bermuda de ciclismo, suéter, polainas — com as quais ele a vira pela primeira vez, agora rasgadas e sujas. Tinha uma mancha de sangue seco na lateral de sua coxa. Steve podia ver a si mesmo e a Naga enquadrados no espelho retrovisor, ambos ensanguentados e tensos, a leoa espiando por cima do ombro de Steve do banco de trás. Mas, ao mesmo tempo, viu Carolyn caminhando, viu como os músculos de suas panturrilhas brilhavam sob os faróis a cada passo.

Algo nesse quadro — ele nunca definiu exatamente o quê — fez com que ele se lembrasse de Dresden, virando-se para enfrentar a matilha de cães, como cada músculo da anatomia do leão se destacava em relevo tenso, os veículos mudos de sua vontade titânica e furiosa.

II

David estava girando a pistola de Erwin na ponta do dedo. Erwin ajoelhou-se no chão à sua frente, tentando se levantar. David colocou a arma contra a cabeça de Erwin e disse: "Bang!" Ele riu e jogou a pistola na escuridão. Margaret sentou-se com a cabeça decepada do presidente em seu colo, arrulhando baixinho para ela. Os lábios mortos do presidente estavam se movendo.

Carolyn não sabia o que ele estava tentando dizer.

— Olá, David.

David se virou. Ele estava coberto de sangue da cabeça aos pés, quase todo seco. A renda de seu tutu estava dura por conta disso. Ela se projetava como facas. Aqui e ali, pedacinhos de carne grudavam em sua pele. Ele cheirava a metal, com apenas um toque de podridão por baixo, ou talvez a podridão fosse Margaret. Ele sorriu de orelha a orelha, feliz como nunca o tinha visto.

— Parece que você teve uma noite e tanto — disse Carolyn.

Margaret riu.

— Olá, Carolyn — disse David. Ele piscou para Margaret e deu um soco no rosto de Erwin. Erwin caiu no chão, semiconsciente. David se virou para encará-la. — Então... foi você?

Carolyn assentiu.

— Devo dizer que estou mais do que um pouco surpreso. Você é tão... *tímida*.

— É nos quietos que você tem que ficar de olho.

— Vou me lembrar disso. O Pai está morto, não está?

Ela assentiu novamente.

O sorriso de David se alargou um pouco. Seus dentes eram fortes e marrons.

— Você o matou.

Ela assentiu novamente.

David jogou a cabeça para trás e riu, um riso longo e alto.

— Incrível — disse ele. — Simplesmente incrível. Aposto — ele apontou um dedo para ela —, *aposto* que alguém andou lendo fora de seu catálogo. Hmm? Hmmmm?

Carolyn sorriu e deu de ombros.

Ele riu novamente.

— Espero que você tenha sido cuidadosa. Você pode ter problemas por isso.

— Eu tive.

— Como você o matou, se não se importa que eu pergunte? O Pai é... era... muito bom. Mesmo descontando o resto de suas habilidades, acho que ele pode ter sido o melhor combatente corpo a corpo do mundo. Ele me disse que estava enrijecendo um pouco, mas eu não teria condições de dizer isso. Eu... *eu*... não teria desejado lutar com ele. Ainda não, de qualquer maneira. Por favor, diga-me como você o matou. Estou simplesmente morrendo de vontade de saber. Curiosidade acadêmica e tudo mais.

— Eu usei uma faca.

— Uma faca. — Seu tom de voz era de incredulidade.

Ela assentiu.

— Eu tive o elemento-surpresa, é claro.

No asfalto atrás de David, Erwin se mexeu, tentando se levantar.

A testa de David franziu sob os grossos cachos ensanguentados. Chutou Erwin, mas de forma distraída. Ele a estava estudando, tentando decidir se ela estava mentindo. Ele era um pouco telepático, ela sabia. Não no mesmo nível que o Pai, mas podia ver as coisas na mente de seus inimigos, sobretudo no calor da batalha. Ela pode ter escondido a verdade do que disse, pode ter deixado ele se perguntar, mas não o fez.

— O elemento-surpresa — disse ele devagar. — Sim. Eu diria que você tem isso. Com uma *faca*. — Balançou a cabeça. — Incrível. Se te serve de consolo, eu também estava inclinado a usar uma faca. As armas mais simples são a única chance contra alguém como o Pai. A maioria das pessoas não entenderia isso. — Ele semicerrou os olhos para ela, considerando. — Talvez eu tenha subestimado você, Carolyn.

Carolyn não queria que ele seguisse essa linha de pensamento.

— Alguém conseguiu escapar da casa da sra. McGillicutty?

Erwin estava de joelhos agora, rastejando lentamente para longe deles.

— Não! Tenho certeza de que fomos só eu e Margaret. Aqueles soldados eram bons para os americanos. Talvez um ratinho possa ter escapado. Não muito mais. Ah, desculpe, Carolyn. Você e Michael eram amigos, não eram?

Carolyn sentiu o olhar de Margaret sobre ela, quente e ganancioso. Ela teve o cuidado de manter a emoção de sua voz quando ela falou.

— Não — respondeu ela. — Na verdade, não.

Margaret franziu a testa, desapontada, e voltou sua atenção para a cabeça do presidente.

— E eu suponho que é o seu *reissak ayrial* também? — O tom de David era casual, mas ele não estava enganando ninguém.

Se o *reissak* era dela, isso significava que ela trabalhava sozinha. Quando ela morresse, a Biblioteca ficaria desprotegida. David encontraria uma maneira de entrar mais cedo ou mais tarde. Então, sem oposição, ele e Margaret saqueariam os catálogos do Pai. O universo entraria em uma escuridão que faria a terceira era parecer o paraíso. Com o canto do olho, Carolyn viu que Erwin chegara à calçada.

— Meu, sim.

— Eu pensei assim. Qual era o seu plano, então? Você pensou que Nobununga e eu acabaríamos um com o outro, talvez?

— Foi uma possibilidade que considerei. — Isso era verdade. Ela também o rejeitou. — Mas ele morreu antes do que eu esperava.

Erwin, grogue, pegou a pistola vazia. Olhou para a pistola como se não se lembrasse bem o que era.

— Então... o quê? Aqueles soldados deveriam me matar? *Americanos? Me* matar? — Ele sorriu. — É isso?

Ela deu de ombros.

— É concebível. Tinha um monte deles. Eles tinham armas. Você não é invulnerável, David.

— É verdade. — David sorriu. — Nem você.

— E se eu te dissesse que tenho uma propos...

Mais rápido do que ela podia ver, a mão de David disparou. Sua bochecha esquerda explodiu de dor. Ela sentiu gosto de sangue.

— ... proposta. Podemos unir forças, David. Sempre te admirei, você sabe...

Outro tapa. Mais dor, desta vez no lado direito. Margaret deu uma risadinha.

— … disso. Admirava sua força. — O coração dela era como gelo. Ela caiu de joelhos, o rosto a centímetros de sua virilha. — Eu poderia ser sua — disse ela. — De boa vontade. Eu sempre quis isso, sabia? Muitas vezes pensei em você. Em segredo. Eu teria dito alguma coisa, mas sou muito tímida.

As engrenagens de seu plano estavam entrando no alinhamento final. A princípio, ela rejeitou essa abordagem de imediato. Era obviamente um estratagema. Só depois de um estudo profundo ela considerou a ideia seriamente. Os textos do Pai eram inflexíveis sobre sua eficácia. Conforme ilustrado em várias notas de rodapé, os homens quase sempre são cinquenta a sessenta por cento mais burros em questões que envolvem sua virilha. A proximidade aumenta o efeito. Agora, com aprovação clínica, ela via que algo se agitava nas profundezas do tutu de David.

Margaret levantou uma sobrancelha. Erwin cambaleou até Garrison Oaks, dentro dos limites do *reissak*.

Seguro por enquanto.

Carolyn voltou toda a sua atenção para David. Ele parecia cético, mas não desinteressado.

— Aqui — ela disse —, deixe-me mostrar a você. — Ela estendeu a mão e acariciou a perna dele com a ponta de suas unhas afiadas.

David fedia a carne podre e suor azedo. Ela ergueu a mão para a penugem do tecido e sondou, gentilmente, até tocar o eixo do pênis dele.

— Aqui — disse ela — aqui. Ela traçou a ponta de suas unhas até seu escroto e embalou-o na palma da mão. David inclinou a cabeça para trás, tremendo de prazer. — *Aqui.*

Ela rosnou, simultaneamente cravando com as longas unhas laqueadas de sua mão esquerda, torcendo e puxando para baixo o mais forte que podia. Ela não pegou os dois testículos, mas um deles saiu em sua mão. Seu treinamento estaria à altura da tarefa — depois do que sofrera no touro, estaria à altura de quase qualquer coisa imaginável — mas ele levaria um momento para organizá-lo. Ela comprou segundos.

David rugiu. Ele atacou às cegas, tentando acertá-la, mas Carolyn se abaixou. Ela não era tão rápida quanto ele, mas vinha praticando esse momento todos os dias há dez anos. Ela soltou sua virilha. Por reflexo, ele deu um passo para trás.

— Piranha desagradável — rosnou David, não sem admiração.

As anotações do Pai também eram claras sobre esse assunto — havia várias maneiras de incapacitar os homens instantaneamente, mas golpeá-los na virilha não era uma delas. Levaria um ou dois segundos antes que a verdadeira dor o atingisse.

— Espere — disse ela lentamente —, me desculpe. Fiz algo de errado? Achei que você gostasse com força. — David olhou para ela com crescente descrença enquanto ela dizia isso... mas ele ouviu a frase inteira. Demorou cerca de quatro segundos.

Quando ela terminou de falar, ele estava perto da verdadeira profundidade de sua dor. David gemeu.

Carolyn, sorrindo, limpou o sangue de suas garras.

— Ah, ok. Erro meu.

David rugiu novamente. Ele cerrou os punhos e deu um passo em sua direção, uma mão pairando protetora sobre a virilha, curvado quase ao meio.

Carolyn rolou para trás, levantou-se e saiu correndo em direção aos portões. David era mais rápido do que qualquer um... geralmente. *Agora, porém, nem tanto.*

Mas ela não conseguiria dominar a dianteira por muito tempo. Ele estaria em cima dela assim que tivesse a dor sob controle. Ela correu em direção à entrada de Garrison Oaks. Em uma dezena de passos estava dentro do portão... e dentro do perímetro do *reissak*. Ela parou então e se virou.

A neve estava apenas começando a se acumular no chão. Os rastros de seus pés descalços se estendiam até onde David estava, agora dobrado de dor. Ela ficou satisfeita ao ver algumas gotas de sangue manchando a neve abaixo.

David soltou um suspiro quente, uma nuvem de vapor branca sob a luz da rua. Ele se endireitou em toda a sua altura. Margaret entregou-lhe a lança e recuou, como se tivesse saído de uma fogueira muito quente.

David olhou para as pegadas na neve e depois para as sombras. Seus olhos brilhavam com assassinato, antigo e selvagem, o brilho malévolo do ídolo negro de um deus da morte.

— Estou indo atrás de você, Carolyn.

III

Com a expressão de um homem mergulhando em água gelada, David entrou no *reissak*. Ela o observou atentamente. Seu rosto não traiu nenhuma dor com o primeiro passo, nem o segundo, nem o terceiro. Mas na quarta ele grunhiu — muito baixinho.

Carolyn, ainda sozinha no escuro, ouviu sua dor e sorriu.

— Por aqui! — disse ela, alegre e zombeteira. Ela deu um único e medido passo para longe dele, aproximando-se da Biblioteca. — Por aqui!

David foi atrás dela, pesado e implacável.

Ele seria capaz de ir muito mais fundo no *reissak* do que qualquer um dos outros, muito mais fundo do que ele escolhera até agora. Ela sabia que ele teria truques para controlar a dor, minimizando os danos internos. Haveria técnicas.

Mesmo assim, vendo sua força com seus próprios olhos, ela estava maravilhada com isso, a vontade bruta e crua dele. Ela o pegou desprevenido com o tiro no testículo. Provavelmente ele também estava brincando com ela. Mas não havia brincadeira no que ele fazia agora. Os tendões de seu pescoço se destacavam como cabos. O suor escorria dele em um fluxo literal, percorrendo seus braços e pingando da ponta de sua lança para fumegar na neve.

Ela se preparou para o que viria a seguir.

— Já teve o suficiente? Você realmente deveria dar meia-volta antes que... aaagh. — O grito saiu dela, tanto de surpresa quanto de dor. Ele foi muito rápido. Ela olhou para baixo para ver a ponta farpada de sua lança saindo de sua perna esquerda e sentiu um medo real. *Ele recuou, jogou e me espetou* literalmente *tão rápido que não consegui ver.*

Sorrindo, David puxou a corrente. As pernas de Carolyn falharam. De repente ela estava de costas no asfalto.

Ele começou a puxá-la para dentro. A dor era imensa. Carolyn alternava entre lutar contra a corrente e andar como um caranguejo com ela para evitar ter as costas arranhadas pela estrada.

— Ah, David, não... — disse, injetando um tremor em sua voz, sabendo que isso o excitaria ainda mais. Por dentro, porém, ela era como gelo. Quando julgou que era o momento certo, ela se abaixou e quebrou a ponta da lança.

Ela permitiu que um único gemido medido borbulhasse, então se virou e começou a rastejar para longe.

— Raah, sua *piranha.* — David trocou a ponta da lança. Um momento depois, ela foi perfurada novamente, desta vez no pé. Essa dor superava qualquer coisa que ela já sentira, em toda a sua vida. Enquanto ela arranhava o asfalto, suas unhas descascavam, e isso era como velas medidas ao lado do sol. David a puxou de volta para ele. Ela mal notou.

A mão dele apertou o tornozelo dela. Seu aperto era como pinças de ferro, seus dedos cheios de calos. Ele a virou de costas. Ela rastejou no asfalto áspero da estrada, desesperada, arranhando-o com as pontas dos dedos. Pedrinhas minúsculas rasgaram suas omoplatas. Estavam tão fundo no *reissak ayrial* que ela pensou que mais alguns *centímetros* seriam suficientes para matá-lo.

Mas ela não conseguia se mover. Ele era muito forte.

David estava puxando-a para dentro. Ele estendeu a mão e segurou seu joelho. Pequenos ossos rangeram em seu aperto. Ela sabia o que ele alcançaria — *nãonãonãonãonão* — e o fez. Ele enfiou o dedo indicador no buraco que sua lança tinha deixado em sua perna. E empurrou.

Ela sentiu outro grito borbulhando sob as mãos dele, assim como tinha feito tantas vezes antes. Ela o abafou. Chutou o asfalto com os calcanhares descalços, lutando para avançar mais fundo no *reissak.* Ele torturou sua ferida por mais um momento, então alcançou sua clavícula. Ele fez algo terrível e a quebrou, o som abafado por sua pele.

Ela deixou escapar um grito — apenas um. Era necessário, era a isca que precisava para atraí-lo naquele último centímetro, mas também custou-lhe, de uma forma que ela não esperava. Havia uma nota de verdade naquele grito.

Agora a mão dele estava em sua garganta. Ele cavou seu dedo mindinho em um ponto de pressão abaixo de sua mandíbula enquanto usava o resto de sua mão para cortar seu ar. *Foi assim que ele me matou da primeira vez*, pensou ela. *Auld lang syne. Muito tempo atrás.*

Sua mente, confusa e frenética, vasculhou seu grimório mental em busca de qualquer coisa que pudesse ajudar. Ela bateu nele com suas mãozinhas, arranhou-o, cutucou seus olhos.

David era implacável. David era uma pedra.

Agora tinha uma nuvem nas bordas de sua visão. Não funcionou, pensou. *David vai vencer. Ele está me matando uma última vez.*

Ela pensou em Steve, em como ele era aos doze anos, alto e esguio, sorrindo sob o sol do verão. Atrás de seus olhos, flores pretas desabrocharam.

— Isto é só o começo — sussurrou David. — Quando eu dominar os outros catálogos, vou chamar você de volta. Faremos isso de novo e de novo. Faremos isso todas as noites para sempre.

Muito atrás dela, na noite, ela ouviu um leve toque metálico, o som da última engrenagem se encaixando no lugar. Ao ouvir isso, ela parou de divagar, uniu-se, voltou a si mesma.

Agora.

Carolyn abriu os olhos. A hipóxia obstruiu sua visão quase completamente… mas ela viu muito bem. Ela se recompôs, parou de lutar. Sorriu para ele, estendeu a mão e acariciou sua covinha suavemente com os restos de uma unha esfarrapada e ensanguentada.

O sorriso de David murchou ao toque dela. A voz dele chegou até ela como se viesse de uma grande distância.

— O que foi? — exigiu saber. — *O que foi?* Pare! *Por que você está sorrindo para mim?*

Os lábios dela se moveram, sem fazer som.

— O que foi?! — David disse, gritando agora. — *O que foi, sua puta maluca horrorosa?!* — A pergunta não era retórica. Quando perguntou, ele tirou as mãos de sua garganta.

Carolyn sentiu vontade de ofegar e tossir, mas dominou. Ela sorveu um único e fresco sopro do ar da noite, inalando-o lentamente em seus pulmões, saboreando a primeira respiração do resto de sua vida. Quando ela estava perfeitamente pronta, falou.

— E *então*… — ela cuspiu, o sangue espirrando no rosto dele em um jato fino — do *leste*… As palavras saíram sibilando de sua garganta esfarrapada e quebrada enquanto ela afastava o dedo de sua bochecha. — Trovão.

O rosto de David explodiu.

IV

O tempo era curto agora. A bala atingiu David um pouco acima do que seria perfeito, uns dois ou mais centímetros acima da maçã do rosto — um pequeno erro de cálculo. A metade esquerda de seu rosto quase desaparecera. Ela podia ver seu cérebro. Mesmo levando em conta seu treinamento, David morreria rapidamente, mais um ou dois batimentos cardíacos no máximo.

Mas seus dois olhos funcionavam e ele ainda tinha um ouvido. Qualquer um deles teria sido suficiente. Carolyn colocou as mãos em volta do pescoço dele e se levantou. Ela examinou o buraco aberto em sua cabeça, estendeu a ponta de um dedo e o tocou, muito gentilmente, em uma parte profunda de seu cérebro. Uma pequena faísca brilhou ao seu toque. Então, na segunda batida do coração, ela se aproximou e sussurrou no ouvido de David, falando a palavra que o Pai sussurrou para Mithraganhi há muito tempo, quando ele chamou o alvorecer da quarta era.

Para David, ao ouvir isso...

... o tempo...

... parou.

Carolyn caiu de volta no asfalto. Sua respiração soprava branca sob o poste de luz. Ela sorriu um pouco, mas não conseguiu fazer muito mais. *Eu fiz isso*, pensou. *Eu realmente fiz*. Não sentiu nenhum triunfo real, nem mesmo alívio. Ela estava dormente.

Mas era uma espécie agradável de entorpecimento.

Como efeito colateral de estar fora do tempo, David agora não tinha peso. Ela o empurrou para longe com um toque. Ele ficou congelado no ar da noite, balançando levemente, como um balão murchando.

Carolyn ouviu passos atrás dela.

— Olá, Erwin. — A voz dela estava muito rouca. Ela se sentou, tossindo, e envolveu os joelhos com os braços. — Você pode me ajudar a levantar?

— Ahn... — Erwin disse, falando com os lábios rachados e inchados: — Não tenho certeza. Vou tentar. — Ele mancou em direção a ela um pouco mais rápido. Ele estava segurando a mão esquerda sobre um buraco sangrento na perna. Na sua direita estava a HK com a qual tinha atirado em David. O cano soltava fumaça.

Erwin estendeu a mão grossa. Carolyn pegou. Ele a levantou facilmente.

— O que aconteceu com ele? — Cutucou David com um dedo. Ele girou facilmente, um ou dois pés fora do chão.

— Não faça isso — disse ela. — Deixe-me entrar lá por um segundo, sim?

Erwin olhou para ela, então deu de ombros e deu um passo para trás.

Ela fez David parar de rodopiar, então o virou para que pudesse examinar a ferida. Certamente teria sido fatal, mesmo para alguém como David. O lado esquerdo de sua cabeça estava faltando.

— Bom tiro — disse ela — quase perfeito mesmo. — Ela olhou de esguelha para Erwin. — O ângulo estava um pouco errado, mas a culpa foi minha. Deveríamos estar em um ângulo de sete graus em relação a você, mas era mais como nove. Foi difícil focar com aquele maldito buraco de lança na minha perna.

— Sim — disse Erwin lentamente. — Acho que foi. Como você sabia que eu…

— O Sargento-Mor Erwin Charles Leffington, Exército dos EUA, aposentado. Nascido em 8 de abril de 1965, esteve por último no Batalhão Aerotransportado Oitenta e Dois. Antes disso, dois anos na Unidade de Treinamento de Tiro do Exército dos EUA. Quando foi a última vez que você errou um tiro, Erwin?

— Antes de hoje à noite, você quer dizer? — David permitiu que Erwin esvaziasse a pistola nele antes que eles chegassem, por diversão. — Não me lembro exatamente — disse ele. — Faz algum tempo.

— Não se culpe por isso. Você não poderia ter atingindo ele antes. Ninguém poderia. Venha cá, me deixe dar uma olhada nessa perna. — Ela se agachou para examinar o corte na coxa de Erwin. — Você está bem. Sem sangramento arterial. Ele ia brincar com você por um tempo. — Ela se deitou na rua. — Me desculpe por isso. Eu tive que esperar até que você estivesse bastante abatido. Dessa forma, ele não consideraria você uma ameaça.

— Certo. Não me importo de tomar umas bifas por uma boa causa. — Cuspiu Erwin. — E aquele cara era um verdadeiro babaca.

— Você não faz ideia. — Carolyn fechou os olhos, se recompondo. *Eu fiz isso*, ela pensou novamente. *Eu realmente fiz, de verdade.*

— Então… o que eu perdi? — perguntou Steve. Ele e Naga estavam descendo a estrada na direção da Biblioteca. — O que aconteceu aqui?

— *Diabos*, Steve! — gritou Carolyn. — Eu disse para você esperar na Biblioteca. Você *nunca* escuta?

— Você não manda em mim.

Erwin olhou por cima do ombro.

— Ei, garoto. Como é que você está?

Steve deu-lhe um pequeno aceno.

— Vamos, não me deixe em suspense. O que aconteceu?

— Bem — começou Erwin —, basicamente aquele idiota ali estava estrangulando ela, então eu meio que atirei nele um pouco. Tipo assim, na cara.

— A propósito, obrigada — disse Carolyn.

Steve franziu a testa, confuso.

— Como você conseguiu isso? Quando nós chegamos você tinha acabado de ficar sem balas.

— Eu mesmo me perguntei isso — disse Erwin. — Foi a coisa mais incrível. Então, tipo, quando vocês apareceram, o grandalhão tinha acabado de me derrubar. Eu estava muito fraco para lutar. Eu ia voltar para aquela casa ali — completou, apontando para a única casa na rua com as luzes acesas — e pedir reforços. No treinamento, eles nos ensinaram a nunca deixar uma arma no campo... eu costumava espancar os caras por isso... então, no caminho, peguei minha pistola, embora estivesse vazia. Meio que por reflexo, tipo.

"Então, quando eu estava contornando o poste de luz, por acaso olhei para baixo. E ora caralhos se não havia um pente completo bem na frente do esgoto. Não é o mais limpo que já vi, mas depois que limpei na minha camisa, funcionou muito bem. Eu não podia acreditar. Foi como mágica."

— Isso não existe. — Carolyn soprou colunas gêmeas de fumaça pelas narinas.

— Uau — disse Steve. — Aposto que sei de onde veio. Posso ver isso?

Erwin ergueu a pistola, mas não a entregou.

— Essa é a mesma arma que peguei quando saí correndo? — perguntou Steve. — Aquela que você deu a ele mais cedo?

— É, sim — disse Carolyn.

— Então o pente que *você* encontrou deve ter sido o mesmo que *eu* deixei cair quando os cachorros pularam em mim.

— Ei, aposto que sim! — disse Carolyn. Ela riu. — Imagine só!

Ambos os homens estavam olhando para ela agora.

— Então... — Steve disse lentamente. — Você armou tudo isso? Eu correndo ontem... os cachorros... então eu largaria o pente onde Erwin poderia encontrá-lo? Bem na hora, quando David estava agarrando você?

— Sim. — Os olhos de Carolyn brilharam como holofotes na noite. — Sim. foi o que eu fiz.

— Por quê?

— Bem, David estava sendo meio que babaca.

— Não, quero dizer, por que ter todo esse trabalho? Você não poderia simplesmente...

— Não existe "simplesmente". — Ela contornou o corpo flutuante de David, examinando-o enquanto falava. — Não com alguém como David. Ele é muito habilidoso. Ele era o mestre de seu catálogo em tudo, menos no nome. Uma vez eu o vi matar cem soldados israelenses, homens armados, com aquela faca dele. Isso foi apenas um exercício, parte de seu treinamento. Se você não tomasse medidas para impedir, ele poderia ouvir seus pensamentos. Não há ninguém na Terra que poderia vencê-lo em uma luta justa. Mas aqui, dentro do *reissak*...

— O quê? — perguntou Erwin.

— *Reissak ayrial*. — Steve entrou na conversa. — É uma espécie de sistema de defesa de perímetro. É muito avançado!

Erwin deu-lhe um olhar.

— Mas não tem nada a ver com micro-ondas. Essa parte foi besteira.

— Você é meio espertinho, não é, garoto?

Steve assentiu, modesto, arrastando os pés na terra como John Wayne conversando com a linda professorinha.

— Sim.

— Bem, você não poderia ter...

— Enviado o Exército, talvez? Uma porrada de profissionais: caras grandes e corpulentos, bem treinados, com muitas armas? Hmm... talvez, talvez, eu pudesse descobrir uma maneira de envolver alguém como a Força Delta. Certamente isso resolveria? — Ela fingiu cheirar o ar. A brisa ainda trazia um toque de óleo queimado dos helicópteros acidentados. — Ah, espere... — Ela riu outra vez.

— Tudo bem — disse Erwin. — Mas como você sabia que eu estaria...

— Você gosta desse trabalho na Segurança Interna? Trabalho interessante, aposto. Bem no seu estilo.

— Sim...

— Como você foi parar lá?

— Uma espécie de acidente — disse Erwin. — Saí para almoçar e...

— Encontrou um velho amigo seu? Alguém que você conheceu no colégio? Apenas uma coisa casual? Um tiro no escuro?

Erwin não respondeu, apenas olhou para ela. A compreensão surgiu em seus olhos.

Steve também entendeu.

— Puta merda.

— Estou trabalhando nisso há muito tempo — disse Carolyn. — Eu gosto de planejar. É algo em que sou boa. Você já viu aqueles caras que fazem truques na piscina? Fazer a bola branca pular, rolar para trás ou o que for? Esse foi o meu truque.

Erwin e Steve se entreolharam. Depois de um momento, Erwin assentiu.

— Ah, sei. Se você diz, acho que acredito em você. Mas por que ele está flutuando assim?

— Isso fui eu também.

— Sim, percebi — disse Erwin. — O que quero saber é, como?

— Eu o coloquei fora do tempo.

— *Cumequié?*

— Mudei algumas constantes físicas dentro do corpo dele. Para ele, o tempo não passa mais. — Sua garganta parecia áspera, rasgada. Ela tossiu e cuspiu sangue na neve. — David não vai cair porque cair, veja bem, é um *processo*. Mas se o tempo não passa, realmente não pode haver um processo como tal, pode?

Erwin mastigou isso, então arquivou para consideração posterior.

— Sim, ok. Por quê?

— Por que o quê?

— Por que você, uh, fez isso? Ele estaria morto em apenas um ou dois segundos, imagino.

Ela assentiu.

— Sim. Estaria. É por isso.

— Não estou entendendo.

— Você já morreu?

Erwin olhou para ela.

— Não posso dizer que sim.

— Eu já, algumas vezes. Não é tão ruim quanto você pode pensar. Não é ruim o suficiente para ele.

— Mas isso aí é?

— Não tenho certeza. Mas *ele* acha que é pior. É isso que importa.

— Como assim?

— Bem, David morreu bastante. Fazia parte de seu treinamento. Não tanto quanto Margaret, mas o suficiente para se acostumar com isso. Alguns anos atrás, ouvi os dois conversando sobre isso. A essa altura, Margaret não se importava. Ela se mataria se o jantar atrasasse. Mas ela disse que tinha uma parte que ainda a incomodava. Não a dor, eles podiam lidar com a dor. Qualquer um de nós poderia. Mas ela odiava a *percepção*.

Carolyn fez uma pausa.

— Bem, não. Essa é a minha palavra, não dela. Como ela colocou isso? Ela disse que ainda sentia, mesmo agora, no estômago e na sola dos pés. Quando a ferida era aberta e ninguém podia salvá-la, seu corpo sabia. Margaret morreu de todas as maneiras que você puder imaginar, mas ela dizia que essa parte era a pior coisa que ela conhecia. E David concordava com ela.

— É onde David está agora. — Ela sorriu. — Aquele momento em que ele sente na barriga e na sola dos pés. *Wazin nyata*, o momento em que a última esperança morre. Ele estará lá para sempre.

Ao ver o sorriso dela, Steve recuou meio passo. Até Erwin se encolheu um pouco.

Seu instinto era tornar sua expressão neutra. *Mas por quê? Não há razão para se esconder. Não mais.* Ela olhou para sua mão. A ponta de seus dedos não tremia mais.

— Ele te emputeceu também, hein?

— Um pouco. Sim. Tem cigarro, Steve?

— Logo antes de você... sei lá... antes de congelá-lo, você o tocou — disse Erwin. — Tipo assim, dentro da ferida. Por que você fez isso?

Steve entregou a ela um Marlboro, depois acendeu outro para si.

— Você viu isso, hein? Sim, dei-lhe um pequeno choque. Eletricidade estática, bem no córtex parieto-insular.

— O quê? — perguntou Steve.

— O centro de dor de seu cérebro — respondeu Erwin.

— Exatamente. Não foi muito, pouco mais do que você conseguiria tocando em uma maçaneta depois de esfregar os pés no carpete. Mas é claro que você não *precisa* de muito, não quando a anatomia está exposta assim na sua frente.

— Eles fizeram experimentos — disse Erwin. — Os caras de Cheney, tentando descobrir o que fazer com Bin Laden. Eu ouvi histórias. Você dá a alguém um choque assim, seria a soma de… bem, não apenas de toda dor que você já sentiu, mas toda dor que você possivelmente *poderia* sentir. Tipo, tudo de uma vez.

— Sim.

— E então você o congelou? Naquele momento, exatamente? — Steve pensou por um segundo, então deu um assobio baixo. — Por quê?

Carolyn lembrou-se de como a chuva corria quente, lembrou-se do gosto salgado e acobreado do sangue de Asha.

— Porque *wazin nyata* não é suficiente. Não para ele. Isso, no entanto… Tenho certeza de que é a pior coisa que já aconteceu a alguém, em qualquer lugar. Sempre. Acho que é a pior coisa que *pode* acontecer, o teórico limite máximo do sofrimento. Desespero e agonia — disse ela. — Absolutos. Intermináveis.

— Diabos — disse Erwin. — Mas que merda doentia.

— Obrigado, Erwin. Significa muito vindo de você. — Ela soprou fumaça no céu noturno. — Eu queria fazer isso empalando-o naquela lança dele, ou talvez pregá-lo em uma mesa. Mas eu não conseguia descobrir uma maneira de fazer isso funcionar. Isso vai ter que servir. — Ela examinou David com olhos de cirurgião e uma malícia sem fundo. — E eu acho que vai. Sim. Já está funcionando.

— O quê?

— Olhe nos olhos dele e me diga o que você vê.

Steve e Erwin se inclinaram.

— Eles são pretos — disse Steve. — Quero dizer, não como se ele tivesse se machucado. O branco de seus olhos é *preto*. E… eles estão brilhando, um pouco?

— Sim. — Ela também viu. — Achei que sim, mas pode ter sido a luz. — Carolyn virou David para encará-la.

Estava muito escuro agora — sem lua, sem estrelas. A neve que caiu sobre ela não derreteu. Sua testa estava na sombra, mas quando ela deu uma tragada no cigarro, reflexos gêmeos brilharam em laranja nas poças escuras de seus olhos.

— Grite — falou Carolyn baixinho, em pelapi. — Tente gritar. Se você gritar por mim, eu paro. — Sorrindo agora. — Se você gritar por mim, eu deixo você ir. Dou-lhe uma… dou-lhe duas vezes… não?

V

Agora Steve e Erwin estavam olhando para ela. *De qualquer forma, David não pode me ouvir.* Ela deixou a mão cair. Quando voltou a falar, fez um esforço para soar normal.

— Sim, essa é uma conexão boa e forte. Devo ter cronometrado exatamente.

Naga cheirou David, então uivou.

— Você alimentou essa leoa ultimamente? — perguntou Erwin.

— Ela vai ficar bem. — Steve deu um tapinha nas costas de Naga. Ela mergulhou de ombro contra seu quadril. — Ela é apenas uma grande e velha querida. Não é, garota?

Carolyn sorriu e esmagou o Marlboro com o pé descalço.

— Tem outro?

Steve pescou o pacote. Os dois acenderam. Steve estendeu o pacote para Erwin.

Erwin recusou.

— Essa merda vai te matar. — Em vez disso, ele mascou tabaco.

— Você está sangrando — disse Steve. Havia preocupação real em sua voz.

Ela olhou para baixo. Sangue estava pingando do buraco em sua coxa — não esguichando do jeito que teria se uma artéria fosse cortada, mas era ruim o suficiente.

— Ah, certo. Isso. Steve, posso pedir para você ir buscar uma coisa para mim?

— Claro. Do que você precisa?

— Preciso consertar minha perna. Erwin também. Lembra daquela pilha de coisas que deixei para você na sala daquela casa branca?

— Sim, claro.

— Há uma grande sacola de lona amarrada com barbante. Pegue isso, algumas bandagens e o máximo de água que puder carregar. Ataduras de pressão, se sobrar alguma.

— Deixa comigo. — Steve saiu.

— Erwin, posso ficar com um dos seus cadarços?

— Ahn… sim. Se você quiser. — Ele tirou seu Reebok e extraiu o cadarço, então entregou a ela. — Para que você precisa disso?

Ela amarrou uma ponta do cadarço no dedão do pé peludo de David e a outra em uma caixa de correio.

— Temos mais uma coisa para resolver, e eu não quero que ele se perca.

Carolyn não era tão habilidosa quanto Jennifer, mas seus ferimentos não eram tão graves. Ela cobriu o buraco no pé e na perna com um pó cinza e derramou água sobre ele. Enquanto ela trabalhava em Erwin, o pó se transformou em carne, rosado e novo.

Eles encontraram Margaret do lado de fora do portão, ainda brincando com a cabeça do presidente.

— Você matou David — disse Margaret. Ela não ergueu os olhos. — Como *você* pôde matar David?

— Não exatamente. — Carolyn sentiu-se feroz, triunfante... mas ela também era cautelosa. Era difícil dizer o que se passava na cabeça de Margaret. — Isso teria sido bom demais para ele. Achei algo pior.

— Pior do que as terras esquecidas?

O sorriso de Carolyn estava manchado de sangue.

— Muito.

Margaret olhou para cima, interessada pela primeira vez.

— Sério? — Ela examinou o rosto de Carolyn. — É *verdade*. Você fez *mesmo*. Você é um horror, então. Eu não sabia. — Ela sorriu. — Nós somos irmãs. — Então, para a cabeça: — David disse que ela poderia estar lendo fora de seu catálogo, mas eu não a-cre-di-tei. Ela parece tão *rosada* e *tímida*. — Ela pontuou “rosada” e “tímida” cutucando o presidente em suas bochechas. A cabeça tentou gemer, mas não tinha ar.

Margaret gemeu por ela, balançando a cabeça para a frente e para trás na noite. Então algo lhe ocorreu.

— O Pai vai ficar chateado. — Ela fez a cabeça espreitar o lábio inferior.

— O Pai também se foi. Eu o matei.

— Ele voltará. Ele sempre volta.

— Não desta vez.

Margaret vacilou. Ela falou baixinho:

— Você *acabou* com o Pai? Acabou com ele para *sempre*?

Carolyn teve a impressão de ter visto o mais leve e ínfimo lampejo de expressão no rosto de Margaret. Esperança, talvez? Ela não sabia dizer.

— Sim. Ele se foi.

— Para sempre?

— Para sempre.

— Ah. — De novo aquele pequeno lampejo de expressão, difícil de ler. — Eu acredito em você. — Ela olhou de volta para a cabeça, depois para cima, quando algo novo lhe ocorreu. — Então você é horror *e* morte. Sim? — Ela olhou para Carolyn seriamente, esperando por uma resposta.

Carolyn piscou.

— Eu acho que você poderia colocar dessa forma.

— Então suponho que isso faz de você minha senhora. — Ela colocou a cabeça do presidente no chão, levantou-se e fez uma reverência. — O que deseja de mim, senhora?

Carolyn não sabia o que esperava, mas não era isso.

— Apenas uma coisa. — Ela olhou para Erwin e assentiu. Erwin levantou sua pistola.

— Ah — disse Margaret, entediada de novo. — Você está me mandando para casa?

— Sim.

— Hmm. — Ela fez uma pausa. — Posso perguntar uma coisa? Senhora? Um favor, por favor?

Carolyn estava de bom humor. Ela tocou Erwin no ombro, falou em português.

— Ainda não. — Então, em pelapi, para Margaret: — Claro. Por que não?

— Você se lembra de como David morreu? A primeira vez?

— Sim. Mas Margaret, eu não...

— Eu gostaria de ir para casa assim. Através do touro. O caminho que David seguiu.

Carolyn semicerrou os olhos para ela, sem saber se tinha ouvido direito.

— Você pode repetir?

— Gostaria de ser assada no touro. O Pai disse que seria minha última lição. Acredito que estou pronta.

— Margaret... por que você *possivelmente* iria querer uma coisa dessas?

— Você não sabe? — Ela parecia decepcionada.

— Não. Eu não sei mesmo.

— David também nunca entendeu. Eu queria ouvi-lo, você sabe, mas… ele não conseguiu passar. Não mais. Não por muito tempo. Mas você e eu somos irmãs, ao que parece. Então talvez… — Margaret franziu a testa para ela, procurando palavras. — Estou muito longe agora. Longe de todos vocês, longe de mim. Estou na escuridão exterior, você vê. — Ela piscou, implorando. — Eu vaguei por muito tempo. Você entende isso?

Carolyn deu um pequeno aceno de cabeça.

— Entendo.

— Mas eu sempre penso no touro. Você pensa no touro?

— Às vezes.

— Você se lembra de como ele brilhava? Como o fogo o deixou laranja, sob a lua, e David cantou?

A boca de Carolyn estava seca.

— Eu lembro.

— Se alguém acendesse um fogo assim para mim… Acho que posso sentir. Mesmo aqui na escuridão externa, posso sentir isso. E… se fosse brilhante o suficiente e queimasse por muito tempo… talvez eu pudesse segui-lo de volta. — Margaret, pálida e atroz, com cerca de trinta anos, deu um sorriso melancólico. — De volta para mim, sabe. Eu posso até ter uma música cantada por mim. Acho que pode haver alguém para ligar. — Ela olhou para Carolyn com o fantasma da esperança dançando em seus olhos. — Só uma. Isso é tudo que eu peço. Você acha? Talvez?

— Sim — disse Carolyn calmamente. — Talvez.

— Você vai fazer isso então?

Eles se entreolharam. Vermes se contorciam no cabelo de Margaret. *Quando éramos crianças, ela tinha os melhores brinquedos*, pensou Carolyn. *Lindas bonequinhas. Às vezes ela me emprestava.*

— Sim. Se é o que você quer. — Então, em português: — Erwin, guarde a arma. Novo plano. Margaret tem um último pedido.

— Eu não vou atirar nela?

— Não. Isso não é insano o suficiente, aparentemente.

Os músculos das têmporas de Erwin saltaram.

— O que, então?

— É mais fácil mostrar a você. Deve haver um carrinho de mão naquela garagem ali. Você e Steve podem pegá-lo para mim? E algumas toras para fogão, da pilha de lenha atrás? Nos encontraremos no topo da colina.

Erwin olhou para ela.

— Ah, ok. — Ele desengatilhou a pistola e colocou a trava de segurança. Depois de um momento de hesitação, ele a estendeu para Carolyn, com a ponta primeiro. — Quer pegar isso emprestado?

Margaret balançava-se para cima e para baixo na ponta dos pés como uma criança pequena em um balcão de doces.

— Obrigada, mas acho que não vou precisar.

Os MORTOS POLIAM o touro a cada poucos dias. Mesmo sob a luz fraca do poste distante, tinha um certo brilho.

Quinze minutos depois, suando, Erwin arrastou o carrinho de mão até a última das escadas de ferrovia cortadas no penhasco. Sua carroça estava cheia de pinheiros nodosos, secos e pegajosos de seiva. Ele o colocou ao lado do touro e enxugou o suor da testa com as costas da mão. Então, batendo os nós dos dedos contra o bronze:

— O que é isso?

— Essa — disse Carolyn — é a pior churrasqueira do mundo.

Margaret não conseguiu esperar. Ela estava carregando toras da pilha de madeira com as mãos, seu pequeno corpo curvado sob a carga. Ela os carregou para o touro, dois de cada vez, e os arrumou da maneira certa. Vendo o monte de pinheiros de Erwin, ela sorriu.

— Vamos fazer um churrasco? — Erwin parecia suspeitar e... algo mais.

Ao ouvir sua voz, Carolyn pensou no padrão de diamante das escamas da cobra cascavel, quase escondido sob as folhas de outono. Ela considerou mandá-lo embora. *Ele não é David, mas também não é desprezível.*

— Não exatamente. Isso é... algo que fazemos. Uma espécie de ritual.

A mão direita de Erwin foi para o ombro esquerdo e o esfregou. Havia, ela sabia, um número 4 marcado ali. Todos em sua unidade os obtiveram no Afeganistão. Erwin entenderia a questão do ritual.

Margaret deixou cair sua braçada de membros quebrados. Ela deu a Erwin um sorriso ganancioso e arrancou um pedaço de madeira de seu carrinho de mão.

Erwin considerou isso.

— Sim. Ok. Quer que eu empilhe aquela madeira?

— Claro. Seria ótimo.

Os quatro estabeleceram um ritmo, Steve e Erwin enchendo o carrinho, Erwin empurrando e despejando. Carolyn deveria estar ajudando Margaret, mas ela tinha uma visão teoricamente ideal de uma pilha de madeira em sua mente, e continuou batendo na mão de Carolyn.

Após cerca de vinte minutos, Margaret deu um passo para trás e olhou para a pilha.

— Isto já chega.

— Margaret, tem certeza de que...

— Sim. Um pouco mais alto e vai acabar cedo demais. — Ela segurou a escotilha, mas era uma mulher franzina. Os tendões em seu pescoço se destacaram quando ela se esforçou para abri-la, mas o máximo que conseguiu foram alguns centímetros. Carolyn se aproximou para ajudar. Juntos, eles o elevaram além do ponto crítico. O bronze espesso retiniu nas costas do touro. — Tem certeza de que é isso que você quer?

— Ah, sim. — Sua voz estava ansiosa.

Carolyn falou com Erwin em português:

— Você pode dar uma mão para ela?

— O quê?

— Parte do ritual.

— Aham. — Erwin semicerrou os olhos para Carolyn, desconfiado, depois para Margaret.

Margaret assentiu, balançando-se na ponta dos pés. Erwin se ajoelhou e fez uma tipoia com as mãos. Margaret levantou um pé descalço e sujo, então hesitou.

— Aqui — disse ela, e estendeu seu Zippo para Carolyn. — Para você.

Carolyn não queria tocar na coisa.

— Tudo bem. Eu tenho o meu.

— Pegue.

— Sério, eu...

— Pegue. Você vai precisar disso mais cedo ou mais tarde. — Margaret sorriu. Seus dentes eram pretos. — Você é como eu agora.

Carolyn sentiu um pouco de horror ao ouvir isso, mas o reprimiu. Apenas acabe com isso. Ela pegou o isqueiro com dois dedos, tocando o mínimo possível.

Margaret subiu no touro.

— Não entendo — disse Steve.

— Eu também não. Não exatamente. Mas é isso que ela quer.

Os olhos de Margaret brilharam arregalados e brancos contra a graxa preta lá de dentro — empolgados, mas sem querer esperar demais.

— Ela nem sempre foi assim — disse Carolyn. — Quando éramos pequenas, ela... ela tinha uma casa de bonecas muito grande. Nós jogávamos, às vezes. — Ela suspirou. — Algum de vocês pode me ajudar com a escotilha?

— O que você está fazendo? — perguntou Erwin. Mas ele sabia. Ele era americano, não estúpido.

— Com o que isto parece? Me dê uma mão.

— Sim, hmm, não. Não posso deixar você fazer isso — disse Erwin.

Carolyn suspirou, exasperada. Talvez Steve pudesse ajudar? *Não. É só empurrar. Você consegue fazer isso.*

— Você quer matá-la, tudo bem. Eu mesmo atiro nela. Mas você não pode queimá-la. Não é certo fazer isso com uma pessoa. — Erwin olhou para ela. — Uma moça esperta como você deveria saber disso.

— Estou com Erwin nessa — disse Steve.

Carolyn franziu a testa e bateu nos dentes com a unha.

— Se vocês não querem se envolver, tudo bem. Eu não culpo vocês. Ajudem-me com a escotilha e eu encontro vocês no portão.

— Não posso deixar você fazer isso — disse Erwin novamente.

Carolyn virou-se para ele. Ela falou gentilmente, como se estivesse explicando algo para uma criança pequena.

— Erwin... isso não é uma negociação. Não existe "deixar". Você vai ajudar ou não?

Erwin não se mexeu.

Carolyn revirou os olhos e voltou-se para o touro. Ela se esforçou contra a tampa, os braços tremendo com o esforço. Ela não o ergueu além do ponto de inflexão antes que suas forças falhassem. A escotilha se abriu com um estrondo ensurdecedor. O som rolou sobre Garrison Oaks como um gongo. Na vizinhança, as portas começaram a se abrir. Ela ouviu um dos mortos gritar, dizendo:

— Aqui, seus cachorros! Saiam desse lixo. — Mas sua voz era inquieta.

Atrás dela, houve um pequeno clique quando Erwin destravou a trava de segurança de sua pistola.

— Eu não posso deixar você fazer isso — repetiu.

Ela ouviu um baixo, baixo estrondo. Ainda estava distante, mas estava se aproximando rapidamente.

— Abaixe a pistola, Erwin.

— Estou achando que não — disse Erwin.

Naga olhou para o céu e rugiu. Na vizinhança, os cachorros tinham saído para juntar-se aos mortos. Ao som da voz de Naga, alguns deles latiram. Um dos mortos gritou:

— Aquiii, gatinho, gatinho.

De repente, a noite ficou muito clara, muito barulhenta. Um helicóptero voando baixo veio ao redor da curva da linha do cume. Tinha uma luz de busca, quente e branca. Asas atarracadas nas laterais repletas de bombas, mísseis, armas.

— O que é aquilo? — gritou Carolyn, num tom para ser ouvida acima dos rotores.

— AH-64 — disse Erwin. — Canhoneira Apache.

Um momento depois, um segundo helicóptero apareceu. Os dois pairaram sobre a clareira do touro, os holofotes brilhando. O ar se encheu de palha de pinheiro, terra, folhas, pequenos galhos. A luz era dolorosamente brilhante.

Margaret espiou para fora do touro para ver o que estava acontecendo. Ela disse algo, baixo demais para Carolyn ouvir, depois voltou a se deitar.

— O que eles estão fazendo? — perguntou Steve.

Um dos helicópteros tinha um sistema de alto-falante.

— ABAIXEM SUAS ARMAS. ABAIXEM SUAS ARMAS E SE AFASTEM DO CÃO.

Naga rugiu novamente. Steve deu um tapinha no ombro dela.

— Ela não é um cachorro! — Naga roçou a cintura de Steve com os ombros e balançou o rabo, grata. Carolyn sorriu. *Eles realmente se dão bem juntos.*

— Eles estão procurando por mim, eu imagino. — Erwin largou a pistola e acenou para os pilotos. Então, gritando sobre o barulho do rotor: — Aquela é uma metralhadora M230. Munições de trinta milímetros. — Ele abriu os dedos para ilustrar. — Eu vi um cara ser atingido no peito por uma dessas. Tudo o que restou foram as pernas.

— Diga a eles para irem embora — falou Carolyn.

— Não posso. Não tenho rádio. Mas eles também não iam escutar.

— Tem certeza de que quer assim?

Steve tocou Erwin no ombro.

— Erwin, eu acho que você realmente devia...

Erwin balançou a cabeça.

— Nada que eu possa fazer.

— Tudo bem — disse Carolyn. — Ok. — Ela se voltou para a vizinhança e falou baixinho, para ninguém em particular. — *Orlat keh talatti.*

— *O quê?!* — gritou Steve.

— "Projetar e defender."

VI

A princípio não tinha nada.

Então, dos recessos escuros de Garrison Oaks, veio o som de... o quê? *Algo está vindo,* Steve pensou com um arrepio. *Alguma coisa terrível.* Ele ouviu até mesmo sobre os helicópteros, baixo a princípio, mas aumentando — o grito profundo de pregos arrancados da madeira, o barulho e tilintar de vidro quebrando, pinho grosso quebrando em lascas.

A luz dos postes era fraca e, claro, não havia lua. Mesmo assim, olhando para a rua, ele teve uma nítida sensação de movimento nas sombras. *Seja o que for, é grande.* Ele pegou um flash de movimento e olhou para Erwin. *Ele também vê.*

As linhas de preocupação ao redor dos olhos de Erwin eram profundas e bem gastas. Ele se virou para o helicóptero com o alto-falante e acenou com os braços acima da cabeça.

— Saiam! Deem o fora daqui!

— Feche os olhos — disse Carolyn a Steve.

— O quê?

Os helicópteros estavam ignorando Erwin. Ele mudou para um sinal de mão mais complicado.

— Vão embora antes que ela...

— Steve. Feche seus olhos.

Mas ela não esperou — ela parou atrás dele e colocou a mão sobre os olhos dele. Um instante depois, houve um flash brilhante, como se uma câmera do tamanho de um campo de futebol tivesse disparado.

— Ah, caralho — disse Erwin. — Eu estou cego.

— É apenas temporário, disse Carolyn. — Não era para você. Espere alguns minutos e você ficará bem.

O tom dos rotores dos helicópteros começou a subir, os motores girando em direção a um grito.

— Eles estão indo embora? Steve perguntou, muito baixo para ser ouvido fora de sua própria cabeça.

— O quê? — disse Erwin.

— É APENAS TEMPORÁRIO — disse Carolyn.

— O QUÊ? NÃO CONSIGO ENTENDER VOCÊ. MUITO ALTO.

O holofote que estava sobre eles oscilou um pouco, depois sumiu por completo. Piscando, Steve olhou para o Apache. Ele se inclinou para o lado como se tivesse sido chamado para algum negócio urgente. Então, de maneira organizada e profissional, ele apontou o nariz para baixo, acelerou — foi surpreendentemente rápido — e caiu na estrada a cerca de cem metros de distância. Mesmo a essa distância, o calor da bola de fogo era imenso.

— Porra! — disse Steve. — Puta merda!

— Ah, merda — disse Erwin. — Era isso que eu acho que era?

Um momento depois, o outro helicóptero realizou um movimento semelhante — nariz para baixo, uma rápida aceleração e, em seguida, um acidente certeiro e profissional. À luz da bola de fogo, Steve reconheceu o penhasco pelo qual correra naquela manhã. De repente, a noite estava desconfortavelmente quente. Sem o barulho do rotor, foi mais uma vez possível conversar com normalidade.

— Eu *disse*, é apenas temporário.

— O que é apenas temporário? — perguntou Steve.

— A cegueira de Erwin. É um veículo. O sinal é customizado: ele apenas mata os hostis, mas é ofuscante para todos.

— Customizado — disse Steve. — O que é isso?

— Significa "feito sob medida" — disse Erwin. — Que sinal?

— A luz que você viu. É um mecanismo de defesa. Ele irradia do nervo óptico e ativa os neurônios escravizados.

— O quê?

— Neurônios escravizados. Eles o tornam sugestionável. A luz os ativa: uma vez que eles fazem parte da arquitetura do pensamento, uma pessoa fará o que for dito.

— Como as caixas do banco? — disse Erwin.

Eu não teria pensado nisso, pensou Steve. Uma vez que ele ouviu, porém, fez todo o sentido. *Esse Erwin é um cara esperto.*

— Exatamente.

— O que os pilotos disseram para fazer? — perguntou Steve.

— Um suicídio rápido. Indolor, se possível, mas imediato. Carolyn fez uma pausa. — Se você se importa, eles provavelmente não sofreram. Disseram-me que a experiência geral é bastante agradável.

Steve sentiu-se mal. *Neurônios escravizados?*

— Jesus, Carolyn. Esses caras estavam apenas fazendo seu trabalho. Quero dizer, eles provavelmente tinham famílias, filhos pequenos e...

Ela deu de ombros.

— Foi a escolha deles.

— Carolyn, eles...

— Esse é o risco de trabalhar para ser uma pessoa perigosa — disse ela. — Há sempre a chance de você encontrar alguém que é melhor nisso do que você.

Os lábios de Erwin abriram-se sobre os dentes em um instante súbito de agressão crua e simiesca. Carolyn observava, como uma esfinge.

Steve estava entre os dois. *Pessoas perigosas, de fato.*

— Ei — disse ele. — O que é aquilo?

— O quê? — perguntou Erwin.

— Há algo se movendo lá atrás. No céu. Posso vê-lo bloqueando as luzes da cidade, mas não consigo entender o que é. — Ele se virou para Carolyn. — É isso... tipo, sua nave-mãe? Algo parecido?

Ela o ignorou e falou com Erwin.

— Seus olhos estão melhores?

— Um pouco, sim — disse Erwin. — Eu não acho que ela seja uma alienígena, garoto.

— Ótimo. Você deve ficar bem em mais alguns minutos. Steve, desça a colina. Encontro você lá em alguns minutos.

Steve olhou para o touro, inquieto.

— Carolyn, eu realmente não acho que você deveria...

— Apenas vá, Steve. Eu sei que você não entende, mas é o que Margaret quer. Eu vou dar isso a ela. — Então, suavizando: — Mas você não vai querer ver. Espere por mim, no sopé da colina. Estarei junto.

— E quanto a Erwin?

— Ele vai ficar bem em mais ou menos uma hora.

— Para onde estamos indo?

— Para casa.

VII

Vamos lá, Naga. — Steve deu as costas para Carolyn e Erwin e desceu as escadas.

De volta à Rodovia 78, ele deu alguns passos em direção a um helicóptero em chamas, pensando em procurar sobreviventes. Mas mesmo dessa distância o calor das fogueiras era suficiente para enrolar os pelos de seus braços. *Ninguém poderia ter sobrevivido àquilo.* Ele se aproximou um pouco mais de qualquer maneira, morbidamente fascinado — então ouviu uma rápida série de explosões. Pop! Pop--pop-pop!

Munição cozinhando.

— Ah, merda.

Ele se virou e fugiu, curvado, para a placa de Garrison Oaks. Ele se protegeu de costas para a coluna de pedra decorativa. Viu um monte de gente andando pela vizinhança, e alguns cachorros também. Eles não pareciam interessados nele.

Alguns minutos depois, um som de gongo ressoou vindo do topo da colina. *Acho que Carolyn descobriu uma maneira de fechar a escotilha.* Com uma curiosidade mórbida e reprimindo um arrepio, ele se levantou e olhou para trás, para o alto da colina. Houve um novo incêndio lá em cima, menor que os helicópteros em chamas. Carolyn estava caminhando em direção a ele, sua silhueta contra a chama amarela.

Ela estava sozinha.

— O que foi que você fez? — perguntou Steve enquanto ela se aproximava. — Você fez...

Ela balançou a cabeça.

— Está feito. Isso é tudo. Vamos. — Ela passou por ele sem diminuir o passo. Estava escuro no bairro. Depois de apenas alguns passos, ela estava na sombra.

— E Erwin?

— Não quis vir. Ele quer estar com o pessoal dele. *Vamos*, Steve.

Steve deu uma última olhada no topo da colina. O terceiro fogo ardia alegremente agora, uma fogueira adequada. Ele pensou na mão de Margaret, a pele pálida contra o bronze escuro. Ele estremeceu outra vez. Ocorreu a ele que os helicópteros em chamas também funcionariam muito bem como um bloqueio de estrada. *Ninguém vai passar por isso até de manhã, pelo menos*, ele pensou. *Somos só nós dois agora.*

Isso era verdade de certa forma, mas eles não estavam sozinhos. Os mortos eram dezenas deles, talvez centenas — homens, mulheres e crianças. Eles estavam vestidos com trapos de décadas — poliéster, jeans antigo e caxemira. Um garotinho segurava um joystick de Atari. O fio pendia frouxo entre seus pés descalços e sujos. Parecia que tinha sido mastigado. Ele olhou para Steve e disse:

— É hora dos *Transformers*.

— Pode apostar.

Steve correu para se juntar a Carolyn, grato pelo tamanho de Naga ao seu lado. Carolyn estava desamarrando o cadarço que prendia David à caixa de correio. A bolha de escuridão que começou em seus olhos crescera, Steve percebeu. Agora tinha mais de meio metro de diâmetro. Envolveu sua cabeça por completo e uma boa parte de seu peito também.

— Não tenham medo — disse Carolyn, gesticulando para as pessoas que circulavam na rua. — Eles não vão nos machucar.

— Bem, que ótimo — disse Steve, incerto.

A fogueira atrás deles estava queimando alegremente agora, e emitia uma quantidade surpreendente de luz. Os mortos ficaram olhando para ela, banhando seus rostos em seu brilho amarelo. Alguns deles tinham lágrimas escorrendo pelo rosto. A princípio, ele pensou que eles poderiam estar de luto — Margaret, talvez? *Ela era sua Querida Líder, ou algo assim?* Então ele notou que muitos deles também estavam sorrindo. *Talvez seja o tipo de choro que a gente vê em casamentos?*

— Ei, Carolyn? Por que esses caras estão tão nervosos?

— É o fogo. Por aqui o fogo significa alguma coisa.

— Ah.

Tinha cachorros também, Steve percebeu. Ele até reconheceu alguns de antes. Eles não pareciam se lembrar, ou talvez apenas não se importassem. Eles vagavam livremente entre as pessoas, sem serem mimados. Havia outros animais também — uma raposa, algo que poderia ser um lince, ou talvez um lince, e...

— Puta merda!

— O que foi?

— Aquilo é um tigre?

— É. Não se preocupe. Ele não vai te machucar. Ele é um dos sentinelas.

— Ouviu isso? "Não se preocupe." — Ele e Naga trocaram olhares. — O que é aquilo do lado dele?

— É do futuro. Não se *preocupe*, Steve.

Os animais e as pessoas e... outras coisas... se espalhavam pela rua e pelos gramados. Eles saíram do caminho quando viram Carolyn chegando, mas alguns dos mortos estenderam a mão para tocá-la com a ponta dos dedos quando ela passou. Eles também estavam falando, murmurando para si mesmos, uma palavra sem parar, um constante murmúrio baixo em uma língua que ele não conhecia.

— Do que eles ficam chamando você?

— Sehlani.

— O que significa?

— Não há uma boa tradução em português. "Bibliotecária-chefe" é literalmente correto, mas as conotações estão erradas. — Ela fez uma cara azeda. — É como eles costumavam chamar o Pai.

— Ah.

E então, finalmente, eles estavam no número 222 da Garrison Drive. O que restou dela, de qualquer forma. *A Biblioteca*, pensou Steve. *Enfim, depois de um tempo longo e doloroso.* Então, dando a ela um olhar crítico, *o que quer que tenha saído para "projetar e defender" realmente fez um trabalho e tanto no local.* A frente de tijolos ainda estava de pé, mas isso era tudo. As laterais e a parte de trás desabaram sobre si mesmas. Atrás da fachada falsa havia agora apenas escombros.

— É isso? — perguntou Steve. Estava um pouco decepcionado. Mesmo antes de desmoronar, a Biblioteca deve ter sido um edifício bastante comum: uma caixa de sal de tijolos, quatro colunas e algumas janelas.

Então ele olhou para cima. Algumas centenas de metros acima, o muito grande e muito escuro sei-lá-o-que-era passou pela noite. Ele sentiu o vento de sua passagem em seu rosto. De repente, ele estava inquieto mais uma vez.

— Nós vamos entrar ali?

— Mais ou menos. Não exatamente. Aquilo lá em cima é apenas uma projeção. A Biblioteca real está, hmm, distante. Esta porta é a passagem. — Ela subiu os degraus de tijolos até a varanda e colocou a mão na maçaneta. — Vamos.

— Uma passagem secreta? — Ele revirou os olhos. — Eu deveria saber. — Subiu os degraus, mas parou pouco antes de se juntar a

Carolyn e estalou os dedos quando algo lhe ocorreu. Olhou ao redor.

— Ei, espere um segundo…

— O quê? — perguntou Carolyn.

A varanda estava completamente vazia. *Nem mesmo um tapete de boas-vindas?*

— Onde está aquela coisa simbólica? Aquela pela qual você me mandou aqui?

— Isso não importa. Não mais.

— Eu ainda quero ver o que é. Depois de tudo isso, estou curioso.

Carolyn deu de ombros. Ela apontou para a sombra na base de uma das colunas.

— Lá.

Steve se aproximou e se agachou. Lá, quase invisível nas sombras, ele a encontrou.

— É um livro?

Ela sorriu.

— *Claro* que é um livro.

Ele pegou. Era velho e esfarrapado, as páginas amareladas pelo tempo e pela sujeira de incontáveis leituras. A capa estava faltando, mas tinha algo nela, algo familiar…

— Ei! Eu reconheço isso.

— Reconhece?

— Sim! Eu tinha um exemplar quando era criança. É sobre aquele cavalo, certo? Aquele que é levado para esta vida terrível. *Beleza Escura*, eu acho?

Carolyn virou-se para ele, os músculos das panturrilhas e coxas brilhando à luz das fogueiras, o rosto meio na sombra.

— Algo parecido.

Steve franziu a testa.

— É engraçado. Eu sei que li isso, mas não consigo me lembrar do final.

— Você vem?

— Sim — disse Steve. — Acho que sim. Devo trazer o livro?

— Não. Deixe.

— E se chover ou…

— Deixe. Esse livro já passou por muita coisa. É mais resistente do que parece. — Ela estendeu a mão para a maçaneta de novo, mas parou pouco antes de tocá-la. — Você está pronto?

— Hmm… Acho que sim. Qual é o problema?

— É mais fácil se eu apenas mostrar a você. — Ela tocou a maçaneta gentilmente com a ponta dos dedos, então deu um passo para trás.

Houve um clique suave, metálico e bem oleado. O som, talvez, de tranquetas de latão se alinhando na maior fechadura do mundo. A porta se abriu na escuridão. O ar quente saiu, seco como o vento do deserto e pesado com o cheiro de poeira antiga.

Atrás dele, Naga uivou, um som selvagem e estranho que Steve nunca tinha ouvido dela antes.

Ele se virou para estabilizá-la, e seu pelo estava alto, eriçado sob sua mão.

— O que há de errado, garota? — Mas ele sabia. Ele sentiu isso também.

— Os animais não gostam deste lugar. Ela provavelmente não vai entrar. Aqui, me dê o David.

Ele entregou a ela o cadarço com David balançando no final.

— O que é… — Ele parou, apertando os olhos na escuridão.

— Vamos. — Carolyn entrou.

Steve piscou. Ao cruzar a soleira, ela recuou como se tivesse sido disparada por um canhão.

— Sim — disse Steve. — Que se foda tudo isso.

Ele se virou para ir, então congelou. Atrás dele, os mortos e os animais estavam no gramado, observando. Ele deu um passo para baixo. Um dos cães rosnou, só um pouco. Cerca de quatrocentos metros a leste e a oeste da rodovia, os apaches ardiam como fogueiras. O vento estava cheio do cheiro de querosene queimando, e a cada poucos segundos ouvia-se um estalo ou estrondo quando a munição disparava.

Para além dali, as sirenes que se aproximavam, soaram. *Quanto tempo eu duraria lá fora? Sozinho, quebrado, o cara mais procurado do país? Mesmo que eu não acabasse na cadeia imediatamente, para onde eu poderia ir? África? Bolívia? A lua?*

Da colina, ele ouviu a voz de uma mulher. Não sabia dizer se ela estava gritando ou se era o começo de uma música.

Steve suspirou e voltou para a varanda.

— Você está pronta pra isso?

Naga olhou para ele por um longo momento, duvidosa, então balançou o rabo de leve.

Eles cruzaram a soleira juntos.

CAPÍTULO 12

A BIBLIOTECA

I

Pensando em como Carolyn parecia retroceder, Steve estava esperando... algo. Um puxão, uma sensação de avanço. Algo. Mas não foi bem assim. Ele entrou na escuridão. Um momento depois, ele estava em um carvalho antigo e seco. Carolyn estava esperando, com as mãos prontas para pegar.

— Bem, até que isso não foi tão... — Então, vendo onde estava, cambaleou para trás contra a parede atrás dele. — *Caralho*, meu Jesus.

— É — disse Carolyn, relaxando um pouco. — Essa foi basicamente a minha reação. Pelo menos você não desmaiou. Muita gente desmaia. — Ela se firmou contra uma estante próxima e começou a tirar as polainas.

— O que... Quero dizer... Jesus... o que é este lugar?

— É a Biblioteca do Pai. — Uma coisa lhe ocorreu. — Bem... Eu suponho... que agora é minha. — Ela piscou algumas vezes. — Hmm. Minha.

— Biblioteca — disse Steve, sua voz monótona e inexpressiva. Ao seu lado, Naga uivou. Ele deu um tapinha no ombro dela. — Sim, querida. Eu também. — Ele olhou em volta, boquiaberto. — *Caralho*, meu Jesus — disse ele outra vez, agora com verdadeira reverência.

A Biblioteca era *vasta*.

Era facilmente a maior estrutura em que ele já esteve, ouviu falar, sequer *imaginou*. Estantes de livros se estendiam pelo chão até onde a vista alcançava. Ele viu um globo de luz no alto — como um arranha-céu — e um teto em algum lugar além disso. Era impossível estimar a que distância ficava o teto — centenas de metros? Milhares? O espaço em que ele estava era mais alto que o Superdome, mais largo que o terminal do aeroporto de Atlanta.

— Você poderia pilotar um avião aqui — disse ele. — Talvez não um 737, mas um Cessna — fácil. Era provável até um Lear.

— É, acho que sim. — Sua voz foi abafada pelo pano.

Steve olhou e viu que Carolyn estava tirando o suéter. Ele colocou a mão sobre os olhos.

— O que você está *fazendo*?

— Tirando essas roupas ridículas. Quer um roupão? Um tamanho serve para todos, e eles estão limpos. — O pano caiu no chão com um farfalhar suave.

— O quê? Não, eu estou bem. — Ele espiou, só um pouco. A bermuda de ciclismo de Carolyn estava enrolada em seus tornozelos. Ele lhe deu as costas e abriu os olhos. Um momento depois, ela apareceu vestindo uma túnica verde-acinzentada de algum tecido áspero, vagamente semelhante à de um monge. Combinava mais com ela do que o suéter de Natal.

— Está com fome? — perguntou Carolyn. — Eu estou faminta.

— O quê?

— Comida — disse Carolyn. Ela esfregou a barriga com uma das mãos. — De repente, estou morrendo de fome de novo. Caminhe comigo, está bem? Vou te mostrar o lugar.

— Ahn... — Ele piscou algumas vezes, lembrando-se da casa modesta com a varanda caindo aos pedaços. Quando ela disse "escondido", ele pensou em um bunker subterrâneo, algo como um abrigo nuclear. *Mas isto...* — Grande. Como pode ser tão *grande*?

— Não é *tão* grande. Eu medi uma vez. Tem apenas cerca de três quilômetros e duzentos numa das arestas.

— Arestas?

— Sim. Estamos em uma pirâmide. Está vendo? — Ela apontou para cima.

Seguindo seu dedo, ele encontrou o ápice da pirâmide, três triângulos equiláteros se encontrando em um ponto impossivelmente alto.

— Ah — disse Steve. — Estou vendo. Mas o que eu quis dizer foi — ele fez um cálculo rápido de cabeça — dois quilômetros e oitocentos é muita metragem quadrada para este bairro. Você não está violando os códigos de construção? Ou as leis da física?

— Códigos de construção, provavelmente. Nenhuma fiação está aterrada. Mas as leis da física não se aplicam aqui.

— De que porra você está falando, Carolyn querida?

— Você pode surtar enquanto caminhamos? Por favorzinho? — Ela balançou o cadarço com impaciência. David, agora quase completamente engolido pela escuridão, balançava na ponta dele.

O chão era sobretudo de tábuas de madeira inacabadas, largas e lisas — hectares delas. Mas ele e Carolyn estavam em jade, o ponto final de um caminho de acesso principal — estrada? — percorrendo toda a extensão do piso. Era tão larga quanto uma rodovia de três pistas, toda ela incrustada com ladrilhos de jade. Ele brilhava de leve sob os pés. Carolyn seguiu pela estrada, caminhando depressa, sem esperar para ver se ele a seguiria.

Steve trotou atrás dela.

— O que é isso? — perguntou ele, apontando.

A meio caminho entre ele e a parede oposta, algo que parecia DNA se estendia para o céu, fino e esguio. Foi tampado por um disco de jade. *Talvez seja um mirante? Como o terraço de um arranha-céu?* Logo acima da plataforma, uma nuvem de luzes girava devagar, banhando o salão com um brilho quente, semelhante ao de uma vela.

— É para lá que estamos indo.

— Cara — disse ele. — Este lugar é *enorme.* Ainda estamos dentro de casa de alguma forma?

— Não. A casa não era importante. A única coisa que importava era a porta da frente. É um dos lugares onde a Biblioteca e o espaço normal se sobrepõem. Pontos de estrangulamento defensáveis, você vê. O Pai era muito particular sobre quem poderia ver o trabalho dele.

— O que você quer dizer com "o trabalho dele"?

Carolyn abriu os braços para os incontáveis milhares de estantes.

— O trabalho dele.

— *Um cara* escreveu tudo isso? Há, tipo, milhões de livros aqui.

— Sim. Como eu disse, o Pai era velho. Ele fazia algumas páginas todos os dias, às vezes sobre uma coisa, às vezes sobre outra. Com o tempo isso acumula.

— Uau. — Aqui e ali, ao longo do corredor de jade, havia pilhas oscilantes de livros sem prateleiras, pequenas bandejas para pergaminhos, miniprateleiras para fólios. Naga estava farejando um deles agora. *Na verdade...* O olhar dela o lembrou daquele que Petey tinha quando estava prestes a sujar o carpete. Ele trotou e deu um tapinha no ombro dela. — Não faça xixi na biblioteca mágica, ok, querida?

Carolyn, ainda andando, gritou por cima do ombro.

— Não existe mágica, Steve.

— Se você diz. — Steve olhou em volta, depois para cima. Ele piscou.

Os lados da pirâmide que ficavam acima também tinham estantes. *O que, eles estão pregados no teto ou algo assim?* Tudo isso estava a um quilômetro ou mais acima dele, longe o suficiente para que ele pudesse ver que o layout deles formava um padrão fractal, completo com pequenas clareiras aqui e ali. Apertando os olhos, ele conseguiu distinguir minúsculos sofás e escrivaninhas, todos aparentemente imunes à gravidade. Três amplas passarelas cor de rubi irradiavam do centro geométrico do teto. Era como olhar para baixo quando seu voo estava chegando para pousar.

Alguns segundos disso lhe deram vertigem. Ele estendeu a mão para se firmar na pilha de livros. Pegou o livro de cima, um volume enorme encadernado em couro roxo, e partiu atrás de Carolyn, que se afastava em um ritmo surpreendente. Era muito pesado para abrir totalmente enquanto ele caminhava, mas olhando para dentro ele podia ver que as páginas eram todas manuscritas.

— Então, se isso não é mágico, *o que é*?

— Coisas diferentes. Existem doze catálogos principais. — Ela olhou de relance. — Os roxos são matemáticos: este aqui é uma cartilha sobre geometrias alternativas, eu acho.

Ele a abriu e espiou dentro.

— Parece medieval. Como um daqueles, como você os chama, um livro de horas?

— Aquele ali tem pelo menos 20 mil anos. E se a Inquisição pegasse você com isso, eles começariam a esquentar os esmagadores de polegar.

— Sério?

Muito curioso agora, ele parou na próxima pilha alta de livros e a usou como pedestal para o livro. Ele abriu em um local aleatório. As páginas eram de pergaminho grosso, abarrotadas de pictogramas cuidadosamente escritos, dispostos em fileiras verticais como cuneiformes, ou talvez hieróglifos. Não conseguia ler a escrita ou mesmo adivinhar em que idioma poderia estar. Algumas páginas depois, ele encontrou uma ilustração de duas páginas — tinta pálida, incrustada com folha de ouro, desenhada à mão e desbotada pelo tempo.

Tinha uma estética esquisita, parte de um diagrama técnico — planos traçados com muito cuidado, ângulos medidos, rabiscos que provavelmente eram equações — e parte de uma cena de batalha. Intercalado com as linhas e paralelogramos, um exército de coisas dentadas de pescoço comprido estava abrindo caminho para fora de um buraco no céu. A floresta abaixo estava repleta de seus cadáveres. Alguns sobreviventes — eles pareciam um pouco com girafas — se encolheram diante de um homem de túnica preta.

Os pelinhos da nuca de Steve ficaram todos espetados. *O trabalho do Pai dela.*

Ao seu lado, Naga rugiu. Ela estava curvada, olhando para as sombras entre as prateleiras.

Seguindo o olhar dela, Steve pensou ter visto uma sugestão de movimento lá fora, no escuro. Ele deu um tapinha no pescoço de Naga, tanto para se tranquilizar quanto para acalmá-la. Seus músculos estavam tensos, trêmulos.

Ele olhou para o corredor de jade. Carolyn não tinha parado. Agora ela estava a meio campo de futebol de distância, a bola preta balançando atrás dela em seu cadarço.

— Carolyn?

Ela não respondeu.

— Carolyn? — Ele deixou o livro na pilha e correu para alcançá-la, limpando os dedos que o tocaram na camisa. Ele a alcançou mais rápido do que teria pensado ser possível. Ocorreu-lhe que o piso de jade poderia estar ajudando-o de alguma forma, como uma daquelas esteiras de aeroporto. — Acho que vi algo se mover lá atrás — disse ele, um pouco ofegante.

— Hmm? Ah. Sim, você provavelmente viu. Temos empregados domésticos. Lembra o cara com o cortador de grama? Como ele. Eles cuidam das coisas servis, tirando o pó, arrumando as prateleiras e coisas do gênero. Eles tentam ficar fora de vista quando pessoas reais estão por perto.

— Bem, isso é assustador pra caralho. E o que houve com aquela foto… — Ele se interrompeu. — Noooossa. — Eles chegaram mais longe do que ele teria pensado ser possível. Agora a espiral do DNA estava bem diante deles. Daqui ele podia ver que, na verdade era uma escada, por mais enorme que fosse. Ela pairou no ar, a milhares de metros de altura, mas sem suporte, levando a uma vasta nuvem de luz acima. — O que é *aquilo*?

Carolyn apontou para a nuvem.

— É o universo. O normal, quero dizer. Aquele em que você cresceu.

— Como um planetário, ou...

— Não. É o negócio real. O original.

— Isso é impossível... — Ele parou, então suspirou. — Como? Como pode ser uma coisa dessas?

— Você conhece a palavra "superconjunto"?

— Sim. Não sei. Talvez. Na verdade, não. — Ele esfregou as têmporas. — Parece um pouco familiar.

Ela deu um tapinha no ombro dele.

— Não se culpe demais. É muito para absorver, em especial no começo. Foi da mesma forma para mim.

— Que bom que você disse.

— A Biblioteca é um universo separado, um superconjunto daquele em que você cresceu. Há um pouco de sobreposição, mas não muito.

— Um *universo* separado?

— Sim. Existem algumas pessoas muito perigosas, uh, que fariam qualquer coisa para colocar as mãos no trabalho do Pai. Ele tentou fortalezas terrenas, torres, bunkers, alguns mecanismos de defesa muito avançados. Mas tudo o que pode ser bloqueado pode ser desbloqueado. As apostas são enormes, e houve algumas chamadas de perto. Depois de algum tempo, ele criou este lugar.

— Mas... Ele olhou para a nuvem de luzes acima. — Quero dizer... o universo é, tipo, grande? Certo?

— Sim e não. O tamanho é fictício. Tem a ver com a estrutura do espaço. A porta pela qual entramos era um portal, mas também cumpre uma espécie de função de transição. Você não estaria errado em dizer que passar pela transição o torna maior.

— Sinto-me do mesmo tamanho.

— Bem... você também não estaria realmente *certo* em dizer isso. É meio matemático.

Steve revirou os olhos ou, talvez, olhou para o céu em busca de força.

— Eu não *acho* que ela está sendo obtusa de maneira deliberada. E as palavras *soam* como se fossem português...

— Pense na Biblioteca como a embalagem de um Big Mac.

— Ok. Qual é o Big Mac?

— O universo. O outro.

— Isso já ajuda um pouco — disse Steve. — Obrigado. Contanto que você esteja se sentindo compreensível, aqui está outro: o que vamos fazer lá em cima?

— Eu preciso enforcar David. — Ela balançou o cadarço e ele balançou, sem peso. A bola preta tinha crescido enquanto eles caminhavam. Agora, apenas a metade inferior de um pé ainda estava visível, o cadarço amarrado ao dedo peludo.

— Enforcar ele?

— Sim. Além disso, deixei um pouco de comida em um refrigerador. E há cadeiras de jardim e uma churrasqueira. Achei que podíamos fazer um piquenique! Você gosta de piqueniques?

— Hum… claro. Piqueniques são legais, eu acho.

Ela lhe deu um sorriso e, para sua surpresa, riu um pouco. Então ela começou a subir as escadas.

— Comida!

Steve olhou para cima, assustado. Mesmo deixando de lado seu medo de altura e o fato de que a escada pairava sem suporte no ar, a espiral imponente era facilmente a coisa mais alta feita pelo homem que ele já vira — novecentos metros no mínimo. Era provável até mais. *Sem corrimão também.* O disco no topo parecia pequeno o suficiente para se esconder atrás de sua unha do polegar.

— Você quer mesmo subir até aí?

— Sim. Não é tão ruim quanto parece. — E, de fato, em apenas alguns segundos ela, de alguma forma, subiu quinze metros ou mais.

— Sem elevador?

— Não. O Pai achava que eles eram feios. Posso fazer você voar, se quiser.

Ele considerou isso.

— Deixa pra próxima. Mas obrigado.

— Ah, qual é! É um bom exercício. — Ela saltou na ponta dos pés um par de vezes, flexionando os músculos da panturrilha. — Mantenha-se em forma! E tem bifes!

Ainda assim ele hesitou.

Carolyn disse algo em linguagem de leão, possivelmente sobre o almoço. Naga começou a subir as escadas sem sequer olhar para trás.

— Traidora! — gritou Steve.

— Também tem cerveja — disse Carolyn.

— Cerveja?

— Cerveja.

— Sim — Steve disse com um suspiro. — Ok.

II

Ainda era uma subida, mais ou menos o equivalente a cinco lances de escada normais, mas nada como a provação alpina do tipo "vamos pegar uns sanduichinhos e fazer aquele fim de semana" que ele imaginara ao olhar a partir da base. Steve mencionou sua ideia sobre as esteiras de aeroporto. Carolyn disse:

— Mais ou menos. — Então explicou, se essa era a palavra, que as superfícies de jade mudaram a maneira como a distância funcionava.

Steve disse:

— Ah.

Alguns passos depois, ele olhou para baixo e viu que estavam a mais de trezentos metros de altura. Entorpecido agora, sua única verdadeira reação foi agradecer por não haver muita brisa. Assim que os músculos da panturrilha começaram a queimar, eles surgiram no topo da torre.

Ela era encimada por uma espécie de plataforma de observação, também de jade, com cerca de trinta centímetros de espessura e quase tão larga quanto um campo de futebol. Steve era suscetível a vertigens em prédios altos, mas isso era mais como estar em um avião. Por alguma razão, a situação não foi tão ruim. De qualquer forma, parecia sólido como uma rocha sob os pés. Em um canto, ele viu uma churrasqueira e meia dúzia de cadeiras de jardim. Seu estômago roncou.

Então ele notou outra coisa.

Mais perto do centro geométrico do disco, a nuvem de luzes pairava baixa, perto o suficiente para alcançar e tocar. Sob esse ponto, ele viu uma pequena protuberância marrom no chão. Ele deu alguns passos em direção a ela, semicerrando os olhos. Carolyn não a seguiu — ela estava olhando para as luzes.

— Ei, quem é? — A protuberância era uma jovem, pouco mais que uma criança, na verdade, dormindo no chão, enrolada em posição fetal. — Outra de suas irmãs?

— O quê? — Carolyn franziu a testa. — Não. Não deveria haver ninguém aqui. Afaste-se, Steve. — Seu tom era frio de novo, como no carro. — Deve ser Mithraganhi.

— Quem?

— Mithraganhi. Uma das ungidas do Pai, da terceira era. Irmã de Nobununga, eu acho. Ela era o sol, até algumas horas atrás.

— O sol?

— Sim. Lembra quando escureceu, algumas horas atrás? Eu a transformei de volta.

— Ahn... se você diz. O que ela está fazendo aqui?

— Não sei. Ela deveria ter morrido lá em cima. — Carolyn contornou Steve, indo em direção à garota. — Ela deve ter descido de alguma forma.

— De onde?

Ela apontou para cima. Steve seguiu seu dedo, então congelou. Ele não notara a princípio, mas de tão perto, os pontos de luz na nuvem acima não eram mais pontos. Ele via agora que cada um deles era em si uma pequena espiral giratória, quase congelada, mas não totalmente. *Galáxias?* Ele estendeu a mão para tocar um e...

— *Poru sinh Ablakha?* — A voz da garota era alta, infantil. Ela estava acordada agora, apoiada nos cotovelos. Ela era uma loira platinada e bonita, embora um pouco sujinha. Seus olhos eram de um tom de cinza que ele só tinha visto em navios de guerra.

Carolyn se agachou ao lado dela, sorrindo.

— Você estará com ele em breve. — Ela acariciou a testa da criança com as costas da mão direita. A esquerda moveu-se para a parte inferior das costas e emergiu com a faca de obsidiana.

Que diabos?

— Carolyn, *não*!

Carolyn esfaqueou a garota no pescoço, apenas uma vez, então saltou para trás, ganhando uma quantidade surpreendente de ar. Ela desceu em uma postura de três pontas, faca em punho, os olhos fixos na garota.

Todos os três congelaram por um momento. *Somos a exibição de assassinato em um museu de cera*, pensou Steve, horrorizado a ponto de rir. Sangue esguichou do pescoço da criança em um fluxo da espessura de um dedo — uma vez, e então de novo. Ele pousou no jade com um som de respingo. Outro esguicho. Uma poça começou a se acumular.

A garota levou a mão ao pescoço. Seus dedos ficaram vermelhos. Ela os mostrou a Carolyn.

— *Moru panh? Moru panh ka seiter?*

Carolyn sorriu do jeito que uma gárgula faria.

— *Chah seh* Ablakha.

A garota caiu. Outro esguicho de sangue arterial, mais fraco desta vez.

— *Jesus!* — gritou Steve. — Carolyn, o que você fez? — Ele correu para a garota, pensando, talvez, em colocar a mão sobre a ferida, estancar o sangramento de alguma forma. Mas seu curso o levou para perto de Carolyn. De alguma forma, passando por ela, tropeçou. Ele bateu no chão de jade com força.

— Está tudo bem, Steve.

Seu dente da frente estava áspero agora, recém-lascado. Ele provou sangue.

— *Tudo bem?* Não está tudo bem! Essa criança é apenas uma *criança*, Carolyn. O que ela fez pra você? — Ele sentiu Naga perto, musculosa e violenta.

Carolyn falou sem emoção.

— Ela tem 60 mil anos e é leal ao Pai.

— *Então. Porra. O quê?* — Ele não estava gritando.

Carolyn piscou várias vezes.

— Você não tem ideia do que está em jogo, Steve. Você não entende sobre o Pai, como isso é perigoso.

— Ela é apenas uma criança, Carolyn! — Steve se levantou e foi até a garota. Ela agarrou sua calça de moletom com a mão ensanguentada, implorando em uma língua que ele não conhecia. Seus lábios estavam azuis.

Steve afastou a mão dela e inspecionou o ferimento. Sua artéria carótida se abriu, uma boca sem lábios.

— Fique quieta — disse ele. — Eu vou...

Carolyn pôs a mão em seu ombro.

— Não. Vai acabar em um minuto. — Ela não o ameaçou com a faca.

— Posso... você se importaria se eu apenas segurasse a mão dela? — Naga andava entre ele e Carolyn, protegendo-o.

— Não — respondeu Carolyn. — Perigoso demais.

Steve hesitou por um segundo, então pegou a mão da garota de qualquer maneira. Ele podia ouvir os dentes de Carolyn rangendo, mas ela não se mexeu para detê-lo. A mão de Mithraganhi era pequena, como um pássaro em sua palma. Ela olhou para ele com seus olhos cinzentos, implorando.

— Não sei o que fazer — disse Steve a ela. — Eu sinto muito.

— *Moru panh?* — disse ela de novo. Sua voz estava desaparecendo.

— O que ela está dizendo?

— Significa "Por que você está fazendo isso?" — explicou Carolyn.

— Eu sinto muito. — Steve estendeu a mão até sua bochecha, mas ela se esquivou de seu toque. Suas pálpebras caíram.

Então ela se foi.

— Pronto — disse Carolyn. — Está feito.

Steve fechou os olhos da garota e olhou para as próprias mãos. Estavam vermelhas. Ele as mostrou a Carolyn.

— Sim. Eu acho que sim.

Vendo o olhar em seu rosto, ela pareceu voltar um pouco a si mesma. Seu rosto desabou.

— Você não entende — disse ela outra vez.

— *Você acertou.* — Ele pensava: *Por mais habilidosa que ela seja com aquela faca, sou muito maior do que ela.* Ele pensava: *Não estamos tão longe do limite.*

A expressão de Carolyn escureceu. Sua mão foi para a parte inferior de suas costas.

— Não.

— Não o quê? — Seu tom era agradável.

— Só não faça isso. Ok? Não vou te matar, mas vou te machucar se for preciso. Não quero... *realmente* não quero... mas vou. — Então, implorando: — Steve... me deixe explicar.

— Tudo bem — disse ele. — Ok.

— Mithraganhi podia parecer criança, mas não era.

— O que, então?

Ela esfregou a testa.

— Eu não tenho certeza. Não exatamente. Os registros foram perdidos ou talvez destruídos. Mas ela era importante. Ela era um dos principais tenentes do Pai. Se ela ainda fosse leal a ele, e não há razão para pensar em outra coisa, ela poderia ter encontrado uma maneira de trazê-lo de volta.

— Ok. Tudo bem. Mas... e daí?

Carolyn se surpreendeu com ele, riu um pouco.

— Nós realmente somos de mundos diferentes, você sabe disso?

— Sim. Sim, esse pensamento passou pela minha cabeça uma ou duas vezes também. Você pode tentar me explicar? Palavras pequenas?

— O Pai era... — Ela parou, então riu um pouco. — Sabe, eu sei literalmente cada palavra já falada, mas não consigo pensar em uma única que seja adequada à sua pergunta. O Pai era o Pai.

— Isso não ajuda muito.

— Eu sei. — Carolyn ergueu a mão. — Me dê um minuto. — Ela beliscou o queixo por vários segundos, então olhou para ele. — Quando um dos meus irmãos tinha cerca de nove anos, o Pai o encarregou de convencer um Abissal a aceitá-lo como aprendiz.

— Abissal?

— Uma lula-gigante. Tipo isso.

— Ah.

— Michael tentou e tentou, mas o Abissal não aceitou. Algo a ver com o Deus da Floresta, ou talvez ele apenas odiasse as pessoas. Provavelmente essa foi a verdadeira lição, mas ainda não entendíamos como o Pai trabalhava. Nós éramos jovens então. Meu irmão tentou explicar a situação, mas o Pai não quis ouvir. Ele disse que meu irmão "não estava devidamente motivado". — Ela estremeceu.

— Você está bem?

— Eu só... mesmo ouvindo essas palavras, sabe? "Não estava devidamente motivado." Eu quero vomitar.

— Você pode parar se quiser.

— Não. Obrigada, mas não. Você precisa entender isso. — Ela estava olhando para as luzes acima. O tom de voz férreo estava de volta.

— Então... o que aconteceu?

— Ele pegou um atiçador quente e queimou os olhos de Michael.

— *O quê?* Jesus! Ele *cegou* o garoto?

— Sim. Ele o cegou. Bem, não do jeito que você provavelmente quis dizer. Não de modo permanente.

— Como isso pode...

— O catálogo branco, o catálogo de Jennifer, é medicina. Medicina exótica. Nenhuma de nossas feridas físicas jamais foi permanente. O Pai podia curar qualquer coisa. Jennifer era ainda melhor.

— Isso é conveniente.

— Bem… Eu suponho. Sim. Teve seus momentos. Mas também há custos. Custos *filosóficos*.

— Agora eu realmente não entendo.

Carolyn se ajoelhou na poça de sangue da criança. Ela estava de costas para ele, mas o sangue ainda estava parado, ainda não coagulado, brilhante. Ele podia ver o rosto dela refletido nele.

— Era diferente para nós. Para vocês, americanos, se as coisas ficarem ruins o suficiente… bem. Você sempre tem uma saída.

— Suicídio?

— Morte.

— Mas… vocês não morrem?

— Não. O Pai queimava os olhos de Michael. Todas as noites, mais e mais. O resto de nós tinha que ver aquilo, tinha que assistir. Cada vez levava cerca de vinte minutos… o primeiro olho era rápido, mas depois disso Michael tinha que. Que. Assistir. Caolho, você vê. Ele observava enquanto o Pai, hmm, o Pai, sabe, esquentava o atiçador de novo. Na manhã seguinte, Jennifer os deixava crescer. Ambos os olhos, sabe. E então eles faziam de novo. — Os músculos de suas costas se contraíam e se enroscavam como cobras grossas sob o roupão enquanto ela falava.

— O que aconteceu? Como isso acabou?

Carolyn rosnou. Na poça de sangue de criança, Steve viu um flash de dentes brancos, refletidos.

— Michael ficou *motivado*. — Ela cuspiu as palavras como alguém vomitando comida podre. — Depois de onze dias disso, meu irmão inventou uma maneira de fazer o Abissal se curvar à sua vontade.

Ela estava tremendo. Passou por sua cabeça ir até ela, tocar seus ombros e oferecer conforto, mas não ousou.

— Essa é a pior coisa de que já ouvi falar.

— Aquele — disse Carolyn — era o Pai. Ele nem estava bravo de verdade. Era rotina. Apenas uma coisa de disciplina. Você entende?

Steve pensou antes de responder.

— Sim. Talvez eu entenda. Um pouco, pelo menos. E essa criança, qual é o nome dela? Mythronnie?

— Mithraganhi.

— Ela é amiga desse cara?

— Bem… ela *era*.

Steve gemeu, sentindo-se mal. Ele foi até a beirada da plataforma e olhou para baixo.

— Eu subi ao topo do World Trade Center uma vez — disse ele. — Isto aqui é mais alto.

— Sim. Bastante.

— Digamos que eu acredito em você. Sobre a garota.

— Você acredita?

— Não sei. Talvez. Ela parecia inofensiva para mim. — Ele deu de ombros. — Mas não estou acostumado a subir tão alto. Talvez as regras sejam diferentes aqui. São?

— Não sei se existem regras — disse Carolyn. — Eu venci. Essa é a única regra que conheço.

— Por que eu? — soltou de modo suave. — Por que estou aqui? Eu não entendo.

— Você é um desastrado, Steve. Eu precisava de alguém para entregar a revista. Não poderia fazer isso sozinha, não poderia nem olhar para ele. David pode ter visto, em minha mente.

— É isso? Você espera que eu acredite que você me arrastou para isso porque sou *desajeitado*? É por isso que você arruinou minha *vida*?

— Ah, você está exagerando.

— EXA... — Steve se interrompeu. *Paz de espírito não é a ausência de conflito, mas a capacidade de lidar com ele.* Isso ajudou um pouco. — Você me incriminou por assassinato, Carolyn, e depois tentou fazer com que eu fosse comido vivo por cães selvagens. Lembra? — Ele deu um tapinha nos ombros de Naga. — Naga se lembra.

Naga deu um tapa no ombro de Steve em solidariedade. Os dois olharam para Carolyn.

— Ok, tudo bem, sim, há um pouco mais nisso do que apenas você ser desajeitado.

— Bem. Isso é um progresso. — Ele e Naga trocaram um olhar. — Por favor, continue. Por que eu?

— Eu vou explicar. Vou sim. Mas primeiro preciso enforcar David. — Ela balançou o cadarço. A escuridão o engolira completamente, até mesmo seu último dedo peludo.

Steve sentiu seus olhos se arregalarem. A escuridão ao redor de David crescera de maneira visível nos últimos minutos. Agora, mesmo a um metro e meio de distância, Steve sentia o calor. Era como uma fornalha. Ele deu meio passo para trás.

— O que está acontecendo com ele?

— Lembra como eu disse que ele estava congelado no tempo?

— Ahn... Acho que sim. — A escuridão ao redor de David tinha uma qualidade fluida, a superfície girando.

— E você se lembra do que ele estava fazendo quando eu o congelei?

— Isso é um teste?

— Mais como um método de ensino. Você entenderá melhor se eu tirar isso de você. Você se lembra?

— Bem... Sim, eu acho. Ele estava morrendo, certo? E você tinha acabado de lhe dar um pequeno choque no centro de dor de seu cérebro. Você disse que era "teórico limite máximo do sofrimento". — Então, baixinho: — Quero dizer... *diabos*.

— Exatamente. Mas aqui está a diferença. O sofrimento, o sofrimento normal, é transitório. O que percebemos como emoção é apenas uma conexão rápida entre o espaço tridimensional e um dos planos físicos superiores: raiva, alegria, prazer, o que quer que seja. As repercussões podem ecoar por anos, mas o elo real geralmente dura apenas uma fração de segundo. — Ela deu seu sorriso de gárgula outra vez. — Geralmente.

— Mas... não desta vez?

— Isso mesmo. — Ela balançou a esfera preta. — O tempo não está passando dentro disso. E eu também acertei. David está ligado à pura angústia e *não consegue seguir em frente*. — Ela olhou para Steve com expectativa.

Steve pensou nisso por um bom tempo, então desistiu.

— Hmm. E daí?

— Então — disse ela — a energia potencial entre os planos continuará a ser realizada. É como um capacitor com carga infinita.

— Energia. — Ele olhou para David, agora completamente engolido pela escuridão. A bola crescera visivelmente enquanto eles conversavam, e agora estava mais quente. — Você quer dizer, o material preto? Isso é energia?

— Exatamente.

— Quão grande vai ficar?

— Eu não tenho certeza. Um milhão de quilômetros, mais ou menos. É por isso que subimos aqui. Precisamos colocá-lo nos céus, onde há espaço.

— Como é?

— Amanhã a esta hora, David será nosso novo sol.

III

Ela estendeu a mão para a nuvem de estrelas acima e fez um movimento de enxotar com a mão. As luzes giraram ao seu toque, não muito diferentes da bandeja giratória na grande mesa de canto de um restaurante chinês. Quando encontrou o ponto certo, ela apontou um dedo no intuito de parar o giro e puxou. O espaço passou correndo por eles, a escala das coisas que eles viram encolhendo — primeiro galáxias inteiras, depois nuvens, depois estrelas individuais e, enfim, planetas.

— Reconhece aquele?

— Ahn... Júpiter? — Seus lábios estavam dormentes.

— Não, é Saturno. Está vendo os anéis?

— Certo. Saturno. Foi o que eu quis dizer.

— Tudo bem. Agora, silêncio por um segundo. Preciso me concentrar.

Steve observou enquanto ela pegava David pelo cadarço — apenas alguns centímetros ainda estavam aparecendo — e o empurrava de maneira gentil através da fina membrana que separava a realidade em que Steve havia crescido e a Biblioteca. David pareceu encolher enquanto passava.

— Lá vamos nós — disse ela, e lavou as mãos de modo teatral. — Está feito!

— Quanto tempo antes de ele virar o sol?

— Não tenho certeza. Pelo menos algumas horas. Voltarei e corrigirei as órbitas mais tarde. Não podemos deixar as bolinhas se chocarem, podemos?

Steve, que era encanador, falou com os lábios secos.

— Não. Acho que não. Quando ele vai ficar brilhante e amarelo?

O rosto dela desabou um pouco.

— Bem... não vai.

— Mas como assim? Ele vai ficar assim mesmo? Todo preto?

— Sim. É uma coisa do plano da angústia.

— De onde virá a luz?

Ela franziu a testa.

— Ah, não vai ter tanta. Luz, quero dizer. Muito calor... a angústia é muito quente... e radiação gama, e tudo isso, mas não há muito para o espectro visível.

— Vai ficar escuro o *tempo todo*? Mesmo quando o sol estiver alto? Para sempre?

— Vai estar quente o suficiente — ela disse na defensiva. — Ninguém vai congelar. E as pessoas vão se ajustar.

— *Ajustar.*

Ela assentiu.

— Você pode se ajustar a quase tudo.

Steve procurou, mas não conseguiu encontrar uma resposta em si mesmo para isso.

Depois de muito tempo, Carolyn falou de novo.

— Bem... isso me leva à outra razão pela qual eu trouxe você aqui.

— A comida?

— Não. Bem, sim. Isso também. Mas a razão maior é... Quero fazer um presente para você, Steve. Sei que você não entende, ainda estou chegando nessa parte, mas devo muito a você. Realmente não seria exagero dizer que devo tudo a você. Pensei sobre este dia por muito tempo e, eu... Eu queria dizer isso... bem, ficaria muito feliz se pudesse retribuir de alguma forma. Eu o trouxe aqui para que você pudesse ver a ascensão de David. — Ela o observou, sorridente e séria.

— Ok. Por quê?

— Da próxima vez que você vir o sol nascer, vai acreditar que estou falando sério quando digo que lhe darei qualquer coisa, absolutamente *qualquer coisa*, que você possa imaginar em pedir.

— Você quer dizer como um Maserati, ou...

— Claro, se você quiser. Mas mais do que isso. — Ela se inclinou para perto. — Eu posso te tornar imortal. Invencível. Ambos, se quiser. Há coisas no boticário que o tornarão mais inteligente do que o homem mais inteligente que já existiu.

— Ahn... — O momento se arrastou. — Agora eu só quero um pouco de churrasco.

Ele percebeu pela primeira vez que Carolyn ficava meio bonita quando ria.

— Muito bom — disse Steve.

Ele lambeu os dedos. Havia bifes no refrigerador, mas também algumas coisas que pareciam um escorpião gigante e tinham gosto de carne de porco. Carolyn disse que tinham desaparecido na era do Pleistoceno, mas era uma de suas favoritas. Steve não perguntou. *Foi* bom, porém, ainda que fosse muita comida. Naga comeu três dessas coisas sozinha, mais dois bifes e oito hambúrgueres. Então ela se enrolou como um gato doméstico e foi dormir. Steve pensou em dar a ela suas sobras, mas decidiu não acordá-la. *Pobre gatinha. Ela teve um dia difícil.*

— Que bom que você gostou — disse Carolyn. — Obrigado por cozinhar.

— De nada. — Quaisquer que fossem as outras habilidades que ela pudesse possuir, era bastante óbvio que Carolyn era uma péssima cozinheira. Depois que ela queimou dois conjuntos de hambúrgueres, Steve assumiu atrás da grelha. Agora ele se recostou em sua cadeira de jardim com um suspiro satisfeito. A princípio ele não tinha gostado de sentar tão perto da borda, mas com algumas cervejas ele relaxou um pouco. *Realmente é uma vista fantástica.* O universo girava acima deles, lançando um brilho quente nas prateleiras labirínticas abaixo.

Carolyn vasculhou o freezer e encontrou um refrigerador de vinho.

— Outra cerveja?

— Sim, claro. Eu vou acabar chegando lá mesmo. — Ele tomou alguns goles de Bud Light e arrotou baixinho, sentindo o gosto de carne de escorpião extinto. — Então… sobre este presente. Você poderia me fazer ser presidente?

— De quê?

— Dos Estados Unidos.

— Claro, se você quiser. Mas não consigo imaginar por que você gostaria de ser.

— Bom argumento. Que tal o Imperador da Terra?

— Mole-mole.

— Hmm. — Ele pensou por um minuto. — Eu poderia ser mais rápido que uma bala e pular prédios altos em um único salto? E ser capaz de disparar lasers dos meus olhos?

— Lasers?

— Bem, acho que é tecnicamente visão de calor. E congelar a respiração. Você poderia congelar a respiração?

Ela assentiu.

— Claro. Levaria algumas semanas, mas eu poderia juntar tudo isso. É isso que você gostaria?

— Ahn… não. Eu estava brincando.

— Bem. Ok. Você não consegue evitar, eu entendo isso. Só para você saber que eu *estou* falando sério. Absolutamente qualquer coisa. Quando éramos crianças, às vezes o Pai jogava um jogo em que pedia que inventássemos alguma coisa impossível para ele fazer. Se conseguíssemos derrotá-lo, ganharíamos um prêmio. — Ela olhou para ele. — Mas ninguém nunca fez isso. Nunca. Nem *uma única vez*.

— Montar um crocodilo voador através de um donut voador feito de chouriço?

— A modificação do corpo está no piso perolado, radial três, ramificação sete. A gravidade é radial dois, ramificação três. Isso também cobre a antigravidade. Charcutaria está em algum lugar em turquesa — disse ela, procurando o rosto dele com os olhos. — Eu teria que procurar.

— Qualquer coisa. — Todo tom de brincadeira desapareceu da voz dele. — Qualquer coisa mesmo.

Ela assentiu.

— Isso é… uau. É um presente muito legal, Carolyn. Obrigado. — Ele esvaziou sua cerveja, pegou a próxima.

— De nada. Estou feliz que você gostou. Você já está impressionado?

— Há dias. Por quê?

— Se você quiser, posso entrar em um pouco mais de detalhes. Sobre o que está acontecendo, quero dizer. Responder às suas perguntas, se tiver alguma. Por que você… e tudo isso.

Steve abriu a cerveja, borrifando-se com espuma fria.

— Seria ótimo. Mas isso não vai quebrar você, ou algo assim?

— O quê?

— Se você parar de ser muito, muito confusa o tempo todo. Não vai doer?

Ela ergueu o segundo dedo menor.

— O que você está fazendo?

— Acho que isso se chama "mandar tomar". Não estou fazendo certo?

— Dedo do meio.

Ela trocou.

— Melhor?

— Sim, você entendeu. — Ele fez uma pausa, pensando. — Ok, eu tenho uma. Parece que você sabe tudo sobre, sabe, o mundo normal, quem é o presidente, como usar um telefone, tudo isso, exceto quando você não sabe. Quero dizer, naquela primeira noite você estava tendo problemas para abrir a porta do carro. Como isso funciona?

Ela sorriu.

— Bem... às vezes eu poderia estar representando um pouco, fingindo ser mais indefesa do que na verdade era. No caso de alguém estar assistindo, ou algo assim. Todos eles pensam, pensaram, que sou muito protegida. Não deveria entender muito de nada, exceto idiomas. Mas também havia algumas lacunas genuínas. Achei que talvez "Sr. Celular" fosse um cara que fez o telefone que você liga na parede, sabe? Eles não tinham os portáteis quando eu era criança. — Ela revirou os olhos. — E eu acho que *nunca* vou entender a ideia de roupas de vocês.

— Então, você era uma criança de verdade? Você não é do espaço?

— Sim, hmm, não. Isso é ridículo. O que te deu essa ideia?

— Eu não sei. TV, ou algo assim. Bem... vocês estão todos possuídos por demônios? Ou talvez algo mágico?

— Ah, Deus. Cale a boca antes que você se envergonhe.

— Desculpe — disse ele, e falava sério. — Eu acabei de... Carolyn, não consigo imaginar algo que explique... tudo isso.

— Não. Não um demônio. E, como eu disse, não existe mágica.

— O que é, então?

— Eu sou... é como eu te disse naquela primeira noite. Eu não estava mentindo. Eu sou uma bibliotecária.

Steve parou para pensar nisso.

— Acho que estamos usando essa palavra de maneiras diferentes.

Ela assentiu.

— Sim. Provavelmente.

— Quando digo bibliotecário, penso...

— "Chá e mistérios aconchegantes"?

— Certo. Exatamente. Viu? Você *entende*.

— Sim. Eu gosto bastante de chá, mas... Realmente não sei o que é um "mistério aconchegante". Foi exatamente o que você disse, na primeira noite, em Warwick Hall. É nisso que você pensa quando diz "bibliotecário". — Ela olhou para ele do jeito que um pequeno animal poderia olhar para cima, escondido em sua toca. — Mas não foi assim — sussurrou. — De jeito nenhum.

— Sim — disse Steve, inclinando-se para trás. — Estou começando a entender isso. Mas talvez você devesse me contar *como* foi. Pra que eu não faça tantas perguntas idiotas?

Ela hesitou por um longo tempo, olhando para a meia distância. Mas, enfim, assentiu.

— Sim. Parte de mim quer. Mesmo. — Ela abriu a boca, franziu a testa, fechou-a.

— Mas...?

— É apenas... Sempre tive que esconder o que estava pensando, planejando. Tive que esconder *tudo*, até de mim mesma. Sempre. Você entende? — Havia uma qualidade suplicante em sua voz que ele nunca tinha ouvido antes.

— Acho que não — disse Steve de modo suave.

— Não. Claro que não. Como você poderia? — Assentiu para si mesma mais uma vez. — Não sei nem por onde começar.

— Do começo?

— Tudo bem — disse ela. Respirou fundo e, quando falou, o tom de voz férreo estava de volta. — Do começo, então. Quando eu era uma garotinha, com cerca de nove ou dez anos, passei um verão morando na floresta. Isso foi cerca de um ano depois que o Pai nos acolheu, logo depois que nossos pais morreram. Fiz amizade com dois veados, Isha e Asha, como eles se chamavam, e...

Carolyn falou por horas. Steve achou que ela poderia ter passado por cima de algumas coisas — o que, exatamente, quis dizer com "carvão do coração"? —, mas ela lhe contou muita coisa. Ela lhe contou sobre David e o touro. Contou como a loucura de Margaret a consumia pouco a pouco, até que um dia lamber as lágrimas das bochechas de homens mortos fosse divertido. Falou um pouco sobre como Michael passou a olhar para as coisas internas com olhos ferozes e assombrados. Falando em termos clínicos e distantes, ela contou a ele as coisas que David fizera, mostrou-lhe as manchas de tinta em seus antebraços onde ele a pregara na mesa com suas canetas.

Nas primeiras horas da manhã ela enfim chegou a Erwin, que tinha sido seu trovão do leste.

— Bem — disse ela, bebendo o último gole de seu vinho —, você não vai me dizer que idiota eu sou?

Steve balançou a cabeça.

— Não. Não vou. Outras pessoas podem, mas eu não.

Ela esperou por uma batida, então duas.

— Mas?

— Mas nada. Eu sou uma merda de budista de quinta categoria, Carolyn, mas uma das primeiras coisas que eles dizem é para tentar olhar para as outras pessoas com compaixão. Não "pena", essa pode ser uma distinção difícil de fazer, pelo menos no começo, mas compaixão. No seu caso não é difícil. Provavelmente teria me matado cerca de cinco minutos depois de ver aquele garoto sendo assado vivo. Eu literalmente não consigo imaginar como deve ter sido.

— Peter *fez isso* — disse Carolyn de maneira suave. — Jennifer também, eu acho.

— O quê?

— Se mataram a tiros. Depois do touro. Bem, Jennifer usou veneno. — Ela olhou para ele, perdida. — O Pai os trouxe de volta. Então ele os puniu: cinquenta chicotadas ou algo assim. Eu esqueci.

— Mas você não.

— Eu não o quê?

— Você nunca tentou se matar? Ou fugir de algum outro jeito?

— Não. Nunca. — Os olhos de Carolyn eram como granito, contra o qual coisas macias podiam se esmagar e se quebrar. — Sabe, meu trabalho ainda estava à frente.

Agora ela não está atuando, Steve percebeu. *Isso é o que ela é quando não precisa fingir.* Ele disse "Jesus" muito suavemente. *Assou o garoto vivo?* Ele se sentiu entorpecido.

Carolyn fechou os olhos. Quando ela os abriu de novo, os escudos estavam de volta.

— Acho que está na hora de dormir.

— Não, eu não…

— Tudo bem. Estou realmente cansada. — Um sorriso fraco. — Este foi um grande dia para mim. E… Eu estou apenas… não falo muito. Quase nunca falo sobre mim. Me sinto, não sei…

— Vulnerável?

Longa pausa.

— Sim. Isso.

— Desculpe.

— Não se desculpe. Não é sua culpa. É apenas… Eu não sou boa nisso… como quer que você chame.

— Contato humano básico?

— Que seja. Isso me deixa desconfortável. Mas você perguntou, e eu disse, e agora você sabe.

Steve assentiu.

— Uma coisa que eu sinto *muito*, porém, é ter feito você passar por tanta coisa — disse ela. — Deve ter sido confuso. Perturbador. Eu provavelmente poderia ter lidado melhor com sua parte nisso.

— Ah? Você acha? Acha *mesmo*?

— Steve, eu...

— Só, sabe, para referência futura, é provável que eu teria feito aquele seu servicinho por uma pequena taxa. Duzentos dólares, talvez? Tudo aquilo de me incriminar por assassinato foi um exagero. — Ele acenou com a cabeça algumas vezes, com os olhos arregalados e exagerados. — Sim. Exagero. Grande momento.

— Ok, claro, mas se você não tivesse ressuscitado, os mortos teriam...

— Espere. Espere um momentinho. Se eu não tivesse sido o quê?

— Hmm... nada.

— O que foi que você *disse*, Carolyn?

Ela estendeu a mão, quase, mas sem tocá-lo.

— Steve?

— Hmm?

— Eu te conto se você quiser. Mas você ficaria mais feliz sem saber.

Ele parou um longo momento para pensar.

— Sim. Ok. Vindo de você, estou preparado para aceitar isso. — Ele esfregou as têmporas. — De qualquer forma, eu tenho o maior de todos os prêmios de consolação.

— Certo. Você tem alguma ideia sobre o que poderia querer?

— Não. Não mesmo.

— Ok. Bem, pense nisso. Conversaremos mais amanhã.

— Você trouxe, tipo, sacos de dormir ou algo assim?

— O quê? Ah. Não. Existem dormitórios abaixo do piso de jade. Eu fiz um para você, estilo americano.

— Como assim?

— Bem... Eu meio que peguei emprestada uma cobertura. De um hotel, quero dizer. Você já ouviu falar do Al Murjan? Deve ser muito bom. Vamos, vou te mostrar.

IV

Boa noite — disse ela. — Estarei lá em cima se precisar de alguma coisa.

— Você não vai pra cama?

— Ainda não. Tenho algumas coisas para cuidar primeiro.

— Obrigado.

Steve fechou a porta com um pouco de alívio. O salão abaixo do piso de jade era como estar dentro da artéria de metal de alguma besta gigante. Mas ela estava certa — a cobertura, onde quer que a tivesse adquirido, era muito bonita, talvez um pouco exótica para o gosto dele. *O sofá sozinho talvez valesse mais do que meu apartamento.* Porém era confortável. — Naga adormeceu de imediato. Steve preparou uma bebida e explorou um pouco, então se sentou ao lado dela. Naga parou de roncar, levantou a cabeça e mostrou-lhe uma presa.

Ele a esfregou entre as orelhas.

— Volte a dormir, rabugenta.

Toda a escrita no controle remoto estava em árabe, mas os botões de ligar não são difíceis de descobrir. A TV também tinha um recurso de tela dividida. Depois de se atrapalhar um pouco, ele a configurou para assistir à CNN, Fox e Al Jazeera ao mesmo tempo.

A danação de David progredira, ao que parecia. Agora ele era visível a olho nu. Ainda era noite na Virgínia, mas em lugares como Sydney, Pequim e Fiji, multidões de passageiros vagavam de queixo caído e imóveis pelas ruas da cidade, observando o alvorecer sombrio dessa nova era. Como prometido, David estava quente o suficiente e do tamanho do sol. Mas mesmo em seu brilho máximo ele era muito fraco, um disco cinza-escuro contra o pano de fundo das estrelas.

A CNN tinha um monte de astrofísicos em teleconferência. Anderson Cooper estava fazendo uma pesquisa com eles sobre por que o sol ficou preto de repente. O que, por favor, diga, estava acontecendo com isso? Um cara de Harvard estava falando sobre a matéria escura, como ela era mal compreendida.

Steve o ouviu por alguns minutos, depois o cumprimentou com seu uísque.

— Um grande esforço.

Ele ficou alternando entre os canais por mais ou menos uma hora, cada vez mais bêbado, mas muito agitado para dormir.

A MTV estava fazendo um renascimento de *Beavis and Butt-Head*, completo com vídeos. Tinha, é claro, imagens intermináveis do incêndio na Casa Branca, da explosão no Capitólio. Houve um pequeno terremoto na Califórnia — nada para ficar animado, realmente! Eles tinham algumas imagens do sol preto filmadas da pequena cúpula da Estação Espacial Internacional, que era bonita. O vice-presidente estava governando de um local seguro e não revelado. Um casal de snowboarders noruegueses afirmou ter visto parte de uma geleira se levantar e ir embora. Isso era obviamente ridículo, mas as fotos antes e depois mostraram que um grande pedaço da geleira em questão desaparecera de verdade. Além disso, a lua pode estar um pouco instável. Anomalias gravitacionais, talvez causadas pelo incidente solar, eram suspeitas…

— Sim — disse Steve. — Foda-se isso. — Ele saiu pelas portas duplas da cobertura, deixando-as abertas para o caso de Naga ficar inquieta. — Carolyn? — chamou.

O corredor metálico dos dormitórios era arredondado, arterial, com talvez cem metros de comprimento. Estava muito escuro.

— Carolyn?

Nenhuma resposta. Ele foi mesmo assim, pisando no metal irregular com as meias. Ele estava muito mais bêbado do que tinha percebido, ao que parecia, mas descobriu que, se se movesse em um ritmo deliberado, não tropeçaria muito. No final do corredor, escadas de carvalho, arredondadas e suavizadas pela passagem de incontáveis pés descalços, flutuavam no ar. Steve as escalou para ficar entre as estantes da Biblioteca.

Ele se preocupou em como poderia encontrá-la naquele vasto espaço, mas não foi difícil. Carolyn pairava cerca de duzentos metros acima do chão, girando no lugar como um patinador artístico fazendo uma pirueta. Seus braços estavam esticados acima dela em um *V*. As mangas largas e grandes de seu roupão tremulavam enquanto ela girava. Ela estava gritando a plenos pulmões, balbuciando em uma língua que Steve não reconheceu, ainda coberta pelo sangue de David, agora seco e coagulado. Lágrimas escorriam por suas bochechas. Steve não sabia se ela estava chorando ou rindo. *Talvez ambos?* Abaixo dela, o chão de jade brilhava. Olhando para cima, ele viu o universo que conhecia suspenso no centro da Biblioteca. A sombra de Carolyn pairava sobre ela como asas pretas.

Steve observou isso por um tempo. Ele tinha saído com a intenção de falar com ela, explicar como as coisas estavam ruins lá fora, explicar seu erro. Eles dariam risada, depois. Mas, vendo-a assim, ele não conseguia pensar em nada que pudesse dizer. Em seguida, ele se virou, fugiu de volta pelo corredor de metal para a "cobertura" e bateu a porta atrás de si. Naga ergueu a cabeça ao ouvir o som.

Ele foi até o banheiro, batendo a porta atrás de si também, então se curvou sobre o vaso sanitário e vomitou — uma vez, duas vezes, outra vez. Cuspiu baba grossa na tigela. Suor oleoso escorria de sua testa. Pensou em Carolyn girando, cacarejando, pensou no tom desapaixonado, apenas retransmitindo informações, com que ela contou sobre assassinatos a machado no jantar, contou sobre crianças assadas vivas.

Ao vê-la no bar naquela primeira noite, pensou, naturalmente, que ela era como ele. Ele entendia agora o quão errado isso era.

Voltou para a sala de estar. Naga estava esperando, bem acordada, preocupação real em seus olhos. Steve abriu uma garrafa de água e deu um tapinha em seu traseiro.

— Tudo bem. Estou bem.

Mas não estava. Ele estava começando a entender e não estava bem. *Somos os únicos aqui*, pensou. *Nenhuma ajuda. Ninguém mais está vindo.*

— O que vamos fazer, hein? O que nós vamos fazer?

Naga não respondeu.

De volta à CNN, Anderson Cooper se aproximara de uma idosa com olhos azuis brilhantes. Ela tinha as palavras "Gretl Abendroth" e "Professor da Cadeira Lucasiana de Matemática" escritas sob sua cabeça. Ela estava respondendo à pergunta de Anderson, ou tentando. Sufocando de tanto rir, com lágrimas escorrendo de seus olhos, ela disse que os outros professores eram tolos, disse que a teoria atual nunca poderia ser estendida para incluir o sol preto. Ela cacarejou para eles, dizendo: "Admita", dizendo: "Vocês não sabem mais do que eu. Nosso entendimento é uma piada de mau gosto. Sempre foi."

Alguns dos palestrantes se ofenderam com isso. Um deles disse que ela parecia uma camponesa supersticiosa. Outro disse algo como: "Ok, talvez *não seja* matéria escura; por que ela não explicou a eles se ela era tão esperta?" Anderson Cooper assentiu, preocupado.

Abendroth ficou quieta. Steve, um antigo espectador de programas de entrevistas, pensou que ela poderia estar à beira das lágrimas. Mas quando ela falou, parecia bastante calma.

— Acho que talvez Deus esteja zangado.

De repente, Steve queria muito comprar uma bebida para a dra. Abendroth. Em todo o mundo, ela era a única outra pessoa que realmente entendia.

— Bem — disse Steve —, você não está errada. Mas é pior do que isso. — Ele lançou um olhar astuto e paranoico para as sombras. — Acho que ela pode estar *louca pra caralho.*

Ouvindo-se dizer isso, veio-lhe o pensamento totalmente formado como do nada: *O vocabulário de tal criatura seria diferente do que estou acostumado, diferente do que conheço.*

Foi nesse momento que ele começou a entender o que tinha que fazer.

CAPÍTULO 13

CANTE, CANTE, CANTE!

Um pouco mais de um mês depois, Carolyn desceu as escadas da Biblioteca para os dormitórios. Ela estava carregando uma caixa de papelão de bom tamanho, grande demais para ser vista. Ela sondou cada passo com o dedo do pé.

A caixa continha uma tigela de pipoca, duas garrafas de álcool de grãos Everclear e meia caixa de Marlboro. Steve pedira a bebida e os cigarros, mas a pipoca foi ideia dela. Ela não tinha muita esperança de que ele fosse grato, mas achava que havia uma chance razoável de que ele pudesse pelo menos ser educado.

Ela pensou em chamá-lo para pedir ajuda, mas decidiu que não. Steve não gostava das escadas. Incomodava-o que eles pairassem no ar, sem suporte. Steve disse que isso o "deixou muito encafifado".

Isso não era surpreendente. A lista de coisas que ele considerava questionáveis era longa e crescente. Incluía a própria Biblioteca ("Como os móveis podem ficar pendurados no teto assim? É assustador."); o chão de jade ("Jade não deveria brilhar."); o boticário ("Que diabos é isso? Vou dar o fora daqui."); o arsenal (os troféus de David o fizeram vomitar); a linguagem pelapi ("Parece briga de gatos."); suas vestes ("Pegou emprestado da Morte?" Não tinha pegado emprestado.); e, claro, a própria Carolyn.

Basta perguntar. Ele te contaria tuuuuuudo a respeito.

— Minhas *vestes*? — murmurou ela, espiando por cima da caixa, tentando encontrar onde pisar. — O que há de errado com minhas *vestes*? São apenas mantos, pelo amor de Deus.

Carolyn se lembrava de modo vago de como tinha sido para ela no início — os vastos espaços do salão principal, a sensação doentia e sem rumo de ter tudo o que sabia roubado. Foi desorientador, com certeza. *Mas você imaginaria que depois de um mês ele estaria começando a se ajustar.*

Mas não se ajustou. Transportar a cobertura tinha sido um aborrecimento, mas agora ela estava feliz por ter se dado ao trabalho. Steve parecia determinado a montar acampamento lá.

Quando ela era mais jovem, fazendo seus planos e se preparando, às vezes sonhava acordada com as coisas que os dois fariam quando estivessem juntos — piqueniques, pequenas férias, leitura juntos perto da lareira. Em vez disso, ele ficava bêbado e jogava videogame.

Bem, nem sempre. Às vezes, ele e Naga apareciam para jogar nas estantes, um jogo de gatos em que se revezavam para se esconder nas sombras e atacar um ao outro. E hoje os dois acabavam de voltar de uma viagem de três dias ao Serengeti. Steve a convidou para ir junto, mas quando ela disse que estava muito ocupada, seu alívio foi óbvio.

Ela pensou na voz de Jennifer, suave e compassiva: *Ela tem um carvão do coração.* E, pior, *Nunca funciona do jeito que você pensa.*

— Foda-se, Jennifer — disse Carolyn. — Vou dar um jeito. Eu sempre dou.

O metal liso do dormitório ainda parecia aconchegante sob seus pés depois de seus meses no tapete americano e no asfalto. Steve, é claro, também odiava isso.

A madeira polida e as linhas precisas da porta de Steve pareciam estranhas contra a suavidade orgânica do corredor. Ela largou a caixa e verificou seu reflexo em uma das garrafas. Ela mandou um dos mortos pentear seu cabelo. Parecia uma boa ideia na época, mas…

Bem… é diferente. O problema, ela decidiu, era que ela não tinha certeza de como o cabelo deveria ser. *Não é* ruim, *certo? Quero dizer… pelo menos está arrumado.* Bem, talvez. Mas ela pensou que também cheirava a desespero. *E o que você vai fazer se não der certo, Carolyn? O que então?*

— Vou fazer funcionar — disse ela de novo.

Mas ela não parecia segura disso.

Ela cheirou as axilas — elas, pelo menos, estavam boas —, então respirou fundo e arrumou o rosto em algo como um sorriso. Toc-toc.

Depois de muito tempo, Steve abriu a porta, apenas uma fresta.

— Oi.

— Oi! Posso entrar?

— Por que você se dá ao trabalho de perguntar? — Ao lado do pescoço, a artéria carótida estava pulsando. Seu suor cheirava a medo. — Você poderia simplesmente entrar. Eu não poderia te impedir, certo? Ninguém poderia.

— Eu... eu não faria isso. Não para você. — Seu coração afundou. *Ele está realmente com medo de mim?* Ela balançou a cabeça. *Claro que não. Isso é bobagem.* Ela deixou um pouco da angústia que sentia transparecer em seu rosto.

A expressão de Steve suavizou um pouco.

— Sim. Bem. Ok. Entre.

Entrando, ela reprimiu a vontade de torcer o nariz. A sala fedia a fumaça velha e mijo de leão. Ela trouxera uma piscina infantil e vários paletes de fraldas, mas quando convenceram Naga a experimentá-las, o tapete era uma causa perdida.

— Sente-se. — Steve desabou.

— Obrigada. — Era um sofá grande, mas Carolyn preferiu sentar perto dele. De volta às sombras, Naga a estudava com olhos dourados de caçador.

— Como foi a África?

— Escura — disse Steve. — Como você achou que seria?

— Steve, eu...

Ele ergueu a mão.

— Desculpe. Esqueça que eu disse alguma coisa. Mas Naga se divertiu muito. Ela se encontrou com uma tia dela. E nós comemos alguns gnus.

— Como foi isso?

— Naga adorou. A carne estava um pouco mal assada para o meu gosto, mas estava muito, muito fresca.

— Espere, elas levaram você para *caçar*?

— Sim. Na verdade, elas insistiram.

— *Uau.*

— O quê?

— É uma honra enorme, Steve. — Michael viveu na savana por dois anos antes de conseguir um aprendizado... e isso com o benefício de uma apresentação de Nobununga. — *Enorme.*

— Sim? Bem, isso é bom.

Ela esperou, mas ele não deu mais detalhes. Mentalmente, ela deu de ombros. *Ótimo.* Na mesinha de centro, um fichário de três argolas estava aberto, cercado por cinzeiros transbordando.

— Como vão os estudos?

— Estou progredindo. — Ele se virou e murmurou para Naga na linguagem da caça: — Obrigado por não me comer hoje.

A voz de Naga veio da escuridão:

— Sua afeição não é sem sentido para mim, seu insignificante. Vou devorá-lo outro dia.

— Nada mal — disse Carolyn. O sotaque de Steve era forte, mas sua pronúncia era melhor do que ela esperava. — Acho que você tem jeito para isso. Os dialetos felinos são complicados. — Ela olhou para o fichário de três argolas. Ele já tinha passado da metade do caminho. — Quanto tempo antes de você precisar do próximo?

— Mais ou menos uma semana, eu acho.

— Ok. Vou começar no volume dois. Você vai gostar desse. Abrange a caça. — Os textos de Michael tendiam a ser meio diagramas, então traduzi-los foi relativamente rápido. Mesmo assim, ela não podia se dar ao luxo de gastar esse tempo de fato.

— Obrigado.

— De nada.

Silêncio desconfortável.

Desta vez, Steve quebrou primeiro.

— Então... qual é a do cabelinho Farrah Fawcett?

— O quê? Eu... me desculpe, não entendo o que isso significa.

Steve traçou o ar ao lado da cabeça dela.

— Farrah Fawcett? A garota do cartaz? Seu cabelo é... — Vendo sua expressão, ele parou. — Ah, esquece. — Ele suspirou. — Você parece, hum, bonitinha, só isso.

Ela sabia que ele estava mentindo, mas não parecia uma mentira cruel.

— Obrigada — disse ela, o que era bastante seguro. — Gostaria de pipoca? — Ela tirou a tampa do tupperware da tigela e estendeu para ele.

Ele olhou para ela.

— *Pipoca?*

— Claro. Você não gosta?

— Não é isso. — Ele hesitou. — Eu só não imaginei que você fosse uma garota do tipo pipoca, só isso.

— Bem... faz um tempo. Minha mãe costumava fazer, quando eu era nova. Eu me lembro disso. Achei que você poderia gostar de algo, sabe, familiar.

— Sim, claro.

Ela colocou a tigela na mesa de café. Ele cavou um punhado.

— Obrigado, está gostoso.

Eles ficaram mastigando por um tempo.

— Você já pensou mais sobre o que conversamos? — Steve fingiu um tom casual ao dizer isso, mas não estava enganando ninguém.

Mentalmente, Carolyn revirou os olhos. Steve se recusava a abandonar a ideia de que a luz de David poderia ficar amarela de alguma forma. Ele tocava no assunto toda vez que eles estavam juntos, pelo menos uma vez.

— Steve, mesmo que eu quisesse, não conseguiria. — Nesse ponto, ela *quase* quis. *Abandonar uma vingança que levou quinze anos para ser preparada? Claro! Qualquer coisa para calá-lo.* — Simplesmente não é tecnicamente possível. Por que é tão difícil para você aceitar?

Ele deu um sorriso malicioso, como se ela estivesse escondendo alguma coisa, mas ele era muito inteligente para ela. Ela sentiu vontade de estrangulá-lo.

— Bem, Carolyn, o último sol que tivemos era amarelo, e o céu parece estar cheio de estrelas que são...

— As circunstâncias eram diferentes, Steve. O espírito de David está esmagado e falta-lhe metade da cabeça. Forjar uma conexão com qualquer plano além da angústia será um problema.

— Mas e se você...

— *Chega*, Steve. — Então, mais calma: — Isso não vai acontecer.

Eles ficaram sentados em silêncio por um tempo, mastigando pipoca e sem olhar um para o outro.

Foi Naga quem quebrou o silêncio:

— Meu Senhor Caçador? Você deu minha pergunta para o sombrio?

— Ainda não, querida. estou chegando lá. Dê-me um minuto, está bem? Lembre-se do que dissemos.

Naga mostrou os dentes.

— Muito bem.

Carolyn ficou boquiaberta com eles.

— O que foi?

— Você ouviu *como* ela te chamou?

Steve balançou a cabeça.

— Ahn... não? Quero dizer, eu ouvi, mas ainda tenho muitas lacunas em...

— Ela chamou você de “Meu Senhor Caçador”.

— Oinnnn — Steve disse, coçando as orelhas de Naga. — Obrigado, querida. Muito bacana. — Então, vendo a expressão no rosto de Carolyn: — O quê?

— Você realmente não entende.

Ele deu de ombros.

— Como isso é surpreendente?

— "Meu Senhor Caçador" é... é como um título honorífico. Mais do que um título honorífico. É um termo de extremo respeito. Os leões só o enunciam em ocasiões especiais.

— Ah. — Ele franziu a testa. — Então, é uma grande coisa?

— Sim, Steve. É uma grande coisa. É o equivalente de leão a ter seu rosto esculpido no Monte Rushmore. E chamar uma pessoa assim... uau. Eu nunca ouvi falar de tal coisa. Nunca. *O que* você fez?

Steve se mexeu.

— Ahn. Nada. Nada mesmo. — Então, em voz baixa: — Nós apenas batemos um papo.

— Sobre *o quê*?

— Uma coisa aí.

— Naga, o que ele fez?

A leoa olhou para ela.

— Meu Senhor Caçador será o único a salvar a todos nós. Foi previsto. Ele vai...

— Naga! — falou Steve de modo brusco, interrompendo-a. — Dissemos que eu cuidaria disso, lembra?

Naga balançou o rabo e voltou para as sombras.

— Lidar com o quê, exatamente? — O tom de Carolyn era de uma animação artificial.

Steve largou a tigela de pipoca.

— Você tem assistido ao noticiário?

Em seu interior, ela gemeu. A última vez que eles conversaram, ela prometera que faria isso, e quis dizer isso, mas se distraiu com um boato sobre o Duque, e...

— Desculpe. Devo ter me esquecido.

Os músculos da mandíbula de Steve saltaram. Mas tudo o que ele disse foi:

— Está tudo bem. Eu sei que você está ocupada. Você se importaria se déssemos uma olhada agora? Quero te mostrar uma coisa.

Ela forçou um leve sorriso.

— Claro.

Ele apertou um botão e a tela se iluminou.

— Você gosta de televisão? É grande!

Era, de fato, enorme. Ela esperava que isso fosse agradá-lo — os americanos gostam de coisas enormes, certo? — mas ele não parecia se importar nem um pouco.

— Sim, é ótima. — Ele ficou mudando de canais. — Aqui, este é bom. Veja isto.

A escrita na parte inferior da tela dizia MOTINS POR COMIDA NO OREGON. Havia um vídeo portátil do interior de um supermercado. As prateleiras estavam vazias e tinha sangue no chão. No estacionamento, luzes azuis piscaram.

— Você já ouviu falar nisso?

— Não.

— Deveria haver um trem cheio de trigo vindo do Kansas, mas ele nunca apareceu. Sequestrado, talvez? Ninguém parece saber como você pode perder um trem inteiro.

— Eu poderia ir procurá-lo se…

— Isso é legal da sua parte, mas não era realmente aonde eu queria chegar.

Carolyn sentiu os olhos de Naga sobre ela, observando das sombras.

— Não? E então?

— Foi mais sobre o motim. Aqueles costumavam ser bastante raros, uma vez a cada dez anos ou mais. Agora todo dia há pelo menos uns dois. E está piorando.

— Ah? É interessante. — Longa pausa. Ele estava olhando para ela com expectativa. — Hmm, por que isso, você acha?

— Bem… as pessoas estão um pouco no limite. Com tudo o que está acontecendo nos últimos tempos: a Casa Branca pegando fogo, o presidente desaparecido e… as outras coisas.

Ele não mencionou David, mas ela sabia aonde ele queria chegar. A tensão dela aumentou mais um nível.

— As pessoas estão com medo — disse Steve. — Na Carolina do Sul, há um pregador que continua falando sobre como este é o fim dos tempos. Eles o chamam de irmão Elgin. Ele me lembra um gambá raivoso, mas tem muita gente que o leva a sério. Ele diz que é o governador agora. Supostamente se separou do sindicato.

— Essa é uma coisa grande?

— Grande, sim. Outro dia houve um tiroteio entre ele e o Exército. Alguns tanques bombardearam o Capitólio. O irmão Elgin tinha um bando de universitários acorrentados na frente como escudos humanos. Algumas centenas de pessoas morreram. Eles provavelmente vão acabar resolvendo isso. Mas apenas algumas semanas atrás tudo era… você sabe. Tranquilo. Normal.

Algumas semanas atrás?

— Epa! Então você está *me* culpando por isso?

— Eu devo?

— Claro que não! As pessoas estão apenas exagerando.

— *Exage*… — Steve se interrompeu e tamborilou com os dedos na mesinha. — Ok. Talvez do seu ponto de vista isso seja verdade. Eu sei que você não pretendia que nada disso acontecesse. Estou supondo que você talvez nem tenha percebido. Estou certo?

Carolyn sentiu uma pontada de irritação e a reprimiu. *Pelo menos ele está fazendo um esforço para ser civilizado.* Ela suspirou. *Além disso, errado ele não está.*

— Sim. Ok. Algumas dessas informações são novas. Mas tenho estado muito ocupada!

— Sim, eu sei. Entendo isso, entendo de verdade. A morte de seu Pai abalou as coisas de verdade. Todos os seus antigos inimigos têm suas facas apontadas para a nova garota, certo?

— Isso mesmo. Mas eu tenho a vantagem.

— Como assim?

— Eles vão me subestimar — disse ela, sorrindo. Ao ver isso, Steve estremeceu. Ele tentou esconder, mas é claro que ela percebeu. *Ele realmente está com medo de mim*, ela pensou e, ah, sabendo que isso era realmente doloroso. Ela não iria chorar; nunca chorou.

Mas doeu muito.

Esperando escapar, ela olhou para a televisão. A escrita em um canto da tela dizia CNN. Além disso, as palavras "CASCO DE NEUTRÔNIO?" em letras maiores. Acima de tudo, a Biblioteca. Ele caiu no lugar como um dado lançado, uma pirâmide escura maior do que qualquer coisa feita pelo homem. Estava escuro lá fora, é claro, mas a equipe de filmagem tinha algum tipo de lente captadora de luz que tornava tudo um verde misterioso. Helicópteros dançavam ao redor da pirâmide como vaga-lumes ao redor de uma bola de praia.

— Somos nós? Steve apontou para a TV com um punhado de pipoca. — Essa é a coisa que estava voando no céu, na noite em que Erwin atirou em David? A coisa de "projetar e defender"?

— Sim.

— É a Biblioteca? Tipo, estamos dentro?

Ela hesitou.

— Tipo assim. É uma projeção quadridimensional de um universo de dezessete dimensões. Mais ou menos como uma sombra, ou o lugar onde os círculos se sobrepõem em um diagrama de Venn.

Na televisão, a câmera passou da Biblioteca para uma mulher bonita de sobretudo. Ela parou na frente de um bloqueio na Rodovia 78. Carolyn reconheceu o local. O som estava desligado, mas Carolyn leu seus lábios. Ela estava dizendo coisas como — dia trinta e dois e "atividade incomum" e "os militares não responderam". Seus dentes eram muito brancos. Então, por trás dela, soldados de rosto severo contornaram o tanque, agitando os braços em gestos de enxotar.

— O que está acontecendo? — Steve olhou em volta procurando o controle remoto.

— O Exército está evacuando todos os repórteres.

— O quê? Por quê?

— Eles vão começar a nos bombardear em alguns minutos.

Steve a encarou. — Você sabia disso?

— Claro.

Ele levantou uma sobrancelha.

— Você não quer, tipo, fugir?

— Achei que seria divertido de assistir. David costumava bombardear as coisas às vezes. As luzes são meio bonitas. — Ela sorriu e ergueu a tigela. — Além disso, pipoca!

Steve apenas a encarou.

Um momento depois, ela entendeu.

— Ah. Eles não podem nos machucar. Juro.

— Hmm. Você já ouviu falar de algo chamado bomba atômica?

— Eu estou familiarizada com ela. Eles não vão tentar isso. Bem... eles falaram a respeito, mas acho que decidiram pelo não. Erwin e o chinês quiseram, mas o presidente continuou dizendo "não em solo americano". Tenho certeza, de qualquer maneira. Fiquei entediada e desliguei.

Ele se surpreendeu com ela.

— Como *diabos* você sabe dessas coisas?

— Eu roubei do catálogo de David. Quando alguém está planejando me prejudicar, eu sei. — Ela olhou para Naga. — Parece uma espécie de coceira aqui. — Ela bateu na base do crânio. — Quando eu sentia coceira, eu os ouvia. Deve começar a qualquer minuto.

Steve esfregou as têmporas.

— Carolyn... mesmo que não usem armas nucleares, eles têm essas coisas chamadas destruidores de bunker. E outra coisa, acho que se chama "cortador de margaridas"? Algo parecido. São bombas enormes, quase tão grandes quanto armas nucleares. — Ele procurou o rosto dela. — Tem certeza de que isso não vai...

— Relaxe — disse ela, entendendo mal. — Não há nada com que se preocupar. Juro. — Ela olhou para a parede atrás da televisão. — Na verdade, já começou. As coisas na televisão devem ter sido gravadas, ou algo assim. Veja. — Ela fez um gesto e a parede ficou transparente.

Steve apertou os olhos contra o brilho.

— O sol voltou?

— Não, são apenas as explosões. Espere. — Ela gesticulou de novo e o brilho diminuiu um pouco. — Assim é melhor.

Até onde a vista alcançava, o ar estava cheio de aviões de guerra. Ao vê-los, ela pensou em bandos de pássaros migrando para o inverno. Um voo de mísseis cruzou o céu noturno e desabrochou contra a parede da Biblioteca, como flores alaranjadas na noite.

— Viu? Disse que era bonito. — Ela comeu um pouco de pipoca. — Você não acha?

— Ahn... Acho.

Os próximos na fila eram três grandes bombardeiros. As portas do compartimento de bombas estavam abertas na barriga. Ao se aproximarem, eles despejaram sua carga. Agora ela podia vê-los na televisão, bem como através da parede. Bolas de fogo subiam pela lateral da pirâmide em fileiras surpreendentemente organizadas. Uma delas foi um golpe direto. Carolyn ajustou o brilho outra vez.

Steve se aproximou e colocou a mão na parede.

— Não consigo nem sentir. Nada.

— Claro que não. — Ela apontou para a pirâmide na TV. — Como eu disse, é uma projeção. As bombas não podem chegar onde realmente estamos. Pense desta forma: se alguém atirasse na sua sombra, não faria mal, certo?

— Hmm. — Steve se sentou, mais longe dela do que antes, e pegou um punhado de pipoca. — Eu tenho uma confissão a fazer.

— O que foi?

— Eu sabia que eles iam bombardear você. Bem... Eu sabia que eles estavam pensando nisso.

— Ah? Sabia?

— Sim. Eu tenho falado com Erwin. E o presidente… o novo, quero dizer. Não a cabeça. Além de alguns outros. — Ele ergueu o celular da sra. McGillicutty.

Ela acenou com a mão no ar.

— Eu aprecio você dizer isso, mas não é um problema.

— Você sabia, não é?

— Sim.

— Você tem me espionado?

— Eu nunca faria isso. Não a você.

— Então como?

— Universo diferente, lembra? Tive que configurar um relé para que seu celular funcionasse. Lembra como nas primeiras vezes que você tentou fazer uma ligação, nada aconteceu?

— Ah. — Ele fez uma pausa. — Você não está brava?

— Não há nada com que ficar brava.

— Eu meio que conspirei para matar você. Isso não é nada?

Ela balançou a cabeça.

— Não. Em algum nível, você sabia que não poderia funcionar.

— Como assim?

Ela bateu na base do crânio.

— Sem coceira.

— Ah. — Steve pensou consigo mesmo por alguns segundos. Ele e Naga trocaram um olhar. Finalmente ele assentiu. — Sim — disse, tranquilo. — Ok. — Então, para ela: — Posso te trazer uma bebida? Há algo que eu quero falar com você.

— Claro. — *Uma bebida soa muito bem.* — O que tem em mente?

— Bem, a primeira coisa é, eu queria falar com você sobre aquele desejo.

— Você já sabe o que quer? — Ela tentou manter a ânsia fora de sua voz. *Talvez ele esteja aceitando afinal!*

— Sim. Eu pensei numa coisa. Você se lembra de mim quando eu falava sobre o meu cachorro? O cocker spaniel?

— Ahn…

— Naquela primeira noite, no bar.

— Ah. Claro — mentiu.

— Você pode encontrá-lo? Certificar-se de que ele está bem? O nome dele é Petey.

— Sim, claro. Eu posso fazer isso. Mas Steve, isso não é nada. Se você tem…

Ele deu a ela um olhar muito sério.

— Você promete?

— Claro. Eu prometo. Não sou muito boa com cachorros, mas vou dar um jeito.

Steve recostou-se e assentiu.

— Obrigado, Carolyn. Eu agradeço de verdade por isso.

Ele ficou em silêncio. Depois de uma longa pausa, ela puxou o ar, um gesto de seguir em frente.

— Steve?

— Hmm. Desculpe. Como eu coloco isso? — Ele franziu os lábios. — Olha, primeiro, quero te dizer que pensei muito sobre o que você me disse na outra noite. O que te aconteceu. Como você tem que ser… seja lá o que você for.

— Eu te disse, eu sou apenas uma bibliotec…

Ele levantou a mão.

— Não importa. Apenas saiba que eu estou fazendo um esforço real para me colocar no seu lugar. Para entender por que você faz as coisas que faz. Tipo, isso é tudo que eu realmente tenho feito desde então.

Havia algo em seu tom que ela não gostou.

— Ah? E agora você tem… opiniões?

Ele passou os dedos pelos cabelos.

— Em termos do que você fez? Com David e Margaret? Não. Eu mesmo tento ficar longe de coisas assim, de chutar o traseiro e assim por diante. Por outro lado, ninguém nunca me pregou em uma mesa. Então, realmente, quem sou eu para julgar?

Cubos de gelo tilintaram em um copo. Em seu coração, algo se abriu.

— Obrigada.

— Mas eu tenho uma opinião sobre outra coisa.

— O que é?

— Sobre o que isso fez a você.

— Como assim?

— Bem… por exemplo, a maioria das pessoas que conheço não ficaria entediada e desligaria de uma conversa em que alguém estivesse decidindo se deveria ou não lançar uma bomba nuclear sobre elas. Mesmo que tivessem certeza de que sobreviveriam a isso, ficariam curiosos para saber como a conversa acabou. — Ele balançou sua cabeça. — Mas não você. Não chegou ao seu limite de interesse.

— Não tenho certeza do que você quer dizer.

— No começo eu pensei que você fosse louca. Talvez você seja, por qualquer padrão que os médicos tenham, mas agora não acho que *louca* seja a palavra certa.

— O que, então? — Seus lábios estavam dormentes, como se ela tivesse recebido algum tipo de toxina.

— Não consigo pensar em uma palavra para isso. É como se você estivesse vivendo em uma escala diferente do resto de nós. Coisas normais... como medo, esperança, compaixão... simplesmente não são registradas por você.

— Isso é... Ok. Talvez. Pode fazer sentido. — O tom de Carolyn era cauteloso. Ele não queria lhe fazer mal, ela saberia se ele quisesse, mas tinha algo ali, algo...

— Tem que ser assim — disse. — Quero dizer, de verdade. De que outra forma você poderia ter sobrevivido? Mas o fato é que o que vale para um lado também vale para o outro.

— Steve, você vai ter que soletrar para mim.

— Sim, ok. Estou tentando. — Ele derramou um dedo de Everclear em seu copo, então encheu o resto com suco de laranja. Esvaziou o resto da garrafa em uma panela de aço. — Deixando respirar — disse. Ele se aproximou e entregou-lhe o copo.

Ela tomou um gole de sua bebida, fez uma careta.

— Não gostou?

— É bem forte. — Ela bebeu mesmo assim.

— Sim. — Ele tocou a xícara nos lábios e a colocou de lado. — Como eu disse, tenho assistido muito ao noticiário nos últimos tempos. Você está ciente de que houve alguns problemas agrícolas? Com esse novo sol que você colocou?

— Que tipo de problemas?

— Bem... a maioria das plantas está morrendo. Quase todas, na verdade. Árvores, grama, trigo, arroz, a Bacia Amazônica... praticamente tudo. Isso deixa algumas pessoas um pouco preocupadas.

— Com plantas? — Ela estava confusa de verdade. Os americanos estavam constantemente matando uns aos outros. Cada vez que você se virava, havia outra guerra. — Por que eles se importariam com *plantas*?

— O problema é que logo não vai sobrar comida.

— Ah! Certo. Bem, isso é fácil. Existem muitos mofos, fungos e outras coisas que crescerão sob o sol preto. Eu tenho livros. Quando eu tiver tempo para isso, farei uma tradução e...

— Isso é muito bom e sei que as pessoas vão gostar. Mas o problema está ficando meio urgente.

Ela se mexeu de maneira desconfortável.

— Vou ver se consigo reservar algum tempo na próxima semana.

— A CNN está fazendo uma série de reportagens especiais sobre como obter valor nutricional de coisas que você normalmente não consideraria comida — disse Steve. — Fazendo ensopado de couro de sapato. Receitas para seus animais domésticos. Coisas assim.

— Hmm. — Pensando bem, a loja *estava* sem guacamole.

— Você notou o preço da Everclear?

— Na verdade, não.

— Sete mil dólares a garrafa é um pouco mais caro do que o normal — disse ele. — É provável que a única razão pela qual você poderia encontrá-lo é que é tanto um produto químico industrial quanto um produto alimentício. Acho que ninguém, exceto os alunos do ensino médio, realmente bebe essas coisas. Eles só fazem isso porque não conhecem nada melhor.

— Agora que você mencionou, as prateleiras pareciam *mesmo* meio vazias.

— Aposto que sim. — Ele fez uma cara de concentração. — Outro dia vi algo no noticiário que me fez pensar nos seus cervos. Isha e...

— Asha.

— Certo. Na outra semana, um garoto, de dezesseis anos ou mais, foi pego caçando veados na propriedade de um cara rico. Isso é um crime capital agora. Eles o pegaram em flagrante. Literalmente. Ele estava sugando a medula do fêmur de uma corça. Sua defesa era que os cervos iriam morrer de fome de qualquer maneira, então por que alguém não deveria obter alguma nutrição deles? Eu meio que entendi aonde ele queria chegar.

Carolyn relembrou uma manhã que passou mordiscando um trevo encharcado de orvalho com Asha, observando o amanhecer de primavera. Isso trouxe uma centelha de... algo... mas ela ignorou.

Steve a observava com atenção.

— O que aconteceu? — perguntou ela. Sua voz era perfeitamente normal.

Steve ficou em silêncio por um longo momento antes de responder com tranquilidade.

— Eles enforcaram o garoto de qualquer maneira. Depois, houve mais tumultos. Como eu disse, é uma coisa cotidiana agora.

— Ah. — Ela esvaziou o copo.

— Outra bebida? — A voz dele estava mais forte.

— Claro.

Ele voltou para a cozinha e abriu a segunda garrafa. Ele preparou a bebida dela — dois dedos inteiros desta vez — então derramou o resto da garrafa no caldeirão com a primeira.

— De qualquer maneira. Há alguns outros problemas além da fome. Os terremotos são o maior. Há um novo quase todos os dias. Não sobrou muito de São Francisco. Tóquio se foi. A Cidade do México não fica atrás. E, ao que parece, há algum tipo de vulcão sob Yellowstone que está roncando. Nada realmente aconteceu com ele ainda, mas os geólogos parecem preocupados. — Ele encontrou os olhos dela. — Dizem que tem a ver com este lugar.

— A Biblioteca?

— Sim. Aparentemente, a pirâmide sobre Garrison Oaks é pesada. Dizem que tem a mesma massa da lua, ou algo assim? Está mudando as placas tectônicas? — Ele tomou um gole de sua bebida antes de entregá-la a Carolyn. — Você não ouviu nada disso?

Ela balançou a cabeça.

— Sim — disse Steve. — Imaginei. Ficar de olho nos inimigos do seu Pai, certo? E colocando em dia todos esses outros... como você os chamou?

— Catálogos — disse ela. — Tenho consolidado os catálogos. Definindo estratégias. E preparando o terreno para algumas contingências. Por via das dúvidas.

— Claro — disse Steve. — Claro. Você é cuidadosa. Você tem muita coisa na cabeça. Esse é o mundo em que você vive, o mundo que você conhece.

— Sim. — Ela passou os dedos pelos cabelos, estressada. — Olha, Steve, sobre os terremotos e a fome e tudo mais... vou pensar em alguma coisa. Mas há mais coisas acontecendo aqui do que você imagina. Q-33 Norte está em movimento e não consigo encontrá-lo. Se Liesel ou talvez Barry O'Shea decidissem agir contra mim agora, seria ruim para...

— Ruim para todos. Todos nós. Pessoas comuns. Eu entendo isso também. E esses são problemas grandes de verdade. Eu não duvido de você nem por um único segundo. — Ele tamborilou com os dedos no tampo da mesa de mármore. — Mas isso me deixa com um problema meu.

— O que é isso?

— Eu conversei sobre isso com Erwin. E o resto deles também, o presidente e os caras do Exército, mas Erwin foi o único que pareceu realmente entender.

— Entender o quê?

— Como eu não consigo falar com você. — Ele estendeu as mãos para ela de modo gentil, com as palmas para cima. — Eu já disse isso de todas as maneiras que sei, e é como se você nem me ouvisse. Eu estava conversando com Erwin sobre isso e ele disse que é porque não temos um vocabulário comum.

Os olhos de Carolyn se estreitaram.

— Meu português é muito bom.

— Foi o que eu disse também, mas não foi isso que ele quis dizer. Ele me contou como, quando voltou da guerra, todo mundo dizia para ele deixar para lá, para encontrar algo que o deixasse feliz e fazer isso. Ele disse que ouviu as palavras, disse que até faziam sentido, mas simplesmente não conseguia se relacionar com elas. Aí ele disse que tinha um garoto, um garoto que ele ajudou de alguma forma. E foi isso que o fez entender que era possível seguir em frente. E depois disso as palavras fizeram sentido.

— Dashaen — disse ela. — Eu me lembro dele.

— Então comecei a pensar em como você deve ter se desligado por dentro. Você tinha que ser fria, não é? Para passar por coisas como uma criança tendo a cabeça aberta com um machado e pessoas sendo assadas vivas.

Carolyn não respondeu.

— Fria. Sim. — Steve olhava para ela de novo. — Mas você não está congelada por completo. Não exatamente. Sobra aquela coisinha, não é? O carvão do coração. É isso, não é? A última coisa.

Depois de um longo momento, ela cedeu o mínimo possível de um aceno de cabeça.

— Achei que fosse isso. Sim. Essa será a única maneira de alguém entrar em contato com você, não é? A única maneira possível para você… acordar. Para não ser mais fria.

Ela não respondeu.

Steve assentiu para si mesmo e sorriu.

Algo naquele sorriso era diferente. *O que mudou?*

— Você nunca foi direta e disse, mas acho que adivinhei o que é. O carvão do coração, quero dizer. — Ainda sorrindo, ele se levantou e caminhou até o caldeirão.

Levou um momento, mas então ela entendeu. *Ele está em paz*, ela percebeu. *Isso é o que há de diferente nele. É a primeira vez que o vejo realmente feliz.*

Parado no balcão, ainda sorrindo, pegou o suco de laranja.

— Outra bebida?

— Não. — A voz dele estava rouca. — O que você está fazendo?

— Estou tão feliz que você perguntou. Obrigado por cooperar com o meu raciocínio. Tem certeza de que não quer outra bebida?

Ela balançou a cabeça.

— Bem, tudo bem também. — Ele pegou o pote cheio de Everclear e derramou sobre sua cabeça.

A sala se encheu com o forte cheiro químico de etanol noventa por cento puro. *Seria*, Carolyn entendeu de repente, *altamente inflamável.*

Steve falou com Naga.

— Agora, querida.

Carolyn, muito rápida, moveu-se para detê-lo. Naga, mais rápida ainda, moveu-se para bloquear a passagem dela.

Steve sorriu para ela, calmo e amigável.

— Antes de me aproximar de minha visão do Buda, peço respeitosamente que você adote uma postura de compaixão em relação às pequenas coisas deste mundo.

Ele fechou os olhos. De alguma forma, ele estava segurando o isqueiro de Margaret.

Clink. Rrrr. Clic.

Então, de repente, todo o grande e eterno agora era uma chama azul. Naga manteve o espaço entre Carolyn e Steve, um frenesi intransponível de garras e presas. Carolyn só podia assistir, impotente, enquanto a chama transformava Steve em sebo ardente, transformando-o numa fumaça escura. *Homens normais*, ela entendeu pela primeira vez, *queimam surpreendentemente rápido*. Em menos de um minuto, ele estava morto. *Aí, talvez, encontremos a misericórdia de Deus*. Além disso, a escuridão exterior.

Sozinha agora, Carolyn sentiu a consideração de Isha e Asha esfriar sobre ela.

Alguém estava gritando.

INTERLÚDIO V

TITÃ

I

Carolyn ressuscitou Steve, é claro. Demorou algumas semanas. Ela estava pegando o jeito da medicina, mas as queimaduras eram complicadas. Ele pediu a ela mais duas garrafas de Everclear. Ela disse que não conseguiu encontrar nenhuma. Uma semana depois, ela desceu e o encontrou morto na banheira, com a navalha ao lado. Teve que tranquilizar Naga para chegar ao corpo. Esse levou apenas um dia ou mais para consertar, mas ela errou o tipo de sangue — um erro de principiante, mas estava chateada — e ele morreu de insuficiência cardíaca quase assim que ressuscitou. Ela substituiu os barbeadores por um elétrico e o trouxe de volta pela quarta vez, mas na noite seguinte, no jantar, ele recitou seu pequeno discurso — adote uma postura de compaixão? o que diabos isso *significa*? — antes de engolir um copo de Liquid-Plumr com seu assado.

Ela o deixou morto, depois disso. Não aguentou. Não mais.

Isso foi há mais de um mês. Agora ela estava totalmente imersa em seus estudos. Um dia, enquanto pesquisava a estrutura teórica dos vírus da realidade, ela se deparou com algo mal arquivado. Ali, entre a matemática violeta pálida, uma pasta marrom. Acabou sendo a elaboração do *alshaq shabboleth*.

Isso mudou tudo.

Por si só, o *alshaq shabboleth* era de pouca importância. Estava conceitualmente relacionado à técnica que ela encontrara no marcador, aquela que lhe permitia mover-se pela Biblioteca de forma invisível. Sua única vantagem sobre o *alshaq urkun* era que podia ser invocado muito rápido, com uma única palavra. Ela o tinha visto ser usado — uma vez.

— Dia da Adoção — falou baixinho, mas os vastos espaços da Biblioteca pareciam se apoderar de suas palavras, amplificá-las. Olhou para o pergaminho em sua mão.

Através de meus estudos da Verdadeira Fala que Comanda Tudo, eu forjei a Arte do alshaq shabboleth, que torna rápidas as coisas lentas.

Ela desenrolou o pergaminho mais alguns centímetros. Era antigo, escrito antes de o Pai chegar ao auge de seu poder. Preocupava-se com procedimentos menores de uso apenas ocasional. Ela poderia muito bem ter passado anos — milênios — sem tropeçar nele. Chance? Era possível, mas em assuntos em que o Pai estava envolvido ela desconfiava muito do acaso.

Ele queria que eu encontrasse isso.

Ao lado tinha uma ilustração pintada à mão de um homem fugindo de um raio, e outra, menos desbotada, do mesmo homem em chamas e gritando. Sua expressão escureceu.

— *Alshaq shabboleth* — disse ela, testando os sons.

Mas aproxime-se do alshaq com tremor! É uma arte perigosa na melhor das hipóteses e, embora possa ser um grande amigo em tempos de necessidade, também pode ser um inimigo terrível! Somente os sábios devem...

Ao lado da tinta pálida e antiga, estava rabiscado com caneta esferográfica o seguinte:

Carolyn,
Onyx-7-5-12-3-3.7
— Pai

Era uma designação de catálogo: piso de ônix, radial sete, ramificação cinco, caixa doze, prateleira três, terceira a partir da esquerda. Capítulo sete. Sangue rugiu em seus ouvidos. Muito suavemente, ela sussurrou:

— Pai?

Nenhuma resposta.

Então, com algo parecido com um rugido, Carolyn jogou o fólio marrom nas estantes. Um morto segurando um espanador se afastou arrastando os pés em um terror distante e onírico.

Dia da Adoção. Era assim que eles chamavam — o dia em que seus pais morreram, o dia em que deixaram de ser americanos e se tornaram bibliotecários, parte do mundo do Pai. Antes disso,

Garrison Oaks era apenas mais um loteamento. Antes disso, pelo que todos sabiam, o Pai era apenas Adam Black, um velho que morava na mesma rua.

Houve um ataque. Não foi um ataque especialmente inteligente, mas foi muito forte e executado muito rápido. Isso o pegou desprevenido, ou pelo menos assim ele deixou parecer. Ela pensou que poderia até ter uma chance de atá-lo. Não uma grande chance, talvez, mas alguma chance. Foi essa suspeita e o que ela implicava que finalmente lhe deu coragem para agir. O Pai não era totalmente onisciente. Às vezes, ele poderia ser surpreendido. Se pudesse ser surpreendido, poderia estar vulnerável.

Tudo o que veio depois surgiu disso.

Entorpecida, não se sentindo ali por completo, Carolyn seguiu pelo corredor principal do piso de jade até a face de ônix da pirâmide. Lá, movendo-se sozinha por espaços vastos e vazios, ela caminhou até o livro que ele especificou. Estava na seção de boticário, parte do catálogo de Jennifer. O volume era intitulado *Uma variedade de elixires úteis*. O capítulo 7 era "A fonte da memória perfeita".

INSTRUÇÕES

> Tendo preparado o líquido conforme indicado, retire-se para um local de solidão. Aí começam suas contemplações. Você descobrirá que a formulação libera em você cada menor memória; será como se você estivesse lá de novo em carne e osso, experimentando com novos olhos.

Ela pegou o livro. Então, folheando as prateleiras próximas, acrescentou alguns outros — um sobre química, outro sobre técnicas de laboratório. Ela desceu as escadas até o boticário e começou a juntar os ingredientes.

II

Carolyn não era lá uma química muito boa. Três dias frustrantes se passaram até que ela aprendesse o suficiente do básico para entender o que a fórmula lhe dizia para fazer. Foi mais uma semana, longa e quase sem dormir, até ela completar um lote que testasse a pureza necessária e não matasse nenhum rato.

Quando estava razoavelmente confiante de que estava certo, ela voltou para seus aposentos, comeu uma grande refeição e dormiu por doze horas inteiras. Na manhã seguinte — ou poderia ser noite, era impossível dizer e, de verdade, quem se importava? — ela voltou para sua mesa no grande salão e ficou ali sentada por um momento, olhando para o pequeno frasco de vidro que continha o fruto do seu trabalho. Gentilmente, com cuidado para não derramar, tirou a rolha e a colocou sobre o mata-borrão. Cortou um limão em quatro e os colocou ao lado da rolha.

O frasco continha cerca de duas colheres de sopa de um líquido marrom e amargo que cheirava a lágrimas. Fazendo uma careta, ela bebeu como se fosse uma dose de licor, então mordeu uma das partes do limão para tirar o gosto da boca.

Aí começam suas contemplações.

— Bem — disse ela. — Tudo bem.

O Dia da Adoção, ela lembrava, era uma espécie de feriado. Foi um dos momentos decisivos de sua vida, era provável que *o* momento decisivo, mas ela não pensava muito nisso havia anos. *Era o final do verão, ainda quente durante o dia, mas se você estivesse ao ar livre à noite, às vezes podia sentir o primeiro sopro do inverno, vindo do norte.* As aulas tinham começado uma semana antes, e ela se lembrava de ter pensado que isso era bobagem. Por que começar a escola e, em seguida, dar-lhe férias apenas uma semana depois? Era uma bobagem, isso...

— Dia do Trabalho — disse ela em voz alta. *Memória perfeita*, de fato. Uma hora atrás ela não poderia ter invocado aquele nome para salvar sua vida.

Dia do Trabalho, 1977. Ela teria cerca de oito anos. Ela acordou no quarto da casa dos pais. Havia um bicho de pelúcia na cama com ela, um boneco verde em forma de sapo. *Caco*, ela pensou. *O nome dele é Caco, o Sapo.* Ao lado de Caco estava sentada Miss Piggy. Ela dormiu até mais tarde do que o normal porque ficou acordada até tarde na noite anterior e assistiu *A família Walton* na TV.

Em sua memória, Carolyn desceu. Sua mãe, uma linda loira mais ou menos da mesma idade que Carolyn tinha agora, estava fazendo alguma coisa na cozinha. Mamãe foi até a prateleira e pegou uma caixa de Frosted Flakes — Carolyn era muito baixa para alcançá-la sozinha — e voltou a cozinhar.

Carolyn não tinha mais nenhuma lembrança clara do rosto de sua mãe. Ela se lembrava dela apenas como uma série de impressões — riso, caxemira, spray de cabelo.

Até agora. *Oi, mãe*, ela pensou. *Prazer em conhecê-la*. Sozinha na Biblioteca, ela deu um leve sorriso.

Ainda assim, porém, ficou aliviada pelo rosto da mulher lhe permanecer desconhecido. Ela não tinha certeza do que teria feito se mamãe fosse uma das mortas. Ela estava feliz por não ter que descobrir. Ela fez um esforço para guardar seu rosto na memória. *Desculpe, mãe*, pensou. *Dessa vez não vou te esquecer.*

Em 1977, quando a pequena Carolyn terminou seu cereal, ela e sua mãe trabalharam fazendo uma grande porção de salada de batata para o piquenique, depois fervendo as batatas, cortando coisas, misturando tudo em uma tigela. Quando elas estavam terminando, seu *verdadeiro* pai voltou da loja de ferragens. Ele era um homem bonito, alguns anos mais velho que sua mãe. Seu cabelo estava ficando grisalho nas têmporas. Ela se dirigiu a ele não como "o Pai", mas como "papai", o que soou deliciosamente informal aos ouvidos adultos de Carolyn. A pequena Carolyn beijou sua bochecha. A barba por fazer era áspera contra seus lábios. Ele não tinha tomado banho. E cheirava a suor e, de leve, a Old Spice do dia anterior.

Quando a salada de batata ficou pronta, Carolyn cobriu a tigela com filme plástico e colocou na geladeira. Ela ajudou a mãe a se limpar e depois voltou para o quarto para matar algumas horas. O piquenique só começaria ao meio-dia. Agora, vinte e cinco anos depois, ela ansiava por ficar naquela cozinha, para estar com eles de novo pela última vez, mas a memória era imutável. Carolyn era uma criança estudiosa, mesmo antes do Pai entrar em sua vida. Ela preferia passar o tempo em seu quarto lendo.

Pouco antes do meio-dia, os três passaram protetor solar e atravessaram a rua em direção ao parquinho atrás das casas. "Papai" estendeu a mão e ela a pegou, entrelaçando seus pequenos dedos em torno dos grandes dele. Suas palmas eram ásperas, ela lembrou. *Ele deve ter trabalhado com as mãos. Mas fazendo o quê?* Mas ela não tinha pensado nisso naquele dia. Agora tinha desaparecido, desaparecido com seu nome, as histórias que contava, qualquer outro tempo que pudessem ter passado juntos.

Ele sorriu para ela distraidamente. Lembrando-se disso, Carolyn pensou: *Ele tem um rosto tão gentil.* Com isso, suas lágrimas escaparam e rolaram despercebidas por suas bochechas.

O caminho mais curto para o parque os levou até o quintal do homem que eles conheciam como Adam Black. Ele estava no deck traseiro, vestindo bermuda, avental e chapéu de chef. Erguida sobre a laje de concreto, que servia de pátio nos fundos, estava sua excêntrica churrasqueira, um enorme bronze fundido em forma de touro. Carolyn lembrou-se de como essa coisa era um objeto de fascínio para ela quando criança. Em uma tarde tempestuosa, ela se esgueirou até o quintal dele e colocou a mãozinha na perna lisa, vendo seu reflexo em sua barriga brilhante. Agora, a fumaça saía pelas narinas do touro.

— Oi, Adam! — gritou seu pai. — Se importa se a gente cortar caminho pelo seu quintal?

"Adam" ergueu a mão em saudação.

— Oi pra você também! — Ele falou em português, suprimindo seu traço habitual de sotaque pelapi. — Sim, podem passar.

Eles pararam no caminho para conversar por um minuto. *Isso é "ser um bom vizinho"*, pensou Carolyn. Duas décadas atrás, o Pai parecia exatamente como ela o vira pela última vez.

— Cara — isso cheira *muito bem* — disse o pai dela. — O que você tem aí?

— Um pouco de tudo, em especial paleta de porco e cordeiro, até o momento. Eles devem ser feitos em uma hora ou mais. Eu os defumei a noite toda. Quando a carne de porco estiver pronta, provavelmente farei uma fornada de hambúrgueres.

— Um dia você me ensinaria a receita? Eu não me importo em dizer a você, aquela coisa que você fez no ano passado foi o melhor churrasco que eu já comi.

— Claro. Por que não? Nos últimos tempos, estou com vontade de ensinar. — Ele cutucou a carne com um garfo de madeira esculpida. — O segredo é começar com fogo bem forte, o mais quente que conseguir. Tal fogo queimará as impurezas, sabe. Além disso, há um aspecto cerimonial nisso. O fogo dá à pessoa algo em que se concentrar. — Ele bateu no touro com os nós dos dedos, sorrindo. — Então, sim. Fogo. Esse é o primeiro passo.

— Sim? É isso?

— Bem, há alguns temperos para a carne também, velha receita persa. — Desta vez, ele deixou escapar um pouco de sotaque pelapi: "recheeita".

Carolyn, de oito anos, riu.

— Você fala engraçado!

— Carolyn! — disse o pai dela.

— Não, está tudo bem — disse Adam Black. Ele se agachou para ficar na altura dos olhos dela. Ela se lembrou de como as risadas sumiram dela quando ela viu os olhos dele.

— Não... — disse ela, e enterrou o rosto na perna do pai.

— Não tenha medo — disse Adam Black, e estendeu a mão para afastar o cabelo dela. — Você tem razão. Às vezes eu *falo* engraçado, mas a maioria das pessoas não percebe. Você tem um bom ouvido.

— Obrigada. — Ela podia dizer pelo tom dele que ele pretendia ser reconfortante, mas ela não foi confortada. Nem um pouco.

— Como *devo* dizer isso, querida?

Carolyn espiou da perna de seu pai.

— "Receita".

— Recheeita.

Mesmo sem querer, ela riu.

— Não, "receita"!

A risada pareceu satisfazê-lo. Seu rosto irrompeu novamente naquele sorriso suave.

— Ei, vocês querem ficar e conversar comigo por um minuto? Eu não acho que eles estão bem instalados no parque. Tenho cerveja na geladeira e refrigerantes para sua filha.

Seu pai olhou para o parque, onde alguns homens estavam armando uma rede de vôlei.

— Posso tomar um, pai? — Ela gostava de Sprite, mas em geral não tinha permissão.

Papai parou para pensar.

— Sim, claro. Por que não? Traga-me uma cerveja também.

Carolyn trouxe seu livro com ela. Sentou-se em uma cadeira de jardim de metal para ler enquanto os adultos conversavam.

— Então, posso perguntar onde você conseguiu essa grelha? — perguntou papai. — Nunca vi nada igual.

— Sabe, pra ser honesto, eu não me lembro. Em algum lugar do Oriente Médio, provavelmente. Eu costumava andar por lá quando era jovem.

— Ah, é mesmo? Fazendo o quê?

— Soldado, principalmente. Acho que subi e desci quase todas as colinas da Ásia.

— Sério? Uau. Aposto que você deve ter algumas histórias.

— Algumas. — Eles esperaram, mas ele não contou nenhuma.

— É isso que você faz agora? Não vemos muito você por aqui. — Ele riu.

— Não, não. Não por anos. Ser soldado é um jogo para jovens. Na verdade, estou em processo de aposentadoria — disse o idoso.

— Mesmo? Você parece meio jovem para isso.

— Que bom da sua parte dizer isso. Mas sou mais velho do que pareço.

— Aposentar-se de que, se não se importa que eu pergunte?

— Não me importo nem um pouco. Sou chefe de uma pequena empresa. Bem, pequena, mas influente. Estamos no ramo de livros, meio que uma coisa de família.

— Legal. Está gostando?

— É um trabalho interessante. Mas pode ser meio cruel. Muita competição. É provável que meu sucessor passará por maus bocados, pelo menos nos primeiros anos.

— Ah, você escolheu um cara?

— Escolhi. Na verdade, é uma garota. Levei muito tempo para encontrar a pessoa certa. Agora é só uma questão de treiná-la.

Carolyn não se lembrava de ter notado na época, não se lembrava de *nada* disso, mas Adam Black estava olhando diretamente para ela enquanto falava. Algo no olhar dele despertou os instintos maternais de sua mãe e ela colocou o braço em volta do ombro de Carolyn. Seria a última vez que elas se tocariam.

Agora, hoje, Carolyn estava sentada sozinha no coração da Biblioteca com o queixo caído. *Sucessora? Escolhida? Com certeza ele não estava querendo dizer...*

— Quem é a *sortuda*? — A mãe de Carolyn perguntou, provocando o marido. Questões feministas eram uma fonte de leve atrito no casamento.

— O nome dela é Carolyn. Ela é uma sobrinha minha... bem, mais ou menos. Temos uma relação bem distante, na verdade. Mas vejo muito de mim nela.

— Ah? — disse seu pai. — Coincidência estranha. Esse é o nome da nossa filha.

— Não diga. — Adam Black vasculhou a grelha com uma espátula, virando as costelas.

Seu pai tomou um gole da cerveja.

— Então, o que envolve o processo de treinamento, exatamente?

— Na verdade, se você não se importa, prefiro não entrar em muitos detalhes. Segredo comercial e tudo mais.

— Ah? Sim. Claro, sem problemas, eu entendo. — Era óbvio que não entendia.

— Mas posso dizer que a parte mais difícil será passar por isso com o coração intacto. — Vendo o olhar no rosto de mamãe, ele acrescentou: — De modo figurativo, quero dizer.

— Negócio difícil?

— Ah, sim. Alguns dos concorrentes são verdadeiros monstros.

Seu pai interrompeu.

— Sério? O que exatamente são…

Adam Black deixou passar a interrupção, mas um tom ligeiramente férreo penetrou em sua voz.

— Mas não estou preocupado com isso. Ela é como eu. Ela fará o que for necessário… depois que eu conseguir sua atenção. — Ele sorriu e virou um hambúrguer. Seus olhos brilharam.

Mamãe deu um sorriso nervoso. Papai, alheio, tomou um gole de sua cerveja.

— A parte complicada virá mais tarde, depois que ela vencer. Quando eu era jovem, a guerra era tudo para mim. — O olhar do Pai queimou nela. — A serviço da minha vontade, eu me esvaziei. Demorou muito para que eu entendesse o que tinha perdido, e a essa altura já havia desaparecido para sempre. — Ele deu de ombros. — Talvez ela seja mais sábia. — Nos recessos antigos e empoeirados de sua memória, ele piscou para ela. Agora, hoje, Carolyn teve vontade de desmaiar.

Os olhos de sua mãe se estreitaram. Ela não tinha visto a piscadela, mas esta última troca empurrou alguma agulha maternal para o vermelho.

— Bem — disse ela —, acho melhor irmos andando.

— Mas eu… — disse o pai dela.

— Não queremos tomar muito tempo do sr. Black, querido. — Seu tom estava claramente frio.

— Ah. Hmm, certo. — Ele sorriu para Adam Black. — Bem, obrigado pela cerveja. Você vai descer e se juntar a nós? Talvez jogar vôlei?

Adam Black sorriu.

— Estarei lá daqui a um minutinho. Eu quero dar uma boa churrasqueada nesta carne de porco primeiro.

Os pais de Carolyn trocaram um olhar.

— Tudo bem — disse o pai dela. — Até mais. — Ele pegou Carolyn pela mão e os três desceram a colina.

III

Naquela época, Garrison Oaks tinha uma área comum, uma espécie de parque, no local que hoje é o lago. As casas do bairro o circundavam, o que dava a todos a ilusão de um quintal de três acres. O parque estava cheio de gente, adultos sentados nos bancos de piquenique bebendo Coca-Cola ou Sprite em garrafas de vidro verde ou fumando Tareytons. As crianças lotavam o balanço e o trepa-trepa de madeira. A casa de Adam Black ficava na colina mais alta do bairro, então, de lá, Carolyn, segurando a mão do pai, teve que descer uma ladeira moderadamente íngreme para chegar ao parque. O aperto de seu pai era gentil, mas não muito forte. Pelo menos uma vez ele a salvou de uma queda. Quando chegaram ao sopé da colina, ela afastou a mão dele pela última vez.

— Olha, pai, o Steve! — Ela acenou. — Oi, Steve! — Steve era um pouco mais velho que ela. *Ele tem onze anos*, ela pensou, *ou talvez doze.* Ele estava brincando de pega-pega com um bando de outras crianças.

Lá estava David, estendendo a mão para ajudar uma criança mais nova que caíra na grama.

— Você está bem, Mike? — perguntou David. Sua voz era gentil. Ao ouvir isso, o menino mais novo, que parecia à beira das lágrimas, levantou-se e sorriu. David sorriu de volta, então o marcou e disse: — Agora é com você! — Eles fugiram juntos, rindo.

Margaret também estava lá, ela percebeu. Ela parecia um pouco mais velha do que o resto — nove ou dez, talvez? Ela estava pulando em uma grade de amarelinha desenhada na quadra de basquete em giz amarelo. Suas tranças balançavam ao sol enquanto ela pulava. Sua pele brilhava com o esforço, rosada e viva.

— Oi, Carolyn! — disse Steve.

Algo dentro dela saltou ao som de sua voz. Naquela época, Steve morava do outro lado da rua. *Nossos pais eram amigos. Às vezes, jantá-*

vamos todos juntos. Eu achava ele "fofo". Certa vez, lembrou, ela pegou um giz de cera e escreveu o nome dele e o dela juntos em cartolina rosa e depois encerrou os dois nomes com um coração. Ela nunca contou isso a ninguém.

Seu pai olhou para ela, confuso e talvez um pouco apreensivo. Ele acenou para Steve.

— Oi.

Steve acenou de volta.

— Oi, sr. Sopaski!

— Papai, posso ir brincar com o Steve?

— Ah, querida, Steve não quer...

— Está tudo bem, senhor — disse Steve, e o coração de oito anos de Carolyn disparou. — Quer ir até a Casquinha de Ferida e dar uns tirinhos?

— Claro! — disse Carolyn.

— Ir aonde? — perguntou o pai dela.

— À quadra de basquete — disse ela. — É assim que a gente chama ela. — Ela e Steve inventaram nomes para um monte de coisas na vizinhança. A quadra de basquete, pavimentada com uma mistura de asfalto preto e cascalho áspero, era Casquinha de Ferida. No quarto dela tinha um mapa, desenhado à mão com giz de cera, com esses e outros nomes. A floresta no final da estrada era a Terra dos Doguinhos Perdidos. O riacho na floresta era o Córrego do Gato Molhado depois de um acidente engraçado. E assim por diante.

— Ah — disse o pai dela. — Certo. Bem... vocês se divirtam.

Eles caminharam juntos até a quadra de basquete. Steve quicou uma bola enquanto caminhavam.

— Como vai você? — perguntou ela, um pouco apreensiva. Ela não o via há meses.

No dia seguinte ao término das aulas, o pai de Steve sofreu um acidente de carro. O sr. Hodgson ficou no hospital por uma semana e depois morreu. Steve e sua mãe passaram o verão com seus avós em Wisconsin.

— Estou bem. É bom estar de volta. — Ele quicou a bola no asfalto. — Boa e velha Casquinha de Ferida.

Ele não parecia bem. Carolyn não o culpava. Ter seu pai morto era a pior coisa que ela poderia imaginar. Quando ela tentou imaginar algo semelhante acontecendo com ela, parecia que um buraco sem fundo se abriu em sua mente.

— Sério?

— Sim. Quero dizer, é uma merda. Mas você se ajusta.

Ela olhou para ele, maravilhada. Para Carolyn, de oito anos, aquela frase parecia conter tudo o que se poderia saber sobre coragem.

— Você se ajusta?

Ele assentiu.

— Como?

— Você apenas se ajusta. Você pode se ajustar a qualquer coisa se não desistir. — Ele deu um sorriso fraco. — Isso é o que o meu pai costumava dizer, de qualquer maneira.

— Ah.

— Ei, você se importa se a gente falar de outra coisa?

— Claro. — Ela tentou pensar em algo para dizer, mas qualquer coisa que pudesse ter vindo foi engolida pelo buraco sem fundo. Depois de uma longa pausa, disse: — Como o quê? — soltou em voz baixa.

Steve riu.

— O que você tem lido?

Steve era o único garoto da vizinhança tão estudioso quanto ela. Eles não liam muito as mesmas coisas — ele gostava de naves espaciais e super-heróis; ela gostava mais de histórias de animais e Beverly Cleary, mas ambos gostavam de conversar sobre o que liam e, de vez em quando, havia alguma coincidência.

— *Uma dobra no tempo* — disse ela. — Você já leu?

— Sim! Foi muito bom. Você sabia que há outro depois desse?

— O quê! Tipo, com os mesmos personagens?

— Em grande parte, sim. Eu trago se você quiser.

— Obrigada!

— Claro — disse ele, enfiando a mão no bolso. — Mas enquanto isso, eu trouxe este pra você. Acho que você vai gostar.

Ela examinou a capa.

— *Beleza Negra*. É aquele do cavalo, certo?

— Sim.

— É triste? Margaret disse que era triste.

— Um pouco. Bem, mais ou menos. No final…

— Não me conte!

— Desculpe. — Steve levantou a bola para chutar, então congelou e inclinou a cabeça, ouvindo. — Você ouviu isso?

— Ouvir o quê? Eu não… — Ela se interrompeu então, porque ouviu, um assobio no céu que ficou mais alto, um som que se aproximava. Olhou para cima e encontrou um rastro longo e fino em forma de arco. Quando o viu pela primeira vez, estava muito alto no céu, mas aproximou-se enquanto ela observava, depois mais perto ainda.

— Acho que está vindo em nossa direção — disse Steve.

Ela viu que ele estava certo e, por algum motivo, isso a deixou com medo. Ela estendeu a mão para pegar a mão dele e…

… tudo…

… parou…

Eu criei a Arte do alshaq shabboleth, pensou Carolyn agora, *que torna as coisas lentas mais rápidas.* Para as crianças, parecia que o mundo congelara no lugar. Ela viu seu pai conversando com o sr. Craig na rua. A boca de seu pai estava congelada, no meio da frase. O sr. Craig estava soprando uma baforada de fumaça de cigarro. Ela pairou no ar, imóvel.

O ponto principal do rastro estava congelado acima deles. Pairou imóvel cerca de trinta metros acima de suas cabeças. Bem, não imóvel por completo. Enquanto ela observava, ele desceu um centímetro ou mais, depois outro.

Seus olhos jovens viram o que estava vindo para eles. A princípio, ela pensou que era uma cápsula espacial, como o tipo que ela tinha visto na TV. Mas ao examiná-lo um pouco mais de perto, percebeu que aquilo não estava certo. Era muito pequeno, para começar, muito pequeno para conter um homem. E não havia janelas. Mas tinha a forma de uma cápsula espacial, um cone simples de metal. Tinha uma bandeira americana e algumas coisas escritas na lateral. USAF-11807-A1. Abaixo disso, pintado à mão em vermelho brilhante, havia um rosto sorridente e as palavras "Oi, 'Adam'!"

Ela se lembra de ter pensado: *Eles mandaram para ele. É para Adam Black. Mas o que* é *isso?* Agora ela sabia. David explicou a ela alguns anos depois.

— É chamado de míssil Pershing — disse ele. — É uma arma. Ele contém muitas coisas chamadas "kilotons". Foi criado principalmente para explodir cidades. Os americanos pensaram que poderia ser forte o suficiente para matar o Pai.

Na época, porém, Carolyn não tinha ideia do que estava vendo — fogos de artifício, talvez? Ela se lembrou de como uma pequena rachadura apareceu na coisa pairando sobre suas cabeças, como ela brilhava por dentro como se fosse um ovo prestes a chocar algo mágico.

Ela olhou para Steve. Ele estava dizendo alguma coisa, ou pelo menos seus lábios estavam se movendo, mas ela não conseguia ouvir nada. *Fomos muito rápidos*, ela percebeu agora. *O alshaq shabboleth nos tornou muito rápidos para o som.*

O estalo da rachadura aumentou enquanto ela observava. A luz de dentro se espalhava como o nascer do sol quebrando sobre as montanhas. Ela engoliu o metal em que as letras USA foram escritas.

Steve tapou os ouvidos com as mãos e olhou para o alto da colina. Um momento depois, ela também ouviu. O interior de sua cabeça tocou com a voz de Adam Black. *Não*, pensou Carolyn. *Ele não é mais Adam Black. Agora ele é o Pai.*

— Aqueles de vocês que quiserem viver podem se abrigar atrás de mim — disse ele, não no tom ameno e divertido de velho que ele fingiu para o pai dela, mas em sua voz verdadeira, a voz que rachava montanhas e chamava a luz de dentro da escuridão. Passou pela mente das crianças como um trovão.

Ao ouvir isso, por instinto Carolyn moveu-se em direção a Steve em busca de proteção. Foi quando ela notou que algo estava diferente. Quando ela se mexeu, as partes de sua pele expostas ao ar ficaram quentes, como na vez em que ela colocou a mão sobre o bocal de saída de um secador de cabelo e queimou os dedos.

Agora, hoje, ela entendia o que estava acontecendo. *Atrito*, ela pensou. *Atrito com o ar.* Sob a influência do *alshaq*, sua velocidade era tal que até o ar queimava.

Na época, porém, ela só conheceu a dor. Ela e Steve se entreolharam em um terror silencioso. Cinquenta metros acima de suas cabeças, um pequeno sol brilhante se acendia.

Ela gritou para seu pai, os lábios se movendo de maneira silenciosa. Ela deu um passo em direção a ele, sentindo aquele calor estranho em suas bochechas outra vez enquanto se movia. Seu pai estava imóvel como uma estátua, a cerveja que Adam Black lhe dera na boca.

Ele estava diretamente sob a bola de fogo.

Mais tarde, quando ela aprendeu a fazer o *alshaq shabboleth* para si mesma, ela entendeu por que funcionou com ela, mas não com ele. Os efeitos do *alshaq* são sentidos primeiro pelos mortos, depois pelos jovens e por último pelos velhos. Seu pai estava além da ajuda. Ainda hoje ela não conseguia pensar em nada que pudesse salvá-lo.

Ela própria corria apenas um pouco menos de perigo, embora ainda não tivesse percebido.

Mas Steve descobriu. Ele balançou o ombro dela e apontou para a bola de fogo acima, com os olhos arregalados. Então ele apontou para Adam Black — Pai — esperando por eles na encosta da colina.

Carolyn olhou para a bola de fogo no céu. Estava crescendo. Ela acenou com a cabeça em compreensão e ela e Steve partiram em direção à colina.

O verdadeiro problema tornou-se aparente para eles de imediato. Eles partiram juntos em uma corrida lenta. Ela parou depois de apenas dois passos com um grito silencioso.

Steve estava rangendo os dentes, mas não gritou. Ele olhou para o céu. Ela seguiu seu olhar. *Se o fogo não parar de crescer, pode nos engolir.*

Ela podia ver em seu rosto que Steve também entendia isso. Seu rosto estava muito vermelho e seu cabelo fumegava um pouco. Ele olhou para ela, os olhos arregalados de medo e dor, então deu meio passo à frente, movendo-se devagar e languidamente no ar que se tornara cruel.

Ela o imitou. Quando ela se movia dessa maneira, ainda estava quente, mas não tão quente quanto quando ela correu, com certeza não tão quente que a fizesse gritar.

No topo da colina, o Pai observava isso. Ele não disse nada.

Juntos, eles avançaram devagar em direção à colina. As outras crianças foram afetadas pelo chamado de *alshaq* da mesma forma e estavam lidando com os mesmos problemas. Algumas delas congelaram de terror ou caíram de joelhos chorando. Um menino magro de cerca de oito anos entrou em pânico. *O nome dele é Jimmy*, ela lembrou. *Ele não é muito esperto*. Jimmy saiu correndo em direção à sua mãe — realmente *correndo*, não apenas a corrida leve que ela tentara. Depois de alguns passos, sua pele empolou. Ele gritou, mas aparentemente não lhe ocorreu parar. Depois de mais três passos, sua camisa estava em chamas. Ela desviou o olhar então.

Ela e Steve se moveram o mais rápido que puderam sem dor, mas não rápido o suficiente. Eles tinham uma vantagem sobre a bola de plasma superaquecido em expansão atrás deles, mas não era uma vantagem grande.

Alguns dos outros tiveram mais sorte. O jogo improvisado de pega-pega de David e Michael os levou até a base da colina. Ela pensou que eles alcançariam a segurança bem antes que a bola de fogo os alcançasse. Ela e Steve, por outro lado, começaram diretamente sob o míssil. Eles poderiam chegar rápido o suficiente para aceitar Adam Black em sua promessa de segurança, mas também podia ser que não.

A bola de luz cresceu rapidamente e estava se aproximando deles. Quando chegaram à base da colina, ela já tocara o solo. Lá fez outra vítima, uma garota de dezesseis anos que começou em uma posição razoavelmente boa, mas, por causa de sua idade, demorou um pouco para ouvir o chamado do *alshaq*. Ela estava prestes a se tornar a primeira pessoa que Carolyn viu morrer. À medida que a luz se aproximava, sua pele fervia. Seus olhos se arregalaram em agonia; sua boca se abriu em um grito silencioso.

Foi esse momento que assombraria os pesadelos de Carolyn pelos próximos anos. Ela aumentou um pouco a velocidade, depois um pouco mais, o terror superando a dor.

Agora ela estava se movendo quase em uma corrida, indiferente à agonia ardente. Sua camisa estava fumegando. Ela podia sentir o cheiro de cabelo queimado, mas não tinha certeza se era dela ou de Steve. Mas o topo da colina estava próximo. *Vou conseguir!*

Então ela tropeçou.

Uma pedra solta deslizou sob seu pé. Ela estendeu as mãos para amortecer a queda e a pedra cortou sua palma. Pior, ela perdeu terreno, escorregando alguns preciosos centímetros colina abaixo.

Steve havia alcançado o cume. Ele estava seguro. Ele se virou, quase sorrindo, mas o sorriso desapareceu quando a viu. Sua boca se moveu, mas ela não conseguiu distinguir as palavras. Ele acenou para ela entrar. Ela leu seus lábios dizendo: *Levanta.*

Mas ela não podia. Ela tinha raspado as mãos, os joelhos. Ela queria sua mãe. Ela estava com medo. Seu queixo tremeu. Lembrou-se de pensar: *É muito difícil*, lembrou-se de pensar, *desisto.*

Vendo isso, Steve saltou colina abaixo. Seu rosto estava brilhante de um jeito impossível, iluminado pela bola de fogo que se aproximava, agora apenas cinco metros ou mais atrás de Carolyn. Ele alcançou onde ela tinha caído com dois passos gigantescos e saltitantes, agarrou-a pelo pulso e puxou-a para que ficasse de pé. Ao se levantar, ela viu que o cabelo e a camisa dele tinham pegado fogo, pequenas línguas de fogo começando a crescer.

Queimando, ele a agarrou pela cintura e a ergueu. A bola de fogo estava apenas alguns metros atrás deles agora. Seu ombro doeu com o solavanco, mas ela não sentiu o fogo; Steve a estava segurando em seu rastro. A queimadura estava toda sobre ele. O lado esquerdo de sua camisa queimou sua pele em uma baforada... mas agora eles estavam no topo da colina.

Eles correram para a multidão de crianças alguns preciosos centímetros à frente da bola de fogo. Eles eram os rostos de seu futuro — David e Margaret, Michael, Lisa, Peter, Richard, outros que ela não conhecia na época. Eles se aglomeraram atrás do Pai, com as bocas abertas de terror, gritando rápido demais para ouvir.

Quando a bola de energia atingiu o topo da colina, o Pai estendeu a mão. Quando a luz o tocou, ele estremeceu... mas ele não queimou. David mais tarde disse a ela que tinha trinta dos "quilotons" naquela explosão. Ele parecia pensar que este era um número impressionante. Provavelmente foi. Mas quando a explosão de quatrocentos quilotons atingiu o dedo de Adam Black, ela parou... estremeceu por um momento... e então começou a encolher.

A bola de fogo que se afastava deixou uma cratera perfeitamente redonda onde antes ficava o parque e a maioria das casas. As bordas da cratera brilhavam em vermelho. Ela traçou o arco com os olhos até chegar a algo que ela reconheceu; uma caixa de correio com "*305*" e "*Lafayette*" estampados em estêncil dourado. Os Lafayettes eram seus vizinhos de porta. Metade da casa deles ainda estava de pé, aberta por completo pela explosão. Ela podia ver o quarto de Diane Lafayette, que tinha uma Casa dos Sonhos da Barbie que Carolyn cobiçava. Sua própria casa, onde ela e sua mãe faziam salada de batata, ficava a alguns metros dentro da cratera.

Só então ela pensou em olhar onde seus pais estiveram.

Quando ela os viu pela última vez, eles estavam parados no parque. Agora aquele local era um buraco de trinta metros de profundidade. A areia derretida brilhava como lava em suas profundezas. Mamãe e papai estariam entre os primeiros a serem engolidos pela bola de fogo. Carolyn entendeu que agora era órfã.

Mais longe, onde ocorrera o jogo de vôlei, outros adultos também jaziam mortos, suas carnes destruídas, seus cromossomos em pedaços. Ela os reconheceu também. *Os mortos.*

O Pai fez alguma coisa e o *alshaq* caiu. O tempo voltou ao normal. As crianças estavam falando, parecia. Suas vozes se elevaram como se alguém tivesse aumentado o volume de um rádio silencioso. Mas ela ouviu apenas Steve.

— ... não sei o que você estava *pensando* — disse Steve. — Você *nunca* pode desistir, Carolyn. Você não pode desistir. *Nunca*.

Ela olhou para ele, com os olhos arregalados.

Então, chutando a primeira pedra de uma avalanche, Steve disse:

— Você tem que ser *forte*.

IV

Adam Black virou-se para as crianças e as encarou com olhos calmos e sombrios.

— Os pais de vocês estão mortos — disse ele. Alguns deles choraram. Outros olharam para ele, atordoados e sem compreender. — A maioria de vocês não tinha outra família. Na América, isso significa que vocês seriam levados embora. Vocês viveriam em um orfanato. Vocês são muito velhos. Vocês são muito feios. Vocês não conseguiriam encontrar novos lares. Ninguém amaria vocês. Ninguém iria querer vocês.

"Mas isto aqui não é a América", continuou Adam Black. "As coisas estão aqui como eram na antiga era. Eu vou levar vocês para minha casa. Eu vou criar vocês como eu fui criado. Vocês serão pelapi."

— Nós seremos o quê? — Carolyn se lembrou de ter perguntado.

— Pelapi. É uma palavra antiga. Não existe uma única palavra como essa em português. Significa "bibliotecário", mas também "aprendiz" ou talvez "estudante".

— Pelapi. — Ela testou o som pela primeira vez. Na época, eles pensaram que ele estava falando com todos eles. Agora Carolyn entendia que ele se referia apenas a ela. Sozinha na Biblioteca, no outro extremo de sua vida, ela murmurou as palavras de novo. — O que você quer que estudemos?

— Vamos começar com o idioma. É chamado pelapi também. Todos vocês aprenderão isso primeiro.

— Por quê?

— É a língua em que suas aulas são escritas, na maior parte. Vocês dificilmente poderão ficar sem ela.

— Que tipo de aulas? — perguntou Carolyn.

— Para você, acho que serão as outras línguas.

— Como o quê? Francês e outras coisas?

— Sim. Essa e outras.

— Quantas?

— Todas elas.

Ela fez uma careta.

— E se eu não quiser?

— Não importa. Eu vou fazer você fazer isso de qualquer maneira.

Ela não disse nada sobre isso — ela estava começando a perceber que Adam Black a assustava — mas ela se lembrou de como suas palavras acenderam a primeira e fraca centelha de rebelião em seu estômago. Agora, hoje, aquela mesma chama queimava alta e sombria sobre todas as montanhas e vales da Terra.

— E quanto a mim? — perguntou David.

— Você? Hmm. — O Pai se agachou na frente de David e apalpou seu antebraço. — Você parece um sujeito forte. Você me faz lembrar de mim mesmo na sua idade. Você gostaria de aprender a lutar?

David sorriu.

— Sim! Isso seria legal.

O Pai falou de novo, muito rápido, não em português. Na época, ela não conseguiu entender o que ele disse. Era apenas um jargão, rapidamente esquecido. Hoje, porém, lembrando-se disso, ela reconheceu o pelapi pelo que era. *Será como se você estivesse lá de novo em carne e osso*, diziam as instruções do elixir, *experimentando-o com novos olhos.*

— Você será a coisa que ela mais teme e conquista — disse o Pai em pelapi. Ele tocou David de maneira gentil, com verdadeiro amor. — Seu caminho será muito difícil, muito cruel. Devo fazer coisas terríveis com você, para que você se torne um monstro. Sinto muito, meu filho. Eu pensei que você poderia ser meu herdeiro, mas a força não está em você. Deve ser ela.

Na época, todos pensaram que David era o filho biológico dos Craigs, que estavam conversando com os próprios pais de Carolyn quando a bola de fogo atingiu. Agora, hoje, Carolyn estava pensando: *Seu filho? Ele fez isso com seu filho* real? Então, logo depois disso, mas pior, *Ele fez isso por mim?*

— E eu? — perguntou Margaret.

O Pai virou-se para ela.

— Olá, Margaret.

— Como você sabe meu nome?

— Eu sei muitas coisas sobre você. Há muito tempo que a observo. Diga-me, você gosta de explorar?

Ela deu de ombros.

— Acho que sim.

— Ótimo. Há um lugar muito especial que eu conheço. Quase ninguém sabe disso além de mim. Eu poderia te enviar pra lá. Você poderia aprender a se virar.

— É um lugar divertido para ir?

O Pai franziu os lábios.

— É mais como uma aventura, devo dizer. Você gostaria disso? Isso a tornaria muito especial. — Então, para Carolyn, em pelapi acelerado: — Quando chegar a hora, Margaret servirá como seu último aviso.

Carolyn lembrou-se de Margaret chamando-a de senhora, lembrou-se dela dizendo: *Você é como eu agora* e *Nós somos irmãs*. Como essas palavras passaram por ela tão facilmente? Agora o frio deles cortava de maneira intensa.

O Pai seguiu pela linha, falando com cada um dos filhos até enfim chegar a Steve. — E quanto a mim?

— Eu vi o que você fez lá atrás — disse o Pai. — Você é um menino muito corajoso.

O peito de Steve se encheu de orgulho. Mas quando a pele de seu peito esticou, ele estremeceu. Seu torso estava vermelho, empolado pelo fogo, até mesmo preto em alguns pontos. Ele não gritou.

O Pai ajoelhou-se e examinou as queimaduras.

— Isso dói?

— Um pouco. — Sua voz soou estrangulada.

O Pai tirou um saco Ziploc do bolso da calça jeans. Ele espremeu uma pomada verde-clara e, trabalhando com muita delicadeza, aplicou-a no peito de Steve. Steve se encolheu a princípio, recuou com o toque do Pai — então seus olhos se arregalaram e ele se inclinou para ele.

Quando terminou, o Pai se levantou e tirou o pó da calça jeans.

— Está melhor assim?

— Sim — Steve disse com óbvia gratidão. — Muito melhor. Obrigado!

O Pai sorriu um pouco. Até deu um tapinha no ombro de Steve. Steve não estremeceu.

— De nada. Você deve se recuperar bem. — Então o sorriso do Pai desapareceu. — Mas temo que terei que mandá-lo embora. Não posso usar você.

— O quê? — Carolyn e Steve falaram ao mesmo tempo.

O Pai balançou a cabeça.

— São apenas doze catálogos, e cada um deles *já tem* um aprendiz. Desculpe.

Steve olhou para ele, sem saber se ele estava falando sério ou não. O Pai agitou as mãos em um gesto de xô.

— Vá logo. Acho que sua tia Mary vai cuidar de você. Faremos com que sua mãe morra no carro junto com seu pai. Você estava gravemente ferido. Você esteve no hospital todo esse tempo. Você não se lembra de nada... lembra?

— O quê? — Steve parecia confuso. — Eu...

— Vá logo. — Então, em pelapi: — Devo mandar você para o exílio, para que você seja a brasa do coração dela. Nenhuma coisa real pode ser tão perfeita quanto a memória, e ela precisará de uma coisa perfeita se quiser sobreviver. Ela vai se aquecer com a lembrança de você quando não houver mais nada, e será amparada.

Esfregando o pescoço, Steve desceu a estrada até a entrada de Garrison Oaks. Ele parou ali, olhou por cima do ombro e acenou para Carolyn. Ela viu desejo real em seu rosto.

Ela acenou de volta.

Então, sem dizer nada, Steve saiu de Garrison Oaks e voltou para a América. Carolyn, de oito anos, olhou para o Pai e disse:

— Ele não poderia ficar? Ele é meu melhor amigo.

— Sinto muito — disse o Pai. — Eu sinto muito de verdade. Deve ser exatamente desta forma, e de nenhuma outra. — Então, acendendo o carvão de seu coração: — Mas talvez você o veja de novo algum dia.

Carolyn, com lágrimas escorrendo pelo rosto, assentiu, feroz.

Quando Steve se foi, o Pai enxugou suas lágrimas. Deixou que aqueles que ainda tinham casa voltassem para lá, para pegar brinquedos, ou roupas, o que quisessem — mas apenas o que pudessem carregar em uma única viagem. Os gêmeos voltaram com uma sacola de ginástica parcialmente queimada cheia de bonecos do G.I. Joe. Michael empilhou suas roupas em uma carroça vermelha e arrastou-a pela rua.

A casa de Carolyn fora vaporizada, então para ela não havia nada para embalar. Tudo o que ela tinha no mundo eram as roupas do corpo e o exemplar de *Beleza Negra* que Steve lhe dera. Ela caminhou com o Pai até o pátio dos fundos.

— Eu gostaria que eles se apressassem — disse o Pai, examinando a rua em busca de crianças que voltassem. — Não tenho todo o tempo do mundo. Em breve será a hora do jantar e ainda tenho que punir o presidente LeMay.

— Punir o presidente? Por quê?

— Bem, foi ele quem mandou a bomba. Você não acha que ele merece ser punido por isso?

— Ah. Sim. — Ela pensou em sua mãe e seu pai. Seu lábio tremeu. — Punir como?

— Bem, para começar, ele não será mais presidente.

— Você pode mesmo fazer isso?

— Ah, sim. Eu realmente posso.

— Como?

— Bem… Eu te conto mais tarde. Por enquanto, digamos apenas que o passado se ajoelha diante de mim.

— Isso não faz o menor sentido.

O Pai deu de ombros.

— Talvez não. Mas é verdade. Diga-me, por quem você acha que devo substituí-lo? Carter? Morris Udall? Jerry Brown?

— Qual é o mais legal? Meu pai diz que o presidente LeMay é um homem mau.

O Pai parou para pensar.

— Imagino que Carter.

— Faça ele presidente, então.

— Carter será então. Você gostaria de me ver mudar o passado?

Carolyn disse que sim. Ela estava prestes a perguntar se isso era tudo, se a única punição de LeMay por matar sua mãe e seu pai era que ele não era mais presidente, mas ela nunca teve a chance. *Conhecendo o Pai, porém, duvido que isso fosse tudo.* Enquanto ela abria a boca para perguntar, David voltou, carregando uma mala quase tão grande quanto ele. O Pai disse que ele era um menino forte. David sorriu.

Quando todos voltaram, o Pai os conduziu até a varanda da frente e abriu a porta da Biblioteca. A casa parecia bastante normal vista do gramado, mas com a porta entreaberta o espaço interno parecia se agigantar. Estava muito escuro.

— Entrem — disse o Pai. — O que vocês estão esperando? É hora de começarem seus estudos.

Um por um, eles entraram — David primeiro, depois Margaret, Peter e Richard, Jacob, Emily, Jennifer e Lisa, Michael, Alicia e Rachel. Carolyn esperou até o fim. Mesmo assim, ela hesitou no limiar.

— Não tenha medo. No final vai dar tudo certo. Venha. Vamos entrar juntos, certo? — Pai estendeu a mão para ela, sorrindo.

Ainda assim ela hesitou.

— Venha — disse ele, abanando a mão, um gesto de *não me deixe aqui parado*. — Venha agora.

Após um longo momento, Carolyn segurou seus dedos grossos e ásperos. Ela o fez com relutância, mas no final foi por sua própria vontade. Eles cruzaram a soleira juntos.

— Desça para a escuridão comigo, criança. — Só dessa vez, o Pai olhou para ela com verdadeiro amor. — Farei de você um Deus.

CAPÍTULO 14

A SEGUNDA LUA

I

A entrada do boticário ficava no piso ônix da Biblioteca, entre os catálogos de cura e misericórdia. Carolyn raramente descia por aquele lado. Era provável que fosse melhor assim: ela perdeu muitos dos mortos na noite em que projetou a Biblioteca no espaço normal, e não havia ninguém por perto para fazer o trabalho doméstico. Fazia mais ou menos dez semanas que ninguém arrumava nada ali, e as prateleiras de Jennifer estavam cheias de teias de aranha. Carolyn deixou pegadas na poeira enquanto caminhava.

Ela mantinha uma versão menor do kit médico de Jennifer em seus aposentos, desenvolvida para atender às suas necessidades específicas. Medicina nunca seria seu tema favorito, mas ela fumava Marlboro vermelho sem parar desde os dezesseis anos e isso estava começando a fazer seu efeito nela. Jennifer tinha curado carcinomas incipientes duas vezes e tratado seu próprio enfisema algumas semanas atrás. Mas o que ela estava enfrentando hoje era um pouco mais sério do que o câncer. Ela precisaria de suprimentos extras.

— Abra.

O chão à sua frente caiu, remontando-se em uma escada. Lá embaixo, as lâmpadas do corredor se acenderam sozinhas, dando às paredes de bronze um tipo particular de brilho. Vendo isso, Carolyn estremeceu. Esse brilho era algo que ela associava a Jennifer. Carolyn não estava mais envelhecendo no nível celular, mas as escolhas que ela fez estavam começando a esculpir rugas em seu rosto.

A ruga particular que o estremecimento trouxe à tona era profunda.

O boticário de Jennifer era um salão de bom tamanho, mesmo para os padrões da Biblioteca, cerca de quatro hectares. Quando Carolyn abriu a porta, uma nuvem de aromas lhe assomou — beladona, éter etílico, um toque de vôngoles fritos, outras coisas. Ela deu um pequeno sorriso nostálgico. Certa vez, tarde da noite, ela foi pedir uma aspirina a Jennifer e a encontrou *ridiculamente* chapada, fritando vôngoles num fogareiro a gás. Jennifer estava muito chapada para usar verbos, que dirá rastrear uma aspirina. Depois de uma certa dose de mímica cômica involuntária, ela conseguiu comunicar que achava que a erva provavelmente ajudaria com a dor de cabeça de Carolyn, que, desesperada, deu algumas baforadas. Para sua surpresa, aquilo ajudou *mesmo*. E também fez os vôngoles terem um sabor fantástico. *Foi uma noite boa*, ela pensou. *Eles não eram todos maus. Nem todos.*

O boticário era um labirinto menor de coisas exóticas. Era provável que houvesse ali algum sistema diferente de "Seja confuso", mas Carolyn precisaria do mapa. Felizmente, ele estava pendurado à vista, pregado sobre a mesa de Jennifer no canto mais distante. Enquanto se dirigia para lá, traçou com os dedos as coisas que marcavam seu caminho: minúsculas gavetas de madeira cheias de raízes secas, uma esfera de bronze de meio metro gravada com runas de amarração, um bebê estegossauro em um tanque de líquido. O estegossauro piscou para ela quando ela passou.

A mesa de Jennifer era ladeada por pilhas de cadernos, oscilantes e, aos olhos de Carolyn, dolorosamente desarrumados. Mesmo assim, vê-los a fez sorrir um pouco. Jennifer, assim como o Pai, tinha uma espécie de fetiche por material de escritório. Um caderno espiral Miquelrius estava aberto em sua mesa. Carolyn o pegou e soprou a poeira, sufocando um espirro.

Na manhã em que Carolyn consagrou o *reissak*, Jennifer estava trabalhando num desenho anatômico. O caderno estava aberto em um diagrama inacabado de algo que parecia uma centopeia com o torso de um bebê elefante, a musculatura exposta. Carolyn não o reconheceu. *Futuro distante? Passado distante?* Deu de ombros. *Quem sabe?* Fosse o que fosse, de acordo com uma nota na margem, tinha "mamas inguinais hipertrofiadas".

Fosse lá o que aquilo fosse.

Ela largou o caderno, fechou-o e pousou a mão na capa.

— Eu espero… — ela começou, então vacilou. *O que, Carolyn? O que você espera, exatamente? Que onde quer que Jennifer esteja agora, os vôngoles são bons?* Então, de súbito furiosa: *Guarde isso para si. Você não tem o direito.*

Além de seus próprios suprimentos de primeiros socorros, ela mantinha um kit de ressurreição mais ou menos bem abastecido no andar de cima — ela desistira de trazer Steve de volta, mas de vez em quando os mortos sofriam acidentes. Hoje precisaria de outras coisas também. Tirou o mapa da parede. Usando-o como guia, vagou pelas sombras do boticário reunindo suprimentos: uma garrafa de Klein cheia até a metade com sangue de anaconda, as cinzas cristalinas de uma rara psicose, cinquenta gramas de pó de arsenieto de gálio-67. Levou cerca de uma hora. Quando terminou, ela correu escada acima, quase sem chorar.

O chão se fechou atrás dela com uma pequena lufada de ar. Ela soltou um suspiro e inclinou a cabeça para trás. Lá no alto, as luzes da Via Láctea queimavam sobre ela. Estava chegando a hora do almoço. *Talvez eu suba até lá.* Ela poderia preparar um piquenique e…

Não.

A palavra para isso é “procrastinação”. Em vez disso, ela se arrastou até o piso rubi, radial sete, fileira dezesseis.

Os restos mortais dele jaziam onde tinham caído.

O piso de madeira estava manchado de preto com os sucos da decomposição, mas o corpo dele estava bem mumificado. Felizmente, o cheiro havia se dissipado. Ontem, ou quando quer que fosse, ela guardara ali um carrinho de mão contendo um barril de água destilada, dois galões de amônia, comida suficiente para uma ou duas semanas e um saquinho de anfetaminas de bom tamanho. Isso talvez fosse demorar um pouco.

A expressão em seu rosto quando ela tirou a mochila era a de uma pessoa pegando um fardo em vez de colocá-lo no chão. Seria uma ressurreição espetacularmente difícil, mesmo para Jennifer, mas Carolyn imaginou que faria dar certo de alguma forma. Ela sempre fazia.

Suspirando outra vez, ela se sentou ao lado do cadáver e começou a trabalhar.

Demorou mais do que ela pensava, mais perto de três semanas. Talvez mais? Ela perdeu a noção do tempo — isso vinha acontecendo muito nos últimos tempos — mas toda a água acabara e ela estava quase sem anfetaminas antes de sentir um batimento cardíaco. Depois de uma certa quantidade de tentativa e erro, três dias ou mais, ela o fez voltar à atividade cerebral normal. Não muito tempo depois, ele começou a roncar.

Suas costas doíam, seus joelhos doíam, até seus dedos doíam. Ela recuou meia dúzia de prateleiras e colocou uma luva de aparência simples, mas espetacularmente letal, que conseguira no arsenal de David. Ali ela se agachou, com a intenção de ficar de olho nele até ter certeza de que tudo estava bem entre eles. Em vez disso, ela caiu quase de imediato em algo entre "sono profundo" e "coma leve" na escala de capacidade de resposta. Algum tempo depois ela foi percebendo, aos poucos, que alguém estava sacudindo seu pé.

— Vaisfudê.

Mas ele sacudiu com mais força. Carolyn, lembrando-se, acordou num sobressalto e segurou a mão enluvada à sua frente como um escudo.

Ele parou de sacudir o pé dela, deu meio passo para trás e estendeu uma caneca fumegante.

— Oi, Carolyn.

Ela fungou. Café? Ela o olhou de modo cauteloso por mais um momento, então baixou a luva.

— Oi, Pai.

II

Normalmente ela odiava café, mas alguém tinha escondido suas anfetaminas enquanto ela dormia. Pegou a caneca, agradeceu com a cabeça.

— Há quanto tempo o senhor está acordado?

— Doze horas ou mais. Por quanto tempo estive morto?

Ela esfregou os olhos.

— Eu realmente não tenho certeza. Um tempo. Meses.

Ele assentiu.

— Foi o que pensei.

— Como?

— Não está fedendo tanto. E está tudo empoeirado.

— Ah. — Um pensamento lhe ocorreu. — Sinto, ahn, desculpe por… o senhor sabe.

— Ter me matado?

Ela assentiu.

— Esqueça. Nós dois sabemos que eu merecia. Mas você executou de uma maneira brilhante. Fazia muito tempo desde que alguém se aproximou de mim assim de um jeito tão sorrateiro.

— Sério? — À luz da grande revelação do Dia da Adoção do Pai, passou pela cabeça dela que talvez ele a tivesse deixado matá-lo.

— Ah, sim. Eu sei o que você está pensando, mas eu não sabia. Se eu soubesse que ia acontecer, eu teria desligado você. Desligado você com força. Não. Você me pegou de modo limpo e justo. E você é tão jovem. Eu não esperava que você fizesse sua jogada por pelo menos mais cinquenta anos. Um século não teria me surpreendido. — Deu um tapinha gentil no ombro dela. — Estou muito orgulhoso de você, Carolyn. Espero que não se importe que eu diga.

— Importar? — Ela pensou a respeito. — Não. Eu não me importo.

— Então... quem sobrou?

Ela balançou a cabeça.

— Só eu.

— Ah.

— O senhor está surpreso?

— Um pouco. Eu não tinha certeza se você teria coragem de... bem. David e Margaret, com certeza. Eles não teriam sido difíceis. Mas os outros? Jennifer? *Michael*?

Michael. Michael sempre foi gentil com ela — uma coisa rara em si — mas havia mais do que isso. A primeira vez que David a assassinou, Michael estava na Austrália, mas ele sabia, de alguma forma. Ele voltou para ela. Foi ele quem encontrou seu corpo. Então, depois de buscar Jennifer, ele voltou para a floresta. Ao pôr do sol ele voltou, desta vez na companhia de uma matilha de lobos e um par de tigres. Todos eles atacaram David, praticando no campo de trás. Ele devia saber que isso era inútil, devia saber que David iria machucá-lo pela tentativa, mas fez mesmo assim.

— Sim — disse ela. — Até mesmo Michael. Eu não poderia deixar pontas soltas. Você entende, certo? As apostas eram altas demais.

— Foi o movimento correto. Se isso faz você se sentir melhor, organizei as coisas para que você não tivesse muita escolha. Sabendo o que você sabia na época, deixar alguém vivo seria um risco inaceitável.

— Eu entendi aquilo. Mas isso não ajuda. Não exatamente.

— Não. Claro que não. Então… o quê? Você foi para Liesel?

Ela balançou a cabeça.

— Americanos.

— Ah. Abordagem interessante.

— Funcionou bem o suficiente.

— E Steve? — O tom do Pai era gentil.

Ela não respondeu com palavras, apenas fez uma careta.

— Morto?

— Sim.

— Algum tipo de suicídio dramático, imagino?

Ela piscou.

— Como você sabia disso?

— É a maneira como ele é programado. Sua tataravó… dezessete vezes tataravó era do mesmo jeito. — O Pai fez uma cara dramática e fingiu se esfaquear no coração. — "Liberte meu povo, Ablakha!" — Ele baixou a cabeça, deixou a língua pender para fora da boca. — Soa familiar?

— O bastante.

— Como ele fez?

— Fogo, a primeira vez. Algumas outras coisas também.

Pai estremeceu.

— Lamento. Deve ter sido difícil para você.

Ela deu de ombros.

— Você se ajusta.

Ele assentiu.

— Isso nós fazemos. Mas ainda lamento. — Ele fez uma pausa. — Você poderia aceitar um pequeno conselho paternal?

— Você está perguntando?

— Estou, sim. Você está no comando agora, Carolyn. Se você quer que eu fique de boca fechada, é só dizer.

— Não… não. — Ela se endireitou. — É gentil da sua parte perguntar, mas aceitarei qualquer lição que Ablakha queira dar. Seria uma honra. — Ela abaixou um pouco a cabeça.

O Pai se curvou de volta, um pouco mais fundo do que ela.

— Como Steve parecia, na primeira vez? Com o fogo? Tinha algo diferente nele?

— Sim.

— O que você acha que era?

— Ele parecia... feliz, eu acho. Mais feliz do que jamais o vi. Bem... talvez não exatamente "feliz". Em paz. Foi a única vez que o vi daquele jeito.

O Pai assentiu.

— É verdade. Ele tinha boas intenções e era um menino corajoso. Mas se você não estivesse por perto, ele teria encontrado outra coisa para se martirizar. — Ele observou a reação dela com cuidado. — Ou, talvez, ele tivesse morrido de luto pela falta dela.

— Você está dizendo que ele nasceu assim?

— Em partes. O potencial estava lá. Algumas pessoas têm uma enorme capacidade de sentir culpa, merecida ou não. A parte com a morte de seu amigo cimentou isso. No momento em que você o alcançou, na verdade não havia muito a ser feito.

— Sim — disse ela. — Essa é uma das coisas que eu queria falar com você. Venho estudando. Eu acho que eu posso...

— O quê? — disse o Pai, de modo gentil. — Consertá-lo? Fazer com que vocês dois possam ficar juntos?

— Não! Não assim. Quero dizer, talvez... mas não é o que importa.

— Qual é o objetivo, então?

— Ele era meu amigo — disse Carolyn baixinho.

— Você tentou conversar com ele?

Ela assentiu.

— Como foi?

— Ele era... tipo. Compassivo, eu acho. Essa era a palavra que ele continuava usando, de qualquer maneira. Mas...

— Mas?

Ela suspirou.

— Mas a compaixão era tudo o que havia. Não era como quando éramos crianças. Nós não nos conectamos. Tinha uma enorme lacuna entre nós. Usamos as mesmas palavras, mas elas significam coisas diferentes, e... e... Eu não conseguia descobrir como consertar isso.

— Não é surpreendente. Vocês dois tiveram vidas muito diferentes. — Os olhos do Pai ficaram distantes por um momento. — Mas sinto muito. Eu realmente sei como você se sente.

— O que devo *fazer*?

O Pai balançou a cabeça.

— Não posso responder a isso, Carolyn. Mas do jeito que eu vejo, você tem três opções. — Ele levantou um dedo. — Primeiro, você poderia mudar o passado. Fazer com que Steve seja pelapi o tempo todo.

— Eu estive pensando nisso.

— E?

— Não sei. Entendo por que você nos criou, me criou, desse jeito, mas... não... houve momentos...

— Foi difícil, eu sei. Sinto muito, Carolyn. Era a única maneira.

— Eu entendo isso também. Mas não tenho certeza se quero sujeitar Steve a isso. Não tenho certeza se quero sujeitar qualquer pessoa a isso. — Ela suspirou. — Qual é a segunda opção?

— Você poderia abdicar — disse o Pai. — Mudar isso para que todos vocês tenham sido criados americanos. Você e Steve poderiam crescer juntos. Tranquilamente. Em paz.

Ela revirou a ideia em sua mente — o que *aconteceria* se ela estivesse fora de cena? O Duque se moveria primeiro, quase que com certeza. Mas Barry O'Shea e Liesel não podiam se dar ao luxo de ficar parados enquanto o Duque eliminava a vida inteligente — não sobraria nada para eles comerem. Eles talvez tivessem que se aliar contra ele, pelo menos por um tempo. Ela franziu a testa. De qualquer forma, não demoraria muito para que as pessoas fossem...

Ela sentiu os olhos do Pai sobre ela. Ele estava sorrindo um pouco.

— Bem... o que *você* faria? Se eu abdicasse.

O Pai deu de ombros.

— Eu teria que começar a procurar meu sucessor outra vez. Cuidei deste mundo por tanto tempo que acho que não suportaria saber que está arruinado. — Ele deu um sorriso pequeno e feroz. — Me chame de sentimental.

Ela piscou algumas vezes.

— Se você diz. O que isso significaria em termos práticos?

— Hmmm. Não tenho certeza, para ser honesto. Levou muito tempo para isolar sua linhagem, e mais tempo ainda para conseguir que todos vocês estivessem em Garrison Oaks. Eu teria que fazer algo assim de novo. — Ele franziu os lábios. — Ou suponho que poderia começar do zero? Trabalhar meu caminho a partir da argila básica? Talvez eu pudesse... muito bem. Deixa para lá. De qualquer maneira, seria mais complicado desta vez, e sua parte estaria encerrada. Todos vocês, quero dizer. No Dia do Trabalho de 1977, todos teriam feito um belo piquenique e voltado para casa queimados de sol e superalimentados. Alguns dias depois, alguém notaria que o velho sr. Black desaparecera, e isso seria o fim. — Ele olhou para ela. — É isso que você quer?

Uma ou duas vezes, Carolyn se perguntou sobre isso.

— O que teríamos sido, você acha? Sem a Biblioteca? Sem você?

— Eu posso te dizer exatamente. Você gostaria que eu fizesse isso?

— Por favor.

— Você era quieta — disse o Pai. — Um pouco tímida. Você e Steve foram um casal durante o ensino médio. Vocês tiraram a virgindade um do outro depois do baile de formatura, mas não durou. — Ele deu de ombros. — Vocês dois acabaram se casando com outras pessoas. Mas vocês eram amigos. Você manteve contato até os quarenta anos.

— O que eu fiz?

— Para viver?

Ela assentiu.

— Na verdade, você era bibliotecária — falou o Pai. — Do tipo americano.

Ela bufou uma risada.

— Sério?

Pai riu também.

— Juro. Não dá pra inventar coisas assim. Você teve uma vida boa e tranquila. Você trabalhou na Universidade do Oregon. Você era muito boa em política de escritório, mas não havia grandes desafios. Você ficou um pouco gordinha depois que o segundo bebê nasceu, então começou a competir em triatlos.

— O que é isso?

— É uma espécie de corrida. Você nada um pouco, depois corre e depois anda de bicicleta.

— Ah.

O Pai sorriu.

— Além disso, você estudou francês em seu tempo livre.

— Ah! Eu era boa?

— Passável. Seu vocabulário e gramática eram decentes, mas seu sotaque era terrível. Mas você nunca chegou a ir a Paris. Câncer de tireoide, aos 59 anos.

— Ah. — Ela pensou sobre isso. — Qual é a opção três?

— Você poderia deixá-lo ir. — Ele esperou um longo tempo, mas ela não respondeu. Enfim, ele disse: — Bem, você pensa sobre isso. Qual era a outra parte?

— Perdão?

— Você disse que conseguir uma consulta com Steve era parte do que queria falar comigo. Qual era a outra parte?

— Ah. Certo. Acho que entendo o que você fez, me treinando, quero dizer, mas ainda não entendo por quê. E o que você quer dizer quando diz que está se aposentando? Você está, não sei, pegando um trailer e indo para Boca Raton ou algo assim…

O Pai riu.

— Não exatamente. Você disse que foram, o quê? Seis, oito meses?

— Algo parecido.

— Em quais catálogos você tem se concentrado?

— A prioridade tem sido estratégia e tática. Q-33 Norte está em movimento, e houve alguns rumores sobre o Deus da Floresta. Ele tem uma sacerdotisa que… bem. Deixa para lá. Não é mais problema seu.

— Alguma matemática?

— Apenas de maneira periférica. Por quê?

— Você está familiarizada com a noção de completude de regressão?

Ela tinha ouvido o termo em algum lugar, mas não conseguia entender o significado.

— Não.

— É a ideia de que, por mais profundo que você entenda o universo, por mais mistérios que resolva, sempre haverá outro mistério mais profundo por trás dele.

— Ah.

— Você sabe que eu não criei este universo, certo? Deixei minha marca nele e gosto de pensar que fiz melhorias, mas só estava trabalhando com regras que vigoravam desde a terceira era. A luz foi um dos meus toques, e o prazer.

— Nós nos perguntamos — disse Carolyn. — Ninguém tinha certeza. Mas se não você, quem?

O Pai balançou a cabeça.

— Eu fiz a mesma pergunta, uma vez. Se alguma vez houve uma resposta, ela se perdeu.

— Ah.

— Mas quem quer que fosse... ele era um artesão. Venho estudando sua obra há muito tempo. Aprendi alguns truques — disse ele e acenou com a mão, um gesto que abrangeu os incontáveis acres de livros, pergaminhos e fólios da Biblioteca —, mas não estou mais perto de entender o quadro completo do que estava quando iniciado.

— Você acha?

— Eu provei isso. Este universo é uma regressão completa. Eu nunca vou entender a coisa toda. Ninguém irá. Então eu vou embora.

— Vai embora?

— Estou criando meu próprio universo. Meu lugar, minhas regras. Essa é a minha aposentadoria.

— Parece solitário.

O Pai balançou a cabeça.

— Eu tenho meus amigos.

— Amigos?

— Enquanto você dormia, ressuscitei Nobununga. Mithraganhi também.

Carolyn lembrou-se de Michael, falando de seu mestre. *Você entende que Nobununga é mais do que apenas um tigre, certo?* Ela se lembrou de Nobununga entrando no *reissak*, sua fé inabalável no Pai. *Ele disse que o Pai não permitiria que nenhum mal lhe acontecesse. E, como se viu, ele estava certo.*

— Onde eles estão? — Ela se sentiu desconfortável.

— Me esperando — respondeu o Pai, apontando para a escada de jade. — Gostaria de vê-los?

Carolyn pensou em Mithraganhi estendendo sua mão pequena e ensanguentada, perguntando: "*Moru panh ka seiter?*" *Por que você está fazendo isto comigo?* Ela balançou a cabeça.

— É provável que não seja uma boa ideia.

O Pai assentiu.

— Eu entendo.

Por um momento ela imaginou os três juntos, o Pai, Nobununga e Mithraganhi, saindo juntos, talvez jogando vôlei ou algo assim. Parecia fora de sua natureza. Mas ela estava começando a entender que a natureza do Pai era, talvez, algo diferente do que fora apresentado a ela. — Posso te perguntar uma coisa?

— Claro.

— Você se lembra do... o dia do touro? David?

— Claro.

— Por que você estava sorrindo?

O Pai olhou para ela por um longo momento.

— Caminhe comigo, Carolyn. — Ele se levantou, ainda ágil, e começou a andar por entre as prateleiras.

Carolyn se apressou para alcançá-lo.

— Pra onde estamos indo?

— Não é longe.

Ele a conduziu para fora do catálogo vermelho — o catálogo de David, as meditações sobre assassinato e guerra — e para as pilhas violeta. Violeta era um pequeno catálogo, parte do mundo de Peter. Ela nem tinha certeza de que tipo de joia o chão era feito. Ametista? Granada? Tanzanita? Ela não se lembrava de ter pisado nele antes.

O Pai parou em uma prateleira alta e empoeirada cheia de títulos como *Larousse Gastronomique* e *Le Cordon Bleu em casa* e *A alegria de cozinhar*. Carolyn se perguntou: *Que diabos estamos fazendo aqui?*

O Pai escolheu um fichário de três argolas. Era frágil e barato e meio escondido atrás de um livro sobre pastéis da Cornualha. A capa estava carimbada com as palavras "As Panteras". Tinha uma foto de três mulheres bonitas impressas nele.

Ele entregou o caderno para ela. Algo chamou sua atenção. Nas sombras profundas da Biblioteca houve um movimento brusco, um pequeno som.

— O que é isso?

— Aquilo — disse o Pai — é o fólio preto.

Carolyn olhou para ele.

— Sério? — Supostamente o fólio preto continha instruções para alterar o passado. Como tal, seu poder era ilimitado de verdade. No início, ela passou anos procurando por isso. Ela, enfim, concluiu que não existia.

Ele assentiu.

— Foi mal arquivado, receio. Não queria que você tropeçasse antes de estar pronta.

Ela abriu o fichário. As páginas dentro eram de pergaminho antigo, e a caligrafia nelas não era a do Pai. Ela piscou. Enquanto observava, a escrita mudou na página. Um momento depois, voltou a fazê-lo. Quando o fez pela terceira vez, ela entendeu que, embora os versos escritos no fólio preto não mudassem, o idioma em que foram escritos mudou. A cada poucos segundos, a tinta na página se reorganizava. Primeiro foi o árabe, depois o suaíli, depois a poesia das tempestades.

— Ah, meu Deus.

O Pai assentiu.

— O meu também, muito possivelmente.

O fólio preto.

— Quem escreveu isso? Quantos anos tem isso?

— Ninguém sabe. — O Pai olhou para ela com serenidade. — Peguei do Imperador da terceira era. Também não era a caligrafia dele.

Ela fechou.

— Mas o que isso tem a ver com...

— A razão pela qual eu estava sorrindo quando colocamos David no touro foi porque ele implorou.

— Ah. — O rosto dela desabou.

Ele ergueu a mão.

— Eu não quero dizer isso do jeito que você pensa.

Ela balançou a cabeça, confusa.

— Você entende que ele era meu filho, certo? Quero dizer, vocês eram todos meus filhos em certo sentido, você acima de tudo, Carolyn, mas a mãe de David foi a única com quem fiz sexo de verdade.

— Pai! Eca!

— Desculpe.

— Mas isso... Quero dizer... Acho que não entendo. Isso não torna tudo pior? O que você fez com ele? O fato de ele ser seu filho, quero dizer.

— Torna, sim — disse o Pai, sério. — Muito pior. Pior do que você sabe. Pior do que você jamais saberá, espero.

— Então por que você sorriu?

— Porque *ele* implorou. *Você* nunca implorou. Nem uma vez.

— Eu poderia ter implorado se você tivesse tentado me colocar naquela maldita coisa.

— Não. Você não implorou.

— O quê? Eu não...

Ele bateu no fólio preto.

— O passado se ajoelha diante de mim, Carolyn.

— Eu ainda não entendo… — Então ela entendeu. — David… era para ser seu herdeiro? Em alguns… alguma outra versão do passado?

— Correto.

— Mas… não deu certo?

— Não.

— Por que não?

— Porque David não era forte o suficiente — disse o Pai. — O ponto culminante do treinamento era conquistar um monstro. Mas ele nunca conseguiu. Eu dei a ele muitas chances. Muitas. Nove vezes eu assei uma criança inocente viva para que David tivesse um monstro para matar. Nove vezes diferentes o monstro venceu. Até que me ocorreu que eu estava treinando o garoto errado. — Ele deu de ombros. — Então dei uma chance ao monstro. Naquele dia, quando David implorou, eu sabia que enfim descobriria, finalmente encontraria meu herdeiro.

— Nove vezes? — *A barriga do touro, brilhando em laranja na escuridão da noite.* — *Eu?*

— Você nunca implorou — disse o Pai. — Nem uma vez. Ainda não consigo acreditar. Você não se lembra, é claro, mas eu mesmo montei naquele touro algumas vezes. — Ele estremeceu. — Uma vez eu até assei você duas vezes seguidas, para que você soubesse, realmente soubesse, no que estava se metendo. Eu queria ver o que você faria. Você apenas olhou para mim. — Ele balançou a cabeça. — Ainda tenho pesadelos.

— Como eu era?

— Como David — disse ele. — Mas muito pior. Pior que eu, pior que o Imperador… pior do que qualquer coisa, em qualquer lugar, nunca. Você era um demônio. Um diabo.

— Hmm.

Ele esperou um pouco.

— Você tem mais perguntas?

— Não. Eu… — Ela estava com agradecimento na ponta da língua, mas não o fez. Não muito depois, ela se arrependeria disso. — Não.

— Então Ablakha decreta que esta quarta era do mundo acabou. Agora é tudo seu, Carolyn. "Parabéns" não é a palavra certa, mas sei que você vai se sair bem. — O Pai levantou-se e limpou-se. — E isso significa que é hora de eu ir.

Simples assim?

— Vou ver você de novo?

Ele balançou a cabeça.

— Não. Nunca mais. Não há retorno de onde estamos indo.

— Ah.

O Pai se virou e começou a caminhar até a escada de jade, em direção a Nobununga e Mithraganhi e o que viria a seguir para seres como eles.

Carolyn o observou por alguns passos. Ele não olhou para trás.

— Espere! — disse Carolyn. — Tem mais uma coisa.

— O que foi?

— Como você sabia? Que eu ressuscitaria você?

— Eu não sabia.

— Então o que...

— Eu não *sabia*, Carolyn. Eu tinha fé em você. — Os olhos do Pai brilharam. — Você talvez devesse começar a se acostumar com isso.

Ela não entendeu a piada.

O Pai suspirou.

— Você é forte, Carolyn, mas te mataria ficar um pouco mais leve, talvez só de vez em quando? — Ele estalou os dedos. — Ah! Eu quase esqueci. Deixei algo para você.

— O quê?

— Uma surpresa.

Ela desconfiava das surpresas do Pai.

— Uma surpresa boa?

Ele apenas sorriu.

Ela o observou se afastar até ter certeza de que ele não podia ouvi-la. Só então ela sussurrou:

— Adeus, Pai.

Ela nunca mais o viu.

III

Steve voltou à vida no chão da cobertura. Ele estava acostumado a morrer agora; tinha memórias claras de tudo até os últimos momentos. Agora, o apartamento estava cheio de poeira. O copo de Liquid-Plumr secara parcialmente enquanto ele estava fora, cristalizado.

Sentou-se onde ele o deixara... há quanto tempo? Lembrou-se do sabor, metálico, mas não *tão* desagradável, lembrou-se também de como fervia em suas entranhas. O fundo estava cristalizado, mas tinha o suficiente flutuando no topo para outro gole. *Está esperando por mim. Bora pro bar, parceiro!*

Por alguma razão, isso lhe pareceu engraçado e ele riu.

— Não faça isso.

— O quê? — Ele se virou ao ouvir a voz de Carolyn. Ela estava empoleirada na ilha de granito entre a cozinha e a sala como uma gárgula, fumando um cigarro.

— Não ria assim. Você parece a Margaret.

— Mas estou todo *empoeirado*. Hehe. Hihihi.

— Faz um tempo. — Ela jogou para ele um maço de Marlboro meio cheio e o isqueiro de Margaret.

Ele os pegou.

— Obrigado. Onde está Naga?

— Ela foi para casa — respondeu Carolyn.

— De volta à África?

Carolyn assentiu.

— Por quê?

— Ela queria estar com seu povo. Quando, você sabe, no... — Ela parou.

— No final?

Ela assentiu.

— Jesus, Carolyn. *Está* muito ruim lá fora?

Carolyn ficou em silêncio por um tempo antes de responder.

— Bem, não é o *fim*. — Então, de maneira mais suave: — Ainda não.

Steve assentiu.

— Você não mudou. — Ele olhou para o Liquid-Plumr e reprimiu um estremecimento. Lá vamos nós outra vez. — Talvez desta vez eu consiga alguns explosivos...

— Na verdade, eu tenho. — Então, seguindo seu olhar para o Liquid-Plumr — Aqui. — Ela ergueu uma pistola. — Vou facilitar para você. Ou uma arma já não é horrível o suficiente?

— Acho que posso fazer funcionar. Estou fazendo você entender, afinal?

Ela apenas olhou para ele.

Steve sentou-se, espanou a poeira de uma das cadeiras da cozinha, acendeu o cigarro.

— Você está melhorando em todo esse negócio de ressurreição. Eu nem estou dolorido desta vez.

— Obrigada.

Ele semicerrou os olhos para ela por cima de seu Marlboro.

— Você parece diferente. Quanto tempo você disse que faz?

— Três ou quatro meses, eu acho. Não acompanho. Diferente como?

— Eu não tenho certeza. Você não parece mais velha.

Ela apagou o cigarro.

— Não pareceria mesmo. Eu não envelheço. Não mais. É um truque do Pai.

— Mas você tem umas ruguinhas. — Ele traçou sua mão em sua bochecha.

— Sim, bem. O que vocês dizem? "Não são os anos, é a quilometragem"?

Então ele viu.

— Eu sei o que é isso. Você não parece tão brava. Bem... rabugenta, talvez. Mas não como você era.

— Como assim?

— Suas sobrancelhas costumavam ficar juntas o tempo todo. — Ele fez uma careta para imitá-la. — E os músculos do seu maxilar continuavam pulando quando você pensou que ninguém estava olhando. Agora, menos.

— Hmmm.

— Então, o que você tem feito?

— Isso e aquilo — disse ela. — Estudando, a princípio. Pensando nas coisas. Então bati um papo com o Pai.

— Sério? Eu pensei que ele estava morto.

Ela deu de ombros.

— Hmm. Apenas um bate-papo? Não é uma briga, nem nada?

— Sim. Foi bem civilizado, na verdade. Por quê?

— Bem... Aposto que uma discussão entre vocês dois seria algo para se ver. Você já viu aquele filme em que King Kong lutou contra o grande dinossauro?

— Eu não tenho ideia do que você está falando.

— Que pena. Eu sou meio engraçado.

A testa de Carolyn franziu... mas então ela relaxou.

— Sim — disse ela, sorrindo um pouco. — Você é. Eu senti falta disso. E talvez eu esteja menos zangada. — Ela estendeu a mão para o isqueiro.

Steve o entregou.

— Isso é bom. Você precisa tirar coisas do seu sistema. Se você deixá-lo apodrecer, ele vai devorar você. — Ela estava olhando para ele estranhamente. — O que foi?

— Você é um... Nada.

— Então... quatro meses, hein?

— Um pouco mais, um pouco menos.

— Foi mais longo que da última vez.

— Sim.

— Por que você esperou?

— Eu não ia trazer você de volta.

— Você está com raiva de mim?

Ela estremeceu.

— Não. Com raiva não. Eu acabei de... Eu não acho que poderia suportar se você... fizesse, você sabe, alguma coisa. De novo.

— Ah. — Steve considerou isso. — Bem... Desculpe.

— Tudo bem. Eu entendo porque você fez isso. Ou, pelo menos, acho que sim. — Ela deu a volta na ilha da cozinha e pegou o exemplar de *Beleza Negra* no balcão. — Isto é pra você.

Ele o pegou.

— Isso é aquilo, como é que é o nome, a coisa simbólica? Da varanda? Certo?

— É, sim. Abra.

Ele lhe devolveu.

— Eu não preciso.

— O quê? O que você...

— Tem meu nome na capa, né? Manuscrito, em tinta vermelha. Não é igual ao que eu tinha, é o que eu tinha. Quando eu era criança, quero dizer. Certo?

— Você lembra?

— Mais ou menos. Eu sonhei com isso. Após o incêndio. A primeira vez que eu, você sabe...

— Sonhou?

— Sim. E novamente, agora mesmo. Sonhei que estava lendo no carro, no dia em que meus pais... você sabe, o dia do acidente. Aí eu estava entregando para uma garotinha de quem eu era amigo, uma garotinha da vizinhança. Eu não pensava nela há anos. — Ele balançou a cabeça. — Costumávamos conversar sobre livros e outras coisas. Mas eu não conseguia lembrar o nome dela. — Ele sorriu. — E então eu consegui. Você costumava ser tão *loira*.

Carolyn retribuiu o sorriso.

— Eu mudei.

— Sim. Eu acho que mudou. Eu também, aliás. Eu estava me perguntando por que aquela casa, aquela onde o beagle estava, parecia tão familiar. Mas não reconheci nenhuma das outras.

— Você não reconheceria. Houve um incêndio. A maior parte foi reconstruída.

— Mesmo? — Ele franziu a testa. — *Parece* que eu me lembro do que aconteceu, mas... não pode ser real. *Não pode*. Seu Pai fez alguma coisa, não foi? Com minha mente, minha memória.

— Ele fez, sim.

— Então, o que de fato aconteceu? Espere! Não. — Ele esfregou as têmporas. — Pensando bem, não me diga. O que quer que tenha acontecido, aposto que fui um grande idiota de alguma forma.

Carolyn piscou.

— Não. Você não era um babaca. De jeito nenhum. Você realmente não poderia estar mais errado.

Ele olhou para cima, sem saber se deveria acreditar nela.

A expressão de Carolyn era mais gentil do que ele jamais vira.

— Tenho uma proposta para você, Steve. E se eu te dissesse que existe uma maneira de tornar tudo melhor?

Steve deu a ela um olhar penetrante.

— Sobre o que exatamente estamos falando?

— O sol — disse ela. — Os terremotos. Tudo.

— Você vai colocar qual-é-o-nome-dela de volta?

— Não é bem assim. Não posso mesmo fazer isso. Mithraganhi está com o Pai agora.

— Morta, você quer dizer?

— Não. Não morta. Eles foram embora. Mithraganhi, Nobununga, Pai. Não os veremos outra vez.

Steve ergueu as sobrancelhas.

— O que você quer dizer com "embora"?

— Um novo universo, eu acho. Um que o Pai criou. Aquele em que ele cria todas as regras.

Steve balançou a cabeça.

— Vocês estão jogando em um nível completamente diferente de verdade. Você sabe disso?

— Bem... você pode se surpreender. Eu realmente não sou tão diferente de você. Qualquer um poderia ter feito o que eu fiz.

— Sabe, eu duvido disso.

Ela ficou em silêncio por um longo momento, olhando para baixo. Então, de modo suave:

— Mas isso tem um preço. A serviço da minha vontade, eu me esvaziei.

Steve assentiu.

— Sim. Também entendo.

Ela olhou para ele.

— Entende? Mesmo?

— Sim. Entendo mesmo.

Carolyn sorriu.

— Sabe, eu acredito nisso. Obrigada. — Ela estendeu a mão e tocou sua bochecha. As pontas de seus dedos estavam quentes. Por alguma razão, isso o surpreendeu. — Mas eu serei mais sábia que isso.

— Sério?

— Sério. — Ela deixou a mão cair. — Vou consertar isso, Steve. Eu deveria ter escutado você. Você estava certo o tempo todo.

Ele levantou uma sobrancelha.

— É? Você vai trazer o sol de volta?

Ela assentiu.

— Amanhã a esta hora tudo estará como antes.

— Eu pensei que você disse que era impossível. Que David não podia...

— David se foi. Eu o deixei morrer.

— O quê? Quando?

— Algumas horas atrás.

— E quanto a toda essa coisa de vingança?

Ela deu de ombros.

— Já tive vingança suficiente. Terminei.

— Bem... que bom pra você, eu acho. Mas se ele não é o sol, então como você...

Ela olhou para ele.

— Encontrei outra maneira.

— Uau. Isso é ótimo, Carolyn. Mesmo. Mas e do lado de fora? Existe fome, certo? As pessoas ainda estão morrendo de fome. E aquele vulcão, e...

— Não está tão ruim assim, ainda não. E não vou deixar piorar. Falei com o vulcão sob Yellowstone e o acalmei. Quanto à fome... há um truque que eu conheço. Uma forma de fazer das nuvens uma espécie de pão. Requer muita energia e pouco tempo, mas tenho os dois. Quando o sol nascer amanhã, a comida estará caindo do céu. No mundo todo. E farei isso a cada dois dias até que as colheitas voltem.

— Sério?

Ela assentiu.

— E a Biblioteca? Os terremotos?

— A Biblioteca voltou a se esconder. Os terremotos cessarão. Coloquei a lua de volta em sua antiga órbita... as marés vão se normalizar. Em breve.

— Carolyn... isso é... isso é fantástico. Mas *por quê?*

— Por sua causa, Steve. Por causa do que você fez.

— Eu? O que diabos *eu* fiz?

— Você era meu amigo — disse ela. — Era isso. E você era um amigo muito, muito bom. O melhor que já tive. E não só meu também.

Carolyn colocou as mãos em concha à sua frente como se fosse beber. A névoa ergueu-se de suas palmas, aglutinou-se em uma esfera. Levou um momento para reconhecê-la como a Terra, apenas do tamanho de uma bola de basquete e vista de baixo — a Antártica no topo, a América do Sul embaixo, nuvens, oceanos. Ela pairou centímetros acima da palma da mão, girando lentamente. Apertando os olhos, ele viu o minúsculo rastro de um jato sobre o Pacífico.

— Olha, Steve. Bem aqui. Bilhões de pessoas. Eles vão ficar bem agora. Tão bem quanto sempre estiveram, de qualquer maneira. Você tem minha palavra. Eu vou fazer tudo melhor. Por sua causa.

Steve olhou. Ele esticou a mão para tocá-la, mas pensou melhor. Ele olhou para Carolyn, ainda sem entender. Seus olhos estavam brilhantes.

— Você os salvou — disse ela. — Cada um deles. Naga. *Petey.* Você salvou todos eles. Só você.

— Mesmo?

— Sim.

Steve sorriu.

Uma única lágrima caiu e escorreu pela bochecha de Carolyn.

— Carolyn, por que você está…

Ela afastou as mãos. A Terra pairava ali, sem suporte agora, ainda girando. Steve observou, fascinado, enquanto o rastro do jato crescia uma pequena fração de polegada.

Salvei eles? Eu? Em sua mente, apenas por um momento, ele viu Jack saindo das sombras para a luz do sol.

Carolyn deu a volta para o lado e sussurrou em seu ouvido, falando a palavra que o Pai sussurrou para Mithraganhi há muito tempo, quando ele convocou o amanhecer da quarta era.

Para Steve, ouvindo isso…

… o tempo…

… parou.

IV

Steve flutuava sem peso na cozinha da cobertura. Carolyn pescou um club soda empoeirado na geladeira e sentou-se à mesa da cozinha. Ela não tocou na bebida, mas fumou cigarros bem devagar, um após o outro. Às vezes ela não inalava, apenas os deixava queimar até virar uma coluna oscilante de cinzas.

No momento em que a mochila estava vazia, a cabeça de Steve estava envolta em uma esfera de energia fervente — amarelo-laranja, assim como o antigo sol. Sua conexão com o plano da alegria era muito forte. Na verdade, ele queimaria ainda mais brilhante do que Mithraganhi. Ela poderia ter que dobrar um pouco o espaço para que ele não reduzisse Mercúrio a cinzas.

Ela desamarrou um dos cadarços de Steve e, usando-o como coleira, carregou-o pelo grande salão, escada acima até a plataforma de jade sob o universo. O corpo de David estava lá, ensanguentado, sob um lençol de plástico. Sua dor estava no passado agora. Mais tarde, ela mandaria os mortos carregarem-no para baixo. Ela encontraria o que restava de Margaret e os envolveria em uma única mortalha. Ela os enterraria juntos.

Ela colocou Steve nos céus, então ajustou as órbitas para o jeito que as coisas eram antes. Nem precisou usar uma calculadora. *Estou pegando o jeito disso.*

Ela tinha muito o que fazer, mas não queria mais ficar na Biblioteca. Hoje não. O bombardeio reduzira Garrison Oaks a escombros e estava cercado por tanques, soldados, mas a Biblioteca tinha outras portas, outras fachadas. Ela escolheu uma casa de fazenda no Oregon, um lugar tranquilo no final de uma longa estrada.

Nesse novo lugar ela foi para a cozinha e fez café. Sem pensar, ela pegou os pratos e xícaras, lavou-os. Feito isso, ela foi ao banheiro — demorou um minuto para encontrá-lo — e preparou um banho bem quente. As pastilhas da banheira eram de ladrilho verde-limão e as torneiras estavam duras com o desuso. *Mas é limpo.*

Muito tempo depois ela saiu da banheira e se secou. Steve ainda não amanhecera e estava um pouco frio — algo como dez graus negativos. Ela não sabia como ligar o forno. Mas olhando no armário ela encontrou um roupão felpudo cor-de-rosa pendurado lá, esperando por ela. Era novinho em folha, com as etiquetas ainda coladas, do seu tamanho. Era quase certo que estava pendurado lá desde o início. Ela balançou a cabeça. *Pai.*

Na prateleira abaixo de onde estava o roupão, ela encontrou uma caixa contendo um par de chinelos peluciados. Os chinelos eram ridículos — a cabeça de pelúcia de algum gato de desenho animado estava montada sobre os dedos dos pés, sorrindo. Ela os examinou, confusa. *O Pai realmente* tinha *senso de humor. Quem diria?* Mas, por mais bobos que fossem, eles também eram macios e quentes.

Ela os vestiu, depois foi e parou na janela dos fundos. Dava para um campo amplo, branco como a neve. Tinha um celeiro e um pequeno riacho.

Ela piscou.

Do outro lado deste campo, um homem estava parado, quase escondido na floresta. Ela piscou de novo.

— Isso é impossível — disse ela, lembrando-se da ruína fumegante e perfurada da casa da sra. McGillicutty.

Então a voz do Pai veio até ela. *"Eu quase esqueci. Deixei algo para você."* E a voz de outro homem, hesitante e suave. *"Eu estava com… com… as pequenas coisas. O Pai* falou. *O Pai disse para estudar os caminhos dos humildes e dos pequenos."*

E David. *"Talvez um rato possa ter escapado. Não muito mais."*

Ela foi até a porta dos fundos, sem correr, e a abriu.

— Michael!

Ele veio até ela, flanqueado à esquerda por um puma e à direita por três lobos. Eles pararam do lado de fora do quintal. Michael olhou para ela com os olhos arregalados e a chamou pelo antigo título do Pai.

— Sehlani?

Carolyn abriu a boca para negar, depois fechou de novo e, depois de uma longa pausa, cedeu a menor fração possível de um aceno de cabeça.

Michael falou com os lobos e o puma, e todos eles se deitaram de costas na neve, mostrando a ela suas barrigas.

Carolyn olhou para ele, horrorizada.

— Não! Não! O que você está fazendo? Levante!

Mas ele não quis. Ele estava deitado de costas, tremendo e com medo. Ele não queria olhá-la nos olhos.

Ela abriu caminho pela neve até ele, os olhos amarelos de seu gato de desenho animado surgindo através da crosta. Ela deu um tapa na orelha dele com gentileza.

— Levante-se, Michael. Por favor, levante-se. Sou só eu.

Michael se levantou lentamente.

— Você... o que você fez... você...

— Sinto muito, Michael. Eu precisei. Não havia outra maneira. Você não vê?

Ele olhou para ela por um longo tempo, na dúvida. Ele não respondeu.

Desesperada, ela sorriu e tocou a bochecha dele.

— Está congelando. Está com fome? Algum de vocês? Vocês todos devem entrar. Deve haver comida, ou...

Michael considerou isso por um momento, então, devagar, ele sorriu de volta. Vendo isso, algo em Carolyn se abriu. Michael virou-se para os lobos. Ele falou com eles. Ela não entendeu muito bem, mas eles abanaram o rabo.

Ela os levou para dentro de casa.

Acontece que tinha comida na geladeira, muita, cinco bifes assados e um peru inteiro. Michael e os animais comeram muito, depois se amontoaram e foram dormir em frente à janela da sala de estar. Carolyn puxou um travesseiro para o chão e sentou-se com eles.

Então, pela primeira vez em muito tempo, o sol nasceu. Sob seu brilho alaranjado, as sombras de Michael e sua mochila se estendiam pelo chão.

Vendo o ângulo do nascer do sol, ela pensou que *a palavra americana para esta época do ano é "abril" ou, às vezes, "primavera"*. Isso era verdade, mas também era verdade que no calendário dos bibliotecários era a segunda lua, que é a lua da esperança acesa. Carolyn, limpa e aquecida, sentou-se para vigiar seus amigos adormecidos. O algodão cor-de-rosa de seu roupão era macio contra sua pele. As cabeças empalhadas dos chinelos de desenho animado cobriam os dedos dos pés. Ela ficou sentada assim por um tempo, observando enquanto o novo sol começava a derreter o gelo cinzento do longo inverno.

Ela estava sorrindo.

EPÍLOGO

ENTÃO, O QUE ACABOU ACONTECENDO COM ERWIN?

A merda que levou Erwin à prisão aconteceu durante uma única tarde suada, mas acabou custando a ele dez anos, com um tempinho a menos por bom comportamento. Isso foi logo após o ataque aéreo à pirâmide, na época em que a comida estava começando a ficar seriamente escassa. Houve um julgamento, mas durou apenas cerca de uma semana. Depois disso, ele foi direto para a USP Big Sandy, uma prisão federal de alta segurança no Kentucky. Erwin ficou surpreso ao descobrir que não se importava com a prisão.

Para começar, não havia mais pressão. Ele tinha suado frio por uma semana ou duas antes de, enfim, fazer seu refém, se perguntando se era a coisa certa a fazer, se preocupando em, bem, acabar na prisão. Agora que tudo acabara e o fato estava consumado, ele podia relaxar. Relaxar *de verdade*. Pela primeira vez em anos, não havia mais nada com que se preocupar.

A vida em Big Sandy tinha uma qualidade arregimentada que de certa maneira o lembrava do treinamento básico. Ele fez um acordo para manter a boca fechada sobre o que tinha realmente feito em troca de uma sentença mais ou menos branda. Os dez anos pareceram muito, mas no geral poderia ter sido muito pior. O presidente lhe assegurou que encontrariam uma maneira de tornar a "vida sem condicional" na Segurança Máxima se ele lhes desse algum trabalho. A prisão era confortável num nível surpreendente. Não era um hotel de luxo, veja bem, mas sua cela era nova e limpa, e ele a tinha só para si. Quase todo mundo tinha visto o filme de Natanz ou lido o livro ou coisa parecida, então eles sabiam quem ele era. Em troca de Erwin deixar escapar uma história de guerra aqui, outra acolá, um dos guardas, um fanboy Natanz de carteirinha chamado Blakely, fazia viagens até a Barnes & Noble. Dashaen, o garoto que Erwin ensinara a lutar, estava agora na casa dos vinte anos e era um bem-sucedido corretor de ações. Ele insistia em pagar pelos livros e também colocava uns duzentos dólares na conta de Erwin todos os meses. Erwin apreciou que todos se dessem ao trabalho. Também foi bom ter uma maneira de passar o tempo além de bater punheta.

Alguns dos outros prisioneiros o testaram, é claro. Erwin entendeu. Eles testaram a porra do Mike Tyson quando ele estava lá dentro. Um cara tentou tirar sua fronha, então Erwin tirou suas obturações no soco. Alguns dias depois, o amigo do cara, um levantador de peso do Alabama, veio conversar sobre isso. Erwin bateu no segundo cara com tanta força que por algumas semanas ele pensou que as pessoas estavam lendo seus pensamentos. Na verdade, ele estava murmurando para si mesmo sem perceber. Ele teve inchaço cerebral, ou alguma merda assim. Erwin se sentiu mal com isso, mas o grandalhão forçou a barra. Só que ouvi-lo pensar em voz alta era *sim* meio cômico. Ele ficava muito empolgado quando era noite de pudim de banana no refeitório e fazia várias anotações mentais sobre quem visualizaria para se masturbar quando todo mundo estivesse assistindo TV na área comum. No entanto, a coisa melhorou depois de algumas semanas, e depois disso todos foram educados com Erwin.

Tirando isso, era tudo bem tranquilo. Ele chegou ao Kentucky logo depois que o sol voltou, mas nas primeiras semanas todos os prisioneiros ainda recebiam rações de comida. Seiscentas calorias por dia não lhe davam muita energia para começar a fazer merda. No momento em que aquela espécie de pão começou a cair do céu, guardas e prisioneiros tinham mais ou menos concluído que a coisa mais inteligente a fazer com Erwin era deixá-lo em paz.

Isso caiu bem para Erwin.

Como novo prisioneiro, ele não deveria receber correspondência nos primeiros dois meses. Mas um dos guardas sabia dele do Afeganistão e outro de fato estivera lá em Natanz. Eles acidentalmente deixaram cartas de Thorpe, Dashaen e outros caras com quem ele serviu. Eles não conheciam a história completa, é claro, mas sua fé em Erwin era absoluta.

Até que foi legal.

Então ele tinha correspondência, tinha livros, tinha um lugar para si quando queria e pessoas para jogar xadrez ou qualquer outra coisa quando não queria. É certo que a comida era uma droga, mas o que você vai fazer? No geral, ele estava contente com sua sorte na vida.

Naquela noite, porém, o apagar das luzes o pegou de surpresa. Ele estava lendo um novo livro pelo qual estava ansioso — *To the Nines*, a nova aventura de Stephanie Plum — e perdeu a noção do tempo. O guarda, Blakely, levantou uma sobrancelha quando Erwin pediu que ele pegasse *aquele* título em particular. Erwin explicou que uma das vantagens de ser um vencedor da Medalha de Honra era que ele podia ler a porra que quisesse. De qualquer forma, a porra da Janet Evanovich era engraçada pra caralho. Blakely, intimidado, perguntou se poderia pegá-lo emprestado quando Erwin terminasse. Erwin disse que sim.

Ele planejava devolvê-lo no dia seguinte, mas recebeu uma carta de Dashaen naquele dia e passou meia hora respondendo, então faltavam dez páginas restantes quando escureceu. Ele pensou por um momento em tentar ler à luz da luz que entrava pela fresta de observação em sua porta — o livro era bom e ele tinha acabado de colocar na boca um pedaço novo de tabaco pra mastigar — então decidiu não fazer isso. Em vez disso, dobrou uma das páginas e colocou o livro no chão ao lado de seu beliche.

Enquanto ele estava largando o livro, alguém agarrou seu pulso.

Erwin não gritou, mas foi por pouco. Ele se virou para espiar por cima do beliche. Havia luz suficiente para ver que tinha um braço saindo do chão.

— Maqueporra?

Erwin puxou com força, torcendo, tentando quebrar o aperto em seu pulso, mas o ângulo era ruim e quem quer que fosse, era *forte*. Um momento depois, a ponta de outra mão apareceu no chão. Com um movimento de alguém saindo de uma piscina, ele agarrou o concreto e puxou.

A cabeça de uma mulher surgiu do concreto. Ela soltou o pulso de Erwin e, empurrando contra o concreto, levantou o tronco do chão. Ela puxou as pernas para cima — *belas pernas*, Erwin pensou de modo desconexo — e se levantou.

— Oi, Erwin.

Ele semicerrou os olhos para a frente, depois recostou-se com um suspiro.

— Ah, merda. É você, não é?

— É — disse Carolyn. — O que você está fazendo aqui? Levei uma eternidade pra te localizar.

Erwin pensou em mencionar que poderia ter perguntado a ela a mesma coisa, mas desistiu.

— Hehe — disse ele, sentando-se. — Você sabe como é. Eu meio que agredi um cara um pouco. Nada demais, apenas uns dois dentes quebrados, mas — deu de ombros, cuspiu — ele se ofendeu.

Carolyn franziu a testa, confusa.

— Não vejo por que isso é tão importante. Faz parte do seu lance, certo?

— Esse cara em particular era o presidente. — Vendo o olhar no rosto dela, ele acrescentou: — O novo. Não a cabeça.

— Ah. — Ela pensou nisso por alguns segundos. — Por que você bateu nele?

— Ele não parava de se contorcer. Eu estava com medo de que a arma fosse disparar.

— Arma? Você matou ele?

— Nah, apenas os dentes. Além disso, eu o mantive refém por, tipo, três ou quatro horas.

— Ah. O que aconteceu então?

— Ele cedeu. Eu sabia que ele faria isso. — Erwin cuspiu em seu copo. — Bichona.

— O que você quer dizer com "cedeu"?

— Bom — disse Erwin — eu estava meio que chantageando ele. Eu disse que se ele não lançasse uns dois mísseis, iria borrifar seus miolos em todo aquele belo trabalho de carpintaria. Ele pensou sobre isso por um tempo e então os lançou.

— Em quem?

— Bom… em você.

— Sério? Eu? Por quê?

Erwin sentou-se em seu beliche e se virou para olhar para o rosto dela. Seus olhos estavam se ajustando ao escuro. — Aquele garoto Steve me disse o que faria se nosso ataque aéreo não funcionasse. O que, você sabe, obviamente não funcionou. Dei uma semana depois disso para ver se ele conseguia convencê-la a desfoder as coisas, mas nada mudou. — Erwin fez uma pausa. — Ele foi até o fim de verdade com aquilo? A Everclear e… você sabe.

— O isqueiro — disse Carolyn. — Sim. Ele foi.

— Diabo. — Erwin ficou quieto por um momento. — Bom… se ele tinha ido ou não, era óbvio que não funcionou. Eu achava que não tínhamos muito mais para tentar. Mas o presidente não concordou. Ele disse que estava "explorando outras opções". Talvez. Mas tenho certeza de que ele estava apenas preocupado em ser reeleito. — Erwin deu de ombros. — Depois de um tempo, cansei de discutir a respeito.

Carolyn olhou para ele.

— Então você explodiu o Monte Char? Você jogou um *míssil nuclear* nele?

— Eu explodi o quê?

— Como?

— Você disse que eu explodi… "Monte Char"?

— Eu disse?

— Disse.

— Hmm. — Ela deu um sorrisinho.

— É, eu estou perdido.

— O quê? Ah. Desculpe. Quando éramos crianças, eu e Steve tínhamos todos esses apelidos para as coisas. Nomes secretos, você sabe, do jeito que as crianças têm. Até desenhamos um mapa. Casquinha de Ferida, Córrego do Gato Molhado, coisas assim. O Monte Char era a casa do Pai.

— Algum motivo em particular?

— Sabe, eu não… — Ela estalou os dedos. — Na verdade, eu *lembro*. Steve lhe contou sobre o Pai, certo?

— Alguma coisa.

— Tenha em mente, naquela época, pensávamos que o Pai era apenas um cara normal. Você o via do lado de fora de vez em quando, mas ele nunca socializava de verdade. Eu entendo agora, puxa, se entendo, mas na época era estranho. As pessoas convidavam o velho sr. Black para sair, tomar uma cerveja, mas ele sempre dizia a mesma coisa: "Eu vou assim que der uma boa churrasqueada neste porco." Os adultos zombavam dele por isso. E sua casa ficava no topo de uma colina bastante íngreme. Então, pro Steve e pra mim, o casa dele era o Monte Chur. Antes da Biblioteca e… de todas as outras coisas. Quando éramos apenas crianças e… você sabe… Tudo estava ok. — Carolyn sorriu. Para Erwin, ela parecia melancólica, mas não especialmente infeliz. Então ela voltou a si. — Bom, fazia sentido na época. Eu me pergunto o que me fez pensar nisso agora. Não o chamo assim há séculos.

— Não sei — disse Erwin, embora pensasse que poderia ter um palpite.

— E você o explodiu? *Destruiu com um míssil nuclear?*

— Mais ou menos, sim. — Erwin olhou para ela. — Você não percebeu? Todos foram golpes diretos. Vinte megatons, no total. Você podia ver a nuvem de cogumelo a dois estados de distância.

— Desculpe, não. Eu devo ter perdido isso. — Ela lhe deu um olhar de desculpas. — Tenho estado muito ocupada.

— Tudo bem. — A testa de Erwin enrugou. — Achei que você estava aqui pra me matar. Vingança ou o que quer que seja. Mas talvez não seja *isso*.

— Matar você? Não seja ridículo.

— O que é, então?

— Estou aqui pra te oferecer um emprego, Erwin.

— *Cumequié*?

— Você já foi uma grande ajuda. E há muito mais a ser feito.

— Obrigado, mas eu meio que cansei de atirar em pessoas.

— Não era isso que eu tinha em mente. Bem, talvez não *nunca*, mas não seria o ponto principal.

— O que seria, então?

— Miudezas. Afazeres. Coisas em que não sou boa.

— Como por exemplo?

— A primeira coisa que eu tinha em mente é que eu quero que você procure um cachorro.

— Um *cachorro*? Porra, tem cachorro por toda parte.

— Não, quero dizer um cachorro em particular. Eu preciso mesmo encontrá-lo, eu prometi, mas eu e os cachorros não nos damos.

— Ah. Qual deles?

— O nome dele é Petey. Ele é um cocker spaniel.

— Não conheço nenhum cocker spaniel chamado Petey.

— É provável que ele também está morto.

Longa pausa.

— Você está de putaria comigo?

— Eu nunca, nunca faria isso, Erwin.

Então, da privada de aço inoxidável, uma voz de homem. — Eelllaa não. Carolyn gosta de você.

— Mas que *porra*?

— Este é meu irmão. O nome dele é Michael. — Então, baixinho: — O português dele não é bom, mas ele está tentando. Seja paciente, está bem?

— Sim, claro — Erwin retribuiu o sussurro. Então, com uma voz normal, — Bom, dou uma olhada aqui na cela com prazer, mas se ele não estiver aqui, provavelmente não serei de muita ajuda. Ele apontou o polegar para a porta da cela. — Sabe, está trancada.

— Não seja grosso, Erwin. Claro que vou te tirar daqui. Farei isso mesmo que você não aceite o emprego... isso com certeza eu te devo. Mas há outros benefícios também. Eu poderia te ensinar coisas.

— Coisas?

Ela assentiu.

— Coisas *interessantes*. Muitas, na verdade. Eu tenho uma biblioteca agora.

Ele digeriu isso por um segundo.

— Talvez você devesse começar me contando o que caralhos você fez naquele banco? Como você fez as caixas serem tão prestativas?

— Claro, se você...

A voz do homem outra vez, tagarelando velozmente em algum idioma que Erwin não reconheceu.

— *Cha guay* — disse Carolyn.

— *Aru penh ta*...

— *Cha guay* — disse Carolyn, dessa vez com mais firmeza. A privada ficou em silêncio.

— Sobre o que era tudo isso?

— Ele diz que eles estão vindo.

Erwin ouviu um estrondo no corredor, um barulho enorme, como o som que as torres do World Trade Center fizeram quando desabaram. Então, gritos. Pela fresta da janela, ele viu uma nuvem de poeira cinzenta rolando pelo corredor.

Carolyn fez uma careta.

— Decida agora, Erwin. Eu farei o que você quiser, mas eu realmente preciso ir. Você vem?

Erwin pensou nisso por cerca de meio segundo.

— Que se foda. Tô dentro.

— Você precisa trazer alguma coisa?

— Não. Bom — ele pegou o livro da Evanovich —, só isto.

Carolyn sorriu.

— Você vai se encaixar perfeitamente. Aqui, pegue minha mão.

Erwin pegou. No corredor, ele ouviu um gemido de aço sendo torcido.

— Então... você disse "eles estão vindo". Quem são "eles"?

— Ainda não tenho certeza. Meu Pai tinha inimigos. Alguns deles agora também são meus inimigos. Eles começaram a se mover contra mim.

— Pessoas perigosas? Perigosas como você, quero dizer?

— Algumas delas, sim.

— Hmmm.

— Não se preocupe — disse Carolyn. — Eu tenho um plano.

AGRADECIMENTOS

Ao longo dos anos, recebi ajuda e incentivo de mais pessoas do que tenho espaço para listar. Cada pedacinho disso foi apreciado. Se você não vê seu nome aqui mas deveria ver, peço desculpas.

Em primeiro lugar, minha esposa, Heather, é uma primeira leitora muito, muito boa. Ela vê quando algo não está funcionando e não tem medo de me chutar até que eu veja também. Todo escritor deveria ter essa sorte.

Participei do workshop de escrita Taos Toolbox em 2011. Essa experiência tem sido uma grande influência em tudo o que escrevi desde então, e a recomendo sem reservas a todos os aspirantes a fantasistas. Sou grato a todos os meus colegas participantes por seus comentários atenciosos e honestos sobre os primeiros capítulos. Jim Strickland, Fiona Lehn e Carole Ann Moleti mais tarde chegaram a fornecer feedback sobre um rascunho completo. Os instrutores, Walter Jon Williams e Nancy Kress, são professores talentosos e pessoas generosas. Obrigado a todos.

A comunidade de escritores — tanto da internet quanto presencial — é sólida e oferece suporte. Perdi a conta do número de vezes que recebi críticas longas e detalhadas de pessoas que nunca conheci e provavelmente nunca conhecerei. Recursos online como absolutewrite.com e sff.onlinewritingworkshop.com também foram especialmente úteis para mim. Confira o tópico "Learn Writing with Uncle Jim" ("Aprenda a escrever com o tio Jim") de Jim MacDonald em absolutewrite.com em particular. Há também muitos profissionais da indústria por aí que oferecem seus conhecimentos por meio de blogs, entrevistas e outros recursos para ensinar aspirantes a escritores a como não dar um tiro no pé tão forte ou com a frequência que poderiam caso não os usassem.

Meu amigo tenente-coronel Jason Barnhill, PhD, leu todos os meus manuscritos não publicados ao longo dos anos. Ele foi educado e me deu apoio mesmo quando eu estava lutando para dar o salto de terrivelmente terrível para simplesmente terrível. Obrigado, cara — da próxima vez que eu te ver, o jantar é por minha conta.

Brett Meyer e Steven Wright leram e forneceram feedback sobre um rascunho inicial do manuscrito. Obrigado, rapazes!

Minha agente, Caitlin Blasdell, é uma profissional incrivelmente eficaz e também uma pessoa infalivelmente agradável e graciosa. Anos antes de eu ser cliente, ela me enviou um bilhete muito bom do tipo "não vou fazer, mas tente-me-com-o-próximo" que foi extremamente encorajador na época e ainda é muito apreciado. Ela suavizou as arestas deste manuscrito e em várias ocasiões me salvou de mim mesmo de várias maneiras. Tenho sorte de conhecê-la. Obrigado, Caitlin!

Por último, mas definitivamente não menos importante, como um aspirante a escritor, eu ocasionalmente sonhava acordado sobre como seria o processo de publicação profissional. A resposta é: é ótimo. Meu editor, Julian Pavia, e as outras pessoas com quem lidei na Crown me impressionaram de uma forma ou de outra com cada comunicação. Obrigado, pessoal — foi um privilégio e um verdadeiro prazer.